셰익스피어
4대 비극

셰익스피어 4대 비극

초판 1쇄 인쇄일 Ⅰ 2022년 1월 15일   **초판 1쇄 발행일** Ⅰ 2022년 1월 20일

지은이 Ⅰ 윌리엄 셰익스피어
옮긴이 Ⅰ 강미경
펴낸이 Ⅰ 강창용
책임기획 Ⅰ 강동균
책임편집 Ⅰ 정민규
디자인 Ⅰ 김동광
책임영업 Ⅰ 최대현

펴낸곳 Ⅰ 느낌이있는책
출판등록 Ⅰ 1998년 5월 16일 제10-1588
주 소 Ⅰ 경기도 고양시 일산동구 중앙로 1233(현대타운빌) 302호
전 화 Ⅰ (代)031-932-7474
팩 스 Ⅰ 031-932-5962
이메일 Ⅰ feelbooks@naver.com

ISBN 979-11-6195-167-6 (03840)

셰익스피어 4대 비극

햄릿 · 오셀로 · 리어 왕 · 맥베스

윌리엄 셰익스피어 지음 | 강미경 옮김

머리말

우리는 영국이 낳은 세계적인 극작가로 윌리엄 셰익스피어를 거론하기를 주저하지 않는다. 이는 그가 단순히 많은 희곡을 탄생시켰다는 데에 의의를 둔 것이 아니다. 그렇다면 5백 년이나 지난 지금까지도 그의 작품이 세기의 문학으로 일컬어지는 이유는 무엇일까?

중세가 종교적인 내용을 제외하고는 그 무엇도 허용되지 않았던 암울한 시대였다면 그가 왕성히 활동했던 1590년을 전후한 시대는 엘리자베스 1세 여왕 치하에서 국운이 융성하던 때로 과거의 모습에서 탈피, 인간 본연의 문제에 눈을 돌리기 시작하던 때였다. 또 형식에 있어서도 르네상스 문화의 유입으로 엄격한 형식에서 벗어나 새로운 민족적 형식과 내용의 드라마를 창출해내려는 의지가 분출되던 시기였던 것이다. 결국 내용에 있어서는 소재의 다양성과 사실성을, 형식에 있어서는 자유로움을 구가할 수 있었다. 이런 바탕 위에서 셰익스피어는 그의 작품으로 인간을 탐구하기 시작한다.

《햄릿Hamlet》의 비련의 주인공을 통해서는 사색과 행동, 진실과 허위, 양심과 결단, 신념과 회의의 갈등을,《오셀로Othello》를 통해서는 간계(奸計)에 의해 무참히 허물어지는 인간의 나약한 심성을,《리어왕King Lear》을 통해서는 가정의 파괴와 이로 인한 질서의 붕괴를,《맥베스Macbeth》를 통해서는 권력에의 욕망으로 인한 양심과 영혼의 붕괴를……. 즉 그의 작품에는 원초적 선악이 극명하게 드러나며 그것들의 갈등이 빚어내는 인간의 내면이 적나라하게 구현되어 있는 것이다. 바로 이러한 요소들이 셰익스피어의 위대함이며 4대 비극이 가지는 의의라고 할 수 있다.

그러나 지금까지 우리는 대부분의 우리 번역문학이 그러하듯 영어가 가진 의미와 감정의 미세한 차이를 맛보지 못한 채 일본어로 번역된 것을 재번역해 놓은 작품을 읽어왔다. 따라서 본 책에서는 가능한 한 원문에 충실한 번역을 하되 극단의 의역도, 극단의 직역도 배제하여 시적 감성과 운율을 잃지 않으면서도 우리말로 뜻이 통할 수 있도록 노력하였다.

아무리 위대한 작품도 읽지 않으면 영원할 수 없다는 진리를 다시 한번 생각하며 이 책을 읽는 모든 이들이 셰익스피어와의 진정한 조우를 이루기를 소망한다.

Contents

오셀로

리어 왕

맥베스

[햄릿] 등장인물

클로디어스	현재 덴마크 왕으로 선왕의 동생
햄릿	죽은 선왕의 아들이며 현재 덴마크 왕인 클로디어스의 조카
거트루드	덴마크 왕비이며 햄릿의 어머니
오필리아	폴로니어스의 딸
폴로니어스	재상으로 클로디어스의 신임을 받고 있다.
호레이쇼	햄릿의 친구
레어티스	폴로니어스의 아들
볼티먼드, 코넬리어스	클로디어스로부터 노르웨이로 파견되는 덴마크의 사절
로젠크란츠, 길든스턴	어린 시절 햄릿의 친구들
오즈릭	경박한 멋쟁이 신하
신사	
사제	
마셀러스, 바나도, 프란시스코	궁전의 근위장교
레이날도	폴로니어스의 하인
배우들	
두 명의 어릿광대	무덤 파는 일꾼
포틴브라스	노르웨이의 왕자
노르웨이의 부관	
영국 사절들	
선왕 햄릿의 망령	
귀족, 귀부인, 군인, 선원, 사절단, 시종들	

| 장소 | 덴마크

제1막

제1막 1장 ♦ 엘시노어. 성 앞의 망대

바나도, 프란시스코 등장.

바나도 : 거기 누구냐?

프란시스코 : 너는 누구냐? 멈춰! 정체를 밝혀라.

바나도 : 국왕 만세!

프란시스코 : 바나도?

바나도 : 그렇다네.

프란시스코 : 제시간에 잘 맞춰 왔군.

바나도 : 방금 종이 열두 점을 쳤어. 어서 가서 자게.

프란시스코 : 교대해주어 고맙네. 어찌나 추운지 가슴속까지 저려오는

　　것 같군. 지독하게 추운 날씨야.

바나도 : 이상한 일은 없었나?

프란시스코 : 쥐새끼 한 마리도 얼씬거리지 않았네.

바나도 : 그런가? 그럼 이제 가서 자게. 아, 호레이쇼와 마셀러스를 만나거든 속히 오라고 말해주게. 같이 보초를 서기로 했거든.

호레이쇼, 마셀러스 등장.

프란시스코 : 발자국 소리가 들리는군. 거기 서라. 누구냐?

호레이쇼 : 이 나라의 백성.

마셀러스 : 덴마크 왕의 충실한 신하.

프란시스코 : 수고하게. 난 그만 가보겠네. (퇴장)

마셀러스 : 어이, 바나도!

바나도 : 왔군. 호레이쇼도 함께 왔나?

호레이쇼 : 그렇다네.

바나도 : 잘 왔네, 호레이쇼. 마셀러스 자네도.

호레이쇼 : 그래, 오늘 밤에도 그것이 또 나타났나?

바나도 : 아직은 아닐세.

마셀러스 : 호레이쇼는 자네와 내가 허깨비를 보았다며 도무지 믿질 않더군. 우리가 두 번이나 기괴하고 무시무시한 모습을 보았다는데 말일세. 그래서 오늘 밤에 함께 망을 보자고 했네. 만일 그 망령이 오늘 밤 또다시 모습을 드러낸다면 우리가 본 것을 믿어줄 테지. 말도 건네볼 수 있을 거구.

호레이쇼 : 실없는 소리! 나오긴 뭐가 나온단 건가?

바나도 : 일단 앉아서 우리 얘기를 자세히 들어보면 생각이 달라질 거네. 우리가 이틀 밤 동안 이 눈으로 똑똑히 보았던 그 괴상한 경험

을 말일세. 귀를 틀어막지 말고 잘 들어보게.

호레이쇼 : 그렇게까지 말한다면, 어디 바나도의 얘기 좀 들어볼까?

바나도 : 바로 어젯밤이었네. 북극성의 서쪽에 있는 저 별이 늘 같은 궤도를 지나서 지금처럼 저 자리에서 반짝이고 있을 때였지. 나와 마셀러스는 함께 있었는데 마침 종이 한 점을 치더군. 그런데…….

망령 등장.

마셀러스 : 쉿, 조용히 해. 또 나타났어!

바나도 : 승하하신 선왕의 모습 그대로야.

마셀러스 : 자넨 학자가 아닌가, 호레이쇼. 말 좀 걸어보게.

바나도 : 선왕과 똑같은 모습이지? 잘 보게, 호레이쇼.

호레이쇼 : 이럴 수가……. 너무도 똑같네. 가슴이 죄어들 정도로 두려워지는군.

바나도 : 말을 걸어달라는 눈치 같지 않나?

마셀러스 : 말 좀 걸어보게, 호레이쇼.

호레이쇼 : 그대는 멈춰라! 그리고 정체를 밝혀라. 이 한밤에 승하하신 선왕께서 출전하셨을 때 즐겨 입으시던 위풍당당한 갑옷 차림으로 나타난 무엄한 그대는 누구인가? 어서 대답하라. 하늘의 이름으로 고하니 어서 대답하라.

마셀러스 : 화가 난 것 같군.

바나도 : 저런, 저쪽으로 성큼성큼 걸어가 버리는데?

호레이쇼 : 멈춰라! 대답하라, 대답! 명령이다. 어서 대답하라! (망령 퇴장)

마셀러스 : 대꾸도 없이 사라졌군.

바나도 : 왜 그러나, 호레이쇼? 하얗게 질려서는 부들부들 떨고 있지 않나? 자네 생각에는 아직도 우리가 허깨비를 본 것 같은가? 어서 자네 생각을 말해보게.

호레이쇼 : 내 이 두 눈으로 직접 보지 않았다면 하늘에 맹세컨대 자네들의 이야기를 도저히 믿을 수 없었을 걸세.

마셀러스 : 어떤가, 선왕의 모습 그대로이지 않나?

호레이쇼 : 닮다마다. 바로 선왕이셨네. 오만한 노르웨이 왕과 단신으로 결전을 치르셨을 때 바로 그 갑옷을 입고 계셨지. 또 그 찌푸린 얼굴이란……. 휴전협정이 결렬되자 그 분풀이로 썰매에 타고 있던 폴란드 병사 놈들을 번쩍 들어 빙판에 내팽개치실 때에도 바로 저런 표정을 하고 계셨다네. 하지만 어떻게 이런 일이…….

마셀러스 : 우리는 저 모습을 이미 두 번이나 보았다네. 그때도 지금처럼 당당한 걸음으로 이 초소 옆을 보란 듯이 지나갔었네. 바로 이 시각이었지.

호레이쇼 : 뭐라고 장담할 수 없지만 내 짐작으론, 이 나라에 뭔가 좋지 않은 변괴가 일어날 흉조가 아닐까 싶군.

마셀러스 : 자, 진정하고 앉아서 얘기 좀 하세. 도대체 무슨 이유로 백성들을 괴롭히면서 매일 밤 이렇게 삼엄하게 경비를 서게 하는지 모르겠네. 자네들은 그 이유를 알고 있나? 요사이 매일같이 대포를 만들어대고, 외국에서 무기를 사들인다고 법석을 떨고 있네. 또 징발한 조선공들을 밤낮으로 혹사시키면서 배를 만들고 있네. 자네들은 무슨 이유인지 알고 있나? 도대체 이 나라에 무슨 위험한 일이 닥친다고 백성들을 이토록 힘들게 하는지 모르겠어. 혹시 자네는 알고 있는 게 없나?

호레이쇼 : 자세한 건 모르지만 소문으로는 이렇다더군. 자네들도 익히

알고 있겠지만 승하하신 선왕, 방금 전 우리 앞에 생전 모습 그대로 나타나신 바로 그분께 욕심 많고 거만한 노르웨이의 왕 포틴브라스가 도전을 한 적이 있었네. 그러나 용맹하신 우리의 선왕께서는 단칼에 포틴브라스의 목을 베어버리셨지. 그리하여 전통적인 관례에 따라 포틴브라스가 소유하고 있던 모든 영토는 우리의 선왕 햄릿 왕께 고스란히 바쳐졌다네. 물론 우리 선왕께서도 그 싸움에 상당한 영토를 걸었기 때문에 만일 포틴브라스의 승리로 돌아갔다면 선왕의 영토는 모두 적의 수중으로 떨어졌을 것이네. 어쨌든 선왕은 승리를 하셨고 약정서에 명시된 바에 따라 적의 영토는 모두 선왕의 것이 되었지. 그런데 포틴브라스에게는 그 못난 아비와 같은 이름을 가진 혈기 넘치는 아들이 있었는데 그자가 이 상황을 곱게 받아들이지 못한 모양이야. 요사이 노르웨이 국경 주변에서 불한당 같은 놈들을 끌어 모으고 있다더군. 하루 세 끼만 먹여주면 어떤 일도 마다하지 않을 무도한 자들을 말일세. 생각해보게. 이것은 포틴브라스의 아들이 무력으로 아비가 잃어버린 옛 영토를 되찾겠다는 속셈이 아니고 무엇이겠나? 결국 군비를 마련하고 밤마다 망을 서게 하면서 온 백성들을 들볶는 것도 다 추후에 생길지 모르는 전쟁에 대비하는 것이라는 거지.

바나도 : 자네 말이 맞는 것 같군. 역시 우리의 선왕이시네. 상황이 그렇다면 전쟁의 장본인이신 선왕께서 무장을 한 차림으로 우리 눈앞에 나타나신 것도 무리는 아니겠군.

호레이쇼 : 티끌 하나에도 눈이 아프거늘 이런 때 선왕의 망령이라니……. 도대체 어떤 일이 일어나려는 걸까? 번영을 누리며 천하를 지배하던 로마의 위대한 시저가 암살되기 전날에도 시체들이 무덤을 뛰쳐나와 수의를 입고서 괴성을 지르며 거리를 돌아다녔지. 밤

하늘의 별은 길게 불의 꼬리를 이끌고 이슬은 핏빛이 되었고 태양은 빛을 잃었어. 심지어 대양을 지배하는 달조차도 마지막 심판의 날이 도래한 듯 점점 사그라졌었지. 선왕이 무덤에서 일어나 망령의 기이한 모습으로 나타난 것도 앞으로 이 나라에 닥칠 재앙을 백성들에게 미리 알려주기 위한 흉조가 아닐까? (망령 등장) 쉿, 저기 보게, 망령이 또 나타났어! 어디 한번 막아서 보자고. (호레이쇼, 두 발을 벌려 막아선다) 거기 멈춰라, 허깨비야! 어디 할 말이 있거든 말하라. 가슴에 맺힌 원한이 있는가? 그렇다면 말하라! 그 원한을 풀어줄 수 있다면 나에게도 복이 될 테니. 이 땅에서 일어날 재앙을 알고 있느냐? 그렇다면 말하라! 우리가 재앙을 피할 수 있도록. 생전에 땅속에 감춰둔 부정한 재물에 미련이 남아 이승을 방황하는 것이냐? 그렇다면 말하라. (닭 울음소리가 들린다) 거기 멈춰라. 이봐, 마셀러스! 막아보게, 어서!

마셀러스 : 창으로 찔러볼까?

호레이쇼 : 막을 수 없다면 그렇게라도 하게.

바나도 : 여기다!

호레이쇼 : 이쪽이야!

망령 퇴장.

마셀러스 : 사라져버렸네! 아무래도 우리가 잘못한 것 아닌가? 망령이라 할지라도 지엄하신 선왕의 혼령인데 난폭하게 굴었으니 말이네. 창은 공허하게 허공만을 가르고 망령은 끄떡도 없었는데 부질없이 불경한 짓만 한 것 같군.

바나도 : 뭔가 말을 할 것 같았는데 하필 그때 닭이 울어대다니…….

호레이쇼 : 그래, 닭이 울자 사형 시간이 임박한 죄수처럼 질겁하더군. 수탉은 날카로운 울음소리로 아침에는 해의 신을 깨우고, 그러면 이승의 물과 불, 땅속과 허공으로 떠돌아다니던 혼령들이 모두 자신의 처소로 돌아간다는 말이 있는데 이제 보니 그냥 떠도는 소리가 아니었군그래.

마셀러스 : 닭이 우는 소리가 들리자마자 사라져버렸어. 구세주께서 이 땅에 오신 것을 기뻐하는 축제의 기간에는 새벽을 알리는 새가 밤새 울어댄다는군. 그러면 혼령들이 두려움에 떨며 문밖엔 얼씬도 못하고. 그런 날의 밤은 맑고 깨끗하며 별들은 꼬리를 내지 않는다고 하지. 또 거룩하고 복스러운 시기인 만큼 요정들은 장난질을 멈추고 마녀들은 신통력을 잃어버린다고 하더군.

호레이쇼 : 나도 그런 소릴 들었는데 오늘 일을 생각하면 마냥 실없는 이야기는 아닌 모양일세. 저길 봐, 아침이 붉은 망토를 휘날리며 동녘 산마루에 이슬을 밟으면서 건너오고 있지 않은가? 이제 그만 보초를 끝내도록 하지. 간밤의 일을 햄릿 왕자님께 말씀드리는 게 좋을 것 같군. 아무래도 저 혼령이 우리에겐 아무 말도 하지 않았지만 왕자님껜 무언가 말을 할지도 모르지 않나? 왕자님께 알려드리는 것이 충성을 다하는 일이고, 의무요 도리라고 생각하지 않나? 다들 찬성하나?

마셀러스 : 그래, 그렇게 하세. 이 아침, 어디에서 왕자님을 쉽게 찾아낼 수 있는지 내가 알고 있으니 함께 가세. (모두 퇴장)

제1막 2장 **성 안의 방**

덴마크 왕 클로디어스, 왕비 거트루드, 검은 상복의 햄릿, 폴로니어
스, 레어티스, 그의 누이 오필리아, 볼티먼드, 코넬리어스, 호위병들
등장.

왕 : 존경하는 나의 형, 햄릿 왕의 죽음이 아직도 생생하여 우리의 가
슴에는 슬픔이 넘치고 이 땅에는 백성의 애통함이 가득한 것은 당
연한 일이오. 그러나 마냥 비통함에 빠져 있을 수만은 없소. 나 또
한 형님의 죽음을 진심으로 추모하지만 이제는 슬픔에서 벗어나
국왕으로서의 본분을 지키려 하오. 그래서 한쪽 눈에는 웃음을, 다
른 눈에는 눈물을 머금고, 장례식은 기쁨으로, 결혼식은 슬픔으로
기쁨과 슬픔을 꼭 같은 무게로 달면서 지난날의 형수를 덴마크의
왕비로 맞이한 것이오. 이 일에 있어서 슬기로운 진언을 아끼지 않
은 그대들의 충심에 감사하며 또한 과인의 뜻에 따라준 것에 대해
서도 감사하고 있소. 그런데 경들도 알고 있듯이 자만심에 빠진 젊
은 포틴브라스가 과인을 과소평가하였는지 아니면 선왕께서 승하
하신 일로 이 나라가 혼란에 휩싸였을 것이라고 생각하였는지 근
래 들어 사신을 통해서 선왕에게 잃은 아비의 영토를 반환하라고
불같이 성화를 부리고 있소. 그러나 모두들 알다시피 이것은 약정
한 조문에 의해서 용맹하신 선왕께 양도되었던 것이오. 과인이 경
들을 이 자리에 모이게 한 것도 이 일로 인하여 노르웨이 왕에게 친
서를 보내고자 하기 때문이오. 포틴브라스의 숙부가 되는 노르웨
이 왕은 오랫동안 병석에 있었기 때문에 아마도 조카의 야심을 모
르고 있는 것 같소. 과인은 포틴브라스가 경거망동하게도 노르웨

이 백성을 함부로 징발하고 있으니 노르웨이 국왕께서 잘 단속하여서 두 나라 사이에 불미스러운 일이 생기지 않도록 해달라는 내용의 칙서를 보내고자 하오. 따라서 과인의 칙서를 노르웨이 국왕에게 전달해주는 사신으로 코넬리어스 경과 볼티먼드 경이 수고해주었으면 하는 바이오. 그대들이 짐의 뜻을 잘 헤아려 이 일을 현명하게 처리해줄 것이라고 믿소. 충심을 다해주시오.

코넬리어스, 볼티먼드 : 분부하신 명을 어김없이 거행하겠습니다.

왕 : 경들만 믿겠소. 무사히 다녀오시오. (볼티먼드, 코넬리어스 퇴장) 자, 이제 레어티스, 짐에게 소청이 있다고 들었다. 무엇이냐, 레어티스? 여태껏 네 청을 거절한 일이 없었으니, 이는 네 아버지와 나의 사이가 머리와 심장처럼 떼어놓을 수 없고 손과 입처럼 긴요한 사이이기 때문이다. 그러니 망설이지 말고 말하라. 무엇을 원하느냐, 레어티스?

레어티스 : 존경하는 폐하, 신은 프랑스로 돌아가기를 소원하옵니다. 원래 신이 덴마크로 돌아온 것은 폐하의 대관식에 참석하기 위함이었습니다. 지금 그 의무를 다하였으니 다시 프랑스로 돌아가고자 합니다. 부디 폐하께서 윤허해주시기를 머리 숙여 간청드립니다.

왕 : 아비의 허락을 받았느냐? 폴로니어스, 경의 생각은 어떠하오?

폴로니어스 : 제 뜻은 아니지만 자식 놈의 뜻이 강건하여 거절할 수 없었습니다. 송구하오나 폐하께서도 저 애가 프랑스로 돌아갈 수 있도록 허락해주십시오.

왕 : 그렇다면 좋다. 레어티스, 원하는 날, 원하는 시간에 떠나도록 해라. 그리고 가서 마음껏 즐기고 열심히 공부하도록 하여라. 앞날을 위해서 더욱 정진하도록 하여라. 그런데 나의 조카이자 아들인 햄릿……

햄릿 : (방백) 통하는 것은 핏줄뿐 마음은 통하지 않는 사이로다.

왕 : 어찌 된 일인지 네 얼굴의 어두운 구름은 걷히질 않는구나?

햄릿 : 아닙니다. 햇살을 너무 많이 받은 탓인가 봅니다.

왕비 : 오, 햄릿. 언제까지 그렇게 돌아가신 아버님만 생각하여 슬픔에
빠져 살 것이냐? 이제 그 어두운 상복을 벗고 좀더 부드럽고 다정
한 눈길과 밝은 얼굴로 폐하를 대하여라. 생이 있는 것은 언젠가는
모두 죽음을 맞이하며, 누구나 한 번은 이승을 떠나 영겁의 세계로
가는 법. 너도 모르지는 않겠지?

햄릿 : 네, 마마. 그것이 인간의 운명이라는 것을 잘 알고 있습니다.

왕비 : 알고 있다면서 어찌하여 네 얼굴은 아직도 그렇게 어두워 보이
는 것이냐?

햄릿 : 보이다니요, 왕비님? 보이는 것이 아니라 사실이 그러합니다.
'보인다'는 거짓된 몸짓을 저는 모릅니다. 어머님, 이 어깨에 걸쳐
있는 검은 외투나 검은 상복, 억지로 내는 한숨 소리로 어찌 제 마
음을 드러낼 수 있겠습니까? 시내를 이룬 눈물과 상심으로 일그러
진 표정이나 겉으로 드러나는 행위 따위가 어찌 소자의 진심을 다
보여주는 것이라 하겠습니까? 겉으로 보여줄 수 있는 그럴듯한 연
극은 누구나 할 수 있습니다. 그러나 제 가슴속에 있는 이 슬픔은
겉치레 따위로 보일 수 있는 것이 아닙니다.

왕 : 햄릿, 부친을 진심으로 애도하는 너의 마음은 참으로 어질고 착하
구나. 그러나 생각해보아라. 네 아비 또한 어버이를 떠나보냈고,
그 아버지 또한 아버지를 잃으셨다. 살아 있는 자식이 부모를 여읜
슬픔으로 상복을 입는 것은 자식으로서 당연한 도리다. 그러나 지
나치게 슬픔에 빠져 있는 것은 도리어 신의 섭리를 거스르는 오만
한 행위이며 대장부답지 않은 일이다. 신앙심이 부족하거나 참을

성이 없거나 책임감이 없는 자들이 그러하지. 햄릿, 누구든 태어나면 반드시 죽음이 따르는 법, 신께서 정해놓은 운명을 부정하고 어리석게 슬픔에 젖어 있는 것은 하늘의 섭리에 대한 역행이며 또한 망자에 대한 예의도 아니다. 이성적으로 생각해서 부친의 죽음을 받아들여야 하지 않겠느냐. 인간이 죽음을 피할 수는 없는 법이다. 바라건대 그만 슬픔을 거두고 과인을 아버지로 생각해라. 모든 중신들 앞에서 공언하건대 너는 내 뒤를 이어 왕위에 오를 왕세자다. 친아버지 못지않게 너를 사랑하는 이유도 다 여기에 있다. 그런데 네가 비텐베르크 대학으로 돌아가겠다고 하니 나의 소망과는 너무도 다르구나. 원컨대 내 곁에 남아서 내 아들, 내 핏줄, 내 신하로 나의 기쁨과 위로가 되어다오.

왕비 : 이 어미의 소망이 헛되지 않게 해다오, 햄릿. 비텐베르크로 돌아가지 말고 우리 곁에 있어다오.

햄릿 : 분부를 따르겠습니다, 왕비님.

왕 : 오, 듣던 중 반가운 대답이로다. 과인과 함께 덴마크 땅에서 살자꾸나. 왕비, 자, 안으로 듭시다. 햄릿의 솔직하고 갸륵한 대답을 들으니 한결 마음이 가볍고 기쁘구려. 자, 오늘 축하하는 의미로 주연을 베풀 것이다. 오늘 덴마크의 왕이 축배를 들 때마다 축포를 터뜨려 하늘과 땅이 기쁨으로 넘치게 하라. 자, 갑시다.

트럼펫 소리. 햄릿만 남고 모두 퇴장.

햄릿 : 아, 더럽고 추한 몸이여! 차라리 이슬로 녹아 없어져버려라. 왜 신께선 자살을 금하는 율법을 정하셨는가! 아, 살아갈 가치 없이 무미건조하고 고리타분한 세상! 정말 지겹구나. 아, 역겨운 세상! 더

럽고 황폐한 정원에는 잡초만 무성하게 자라고 흉물스러운 것들이 악취만 풍겨대는구나. 선왕이 돌아가신 지 두 달도 채 못 되었건만 세상이 이리 변할 줄이야. 훌륭하신 선왕은 태양이요, 지금의 왕은 암흑이로다. 바람이 어머님의 얼굴에 닿는 것조차 염려하실 정도로 어머님을 사랑하셨던 아버님. 사랑하면 할수록 더욱 사랑을 요구하듯이 언제나 아버님 곁에 붙어 다니시던 어머님. 그런데 한 달도 못 되어……. 생각하지 말자. 약한 자여, 그대 이름은 여자로다! 한 달도 되기 전에, 아버지의 상여를 따라가던 신발이 다 닳기도 전에, 니오베 여신처럼 흘리던 눈물이 마르기도 전에 숙부의 품속으로 달려가다니……. 오, 신이시여! 이성이 없는 미물이라도 더 오래 슬퍼했을 것이다. 나와 헤라클레스의 차이만큼이나 아버님과 닮은 것이 없는 나의 숙부! 거짓 눈물의 소금기가 사라지기 전에, 붉어진 눈동자의 핏발이 채 가시기도 전에 형수인 어머님과 결혼하다니! 최악의 속도로다! 더럽고 부정한 잠자리가 그리도 급했단 말인가? 망자에게 예의를 갖추기가 그다지도 어려웠단 말인가? 악의 열매만이 맺힐 것이다. 그러나 어찌할 것인가? 심장이 터져버릴지언정 입을 다물고 있을 수밖에…….

호레이쇼, 마셀러스, 바나도 등장.

호레이쇼 : 안녕하십니까? 햄릿 왕자님.
햄릿 : 아니, 내가 제정신인 건가? 호레이쇼, 정말 자넨가?
호레이쇼 : 맞습니다. 왕자님의 충복 호레이쇼입니다.
햄릿 : 충복이라니? 우리 사이에 그런 말은 가당치 않네. 자네는 내 친구이며 나 또한 자네의 친구일 뿐이지. 아, 마셀러스. 자네도 왔군.

마셀러스 : 왕자님!

햄릿 : 만나서 정말 반갑군. 바나도, 자네도 잘 있었나? 그나저나 비텐
베르크에 있어야 할 자네가 여기는 웬일인가?

호레이쇼 : 빈둥대고 싶어서 말입니다. 다 게으른 탓이지요.

햄릿 : 오, 친구여! 자기 입으로 악당이나 된 듯 말한다고 내 귀가 믿을
것 같은가? 설혹 자네의 원수가 그런 험담을 한들 내가 믿을 것 같
은가? 자네가 결코 게으름뱅이가 아니라는 건 내가 잘 알지. 도대
체 무엇 때문에 엘시노어에 와 있는 건가? 어쨌든 돌아가기 전에
내가 자네들을 술독에 빠뜨려주겠네.

호레이쇼 : 실은 선왕 폐하의 장례식에 참례하러 왔습니다.

햄릿 : 농담하지 말게. 어머님의 결혼식을 구경하러 왔겠지.

호레이쇼 : 그도 틀린 말은 아니지요. 연이어서 일이 진행되었으니 말
입니다.

햄릿 : 이 얼마나 근검한가! 온기도 채 가시지 않은 제사상 음식으로
혼례상을 차리다니 말이야. 그런 꼴을 보느니 차라리 천국에서 원
수를 만나는 게 나을 걸세. 아, 호레이쇼. 나의 아버님은 언제나 나
와 함께 계시건만 이 무슨 추악한 짓이란 말인가?

호레이쇼 : 함께 계시다니, 어디서요 왕자님?

햄릿 : 내 마음속에서.

호레이쇼 : 저도 선왕을 한 번 뵌 적이 있었습니다만 참으로 훌륭하셨
습니다.

햄릿 : 그렇다네. 이 세상에서 다시는 그런 사람을 만날 수 없을 정도
로 훌륭하신 분이셨지.

호레이쇼 : 왕자님, 실은 어젯밤에 그분을 뵈었습니다.

햄릿 : 무슨 소린가? 누굴 보았다고?

호레이쇼 : 선왕 폐하셨습니다.

햄릿 : 아버님을?

호레이쇼 : 어젯밤 제가 경험한 괴이한 일을 모두 말씀드릴 수 있도록 마음을 진정하십시오. 여기 이 두 사람도 함께 있었지요.

햄릿 : 뜸들이지 말고 어서 말해보게!

호레이쇼 : 실은 마셀러스와 바나도 이 두 친구가 이틀 밤을 연이어 보초를 섰을 때 일어난 일입니다. 산천초목도 잠든 한밤이었지요. 갑자기 선왕의 갑옷으로 무장을 한 망령이 이 두 사람 앞을 위엄 있게 지나갔습니다. 손에는 홀을 들고 있었는데 그 홀이 두 사람에게 닿을 정도의 가까운 거리를 두고 세 번씩이나 지나갔답니다. 이 두 친구는 얼마나 놀랐던지 마치 넋 나간 사람처럼 멀뚱히 쳐다만 볼 뿐 말을 걸 엄두조차 내지 못했답니다. 이 친구들은 이 이야기를 제게만 조용히 털어놓았고 사흘째 밤엔 저도 두 사람과 함께 보초를 섰습니다. 그런데 아니나 다를까, 이 두 사람이 말한 그대로 정해진 시간에 똑같은 모습으로 망령이 나타났습니다. 맹세컨대 틀림없는 선왕의 모습이었습니다. 제 오른손과 왼손도 그처럼 똑같을 수는 없을 겁니다.

햄릿 : 그곳이 어딘가?

마셀러스 : 저희가 경비를 보는 망대입니다.

햄릿 : 말은 건네보았나?

호레이쇼 : 물론입니다. 그러나 아무런 대답도 들을 수 없었습니다. 다만 뭔가 할 말이 있는 듯이 고개를 쳐들고 저희를 바라보더군요. 하지만 날카로운 새벽닭의 울음소리와 함께 황급히 사라져버리고 말았습니다. 무엇에 쫓기는 사람처럼 말입니다.

햄릿 : 믿을 수 없는 일이구나.

호레이쇼 : 하늘에 맹세코 사실입니다, 왕자님. 이 일을 바로 왕자님에게 알려드리는 것이 저희의 의무이며 충성이라고 생각했습니다.

햄릿 : 그렇고말고. 하지만 그것이 사실이라는 게 나를 더욱 심란하게 하는군. 오늘 밤에도 경계를 서는가?

일동 : 그렇습니다.

햄릿 : 머리끝에서부터 발끝까지 무장을 하고 있었다고?

일동 : 틀림없습니다.

햄릿 : 그럼 얼굴을 본 것은 아니로군.

호레이쇼 : 아닙니다. 투구의 안대가 올려져 있어서 보았습니다. 분명 선왕 폐하셨습니다.

햄릿 : 표정은 어떠셨나? 찌푸리고 계시던가?

호레이쇼 : 슬퍼 보이셨습니다.

햄릿 : 창백하던가, 아니면 상기돼 있으시던가?

호레이쇼 : 아주 창백하셨습니다.

햄릿 : 자네들을 쳐다보던가?

호레이쇼 : 저희에게서 줄곧 눈을 떼지 않으셨습니다.

햄릿 : 나도 그 자리에 있었다면 좋았을 것을.

호레이쇼 : 그랬다면 심히 놀라셨을 겁니다.

햄릿 : 그랬을 테지, 분명 그랬을 거네. 그래 어느 정도 머무셨나?

호레이쇼 : 백을 셀 정도였을 겁니다.

마셀러스, 바나도 : 아닙니다. 더 길었습니다.

호레이쇼 : 내 생각에는 그 정도였네.

햄릿 : 수염은 어땠나? 희끗희끗하던가?

호레이쇼 : 네, 살아 계셨을 때와 같은 모습이었습니다.

햄릿 : 그렇다면 오늘 밤에는 나도 망을 서야겠네. 부왕이 다시 나타나

실지도 모르지 않나?

호레이쇼 : 반드시 나타나실 겁니다.

햄릿 : 자네들 말대로 아버님의 모습 그대로라면 내가 말을 걸어봐야 겠어. 지옥이 시키면 입을 벌리고 나에게 침묵을 강요하더라도 이 기회를 놓칠 수 없네. 그 전에 친구로서 자네들에게 부탁이 있네. 이전과 같이 앞으로도 이 일에 대해서는 함구해주게. 그리고 오늘 밤 무슨 일이 일어나더라도 이 일을 가슴속에 숨겨두고 침묵해야 하네. 자네들의 우정에 보답할 날이 올 걸세. 그럼 이제 가보게나. 오늘 밤 열한 시에서 열두 시 사이에 내가 망대로 갈 테니 그때 꼭 보세.

일동 : 왕자님을 위해 충성을 바치겠습니다.

햄릿 : 우리끼리는 충성이 아니라 우정이야. 잘들 가게. (호레이쇼, 마셀 러스, 바나도 퇴장) 갑옷으로 무장한 아버님의 혼령이라, 심상치 않 구나. 필시 뭔가 흉악한 일이 일어날 징조이리라. 밤이여, 빨리 와 다오. 내 영혼아, 그때까지 침착해야 한다. 비록 온 땅이 사람의 눈 을 가린다 해도 악행은 결국 드러나게 되어 있는 법, 우리는 그것 을 알게 될 것이다. (퇴장)

제1막 3장 ╇ 폴로니어스의 저택

레어티스, 오필리아 등장.

레어티스 : 배에 짐은 실어 놨다. 오필리아, 이제 작별이구나. 곤하다고
　　잠만 자지 말고 배편이 있는 대로 소식을 전해주렴.

오필리아 : 네, 그럴게요.

레어티스 : 노파심에서 하는 소리다만, 햄릿 왕자님에 대해서는 아무
　　기대도 하지 마라. 네게 베푼 호의는 젊은 시절의 객기이자 변덕일
　　뿐이다. 제비꽃은 일찍 피지만 영원하지 못하고, 아름답지만 오래
　　가지 못하지. 모든 게 순간의 달콤한 향기고 순간의 유희란다.

오필리아 : 정말 그럴까요?

레어티스 : 오필리아, 사람이 성장할 때는 키와 근육만 자라는 것이 아
　　니라 그 안에 마음과 정신도 함께 큰단다. 지금 왕자님께서 널 사
　　랑하시는 마음이야 거울처럼 맑고 순수하며 거짓도 없을 것이다.
　　그러나 그분은 우리와 신분이 다르다. 그분의 신분은 결코 그분의
　　뜻대로 세상을 살 수 없게 할 것이다. 왕실의 법도, 외국과의 외교,
　　무엇 하나 그분을 자유롭게 하는 것이 없지. 이 나라의 안녕과 번
　　영이 그분의 선택에 달려 있기 때문에 그의 선택은 백성의 지지와
　　동의 없이는 불가능한 일이다. 그러니 오필리아, 그분의 신분을 생
　　각한다면 네가 비록 그분에게서 사랑한다는 고백을 받았다 하더라
　　도 미래를 약속하는 것으로 받아들이지는 말아야 한다. 왕자님의
　　달콤한 구애에 솔깃해져 넋을 잃거나, 그의 무절제한 간청에 너의
　　소중한 정조를 내주는 일이 없도록 해라. 조심해라 오필리아, 사
　　랑하는 누이야. 아무리 정숙한 여인이라고 해도 세상 사람들의 중

상모략을 피할 수는 없는 법이다. 봄의 새싹은 봉오리가 피기 전에 벌레에게 먹혀 시들어버리는 일이 허다하고, 아침 이슬 같은 청춘도 무서운 전염병에 희생될 수 있단다. 그러니 정욕의 화살이 닿지 않도록 몸을 조심해야 한다. 조심해라. 안전을 위한 최선은 오직 조심이야. 청춘이라는 것은 누가 유혹하지 않아도 스스로 쉽게 유혹에 빠져들기 마련이니 말이다. 정숙한 처녀는 달빛에 자신의 살갗을 보여주는 것조차 부끄러워하는 법이다.

오필리아 : 오라버님의 말씀을 마음 깊이 새겨 스스로를 감시하도록 할게요. 하지만 오라버님, 험한 가시밭길이 천당으로 가는 길이라고 알려주면서 정작 자신은 탕아처럼 환락의 꽃밭을 누비는 방탕한 사제가 되는 일이 없도록 하세요.

레어티스 : 별 걱정을 다하는구나. 그나저나 너무 오래 지체한 모양이다. (폴로니어스 등장) 아버님이 오시는구나. 축복이 두 번이면 행운도 배가 되겠지. 다시 한 번 작별 인사를 해야겠다.

폴로니어스 : 아직 있었구나. 돛이 바람을 한껏 안았고 사람들도 널 기다리고 있어. 이리 늑장을 부리다니……. 어서 배에 올라라. (레어티스의 머리에 손을 얹고) 축복을 빌어주마. 몇 가지 일러둘 말이 있으니 가슴속에 새겨두도록 해라. 마음속에 있는 생각을 함부로 남에게 말하지 말고, 엉뚱한 생각을 품었더라도 행동으로 옮기지 말며, 친절하되 천박해서는 안 된다. 머리에 피도 안 마른 풋내기들과는 상종하지도 말고, 일단 사귄 친구의 우정이 진실하다고 여겨지면 절대로 놓치지 마라. 분쟁에 휘말리지 않도록 조심해라. 그러나 일단 시작했으면 상대가 너를 주목하고 있다는 사실을 명심해라. 다른 사람의 말에 귀를 기울이되 쉽게 입을 열지 말고, 남의 의견을 참고하되 성급한 판단을 하지 마라. 옷이란 종종 인격을 대변

하기도 하기 때문에 프랑스의 상류층 사람들은 고상하고 우아한 취향의 옷을 즐긴단다. 여유가 있는 한 옷차림새에 신경을 쓰되 남의 이목을 끌 정도로 멋을 부리지 말고 품위를 지키도록 해라. 돈은 빌리지도 말고 빌려주지도 말아라. 친구와 돈거래를 할 경우 돈과 친구 둘 다 잃게 되며, 만약 돈을 빌리면 절약하는 마음이 무뎌지니 절대로 금해야 할 것이다. 무엇보다도 너 자신에게 충실해라. 그리해야만 낮을 따라 밤이 오듯 남에게도 충실해질 것이다. 아비의 말을 잊지 말아라. 조심해서 가거라.

레어티스 : 네, 이제 떠나겠습니다. 안녕히 계십시오.

폴로니어스 : 시간이 되었구나. 다들 기다리니 어서 가거라.

레어티스 : 오필리아, 잘 있어라. 내 충고를 잘 기억해두고.

오필리아 : 마음 깊은 곳에 새겨서 자물통으로 잠갔으니 열쇠는 오라버니께서 가져가세요.

레어티스 : 잘 있어라. (퇴장)

폴로니어스 : 그래, 애야. 네 오라비가 뭐라 하더냐?

오필리아 : 햄릿 왕자님에 대한 이야기였어요.

폴로니어스 : 그랬구나. 내가 듣기에도 근래에 왕자님과 단둘이 보내는 시간이 많다던데, 맞니? 너 또한 왕자님을 위해서 스스럼없이 시간을 내어드린다던데 그 소문이 사실이라면 아비가 너에게 한마디 일러두어야겠다. 너는 네가 어떤 신분인지 잘 모르는 것 같구나. 너는 나의 딸이니 너의 명예가 아비의 명예와 다를 것이 없다는 것을 명심해라. 그래 왕자님과 너와의 관계는 어떠하냐? 사실대로 아비에게 말해봐라.

오필리아 : 왕자님께 사랑 고백을 받았습니다.

폴로니어스 : 사랑이라고? 애야, 꼭 철부지 같은 말을 하는구나. 하긴

아직 험한 꼴을 당해보지 않았으니 순진할밖에. 그래 너는 왕자님의 고백을 믿고 있느냐?

오필리아 : 아버님, 실은 어찌 생각해야 할지 몰라서 그저 난감할 뿐이에요.

폴로니어스 : 그럴 테지. 순정이 아닌 애정 표현을 진정이라고 생각하다니. 오필리아, 내 말을 잘 새겨들어라. 도도하게 굴도록 해라. 헛된 말에 현혹되어 너의 본분을 잃게 되면 그로 인해 웃음거리가 되는 것은 너와 네 애비인 나뿐이란다.

오필리아 : 왕자님께서는 진심이셨습니다.

폴로니어스 : 사랑을 고백하는데 진심인 척하지 않을 사람이 어디 있겠니? 그만두도록 해라. 모두 잊도록 해라.

오필리아 : 아버님, 하늘에 하신 맹세까지도 거짓이라고 하시는 건가요?

폴로니어스 : 애야, 욕망이 끓어오르는 영혼에게는 하늘도 두려운 존재가 아니란다. 그저 새를 잡기 위한 미끼이며 덫일 뿐이지. 그런 맹세는 활활 타오르는 불꽃 같지만 뜨겁지 않으며, 입으로 내뱉는 순간 불꽃의 빛도 열도 식어버리기 마련이다. 맹세란 겉모습과 속이 다르기 마련이다. 말도 안 되는 일을 청원하는 사람들은 그럴듯한 말을 입 밖으로 내뱉지만 실상 그들의 뱃속은 사람을 속일 시커먼 궁리로 꽉 차 있단다. 더 이상 왕자님을 만나지 않도록 해라. 왕자님께서 만나달라고 하더라도 쉽게 허락하지 말고 콧대 높게 굴어라. 햄릿 왕자님은 아직 젊고 너와 달리 신분이 높고 자유로운 분이다. 그러니 오필리아, 왕자님의 맹세를 믿지 마라. 분명히 말하는데, 앞으로는 찰나에 불과한 시간이라도 햄릿 왕자님을 만나지도 말고, 말을 건네지도 말며, 글을 주지도 말아라. 아비의 말을 명

심해야 한다. 자, 이제 들어가자.

오필리아 : 아버님 말씀대로 하겠어요. (모두 퇴장)

제1막 4장 　망대

햄릿, 호레이쇼, 마셀러스 등장.

햄릿 : 살을 에는 바람이구나.

호레이쇼 : 대단히 추운 밤입니다.

햄릿 : 지금 몇 시나 되었나?

호레이쇼 : 아직 자정은 안 지난 것 같습니다.

마셀러스 : 아닙니다. 종이 열두 점을 쳤습니다.

호레이쇼 : 그래? 난 듣지 못했는데……. 그럼 이제 곧 망령이 나타나
　　겠군요. (요란한 나팔 소리와 축포 소리) 저건 무슨 소립니까, 왕자님?

햄릿 : 우리의 새 왕께서 주연을 열고 있네. 모두 코가 비뚤어지게 술
　　을 마시고 비틀거리며 춤추는 광란의 축제에 젖어 있지. 왕이 라인
　　산 술을 한 잔 들이킬 때마다 저렇게 축포를 쏘고 나팔을 불어서 왕
　　의 축배를 알린다네.

호레이쇼 : 그렇게 하는 게 관례인가요?

햄릿 : 그렇다네. 그렇지만 명예스럽지 못한 악습일 뿐이지. 비록 태어
　　나고 자란 내 나라의 관습이라고는 해도 없애버리는 것이 더 나을
　　것 같아. 저렇게 난장판이 되도록 술을 퍼마셔대니 동서의 여러 나
　　라에서 우리를 술주정뱅이나 돼지라고 몰아붙이는 것도 무리는 아
　　니지. 우리가 애써서 훌륭한 업적을 이룬들 무슨 소용이 있겠나?

저런 악습이 빛을 바래게 하는데 말일세. 사람도 마찬가지지. 누구나 나라나 성별, 심지어 가족까지도 자신의 의지로 선택하지 못한 채 세상에 내동댕이쳐지게 마련이네. 성격에 선천적인 결함이 있다고 해도 본인의 선택이 아닌 이상 본인의 잘못 또한 아니지. 그러나 그 결함이 이성의 통제를 넘어서 후안무치의 망나니가 되어 버렸다면 그것이 자연의 소치이건 운명의 장난이건 세상 사람들의 비난을 모면하기 어려울 걸세. 그가 아무리 순수하고 고귀한 본성을 소유하고 있다 할지라도 말이야. 한 모금의 악일지라도 고귀한 본성 모두를 망가뜨리고 치욕을 부를 수도 있거든.

망령 등장.

호레이쇼 : 보십시오, 왕자님. 망령입니다. 드디어 나타났습니다!
햄릿 : 신이시여, 이 몸을 보호해주소서! 구원의 천사냐, 저주받은 악령이냐? 하늘에서 정기를 품고 왔느냐, 지옥에서 독기를 품고 왔느냐? 무슨 하소연이라도 하고픈 모습으로 나타났으니 말을 걸지 않을 수 없구나. 덴마크의 국왕, 위대한 햄릿 왕의 망령이여, 대답하라. 의혹에 찬 내 심장이 터지지 않도록 해다오. 신성한 장례의 절차를 거쳐 매장된 유해여, 왜 수의를 찢어버리고 나타났는가? 누워 있던 묘지는 왜 육중한 대리석 문을 열고 이승으로 사자를 내보냈는가? 이미 죽은 그대는 어찌 갑옷을 걸치고 구름 사이, 달빛 아래 나타나 이 밤을 공포에 떨게 하는가? 어리석은 우리 인간들의 이치로는 도무지 알 수 없는 수수께끼로다. 대답하라. 무엇 때문인가? 원하는 것이 무엇인가?

망령, 햄릿을 손짓해 부른다.

호레이쇼 : 왕자님께만 뭔가 긴밀히 하고픈 이야기가 있는 것 같습니다. 왕자님께만 따라오라고 하는 것 같습니다.

마셀러스 : 보십시오. 예의 바르고 정중한 손짓으로 조용한 곳으로 가자는 눈치입니다. 그러나 따라가진 마십시오.

호레이쇼 : 절대로 가시면 안 됩니다.

햄릿 : 여기에선 말을 할 것 같지 않구나. 따라가 봐야겠어.

호레이쇼 : 안 됩니다.

햄릿 : 무슨 말이야? 내 목숨은 바늘만큼도 아깝지 않다. 이미 내 영혼도 저 망령처럼 영원히 죽지 않을 텐데 두려워할 것이 무엇이냐? 봐라, 또 오라고 손짓을 한다. 따라가겠다.

호레이쇼 : 왕자님, 만에 하나라도 저것이 왕자님을 해변이나 혹은 바닷가에 깎아지를 듯이 우뚝 솟은 낭떠러지 끝으로 데리고 가 갑자기 괴물로 변해 왕자님의 정신을 어지럽히고 이성을 마비시킨 후 왕자님의 영혼을 빼앗아 가면 어찌하시렵니까? 생각해보세요. 아찔한 절벽 위에서 발아래에 펼쳐진 바다를 보고 귀에 들려오는 우렁찬 파도 소리만으로도 사람이라면 누구든 넋을 잃기 마련입니다.

햄릿 : 아버님이 나를 부르고 있다. 아직도 손짓하고 계시다. 어서 뒤쫓아 가야겠어.

마셀러스 : 가시면 안 됩니다, 왕자님.

햄릿 : 손을 놔라!

호레이쇼 : 진정하시고 제 말을 들으십시오, 왕자님.

햄릿 : 내 운명이 날 부른다. 네메아의 사자(헤라클레스가 그리스 네메아에서 죽였다는 무서운 사자 – 역자 주)처럼 온몸에 힘이 솟아나고 있다.

아직도 나를 재촉하고 있다. 손을 놓아라. 이제부터 누구라도 나를 막아서면 이 칼로 귀신을 만들어줄 것이다. 저리 비켜라! 난 저 부왕의 망령을 따라가야겠다. (햄릿, 망령 뒤를 따라 퇴장)

호레이쇼 : 왕자님께선 망령에 홀리신 모양이야.

마셀러스 : 따라가봐야 하네. 이렇게 가만히 있을 때가 아니야.

호레이쇼 : 왕자님을 쫓아가세. 앞으로 이 일이 어떻게 될지 걱정이군.

마셀러스 : 이 덴마크 땅은 뭔가 푹푹 썩어가는 것 같아.

호레이쇼 : 신이시여, 도와주소서.

마셀러스 : 어서 가보세. (모두 퇴장)

제1막 5장 ᐟ 다른 쪽 망대

망령, 햄릿 등장.

햄릿 : 나를 어디로 데려가는 겁니까? 더 이상은 못 갑니다.

망령 : 들어라.

햄릿 : 듣겠습니다.

망령 : 이글이글 타오르는 연옥의 유황불 속으로 이제 돌아가야 할 시간이 다가오고 있다.

햄릿 : 오, 가엾은 영혼!

망령 : 나에 대한 동정이 있다면 부디 내 말에 귀를 기울여라.

햄릿 : 말하십시오. 듣겠습니다.

망령 : 내 얘기를 듣고 복수를 다짐하라.

햄릿 : 복수?

망령 : 나는 네 아비의 망령이다. 어둠이 지상을 뒤덮으면 이승을 헤매다가 어둠이 걷히면 연옥의 유황불 속에 몸을 던져 이승에서 지은 죄를 불태워 깨끗하게 없어질 때까지 견뎌내야 하는 것이 나의 운명이다. 저승의 감춰진 비밀은 인간의 귀에 전할 수 없는 법. 그 비밀 한 가지만 알게 되어도 네 젊은 피는 얼음이 되고, 두 눈은 궤도를 이탈한 유성처럼 튀어나올 것이며, 가지런히 정돈된 네 곱슬곱슬한 머리카락은 성난 산짐승의 털처럼 사방으로 곤두서게 될 것이다. 그러니 저승의 비밀을 알려달라고 하지는 말아라. 다만 한 가지, 이것만은 들어라. 제발 들어라, 이 아비를 단 한 번이라도 거짓 없는 마음으로 사랑한 일이 있다면!

햄릿 : 오, 신이시여!

망령 : 잔악하고 더러운 살인자에게 복수를!

햄릿 : 살인?

망령 : 살인이다, 살인. 그 어떤 살인보다도 더럽고 비정하며 비열한 살인이다.

햄릿 : 부디 말씀해주십시오! 사랑의 상념만큼이나 빠르게 원수를 찾아가 복수를 하겠습니다.

망령 : 믿음직스러운 나의 아들이여! 만일 네가 이 얘기를 듣고 분노하지 않는다면 레테 강변의 성한 잡초보다도 쓸모없고 미련한 인간이리라. 들어라, 햄릿. 내 죽음은 정원에서 낮잠을 자다가 독사에게 물린 것이라고 세간에 알려져 있다. 이는 살인자가 덴마크의 백성들을 감쪽같이 속이기 위해 꾸며놓은 그럴듯한 조작극일 뿐이다. 현명한 나의 아들아, 알아두어라. 이 아비를 독살한 뱀의 머리에서 덴마크의 왕관이 빛나고 있는 것을.

햄릿 : 오, 불길한 예감이 적중했어! 숙부였어!

망령 : 그렇다. 더러운 불륜과 음탕을 일삼는 짐승 같은 놈. 사악한 머리와 비상한 술수로 음흉한 유혹에 능한 자. 그자의 손에서는 정숙한 여인의 타락도 어려운 것이 아니었구나. 배반이다. 천박한 타락이다. 정숙한 여인은 천사를 가장한 음탕한 악마의 유혹에 굴하지 않고, 음탕한 여인은 천사와 잠을 자도 천상의 잠자리에 만족하지 못하고 더러운 고기를 찾아 헤매는 법이거늘. 혼례식에서 신께 맹세한 거룩한 언약도, 한결같이 마음을 다해 사랑했던 나의 마음도 한순간에 연기로 만들었구나. 나와는 비교도 되지 못하는 천박하고 교활한 자의 품속에 안기고 말았구나. 오, 시간이 없다, 아침의 공기가 벌써 이렇게 가까이 다가와 있으니. 간단히 말하마. 그날 오후 늘 하던 대로 정원에서 낮잠을 즐기고 있던 내 곁에 네 숙부가 발소리를 죽이고 다가왔다. 그는 몸 안에 퍼지는 순간 육체의 구석구석에 파고들어 온몸을 썩게 하고 혈관에 퍼져 피를 바로 응고시키는 헤보나 독즙을 나의 귓속으로 흘러들게 했다. 그리하여 부드러웠던 나의 몸은 문둥이의 그것처럼 문드러져 버렸고 혈관 속을 힘차게 질주하던 나의 피는 식초 한 방울이 떨어진 우유처럼 딱딱하게 엉겨버리고 말았다. 결국 나는 달콤한 낮잠 끝에 내 생명과 왕관 그리고 아름다운 나의 아내까지 단번에 빼앗겨 버렸구나. 그것도 내 피를 나눈 친아우에게 말이다. 임종의 고해도 하지 못한 채 끊겨버린 내 목숨은 성찬식도 장례식의 성유도 바르지 못한 까닭에 생전의 모든 허물을 온몸에 두르고 신의 심판대에 끌려 나왔다. 두렵구나, 두려워! 진정으로 두려운 일이구나. 나의 아들아, 부탁하노니 위대한 덴마크 왕실을 저주받은 간음의 비열한 죄업에서 구해내어라. 모든 수단을 써서라도 꼭 왕실을 구해야 한다. 단, 거울같이 맑은 이성을 유지해야 한다. 또한 네 어미에게 위해를 가해

서는 안 된다. 양심의 가시가 왕비의 마음을 고통스럽게 찌르도록 내버려두어라. 신께서 충분히 벌하실 것이니……. 아, 반딧불이의 반짝임이 가늘게 사라지는 것을 보니 새벽인가 보구나. 잘 있어라, 잘 있어라. 나를 잊지 말아라. (망령 퇴장)

햄릿 : 오, 하늘의 신이여! 오, 대지여! 아, 지옥이라도 불러볼까? 아, 모두 부질없구나. 나의 심장아, 견디어다오! 나의 근육아, 순식간에 시들지 말고 나를 버티게 해다오. 아, 가련한 혼령이여! 잊지 말라 했는가? 내 머릿속이 엉망으로 흐트러지지 않는 한 어떻게 그대를 잊을 수 있을 것인가! 그래, 내 기억의 수첩에 그대의 소망만을 남겨두리라. 이제껏 남겨두었던 모든 기록과 온갖 책 속의 격언, 심지어 약해빠지고 쓸모없는 감상까지도 다 지워버리리라. 다른 것과 섞여 혼탁해지지 않도록 오로지 그대의 명령만을 남겨두리라! 하늘을 두고 맹세해도 좋다! 오, 악랄한 여인이여! 오, 비열한 악당이여! 내 수첩에 적어두겠다. 얼굴에 웃음을 가득 담고 있어도 악당일 수 있다는 것을. 적어도 덴마크에서는 가능한 일이구나. 확실히 기억해두리라. '잘 있어라, 나를 잊지 말아라.', 이것이 나의 약속이며 맹세다.

호레이쇼, 마셀러스 등장.

호레이쇼 : 왕자님, 왕자님!

마셀러스 : 햄릿 왕자님!

호레이쇼 : 하늘이여, 그를 보호하소서.

햄릿 : (방백) 그리하소서.

마셀러스 : 여, 여, 왕자님!

햄릿 : 여, 여기네! 친구들, 나 여기에 있네.

마셀러스 : 괜찮으십니까, 왕자님?

호레이쇼 : 어찌 된 겁니까, 왕자님?

햄릿 : 아, 실로 놀라운 일이다!

호레이쇼 : 놀라운 일이라니요? 말씀해주십시오, 왕자님.

햄릿 : 그건 안 될 말이네. 소문이 나서는 큰일이거든.

호레이쇼 : 맹세코 그런 일은 없을 겁니다, 왕자님.

마셀러스 : 물론입니다, 왕자님.

햄릿 : 나는 자네들을 믿지만 사람의 앞날을 어찌 알겠나? 그러나 비
밀을 지켜주겠지?

호레이쇼, 마셀러스 : 하늘에 맹세합니다.

햄릿 : 그래, 덴마크 땅에 사는 악당치고 극악무도한 악당이 아닌 사람
은 하나도 없다더군.

호레이쇼 : 누구나 다 아는 사실이나 알려주려고 망령이 무덤 속에서
일부러 걸어 나왔다는 말씀입니까?

햄릿 : 그렇군, 자네 말이 맞네. 그러니 오늘은 괜히 쓸데없는 말 할 것
없이 악수나 하고 헤어지는 게 좋을 것 같네. 사람들은 저마다 할
일이 있으니 어서 자신의 자리로 돌아가 소망하는 일을 해야 하지
않겠나? 가련하디가련한 이 몸은 기도밖에 할 것이 없지만······.

호레이쇼 : 왕자님, 말을 돌리시는군요.

햄릿 : 자네를 화나게 한 모양이군. 정말로 미안하네, 진심으로.

호레이쇼 : 화가 난 것은 아닙니다.

햄릿 : 아니, 패트릭(아일랜드의 수호신 – 역자 주)을 걸고 맹세하네만 자
네는 기분이 상했네. 어쨌든 자네 덕분에 만난 이 망령은 믿을 만
한 존재더군. 하지만 부탁인데 더는 묻지 말게. 자네들이 얼마나

궁금해하는지 모르는 바는 아니지만 도저히 말할 수 없군. 자네들의 신의를 의심해서가 아니라는 것만 알아주게. 그리고 내 친구이자 학자요, 군인이기도 한 자네들에게 작은 청이 있는데 들어주겠나?

호레이쇼: 그러지요. 분부만 하십시오, 왕자님.

햄릿: 오늘 밤 이 일을 누구에게도 말해서는 안 되네. 알겠나?

호레이쇼, 마셀러스: 염려 마십시오.

햄릿: 맹세할 수 있나?

호레이쇼: 맹세코 발설하지 않겠습니다.

마셀러스: 이미 맹세했습니다, 왕자님.

햄릿: 내 칼에 맹세하게.

망령: (무대 밑에서) 맹세하라! (그들, 맹세한다)

햄릿: 오, 선하고 진실한 망령이여, 거기 있었군. 자네들도 들었겠지? 지하에서 외치는 망령의 목소리를! 자, 어서 맹세하게. 진심으로!

호레이쇼: 맹세의 말을 먼저 말씀해주십시오.

햄릿: '오늘 밤 일을 절대로 발설하지 않겠다.' 자, 이 칼에 맹세하라.

망령: (무대 밑에서) 맹세하라.

햄릿: 망령이여, 그곳에 있었는가? 있지 않은 곳이 없구나. 그럼 우리도 자리를 옮겨보세. 이리로 오게, 친구들. 다시 한 번 칼에 손을 대고 맹세하라. 내 칼에 걸고 자네들이 들은 것을 절대로 입 밖으로 내지 않겠다고 맹세하게.

망령: (땅속에서) 맹세하라, 그 칼에 걸고. (그들, 맹세한다)

햄릿: 호, 이런! 그대는 날쌘 두더지인가? 매우 민첩하구나. 이번에 저쪽으로 옮겨보세.

호레이쇼: 세상에, 정말로 해괴한 일이군요.

햄릿: 그래, 우리의 지식으로는 이해할 수 없는 해괴한 일들이 많이

있다네. 그러니 더 이상 알려고 하지 말고 아까의 맹세를 다시 해주게. 그리고 내가 지금부터 자네들 생각으로도 도저히 이해할 수 없는 별나고 이상한 행동을 한다고 해도, 심지어 미친 것이 아닌가 싶더라도 자네들은 모른 척해주게. 그 이유를 이미 다 알고 있는 듯이 팔짱을 끼고 머리를 까딱이면서, '우린 다 알고 있어'라든가, '알려면 알 수도 있지', '말할 수는 없지만'과 같은 애매한 말을 입 밖에 내서도 안 되네. 자네들이 내 행동에 관해 뭔가 비밀을 알고 있는 척하면 안 된단 말일세. 알겠지? 자, 맹세하게, 부탁이야. 절대로 그런 행동을 하지 않겠다고 하게.

망령 : (무대 밑에서) 맹세하라. (그들, 맹세한다)

햄릿 : 초조해하지 마라, 가련한 망령이여! 친구들, 고맙네. 지금은 비록 아무런 힘도 없는 가난한 햄릿이지만 신께서 은총을 내려주신다면 자네들의 우정과 사랑에 보답이 있을 걸세. 자, 이제 돌아가세. 지금 이 자리에서의 맹세를 부디 잊지 말고. 아, 혼란한 세상이여! 저주받은 운명이여! 혼탁한 세상을 바로잡기 위해 태어나다니! 자, 어서 함께 가세. (모두 퇴장)

제2막

제2막 1장 ┃ 폴로니어스의 저택

폴로니어스, 하인 레이날도 등장.

폴로니어스 : 레이날도, 이 돈과 편지를 내 아들에게 전해라.

레이날도 : 알겠습니다, 나리.

폴로니어스 : 너라면 걱정할 것 없겠지. 그리고 레어티스를 만나기 전
　　　　 에 그 애가 그곳에서 평소에 어떻게 생활하는지 자세히 알아봐라.

레이날도 : 저도 그럴 작정이었습니다.

폴로니어스 : 그렇지. 역시 믿음직스럽구나. 잘 생각했다. 하지만 직접
　　　　 묻고 다녀서는 안 된다. 파리에 와 있는 덴마크 사람들이 어떤 부
　　　　 류인지를 먼저 알아보는데 누구인지, 어디에 사는지, 수입은 얼마
　　　　 인지, 자주 출입하는 곳은 어딘지, 누구와 사귀고 씀씀이는 어떤지

등을 알아보면 레어티스를 아는 사람이 나타날 것이다. 그러면 레어티스에 대해 조금 아는 척해라. 이를테면 '아, 그분의 부친과 친구 분들을 조금 알고 있습니다. 그래서 본인과도 안면은 있는 편이지요.'라고 말하는 거다. 알아들었나, 레이날도?

레이날도 : 네, 나리.

폴로니어스 : 명심해라. 알기는 하지만 잘은 모른다고 해야 하는 거다. 또 '잘은 모르지만 성격이 포악하고 잡스러운 것에 현혹되어 있는 젊은이지요.'라는 정도의 험담을 꾸며내는 건 상관없다. 그러나 한 가지 명심해야 할 것은 레어티스의 명예를 더럽히는 언행은 삼가야 한다는 것이다. 그맘때의 혈기 왕성한 젊은이들이 흔히 저지르는 난폭함과 과실, 가벼운 탈선 정도만 언급해라.

레이날도 : 도박은 어떨까요, 나리?

폴로니어스 : 괜찮다. 술주정, 칼부림, 욕지거리, 싸움질, 계집질 정도는 괜찮아.

레이날도 : 하지만 나리, 그런 건 명예에 먹칠을 하는 것 아닌가요?

폴로니어스 : 네가 적당히 조절하면 괜찮아. '계집이라면 앞뒤를 가리지 않는답니다.'라는 식은 곤란하지. 그건 내 의도가 아니다. 그의 결점을 교묘히 내비치되 '그 나이 또래의 젊은이들은 충분히 그럴 수 있다.'는 식으로 덧붙이는 것이다.

레이날도 : 그렇지만 나리…….

폴로니어스 : 이유가 궁금한 게냐?

레이날도 : 네, 나리. 그걸 알고 싶습니다.

폴로니어스 : 그래, 내 생각을 알려주마. 아주 멋진 생각이지. 일단 레어티스를 아는 한 사람을 만나는 게 급선무다. 그게 이루어지면 너는 레어티스가 저질렀을 법한 사소한 단점들을 들추며 흥을 보는

것이다. 자라면서 비뚤어졌다고 하면서 말이다. 그럼 너와 대화를
나누던 상대가 이전에 그와 같은 행동을 본 일이 있다면 반드시 맞
장구를 칠 게다. 출신 지역이나 신분에 따라 '선생'이나 '노형' 또는
'어르신'이라고 부르면서 말이다.

레이날도 : 그렇겠지요.

폴로니어스 : 그래, 그러면 말이다, 그 상대는⋯⋯. 어, 무슨 말을 하려
고 했는데? 내가 어디까지 말했지?

레이날도 : 맞장구를 친다는 데까지 하셨습니다.

폴로니어스 : 그래, 그랬어. 상대가 맞장구를 친다는 대목이었지. 상대
가 맞장구를 친다면 '그 사람이라면 잘 알고 있지요. 어젠가, 그제
였나? 아니, 언제 언제였지요. 누구와 함께 있습디다.', 아니면 '도
박에 푹 빠져 있더군요.', '술독에 빠져 엉망으로 살고 있지요.', 그
것도 아니라면 '만취 상태로 테니스를 하다 한바탕 싸움을 벌이더
군요.'라든가 '수상한 곳에 출입하는 것을 보았지요.'라고 할 것이
다. 유곽 같은 데 말이다. 그 외에도 이러저러한 말을 하겠지. 어떠
냐? 레이날도, 알아들었느냐? 내 말은 즉, 거짓이라는 미끼로 진
실이라는 잉어를 잡아 올리자는 것이다. 자고로 앞을 내다볼 줄 아
는 지혜로운 자는 간접적인 방법으로 직접적인 목표를 이룰 수 있
는 사람이다. 네가 잘만 해주면 이 방법으로 레어티스가 프랑스에
서 어떻게 지내는지 면밀히 알아볼 수 있을 게다. 알겠느냐?

레이날도 : 네, 나리의 뜻을 이제야 알겠습니다.

폴로니어스 : 좋다. 당장 길을 떠나거라.

레이날도 : 그럼 다녀오겠습니다, 나리.

폴로니어스 : 너의 목적은 내 아들의 동태를 살피는 것이라는 것을 잊지
마라.

레이날도 : 네, 명심하겠습니다.

폴로니어스 : 음악 공부도 열심히 하라고 전하고.

레이날도 : 네, 나리.

폴로니어스 : 조심해서 다녀오너라. (레이날도 퇴장)

오필리아 등장.

폴로니어스 : 아니, 오필리아? 무슨 일이냐?

오필리아 : 아, 아버님, 아버님! 정말 무서웠어요.

폴로니어스 : 무섭다니, 도대체 뭐가 말이냐?

오필리아 : 제가 방에서 바느질을 하고 있었는데 햄릿 왕자님께서 느닷
없이 제 앞에 나타나셨어요. 윗도리의 단추를 채우지도 않고 모자
도 쓰지 않은 채로 말이에요. 더구나 양말은 대님을 하지 않아 발
목까지 흘러내린 데다가 흙투성이였어요. 창백한 얼굴로 무릎을
덜덜 떨고 있었는데 마치 지옥에서의 경험을 이야기하려는 사람처
럼 가련하고 비통한 표정을 하고 계셨어요.

폴로니어스 : 너에 대한 사랑 때문인 것 같더냐?

오필리아 : 모르겠어요, 아버님. 그렇지만 혹시라도 그런 것 아닌지 두
려워요.

폴로니어스 : 무슨 말을 했지?

오필리아 : 그저 한 손으로 제 손목을 꽉 잡으시더니 껴안으셨어요. 그
리고 팔 길이만큼 거리를 두고선 한 손으로 이마를 가린 채 마치 저
의 얼굴을 머릿속에 그려 넣으려는 듯 유심히 쳐다보셨어요. 오랜
시간을 그렇게 계셨지요. 얼마가 지났는지 갑자기 제 팔을 가볍게
흔들고 당신의 머리를 세 번 끄덕이고는 몸이 바스러지고 숨이 끊

어질 듯한 한숨을 땅이 꺼져라 내쉬었어요. 마치 자신의 존재를 이 세상에서 끝장낼 것 같은 깊은 한숨이었어요. 그리고 왕자님은 뒤를 돌아다보신 후 드디어 제 손을 놓아주셨어요. 하지만 저를 향한 시선을 거두지 않으신 채 밖으로 나가버리셨어요.

폴로니어스 : 오, 이런! 어서 폐하께 가자꾸나. 사랑의 열병으로 정신을 놓으신 모양이다. 그대로 놔뒀다가는 자포자기에 자멸은 불 보듯 뻔한 일! 때때로 사랑이란 인간의 마음과 정신을 괴롭히곤 한단다. 가엾은 햄릿 왕자님. 오필리아, 네가 왕자님께 무슨 심한 말을 한 것 아니냐?

오필리아 : 아니에요. 그저 아버님의 분부대로 왕자님께서 보내온 편지를 돌려보내고 찾아오지 마시라고 했을 뿐이에요.

폴로니어스 : 그 때문에 왕자님께서 이성을 잃으셨구나. 좀더 살펴보며 주의를 기울였어야 하는데 이런 일이 일어날 줄이야. 나는 다만 그의 희롱으로 네가 상처를 받게 되는 것은 아닌지 두려웠던 것뿐인데……. 한심스러운 의심이었구나. 젊은이들에게 분별이 모자라듯 나이 든 사람에게는 의심이 많은 것이 탈이지. 어서 가자. 폐하께 알려드려야겠다. 사실을 아시면 화를 내실지도 모르지만 마냥 덮어두었다가는 더 큰일이 생길 수 있으니 어서 가자. (모두 퇴장)

제2막 2장 ❖ 성 안의 방

트럼펫 소리. 왕과 왕비, 로젠크란츠, 길든스턴, 시종들 등장.

왕 : 잘 왔다, 로젠크란츠, 길든스턴! 그대들이 보고 싶기도 했거니와 긴히 해줬으면 하는 일이 있어서 급히 불렀다. 햄릿이 변했다는 소문은 이미 들었을 줄 안다. 햄릿은 외모뿐 아니라 마음까지도 이미 과거의 그가 아니구나. 아무리 생각해도 선왕의 죽음 말고는 별다른 원인이 없다. 아마 햄릿에게 큰 충격이었던 모양이야. 그래서 햄릿과 어린 시절을 함께 보낸 그대들의 도움이 절실히 필요하다. 그대들만큼 햄릿의 생각을 잘 이해하는 사람은 없을 것이니 말이다. 부디 궁 안에 머물면서 햄릿의 벗이 되어주고 위로해주어라. 그리고 햄릿의 정신을 괴롭히는 것이 무엇인지, 치유할 수 있는 방법이 무엇인지 세심하게 알아봐다오.

왕비 : 그대들의 이야기는 햄릿을 통해 종종 들었다. 그 아이에게 있어서 그대들만큼 마음이 통하는 사람은 다시없을 것이네. 부디 친절을 베풀어주게나. 잠시 시간을 내어 우리의 부탁을 들어준다면 폐하께서 기억하시고 반드시 보답을 해줄 것이네.

로젠크란츠 : 존엄하신 국왕 폐하와 왕비님께서 부탁을 하시다니요? 부디 하명을 해주십시오.

길든스턴 : 저희는 신명을 다해 존엄하신 폐하의 명에 복종하오니 부디 하명을 해주십시오.

왕 : 고맙다, 로젠크란츠, 길든스턴.

왕비 : 고맙네, 길든스턴, 로젠크란츠. 그럼 지금이라도 가련한 내 아들 햄릿을 만나주게나. (시종들에게) 두 분을 햄릿 왕자에게 모셔다

드려라.

길든스턴 : 오, 하느님! 저희가 햄릿 왕자와 이 나라에 도움이 되게 하
소서.

왕비 : 아멘! (로젠크란츠, 길든스턴 퇴장)

폴로니어스 등장.

폴로니어스 : 폐하, 기쁜 소식입니다. 노르웨이로 보냈던 사절들이 성
공적으로 일을 마치고 돌아왔습니다.

왕 : 경은 항상 기쁜 소식만 가지고 오는구려.

폴로니어스 : 그랬던가요, 폐하? 제가 감히 말씀드리건대 하나님과 자
비로운 폐하에게 의무를 다하는 것은 제 영혼을 지키는 것만큼이
나 중요하게 여기고 있습니다. 그래서 말입니다만 폐하, 제가 젊은
시절만큼 통찰력이 뛰어나다고 할 수 있을지 모르지만 왕자님께서
이상해지신 원인을 알아낸 것 같습니다.

왕 : 오, 궁금하니 어서 말하시오.

폴로니어스 : 하오나 우선은 사절단을 만나보셔야 합니다. 제가 드리는
소식은 후식으로 삼으심이 좋을 듯합니다.

왕 : 그도 그렇군. 경이 손수 사절단을 데리고 오시오. (폴로니어스 퇴
장) 오, 거트루드, 폴로니어스가 햄릿이 변한 이유를 알아냈다고
하오.

왕비 : 그저 짐작 정도 아니겠습니까? 부왕의 갑작스러운 붕어(崩御 :
임금이 세상을 떠남 – 편집자 주)와 우리의 성급한 결혼 때문이겠지요.

왕 : 일단 얘기나 들어봅시다. (폴로니어스, 볼티먼드, 코넬리어스 등장)
어서 오시오. 두 사람 모두 수고하시었소! 자, 볼티먼드 경, 노르웨

이 국왕의 회신은 무엇이오?

볼티먼드 : 우리의 요구에 지극히 정중한 답을 주셨습니다. 노르웨이 국왕께서는 폐하의 친서를 받고 조카의 모병을 폴란드 정벌을 위한 준비로 알고 계셨다면서 국왕 자신의 건강이 예전만 같지 못한 틈에 조카에게 기만당했다는 사실에 통탄해하시더군요. 그리고 곧바로 모병을 금지케 한 후 포틴브라스를 불러 국왕의 명령에 순종할 것과 다시는 우리나라를 위협하는 행동을 하지 않겠다는 서약을 하게 하셨습니다. 포틴브라스가 순순히 서약을 하자 노르웨이의 국왕은 크게 기뻐하며 연금 3천 크라운을 하사하시고 폴란드 정벌에 사용한다는 조건으로 모집되어 있는 병사들에 대한 일체의 권한을 위임하였습니다. 그 때문에 폴란드 원정 시에 우리의 영토를 무사히 통과할 수 있도록 허락을 요청하는 친서를 보내셨습니다. 우리 쪽의 안전 보장과 노르웨이 군사들의 행동 강령에 대한 자세한 내용은 여기에 있습니다. (국서를 바친다)

왕 : 결과가 흡족하구려. 지금은 여유가 없으니 노르웨이 국왕의 친서는 나중에 읽어보겠소. 어쨌든 성공적인 임무 수행을 축하하오. 지금은 푹 쉬고 저녁에 그대들의 노고를 치하할 것이오. 함께 축배를 들도록 합시다.

볼티먼드, 코넬리어스 퇴장.

폴로니어스 : 이번 일은 잘 처리된 듯합니다. 국왕 폐하, 왕비 전하, 국왕의 권리와 신하의 임무는 무엇인지, 낮은 왜 낮이고 밤은 왜 밤인지, 시간은 왜 존재하는 것인지를 묻는 것은 밤과 낮과 시간의 낭비에 불과할 것입니다. 마찬가지로 간결함은 지혜의 핵심이며,

온갖 수식과 장황함은 쓸모없는 포장에 불과합니다. 그렇기 때문에 간단히 아뢰옵니다. 햄릿 왕자님은 미치셨습니다. 왕자님의 지금 상태에 대해서는 그 말밖에는 달리 표현할 길이 없군요.

왕비 : 말재주는 필요 없소. 요점만 말하시오.

폴로니어스 : 왕비 전하, 제가 어찌 말재주나 부리겠습니까? 왕자님께서 제정신이 아니라는 것은 사실이며, 그것이 안타깝기 그지없는 일이라는 것 또한 사실입니다. 쓸데없는 말은 그만두겠습니다. 무슨 말을 하더라도 햄릿 왕자님의 불행한 상태는 사실이니 이제부터는 그 원인을 찾아야 하옵니다. 결과에는 그에 합당한 원인이 있기 마련이니 말입니다. 들으시고 판단해주십시오. 사실 소신에게는 딸이 하나 있습니다. 출가 전 모든 여식이 아비에게 순종하듯 그 아이 또한 제게 대한 순종의 의무로 이것을 저에게 주었습니다. 들어보십시오. (읽는다) '천사 같은 내 영혼의 우상, 더없이 멋진 오필리아' ─ 점잖은 왕자님께서 하실 말씀은 아니시군요. '멋진'이라니, 품위가 없는 말이지요. 계속 들어보십시오. '당신의 아름답고 하얀 가슴속에 이 편지를' 등등…….

왕비 : 오필리아에게 그 편지를 보낸 사람이 햄릿이라는 거요?

폴로니어스 : 왕비 전하, 조금만 참아주십시오. 있는 그대로를 말씀드리겠습니다. (읽는다)

'밤하늘 별들의 반짝임을 의심할지라도

저 하늘 태양의 움직임을 의심할지라도

진리가 거짓은 아닐까 의심할지라도

부디 그대에 대한 나의 사랑은 의심하지 마오.

사랑하는 오필리아!

시에 서툰 나로서는

애끓는 이 마음을 제대로 표현할 수가 없소.

그러나 믿어주오. 그대를 가장 사랑한다는 사실만을. 안녕,

사모하는 그대여, 이 육신이 내 것인 한

영원히 그대의 것인 햄릿.'

이것이 아비에게 순종하는 제 딸애가 보여준 편지입니다. 그뿐만 아니라 햄릿 왕자님께서 언제, 어떻게, 어디에서 사랑을 고백하였는지도 실토하였습니다.

왕 : 그럼 오필리아는 햄릿의 사랑을 어떻게 대했소?

폴로니어스 : 폐하께서는 신을 어떻게 생각하시옵니까?

왕 : 명예를 존중하는 충신이라 보오.

폴로니어스 : 신 또한 정녕 그리되기를 원하고 있습니다. 딸애가 알려주기 전부터 이 모든 사실을 눈치 채고 있었다면 폐하께서는 저를 어떻게 생각하실까요? 신이 왕자님의 사랑을 모른 척했다면 왕비 전하와 폐하께서 어떻게 생각하실까요? 제가 만일 거간꾼이나 중매쟁이 노릇을 했다면, 장님이나 벙어리가 된 양 보지도 듣지도 않은 것처럼 행동했다면 저를 어찌 생각하시겠습니까? 그러나 저는 그렇게 하지 않았습니다. 바로 딸애를 불러 타일렀습니다. '햄릿 전하와 너는 신분이 다르다. 그러므로 결코 너의 배필이 되실 수 없다.'고 말입니다. 그리고 문을 잠그고 심부름을 온 사람도 들이지 말고 전하의 선물도 거절하라고 일렀습니다. 순종적인 제 딸애는 아비의 말을 그대로 따랐습니다. 결국 사랑에 거절을 당하신 왕자님께서는 비탄에 잠겨 식음을 전폐하시고, 불면증과 어지럼증에 시달리시더니 급기야 실성하기에 이르신 것입니다.

왕 : 왕비, 그대의 생각은 어떻소?

왕비 : 그럴 수도 있겠군요.

폴로니어스 : 제가 확신했던 것 중에 틀린 일이 단 한 번이라도 있었습니까?

왕 : 그런 일은 없었소.

폴로니어스 : (머리와 어깨를 가리키며) 제 말이 틀렸다면 당장 몸에서 이것들을 떼어주십시오. 증거가 잡힌다면 이번 일의 진상이 지구 한가운데에 숨겨져 있다 하더라도 반드시 알아내겠습니다.

왕 : 더 자세히 알아볼 수 있겠소?

폴로니어스 : 왕자님께서는 생각에 잠겨 이 복도를 오랫동안 서성이곤 하십니다.

왕비 : 그래요. 가끔 그러지요.

폴로니어스 : 그때 제 딸을 이곳에 데려다 놓겠습니다. 그리고 폐하와 저는 휘장 뒤에 몸을 숨기고 두 사람이 만나는 것을 가까이서 살펴보는 것이지요. 만약 왕자님께서 오필리아에 대한 사랑으로 실성한 것이 아니라면 저의 모든 직책을 거두십시오. 그럼 저는 낙향하여 농사나 짓겠습니다.

왕 : 괜찮은 방법 같구려.

햄릿, 책을 읽으면서 등장.

왕비 : 오, 가련한 햄릿! 슬픈 얼굴로 책을 읽으며 걸어오고 있어요.

폴로니어스 : 황송하오나 폐하와 왕비 전하께서는 어서 저쪽으로 몸을 숨기십시오. 제가 왕자님께 말을 해보겠습니다. (왕, 왕비 퇴장) 햄릿 왕자님, 그간 편안하셨습니까?

햄릿 : 덕분에.

폴로니어스 : 왕자님, 제가 누구인지 아시겠습니까?

햄릿 : 물론, 알다마다. 생선장수가 아닌가?

폴로니어스 : 그렇지 않습니다, 전하.

햄릿 : 그렇다면 생선장수만큼 정직한 사람이라도 되게.

폴로니어스 : 정직이라고 하셨습니까?

햄릿 : 그래. 하지만 세상에 정직한 사람이란 만에 하나 있을까 말까 하지.

폴로니어스 : 정말 그렇군요.

햄릿 : 태양이 죽은 개의 몸뚱이에 구더기를 끓게 하지만 그건 햇빛이 썩은 고기에 입 맞추는 것에 불과하지. 그런데 자네에게 딸이 있는가?

폴로니어스 : 네, 있습니다, 왕자님.

햄릿 : 그렇다면 햇볕이 내리쬐는 곳에는 나다니지 못하도록 하게. 머릿속에 지혜가 부푸는 건 좋지만 뱃속에 뭔가가 부풀면 큰일 아닌가? 조심해야 해.

폴로니어스 : (방백) 보라구, 여전히 내 딸애만 생각하고 계시구나. 그런데도 나를 몰라보고 생선장수라고 하시다니……. 완전히 정신을 놓으신 게 분명하구나. 돌이켜보면 젊은 시절 나도 사랑의 열병에 빠져 시련을 겪었었지. 지금의 전하와 다르지 않았어. 다시 말을 걸어봐야겠어. 왕자님, 지금 읽고 계시는 게 무엇입니까?

햄릿 : 말, 말, 말.

폴로니어스 : 어떤 문제에 관한 내용입니까?

햄릿 : 누구와 누구 사이냐고?

폴로니어스 : 읽고 계신 책의 내용을 물었습니다, 왕자님.

햄릿 : 험담이야. 비꼬는 것에 능한 녀석이 써놓기를, 늙은이들은 희끗희끗한 머리, 주름살투성이의 얼굴, 그리고 송진 같은 짙은 눈곱이

자두나무의 자두처럼 주렁주렁 달린 눈을 하고 지식이 모두 사라진 텅 빈 머리에 무릎까지 부들부들 떤다고 했네. 물론 나도 전적으로 동감하지만 이렇게까지 쓴다는 건 옳지 않아. 자네가 게처럼 뒷걸음질을 할 수 있다면 나처럼 젊어질 수 있거든.

폴로니어스 : (방백) 실성한 것치고는 말에 조리가 있군. 왕자님, 안으로 드시지요.

햄릿 : 무덤 안으로?

폴로니어스 : (방백) 무덤 안도 아이긴 하지. 종종 말 속에 정곡을 찌르는 심오한 뜻이 숨어 있단 말이야! 광기에 빠진 사람이나 할 수 있는 재치 있는 응답이구나. 맑은 정신으로는 이렇게 이치에 들어맞는 말을 할 수 없지. 자, 그럼 딸애랑 만나게 할 방법을 궁리해봐야겠군. 왕자님, 황송하오나 이만 물러갈 것을 허락해주십시오.

햄릿 : 그리하게. 내가 기꺼이 허락할 수 있는 것은 내 목숨을 제외하고는 고작 그것뿐인 것을……

폴로니어스 : 물러가겠습니다.

햄릿 : 귀찮고 흉물스러운 늙은이 같으니라고!

로젠크란츠, 길든스턴 등장.

폴로니어스 : 왕자님을 찾으시오? 저기 계신다네.

로젠크란츠 : 안녕히 가십시오, 나리. (폴로니어스 퇴장)

길든스턴 : 존경하는 왕자님!

로젠크란츠 : 고귀하신 왕자님.

햄릿 : 오, 나의 친구들! 정말 오랜만이군. 길든스턴, 로젠크란츠! 두 사람 다 잘 지냈나?

로젠크란츠 : 그럭저럭 지냈습니다.

길든스턴 : 지나친 행복도 행복은 아니니 그저 행복하다고 할 수 있겠
　　　지요. 행운의 여신이 쓴 모자에 달린 단추는 아니지만 말입니다.

햄릿 : 그렇다고 여신의 발아래 있는 것은 아니지 않나?

로젠크란츠 : 어느 쪽도 아니지요.

햄릿 : 그럼 여신의 허리 정도 아니면, 중간 정도의 호의를 받고 있단
　　　말인가?

길든스턴 : 여신의 은밀한 가운데이지요.

햄릿 : 여신의 은밀한 가운데란 말인가? 그렇지, 그녀는 창녀였어. 그
　　　래 다른 소식은 없나?

로젠크란츠 : 별다른 것은 없습니다, 왕자님. 세상이 정직과는 반대로
　　　돌아가고 있다는 것을 제외하면 말이지요.

햄릿 : 말세의 증거야. 그런데 자네들은 거짓말을 하고 있군. 몇 마디
　　　물어보겠네. 대체 그 여신은 자네들에게 무슨 죄가 있다고 이 감옥
　　　으로 보냈단 말인가?

길든스턴 : 감옥이라니요, 왕자님!

햄릿 : 이 덴마크 땅은 감옥이라네.

로젠크란츠 : 그렇다고 한다면 온 세상이 감옥이겠군요.

햄릿 : 감옥이고말고. 그것도 아주 훌륭한 감옥이지. 많은 독방과 지하
　　　감방이 있지만 그중에 최고는 단연 덴마크라네.

로젠크란츠 : 저희는 그렇게 생각하지 않습니다, 왕자님.

햄릿 : 오, 자네들에겐 그렇지 않은 모양이군. 하기야 좋고 나쁨은 다
　　　생각에 달린 것이지. 나에게는 이 나라가 감옥이지만 말일세.

로젠크란츠 : 그야 전하의 야망이 크기 때문일 것입니다. 전하의 야망
　　　을 담아내기엔 이 땅이 좁은 것은 사실이지요.

햄릿 : 그건 아니라네. 나는 호두껍데기 속에 틀어박혀 있어도 무한 우주의 주인이라고 생각할 수 있거든. 이 악몽만 없다면…….

길든스턴 : 그 꿈이 바로 왕자님의 야망의 증거입니다. 꿈의 그림자가 곧 야망의 본질이니 말입니다.

햄릿 : 아니, 꿈은 그림자일 뿐이야.

로젠크란츠 : 옳은 말씀입니다. 본래 야망이라는 것은 그림자의 그림자일 뿐이지요. 공기처럼 실체가 없으니 말입니다.

햄릿 : 그렇다면 걸인이야말로 실체이고 왕과 거들먹거리는 영웅들은 걸인의 그림자에 불과하다는 말이로군. 뭐, 좋아. 어쨌거나 이만 내전으로 가세. 내 두뇌로는 이해하지 못하겠군.

로젠크란츠, 길든스턴 : 저희가 모시겠습니다.

햄릿 : 아니. 자네들을 시종처럼 부려서야 되겠나? 왜냐하면, 솔직하게 말하네만, 난 무시무시한 시중을 받고 있거든. 그런데 절친한 친구로서 묻겠네만, 도대체 엘시노어에는 왜 돌아왔나?

로젠크란츠 : 왕자님을 뵈러 왔습니다. 달리 무슨 이유가 있겠습니까?

햄릿 : 지금 내가 한심한 거지 신세라 감사하는 마음도 빈약하지만 어쨌든 고맙네. 고마움이란 게 고작 반 페니만큼의 값어치도 없을지언정……. 그런데 혹시 누가 불러서 온 건 아닌가? 자발적으로 온 것이 맞나 이 말이야. 스스로 왔나? 자, 내 눈을 보고 솔직히 털어놓게.

길든스턴 : 무슨 말씀을 듣고 싶으십니까, 왕자님?

햄릿 : 있는 그대로 말해주면 뭐든 상관없어. 음, 자네들은 부름을 받고 온 게 틀림없군. 자네들 얼굴에 불려왔다고 씌어 있네. 역시 자네들은 거짓을 감출 만큼 능청스럽지 못해. 왕과 왕비께서 부르셨을 테지?

로젠크란츠 : 그럴 만한 이유가 있습니까, 왕자님?

햄릿 : 그야 자네들이 내게 알려줘야 하는 거 아닌가? 정직하게 말해 주게. 우리는 어려서부터 함께 자라오고 변치 않은 우정을 맹세한 친구 사이가 아닌가! 우리의 우정과 사랑과 젊은 시절의 맹세를 걸고 진실을 말해주게. 내가 말재주가 있다면 뭔가 더 좋은 말로 자네들에게 엄숙하게 부탁했을 텐데……. 그러니 속이지 말게. 부름을 받고 온 건가, 아닌가?

로젠크란츠 : (길든스턴에게 방백) 뭐라고 하면 좋지?

햄릿 : (방백) 음, 결코 내 눈은 속일 수 없지. ― 친구들이여, 나를 진정으로 생각한다면 솔직하게 말해주게.

길든스턴 : 왕자님, 저희는 부름을 받고 왔습니다.

햄릿 : 그래? 그럼 그 이유는 내가 말하지. 내가 먼저 알아챈 것으로 해야 자네들이 왕과 왕비께 한 비밀의 맹세를 지킨 것이 될 테니 말일세. 내 친한 친구들을 불충한 신하로 만들어서야 되겠나? 요즘 나는 말이야, 무슨 까닭인지 모든 즐거움을 잃어버렸네. 수련 활동도 오락거리도 그만두었지. 내 심정은 너무나 우울하여 이 경이로운 지구의 아름다움도 그저 메마른 사막의 바위 봉우리처럼 황량하게만 느껴지고, 저 푸르디푸른 창공과 황금빛 별도, 찬란한 밤하늘도 더럽고 추잡한 독기에 오염된 시궁창으로만 생각될 뿐이네. 인간이란 얼마나 훌륭한 걸작품인가! 숭고한 이성, 무한한 능력, 훌륭한 자태, 천사나 다름없는 행동, 신에 버금가는 지혜! 어떻게 감히 아름다움의 극치요, 만물의 영장이 아니라고 말할 수 있겠는가! 그런데도 나에게는 그저 흙덩이일 뿐이네. 도무지 인간에게서 즐거움이 느껴지지 않는군. 그건 여자도 마찬가지라네. 웃는 것을 보니 자네들 생각은 그렇지 않은 모양인데?

로젠크란츠 : 저는 그렇게 생각하지 않았습니다, 왕자님.

햄릿 : 그럼 내가 인간에게서 즐거움이 느껴지지 않는다고 했을 때 왜 웃었나?

로젠크란츠 : 왕자님, 제가 웃은 건 전하에게 후한 대접을 받지 못할 배우들이 생각나서였습니다. 사실 저희가 이쪽으로 오는 길에 왕자님을 위한 연희를 펼칠 요량으로 이곳으로 오고 있던 배우 일행을 앞질렀지요.

햄릿 : 왕을 연기할 배우라면 대환영이네. 그 배우에게는 내가 크게 포상을 해주지. 기사 역의 배우에게는 칼과 방패를 맘껏 휘두르게 하고, 연인 역을 맡은 배우에게는 공짜로 한숨 짓게 하지 않을 것이며, 성질이 고약한 배우라도 조용히 역할을 마치게 하겠네. 그리고 광대 역의 배우에게는 잘 웃는 사람들의 배꼽이 빠지게 해줄 기회를 줄 것이고, 귀부인 역의 배우에게는 실컷 수다를 떨 기회를 주겠네. 그래야 대사가 엉망이 되지 않겠지. 그나저나 어떤 배우들이던가?

로젠크란츠 : 왕자님께서 좋아하시던 도시의 배우들입니다.

햄릿 : 이상하군. 그들이 유랑을 하다니? 수입이나 평판을 생각한다면 도시에 있는 편이 나을 텐데…….

로젠크란츠 : 최근에 있었던 정치적 소요로 공연을 못 하게 되었답니다.

햄릿 : 그들의 명성은 여전한가? 전에 내가 도시에서 봤을 때는 대단했었는데……. 관중은 여전히 많은가?

로젠크란츠 : 그런 것 같지는 않습니다.

햄릿 : 그럼 왜? 연기가 녹슬었던가?

로젠크란츠 : 그건 아닙니다. 여전히 열심히 하긴 하고 있지요. 하지만 근래 들어 생겨난 극단에 관중이 몰리고 있습니다. 어린 배우들이

등장해서 매의 새끼들처럼 꽥꽥대며 소리를 질러대야만 박수를 받는 세상이 된 것이지요. 예전의 연극은 통속극이라며 무시당하게 되었고 말입니다. 사정이 이러니 거들먹거리던 신사들도 비평가의 입이 두려워 극장 근처에는 가지도 않는답니다.

햄릿 : 뭐? 어린 배우들의 극단이라고? 극단을 운영하는 자가 누군가? 돈줄은 누구지? 어린 배우들이 더 이상 고운 목소리가 나지 않는다면 어떻게 되는 건가? 성장한 후에 대안이 없으면 어차피 지금 통속극이라고 비하하는 극의 배우가 되어야 할 텐데, 그때 가서 작가들을 원망하면 어쩌려고 그러는 건가? 자신들의 장래를 헐뜯게 만들었다고 말일세.

로젠크란츠 : 작가와 배우 간의 싸움은 이미 시작되었습니다. 세상 사람들의 부추김 속에서 더욱 치열해지고 있지요. 한때는 인기 있는 연극치고 작가와 통속극 배우들이 싸우는 장면이 없는 공연이 없을 정도였습니다.

햄릿 : 정말 그렇단 말인가?

길든스턴 : 사실입니다. 굉장한 싸움이었습니다.

햄릿 : 그래서 이긴 쪽은? 어린애들의 극단이었나?

로젠크란츠 : 네, 물론입니다. 헤라클레스에다 그의 봇짐까지 챙기게 되었지요.

햄릿 : 하긴 이상한 일도 아니구나. 아버님이 살아계실 때 숙부를 욕하던 자들도 그가 덴마크의 왕이 되자 20, 50, 아니 100더컷(옛날 유럽에서 통용되던 금화 또는 은화 – 역자 주)을 내고서라도 숙부의 초상화를 사겠다고 법석을 떠는 판이니 말일세. 한심한 일이지. 철학자들이라도 이런 부조리를 설명해주기는 어려울 걸세. (무대 안쪽에서 요란한 트럼펫 소리)

길든스턴 : 배우들이 도착한 것 같습니다.

햄릿 : 나의 친구들이여, 엘시노어에 잘 왔네. 자, 손을 주게. 악수란 환
　　영을 한다는 최대의 격식이며 예의가 아닌가? 겉으로야 공평하게
　　하겠지만 만에 하나라도 자네들보다 배우들을 더 환영한다고 오해
　　하게 해서야 안 될 말이지. 정말로 환영하네. 그렇지만 나의 숙부이
　　자 아버지인 왕과 숙모이자 어머니인 왕비께서는 속고 계시지.

길든스턴 : 속다니요? 무엇에 말입니까, 왕자님?

햄릿 : 나는 단지 북북서풍일 때만 정신을 놓을 뿐 남풍이 불어오면 매
　　의 발톱과 톱쯤은 구별할 수 있거든.

폴로니어스 등장.

폴로니어스 : 두 분, 잘 오시었소!

햄릿 : 길든스턴, 그리고 자네도 귀 좀 빌리세. 저기 보이는 저 커다란
　　아기는 아직도 기저귀를 차고 있다네.

로젠크란츠 : 그럼 두 번째 기저귀를 찬 모양이군요. 늙으면 다시 어린
　　애로 돌아간다고 하지 않습니까?

햄릿 : 단언컨대 저자는 배우들이 도착했다고 일러주러 왔을 거네. 내
　　기해도 좋아. (큰 소리로) 자네 말이 맞았네. 분명히 월요일 아침이
　　었어.

폴로니어스 : 왕자님, 드릴 말씀이 있습니다.

햄릿 : 왕자님, 드릴 말씀이 있습니다. 옛날에 로마에 로시우스가 배우
　　로 이름을 날리던 시절에……

폴로니어스 : 배우들이 도착했습니다.

햄릿 : 쓸데없는 소리!

폴로니어스 : 제 명예를 걸고!

햄릿 : 그 시절에는 배우들이 나귀를 타고 왔도다!

폴로니어스 : 지금 온 자들은 비극, 희극, 역사극, 목가극, 목가적 희극, 역사적 목가극, 비극적 역사극, 비극적 희극적 역사적 목가극, 고전극이든, 낭만적 로맨스극, 심지어 정체가 모호한 극이라 할지라도 뭐든 척척 해낼 수 있는 천하의 명배우들입니다. 세네카의 비극도 너무 무겁지 않게 연기할 수 있으며, 플로터스의 희극도 너무 가볍지 않게 연기할 수 있는 유일무이한 배우들입니다.

햄릿 : 오, 이스라엘의 판관 입다여, 그대의 보물이 정말로 훌륭하구나!

폴로니어스 : 그가 어떤 보물을 가졌습니까, 왕자님?

햄릿 : 그런 노래 있잖은가? '어여쁜 딸 하나, 그 아이를 지극히 사랑했네.'

폴로니어스 : (방백) 여전히 내 딸 얘기뿐이로군.

햄릿 : 입다 영감, 내 말이 틀렸소?

폴로니어스 : 입다라 하시니 과연 제게도 어여삐 여기는 딸 하나가 있기는 합니다.

햄릿 : 틀렸어. 노래의 다음 구절은 그게 아니야.

폴로니어스 : 그럼 어떻게 됩니까, 왕자님?

햄릿 : 이렇게 이어지지.

'운명에 따라, 신의 뜻에 따라
우리가 아는 대로 그리 되어갔지.'

더 자세히 알고 싶으면 성가곡의 1절을 보시오. 내 노래를 그치게 하는 사람들이 오니 말이오. (배우들 등장) 어서 오게, 멋진 친구들. 오랜만에 보는군. 잘 왔네, 친구들. 이런, 자네? 못 보던 사이 턱수염을 길렀구먼. 그 수염으로 내게 도전하겠다고 이 덴마크까지 온 것은 아니겠지? 이런, 젊은 숙녀(여자 역을 하는 어린 소년배우 - 역자 주) 분께서도 오셨군. 지난번보다 구두 굽 높이만큼이나 하늘에 더 가까워지셨군. 바라건대 그 고운 목소리가 쓸모없는 금화같이 갈라지지 않았기를! 어쨌든 모두들 잘 왔네. 대환영이야. 프랑스의 매 사냥꾼처럼 지금 당장 매를 날려보세나. 자네들 솜씨를 자랑해 보란 말이네. 자, 어서 열정적인 대사를 읊어보게.

배우 1 : 어떤 대사를 들려드릴까요, 전하?

햄릿 : 자네가 언젠가 들려준 적이 있는 것인데 너무 고상해서 무대에 오르지는 않았을 거네. 공연되었다고 해도 한두 번뿐이었겠지. 내 생각에는 더없이 훌륭한 작품이었어. 구성이나 기교에 있어서도 흠잡을 데가 없었고 자연스럽고 고상하며 진실했다네. 비평가들의 생각도 마찬가지였어. 하지만 대중의 웃음을 도발하는 음담도, 마음을 끌 만한 멋스러움도 없었지. 내가 가장 좋아하는 대목은 아이네이스(트로이 전쟁의 영웅으로 로마의 건설자 - 역자 주)와 디도가 이야기를 나누는 부분이라네. 특히 프리아모스(트로이의 왕으로 헥토르와 파리스의 아버지 - 역자 주)가 최후를 맞는 장면은 아직도 기억에 생생하군. 자, 어서 시작해주게. 시작이 뭐더라?

'히르카니아의 맹수처럼 머리를 흐트러트린 피로스……'

아냐, 피로스로 시작하는데…….

'머리를 흐트러트린 피로스, 그의 의도만큼이나 검은 밤을 닮은 갑옷으로 온몸을 감싸고 흉측한 목마 속에 숨어 있더니 검고 무시무시했던 모습은 아비와 어미와 딸과 아들의 피로 머리에서 발끝까지 온몸이 끔찍하게 물들어 더더욱 처참하게 되었구나. 가혹하고 저주받은 불길이 살해당한 왕에게 비추니 굳어버린 핏자국으로 몸을 감싼 채 분노의 불길에 몸을 태우며 악마와 같은 독기 어린 눈초

리를 한 피로스는 노왕 프리아모스를 찾는구나.'

자, 다음은 자네들이 이어주게.

폴로니어스 : 왕자님, 참으로 잘하십니다. 발성이나 발음, 내용의 이해

까지 어디 하나 나무랄 데가 없군요.

배우 1 : '이내 프리아모스를 찾아낸 피로스, 그리스 군을 향해 휘두르

던 낡은 칼은 프리아모스의 노쇠한 팔에서 벗어나 땅에 힘없이 떨

어져버리는구나. 어찌 피로스의 적수가 되겠는가! 프리아모스에

게 맹렬히 돌진하니 분노의 일격은 공기를 가르고 늙은 왕은 성난

칼바람에 쓰러져버렸다. 감정이 없는 트로이 성도 고통을 느끼고

불타던 성벽은 하늘이 무너져 땅 위에 허물어지듯 무시무시한 굉

음으로 피로스를 사로잡는구나. 보아라, 프리아모스의 반백의 머

리를 겨눈 채 허공에서 얼어붙어버린 칼날을. 마치 그림 속 폭군처

럼 피로스는 뜻과 행함의 중간에 서서 어찌할 바를 모르고 있구나.

그러나 폭풍이 다가오기 전 가끔 그러하듯, 하늘은 고요하고 구름

은 멈추었으며 바람마저 입을 다물어 대지가 죽은 듯 정적이 흐를

때, 잠시 망설이던 피로스는 무서운 뇌성이 하늘을 찢어놓듯 다시

금 되살아난 복수의 집념으로 칼을 휘둘러 그 무엇도 뚫을 수 없다

는 군신 마르스의 갑옷을 만들던 키클롭스의 쇠망치보다도 더 매

정하게, 피로 범벅이 된 피로스의 칼이 프리아모스에게 떨어졌구

나. 사라져라, 사라져버려라. 천박한 운명의 여신이여! 모든 제신

들이여, 저 여인의 권력을 빼앗고, 수레바퀴의 살과 테두리를 모조

리 부수어 지옥의 악마들에게 떨어지게 하소서.'

폴로니어스 : 너무 긴 것 같군요.

햄릿 : 이발소에 가서 자네의 수염이나 잘라버리게. (배우들을 향해) 이

늙은이는 흥겨운 춤이나 음담패설 따위가 아니면 곯아떨어지니 무

시하고 계속하게, 친구들. 자, 이번에는 헤카베(프리아모스의 아내이며 헥토르의 어머니 – 역자 주)의 대사를 듣고 싶군.

배우 1 : '오, 애처롭구나! 얼굴을 가린 왕비여.'

햄릿 : 얼굴을 가린 왕비?

폴로니어스 : 그거 좋군요. '얼굴을 가린 왕비'라⋯⋯. 멋집니다.

배우 1 : '이리저리 허둥대는 맨발과 불길을 위협할 만큼 넘치는 눈물, 왕관이 있던 그 머리에 얹어진 초라한 머릿수건 한 조각과 다산의 흔적으로 가늘고 휘어진 허리에 비단이 아닌 황망 중에 집어든 담요 한 장이 가진 것 전부인 왕비여. 고귀하고 아름다웠던 왕비의 이런 모습을 보고 어느 누가 운명의 여신에게 반역을 품지 않겠는가! 만약 피로스가 잔인한 웃음을 지으며 사정없이 남편의 사지를 절단할 때 그 모습을 눈앞에서 보았다면, 만약 그 모습을 본 왕비의 통곡을 들었다면, 인간 세상에 무관심하지 않는 한 하늘에서 불타는 별들로 하여금 비통함에 눈물 흘리게 하며 제신들의 마음에 격정을 일으켰으리라.'

폴로니어스 : 보십시오, 안색이 창백해지고 눈물까지 흘리고 있습니다. 이보게, 이제 그만두게나.

햄릿 : 좋아, 그만들 하게. 나머지 부분을 할 기회는 곧 만들어주겠네. 경이 배우들을 좀 보살펴주시오. 알겠소? 잘 대접해달라는 것이오. 배우들의 무대는 이 시대의 축도요, 짧은 연대기니 말이오. 죽은 뒤에 좋지 않은 묘비명보다 살아 있는 동안 저들에게 받는 혹평이 더 괴로운 법이거든.

폴로니어스 : 알겠습니다, 저하. 저 배우들에게 어울리는 접대를 하겠습니다.

햄릿 : 이런, 그게 무슨 말이오? 어울리는 접대라 했소? 그럼 거리의

부랑자에게처럼 매질이라도 하겠다는 거요? 모든 사람을 각자의 가치대로 대접한다면 매질을 면할 사람이 있기는 하겠소? 내 말은 당신의 명예와 신분만큼이나 융숭한 대접을 하란 말이오. 대접받는 사람들의 자격이 부족할수록 그만큼 경의 인격이 빛나지 않겠소? 자, 어서 안으로 안내하시오.

폴로니어스 : 이쪽으로 따라오게.

햄릿 : 친구들, 저 영감을 따라가게. 공연은 내일 하기로 하지. (배우 1에게) 여보게! (폴로니어스, 다른 배우들 퇴장) 자네에게 부탁이 있는데 〈곤자고의 암살〉이 가능하겠나?

배우 1 : 물론입니다.

햄릿 : 내일 밤 그 작품을 공연해주게. 경우에 따라서는 내가 만든 대사가 열두 줄이나 열여섯 줄쯤 늘어날 수 있네. 그렇다 하더라도 외워서 할 수 있겠지?

배우 1 : 네, 할 수 있습니다.

햄릿 : 잘됐군. 그럼 어서 저 사람을 따라가게. 그러나 조롱하지는 말게. (배우 1 퇴장) (로젠크란츠와 길든스턴에게) 나의 오랜 벗들이여, 오늘 밤에 다시 만나세. 엘시노어에 정말 잘 돌아왔네.

로젠크란츠 : 그럼 이만 물러가겠습니다, 왕자님. (로젠크란츠, 길든스턴 퇴장)

햄릿 : 그래, 잘들 가게! 이제야 혼자로구나. 나라는 인간은 어찌 이렇게 천박하고 비열하단 말인가! 그저 꾸며낸 이야기건만 저 배우는 마음을 집중하고 상상하여 가공의 인물과 감정을 동일시한 나머지 얼굴은 창백해지고 눈물이 나며 슬픔에 목소리까지 잠기는구나. 이 얼마나 놀라운 일이냐? 존재하지도 않은 여인, 헤카베, 그녀가 도대체 무엇이기에, 그에게 어떤 존재이기에 눈물을 흘리는

것인가? 내 마음속에서 끓어오르는 이 분노가 그에게도 있다면 그의 무대는 눈물로 흘러넘치고, 무시무시한 대사로 관객의 귀를 멀게 할 것이다. 죄지은 자는 미치고, 죄 없는 사람은 공포에 떨리라. 무지한 관중의 눈과 귀를 마비시켜버릴 것이 틀림없다. 그런데 나는 무엇이냐? 소심하고 멍청하여 복수의 집념을 포기한 채 입을 다물고 있지 않느냐? 자신의 왕국과 가장 소중한 생명을 비참하게 빼앗긴 선왕을 위해 아무것도 하지 않는 나는 진정 겁쟁이란 말이냐? 악당이라고 부르며 내 머리를 때리고, 내 수염을 뽑아서 내 얼굴에 던지며, 코를 사정없이 비틀며 거짓말쟁이라고 욕할 자가 과연 누구냐? 이런 빌어먹을, 비둘기처럼 소심하고 불의를 느낄 쓸개조차 없는 약해빠진 놈이니 욕을 먹는 게 당연할밖에. 만약 조금이라도 용기가 있었다면 잔혹하고 음탕한 악당, 예의도 의리도 모르는 악당, 호색하고 비열한 악당, 그자의 내장으로 솔개들의 살을 찌우게 했어야 할 것을……. 아, 못난 인간! 정말 장하기 그지없구나. 사랑하는 아버지를 비열한 악당의 손에 잃었으면서도, 하늘과 지옥으로부터 복수를 명령받았으면서도 더러운 창녀처럼 헛바닥만 놀려 가슴에 저주만 퍼부어대고 있는 꼴이라니! 역겹다, 역겨워. 가만, 머리를 굴려보자. 그래, 그거야. 언젠가 연극을 본 죄인이 깊은 감동으로 영혼이 움직여 바로 그 자리에서 자신의 죄상을 떠들썩하게 고백했다지? 살인죄는 혀가 하지 않더라도 기적처럼 자백을 한다고 하지 않던가! 저 배우들을 시켜서 아버님이 살해되시는 상황을 숙부 눈앞에서 무대에 올리자. 놈의 표정을 살피고 찔릴 만한 구석을 건드려보자. 조금이라도 움찔한다면 그때 내가 해야 할 일은 명백하다. 그러나 내가 본 망령은 어쩌면 악마인지도 모른다. 악마는 제 모습을 감추는 위장에 능하며 나처럼 슬픔과 우울증에 시달리고 있는 자에게는 큰 힘을 발휘하곤 하니 말이다. 그래, 나를 파멸시키기 위해 마음이 약해진 틈을 타 유혹한 것일 수 있다. 그러니 좀더 확실한 증거를 잡아야 한다. 연극이 왕의 시커먼 속내를 들춰내는 수단이 될 것이다. (퇴장)

제3막

제3막 1장 │ 성 안의 방

왕, 왕비, 폴로니어스, 로젠크란츠, 길든스턴, 오필리아 등장.

왕 : 이야기를 나눴으면서도 그가 왜 이런 착란증을 보이고, 고요한 나
   날을 위험한 광기와 난폭한 소란으로 보내고 있는지 모르겠다는
   것이냐?
로젠크란츠 : 제정신이 아닌 것은 왕자님 스스로도 인정하셨지만 그 이
   유에 대해서는 말씀하시지 않으셨습니다.
길든스턴 : 저희 또한 왕자님의 진정한 속내를 알고자 했지만 그럴 때마
   다 속내를 보이시기는커녕 적당한 광기로 대답을 회피하셨습니다.
왕비 : 그대들에게 잘 대해주었소?
로젠크란츠 : 네, 정중하셨습니다.

길든스턴 : 그러나 웃음은 억지요, 기분은 과장이신 듯하였습니다.

로젠크란츠 : 먼저 말을 꺼내시는 법은 없었지만 저희의 질문에는 순순히 답해주셨습니다.

왕비 : 어떤 유흥거리에 흥미가 있는지 알아보았소?

로젠크란츠 : 왕비 전하, 실은 저희가 궁으로 오던 길에 극단 패거리를 만났는데 그 일을 왕자님께 말씀드렸더니 매우 기뻐하셨습니다. 배우들은 이미 궁전에 도착해 있는데 왕자님께서 오늘 저녁에 공연을 하라고 명하셨습니다.

폴로니어스 : 그렇습니다. 왕자님께서 제게 말씀하시기를 오늘 밤 공연에 폐하와 왕비 전하께서도 참석해주시기를 원한다고 하셨습니다.

왕 : 기꺼이 참석하겠다. 햄릿이 연극에 관심을 가지고 있다니 듣던 중 반가운 소식이구나. 그대들은 그의 관심이 지속되도록 곁에서 힘써주어라.

로젠크란츠 : 네, 폐하. (로젠크란츠, 길든스턴 퇴장)

왕 : 거트루드, 미안하오만 자리를 좀 비켜주겠소? 실은 얼마 안 있어 햄릿이 이곳으로 올 것이오. 오필리아를 우연히 만난 것처럼 꾸며 놓았는데 폴로니어스와 나는 합법적인 염탐꾼으로서 몸을 숨기고 두 사람이 만나는 것을 살펴볼 것이오. 둘의 대면을 보면 햄릿의 병이 사랑의 고통인지, 아니면 다른 이유인지 알아낼 수 있을 것이오.

왕비 : 당신 뜻대로 하겠어요. 오, 오필리아. 햄릿이 정신을 놓은 것이 진정 너의 아름다움 때문이라면 너의 상냥함으로 본래의 햄릿으로 되돌려놓을 수도 있을 텐데…….

오필리아 : 왕비 전하, 저도 그리되기를 바라고 있습니다. (왕비 퇴장)

폴로니어스 : 오필리아, 이 기도서를 읽으며 거닐고 있으려무나. 폐하께서는 저와 함께 자리를 피하시지요. 경건한 표정을 잊지 마라.

악마의 속내에 사탕발림을 하는 격이지만 세상에선 흔하디흔한 일이란다.

왕 : (방백) 아, 저 말은 나의 양심에 매서운 채찍이 되어 돌아오는구나. 덕지덕지 분칠한 창녀의 얼굴보다 번지르르한 말 뒤에 숨은 나의 행실이 더 추악하구나. 아, 죄악의 무게여!

폴로니어스 : 발소리가 들립니다. 폐하, 숨으십시오. (왕, 폴로니어스 퇴장)

햄릿 등장.

햄릿 : 사느냐 죽느냐, 그것이 문제로다. 어느 것이 더 고귀한 행위인가? 가혹한 운명의 화살에 꽂혀도 죽은 듯 참는 것이냐, 무기를 들고 성난 파도처럼 밀려오는 재앙에 맞서 싸우는 것이냐? 죽음이란 잠을 자는 것일 뿐, 잠이 들어 마음과 육체의 모든 시름과 고통을 잊을 수 있듯이 죽음 또한 그렇다면 그것이야말로 우리가 바라는 최상의 결과가 아니겠는가. 죽음은 곧 잠이지. 잠이 든다는 것은 아마도 꿈을 꾼다는 것이겠지. 아, 그 또한 문제로다. 죽음의 잠 속에서마저 인생의 뒤엉킨 악몽으로 시달려야 한다면 생각을 또 접을 수밖에. 이 때문이냐, 고된 인생을 끝내지 못하고 질질 끌고 가는 이유가? 그렇구나. 세상의 채찍질과 모욕, 폭군의 부정함과 권력자의 오만함, 연인의 배신과 관리의 불손함, 선한 이들이 무뢰한들의 발길질을 참아내는 것은 바로 그 때문이구나. 아, 세상에 대한 불만을 삭인 채 무거운 삶의 짐에 허덕일 이유가 어디 있느냐? 그저 한 번만 단검을 휘두르면 이 모든 고통에서 벗어날 수 있는 것을……. 그러나 이승과 저승의 국경에서 단 한 번도 되돌아온 이 없는 미지의 세계, 그 막연한 두려움이 내 의지를 교란하는구나.

그리하여 짐작할 수도 없는 재난을 맞이하는 것보다 이미 알고 있는 재난을 견디는 쪽을 택하게 되는구나. 이것이다, 우리 모두를 양심이 없는 비겁자로 만드는 이유가! 불같이 타오르던 결심이 창백해지고 병이 들어버리는 이유가! 고상한 목적의 웅대한 계획이 길을 잃고 그대로 사라져버리는 이유가! 잠깐. 오, 아름다운 오필리아, 나의 여신이여. 그대의 기도로 내 모든 죄악을 사해주오.

오필리아 : 햄릿 왕자님, 그간 어떻게 지내셨습니까?

햄릿 : 덕분에 잘 있었소. 잘 지내지, 잘.

오필리아 : 왕자님, 돌려드릴 것이 있습니다. 제게 주신 많은 선물들이지요. 부디 받아주십시오.

햄릿 : 아니오, 나는 받을 수 없소. 그대에게 선물을 보낸 일이 없으니 말이오.

오필리아 : 왕자님, 선물보다 귀하고 달콤했던 말씀까지도 모두 기억하고 있습니다. 그 향기 모두 사라졌으니 도로 가져가세요. 보낸 이의 진심이 식어버려 선물 또한 초라해지고 말았지요. 여기요, 왕자님.

햄릿 : 하하! 그대는 순결한 여인이오?

오필리아 : 네?

햄릿 : 그대는 아름다운 여인이오?

오필리아 : 왕자님, 무슨 말씀이시옵니까?

햄릿 : 그대가 만약 순결하면서 아름답다면, 그대의 순결이 그대의 아름다움과 친교를 맺지 못하게 하시오.

오필리아 : 왕자님, 순결과 아름다움, 이보다 훌륭한 조화가 어디 있습니까?

햄릿 : 천만에. 아름다움의 힘은 여인을 정숙하게 변모시키는 것보다는 타락으로 이끌기가 쉬운 법이오. 한때는 궤변처럼 들렸지만 지

금은 세상이 알려주었소, 그것이 진리라고. 나는 한때 그대를 사랑
했었소.

오필리아 : 네, 저도 그렇게 믿고 있었습니다.

햄릿 : 믿지 않았으면 좋았을 것을……. 아무리 미덕으로 눈가림을 한
다 하더라도 본성이란 드러나기 마련이지. 오필리아, 나는 당신을
사랑하지 않았소.

오필리아 : 그렇다면 제가 속은 거로군요.

햄릿 : 수녀원으로나 가시오. 죄악의 덩어리를 낳고 싶은 것은 아니겠
지? 나도 아직까지는 깨끗한 편이라고 생각하지만, 스스로도 문
책할 만한 죄악을 저지르고 있소. 어쩌면 내 어머니조차 나를 낳
은 것을 후회하실지도 모르오. 나란 인간은 오만하고 분별력도 없
으니, 복수심으로 인해 상상도 못할 죄악을 저지를 수 있다는 말이
오. 이런 내가 하늘 아래에서 꿈틀거리며 기를 쓴들 무슨 일이나
제대로 할 수 있겠소? 자고로 인간이란 모두 악당이오. 그러니 아
무도 믿지 말고 수녀원으로 가시오. 당신 아버지는 어디 있지?

오필리아 : 집에 계십니다, 왕자님.

햄릿 : 그럼 문을 걸어 잠그고 집 안에 가둬두시오. 집 밖에서까지 바
보짓을 해서야 되겠소? 자, 어서 가시오.

오필리아 : 오, 하느님, 왕자님을 도와주소서!

햄릿 : 굳이 그대가 결혼을 해야겠다면 내 저주를 지참금으로 보내주
지. 아무리 얼음처럼 맑고 눈처럼 순결하다 해도 세상으로부터의
구설은 피할 수 없는 법. 그러니 수녀원으로 가시오, 어서. 그래도
꼭 결혼을 해야겠거든 바보하고 하시오. 영리한 자들은 자신이 여
자들에 의해 괴물로 변하고 있다는 것을 깨달을 테니……. 그러니
수녀원으로 가시오. 자, 지금 당장. 잘 가시오, 오필리아.

오필리아 : 오, 하느님의 권능으로 왕자님의 정신을 돌려주소서.

햄릿 : 화장이라는 것에 대해서도 나는 잘 알고 있지. 여자라는 족속들이 하느님께서 주신 얼굴에 덕지덕지 분을 처발라 영 딴판으로 만들고 있다는 것을. 또 춤추듯 취한 듯 흔들거리며 걷고, 혀짤배기소리로 아양을 떨며, 하느님께서 만드신 이름에 제 맘대로 별명을지어 부르고, 순진무구한 얼굴로 변덕과 음탕을 일삼지. 빌어먹을!그만두자. 세상이 이 모양인데 어떻게 내가 미치지 않고 배길 수있었겠어. 앞으로 결혼이란 없게 될 거야. 이미 결혼한 놈들은 그대로 둘 것이다. 단 한 놈을 제외하고는. 그리고 혼자인 자들은 그대로 독신을 지키게 할 것이다. 어서 가라, 수녀원으로.

오필리아 : 아, 그토록 고결하던 분이 이렇게 무너지시다니……. 귀족의 눈, 학자의 혀, 군인의 칼을 지니셨던 분. 이 나라의 희망이요,예절의 거울이요, 행동의 근본이요, 존경의 대상이셨던 분, 그분이이렇게 무너지셨구나. 음악처럼 감미롭던 그분의 맹세를 꿀이라여겨온 여인아, 처참하구나. 고귀한 영혼의 군주여, 당신의 종소리처럼 청아한 이성이 혼탁해지고, 당신의 비할 데 없이 아름다운 청춘이 무서운 광기로 시들어가는군요. 아, 가련한 신세! 아름다운어제를 본 눈으로 참혹한 오늘의 모습을 봐야 하다니…….

왕, 폴로니어스 등장

왕 : 사랑이라고? 그게 아니잖소? 횡설수설하고 앞뒤가 맞지 않지만실성한 사람의 말은 아니오. 마음속에 무언가를 품고 있는 것이 분명해. 그것이 껍질을 깨고 마음 밖으로 튀어나온다면 위험하게 될지도 모르오. 그런 위험은 사전에 막아야 하오. 그래, 밀린 조공을

재촉하는 임무를 햄릿에게 맡겨 즉시 영국으로 보내야겠소. 넓은 바다와 색다른 풍물들이라면 그의 마음속에 도사리고 앉아 광란으로 몰아가는 것이 무엇이든지 간에 사라지게 할 수도 있을 것이오. 경의 생각은 어떻소?

폴로니어스 : 좋은 생각이십니다. 그러나 제가 보기에는 왕자님의 광증과 고통의 원인은 실연이라고 생각합니다. 오필리아, 괜찮은 게냐? 왕자님과의 이야기를 할 필요는 없다. 이미 다 들었으니까. 폐하, 폐하의 뜻에 따르겠습니다. 하지만 오늘 밤 연극이 끝난 뒤에 왕비 전하께서 왕자님을 은밀히 부르신 후 그 이유를 직접 물어보시는 것이 어떠하실는지요? 두 분의 대화는 제가 몰래 숨어서 엿듣겠습니다. 그런 연후에도 광증의 원인을 알아내지 못한다면 그때는 영국이든 어디든 폐하의 뜻대로 하십시오.

왕 : 그렇게 합시다. 신분이 고귀한 자가 난동을 부리는 것을 그대로 두고 볼 수만은 없는 일이지. (모두 퇴장)

제3막 2장 성의 연회장

햄릿, 배우 세 사람 등장.

햄릿 : 부탁하건대 그 대사를 읊을 때 내가 보여줬던 것처럼 부드럽고 자연스럽게 해야 하네. 대부분의 배우들이 그러하듯이 고함에 과장에 야단법석을 떨 바에는 차라리 장사꾼에게 배역을 맡기겠어. 손놀림도 허공을 휘젓지 말고 점잖게 움직여야 해. 폭풍처럼 감정이 소용돌이를 치더라도 평정을 잃어서는 안 되네. 가발을 쓴 배우가 저 혼자 감정에 사로잡혀 큰 소리를 쳐댄다면 어느 누가 화를 내지 않겠는가? 그런 배우들을 보면 영혼까지 더럽혀지는 기분이라네. 저 무도한 타마간트(중세 종교극에 등장하는 사나운 이슬람교도의 신 – 역자 주)나 잔인한 헤롯(로마제국이 임명한 유대의 왕. 예수의 탄생을 두려워한 나머지 유아들을 살해함 – 역자 주)을 능가하는 행위이니 제발 삼가야 하네.

배우 1 : 명심하겠습니다.

햄릿 : 그렇다고 너무 단조로워도 곤란해. 각자 맡은 역할에 신중을 기하고 행동에 어울리는 말을 하고, 말에 적합한 행동을 하게. 자연스러움을 벗어나지 않는다는 원칙을 지키면서. 알겠나? 무엇이든 지나치면 그 목적을 잃는 법, 연극이라고 예외일 수 없지. 연극의 목적이란 예나 지금이나 자연을 거울에 비추듯이 선한 것은 선한 대로, 악한 것은 악한 대로 드러내어 그 시대의 참모습을 보여주는 데 있지. 그렇기 때문에 너무 지나치거나 너무 부족하면 무지한 관객은 웃을 수도 있겠지만 안목이 있는 관객은 실망을 넘어 분노를 느낀다네. 비평가 한 사람의 호평이 수많은 뭇 대중의 환호보다 가

치가 있다는 것을 명심하게. 사람들 사이에서 명성이 자자한 어떤 배우는 기독교인의 말투로 대사를 나불댈지만 몸짓은 기독교인의 그것이 아니더군. 이교도 아니, 인간이라 할 수 없는 몸짓이었어. 마치 바쁘신 하느님을 대신해 어느 솜씨 없는 제자가 되는 대로 만든 불량품 같았지.

배우 1 : 그 점은 저희도 어느 정도는 고쳤다고 생각합니다.

햄릿 : 아니, 철저하게 고치게. 그리고 광대 역을 하는 배우들이 대사 이외에 다른 말을 떠들지 못하도록 하게. 미련한 관객을 웃기겠다고 스스로 웃어버리는 자들도 있거든. 그들 때문에 정작 중요한 부분을 놓쳐버려서야 되겠나? 한심한 일이야. 그런 짓은 광대의 천박한 야심만 드러내는 것이라네. 자, 어서 준비하게. (배우들 퇴장) (폴로니어스, 로젠크란츠, 길든스턴 등장) 폴로니어스 경, 오늘 밤 공연에 폐하께서 참석하신다고 하셨소?

폴로니어스 : 네, 왕자님. 왕비 전하께서도 오신답니다.

햄릿 : 그럼 배우들에게 서두르라고 일러주시오. (폴로니어스 퇴장) 자네들도 도와주겠지?

로젠크란츠 : 네, 그리하겠습니다. (로젠크란츠, 길든스턴 퇴장)

햄릿 : 여보게, 호레이쇼!

호레이쇼 등장.

호레이쇼 : 부르셨습니까, 왕자님?

햄릿 : 호레이쇼, 지금껏 내가 만난 사람들 중에서 자네만큼 정직한 사람은 없었네.

호레이쇼 : 말씀만으로도 감사합니다, 왕자님.

햄릿 : 아니야, 정말일세. 기백을 빼면 먹을 것도, 입을 것도 없는 자네에게 아첨을 한들 내게 무슨 소득이 있겠는가? 달콤한 혓바닥은 권력의 밑구멍이나 핥고 관절을 접은 무릎은 부귀의 발치를 맴돌뿐, 가난한 자들에게는 얼씬도 않는다네. 내 말 듣고 있나? 내 영혼의 주체로서 사람을 알아볼 수 있는 눈을 가진 이후부터 나는 자네를 나의 진정한 벗이라고 믿고 있다네. 자네는 수많은 고난을 겪으면서도 겉으로 아픔을 드러내지 않고, 운명이 주는 시련과 보답을 영광으로 여기는 사람이었네. 한 마디로 뜨거운 피와 분별력의 조화가 완벽하다고 할 수 있지. 운명의 여신이 아름다운 곡조의 피리 소리를 만들어내는 사람은 행복한 거라네. 호레이쇼, 지금 내게는 감정에 휘둘리지 않는 사람이 필요하네. 그럼 나는 그자를 내 심장에, 내 마음 가운데에 담아두겠네, 자네처럼. 부담을 줄 생각은 아니었는데 지나쳤던 것 같군. 어쨌든 자네가 꼭 해줬으면 하는 일이 있네. 오늘 밤 왕 앞에서 연극이 있을 거야. 그중에는 자네에게 말해준 선왕이 살해되는 장면과 비슷한 장면이 있네. 자네가 해줄 일은 바로 그때 온 신경을 모아서 내 숙부를 관찰하는 것일세. 만약 그 장면을 보고도 숙부에게 아무런 변화가 없다면 우리가 본 망령은 분명 악마였고 내 망상도 불카누스(로마 신화에 나오는 불과 대장장이의 신 – 역자 주)의 대장간처럼 시커멓게 되어버린 것이지. 알겠지? 한시도 왕에게서 시선을 떼지 않아야 하네. 나 역시 그 얼굴에 두 눈을 못 박고 지켜볼 것이니 후에 각자의 의견을 나눠보세.

호레이쇼 : 알겠습니다, 왕자님. 그가 공연 중에 죄악을 드러냈는데도 보지 못했다면 기꺼이 벌을 받겠습니다. (요란한 트럼펫 소리와 북소리)

햄릿 : 드디어 시간이 되었군. 나는 미친 척을 할 테니 자네는 자리를

잡고 앉게.

왕, 왕비 등장. 뒤이어 폴로니어스, 오필리아, 로젠크란츠, 길든스턴, 횃불을 든 호위병과 그 밖의 귀족들 등장.

왕 : 요즘 나의 조카께서는 어떻게 지내느냐?

햄릿 : 잘 지냅니다. 카멜레온 요리를 먹고 있거든요. 거짓 약속으로 뱃속을 가득 채우고 있으니 아마 거세된 수탉도 이보다 잘 키울 수는 없을 겁니다.

왕 : 그게 무슨 말이냐, 햄릿? 그건 내가 원한 말이 아니다.

햄릿 : 네, 그렇지만 입 밖으로 나왔으니 제 말도 아니지요. (폴로니어스에게) 경도 대학 시절에 연극을 해보셨다지요? 맞소?

폴로니어스 : 맞습니다, 햄릿 왕자님. 한때는 명배우 소리를 듣기도 했지요.

햄릿 : 무슨 역이었소?

폴로니어스 : 카피톨 신전에서 브루투스에게 살해당하는 줄리어스 시저 역을 했습니다.

햄릿 : 저런, 그처럼 천하의 얼간이를 죽인 걸 보면 브루투스란 놈도 어지간히 잔인한 놈이었구려. 배우들은 준비가 끝났나?

로젠크란츠 : 네, 왕자님의 명령만 기다리고 있습니다.

왕비 : 이리 오너라, 햄릿. 여기 내 곁에 앉으려무나.

햄릿 : 아닙니다, 어머니. 더 매혹적인 쪽이 있거든요. (오필리아를 향해 고개를 돌린다)

폴로니어스 : (왕에게 방백) 들으셨습니까, 폐하?

햄릿 : (오필리아의 발밑에 누우며) 아가씨, 무릎에 누워도 괜찮겠소?

오필리아 : 안 됩니다, 왕자님.

햄릿 : 내 말은 그저 내 머리나 기대자는 것뿐이요.

오필리아 : 그뿐이라면…….

햄릿 : 내가 무슨 다른 짓이라도 할 거라고 생각했소?

오필리아 : 저는 아무 생각도 하지 않았습니다.

햄릿 : 처녀의 허벅지 사이에 눕는 것도 기막힌 생각인데.

오필리아 : 왜 그렇지요, 왕자님?

햄릿 : 깨끗하니까.

오필리아 : 즐거우신 듯합니다, 왕자님.

햄릿 : 누구? 나?

오필리아 : 네, 왕자님.

햄릿 : 오, 내가 최고의 어릿광대라는 걸 몰랐소? 즐거워하는 것 말고 달리 할 일이 뭐가 있겠소? 저기 우리 어머니 좀 보시오. 아버님이 돌아가신 지 두 시간도 안 됐는데 아주 행복한 얼굴이잖소.

오필리아 : 아니요, 왕자님. 두 달의 두 배나 지났습니다.

햄릿 : 벌써? 그럼 이 검은 상복은 악마에게 던져주고 나는 담비 가죽 옷이나 입어야겠군. 돌아가신 지 두 달이 지났는데도 아직 이렇게 잊혀지지 않는 것을 보면 위인이 죽었다고 해도 그에 대해 반년쯤 은 더 기억할 수 있겠는걸. 하지만 '아, 아, 익살꾼은 잊혀졌노라.' 라고 새겨진 묘비를 가진 어느 익살꾼처럼 기억에서 사라져버리고 싶지 않다면 반드시 교회를 지어야 할 거야.

나팔 소리. 무대가 나타나고 무언극이 시작된다.

왕과 왕비 등장. 서로를 정답게 포옹한다. 왕비는 무릎을 꿇고 왕에게 사랑을 맹세하고 왕은 왕비를 일으켜 세운 후 머리를 숙여 그녀의 목에 키스한다. 왕은 꽃이 만발한 언덕에 눕고 왕비는 자리를 떠난다. 곧이어 다른 남자 등장. 그는 왕의 왕관을 벗긴 후 머리에 키스를 한 후 잠들어 있는 왕의 귀에 독약을 붓고 퇴장한다. 왕비가 돌아와 왕의 주검을 보고 오열한다. 살인자가 서너 명의 배우를 데리고 들어와 슬퍼하며 왕비를 위로한다. 왕의 시체가 운반되어 나가자 살인자가 선물을 주며 왕비에게 청혼한다. 왕비는 처음에는 외면하지만 결국 청혼을 받아들인다. (막이 내리고 배우들 모두 퇴장)

오필리아 : 왕자님, 이 연극은 뭘 말하는 건가요?

햄릿 : 음, 저건 〈미칭 말리코〉라고 하는 건데 한마디로 흉계야.

오필리아 : 아마도 이 연극의 줄거리인 것 같기는 합니다만…….

해설자 등장.

햄릿 : 이 배우가 가르쳐주겠지. 배우들이란 뭐든 다 지껄여야 직성이 풀리는지 도대체 비밀을 간직하지 못하거든.

오필리아 : 무언극의 의미도 가르쳐줄까요?

햄릿 : 암. 어디 그뿐이겠소? 만약 그대가 창피를 무릅쓰고 엉큼한 내용의 무언극을 해 보인다 하더라도 저 배우는 아무 스스럼없이 그 의미를 알려줄 거요.

오필리아 : 짓궂으시군요, 왕자님. 전 연극이나 구경하겠습니다.

해설 : 여러분의 자비에 호소하나니, 배우들과 준비한 비극에 끝까지 성원을 보내주십시오. (퇴장)

햄릿 : 저것이 서사의 전부인가? 아니면 반지에 새긴 글귀인가?

오필리아 : 정말 너무 짧군요.

햄릿 : 여인의 사랑처럼.

무대에 왕과 왕비 역의 배우 등장.

극중 왕 : 사랑하는 왕비여, 참된 사랑으로 두 마음을 합하고 신성한 신
　　　　의 이름으로 두 손을 맞잡은 이래, 태양신의 수레가 거친 바다를
　　　　건너고 둥근 대지를 달리기를 서른 번이나 하고 밤하늘의 달님은
　　　　열두 번씩 서른 번이나 세상을 밝혀주었소.
극중 왕비 : 우리의 사랑이 다할 때까지 이제껏 헤아려온 수만큼만 더
　　　　헤아리게 해주소서. 그러나 근래 들어 당신에게 수시로 병마가 찾
　　　　아드니 슬프고도 걱정입니다. 그러나 걱정을 한다 하여 언짢게는
　　　　생각 마소서. 여인의 사랑은 두려움과 비례하는 법, 둘 다 크거나,
　　　　아니면 모두 없을 뿐이지요. 그런 이유로 사랑이 큰 만큼 근심도
　　　　큰 것이랍니다. 사랑이 클수록 작은 근심마저도 커다랗게 느껴지
　　　　는 것이지요.
극중 왕 : 사랑하는 왕비여, 머지않아 당신 곁을 떠나야 하오. 심신은
　　　　나날이 쇠잔해지고 장기의 기능은 멈추고 있소. 하지만 당신은 이
　　　　아름다운 세상에 남아서 넘치는 존경과 사랑 속에서 살아가시오.
　　　　그리고 자상한 누군가가 나타난다면…….
극중 왕비 : 아, 그만하소서. 무정하신 분, 그런 사랑은 제 가슴에 대한
　　　　반역일 뿐입니다. 차라리 저주를 내리소서. 첫 남편을 살해하지 않
　　　　고서야 어찌 두 번째 남편을 맞이하겠나이까?
햄릿 : (방백) 쓰디쓴 죽 맛일 게다.
극중 왕비 : 두 번째 결혼은 천한 욕정의 소산일 뿐 결코 사랑 때문은 아
　　　　닙니다. 두 번째 남편과 잠자리에서 입을 맞춘다는 것은 죽은 남편

을 또다시 죽이는 것입니다.

극중 왕 : 당신의 말이 진정이라는 것을 의심하지는 않는다오. 그러나
인간이란 때때로 자신의 맹세를 저버리지. 맹세란 기억하는 동안
만 가능한 것으로 그 시작만 요란할 뿐 영원한 것은 아니라오. 덜
익었을 때는 나무에 매달려 버둥거리지만 익은 후에는 언제 그랬
냐는 듯 흔들지 않아도 떨어져버리는 과일처럼 우리는 스스로에게
진 마음의 빚 따위는 쉽게 잊어버리게 되는 것이오. 슬픔이든 기쁨
이든 격렬함에 휩쓸려 한 맹세는 그 격정이 사라지면 이내 기억에
서 사라지지. 슬픔이든 기쁨이든 격렬함은 행동으로 옮겨지는 것
과 동시에 어디론가 사라지는 것이니 말이오. 기쁨이 차고 넘칠 때
슬픔도 커지고, 사소한 일에 슬픔이 기쁨이 되고 기쁨은 슬픔이 되
는 것을……. 세상에 영원한 것이 어디 있겠소? 그러니 운명에 따
라 사랑이 변한다고 해서 이상할 것이 없다오. 단지 사랑이 운명을
이끄는지, 운명이 사랑을 이끄는지, 그것만이 문제일 뿐. 우두머리
가 쓰러지면 수하들도 도망가버리고, 보잘것없는 자들이 출세를
하고 나면 적조차 친구가 되며, 부족한 게 없는 자는 친구조차 넘
치고, 가진 것이 없는 자는 있던 친구도 적이 되는 것이 세상의 이
치. 맹세와 운명이 서로 갈 길이 달라 정반대로 내달리고 있으니
맹세는 무너지고 계획은 빗나간다오. 생각은 내 것이로되 결과는
아니구려. 지금이야 둘째 남편 가당치도 않다 하나 첫 남편이 죽고
나면 그런 생각일랑 간데없으리오.

극중 왕비 : 만일 과부가 되고 또다시 결혼을 한다면 하늘의 빛과, 대지
의 곡식과, 밤낮으로 이어지던 모든 즐거움과 평온함이 사라질 것
입니다. 또한 나의 믿음과 희망은 절망이 되고, 나의 남은 생은 감
옥 안과 같을 것이며, 재앙이 이 몸을 에워싸 나의 소망은 엉망이

되고, 영겁의 고뇌가 이승과 저승을 가리지 않고 나를 괴롭히리다.

햄릿 : 지금의 저 맹세를 깨뜨리면!

극중 왕 : 참으로 굳은 맹세요. 사랑하는 이여, 나를 잠시 혼자 있게 해 주오. 몸이 곤하니 잠으로 이 지루한 시간을 보내고 싶소.

극중 왕비 : 편히 잠드소서. 불행이여, 우리를 비켜 가거라. (왕 잠들고, 왕비 퇴장)

햄릿 : 마마, 연극이 마음에 드십니까?

왕비 : 저 여인의 맹세가 과한 듯하구나.

햄릿 : 하오나 맹세는 반드시 지킬 것입니다.

왕 : 너는 이 연극의 내용을 알고 있겠지? 이상한 장면이 있는 것은 아니냐?

햄릿 : 그런 건 없습니다. 연극이란 본래 장난 아닙니까? 독살 장면도 그저 재미일 뿐이지요. 다른 의미는 없습니다.

왕 : 연극의 제목이 무엇이냐?

햄릿 : 〈쥐덫〉입니다. 정말 기막힌 비유 아닙니까? 이 연극은 본래 비엔나에서 있었던 살인을 소재로 했습니다. 곧 아시게 되겠지만 주인공 공작의 이름은 곤자고, 그의 아내는 밥티스타라고 하지요. 끔찍한 내용을 다루고 있지만 폐하와 저희처럼 죄 없는 영혼의 소유자들이야 거리낄 것이 없는데 무슨 상관이겠습니까? 죄인들이야 움찔하겠지만……. (루시아너스 역의 배우 등장) 저자는 공작의 조카인 루시아너스입니다.

오필리아 : 왕자님, 해설자라고 해도 손색이 없으시겠습니다.

햄릿 : 나는 꼭두각시들이 쑥덕대는 것만 보고도 그대와 그대의 애인 사이에 무슨 일이 생겼는지 알 수 있다오.

오필리아 : 말씀마다 칼을 숨기고 계시네요, 왕자님. 예리한 칼날을.

햄릿 : 내 예리한 칼날이 살 속으로 파고들어 간다면 그대는 요란하게
　　　신음 소리를 낼 것이오.

오필리아 : 점점 더, 말씀이 지나치시군요.

햄릿 : 당신도 사내를 맞이하면 알게 될 거야. (무대를 향해서) 자, 어서
　　　시작해라. 여, 살인자, 뭐 하는 거냐? 보기 싫은 낯짝은 그만 치우
　　　고 어서 시작해보라고. 자, 까마귀가 복수하라고 목이 쉬도록 깍깍
　　　대고 있다.

루시어너스 : 시커먼 마음에 빠른 손놀림, 빠른 약효에 주위에 보는 눈
　　　도 없으니 바로 지금이 기회로구나. 캄캄한 어둠 속에서 캐낸 독초
　　　에 저주가 깃든 헤카테의 주문과 독기를 세 번씩이나 받은 독약이
　　　여. 그대의 마력과 음산한 본성으로 당장 저 건강한 생명을 탈취하
　　　라. (왕의 귀에 독약을 붓는다)

햄릿 : 저자는 지위를 탐한 나머지 정원에서 공작을 독살하고 있는 겁
　　　니다. 공작의 이름은 곤자고인데 실화를 바탕으로 하고 있습니다.
　　　원래는 고상한 이탈리아어로 기록된 작품이지요. 이제 곧 저 살인
　　　자가 곤자고의 아내를 어떻게 유혹하는지 보게 될 겁니다.

오필리아 : 폐하께서 일어나십니다.

햄릿 : 뭐지? 가짜 불꽃에 놀라기라도 하신 건가?

왕비 : 왜 그러십니까, 폐하?

폴로니어스 : 연극을 중지하라.

왕 : 등불을 다오. 가야겠다!

폴로니어스 : 불, 불, 등불을 가져오너라! (햄릿과 호레이쇼만 남고 모두
　　　퇴장)

햄릿 : '상처 입은 수사슴이여, 울어라.

　　　성한 수사슴이여 뛰어 놀아라.

누구는 잠을 자는 동안 누구는 깨어 있나니.

그리하여 세상은 돌고 도는 것.'

어떤가, 친구? 내 미래가 뒤죽박죽이 되더라도 깃털 한 뭉치와 프로방스 장미꽃을 단 줄무늬 구두 한 켤레만 있다면 극단에서 한 자리 할 수 있지 않겠나?

호레이쇼 : 반 자리 정도일 겁니다.

햄릿 : 무슨 소린가? 한 사람 몫은 충분히 할 거라고.

'그대는 아느냐, 사랑하는 데이먼이여.

한때 주피터의 땅이었으나

지금은 한 마리의 공작새가 다스리고 있다는 것을.'

호레이쇼 : 운율을 살리셔야죠.

햄릿 : 오, 호레이쇼, 나는 망령의 말이 천 파운드라 하더라도 사들이겠네. 자네도 알아차렸겠지?

호레이쇼 : 물론입니다, 왕자님.

햄릿 : 독살하는 장면에서도 놓치지 않았겠지?

호레이쇼 : 똑똑히 보았습니다.

햄릿 : 자아, 음악을 울려라, 피리를 불어라. 폐하께서 연극이 싫으시다니, 그건 정말로 싫으신 까닭이겠지. 자 음악을, 풍악을 울려라!

로젠크란츠, 길든스턴 등장.

길든스턴 : 왕자님, 한 말씀 드려도 되겠습니까?

햄릿 : 내키는 대로. 역사서를 다 읽는다 해도 들어주지.

길든스턴 : 왕자님, 지금 폐하께서….

햄릿 : 왜? 폐하께서 뭐라고 하시던가?

길든스턴 : 방으로 드신 후 기분이 몹시 언짢으십니다.

햄릿 : 술을 많이 드셨나보군.

길든스턴 : 아닙니다, 왕자님. 화가 나신 모양입니다.

햄릿 : 그렇다면 전의를 불러 치료해드리지 어째서 나를 찾아온 건가?
　　　내가 나서봐야 폐하의 울화만 더욱 돋우지 않겠나?

길든스턴 : 왕자님, 제 말씀의 요지를 난폭하게 피하신다면 더 이상 의
　　　논하지 않겠습니다.

햄릿 : 이봐, 난 언제나 온순하다네. 어서 말해보게.

길든스턴 : 어머님이신 왕비 전하께서도 상심하셨습니다. 실은 저를 왕
　　　자님께 보내신 분도 바로 왕비 전하십니다.

햄릿 : 환영하네.

길든스턴 : 오, 왕자님. 왕자님같이 고귀한 분께서 그런 무례를 범하시
　　　다니요! 제대로 된 대답을 하시겠다면 왕비 전하의 말씀을 전하겠
　　　습니다만, 만약 그렇지 않으시면 저는 이만 물러가겠습니다.

햄릿 : 그건 불가능해.

로젠크란츠 : 왕자님, 그게 무슨 말씀이십니까?

햄릿 : 내가 제정신이 아닌데 제대로 된 대답을 하라니 말이네. 그렇
　　　지만 내가 할 수 있는 대답이라면 기꺼이 해주겠네. 그러니 용건을
　　　말하게. 어머님께서 뭐라고 하셨다는 건가?

로젠크란츠 : 왕비 전하께서는 왕자님의 행동에 너무 놀라셨다고 하셨
　　　습니다.

햄릿 : 오, 어머니를 놀라게 해드렸다니, 이 얼마나 기특한 아들인가!
　　　그럼 다른 말씀은? 어서 말하게.

로젠크란츠 : 기다릴 테니 주무시기 전에 내실로 드시랍니다. 하실 말
　　　씀이 있다고 하셨습니다.

햄릿 : 지금보다 열 배쯤 더 어머니다워지셨다고 생각하고 복종하지. 그래 아직 할 말이 남았나?

로젠크란츠 : 왕자님, 예전에 저는 왕자님의 총애를 받았습니다.

햄릿 : 이 죄악의 덩어리인 양손에 걸고 말하지만 그것은 지금도 마찬 가지라네.

로젠크란츠 : 그렇다면 부디 왕자님의 병의 근원이 어디에 있는지 말씀 해주십시오. 친구에게마저 감추신다면 누구에게 말씀하실 수 있 겠습니까? 그것은 분명 자유를 버리고 속박의 굴레를 뒤집어쓰는 것과 다르지 않습니다.

햄릿 : 여보게, 친구. 내게는 미래가 없다네.

로젠크란츠 : 미래가 없다니요? 왕자님은 폐하께서 만천하에 선포하신 덴마크의 왕위 계승자가 아니십니까?

햄릿 : 그야 그렇지. 하지만 왜 '풀이 자라기 전에 말은 굶어 죽는다.'라 는 케케묵은 속담도 있잖은가? (피리를 가진 배우들 등장) 오, 드디어 피리가 왔군. 나도 하나 주게. 로젠크란츠, 저쪽으로 좀 가세. 자네 는 어째서 덫으로 짐승을 몰듯 바람이 부는 쪽으로 나를 몰아세우 려 하는 것인가?

길든스턴 : 왕자님, 제 임무가 불쾌하셨다면 그건 다 왕자님에 대한 제 애정이 과했기 때문입니다.

햄릿 : 무슨 소릴 하는지 도무지 알 수가 없군. 자, 이 피리나 불어보게.

길든스턴 : 불지 못합니다, 왕자님.

햄릿 : 부탁이야.

길든스턴 : 믿어주십시오. 정말 못합니다.

햄릿 : 제발 부탁하네.

길든스턴 : 피리를 만져본 적도 없습니다.

햄릿 : 거짓말하는 것처럼 쉬운 일이야. 구멍을 손가락으로 막고 입으로 숨을 불어넣기만 하면 말보다 설득력 있는 선율이 흘러나온다네. 보게, 이것들이 구멍이야.

길든스턴 : 하지만 제게는 그 소리를 아름다운 화음으로 만들어낼 만한 기술이 없습니다.

햄릿 : 이런, 그것 봐. 자네가 나를 얼마나 변변찮게 생각했는지 알겠지? 조금 전까지 자네는 나를 피리처럼 불려고 했어. 조절해야 하는 구멍이 어디 있는지 알고 싶어 했지. 내 마음속의 비밀을 끄집어낼 생각이었던 거야. 저음에서 고음까지 마음대로 불어볼 생각이었겠지. 그러나 보게, 이 조그만 악기 속에 숨어 있는 아름다운 음악도 제대로 끄집어내지 못하면서 나는 가능할 거라 여겼단 말인가? 내가 피리 부는 것보다 더 쉽다고 생각하나? 좋아, 나를 악기라고 생각할 수 있겠지. 그러나 괴롭힐 수는 있겠지만 제대로 된 소리를 내지는 못할 걸세. (폴로니어스 등장) 폴로니어스 경, 그대에게 신의 가호가 있기를!

폴로니어스 : 왕자님, 왕비 전하께서 하실 말씀이 있으니 속히 오시라는 분부이십니다.

햄릿 : 저기 낙타와 비슷하게 생긴 구름이 보이오?

폴로니어스 : 오, 정말 낙타와 흡사하군요.

햄릿 : 내 보기엔 족제비 같은데?

폴로니어스 : 그래요, 족제비 등 같기도 하군요.

햄릿 : 아니야, 고래 같아.

폴로니어스 : 네, 고래 같습니다.

햄릿 : 그럼 이제 어머님께 가야겠군. (방백) 놈들이 내가 원하는 대로 바보짓을 하고 있구나. (폴로니어스에게) 곧 가리다.

폴로니어스 : 그렇게 말씀드리겠습니다. (폴로니어스 퇴장)

햄릿 : 말은 쉽지. 자, 자네들도 물러가게. (햄릿을 제외한 모든 배우 퇴장) 지금은 한밤중, 마법이 활개 칠 시간. 교회의 무덤마다 입을 벌리고 지옥의 독기를 내뿜어 세상을 오염시키니 나도 지금이라면 뜨거운 피를 마실 수 있고, 대낮에는 차마 볼 수도 없는 참혹한 짓거리도 할 수 있으리라. 그러나 참아라. 지금은 어머니께 가봐야 하리니. 아, 마음아, 천륜을 잊지 마라. 친모를 죽인 네로의 잔인한 혼이 이 마음속에 들어오게 해서는 안 된다. 가혹할지언정 천륜은 지켜야 한다. 독설은 퍼부을지언정 칼을 휘둘러선 안 된다. 내 혀와 내 영혼이 위선자가 되게 하자. 말로는 어머님을 어떻게 힐책할지라도 절대 행해서는 안 된다, 나의 영혼아. (퇴장)

제3막 3장 ┃ 성 안의 방

왕, 로젠크란츠, 길든스턴 등장.

왕 : 나는 그 애가 보기도 싫다. 저 날뛰는 광기를 지켜보는 것만으로도 두렵구나. 게다가 무슨 험한 일이 일어날지 모르는 것 아닌가! 그러니 준비하라. 지금 위임장을 써줄 테니 햄릿과 함께 영국으로 떠나라. 나를 위해서도, 백성을 위해서도 왕자를 이 나라에 저리 방치할 수는 없구나.

길든스턴 : 곧 준비를 하겠습니다. 폐하의 은혜에 의지하여 살고 있는 이 땅의 수많은 백성을 그토록 걱정하시니 실로 거룩하고 자상하신 국왕의 모습이십니다.

로젠크란츠 : 사사로운 개인의 생명도 마음의 힘과 갑옷으로 위험에 대비하는 법, 하물며 만백성의 안위를 책임지시는 폐하의 옥체는 말해 무엇 하겠습니까? 폐하의 불행은 폐하 한 사람만의 일이 아닙니다. 마치 소용돌이가 주위에 있는 모든 것을 끌어들이듯이, 높은 봉우리에 세워진 거대한 수레바퀴가 떨어질 때 그 바퀴의 살 하나하나가 모두 파괴되듯이 모두가 불행의 늪에 빠지게 됩니다. 그러니 폐하의 한숨 소리는 곧 만백성의 신음 소리인 것입니다.

왕 : 부디, 어서 준비를 해라. 지금부터 나는 위험한 것에 족쇄를 채워 꼼짝 못하게 해놓을 것이다.

로젠크란츠 : 서두르겠습니다. (로젠크란츠, 길든스턴 퇴장)

폴로니어스 등장.

폴로니어스 : 폐하, 왕자님께서 내전으로 향하고 있습니다. 저는 휘장 뒤에 몸을 숨기고 두 분의 대화를 엿들어보겠습니다. 왕비 전하께서 엄히 질책하시겠지만 천륜은 이길 수 없는 법, 폐하의 뜻이 이러하신데 만에 하나 왕비 전하께서 왕자님 편을 드신다면 곤란하지 않겠습니까? 이만 물러가겠습니다. 폐하께서 침소에 드시기 전에 다시 와서 엿들은 이야기를 전해드리겠습니다.

왕 : 수고하시오, 폴로니어스 경. (폴로니어스 퇴장) 아, 나의 죄의 썩은 냄새가 온 세상에 진동하는구나. 인간에게 있어 가장 오래된 죄가 형제를 죽인 것이라 했으니 나는 기도조차 할 수가 없다. 나의 의지는 굳건했건만 더 강력한 죄의식 앞에서 덧없이 무너지니, 두 가지를 일시에 잡으려 어느 쪽도 취하지 못하고 모두 놓쳐버리고 마는 꼴이 되었구나. 형의 피로 덕지덕지 딱지가 앉은 이 저주받은

손을 눈처럼 희게 씻어내줄 만큼의 비가 저 자비로운 하늘에는 없는가? 죄인의 얼굴을 따스하게 바라봐주지 않는 자비가 무슨 자비이며, 죄를 짓기 전에만 우리를 보호하고 죄를 지은 후에 용서해주지 않는다면 기도가 무슨 기도란 말이냐? 자, 고개를 들자. 내 죄는 이미 지난 일. 그러나 나 같은 처지에서는 어떤 기도를 올려야 하는 것일까? '이 더러운 살인을 용서하소서.', 아니, 그럴 수는 없는 일. 살인으로 얻은 왕관과 왕비, 그리고 이 더러운 야망까지 손아귀에 쥐고 있는데 어떻게 용서를 받을 수 있단 말인가? 악으로 가득 차고 썩어빠진 이 세상에서는 악행으로 인해 부정해진 손이라 하더라도 황금으로 법을 매수하여 정의를 이길 수 있지만 천국에서는 불가능한 일. 속임수도 불가능한 일, 그러니 우리의 모든 죄상을 먼지 하나까지도 실토해야만 한다. 아, 어찌해야 하는가? 이제 와서 내가 무엇을 할 수 있는가? 할 수 있는 만큼 참회를 해보자. 참회조차 할 수 없다면? 아, 비참하구나. 죽음처럼 시커먼 심정이여, 덫에 갇힌 영혼! 빠져나오려 할수록 더욱 옥죄어오는구나. 천사여, 도와주소서. 오만한 무릎아, 굽혀라! 강철처럼 굳어버린 심장아, 갓난아기의 살결처럼 부드러워져라. 모든 것이 잘되도록 부디 도와주소서. (무릎을 꿇는다)

햄릿 등장.

햄릿 : 기도를 하고 있으니 바로 지금이다. 해치우는 거다! 아니, 잠깐! 그렇게 되면 나는 아버님의 복수를 하게 되지만 저자는 천국으로 가게 되는 거 아닌가! 아버님의 유일한 아들인 내가 아버님을 죽인 악한을 천국으로 보내다니, 그럴 수는 없다. 죄를 참회하고 영혼

을 정화하여 죽음을 준비하고 있을 때 칼을 휘두르는 것은 청부 살인이지 복수가 아니다. 아버님께서는 죄와 욕망이 5월의 꽃들처럼 한창인 때에 참회도 하기 전에 무참히 살해되셨다. 저승의 일이야 신밖에 모르는 일이라고 해도 최후의 심판대에서 아버지에게 내려진 형벌이 무거웠을 것이라는 건 불 보듯 뻔한 일. 그런데 자신의 죄를 고하고, 신께 자비를 구하고, 그리하여 죽음을 받아들일 준비를 마친 저자를 지금 죽인다? 아서라. 그것은 복수가 아니다. 칼이여, 기다려라. 기회가 올 것이다. 만취한 채 광란하거나 잠들어 있을 때, 음탕한 쾌락에 빠져 허우적거릴 때, 도박에 빠져 욕설과 저주를 입에 담을 때, 신께서 도저히 용서하실 수 없는 짓을 할 때, 바로 그때가 기회다. 놈의 발뒤꿈치가 하늘을 박차고, 놈의 영혼이 지옥처럼 검게 물들고, 영원히 저주받도록 단칼에 해치울 것이다. 어머니께서 기다리시겠구나. 지금 내가 칼을 거두는 것은 네놈의 고통의 날이 연장되는 것이라는 걸 알아라. (햄릿 퇴장)

왕 : 나의 기도는 하늘로 날아갔지만 나의 마음은 아직도 여기에 있구나. 마음이 없는 기도가 어찌 하늘에 가 닿을 수 있겠는가. (퇴장)

제3막 4장 ✦ 왕비의 침실

왕비, 폴로니어스 등장.

폴로니어스 : 왕자님께서 곧 오실 테니 따끔하게 타이르시되 이번 일로
　　폐하의 진노가 크셔서 왕비 전하께서 중간에서 힘드셨다고 말씀하
　　십시오. 신은 여기 숨어 있겠습니다. 인정에 끌리시면 안 됩니다.

햄릿 : (안에서) 어머님, 어머님, 어머님!

왕비 : 염려 마시오.

폴로니어스, 휘장 뒤에 숨는다. 햄릿 등장.

햄릿 : 어머님, 무슨 일로 부르셨사옵니까?

왕비 : 햄릿, 이번 일로 아버님이 화가 많이 나셨다.

햄릿 : 어머님 때문에 제 아버님도 화가 많이 나셨지요.

왕비 : 저런, 도대체 그게 무슨 불경한 소리냐?

햄릿 : 이런, 어머님은 그게 무슨 사악한 소리십니까?

왕비 : 아, 네가 어쩌다 이렇게 된 게냐, 햄릿?

햄릿 : 무엇을 말씀이십니까?

왕비 : 이제 어미도 잊은 것이냐?

햄릿 : 그럴 리가요. 당신은 이 나라의 왕비이시고, 시동생의 아내이시
　　며, 불행히도 저의 어머님이 아니십니까?

왕비 : 오, 너와 말이 통하는 사람을 불러와야겠다.

햄릿 : 자, 자. 그러지 마시고 앉으세요. 거울을 가져다 드리지요. 어머
　　니의 깊은 내면을 보실 수 있도록 말입니다. 그때까지는 아무 데도

못 가십니다.

왕비 : 무슨 짓을 하려는 것이냐? 날 죽이려는 건 아니겠지? 오, 사람
　　살려!

폴로니어스 : (휘장 뒤에서) 누구 없느냐? 사람 살려!

햄릿 : 저건 뭐야! 쥐새끼냐? 죽어라, 죽어버려라. (휘장 속으로 칼을 찌
　　른다)

폴로니어스 : (휘장 뒤에서) 아, 내가 죽다니! (쓰러져 죽는다)

왕비 : 오, 맙소사! 네가 무슨 짓을 저지른 줄 아느냐?

햄릿 : 글쎄요, 잘 모르겠군요. 왕입니까?

왕비 : 오, 이 얼마나 무모하고 잔혹한 짓이냐?

햄릿 : 피비린내 나는 일이지요. 왕을 죽이고 그 동생과 결혼한 것만큼
　　이나 나쁘지요.

왕비 : 왕을 죽이다니?

햄릿 : 그렇습니다, 어머님. (폴로니어스의 시체를 가리키면서) 한심한 놈
　　같으니라고, 주제넘게 참견한 죗값을 받았구나. 네 상전인 줄 알았
　　다만 이것도 네 운명일 테지. 잘 가라. 나설 때 안 나설 때를 가리지
　　않으면 그리된다는 것을 이제야 알았겠구나. 어머님, 그렇게 손만
　　쥐어뜯지 마시고 가만히 앉아 계시지요. 대신 제가 가슴을 쥐어짜
　　드리겠습니다. 이미 무쇠처럼 단단해지고, 더러운 습관에 의해 아
　　무런 감각도 느끼지 못하게 되어버린 것이 아니라면, 분명 그렇게
　　할 수 있습니다. 아니, 그렇게 하겠습니다.

왕비 : 내가 무엇을 어찌했다고 감히 그런 망발을 지껄이는 것이냐?

햄릿 : 품위를 더럽히고, 정숙함을 위선으로 만들었으며, 청순한 여
　　인의 아름다운 이마에 장미꽃 대신 창녀의 낙인을 찍었고, 성스러
　　운 혼약의 맹세를 노름꾼의 거짓 약속처럼 허망한 것으로 만드셨

지요. 서로의 영혼을 걸었다는 것 말고도 신께 드렸던 서약도 한낱 말장난으로 만드신 것입니다. 그러니 하늘은 노여움에 낯을 붉히고, 최후의 날을 맞은 듯 이 단단한 대지가 온몸을 떨고 있는 것이 아니겠습니까?

왕비 : 아아, 도대체 내게 왜 천둥 같은 고함을 치는 것이냐?

햄릿 : 여기 한 피를 이어받은 형제의 초상화를 보십시오. 먼저 이분을 보십시오. 얼마나 고귀한 품위를 지니셨습니까! 히페리온(우라누스와 가이아의 아들이며 에로스의 아버지 – 역자 주)의 머리카락, 주피터의 시원한 이마, 마르스의 위협적인 눈, 그리고 하늘에 닿을 듯 높은 산봉우리에 막 내려선 머큐리와 같은 자태를 지니셨던 분, 높은 덕망과 아름다운 용모로 제신이 인간의 표본으로 삼으셨던 분, 바로 그분이 어머님의 전남편이셨습니다. 그런데 이 초상화는 어떻습니까? 바로 어머님께서 현재 남편으로 여기시는 분이자 건강하던 형님을 병들어 말라버린 보리 이삭처럼 만든 자이지요. 어머님, 정말 당신에게 눈이 있으시기나 한 겁니까? 어떻게 저 아름답고 풍성한 산등성이를 버리고 이처럼 더럽고 질척질척한 수렁에서 먹이를 찾을 수 있으십니까? 사랑에 눈이 멀었었다고 말씀하시지는 마세요. 어머님의 나이면 불같던 욕정도 식어버려 보다 분별 있게 될 때이니 말입니다. 그런데 어머님은 무슨 분별을 가지셨기에 이쪽에서 이쪽으로 옮겨 가실 수 있으셨습니까? 어머님의 감각은 비록 아직은 사라지지는 않았지만 이미 병들어 심하게 마비되어버린 모양이군요. 미치광이라 해도 이 같은 실수는 하지 않습니다. 아무리 광증의 노예가 되어 눈에 보이는 것이 없다고 해도 이같이 서로 유난히도 다른 그 차이를 구분 못할 만큼 판단력을 잃지는 않으니 말입니다. 그런데 어머님을 그렇게 만든 건 어떤 악마였습니까?

감각이 없다면 눈이 있고 눈이 없다면 감각이 있지 않습니까? 손과 눈이 없다면 귀가 있으며, 그조차도 없다면 코라도 있는 것 아닙니까? 혹여 그저 약간의 빛을 구별할 수 있다면, 약간의 냄새만 맡을 수 있다면 무엇 하나 제대로 된 것이 없어도 이 같은 선택은 하지 않을 것입니다. 오, 수치심이여! 부끄러워 빨개진 너의 뺨은 어디로 갔느냐? 오, 저주받을 욕정이여! 늙은 여인에게서도 불같이 타오른다면 젊은이들에게 도덕 따위가 무슨 소용이 있겠느냐? 육신의 열기로 촛농처럼 녹여버리고 말 것을……. 그러니 욕정의 불길로 온몸을 태운다 한들 어찌 부끄러워할 것이냐! 차디찬 서리도 뜨겁게 타오르고, 이성마저 욕정의 앞잡이가 되는 세상에!

왕비 : 오, 햄릿. 더 이상은 하지 마라. 이미 내 영혼을 보게 하였단다. 그리하여 도저히 지울 수 없는 내 영혼의 시커먼 얼룩을 보았단다.

햄릿 : 그뿐입니까? 음란하고 부패한 돼지우리 안에서 역겨운 땀으로 흥건한 이부자리를 휘감고 음탕한 정사를 벌이기도 하지요.

왕비 : 오, 그만! 네 말이 비수가 되어 내 귀를 찌르는구나. 제발 그만해라, 햄릿.

햄릿 : 살인자! 악당! 선왕의 백분의 일만큼도 안 되는 놈, 왕국과 왕관을 훔쳐 제 호주머니에 집어넣은 패군 중에 패군!

왕비 : 그만!

햄릿 : 누더기를 입은 쓰레기 왕! (망령 등장) 천상의 인도자시여, 당신의 날개로 이 몸을 보호하소서! (망령에게) 무슨 일이십니까?

왕비 : 아아, 저애가 미쳐버렸구나.

햄릿 : 감정을 다스리지 못하여 당신과의 약속을 지킬 절호의 시기를 놓치고 있는 이 우유부단한 아들을 책망하러 오신 겁니까? 오, 말씀해주십시오.

망령 : 잊지 마라! 나는 무뎌져가는 너의 복수의 날을 세워주기 위해 찾아왔다. 그러나 보아라. 저기 네 어미가 경악에 찬 얼굴로 앉아 있구나. 망상은 허약한 마음만큼 강하게 나타나는 법, 한 발자국 다가가 혼란스러워하는 그녀의 영혼을 어루만져 주어라. 햄릿.

햄릿 : 괜찮으십니까, 어머님?

왕비 : 아아, 너야말로 괜찮은 게냐? 눈은 허공을 바라보고, 허공에 말을 건네고 있지 않느냐? 네 눈은 거친 격정을 뿜어내고, 차분하던 머리카락은 경보기에 잠을 깬 병사의 그것처럼 벌떡 일어나 있구나. 오, 나의 착한 아들아! 제발 열기와 노여움에 인내의 찬물을 뿌려라. 애야, 도대체 무엇을 보는 게냐?

햄릿 : 저분을, 저 모습을, 어머님. 창백하고 날카로운 시선을 보십시오. 저 모습을 보고, 저분의 원한을 듣고도 마음을 움직이지 않을 사람은 없을 것입니다. 심지어 돌멩이까지도 슬픔을 느낄 것입니다. 아, 그런 측은한 모습으로 저를 바라보지 마십시오. 저의 엄숙한 맹세가 흔들리면 저의 중요한 임무가 눈물로만 끝날 수도 있습니다.

왕비 : 누구와 말하는 게냐?

햄릿 : 보이지 않으십니까?

왕비 : 내 눈은 아무 이상이 없는데도 아무것도 보이지 않는구나.

햄릿 : 저 소리도 안 들리십니까?

왕비 : 우리 목소리 외에는 아무 소리도 들리는 게 없구나.

햄릿 : 저기를 보세요. 저기 유유히 사라지고 계시는 아버님이 안 보이신단 말씀입니까? 평소의 그 모습 그대로 지금 문밖으로 나가고 계시지 않습니까? (망령 퇴장)

왕비 : 혼미한 정신에는 교활한 망상이 찾아오는 법, 네가 본 것도 실

체 없는 망상에 지나지 않는단다.

햄릿 : 혼미한 정신이라고요? 제 맥박이 어머님의 것처럼 온전하게 뛰고 있는데도 말입니까? 어머님, 제 말은 실성해서 한 헛소리가 아닙니다. 시험해보시지요. 만일 실성했다면 똑같은 말을 되풀이할 수 없을 겁니다. 어머님, 제발 부탁드리니 자신의 죄를 그럴싸한 고약(주로 헐거나 곪은 데에 붙이는 끈끈한 약 – 편집자 주)으로 감추려 하지 마십시오. 그런 고약은 양심에 난 상처를 눈에 보이지 않게 할 뿐 무서운 병균이 몸으로 파고 들어가는 것을 막지는 못합니다. 그러니 하늘에 죄를 고백하십시오. 지난 일은 뉘우치고 앞으로는 그런 일이 없도록 하세요. 잡초에 비료를 주듯 죄를 더욱 키우지 마시고. 제 말씀이 지나쳤다면 용서하십시오. 요즘같이 썩어버린 세상에서는 선이 악에게 용서를 구하고, 정의가 불의에게 굽실거리며, 좋은 일도 허락을 구해야 하는 법이지요.

왕비 : 오, 햄릿. 내 가슴을 두 조각으로 찢어놓는구나.

햄릿 : 더러운 쪽은 버리시고 나머지로 죄 없이 사시면 되겠군요. 그럼 안녕히 주무십시오. 그러나 숙부의 침대로 들어가지는 마십시오. 덕이 없더라도 있는 척이라도 하시란 말입니다. 습관이란 악한 일도 반복이 되면 죄의식을 사라지게 하는 괴물이지요. 하지만 천사의 면모도 가지고 있어서 선한 일도 처음에는 남의 옷을 입은 듯 어색하지만 나중에는 오래 입어온 옷같이 몸에 딱 맞게 만들지요. 그러니 오늘 밤부터 그 더러운 잠자리를 피하십시오. 그러면 다음번 금욕은 조금 쉽고, 그다음은 더욱 쉬워질 것입니다. 다시 말씀드리지만 습관이란 타고난 성격도 변하게 만드는 힘이 있어 악마를 지배할 수도, 심지어 멀리 쫓아버릴 수도 있습니다. 자, 그럼 편안히 주무세요. 어머니가 신의 용서를 구하고 축복을 바라실 때 저 역시

어머님을 위해 기도하겠습니다. (폴로니어스를 바라보며) 이 늙은이의 일은 후회하고 있습니다. 그러나 저에게 사형집행관의 일을 맡기신 것은 이 주제넘은 늙은이를 벌하기 위함이요, 또한 이 일로 저를 벌하시려는 하늘의 뜻일지도 모르지요. 혹 그렇다 해도 살인에 대한 벌은 충분히 받을 겁니다. 어쨌든 시체는 치우고 죽인 일에 대해서는 잘 설명하겠습니다. 그럼 다시 한 번 인사를 드리지요. 안녕히 주무십시오. 저의 잔인함조차도 실은 어머님을 사랑하기 때문입니다. 이것은 시작에 불과합니다. 앞으로 더 험한 일이 남았답니다. 아, 어머님. 한 마디만 더 하지요.

왕비 : 나보고 어찌하라는 것이냐?

햄릿 : 이제껏 제가 드렸던 모든 말씀을 잊으시고 어머님의 마음이 이끄는 대로 하십시오. 그리하여 거만으로 똘똘 뭉친 왕의 바람대로 그의 침대에서 음탕한 짓거리를 하십시오. 당신의 볼을 꼬집고 귀여운 생쥐라고 부르게 하십시오. 그 냄새나는 입술의 키스를, 그 구역질나는 손가락의 애무를 받으십시오. 그리고 그 대가로 지금 제가 한 이야기를 하나도 남김없이 들려주십시오. 햄릿은 미친 것이 아니라 그저 미친 척하는 것뿐이라고 말입니다. 아름답고 정숙한 어머님께서 아무리 지혜로우셔도 두꺼비요, 박쥐요, 수고양이인 왕을 속일 수 있으시겠습니까? 어림없는 일이죠. 새장 속에 있던 새는 새장 문을 열어주면 저 높은 창공으로 날아갈 수 있지만 나무 위의 원숭이야 새장에 들어갔다 나온다 한들 하늘을 날 수 있겠습니까? 그래봤자 떨어져 목이나 부러지지요. 그러니 어머님도 괜히 침묵하려고 애쓰지 마십시오.

왕비 : 그것이라면 걱정하지 않아도 된다. 말에는 숨결이 필요하고, 숨결에는 목숨이 필요한 것. 지금 내게는 너의 말을 옮길 숨결도, 목

숨도 남아 있지 않구나.

햄릿 : 제가 영국에 가게 되었다는 것은 아시지요?

왕비 : 이런, 잊고 있었다. 불행히도 그렇게 결정되었다고 하는구나.

햄릿 : 왕의 친서는 이미 봉인되었고, 독사가 독니를 믿듯 내가 믿었던 두 동창생이 왕의 명령에 따라 저의 앞길을 쓸며 저를 부정한 길로 끌고 가려고 합니다. 어디 해보라지요. 쉬운 일은 아니지만 본인이 묻어놓은 폭약에 몸이 날아가게 만드는 것만큼 재미있는 일이 어디 있습니까? 어쨌든 저는 놈들보다 1미터만큼 더 깊이 파묻어 놈들을 저 달까지 날려 보낼 작정입니다. 두 가지 음모가 한 곳에서 충돌하게 되다니, 생각만으로도 흥분되는군요. 하지만 지금은 이 자의 시체부터 치워야겠습니다. 일단 옆방으로 끌고 가지요. 어머님께서는 편히 주무십시오. 어쨌거나 지금 이 늙은이는 매우 조용하고 점잖아 보이는군요. 살아 있을 때는 둘도 없는 바보에 수다쟁이였는데 말입니다. 자, 영감, 어서 일을 끝냅시다. 어머님, 안녕히 주무세요. (폴로니어스를 끌고 햄릿 퇴장)

제4막

제4막 1장 ❖ 성 안의 방

왕비. 왕, 로젠크란츠, 길든스턴 등장.

왕 : 이다지도 깊은 한숨과 탄식이라니……! 도대체 어인 까닭이오?
우리가 이해할 수 있도록 숨기지 말고 말해주시오. 또 햄릿은 어디
에 있는 거요?

왕비 : 두 분은 잠시 동안만 자리를 비켜주시오. (로젠크란츠, 길든스턴
퇴장) 아, 폐하, 오늘 밤에 무서운 일을 보았습니다.

왕 : 무엇을 보았다는 거요, 거트루드? 햄릿은 어찌 됐소?

왕비 : 누가 더 힘이 센지 겨루는 바다와 바람처럼 제어할 수 없는 광증
에 사로잡혀 일을 저지르고 말았습니다. 휘장 뒤의 인기척을 느끼
고는 "쥐새끼다, 쥐새끼"라고 외치더니 칼을 빼내어 숨어 있던 노

인을 죽이고 만 것입니다.

왕 : 오, 끔찍한 일이구나! 만약 그 자리에 있었던 자가 나였다면 죽음
은 나의 것이었구려. 햄릿을 더 이상 방치했다가는 모두가 위험해
지겠소. 당신도, 나도, 모든 사람이 위험해져요. 아, 이 피비린내
나는 사건에 대해 어떻게 설명해야 하는가? 모두가 앞날을 예상하
지 못한 과인의 잘못이오. 이 젊은 광인을 사람들 앞에 나서지 못
하게 붙잡아두어야 했던 것을……. 그 애에 대한 우리의 사랑이 이
지경까지 가게 만들고 말았구려. 아, 몹쓸 병에 걸린 것을 감추기
만 하다가 생명의 정수까지 파먹히고 말았구려. 그래 햄릿은 어디
로 갔소?

왕비 : 보잘것없는 돌덩이 속에도 순금이 들어 있듯, 광인의 마음에도
순수함이 남아 있었던지 자신이 저지른 일에 대하여 참회의 눈물
을 흘리면서 시신을 끌고 갔습니다.

왕 : 오, 거트루드. 갑시다! 아침 햇살이 산등성에 떠오르는 즉시 그 애
를 배에 태웁시다. 그리고 이 흉사는 과인의 능력과 권위를 이용해
서라도 어떻게든 무마시킬 것이오. 여봐라, 길든스턴! (로젠크란츠,
길든스턴 등장) 두 사람은 지금 당장 햄릿을 찾아라. 광증에 휩싸인
햄릿 왕자가 왕비의 방에서 폴로니어스 경을 죽인 후 시체를 끌고
나갔다고 하니 어서 시체를 찾아 교회로 옮겨라. 서둘러라. (로젠
크란츠, 길든스턴 퇴장) 갑시다, 거트루드. 믿을 만한 자들을 불러서
어서 사건을 수습해야 하오. 중상모략이 세상의 구석구석까지 날
아가 숙덕거린다 해도 우리의 명성을 해치지는 못하게 해야 하오.
자, 갑시다. 나의 영혼이 불화와 불안으로 가득하구려. (모두 퇴장)

제4막 2장 │ 성의 또 다른 방

햄릿 등장.

햄릿 : 잘 묻었구나.

로젠크란츠, 길든스턴 : (밖에서) 왕자님! 햄릿 왕자님!

햄릿 : 가만, 저게 무슨 소리야? 누가 햄릿을 부르지? 오, 저기 오는군.

로젠크란츠와 길든스턴 등장.

로젠크란츠 : 시신을 어떻게 하셨습니까, 왕자님?

햄릿 : 흙으로 돌려보냈지. 서로 친척뻘 되는 사이니까.

로젠크란츠 : 그곳이 어디인지 말씀해주십시오. 저희가 교회로 모시겠
　　습니다.

햄릿 : 믿지 말게!

로젠크란츠 : 믿지 말라니 무엇을 말입니까?

햄릿 : 나는 자네들의 비밀은 지켜주지만 내 비밀은 못 지킨다네. 스펀
　　지처럼 모든 것을 빨아들이려는 자, 그대들의 요구를 왕자인 내가
　　일일이 대꾸해줄 수는 없는 일 아닌가?

로젠크란츠 : 저희가 스펀지라고 생각하시는 겁니까, 왕자님?

햄릿 : 아, 물론! 왕의 후원과 총애, 그리고 권력까지 모두 빨아들이고
　　있지 않나? 그렇지만 왕은 자네 같은 자들이 꼭 필요할 거야. 원숭
　　이가 입속 한구석에 사과를 넣어 두었다가 언제든지 필요할 때 삼
　　켜버리는 것처럼 왕은 언제든지 자네들을 쥐어짤 것이고, 그럼 자
　　네들은 물기 빠진 스펀지처럼 말라버리겠지.

로젠크란츠 : 무슨 말씀을 하시는 겁니까, 왕자님?

햄릿 : 다행이군. 얼간이의 귀에는 독설도 자장가라고 하더니…….

로젠크란츠 : 왕자님, 시신을 어디에 묻으셨는지 말씀해주십시오. 그런
　　연후에 저희와 함께 어전으로 가셔야 합니다.

햄릿 : 시체는 왕과 함께 있으나, 왕은 시체와 함께 있지 않구나. 왕이
　　란 물건은…….

길든스턴 : 물건이라니요, 왕자님?

햄릿 : 아무것도 아니네. 자, 안내해라. 여우야, 숨어라. 찾으러 가마
　　(모두 퇴장)

제4막 3장 | 성의 또 다른 방

왕과 신하 두세 명 등장.

왕 : 햄릿을 찾아 시신을 찾아오도록 사람을 보냈소. 광인에게 자유를
　　주는 것은 극히 위험한 일이나 그렇다고 백성들의 사랑을 받고 있
　　는 이 나라의 왕자를 법으로 가둘 수도 없는 일. 눈에 보이는 것으
　　로만 판단하는 어리석은 백성들이니 지은 죄는 보지도 않고 벌만
　　을 문제 삼을 것이오. 따라서 이번 일을 원만하게 처리하기 위해서
　　는 왕자의 영국행 역시 심사숙고한 국사로 보여야 하오. 난치병일
　　수록 치료 또한 위험하기 마련, 다른 방도는 없는 것 같소. (로젠크
　　란츠 등장) 그래, 어찌 되었느냐?

로젠크란츠 : 시신이 있는 곳을 알아내지 못했습니다, 폐하.

왕 : 햄릿은 어디에 있느냐?

로젠크란츠 : 호위병과 함께 밖에서 폐하의 하명을 기다리고 계십니다.

왕 : 들라 하라.

로젠크란츠 : 길든스턴, 왕자님을 모셔 오게.

햄릿, 길든스턴 등장.

왕 : 애야, 햄릿. 폴로니어스는 어디 있느냐?

햄릿 : 만찬에 참석 중입니다.

왕 : 만찬에? 어디에서?

햄릿 : 먹고 있는 것은 폴로니어스가 아니라 구더기 같은 정치가들이지요. 그는 단지 살을 내놓고 먹히고 있는 것입니다. 식욕에 있어 어느 왕이 구더기를 능가하겠습니까? 한마디로 제왕이지요. 인간은 자신들을 위해 가축들을 살찌게 하지요. 그렇다면 인간의 살집은 누구를 위한 것이겠습니까? 바로 구더기가 아니겠습니까! 살찐 왕이나 야윈 부랑자나 맛은 다를지라도 둘 다 한 식탁에 오르기 마련, 단지 그뿐이지요.

왕 : 아아, 불쌍한지고!

햄릿 : 때로는 왕을 뜯어 먹은 구더기를 미끼로 해서 물고기를 낚아 올린 후 바로 그 물고기를 먹는 인간도 있지요.

왕 : 대체 무슨 소리를 하는 것이냐?

햄릿 : 별것 아닙니다. 왕께서도 거지의 뱃속으로 행차하실 수 있다는 걸 알려드리고 싶었을 뿐입니다.

왕 : 폴로니어스는 어디 있느냐?

햄릿 : 천국으로 사람을 보내십시오. 만약 그자가 천국에 없다면 폐하께서 직접 지옥을 찾아보셔야 하겠지요. 그리고도 찾지 못한 채 한

달이 지난다면 복도로 통하는 층계를 오를 때마다 고약한 냄새를 맡게 되실 겁니다.

왕 : (시종들에게) 가서 찾아보아라.

햄릿 : 자네들을 기다리고 있을 테니 서두르지 않아도 된다네. (시종들 퇴장)

왕 : 햄릿, 이번 일은 너무 심했다. 너의 슬픔만큼 우리도 걱정이 아닐 수 없구나. 그래서 우리는 유감스럽지만 네 신변의 안전을 위해 네가 즉시 이곳을 떠나야 한다는 데 의견을 모았다. 그러니 어서 떠날 채비를 해라. 이미 배는 출항을 기다리고 있고 바람도 도울 것이니 어서 가거라. 네 친구들과 함께 영국으로 가는 거다.

햄릿 : 영국이라구요?

왕 : 그렇다, 햄릿.

햄릿 : 그러지요.

왕 : 나의 뜻을 이해한다면 당연히 그래야 할 것이다.

햄릿 : 그 뜻을 분명히 꿰뚫고 있을 천사를 하나 알지요. 뭐, 좋습니다. 영국으로 가겠습니다. 안녕히 계십시오, 사랑하는 어머님.

왕 : 사랑하는 네 아버지다, 햄릿.

햄릿 : 어머님이면 충분하지요. 아버지와 어머니는 부부요, 한 몸이니 어머님이 곧 아버님이요, 아버님이 곧 어머님 아니겠습니까? 자, 영국으로 가자. (퇴장)

왕 : 어서 뒤쫓게. 한시라도 빨리 배에 오르도록 하게. 오늘 밤 안으로 출발할 수 있도록 서둘러야 한다. 임무에 관한 모든 일은 완벽하게 준비되어 있으니 서둘러 떠나라. (모두 퇴장) 영국 왕은 덴마크의 검이 만들어준 상처와 붉은 피가 아직도 생생하여 스스로 충성하는 자이니 내 부탁을 소홀히 여기지는 못할 것이다. 친서를 보는 즉시

햄릿을 죽이겠지. 영국 왕이여, 반드시 그리해야만 할 것이다. 그놈이 나의 핏속에서 열병처럼 발악을 하고 있구나. 그대만이 나를 구제할 수 있다. 이번 일이 끝난 것을 보지 않고서는 그 어떤 행복도 나에게는 진정한 행복일 수 없을 것이다. (퇴장)

제4막 4장 ✦ 덴마크의 평원

포틴브라스, 부관, 노르웨이의 병사들 등장.

포틴브라스 : 부관, 그대가 나를 대신하여 덴마크 왕을 찾아가 약속대로 포틴브라스의 군대가 귀국의 영토를 지나가는 것을 허락해달라고 전해라. 만날 장소는 잘 알고 있겠지? 왕께서 나를 찾으신다면 직접 찾아뵙고 존경을 표할 것이라고도 전해다오.

부관 : 알겠습니다.

포틴브라스 : 조용히 전진하라. (포틴브라스와 병사들 퇴장)

햄릿, 로젠크란츠, 길든스턴, 호위병들 등장.

햄릿 : 여보게, 저들은 어느 나라 병사들이오?

부관 : 노르웨이의 병사들입니다.

햄릿 : 미안하지만 출정의 목적이 무엇인지 아시오?

부관 : 폴란드를 공격하기 위해서입니다.

햄릿 : 지휘는 누가 하고 있소?

부관 : 노르웨이 국왕의 조카이신 포틴브라스 공이십니다.

햄릿 : 공격 대상이 폴란드 본토요, 아니면 변방의 일부요?

부관 : 실은 실속도 없는 조그만 땅이랍니다. 그저 명목상의 공격일 뿐
이지요. 만약 저라면 소작료가 5더컷이라고 해도 거들떠보지도 않
을 겁니다. 노르웨이나 폴란드의 왕이 직접 팔아도 그보다 후한 값
을 받기는 어려울 걸요.

햄릿 : 음, 그렇다면 폴란드에서도 그다지 신경 쓰지 않겠구려.

부관 : 그게 그렇지가 않습니다. 벌써 수비대가 진을 치고 있다더군요.

햄릿 : 2천의 병사와 2만의 황금을 소모한들 이 문제가 해결되겠는가!
그저 지푸라기처럼 하찮고 작은 문제인데도 말이야. 커다란 부와
오래된 평화가 만드는 종기처럼 겉으로는 멀쩡하여 죽음의 이유조
차 모르지만 속은 곪을 대로 곪았구나. 어쨌든 대단히 고맙소.

부관 : 행운을 빕니다. (퇴장)

로젠크란츠 : 이제 그만 가시지요, 왕자님.

햄릿 : 뒤따를 테니 조금 앞서게. (햄릿만 남고 모두 퇴장) 세상 모든 일이
나를 힐책하며 나의 무뎌진 복수심을 선동하는구나. 인간이 무엇
이냐? 먹고 자는 것에 주어진 모든 시간을 써버린다면 짐승과 무
엇이 다르단 말이냐! 신께서 우리에게 미래와 과거를 살필 수 있
는 폭넓은 분별력을 주셨을 때에는 그저 쓰지 않고 썩히기를 바라
시지는 않으셨을 터. 그런데 이 무슨 짐승의 망각이란 말이냐? 이
무슨 비겁한 망설임이란 말이냐? 지혜란 네 조각으로 나눈 사고의
한 조각일 뿐 나머지는 모두 비겁의 덩어리란 말이냐? 모르겠다.
입으로는 반드시 해야 한다고 떠들면서, 명분도 의지도 힘도 수단
도 모두 가지고 있으면서 막상 아무것도 하지 못하고 있다니, 세상
의 흔한 흙조차 나를 훈계하는 듯하구나. 저 대규모의 군대를 이끄
는 젊고 가냘픈 귀공자를 보라. 불확실한 미래 따위는 코웃음 치면

서 하늘 같은 야심으로 가슴이 부풀어 있구나! 달걀껍질보다 하찮은 일 따위에도 자신의 생명과 운명을 죽음 속으로 내던지고 있구나! 진정한 위대함은 명분 때문이 아니라 지푸라기처럼 작은 일일지라도 명예를 위해 분연히 일어서는 것. 그런데 나는 어떠냐? 살해된 아버님과 더럽혀진 어머님만으로도 이성과 피가 폭발하는 것이 당연한 일이거늘 이렇게 잠자코 참아내고만 있다니! 아, 묏자리로도 쓸 수 없는 형편없는 땅을 위해, 명성이란 환상과 속임수에 이끌려, 침실로 기어들어가듯 죽음의 길을 달려가고 있는 저 2만의 병사들에게 부끄럽구나. 아, 이 시간 이후로 나의 생각은 복수의 피로 가득하리라. 그것 말고는 아무것도 가치가 없다. (퇴장)

제4막 5장 ✦ 엘시노어. 성 안

왕비, 호레이쇼, 시녀들, 시종 한 사람 등장.

왕비 : 그녀와 말하고 싶지 않다.

시종 : 기필코 알현하겠다고 졸라대고 있습니다. 정말로 정신이 나간 것 같습니다. 가련하기 그지없습니다.

왕비 : 나를 만나 어찌하겠다고?

시종 : 대부분은 부친에 관한 이야기입니다만, 해괴한 음모를 들었다고도 하고, 기침을 하며 가슴을 치기도 하고, 사소한 일에도 샐쭉하여 콧방귀를 뀌기도 합니다. 또 의미가 반도 되지 않는 말을 마구 지껄이고 있는데, 뜻은 알 수 없지만 듣는 이의 동정심을 유발하기에는 충분합니다. 자고로 말이란 저마다 자신의 생각에 꿰어

맞추는 법, 그녀의 몸짓과 눈짓, 그리고 손짓으로 추측해보건대 어떤 불행한 일이 일어난 것 같습니다.

호레이쇼 : 정적들에게 억측의 씨앗을 주어서야 안 되지요. 일단 만나서 이야기를 들어보십시오.

왕비 : 데려와라. (호레이쇼 퇴장, 방백) 죄지은 인간들에게는 하찮은 일조차 큰 재앙을 부르는 전주곡 같다더니 병든 내 영혼이 그렇구나. 죄를 숨기려 할수록 더욱 겉으로 드러나다니…….

호레이쇼, 오필리아와 함께 등장.

오필리아 : 덴마크의 아름다운 왕비 전하, 어디에 계십니까?

왕비 : 어찌 된 일이냐, 오필리아?

오필리아 : (노래한다) '사랑하는 내님의 사랑

진심인 줄은 어떻게 아느냐고요?

지팡이를 보고, 짚신을 보고

모자를 보고 알 수 있지요.'

왕비 : 아아, 가련한지고. 그 노래의 의미를 말해주련?

오필리아 : 뭐라고 하셨나요? 아니에요. 그냥 끝까지 들어보세요. (노래한다)

'왕비님, 내 님은 죽었어요, 떠나버렸어요.

내 님은 죽었어요, 떠나버렸어요.

머리맡에는 푸른 잔디가

발치에는 비석 하나가.'

왕비 : 아니, 오필리아…….

오필리아 : 제발 들어보세요. (노래한다)

'그분의 수의는 산봉우리의 눈처럼 희고……'

왕 등장.

왕비 : 오, 폐하! 저 가엾은 아이를 보세요.

오필리아 : (노래한다) '향긋한 꽃으로 장식한 무덤,

　　사랑하는 이는 눈물이 흘러

　　그곳에 찾아가지도 못하네요.'

왕 : 어떻게 된 게냐, 어여쁜 오필리아?

오필리아 : 글쎄요. 신의 뜻이겠지요. 사람들이 그러는데 부엉이는 원
　　래 거지로 변한 예수를 내친 빵집 딸이었다고 하더군요. 비록 지금
　　의 우리는 안다고 하지만 나중에 무엇이 될지는 아무도 모르는 일
　　이란 거지요. 안 그런가요, 폐하? 당신의 식탁에 하느님의 축복이
　　함께하소서.

왕 : 제 아비를 생각하는 모양이군.

오필리아 : 그 얘길랑은 그만하세요. 그러나 사람들이 까닭을 묻거든
　　이렇게 대답해주세요. (노래한다)

　　'내일은 성 밸런타인의 날.

　　곧 찾아올 아침, 나는 소녀로 그대의 창가에 서서

　　그대의 연인이 되기를 소망하네.

　　그럼 그대는 자리에서 일어나 옷을 걸치고

　　침실의 문을 열어주니

　　방으로 들어간 소녀, 나올 때에는

　　더 이상 소녀가 아니라네.'

왕 : 가엾은 오필리아!

오필리아 : 아, 정말이지 상스러운 말은 그만하고 노래를 끝내야겠어
　　요. (노래한다)

'성자와 자비의 성인, 그분의 이름으로

가엾고도 가엾구나.

자고로 젊은 사내란 닥치는 대로 행동한다 하나

수탉, 그대들이 책임져야 하는 법,

여인은 잠자리에 들기 전

결혼하리라 약속했다지만

남자는 말한다네.

그것은 그대가 침대로 오기 전 낮 동안의 맹세라고.'

왕 : 언제부터 이리 된 게냐?

오필리아 : 다 잘될 테니 그동안은 참아야 합니다. 하지만 그분이 차가
　　운 땅속에 누워 계신다는 생각만 하면 도저히 눈물을 참을 수가 없
　　네요. 오라버니께서도 곧 알게 되겠지요. 친절한 충고, 감사드립니
　　다. 마차야, 집에 가자. 안녕히 계세요, 숙녀 분들. 안녕히! 안녕히
　　계세요, 다정한 숙녀 분들! 안녕히, 모두들 안녕히! (퇴장)

왕 : 바짝 따라붙어 철저히 감시해주게. (호레이쇼 퇴장) 아비에 대한 깊
　　은 상심이 병을 만들었구려. 아, 거트루드, 거트루드! 슬픔이란 아
　　무도 모르게 하나씩 오는 것이 아니라 떼를 지어 한꺼번에 오는가
　　보오. 그녀의 아비가 살해당하고, 다음에는 살인의 광폭한 주범인
　　당신의 아들이 추방되었지. 또 폴로니어스의 죽음을 둘러싼 백성
　　들의 망상과 억측은 온 나라를 흙탕물처럼 혼탁하게 만들었소. 그
　　를 은밀히 매장하는 게 아니었소. 가엾은 오필리아는 인간이 그림
　　인지 짐승인지도 구분하지 못할 정도로 실성해버렸고, 무엇보다
　　다급한 것은 그녀의 오라비가 프랑스에서 은밀히 돌아왔다는 사실

이오. 구름 속에 몸을 숨긴 채 부친의 죽음에 대해 의혹만 부풀리고 있을 그의 귀에 독설이라는 독을 부어줄 무리들이야 넘치고 넘치지 않겠소? 그자들에게는 사실은 중요하지 않다오. 그저 이 사람 저 사람 닥치는 대로 붙들고 비난을 일삼을 테지. 오, 나의 거트루드, 이것이 마치 포탄의 파편처럼 내 온몸 곳곳에 죽음을 선사해줄 것이오. (밖에서 소음)

왕비 : 아니! 이게 무슨 소리죠?

왕 : 여봐라! 호위병은 어디 있는 게냐? 입구를 단단히 지켜라. (시종 등장) 웬 소란이냐?

시종 : 폐하, 어서 피하십시오! 바닷물이 둑을 넘어 순식간에 평야를 집어삼키는 것보다 맹렬한 기세로 레어티스가 폭도들과 함께 호위병들을 위압하며 궁으로 쳐들어오고 있습니다. 폭도들은 그를 국왕이라고 부르며 마치 새 세상이 시작된 것처럼 관습과 전통, 모든 질서를 무시하고 있습니다. 심지어 모자를 던지고 박수를 치면서 "우리가 선택하리라! 레어티스를 왕으로!"라는 구호를 하늘에 닿도록 크게 외치고 있습니다. "레어티스를 왕으로, 레어티스 왕!"

왕비 : 이 얼마나 가소로운 외침이냐! 이것은 반역이다, 어리석은 덴마크의 개들아!

왕 : 문이 부서졌다.

무장한 레어티스, 그의 추종자들 등장.

레어티스 : 왕은 어디 있느냐? 여러분은 밖에서 기다려주시오.

추종자들 : 그럴 수 없소. 함께 들어갑시다.

레어티스 : 부탁이오. 제발 믿어주시오.

추종자들 : 그럽시다. 그럽시다. (추종자들 모두 퇴장)

레어티스 : 고맙소, 문을 지켜주시오. 내 아버님을 내놔라, 이 비열한 왕이여!

왕비 : 진정해라, 레어티스.

레어티스 : 내 속에 단 한 방울이라도 진정할 수 있는 피가 있다면 나는 사생아일지니 이는 내 아버지의 아내가 부정하다는 것을 공포하는 것이며 진실한 내 어머니의 순결한 이마에 창녀의 낙인을 찍는 것이다.

왕 : 레어티스, 무엇 때문에 이렇게 엄청난 반역을 일으켰느냐? 거트루드, 그를 놔주시오. 왕이란 신의 가호를 받는 법, 반역자 따위가 어찌해볼 수 있는 존재가 아니라오. 그러니 걱정할 필요 없소. 말해봐라, 레어티스. 너를 그토록 광분시킨 것이 무엇인지 말해라. 거트루드, 어서 그를 놓아주시오. 자, 어서 말을 해라.

레어티스 : 내 아버님은 어디 계시냐?

왕 : 죽었다.

왕비 : 폐하의 탓이 아니다!

왕 : 마음껏 물어보도록 놔두시오, 왕비.

레어티스 : 어떻게 돌아가신 것이냐? 나를 속일 생각은 하지 않는 게 좋다. 충성은 지옥으로, 맹세는 시키면 악마에게, 양심과 자비는 심연 속으로 던져버려라. 저주도 두렵지 않다. 이승이든 저승이든 내게는 의미 없다. 어떤 일이 벌어진다 해도 상관없다. 오직 아버님을 위한 철저한 복수만이 소중할 뿐이다.

왕 : 누가 너를 말리겠느냐?

레어티스 : 누구도 나의 의지를 막을 수는 없다. 그것이 비록 내게 그 어떤 수단을 요구한다 하더라도 내 반드시 성공하고 말 것이다.

왕 : 레어티스, 네 아비의 죽음에 대한 진실을 알 수만 있다면 복수란 이름으로 친구도 원수도, 승자와 패자 모두에게 칼을 휘두르겠다는 것이냐?

레어티스 : 아버님의 원수만이 나의 적이다.

왕 : 그럼 그 원수가 누군지 알고 싶으냐?

레어티스 : 아버지의 친구라면 두 팔을 벌려서 맞이할 것이다. 펠리컨이 가슴의 피로 제 새끼를 기르듯 나의 피를 그들의 식탁에 바칠 것이다.

왕 : 암, 이제야 너의 말에서 착한 자식이요, 참된 사내의 풍모가 느껴지는구나. 나는 네 아버지의 죽음에 관해서는 결백하며, 나 역시 그 일로 비통해하고 있다. 이는 네 눈에 태양이 비치듯 확실히 판단할 수 있을 것이다. (오필리아의 노랫소리) 그녀를 들여보내라.

레어티스 : 이게 무슨 소리지? (오필리아 등장) 아, 불길이여, 나의 뇌수를 모두 태워버려라! 일곱 배나 짠 눈물이여, 내 눈을 멀게 해라! 하늘에 맹세코 너를 미치게 한 자에게 저울대가 기울도록, 비교도 되지 않게 몇 배로 되갚아줄 것이다. 오, 오월의 장미여! 사랑스러운 여인, 상냥한 여동생, 다정한 오필리아! 오, 하늘이여, 어찌 젊은 여인의 이성이 노인의 목숨과 같을 수 있는 것입니까? 본래 사랑이란 미묘한 것, 자신의 소중한 것을 사랑하는 이의 뒤를 따르게 하였구나.

오필리아 : (노래한다) '얼굴을 가리지도 않고 들것에 실려 가니

Hey non nonny, nonny, hey nonny,

묘지에는 눈물이 비처럼 흐르는구나.'

나의 사랑, 부디 잘 가요.

레어티스 : 네가 맑은 정신으로 복수를 조른다 해도 나의 마음이 이처

럼 움직이지는 않았을 게다.

오필리아 : (노래한다) 당신은 'A-down a-down' 하고 부르시고 당신은 'call him a-down-a'를 부르세요. 후렴이 아주 좋은걸! 그이는 주인 집 딸을 훔친 나쁜 집사랍니다.

레어티스 : 저 허튼소리가 나를 더욱 아프게 하는구나.

오필리아 : 이것은 나를 기억해달라는 로즈메리랍니다. 부디 나를 잊지 마세요. 나를 생각해달라는 팬지꽃도 있지요.

레어티스 : 제정신이 아니면서도 뼈 있는 말을 하는구나. 기억과 생각 이라……, 네게 꼭 필요한 말이구나.

오필리아 : (왕에게) 당신에게는 이 회향풀과 매발톱꽃을, (왕비에게) 당 신에게는 이 루타꽃을, 이건 나를 위한 안식일의 꽃이에요. 오, 당 신은 루타를 좀 다른 모양으로 걸어드릴게요. 여기 국화도 있어요. 당신께는 오랑캐꽃도 드리고 싶지만 아버님이 돌아가시면서 모두 시들어버리고 말았네요. 사람들이 그러는데 아버님의 말년이 좋 았다더군요. (노래한다) '귀엽고 예쁜 울새는 내 기쁨의 전부.'

레어티스 : 저애는 슬픔과 고뇌, 격정과 지옥의 고통까지도 아름다운 것으로 바꾸는구나.

오필리아 : (노래한다) '그분이 다시 돌아오지 않으실까?

그분이 다시 돌아오지 않으실까?

아니, 아니, 그분은 이미 죽은 몸,

이미 죽음의 침상에 누워

다시는 돌아오지 못하실 분.

눈처럼 하얗던 수염과

아마처럼 담황색이었던 머리칼.

이제 그분은 가셨다네, 그분은 가셨다네.

한탄도 소용없으리.

신이여, 그분의 영혼을 구하소서.'

자, 여러분의 영혼에도 축복을 빕니다. 안녕히 계세요. (퇴장)

레어티스 : 오, 신이여! 저 모습을 똑똑히 보셨습니까!

왕 : 레어티스, 너의 슬픔은 나의 슬픔, 네가 거절하지 않는다면 그 슬픔을 우리 함께 나누자꾸나. 일단 한 발 물러나자. 그리고 네가 믿을 수 있는 사람을 골라서 우리의 얘기를 들려주고 판단하게 하자. 직접이든 간접이든 내가 관련되었다는 사실이 조금이라도 밝혀지면 이 왕국, 왕관, 생명, 내가 가진 모든 것을 너에게 주마. 그러나 나에 대한 모든 혐의가 풀리면 인내심을 발휘해다오. 그러면 네 영혼이 만족할 만한 해답을 얻도록 도와주마.

레어티스 : 좋소. 이 살인의 진실과 초라한 장례식, 유골을 장식한 유품도 검도 문장도, 공식적이고도 장엄한 의식도 없이 초라한 최후를 맞으신 이유를 온 세상이 들을 수 있도록 밝혀내겠소.

왕 : 그렇게 해주마. 응징의 도끼는 죄가 있는 곳에 떨어져야 하는 법. 자, 함께 가자. (퇴장)

성의 또 다른 방

호레이쇼, 시종 등장.

호레이쇼 : 누가 나를 보자고 했다고?

시종 : 선원들입니다. 나리께 편지를 전해야 한답니다.

호레이쇼 : 들여보내라. (시종 퇴장) 편지라……? 이 세상 어디에서고 내
　　　　게 서찰을 보낼 사람은 햄릿 왕자님 말고는 없는데 이상하군.

선원들 등장.

선원 1 : 나리께 신의 가호가 있기를!

호레이쇼 : 그대들에게도!

선원 1 : 신의 뜻대로 되겠지요! 제 생각대로 당신이 호레이쇼 나리시
　　　　라면 이 서찰을 받으십시오. 영국으로 가시던 어떤 사신 분께서 보
　　　　내신 겁니다.

호레이쇼 : (편지를 읽는다) '호레이쇼, 부탁이네만 이 편지를 읽은 후 편
　　　　지를 가져간 친구들을 폐하께 안내해주게. 폐하께 전할 편지를 가
　　　　지고 있다네. 친구여, 우리는 바다에 나간 지 만 이틀도 되기 전에
　　　　무장한 해적들의 추격을 받았네. 우리 배는 너무 느려서 금방 따라
　　　　잡혔고 나는 용맹을 발휘할 수밖에 없었지. 적선에 뛰어들어 맞붙
　　　　어 싸우다 보니 어느새 우리 배가 해적선으로부터 떨어져나가 버
　　　　린 것이네. 결국 나 홀로 해적의 포로가 되고 말았지. 해적들은 나
　　　　에게 호의적이었네. 물론 나를 이용해 이익을 챙기려는 그들의 속
　　　　셈이었겠지. 어쨌든 이번에는 내가 되갚아줄 차례. 이 친구들이 가

지고 있는 또 한 통의 편지를 폐하께 전할 수 있도록 해준 다음 자네는 죽음을 피해 달아나듯 즉시 내게로 와주게. 사안의 중대성을 생각하면 가볍기 그지없겠지만 아무튼 기가 막힌 이야기를 해줌세. 길 안내는 이 친구들이 해줄 걸세. 영국으로 계속 가고 있을 로젠크란츠와 길든스턴에 대해서도 할 말이 많군. 그럼 이만. 자네의 벗, 햄릿으로부터.' 자, 자네들의 편지를 폐하께 전할 수 있도록 해줄 테니 가능한 한 빨리 이 편지를 쓰신 분께 나를 데려가 주게. (모두 퇴장)

제4막 7장 | 성의 또 다른 방

왕, 레어티스 등장.

왕 : 너의 총명한 귀로 너의 고귀한 아비를 살해한 자가 실은 나를 노렸다는 것을 들었으니, 이제 양심에 비추어 나의 무죄를 인정해다오. 그리고 나를 너의 진정한 친구로 받아들여라.

레어티스 : 분명 그런 것 같군요. 그런데 어째서 그토록 극악하고 흉악한 범행에 아무런 조치를 취하시지 않았는지 말씀해주십시오. 폐하의 안전과 분별력, 그 외 모든 것에 빗대봐도 진노하셨을 것이 분명한 행동인데 말입니다.

왕 : 그저 약해빠진 소리로 들릴지 모르겠지만 나에게는 중대한 두 가지 특별한 이유가 있다. 내게 있어서 복인지 재앙인지는 몰라도 왕비와 나의 생명과 영혼은 하나로 이어져 있다. 마치 별이 궤도를 이탈해 움직일 수 없듯이 나 역시 왕비 없이는 살 수 없는 것이다.

그런데 아들만 바라보며 살아가는 햄릿의 어미가 바로 왕비였구나. 또 이 사건을 공개적으로 처리할 수 없었던 다른 한 가지 이유는 햄릿에 대한 백성들의 사랑이 지나치게 크다는 것이었다. 백성들은 그의 허물도 애정으로 감춰주고, 나무를 돌로 바꿔놓는 샘물처럼 아끼며, 곰보 자국도 매력으로 둔갑시키지. 이런 상황에 내가 화살을 쏜들 무슨 소용이 있겠느냐? 약하디약한 내 화살은 거친 바람에 휩쓸려 목적지와는 전혀 다른 곳에 떨어지겠지.

레어티스 : 결국 저는 존경하는 부친을 잃었고 사랑하는 누이동생은 절망적인 상태로 몰린 거군요. 이제 와서 칭찬한다고 되돌릴 수도 없는 일이지만 제 누이동생으로 말하자면 어느 시대의 어느 산봉우리에 세워놓아도 완벽하다는 칭송을 받던 여인이었습니다. 아, 반드시 복수하고야 말 것입니다.

왕 : 그렇다고 잠을 설치지는 말아라. 또 수염을 흔드는 위험을 그저 유희로 생각할 정도로 내가 얼빠지고 둔하다고 생각하지는 않았으면 좋겠구나. 자세한 얘기는 차차 해주겠지만 나는 너의 부친을 무척 아꼈다. 나 자신을 사랑하듯이 네 부친을 아꼈단다. 이만하면 너도 알아들었을 테지. (전령 등장) 어찌 된 게야! 무슨 기별이냐?

전령 : 햄릿 왕자님이 보내신 편지입니다. 이것은 폐하께, 이것은 왕비 전하께 보내셨습니다.

왕 : 햄릿이? 누가 가지고 왔느냐?

전령 : 제가 직접 만난 것은 아니지만 선원들이라고 합니다, 폐하. 클라우디오가 선원들에게 받았다면서 제게 전해주었습니다.

왕 : 레어티스, 읽어볼 테니 들어봐라. 너는 물러가라. (전령 퇴장) (편지를 읽는다) '고결하고 위대하신 폐하, 제가 맨몸으로 폐하의 왕국에 올랐음을 알려드립니다. 내일 폐하의 위풍당당한 눈을 바라볼 수

있기를 청합니다. 허락하신다면 이 갑작스럽고도 괴이한 귀국의 이유를 자세히 말씀드리겠습니다. 햄릿' 이게 무슨 말이지? 모두 다 돌아왔다는 말인가? 아니면 속임수를 쓰려는 것인가?

레어티스 : 아시는 필체입니까?

왕 : 분명 햄릿의 필체로구나. '맨몸'이라고? 추신에는 '단신'이라고도 했구나. 너의 생각은 어떠냐?

레어티스 : 글쎄요, 알 수 없군요, 폐하. 그러나 오라고 하십시오. 제가 살아 있고, 그에게 대결하여 '네가 이렇게 했느냐?'라고 말할 것을 생각하니 제 마음의 병이 모두 사라지는 것 같습니다.

왕 : 그가 어떻게, 무슨 방법으로 돌아왔을까? 레어티스, 내가 시키는 대로 하겠느냐?

레어티스 : 네, 폐하. 요구하시는 게 평화만 아니라면.

왕 : 내가 원하는 건 네 마음의 평화란다. 만약 놈이 항해를 멈추고 돌아와서 다시 떠나지 않겠다고 한다면 나의 책략에 빠지게 할 것이다. 결국 그는 선택할 것이고 급기야 쓰러지고 말겠지. 그렇게만 된다면 놈의 죽음에 대해서 어떤 비난의 바람도 불지 않을 것이며, 심지어 놈의 어미도 계략을 알아채지 못한 채 사고라고 생각하게 될 것이다.

레어티스 : 폐하. 그 계략을 꾀하신다면 충실한 도구가 되어 당신의 뜻에 따르겠습니다.

왕 : 좋다. 네가 떠나 있는 동안 이곳에서는 너의 빛나는 재능에 대한 칭찬이 자자했단다. 그것도 햄릿이 듣는 데서 말이다. 그런데 단 한 가지에 대해서 질투를 하더구나. 네 재능을 모두 합친다고 해도 그만큼의 질투심을 이끌어낼 수 없었을 것이다. 물론 자네에게는 그다지 중요한 것이 아닐 테지만…….

레어티스 : 그것이 무엇이었습니까, 폐하?

왕 : 젊은이들의 모자 장식만큼 하찮은 것이지. 하지만 젊은이에게는 가볍고 꾸밈없는 옷이, 늙은이에게는 안정과 위엄을 뜻하는 모피 예복이 어울리듯이 꼭 필요한 것이지. 두 달 전에 노르망디에서 한 사내가 왔었는데 재주가 비상했지. 지금까지 만나고 싸웠던 프랑스인들도 말을 잘 탔지만 그자는 마치 마술을 부리는 것 같았다. 그 멋진 짐승과 한 몸이나 된 듯, 반짐승이 된 듯 한 치의 어긋남도 없이 안장에 앉아 말을 부리더군. 승마 자세와 기술을 내가 아무리 꾸며댄다고 해도 그가 한 것에는 미치지 못할 것이다.

레어티스 : 노르망디 사람이었습니까?

왕 : 그래, 노르망디!

레어티스 : 그럼 라몬드일 겁니다.

왕 : 바로 그자다.

레어티스 : 그 사람이라면 잘 알고 있습니다. 그는 프랑스 국민의 보석이요, 보물입니다.

왕 : 바로 그가 너에 대해서 이야기하며 네가 방어술의 이론과 실제에 뛰어나다고 했었다. 특히 너와 맞설 수 있는 자가 나타난다면 큰 구경거리가 될 정도로 세검의 명수라고 했단다. 자기 나라에 있는 검객들 중에 누군가가 자네와 대적하게 되면 방어는 물론이고 자세, 심지어 시선 처리도 하지 못한다고 공언했지. 그 얘기를 듣자 햄릿의 질투가 불타올라서는 한판 겨뤄볼 욕심으로 네가 돌아오기를 손꼽아 기다리더구나. 이것을 이용하면…….

레어티스 : 어떻게 이용하신다는 겁니까, 폐하?

왕 : 레어티스, 너는 진정으로 부친을 사랑하느냐? 아니면 너의 그 슬픔에 찬 표정은 그림 속의 비애처럼 마음이라고는 눈곱만큼도 없

는 거짓이냐?

레어티스 : 그런 것은 왜 물으십니까?

왕 : 네가 부친을 사랑하지 않았을 거라고 의심해서가 아니라 사랑도 시간에 따라 변하기 마련, 나는 사랑의 불꽃과 불길이 시간이 감에 따라 수그러지는 것을 보아왔다. 사랑의 불꽃 속에는 심지가 있어 점차 그 불꽃을 사위게 하는 검댕이 생기고 그렇게 되면 항상 좋은 상태로만 있을 수 없게 되지. 또 좋은 것도 과하면 병이 난 것처럼 제풀에 지치게 되니 마음먹었을 때 바로 일을 치러야 하는 거란다. '하고 싶다는 욕망'은 사람들의 말이나 행동, 또 예상하지 못한 일들로 인해 누그러져 지체되고, '해야겠다는 결심'도 한숨이 몸을 해치듯 점차 누그러지니 말이다. 그런데 지금 햄릿이 돌아오고 있다. 너의 아버지의 아들로서 말이 아닌 행동으로 보일 때가 온 거지. 자, 어떻게 하겠느냐?

레어티스 : 교회 안이라도 그의 목을 베어버릴 것입니다.

왕 : 그래, 살인에 성역이 있을 수 없고 복수에 경계가 있을 수 없지. 그러나 레어티스, 복수를 하고 싶다면 집 안에 틀어박혀 있어라. 햄릿이 오면 네가 귀국했다는 것을 알려주마. 그리고 재주를 칭찬해줄 자들을 골라 그 프랑스인이 네게 주었던 명성을 두 배로 부풀려 떠들게 해서 결과적으로 너희 둘의 머리에 내기를 걸게 할 것이다. 햄릿은 부주의하고 순진한 데다가 잔머리하고는 거리가 멀기 때문에 음모가 있은들 알아채지 못할 게다. 시합에 쓰일 칼을 확인하지도 않을 게 분명해. 그러니 너는 칼 중에서 날카로운 것을 골라 네 실력껏 그를 찔러라. 그러면 약간의 속임수를 쓰는 것이긴 하지만 쉽게 네 부친의 원수를 갚는 거다.

레어티스 : 알겠습니다. 그리고 보다 확실하게 하기 위해 칼끝에 독을

바르겠습니다. 제게 약장사에게 산 독약이 있는데 매우 치명적입니다. 독약을 묻힌 칼로 피를 내면 달밤에 캐내어 효과가 뛰어난 약초라고 해도 그를 죽음으로부터 구할 수는 없을 것입니다. 스치는 것만으로도 그가 죽게 되도록 독약을 약간만 발라놓겠습니다.

왕 : 어느 때, 어느 방법이 우리 목적을 이루는 데 적정한지는 조금 더 생각해보자. 만에 하나 어정쩡한 일처리로 계획이 들통 나서 실패하기라도 한다면 차라리 시도하지 않는 것이 낫다. 그러므로 차선책이 있어야 한다. 만일 중간에 들통이 나더라도 목적을 이룰 수 있는 차선책이. 아! 뭐가 좋을까? 너와 햄릿의 시합에는 공정하게 내기를 걸고……. 그래, 결투를 하다 보면 몸에 열이 나고 목도 마를 게다. 내가 미리 잔을 준비해놓을 테니 너는 놈이 물을 청하도록 사력을 다해 싸워라. 놈이 한 모금만 마시면 설령 독이 묻은 검을 피하더라도 목적은 성사될 것이다. (안에서 울음소리) 한데 웬 소란이지?

왕비 등장.

왕비 : 불행이 이다지도 빨리 뒤따라오다니……. 레어티스, 네 동생이 물에 빠져 죽었다는구나.

레어티스 : 물에 빠져 죽었다고요? 오, 어디서요?

왕비 : 비스듬히 자라는 버드나무가 서리 맞아 하얀 그 잎을 거울 같은 수면에 비치고 있는 시냇가에서 오필리아가 미나리아재비, 쐐기풀, 데이지 그리고 목동들이 부르는 상스러운 이름 말고 정숙한 여인들이 부르는 '사자(死者)의 손가락'이란 이름을 가진 자색 꽃으로 만든 화환을 가지고 나타났다는구나. 그러고는 그 화환을 늘어진

버들가지에 걸려고 나무에 올라갔는데 그만 심술궂은 나뭇가지가 부러지면서 화환과 함께 출렁이는 물속으로 떨어지고 말았구나. 옷자락이 물 위에 넓게 펼쳐져서 인어처럼 잠시 물 위에 뜬 채, 자신의 불행을 모르는 사람처럼, 물에서 태어나 물에서 산 생물처럼 편안하게 찬송가를 불렀단다. 그러나 그것도 잠시, 물을 먹은 옷이 가련한 그애의 노래를 잡아당기더니 결국 물 밑 죽음의 진흙 속으로 끌고 갔구나.

레어티스 : 아, 그렇게 죽었단 말입니까?

왕비 : 그렇게 죽고 말았구나. 익사했어.

레어티스 : 오, 가련한 오필리아. 물이라면 차고도 넘칠 테니 내 눈물은 흘리지 않으려 했다만 이 무슨 장난인지 흐르는 눈물을 참을 수가 없구나. 부끄러운 짓이라 욕하겠지? 그러나 이 눈물이 마르면 여인네의 여린 마음도 사라져버릴 것이다. 폐하, 불처럼 타오르는 분노를 쏟아놓고 싶으나 이 바보 같은 눈물이 불길을 꺼버리니 이만 물러가야겠습니다. (퇴장)

왕 : 따라갑시다, 거트루드. 저애의 격분을 진정시키기 위해 무척 애를 썼는데 이 일로 인해 또다시 격정에 휩싸이는 것은 아닌지 두렵구려. 그러니 어서 따라갑시다. (모두 퇴장)

제5막

제5막 1장 ♦ 묘지

삽과 곡괭이를 든 두 명의 광대 등장.

광대 1 : 그 여자에게 기독교식으로 장례를 치른다는 게 사실인가? 제
　　발로 천국으로 가려고 했는데?

광대 2 : 그렇다더군. 그 여자를 검시한 검시관이 기독교식으로 한다
　　고 했으니까 잠자코 땅이나 파게.

광대 1 : 어떻게 그럴 수 있나? 자기 몸을 지키려고 물에 뛰어든 것도
　　아니잖나?

광대 2 : 왜 아니겠나? 하지만 그렇게 결론이 났다더군.

광대 1 : 정당방위 말고는 달리 설명할 길이 없겠군. 만약 내가 고의로
　　물에 빠졌다면 그건 하나의 행위라네. 그런데 이건 '척하는 것(act)'

과 '그저 하는 것(do)', 그리고 '목적을 가지고 수행하는 것(perform)', 이렇게 세 가지로 나뉘지. 고로 핵심은 그 여자가 죽을 줄 알면서도 물에 빠졌다는 거야.

광대 2 : 글쎄, 그만 좀 하게, 이 사람아.

광대 1 : 내 말을 좀 들어봐. 여기 물이 있고 또 여기에는 사람이 있어. 그런데 바로 이 사람이 물로 걸어 들어가 결국 익사했다면 그건 좋든 싫든 스스로 한 거야. 그런데 만약 물이 서 있던 사람을 덮쳐 죽게 했다면 이건 그 사람의 고의가 아니니 결국은 자살한 게 아니라는 거야.

광대 2 : 그런 게 법인가?

광대 1 : 암, 왜 아니겠나? 그게 바로 검시법이야.

광대 2 : 진실을 알고 싶은 건가? 진실은 이 여자가 귀족이 아니었다면 이런 기독교식 장례는 꿈도 못 꿨을 거라는 거네.

광대 1 : 오호, 이제야 제대로 된 말을 하는군. 더 안타까운 사실은 귀족들은 물에 빠져 죽거나 목을 매달아 죽어도 다른 기독교인들과는 달리 묵인해준다는 것이라네. 자, 땅이나 파세. 귀족들의 조상치고 정원사나 도랑 파는 놈, 또 산역꾼이 아니었던 자가 없었거든. 아담의 일을 물려받았으니 말이야.

광대 2 : 아담도 귀족이었었나?

광대 1 : 그는 연장을 이용했던 최초의 사람이지.

광대 2 : 뭐라고? 그는 아무것도 가지고 있지 않았어.

광대 1 : 이런, 자네 이교도인가? 성경을 제대로 이해하고 있느냐 말일세. 성경 말씀에 '아담이 땅을 팠다'고 되어 있는데 연장이 없었다면 어떻게 땅을 팠겠나? 질문 하나 더 하지. 대답을 못할 것 같으면 고백하게.

광대 2 : 허!

광대 1 : 석수장이, 조선공, 목수보다도 더 튼튼한 물건을 만들 수 있는
사람이 누구일 것 같은가?

광대 2 : 교수대를 만드는 놈이지. 교수대 형틀은 천 명을 매달아도 끄
떡없으니 말이야.

광대 1 : 재기가 대단한걸! 교수대라……, 좋은 대답이군. 그런데 그게
왜 좋은가? 나쁜 놈들에게 제격이어서? 그렇다면 교수대가 교회
보다 튼튼하다고 말하는 건 바람직하지 않아. 교수대가 자네 목을
달겠다고 달려들지도 모르니까 말이야. 자, 다시 답해보게.

광대 2 : 석수장이, 조선공, 목수보다 더 튼튼한 걸 만드는 사람이 누구
냐고?

광대 1 : 그래, 대답해보게. 그러면 해방이야.

광대 2 : 아, 알았다!

광대 1 : 해봐.

광대 2 : 아니야, 모르겠어.

광대 1 : 하기야 당나귀가 매질을 한다고 해서 빨리 뛸 리가 없지. 더
이상 이 문제로 머리를 쥐어짜지 말게. 답은 '산역꾼'이야. 그가 만
든 무덤은 최후의 심판, 그날까지도 건재할 테니 말이야. 자네는
가서 요한한테 술이나 한 병 받아오게. (광대 2 퇴장) (땅을 파며 노래
한다)

'젊었을 때에는 사랑하고, 또 사랑하였다네.

어리석게도 사랑이 달콤하다고 여겼다네.

오, 내 맘대로 그렇게 시간을 보내버린 지금

한없이 허무한 것이 사랑이라 여겨지네.'

햄릿, 호세이쇼 등장.

햄릿 : 저자는 자기가 하는 일에 아무 감정도 없는 것일까? 무덤을 파
　　면서 노래를 하니 말일세.

호레이쇼 : 습관이 되어서 편안해진 모양이지요.

햄릿 : 딴은 그렇겠군. 사용하지 않는 손이 더 예민하니 말이야.

광대 1 : (노래한다) '그러나 도둑처럼 살금살금 찾아온 노년이

　　억센 발톱으로 이 몸을 틀어쥐고

　　자꾸만 저승으로 밀어내니

　　지난 시절이 없었던 것만 같구나.' (해골을 던진다)

햄릿 : 저 해골에도 한때는 혀가 있어 노래를 불렀겠지. 저자는 최초의
　　살인자 카인의 턱뼈나 되는 것처럼 함부로 내던지는군. 지금 저 얼
　　간이가 호령하는 것은 어쩌면 하느님을 능가할 정도로 똑똑했던
　　어느 정치가의 머리였을지도 몰라. 그렇지 않나?

호레이쇼 : 그럴 수도 있겠지요, 왕자님.

햄릿 : 아니면 궁을 드나들면서 입만 열면 '전하', '전하' 해가면서 '안녕
　　하십니까, 전하? 요즘 어떻게 지내십니까, 전하?'라며 아첨을 떨
　　고, 또 누군가의 말이 탐나면 '그 말 정말 멋지군!' 하며 칭찬을 늘
　　어놓던 자의 것일지도 모르지. 그렇지 않나?

호레이쇼 : 네, 왕자님.

햄릿 : 왜 아니겠나! 하지만 지금은 구더기 마님의 먹이가 되어 턱뼈
　　는 떨어지고 산역꾼의 삽에 머리나 얻어맞고 있군. 눈에 보이진 않
　　지만 세상 이치가 정말로 기막히지 않은가, 저 뼈들을 키운 대가가
　　겨우 던지는 놀이 정도라니 말일세. 생각하고 있자니 내 뼈가 다
　　쑤시는군.

광대 1 : (노래한다) '곡괭이 하나와 삽 하나, 삽 하나

그리고 입혀줄 수의가 하나

오, 흙구덩이 하나를 만들자.

찾아올 손님을 위해!' (다른 해골을 던진다)

햄릿 : 해골을 또 던지는군. 저건 어느 변호사의 것인지도 모른다네. 그의 궤변과 소유권 변론과 속임수는 모두 어디로 간 것일까? 하찮은 자에게 더러운 삽으로 머리통을 얻어맞고도 왜 아무 말도 안 하는 것일까? 흠! 이자도 살아 있을 때는 담보증서, 차용증서, 소유권 양도증서, 이중증인, 양도소송 같은 더러운 수단과 방법들로 땅 부자였을 거네. 이제는 담보물로 가득했던 머리통 속에 흙이 가득하지만 말이야. 이거야말로 최고의 담보요, 최고의 양도 아니겠나? 어쨌든 이중증인일지언정 증인을 소환하여 그의 소유라는 것을 증명할 수 있는 땅이 겨우 계약서 한 장의 크기뿐이군. 저자의 관 속에는 가지고 있던 땅문서조차 다 담을 수 없으니 더 이상 땅을 소유해서는 안 되겠어.

호레이쇼 : 더는 안 되지요, 왕자님.

햄릿 : 양피지가 양가죽으로 만들던가?

호레이쇼 : 네, 왕자님. 혹은 송아지 가죽이 쓰이기도 합니다.

햄릿 : 증서 따위로 보장받으려는 자는 양이나 송아지 같은 놈들이겠군. 저자와 얘기를 좀 해봐야겠다. 이보게, 누구의 무덤을 만들고 있나?

광대 1 : 제 무덤입죠. (노래한다)

'오, 흙구덩이 하나를 만들자.

찾아올 손님을 위해!'

햄릿 : 네 것이 확실한 것 같군. 그 구멍에 들어가 있으니 말이야.

광대1 : 나리 것은 아니겠지요. 이 구멍 밖에 서 계시니 말입니다. 제가 보기엔 누워 있는 것은 아니나 구멍 안에 있으니 제 무덤이지요.

햄릿 : 그 안에 있으니 네 것이라고 할 수 있겠군. 하지만 무덤이라는 것은 죽은 자의 것, 그러니 네 말은 거짓인 게지.

광대 1 : 맞습니다. 즉석에서 지어낸 새빨간 거짓말이었지요. 이제는 나리께서 말씀하실 차례입니다.

햄릿 : 네가 파고 있는 무덤이 도대체 어떤 사내의 것이냐?

광대 1 : 사내가 아닙니다, 나리.

햄릿 : 그럼 여인의 것이냐?

광대 1 : 그것도 아닙니다.

햄릿 : 그럼 도대체 그 무덤에 들어갈 임자가 누구냐?

광대 1 : 한때는 여인이었겠으나 지금은 혼백인 자입니다.

햄릿 : 녀석, 정말 까다롭구나! 명확하게 말해야지 애매하게 했다가는 도리어 큰코다치겠어. 여보게, 호레이쇼. 지난 3년 동안 면밀히 관찰한 결과에 따르면 세상이 어찌나 흉악하게 변했는지 농사꾼의 발가락이 귀족을 바싹 따라와 둘 사이에 차이가 별로 없어져버렸다네. 그래 너는 무덤을 판 지 얼마나 됐느냐?

광대 1 : 1년 중에 많은 날들이 있지만 승하하신 선왕 폐하께서 포틴브라스를 무찌른 날이 바로 제가 이 일을 시작한 날입니다.

햄릿 : 그게 언제인데?

광대 1 : 바보들도 아는 것을 정말 모르시는 겁니까? 그러니까 그날은 햄릿 왕자님께서 태어나신 날이기도 하지요. 지금은 비록 영국으로 추방됐지만요.

햄릿 : 무엇 때문에 왕자가 추방되었나?

광대 1 : 미쳤으니까 그렇지요. 영국에 가면 제정신으로 돌아올지도 모른다고 생각했던 모양입니다. 하기야 제정신이 돌아오지 않아도 거기서는 상관없을 테지요.

햄릿 : 왜?

광대 1 : 그곳 사람들은 모두 미쳤다고 하지 않습니까? 그러니 아무리 날뛴들 왕자님의 행동이 눈에 띄기나 하겠습니까?

햄릿 : 왕자는 왜 미쳤다던가?

광대 1 : 그게 좀 이상하다더군요.

햄릿 : 어떻게 이상하다는 건가?

광대 1 : 그게 정신을 놓아버렸다는 겁니다.

햄릿 : 이유가 뭐라던가?

광대 1 : 이유야 이 덴마크 때문 아니겠습니까? 저는 어릴 때부터 지금까지 이 교회의 무덤지기로 일했습니다. 벌써 30년이나 되었지요.

햄릿 : 죽은 자가 썩으려면 얼마나 지나야 하나?

광대 1 : 요즘은 매독에 걸린 놈들이 많아졌는데 이런 놈들은 장례식을 하기도 전에 썩어버리지요. 묻어줄 필요도 없을 정도로 말입니다. 하지만 그런 것만 아니라면 한 7년에서 8년쯤 걸리지요. 무두장이는 9년까지 걸립니다.

햄릿 : 그는 왜 오래 걸리는 거지?

광대 1 : 그것은 말입니다, 그의 직업상 살가죽이 그가 다룬 가죽만큼이나 손질이 잘 되어 있어서 물이 스며들지 않기 때문입니다. 물만큼 시체를 잘 썩게 만드는 놈이 없거든요. 여기 이 해골은 흙 속에서 23년 동안이나 있었던 거지요.

햄릿 : 그게 누구인지 아나?

광대 1 : 빌어먹을 미친놈이었지요. 누구일 것 같습니까?

햄릿 : 글쎄, 모르겠군.

광대 1 : 염병할 놈! 글쎄, 언젠가 이놈이 제 머리에다 포도주 한 병을 통째로 부은 일도 있었지 뭡니까! 바로 폐하의 광대였던 요릭의 해 골이랍니다.

햄릿 : 이것이?

광대 1 : 그렇습니다요.

햄릿 : 어디 좀 보자. (해골을 받아 든다) 아, 요릭, 불쌍하구나! 호레이 쇼, 나는 이자를 잘 안다네. 끝없는 입심에 상상력이 뛰어난 자로 어릴 때 나를 수도 없이 업어주었는데 이 모습을 보니 몸서리쳐지 고 구역질이 나는군. 셀 수 없이 많은 나의 입맞춤을 받았던 입술 과 좌중을 즐겁게 해주던 조롱과 장난, 춤, 그리고 번뜩이는 재치 는 다 어디 갔단 말이냐? 이를 드러낸 이 해골바가지를 조롱할 자 가 아무도 없단 말이냐? 턱이 아주 떨어져버린 것이냐? 자, 이제 귀부인의 방으로 가서 전해라. 아무리 화장을 두껍게 한다고 해도 결국에는 이 꼴이 될 것이라고. 호레이쇼, 한 가지 말해주게.

호레이쇼 : 무엇을 말입니까, 전하?

햄릿 : 알렉산더 대왕도 흙 속에서는 이런 꼴일까?

호레이쇼 : 그렇겠지요.

햄릿 : 이렇듯 썩은 냄새도 풍기겠지? 퉤! (해골을 버린다)

호레이쇼 : 그럴 겁니다, 왕자님.

햄릿 : 호레이쇼, 우리의 미래가 참으로 비참하군! 알렉산더 대왕의 고 귀한 몸이 술통마개가 될 수도 있다는 것 아닌가?

호레이쇼 : 비약이 지나치십니다, 왕자님.

햄릿 : 아니, 그렇지 않아. 그의 전철을 따라간 것뿐이거든. 보게. 알렉 산더는 죽었다. 알렉산더는 흙 속에 묻혔다. 알렉산더는 먼지가 된 다. 먼지는 곧 흙이니 이것으로 점토를 만들 수 있다. 결국 알렉산

더의 몸으로 만들어진 점토로 술통을 막을 수도 있는 것 아닌가? 위대한 시저도 죽어 진흙이 되면 술병의 바람이나 막는 신세. 아, 세상을 호령하던 몸뚱이도 깨진 벽의 틈을 때워 겨울바람이나 막는 흙덩이가 되는구나. 쉿, 조용하게! 저기 왕이 오고 있네. (사제, 관을 맨 행렬, 레어티스, 왕, 왕비, 호위병들 등장) 왕비에 신하들까지 참석하다니, 도대체 누구의 관일까? 저렇게 약소한 걸 보니 분명 저 관 속에 있는 사람은 과격하게 제 손으로 목숨을 끊었을 거야. 상당히 높은 신분이었던 모양이군. 숨어서 잠시 살펴보세. (호레이쇼와 함께 숨는다)

레어티스 : 다른 의식은 없소?

햄릿 : 저 사람은 레어티스라네. 훌륭한 청년이지. 눈여겨보게.

레어티스 : 정녕 다른 의식은 없단 말이오?

사제 : 이 장례식도 교회에서 허락한 범위 내에서 최선을 다한 것입니다. 만약 폐하의 명령이 없었다면 최후의 날에 나팔 소리가 울릴 때까지 부정한 땅에 묻혔을 겁니다. 또 자비로운 기도 대신 사금파리와 부싯돌에 조약돌을 받았겠지요. 그러나 미심쩍은 죽음치고는 얼마나 다행입니까? 관 위에 새 화환과 새 조화가 뿌려지고 애도의 종을 울리고 절차에 따른 의식을 치렀으니 말입니다.

레어티스 : 더 이상 할 수 있는 것이 없단 말이오?

사제 : 더는 없습니다. 평화롭게 세상을 하직한 사람들처럼 그녀에게 엄숙한 진혼가로 안식 미사를 올리면 장례 의식을 모독하는 것이 됩니다.

레어티스 : 좋다. 누이를 묻어라. 아름답고 순결한 몸에서는 제비꽃이 피어나리니. 잘 들어라, 인색한 사제여. 네놈이 지옥에서 고통에 신음할 때 내 누이는 천국에서 천사가 되어 있을 것이다.

햄릿 : 뭐라고? 오필리아?

왕비 : (꽃을 뿌린다) 꽃 위의 꽃이로구나. 잘 가거라. 네가 햄릿의 아내
　　가 되기를 간절히 원했건만……. 이 꽃으로 너와 햄릿의 신방을 꾸
　　며주고 싶었는데 네 무덤에 뿌리게 될 줄이야.

레어티스 : 오, 저주여! 흉악한 짓으로 너에게서 그 뛰어났던 총기를 빼
　　앗아간 자의 머리 위로 서른 배가 되어 떨어져라. 잠시 멈춰라. 다
　　시 한 번 누이를 안아볼 것이다. (무덤 안으로 뛰어든다) 자, 이제 산
　　자와 죽은 자의 머리 위에 평지가 산이 되듯 흙을 높게 쌓아올려
　　라. 하늘에 닿을 듯한 저 푸른 올림포스 산보다 더 높게!

햄릿 : (앞으로 나서며) 자신의 비통함을 슬픔의 언어로 쏟아내어 행성
　　들을 놀라게 하고 매혹시키며 멈추게 하는 자, 그대는 누구냐? 나
　　는 덴마크의 왕자 햄릿이다. (무덤 속으로 뛰어든다)

레어티스 : (햄릿을 움켜쥐고) 악마여! 이놈의 영혼을 잡아가라!

햄릿 : 그것도 기도라고 하는 것이냐? 내 목에서 손을 놔라. 나라는 인
　　간은 본디 화를 내거나 난폭하지는 않지만 내게는 위험한 그 무언
　　가가 있으니 자극하지 않는 것이 좋다.

왕 : 이 둘을 떼놓아라.

왕비 : 햄릿, 햄릿!

일동 : 자, 두 분!

호레이쇼 : 진정하십시오, 햄릿 왕자님.

사람들이 두 사람을 떼놓는다. 두 사람은 무덤에서 나온다.

햄릿 : 아니야, 이 문제에 관해서라면 눈에 흙이 들어간다 하더라도 그
　　와 싸울 것이다.

왕비 : 오, 나의 아들아. 문제라니 그게 무엇이냐?

햄릿 : 난 오필리아를 사랑했다. 4만 명이 넘는 오라비의 사랑을 다 합한다고 해도 비길 수 없을 만큼. 그런데 너는 그녀를 위해 뭘 할 것이냐?

왕 : 오, 그는 미쳤단다, 레어티스.

왕비 : 제발 그 애를 내버려두게.

햄릿 : 빌어먹을. 무엇을 어떻게 할지 말해봐라. 눈물을 흘릴 것이냐? 싸울 것이냐? 굶을 테냐? 네 옷을 찢을 테냐? 식초를 마시겠느냐? 악어를 삼키겠느냐? 좋아, 나도 그러지. 고작 우는소리나 하는 주제에 무덤에 뛰어들어 나에게 도전하느냐? 네가 네 누이의 무덤에 산 채로 묻히겠다고 한다면 나도 그렇게 하겠다. 그리고 산을 들먹거리니 네 말처럼 우리 몸 위에다 몇 백만 에이커의 흙을 쌓아올리자. 그 산꼭대기가 태양에 닿아 그을리고 오사(그리스 북동부에 있는 산 – 역자 주)의 정상이 한 점 사마귀로 보일 때까지 쌓아올려라. 네 놈이 큰소리친다면 나 역시 그렇게 하마.

왕비 : 저애는 지금 제정신이 아니란다, 레어티스. 그러나 발작을 하는 것은 잠시일 뿐, 이제 곧 황금색의 새끼 한 쌍이 알을 깨고 나올 때의 암비둘기처럼 조용해진단다.

햄릿 : 내 말을 들어봐. 나는 항상 너를 좋아했었는데 내게 이러는 이유가 무엇인가? 뭐, 좋다. 헤라클레스가 제 아무리 애쓴들 야옹거리는 고양이의 울음을 막을 것이냐, 제멋대로인 개를 막을 것이냐? (퇴장)

왕 : 호레이쇼, 햄릿을 따라가라. 부탁한다. (호레이쇼 퇴장) (레어티스에게) 어젯밤의 약속대로 자중해야 한다. 나는 곧 내 몫의 일을 해치우마. 거트루드, 햄릿에게서 눈을 떼지 마시오. 잘 감시해야 하오.

이 무덤에 살아 있는 기념비를 세울 것이다. 이제 곧 평온한 날이 찾아오리니 그때까지 참고 일을 추진하자꾸나. (퇴장)

제5막 2장 ❖ 성의 연회장

햄릿, 호레이쇼 등장.

햄릿 : 그 일은 그쯤이면 됐고 다른 걸 얘기하지. 자초지종은 자세히 기억하고 있겠지?

호레이쇼 : 물론입니다, 왕자님!

햄릿 : 여보게, 마음속이 온통 전쟁터라 도통 잠을 이룰 수가 없네그려. 족쇄를 차고 있는 폭도도 이보다 나을 게야. 성급한 것이 아닌가 싶기도 하지만 어쨌든 치밀한 계획도 실패하는 것을 보면 무모함도 때때로 유용할 것이네. 일이야 우리가 저지르지만 결과는 하느님께서 결정하시는 것 아닌가!

호레이쇼 : 그렇지요.

햄릿 : 나는 선원의 옷을 아무렇게나 걸치고 선실에서 뛰쳐나와 깜깜한 어둠 속에서 더듬거리다가 드디어 내가 원하던 것을 찾았다네. 꾸러미였지. 나는 그것을 내 품에 넣고 선실로 돌아와 떨리는 가슴을 억누르며 예의도 없이 거칠게 국서의 봉인을 뜯어버렸다네. 호레이쇼, 나는 보았네. 덴마크와 영국, 두 나라의 안전이라는 명목하에 계획된 왕의 무시무시한 음모를 말일세. 내게 악마와 도깨비가 붙어 있으니 편지를 읽은 후 도끼날을 세우는 시간만큼도 지체하지 말고 그 자리에서 당장 내 목을 베라고 써 있었던 거야.

호레이쇼 : 어떻게 그런 일이.

햄릿 : 이게 바로 그 국서라네. 나중에 자세하게 읽어보게. 이것을 본 후에 내가 어떻게 했는지 알고 싶나?

호레이쇼 : 부탁드립니다.

햄릿 : 악당들의 음모의 그물에 걸리고 보니 내 머리는 대본을 쓰기도 전에 극을 시작하더군. 나는 이 나라 정치가들이 모두 그러하듯 아주 반듯한 글씨로 새로운 친서를 만들었던 거야. 어릴 때 배운 것이 요긴하게 쓰이더군. 하지만 한때는 이런 글씨를 저속하다고 여겨 배운 것조차 잊으려 한 때도 있었다네. 어때, 궁금한가, 내가 뭐라고 썼는지?

호레이쇼 : 들려주십시오.

햄릿 : 덴마크 국왕의 친서처럼 꾸몄다네. 영국은 덴마크의 충실한 속국이니 두 나라 사이의 우정이 종려나무처럼 번성하여 풍요의 화환을 쓴 평화가 두 나라를 이어주는 역할을 해야 한다는 둥 형식적이고도 격식을 갖춘 말들을 잔뜩 늘어놓고는 이 편지를 읽는 즉시 신께 죄를 고백할 시간도 주지 말고 편지를 가지고 간 자들을 모두 죽이라고 했다네.

호레이쇼 : 봉인은 어떻게 하셨습니까?

햄릿 : 천만다행으로 아버님께서 쓰시던 인장이 내 주머니 속에 들어 있었다네. 지금 왕이 사용하는 옥쇄의 원형이 바로 그 인장이니 문제 될 것이 없었지. 신의 보살핌 덕분이었어. 나는 편지를 원래의 친서와 똑같은 모양으로 접어 봉인을 한 다음 다시 몰래 제자리에 갖다놓았다네. 그리고 다음 날 해적들과의 전투가 있었고 결과는 자네가 이미 알고 있는 대로라네.

호레이쇼 : 그럼 길든스턴과 로젠크란츠는 죽었겠군요.

햄릿 : 그랬을 테지. 하지만 난 죄책감은 없네. 이번 일을 자청한 건 바로 그 친구들이었으니 말이야. 스스로 파멸을 자초한 셈이지. 애초에 조무래기들이 막강한 적대자들의 칼부림 속으로 뛰어드는 게 아니었어.

호레이쇼 : 아, 왕이 이런 일을 하다니요!

햄릿 : 자, 어떻게 생각하나? 내 아버님을 독살하고 내 어머니를 더럽혔으며 내 것이었을 왕관을 중간에서 가로채더니 이제 내 목숨까지 노리는 이 비열한 자에게 복수를 하는 것이 떳떳한 내 의무이자 권리가 아닐까? 이런 자를 계속 내버려둔다면 악행만 늘어날 뿐, 그렇게 되면 우리가 저주를 받지 않겠나?

호레이쇼 : 머지않아 영국에서 그 일을 어떻게 처리했는지 알리는 국서가 도착할 것입니다.

햄릿 : 그렇겠지. 그러나 도착하려면 아직 시간이 남았어. 그동안은 오로지 나의 시간이지. 그래봤자 인간의 삶이란 '하나'를 세는 시간보다 짧다네. 그런데 호레이쇼, 아까 내가 레어티스에게 한 행동은 부끄럽기 짝이 없는 짓이었어. 부친을 잃은 그를 가장 잘 이해할 수 있는 사람이 바로 나인데 말이야. 사과해야겠지. 하지만 그의 과장되고 화려하게 포장된 슬픔은 차마 참기가 어렵더군.

호레이쇼 : 조용히! 저기 누가 오는 것 같은데요?

오즈릭 등장.

오즈릭 : 왕자님, 덴마크로 잘 돌아오셨습니다.

햄릿 : 진심으로 고맙구려. 호레이쇼, 혹시 이 날벌레 같은 작자를 알고 있나?

호레이쇼 : 아니요, 왕자님.

햄릿 : 다행이군. 저자는 아는 것도 죄를 짓는 셈이거든. 저자는 엄청난 크기의 땅을 소유하고 있는데 모두 비옥한 것들뿐이라네. 그런데 문제는 가진 것이 많으면 자신의 여물통을 왕의 식탁 위에 올려놓을 수도 있다는 거야. 저자가 바로 그렇지. 하여간 하는 일도 없이 빈둥거리는 건달 주제에 땅은 엄청나게 가졌어.

오즈릭 : 왕자님, 시간이 괜찮으시다면 폐하의 말씀을 전해드리겠습니다.

햄릿 : 정신을 바로 할 테니 그렇게 하시오. 그리고 그 모자는 좀 가만히 두시오. 모자는 머리에 쓰는 것이지 돌리는 것이 아니지 않소?

오즈릭 : 감사합니다, 왕자님. 더워서 그랬습니다.

햄릿 : 아니, 정말 추운 날인데. 북풍이 불거든.

오즈릭 : 네, 꽤 추운 날이로군요, 왕자님.

햄릿 : 하지만 체질 때문인지 나는 무척 덥구려.

오즈릭 : 네, 무척이나 덥습니다, 왕자님. 저, 어떻게 말씀드려야 할지 모르겠습니다만 폐하께서 왕자님에게 큰 내기를 거셨다고 전하시랍니다. 그게…….

햄릿 : (모자를 쓰라고 손짓하며) 내 말을 기억하고!

오즈릭 : 네, 왕자님. 실은 이렇게 해야만 진정이 되는 것 같아 그랬습니다. 발단은 최근에 레어티스가 귀국한 것에서부터였습니다. 그는 멋진 외모에 능력도 출중하고 예의도 발라서 사람들에게 귀감이 되고 있다는 것은 왕자님도 잘 아실 겁니다. 한마디로 신사들의 표본이라고 할 수 있지요. 신사라면 가지고 있는 것은 모두 가지고 있으니 말입니다.

햄릿 : 그를 설명하기에 무엇 하나 빠진 것이 없구려. 능력을 재고품

목록을 정리하듯 늘어놓다가는 아무리 빠른 돛을 단 배를 타고 기억을 쫓아가도 따라잡지 못할 것이오. 어쨌든 나 역시 레어티스가 보기 드물게 큰 인물이라고 생각한다오. 그와 비슷한 인물은 거울 속에나 있고, 그의 뒤를 따를 수 있는 자는 그의 그림자뿐일 테지.

오즈릭 : 오, 왕자님의 말씀이 모두 옳습니다.

햄릿 : 자, 이제 말하시오. 우리의 조잡한 입에 그 신사의 칭찬을 올리는 진짜 속셈이 뭐요?

오즈릭 : 네?

호레이쇼 : 좀 더 쉽게 설명하십시오. 그러면 알아들을 겁니다.

햄릿 : 이 신사를 거론하는 저의가 무엇이오?

오즈릭 : 레어티스 말씀인가요?

호레이쇼 : 황금 같은 말들을 모두 써버리고 빈 지갑이 된 모양이군요.

햄릿 : 그래, 레어티스!

오즈릭 : 모르실 리 없다고 생각합니다만…….

햄릿 : 난 그대가 몰랐으면 좋겠구려. 그렇다 한들 그대가 내 마음에 들 리 없겠지만. 그런데?

오즈릭 : 레어티스의 뛰어난 재주에 대해서 모르실 리 없으…….

햄릿 : 재주를 가지고 그와 나를 비교할 작정인 거요? 그렇다면 말하지 않겠소. 그러나 타인에 대해 아는 것은 나 자신을 아는 것이기도 하지.

오즈릭 : 제가 말씀드린 레어티스의 뛰어난 재주라는 것은 바로 칼솜씨입니다. 사람들의 말에 의하면 그를 따를 자가 없다더군요.

햄릿 : 어떤 칼을 사용하는지 알고 있소?

오즈릭 : 세검과 단도입니다.

햄릿 : 무기가 두 개라……. 그런데?

오즈릭 : 폐하께서는 내기에 바바리 말 여섯 필을 거셨고 레어티스는 프랑스제 세검과 단검 여섯 자루, 혁대, 대가 따위의 부속품을 걸었습니다. 이것들은 모두 제가 보관하고 있는데 그 가운데서 세 개의 대가는 정말로 환상적이더군요. 정교하고 칼자루와 완벽하게 조화를 이루고 있는 것이 공을 많이 들인 것이 분명했습니다.

햄릿 : 대가가 뭐요?

호레이쇼 : (햄릿에게) 저자의 말을 알아들으려면 역주를 보고 따로 공부하셔야겠습니다.

오즈릭 : 대가는 칼을 걸어두는 받침대입니다, 왕자님.

햄릿 : 그것의 이름이라고 하기에는 어째 과한 듯싶소. 대포를 허리에 차고 다닌다면 모르지만……. 그냥 칼걸이라고 하는 편이 좋겠구려. 어쨌든 계속하시오. 바바리산 말 여섯 필과 프랑스제 검 여섯 자루와 멋진 칼걸이라니 마치 덴마크와 프랑스 국가 간의 내기 같지 않소? 그런데 왜 그런 물건을 내기에 건답디까?

오즈릭 : 폐하께서는 왕자 전하와 레어티스의 결투에 내기를 거신 겁니다. 아무리 레어티스라고 해도 세 번 이상 이길 수는 없을 것이라면서 12 대 9로 하신 거지요. 따라서 왕자님께서 지금 도전을 받아주시면 이 결투는 당장이라도 시작할 수 있습니다.

햄릿 : 내가 싫다고 한다면?

오즈릭 : 왕자님께서 직접 도전을 받으셔야 한다는 뜻에서 말씀드리고 있는 겁니다.

햄릿 : 오즈릭 경, 폐하를 기쁘게 해드리는 일이라면 이곳에서 기다리고 있지요. 마침 내가 운동할 시간이기도 하니 시합에 쓸 칼을 가져오시오. 레어티스가 원하고, 폐하께서 뜻을 거두지 않으신다면 폐하를 위해 이겨보지요. 아니, 이길 수 있소. 만약 패한다고 해도

수치심과 몇 대 얻어맞는 게 고작 아니겠소?

오즈릭 : 지금 그 말씀을 그대로 폐하께 전해드려도 되겠습니까?

햄릿 : 내 뜻을 그대로 전하기만 하면 그대가 어떤 미사여구로 아첨을 떤들 무슨 상관이오?

오즈릭 : 왕자님께 의무를 다하겠습니다.

햄릿 : 자신에게나 그렇게 하시오. (오즈릭 퇴장) 어떤가, 스스로에게나 충실할 놈이지 않나? 하기는 저런 자에게 충실할 사람이 어디 있겠나?

호레이쇼 : 알껍데기를 뒤집어쓴 댕기물떼새처럼 도망가는군요.

햄릿 : 젖을 빨기 전에 제 어미의 젖에게도 인사를 했을 놈이야. 이 경박한 세상에 저런 자가 어디 한둘인가? 그들은 많은 연회에서 요즘 유행하는 말과 거품 같은 허풍을 배워서는 겸허한 생각과 정선된 학식을 가진 사람들 사이를 보란 듯이 휘젓고 다닌다네. 한 번 입김만으로도 날아가버리고 말 허망한 거품을 가진 주제에 말이야.

귀족 등장.

귀족 : 왕자님, 조금 전 이곳에서 기다리시겠다는 젊은 오즈릭 공의 전갈을 받으신 폐하께서 레어티스와의 결투를 지금 당장 하실 것인지, 아니면 시간이 필요하신지 알아보라고 저를 보내셨습니다.

햄릿 : 내 생각은 변하지 않을 것이니 폐하의 뜻대로 하겠다고 전하시오. 폐하께서 원하신다면 언제든 상관없소. 항상 준비되어 있으니까. 단 내 몸이 지금처럼 활기에 넘친다면 말이오.

귀족 : 폐하와 왕비 전하, 그리고 사람들이 이리로 오고 있습니다.

햄릿 : 마침 잘됐군.

귀족 : 또 왕비 전하의 당부도 있으셨습니다. 결투 전 왕자님께서 레어 티스에게 조금 더 예의를 지키기를 바란다고 하셨습니다.

햄릿 : 타당한 충고외다. (귀족 퇴장)

호레이쇼 : 왕자님, 이 결투에는 승산이 없습니다.

햄릿 : 그런가? 내 생각은 좀 다른데! 그가 프랑스로 유학을 가 있는 동 안 나는 꾸준히 연습을 해왔거든. 그만큼 유리한 고지에 있다는 것 아닐까? 호레이쇼, 자네가 상상하지도 못할 만큼 불안하지만 그건 이번 일에 문제가 되지 않아.

호레이쇼 : 하지만 왕자님!

햄릿 : 괜한 걱정이야. 여자들이나 갖는 불안감일 뿐이라고.

호레이쇼 : 마음에 걸리는 게 있으시면 당장 말씀하십시오. 제가 가서 왕자님께서 준비가 안 되셨다고 하면서 폐하의 일행을 막겠습니다.

햄릿 : 전조 따위 상관없으니 그럴 것 없네. 참새 한 마리가 떨어지는 것도 다 하느님의 섭리가 따르는 법. 죽을 때가 지금이라면 다음 에는 오지 않을 것이고 다음에 오지 않는다면 지금 올 것이 분명하 고, 만약 지금 오지 않더라도 언젠가는 꼭 오겠지. 어찌 되었든 마 음의 준비만 되어 있으면 된다네. 무엇을 남길 수 있고 또 언제 죽 을지 아는 사람이 어디 있나? 순리대로 가는 거지.

왕, 왕비, 레어티스, 오즈릭, 검과 장갑을 든 시종들 등장.

왕 : 자, 햄릿. 내게 손을 다오. (햄릿과 레어티스가 손을 잡게 한다)

햄릿 : 미안하네, 레어티스. 아까는 자네에게 무례했어. 내가 제정신 이 아니라는 것은 자네도 이미 들어 알고 있겠지? 자네의 효성과 명예를 뒤흔들고 반감을 일깨웠을 나의 행동들은 모두 내 속의 광

기가 만든 것이라네. 햄릿이 레어티스에게 잘못했다고? 아닐세. 햄릿이 그런 게 아니야. 자기 정신과 분리되어 한 행동은 결코 햄릿의 행동이라고 할 수 없어. 햄릿은 절대로 부인하네. 그럼 누구냐고? 가련한 햄릿의 적은 바로 광증이야. 그러니 햄릿은 오히려 피해자인 셈이지. 여기 계시는 분들 앞에서 계획적으로 자네에게 위해를 가한 것이 아니었다고 밝히니 부디 넓은 아량으로 나를 죄책감에서 해방시켜주게. 지붕 너머 쏜 화살이 자기 형제를 다치게 했다고 생각해주게.

레어티스 : 효성이 복수심을 가장 자극했던 것은 사실이만 왕자님의 사정이 그러시다면 이해할 수 있습니다. 그러나 명예에 관해서는 그럴 수가 없군요. 명망 있는 분들께서 권하신 대로 화해를 하고도 명예가 실추되지 않았던 선례들을 대주지 않으신다면 아무런 타협도 하지 않겠습니다. 그러나 왕자님의 마음과 호의는 받아들이지요.

햄릿 : 그렇게 말해주니 고맙군. 그럼 이제 마음을 푹 놓고 형제간의 결투를 시작해볼까? 자, 검을 가져와라.

레어티스 : 내게도 칼을.

햄릿 : 레어티스, 미숙한 나의 칼이 자네의 재주를 어두운 밤하늘의 별처럼 빛나게 할 걸세.

레어티스 : 농담이 과하십니다.

햄릿 : 농담이라니? 이 손에 맹세하지.

왕 : 오즈릭, 두 사람에게 검을 주어라. 조카 햄릿, 결투의 내용은 잘 알고 있겠지?

햄릿 : 물론이지요, 폐하. 그런데 약자에게 유리한 조건을 거셨더군요.

왕 : 그렇다고 생각하지는 않는다. 네게 좀 유리한 건 사실이지만 레어티스가 너보다 실력이 좋으니 공평한 처사라고 본다.

레어티스 : 이 검은 너무 무겁구나. 다른 검으로 해야겠다.

햄릿 : 괜찮은 검 같군. 검의 길이는 모두 같겠지?

오즈릭 : 그렇습니다, 왕자님.

결투를 준비한다.

왕 : 자, 모두 술잔을 탁자 위에 내려놓아라. 햄릿이 첫 번째와 두 번째 득점을 올리거나, 3회전에서 동점을 이룬다면 성벽 위의 대포마다 축포를 터뜨리도록 해라. 또 과인은 햄릿의 승리를 기원하며 4대 에 걸쳐 덴마크 국왕의 왕관을 장식했던 귀한 진주를 술잔에 넣겠 다. 자, 어서 술잔을 가져와라. '국왕이 바로 지금 햄릿을 위해 건배 하고 있노라.'라고 고수는 북을 쳐서 나팔수에게 알리고, 나팔수는 성 밖의 포수에게, 포수는 하늘에, 하늘은 땅에 알리게 해라. 이제 국왕이 햄릿을 위해서 건배를 한다고 말이다. 그럼 시작해라. 심판 관들은 눈을 똑바로 뜨고 지켜봐라.

햄릿 : 자, 덤벼라.

레어티스 : 좋습니다, 왕자님. (결투한다)

햄릿 : 1점이다.

레어티스 : 아닙니다.

햄릿 : 심판관, 판정은?

오즈릭 : 분명히 1점 얻으셨습니다.

레어티스 : 좋아, 그럼 다시.

왕 : 기다려라. 어서 술을 가지고 와라. 햄릿, 이 진주는 너의 것이다. 햄릿을 위해 축배를! (나팔 소리, 멀리서 축포 소리) 햄릿에게 잔을 주 어라.

햄릿 : 먼저 이 승부를 가려야겠습니다. 그러니 잠시 거기 두십시오. 자, 간다! (결투한다) 또 1점! 어떤가?

레어티스 : 스쳤군요. 인정하지요. (두 사람 다시 떨어져 선다)

왕 : 왕자가 이기겠구나.

왕비 : 벌써 땀을 많이 흘리고 있는 데다가 숨이 찬 모양이네요. 햄릿, 내 손수건으로 이마의 땀을 닦도록 해라. 너의 행운을 빌며 이 술은 내가 마시겠다.

햄릿 : 감사합니다, 어머니.

왕 : 거트루드, 마시지 마오.

왕비 : 폐하, 청하오니 아들을 위해 마시겠습니다. (술을 한 모금 마시고 햄릿에게 잔을 준다)

왕 : (방백) 아, 독이 든 술을……. 너무 늦었어.

햄릿 : 왕비 전하, 저는 아직 마실 수 없습니다. 잠시 후에 마시지요.

왕비 : 자, 어미가 네 땀을 닦아주마.

레어티스 : 폐하, 이번에는 제가 찌르겠습니다.

왕 : 뜻대로 되지 않겠구나.

레어티스 : (방백) 그렇다고는 하지만 독이라니, 양심에 걸리는구나.

햄릿 : 자, 3회전이네, 레어티스. 부탁이네만 그만 놀리고 제대로 덤벼 보게. 자네의 그 멋진 솜씨를 보여주란 말일세. 버릇없는 애 취급은 사양하네.

레어티스 : 그리 생각하신다면, 자, 갑니다. (결투한다)

오즈릭 : 양쪽 모두 득점이 없습니다.

레어티스 : 지금이다, 한 대 받아라!

레어티스가 햄릿에게 상처를 입힌다. 그리고 난투 속에서 둘의 칼이 바뀌고 햄릿이 레어티스를 찌른다.

왕 : 둘을 떼어놓아라. 모두 흥분했다.

햄릿 : (공격한다) 자, 간다.

왕비 쓰러진다.

오즈릭 : 아니 저런, 왕비 전하를 부십시오.

호레이쇼 : 두 분 모두 피를 흘리십니다. 괜찮으십니까, 왕자님?

오즈릭 : 괜찮소, 레어티스?

레어티스 : 아, 도요새처럼 내가 친 덫에 내가 걸리고 말았구려, 오즈
릭. 배신한 것은 바로 나, 그러니 죽는 것도 당연하겠지.

햄릿 : 왕비 전하께선 어떻게 되신 거냐?

왕 : 피를 보고 기절한 모양이다.

왕비 : 아니, 아니야. 저 술, 저 술……. 오, 내 아들 햄릿! 저 술, 저 술!
내가 독약을 마셨구나. (죽는다)

햄릿 : 아, 잔인하구나. 모든 문을 잠가라. 반역이다! 범인을 찾아내라!

레어티스 : 햄릿 왕자님, 모두 여기에 있습니다. 왕자님도 무사하지 못
할 겁니다. 이 세상 어떤 명약도 소용없습니다. 지금 왕자님께 남
은 시간은 채 반 시간도 안 될 겁니다. 반역의 도구는 바로 전하의
손에 있습니다. 그 뾰족한 칼끝에 독이 칠해져 있었던 겁니다. 아,
이 무시무시한 음모가 되돌아오다니! 보십시오, 저 역시 다시는 일
어나지 못할 겁니다. 왕비 전하께서는 독살을 당하신 겁니다. 아,
기운이 없군요. 왕……, 모두 왕이 꾸민 일입니다.

햄릿 : 칼끝에 독을? 독이여, 네 임무를 다해라. (왕을 찌른다)

일동 : 반역이다! 반역이다!

왕 : 오, 나를 보호해라. 조금 다쳤을 뿐이다.

햄릿 : 잔혹하고 저주받을 살인자, 덴마크 왕, 여기 독배가 있으니 어서 마셔라. 너의 진주가 이 잔에 있다고 했느냐? 자, 어머니의 뒤를 따라가라. (왕이 죽는다)

레어티스 : 스스로 준비한 독이니 마땅한 죽음이지. 고귀한 왕자님, 서로 용서를 나눴으면 좋겠군요. 저와 제 부친의 죽음이 왕자님의 죄가 되지 않고 왕자님의 죽음이 저의 죄가 되지 않기를! (죽는다)

햄릿 : 하늘이시여, 이자를 용서하소서! 나도 곧 자네 뒤를 따르겠네. 호레이쇼, 나는 이미 죽은 몸이군. 가엾은 어머니, 편히 잠드십시오. 그대들은 이곳에서 대사도 없이 벙어리처럼 입을 다문 채 창백한 얼굴로 떨고 있구려. 나에게 시간이 남아 있다면 해줄 말이 많은데 가혹하게도 죽음의 사신이 잡아끄는구나. 모두 그만두자. 호레이쇼, 나는 이미 죽은 몸, 자네는 살아남아 궁금해하는 모든 이들에게 나와 나의 명분을 제대로 알려주게.

호레이쇼 : 왕자님, 저를 믿지 마십시오. 덴마크인으로 살아남기보다는 차라리 로마인이 되어 당신 뒤를 따르겠습니다.

햄릿 : 그대가 진정한 사나이라면 그 잔을 이리 주게. 아, 하느님! 호레이쇼, 이대로 모든 것이 미궁에 빠진다면 나는 큰 오명을 뒤집어쓰고 말 것이네. 그러니 자네가 나를 친구로 여긴다면 죽음 후의 안락은 잠시 뒤로 미뤄주게. 그리고 이 모진 세상에서 고통의 숨을 쉬며 내 이야기를 전해주게. (멀리서 행군 소리, 안에서 대포 소리) 저 요란한 소리는 뭔가?

오즈릭 : 폴란드를 정복하고 개선하던 포틴브라스 2세가 영국의 사절단을 만나 예포를 쏘고 있는 것입니다.

햄릿 : 오, 난 죽어가네, 호레이쇼. 무서운 독이 내 몸을 마비시켜 영국

에서 오는 소식을 듣지도 못하겠네그려. 내가 눈을 감기 전에 다음

국왕을 선포하니 그는 바로 포틴브라스라고 모두에게 알려주게.

이 비참한 사건들과 더불어서……. 이제 남은 것은 고요뿐이로구

나. (죽는다)

호레이쇼 : 아, 이제 고귀한 심장이 터져버렸구나. 편히 가십시오, 사랑

하는 왕자님. 천사들의 노래를 들으시면서 안식의 나라로 가십시

오. 어째서 북소리가 이쪽으로 오고 있는 것일까?

안에서 행진하는 소리. 포틴브라스, 영국으로부터 도착한 사신들 그리고 그

외 사람들 등장.

포틴브라스 : 참변이 일어난 곳이 어디냐?

호레이쇼 : 보고 싶은 게 무엇입니까? 비통해하시거나 경악할 것이라

면 찾지 마십시오.

포틴브라스 : 이 무참한 시체더미가 살육의 현장을 말해주는구나! 오,

거만한 죽음이여, 도대체 그대의 불멸의 방에서 무슨 연회를 열었

기에 이처럼 많은 귀인들을 끔찍한 죽음의 길로 몰고 갔느냐?

사절 1 : 정말 처참합니다. 게다가 우리가 너무 늦게 도착했군요. 당신

의 명령을 실행했고 로젠크란츠와 길든스턴은 죽었다는 말을 들어

주실 분의 귀는 이미 감각을 잃고 말았으니 말입니다. 누구에게 치

하를 받는단 말입니까?

호레이쇼 : 그대들에게 치하를 내릴 사람이 살아 있다고 해도 그대들이

생각하는 그 사람이 아니오. 그자들을 처형하라는 명은 왕이 내린

것이 아니니 말이오. 그러나 마침 포틴브라스 왕자님께서 폴란드

에서 돌아와 영국의 사절까지 모시고 이 참극의 현장에 와주셨으니 청하건대 이 시체들을 사람들이 잘 볼 수 있도록 전망이 좋은 높은 단상에 모시도록 명령해주시면 아직 아무것도 알지 못하는 세상 사람들에게 전후 사정을 설명하겠습니다. 천륜을 어긴 음탕하고 피비린내 나는 행위와 우발적으로 일어난 천벌과 살인, 교활한 계략이 빚은 죽음과 음모의 주동자의 머리에 떨어진 빗나간 목표, 그 모든 것을 제가 알고 있는 그대로 설명하겠습니다.

포틴브라스 : 서두릅시다. 함께 들을 테니 중신들도 부르시오. 비통한 사건이기는 하지만 나는 이 행운을 슬픔과 함께 받아들일 것이오. 난 이 왕국에 오래된 권리가 있으니 내게 찾아온 이 기회를 놓치지 않을 것이오.

호레이쇼 : 그 일에 대해서도 드릴 말씀이 있습니다. 당신에게 더 많은 지지를 얻게 해주실 햄릿 왕자님의 뜻이기도 하지요. 그러나 그보다 먼저 격앙된 사람들의 마음을 잡는 게 순서일 것입니다. 이 참사에 더 많은 불상사가 보태지지 않도록 제 일을 할 수 있게 해주십시오.

포틴브라스 : 왕위에 올랐다면 가장 훌륭한 군주가 되었을 분이시니 부관들 넷은 군인의 예를 갖춰 햄릿 왕자를 단상으로 모셔라. 그리고 애도의 군악을 연주하고 군례를 올려 그의 서거를 온 세상에 크게 외쳐라. 시신들을 들어라. 이 광경은 전쟁터에나 어울리지 이곳에는 어울리지 않는구나. 가라, 가서 병사들에게 조포를 쏘라고 해라.

시신을 메고 행진하며 모두 퇴장. 잠시 후 조포가 울린다.

오셀로

[오셀로] 등장인물

클로디어스	현재 덴마크 왕으로 선왕의 동생
오셀로	무어인 장군
브라반쇼	베니스 원로원 의원, 데스데모나의 아버지
카시오	오셀로의 부관
이아고	오셀로의 기수
로데리고	베니스의 신사
베니스의 공작	
몬타노	키프로스의 총독
그라시아노	베니스의 귀족, 브라반쇼의 친척
로도비코	베니스의 귀족
데스데모나	브라반쇼의 딸, 오셀로의 아내
에밀리아	이아고의 아내
비앙카	카시오의 정부
원로원 의원들, 광대, 해병, 전령	
관리들, 시종들, 악사들, 수행원들	

| 장소 | 제1막 : 베니스

　　　　　제2막 ~ 제5막 : 키프로스

제1막

제1막 1장 베니스의 거리
로데리고, 이아고 등장.

로데리고 : 쳇, 그런 말은 하지 말게, 듣기 싫으니. 내 지갑을 자기 것인
양 마음대로 쓰면서 이 사실은 모르고 있었다니.

이아고 : 내 말을 끝까지 들어봐요! 정말 난 그 사실을 전혀 몰랐다니
까요.

로데리고 : 자넨 그놈을 경멸한다고 하지 않았던가?

이아고 : 물론이죠. 장안의 유명인사 세 분이 허리를 굽실거리며 나를
그자의 부관으로 삼아달라고 천거했답니다. 나도 그만한 자격은
있지요. 그런데 그 녀석이 제 고집만 내세우고 군대 용어를 늘어놓
으며 큰소리만 뻥뻥 치다가 꽁무니를 빼더니 결국 부탁하러 간 사

람들의 요청에 "실은 부관은 벌써 결정됐소."라고 말하더랍니다. 그런데 그 부관이라는 위인이 누군 줄 아세요? 전술의 대가인 척 떠벌리곤 하는 플로렌스 출신의 마이클 카시오라는 작자랍니다. 계집 잘못 얻어 수모를 겪고 있는 놈이죠. 싸움터에서 제대로 지휘 한번 해본 일도 없는 놈입니다. 군대 사열조차도 전혀 모르는 무식 한 놈이죠. 실 뽑는 직공들만큼도 모르는 놈. 도포 자락이나 늘어 뜨리고 앉아 있는 관리들처럼 입만 살아서 떠들어댈 뿐. 그런 놈이 대단한 군인인 척하고 출세하는 판에 로도스 섬과 키프로스 섬, 기 독교도가 사는 데건 이교도가 사는 데건 간에 가리지 않고 사방팔 방에서 무공을 세운 이놈은 이 무슨 꼴입니까? 그 약삭빠른 놈은 부관으로 올라갔는데 이 이아고는 그 검둥이 무어 녀석의 기수라 니! 제기랄!

로데리고 : 말도 안 돼! 나 같으면 그 녀석 목을 매달겠어.

이아고 : 할 수 없죠. 아무리 열심히 일해도 이런 수모만 돌아오니 말입 니다. 출세는 소개장이나 정실로만 결정되는 세상이니 차례대로 첫째 다음이 둘째라는 건 모두 지난날의 얘기죠. 생각 좀 해보세 요. 이렇게 수모를 당하면서도 내가 그 무어 놈한테 충성을 바쳐야 한단 말입니까?

로데리고 : 나 같으면 그런 녀석은 따르지 않겠어.

이아고 : 하지만 너무 걱정하지 마세요. 내게도 생각은 있으니. 모든 사람들이 저마다 주인 노릇을 할 수도 없을뿐더러, 또 하인 놈이라 고 해서 주인이란 사람에게 모두 충성을 바치는 것도 아니죠. 하기 야 세상에는 그저 굽실거리며 평생 충성을 다하는 하인들도 있기 는 합니다. 그런 놈들이야말로 죽도록 주인을 위해 일만 하면서 주 는 대로 받아먹다가 늙어빠지면 내쫓기고 마는 당나귀 같은 존재

들이죠. 그따위 미련한 놈들은 늘씬하게 때려주고 싶어요. 그런가
하면 겉으로는 업무에 충실한 체하면서 속으로는 자기 욕심을 채
우는 자도 있지요. 주인한테는 죽으라면 죽는 시늉을 하면서 빨아
먹을 것은 모조리 빨아먹고, 주머니가 두둑해지면 주인의 뒤통수
를 치는 자들 말입니다. 이런 자들은 제법 심지가 깊은 것들인데
나도 그런 사람들 가운데 한 사람이지요. 당신이 로데리고인 것이
불변의 사실이듯 내가 무어인이라면 절대로 이아고가 될 수 없겠
죠. 내가 무어를 위해 일하기는 하지만 실은 나 자신을 위해서 그
러는 겁니다. 절대로 존경심에서나 의무를 다하기 위해서가 아닙
니다. 겉으로만 그렇게 보일 뿐 속으로는 다른 속셈이 있단 말입니
다. 자랑 삼아 가슴속의 야망을 드러냈다가는, 소매 위에 내 심장
을 끄집어 내놓고는 비둘기보고 쪼아 먹으라는 꼴이나 마찬가지
죠. 나는 겉보기와는 다르답니다.

로데리고 : 그의 뜻대로 된다면 그 입술 두꺼운 녀석, 복 터지겠군.

이아고 : 당장 그 여자의 아버지를 부르세요. 쫓아가서 그자가 재미를
한창 볼 때 산통을 깨트리자구요. 길바닥에서 목청이 찢어져라 떠
들어대는 거예요. 그녀의 친척들을 들쑤셔 놓고 그 녀석이 한창 기
분 내고 있을 때 파리 떼를 몰려들게 해서 성가시게 하는 겁니다.
그래도 기분을 내려 하겠지만 어떻게든 속을 썩여서 흥을 깨는 겁
니다.

로데리고 : 여기가 그녀 아버지의 집이군. 큰 소리로 불러볼까?

이아고 : 그래, 겁에 질린 목소리로 부르세요. 한밤중에 번화한 거리에
서 불이라도 난 것처럼 고함을 질러대는 거예요.

로데리고 : 이보시오! 브라반쇼! 브라반쇼 의원님, 이보시오!

이아고 : 일어나세요! 여보세요, 브라반쇼! 도둑이야, 도둑! 집 안을 살

펴보세요! 따님을 조심하세요! 도둑이야, 도둑!

브라반쇼, 이층 창문에서 등장.

브라반쇼 : 왜 이렇게 야단들이야? 무슨 일인가?

로데리고 : 의원님 댁 식구들은 다 무사하십니까?

이아고 : 문단속은 잘하셨습니까?

브라반쇼 : 그건 왜 묻는 거냐?

이아고 : 큰일 났습니다. 도둑이 들었어요! 망측한 일입니다. 어서 옷
을 입으세요. 심장이 터질 일입니다. 의원님은 영혼의 반을 이미
상실하셨습니다. 지금, 바로 지금 새까만 늙은 숫양이 댁의 흰 양
을 덮치고 있습니다. 일어나세요, 일어나세요! 종을 울려서 식구들
을 깨우세요. 안 그랬다간 악마가 의원님께 외손자를 안겨드릴 겁
니다. 어서 일어나시라니까요!

브라반쇼 : 뭐, 너 정신이 돌았느냐?

로데리고 : 존경하는 의원님, 제 목소리를 기억하시겠습니까?

브라반쇼 : 모르겠다. 넌 누구냐?

로데리고 : 로데리고입니다.

브라반쇼 : 괘씸하구나. 내 집 근처에 얼씬도 하지 말라고 명령했지. 내
딸을 자네에게 줄 수 없다는 얘기를 똑똑히 들었을 텐데. 술에다
음식에다 잔뜩 처먹고 미친놈처럼 북새를 떨어 단잠을 깨우다니.

로데리고 : 저, 저……

브라반쇼 : 마음만 먹으면 내 지위와 위신으로 너를 혼내줄 수도 있다
는 것 정도는 알고 있겠지?

로데리고 : 진정하십시오, 의원님.

브라반쇼 : 도둑이라니, 무슨 놈의 도둑이냐? 여긴 베니스다. 내 집은 들판의 외딴집이 아니란 말이다.

로데리고 : 용감하신 브라반쇼 의원님, 저는 순수한 마음으로 사실을 알려드리러 왔을 뿐입니다.

이아고 : 젠장, 의원님께서는 하느님을 섬기다가 악마의 명령이라고 내팽개칠 분이시군요. 저희는 긴히 알려드릴 말씀이 있어 왔는데 불한당 취급을 하시니 말입니다. 이러고 있는 사이에 바바리산 말이 따님을 덮치면 졸지에 힝힝 우는 손자들을 보시게 되겠지요. 경주마인 증손 말이 뛰어다니고, 조랑말 친척들이 쏟아져 나오는 게 됩니다요.

브라반쇼 : 이런 방자한 놈! 도대체 넌 누구냐?

이아고 : 저는 따님과 무어 놈이 몸은 하나인데 등이 두 개인 짐승의 짓을 하고 있는 사실을 알리러 온 사람일 뿐입니다.

브라반쇼 : 악마 같은 놈이구나.

이아고 : 나리께선 원로원 의원님이시지요.

브라반쇼 : 로데리고, 이 책임은 자네에게 있어. 나는 자네를 잘 알고 있어.

로데리고 : 물론 제가 책임지겠습니다. 하지만 의원님, 한 가지 묻겠습니다. 그것이 의원님의 뜻인가요? 심사숙고한 끝에 내리신 결론이신가요? 만약 의원님의 귀하신 따님께서 이 야밤에 곤돌라의 뱃사공 한 사람만을 데리고 나가 음탕한 무어인의 팔에 안겨 있다는 것을 이미 알고 허락하신 거라면 저희가 쓸데없는 짓을 한 겁니다. 그러나 모르셨다면 그렇게 저희를 야단쳐서는 안 됩니다. 오해는 하지 마십시오. 무례하게 의원님을 조롱하려는 뜻은 조금도 없으니까요. 거듭 말씀드립니다만 따님께서 의원님의 허락도 없이 외

출했다면 그런 불효가 또 어디 있겠습니까? 따님께선 자식으로서의 범절과 미모, 지혜와 운명까지 여기저기 떠돌아다니는 외국 놈한테 내맡긴 셈이죠. 당장 살펴보십시오. 만일 따님이 방 안에나 집 안에 계시다면 의원님께 거짓을 고한 죄로 어떤 벌을 주셔도 달게 받겠습니다.

브라반쇼 : 여봐라, 불을 켜라! 촛불을 가져와! 식구들을 깨워라! 꿈자리가 사납더니 아무래도 심상치가 않구나. 불을 켜라, 불을! (이층에서 퇴장)

이아고 : 저는 이만 물러가겠습니다. 내가 여기 있다가는 무어의 적수가 될 수밖에 없습니다. 그러면 내 입장이 난처해집니다. 이 사건으로 그놈의 죄를 아무리 문책한다 해도 정부는 그의 자리를 파직시키진 못합니다. 지금도 한창 싸움이 벌어지고 있는 키프로스 전쟁에 무어가 아니고는 갈 만한 사람이 없기 때문이죠. 그러니 그 녀석이 넌덜머리가 나지만 살아가려면 어쩔 수 없이 겉으로라도 깃발을 내걸고 충성심을 보여야겠죠. 필시 편성된 수색대를 이끌고 세지터리를 덮치면 분명 그를 찾을 수 있을 겁니다. 저는 미리 가 있겠습니다. 그럼 갑니다. (퇴장)

잠옷을 걸친 브라반쇼와 횃불을 든 시종들 등장.

브라반쇼 : 아니, 이럴 수가 있나. 정말 딸년이 없어졌어. 이제 나의 여생은 초라하고 비참하게 보내야 할 것 같구나. 여보게, 로데리고, 내 딸을 어디서 봤나? 불쌍한 것! 무어하고 같이 있다고? 이런 꼴을 본다면 누가 애비 노릇을 하겠나? 자네는 어떻게 내 딸인 줄 알았나? 그 애가 나를 감쪽같이 속이다니, 그 애가 뭐라고 말하던가?

촛불을 더 가져오너라! 식구들을 깨워라! 그래 그 두 사람이 결혼을 해버린 것 같던가?

로데리고 : 아마도 그랬을 겁니다.

브라반쇼 : 아이고 맙소사! 도대체 어떻게 빠져나갔을까? 가족을 배신하다니! 아버지들이여, 이제부터는 딸의 행동만으로 그 마음을 믿지 말지어다. 젊은 처녀들의 마음을 홀리는 묘약이라도 있는 게 아닐까? 로데리고, 그런 얘기를 읽은 적 있나?

로데리고 : 네, 들은 적이 있습니다.

브라반쇼 : 내 아우를 깨워라. 차라리 자네를 사위로 삼았으면 좋았을 텐데! 한 패는 이쪽으로, 다른 한 패는 저쪽으로. 어디로 가면 딸애와 무어 놈을 찾을 수 있는지 자네 아는가?

로데리고 : 호위병 몇 사람을 데리고 절 따라오시면 제가 무어인을 찾을 수 있을 것 같습니다.

브라반쇼 : 부탁하네, 안내해주게. 집집마다 철저히 뒤지세. 모두들 내 명을 거역하진 못할 거야. 무기를 가지고 오너라! 야경들을 깨워라. 가세, 로데리고. 사례는 섭섭지 않게 하겠네. (모두 퇴장)

제1막 2장 ❖ 베니스의 또 다른 거리

오셀로, 이아고, 햇불을 든 시종들 등장.

이아고 : 전쟁터에서는 저도 사람들을 많이 죽여보았습니다만, 계획
　　　 적으로 살인을 꾸민다는 건 도저히 양심이 허락지 않는군요. 저
　　　 자신을 위한 일인 줄 알면서도 마음이 약해서 항상 손해를 본답니
　　　 다. 그놈의 갈빗대를 찌르고 싶은 생각이 굴뚝같았습니다만 꾹 참
　　　 았죠.

오셀로 : 참기를 잘했네.

이아고 : 하지만 그놈이 장군님의 명예를 더럽히는 욕을 마구 지껄이
　　　 고 다니는데야 제가 무슨 성인군자입니까? 참아내느라고 간장깨
　　　 나 썩었습죠. 그건 그렇고 장군님, 결혼식은 하셨습니까? 저 원로
　　　 원 의원께선 덕망뿐 아니라 실권에 있어서도 공작님 못지않고
　　　 하더군요. 그러니 그분이 결혼을 취소시키거나 있는 권력을 모두
　　　 동원해 국법 안에서 장군님을 괴롭히며 못살게 굴 것이 뻔합니다.

오셀로 : 해볼 테면 해보라지. 국가에 대한 내 공로를 보아서라도 그 사
　　　 람의 고소쯤이야 문제 될 게 없네. 또 아직 말은 안 했지만 때로는
　　　 명예를 위해서 손에 넣은 행운쯤은 당연히 요구할 권리가 있다고
　　　 생각하네. 여보게, 이아고. 내가 아름다운 데스데모나를 사랑하지
　　　 않는다면 무엇 때문에 이렇게 편하고 자유로운 생활을 가정이라는
　　　 울타리 속에 처박겠나. 바다의 온갖 보물을 다 준다 해도 이 생활
　　　 과 바꿀 리 없지. 아니, 저 불빛은 뭔가?

이아고 : 잠을 깬 그녀의 아버지와 친척들인 것 같습니다. 아무래도 장
　　　 군님은 숨는 게 좋을 것 같습니다.

오셀로 : 천만에! 당당히 맞서겠네. 나의 무공으로 보나 지위로 보나, 내 결백한 정신으로 보더라도 당당하게 부딪쳐야지. 그들인가?

이아고 : 아닌 것 같습니다.

카시오, 횃불을 든 관리들 등장.

오셀로 : 공작님의 부하들과 나의 부관이 이 밤중에 어쩐 일이지? 무슨 일인가?

카시오 : 장군, 공작께서 부르십니다. 지금 당장 들어오시라는 분부이십니다.

오셀로 : 무슨 일인가?

카시오 : 키프로스에서 무슨 보고가 온 모양입니다. 몹시 급한 일인지 밤새 함대에서 열 명도 넘는 전령들이 오더니 이 한밤중에 또 다른 전령이 왔습니다. 그래서 의원들 거의 모두가 공작님 댁에 모여 회의를 하고 있습니다. 빨리 모시고 오라는 분부였지만 숙소에 안 계셔서 수색대를 세 곳으로 나누어 장군님을 찾고 있었습니다.

오셀로 : 나를 찾았으니 다행이군. 잠시만 기다리게, 안에 들어가서 일러두고 나올 테니. (퇴장)

카시오 : 여보게 기수, 장군은 여기서 뭘 하고 계셨는가?

이아고 : 오늘 밤 장군님은 큼직한 보물선 한 척을 수중에 넣으셨습니다. 만일 그것이 합법적인 전리품이라면 장군님은 영원히 운이 트일 것입니다.

카시오 : 무슨 소린지 모르겠군.

이아고 : 결혼하셨어요.

카시오 : 누구와?

오셀로 등장.

이아고 : 결혼을……. 아, 장군님, 가시겠습니까?

오셀로 : 함께 가세.

카시오 : 저기 다른 패가 장군님을 찾으러 옵니다.

브라반쇼, 로데리고, 횃불을 든 관리들 등장.

이아고 : 브라반쇼 의원이군요. 장군님, 조심하십시오. 앙심을 품고 있
    을 겁니다.

오셀로 : 여봐라, 거기 서라!

로데리고 : 의원님, 무어 놈입니다.

브라반쇼 : 저 도둑놈을 잡아라! (그들, 양쪽에서 덤벼든다)

이아고 : 로데리고? 덤벼라. 내가 상대해주마.

오셀로 : 반짝이는 칼을 집어넣어라, 밤이슬에 녹이 슬지 않도록. 의원
    님의 연세와 공로라면 칼보다는 말로 명령하셔도 될 텐데요.

브라반쇼 : 이 간악한 도둑놈 같으니. 내 딸을 어디다 숨겼지? 내 딸에
    게 사악한 주술을 걸어 후려냈겠다! 네놈의 간교한 마술이 아니고
    야 한없이 순박하고 아름다운 그 애가, 그렇게도 결혼을 싫다 하며
    이 나라의 부잣집 귀공자들도 거들떠보지 않던 그 애가, 남의 웃
    음거리가 될 줄 알면서도 아비의 눈을 피해 너같이 시커먼 놈의 품
    에 뛰어들었을 까닭이 없다. 뻔한 일이다. 네놈이 간악한 요술로
    내 딸에게 마술을 걸어 연약한 처녀의 몸에서 혼을 빼간 것이 틀림
    없다. 법정에서 모두 밝히고야 말겠다. 틀림없어, 그렇고말고. 네
    놈을 풍기문란 죄로, 그리고 금지된 마술을 행한 죄로 체포하겠다.

저놈을 잡아라. 반항하면 사정없이 요절을 내라.

오셀로 : 아무도 움직이지 마라. 이쪽이건 그쪽이건 칼을 휘두른다면 나도 가만히 있지는 않겠다. 어쨌든 당신의 비난에 먼저 답변을 하겠소. 어디로 갈까요?

브라반쇼 : 감옥으로 가라. 곧 법정이 열릴 것이니 호출될 때까지 기다려라.

오셀로 : 그 말씀에 복종할까요? 그런데 공작께서 승낙하실까요? 지금 국가의 긴급한 용무로 사람이 와서 함께 가기를 원하고 있는데요.

관리 : 사실입니다, 의원님. 공작께서 회의를 소집하셨습니다. 나리께도 사람이 갔을 겁니다.

브라반쇼 : 뭐? 공작께서 회의를 여셨단 말이냐? 이 밤에? 내 문제도 간단한 일은 아니니 이자를 데려가라. 공작께서도, 원로원의 동료들 그 누구도 이 사건을 남의 일같이 생각하지는 않을 것이다. 이런 악행을 활개 치도록 내버려두느니 차라리 노예들이나 이교도들에게 나라를 맡기는 편이 나을 것이다. (퇴장)

제1막 3장 ✦ 회의실

> 공작과 의원들이 탁자를 둘러싸고 앉아 있다. 시종들이 불을 들고 있다.

공작 : 들어오는 보고들이 서로 어긋나니 갈피를 잡을 수 없구려.

의원 1 : 정말 혼란스럽습니다. 이 보고서에는 적의 군함이 107척이라고 되어 있군요.

공작 : 여기에는 140척이라고 나와 있소.

의원 2 : 여기에는 200척입니다. 이렇게 적선의 숫자가 정확하지 않은 것은 어림잡아 보고하기 때문일 겁니다. 하지만 분명한 건 터키 함대가 키프로스 섬으로 쳐들어오고 있다는 것입니다.

공작 : 충분히 생각할 수 있는 일이오. 착오가 있다는 것이 불안하기는 하지만 적이 쳐들어왔다는 사실은 인정하지 않을 수 없구려.

해병 : (안에서) 여보세요! 여보세요!

해병 등장.

해병 : 함대에서 소식이 왔습니다.

공작 : 무슨 소식인가?

해병 : 안젤로 제독께서 터키 함대가 로도스 섬으로 향하고 있다고 정부에 보고하라고 명하셨습니다.

공작 : 이 사태를 어떻게들 생각하시오?

의원 1 : 아무리 생각해도 그럴 리가 없습니다. 우리 눈을 속이려는 위장이 아닐까요? 키프로스 섬은 터키에게는 중요한 전략지입니다.

신중히 생각해볼 필요가 있습니다. 터키의 입장에서 보면 로도스 섬보다 키프로스가 공략하기도 쉽고 전략적으로도 더 중요한 지역입니다. 요새의 상황이나 장비를 보아도 로도스 섬보다 경비도 덜 합니다. 그런데 터키가 유리한 공격을 무시하고 아무 이득도 없는 위험을 무릅쓰다니요. 그런 어리석은 짓을 할 리 없습니다.

공작: 옳은 판단이오. 적의 목표는 로도스 섬이 아닌 것 같소.

장교: 또 다른 보고가 들어왔습니다.

전령 등장.

전령: 아룁니다. 로도스 섬으로 향해 가던 터키 함대가 그곳에서 뒤쫓아오던 함대와 합류했습니다.

의원 1: 그럴 줄 알았다. 자네가 보기에는 몇 척이나 되던가?

전령: 30척가량 됩니다. 지금 그들은 모두 뱃머리를 돌려 키프로스 섬으로 향하고 있습니다. 공작님의 충성스러운 신하이자 이 섬의 총독이신 몬타노 님께서 틀림없는 사실이라고 전하셨습니다.

공작: 키프로스 섬을 치려는 것이 분명하구나. 마커스 루치코스는 여기에 없는가?

의원 1: 플로렌스에 가 있습니다.

공작: 서신을 보내 급히 총독께 가라고 하시오.

의원 1: 브라반쇼 의원과 무어 장군이 오십니다.

브라반쇼, 오셀로, 카시오, 이아고, 로데리고, 관리들 등장.

공작: 용감한 오셀로 장군, 우리의 적인 터키 놈들을 무찌르러 떠나주

셔야겠소. (브라반쇼에게) 잘 오셨소. 오늘 밤 의원의 의견을 듣고 도움을 청할 참이었소.

브라반쇼 : 저 역시 각하의 고견과 도움을 받고 싶었습니다. 용서하십시오. 오늘 밤 제가 이렇게 황급히 달려온 것은 저의 직책 때문도 아니고 국가의 안위를 걱정해서도 아닙니다. 다른 사람들의 슬픔일랑 다 삼켜버릴 정도로 오로지 제 사사로운 근심 하나가 가슴을 메우고 넘쳐흘러 어찌해야 할지 걷잡을 수가 없기 때문입니다.

공작 : 대체 무슨 일이오!

브라반쇼 : 제 딸년이! 아아, 제 딸이!

의원들 : 죽었소?

브라반쇼 : 저에게는 죽은 거나 마찬가지입니다. 농락당하고 강탈당했습니다. 능욕당했습니다. 사기꾼한테서 산 약과 주문에 당했습니다. 그렇게 영리하고 똑똑한 애가 마술에 걸리지 않고서야 어떻게 그런 짓을 저지를 수 있겠습니까!

공작 : 그놈이 어떤 놈이건 간에 엉터리 수단으로 따님을 농락하고 정조까지 짓밟은 놈은 준엄한 법에 따라 당신이 판단하여 엄히 처벌하십시오. 설사 그 범인이 내 아들이라고 해도 당신의 처분에 맡길수밖에 없소.

브라반쇼 : 각하의 은혜에 진심으로 감사드립니다. 여기 그 죄인이 있습니다. 이 무어인입니다. 아마 지금 중대한 국사로 각하의 부름을 받고 나온 모양입니다.

일동 : 이것 참 난처하게 됐군.

공작 : (오셀로에게) 장군은 뭐 할 말이 없소?

브라반쇼 : 무슨 할 말이 있겠습니까. 들으신 그대로입니다.

오셀로 : 최상의 권위와 위엄을 겸비하신 존경하는 의원 여러분! 가장

고귀하고 경애하는 의원 여러분께 말씀드립니다. 본인이 이 노인의 따님을 데려간 것은 틀림없는 사실입니다. 그녀와 결혼도 했습니다. 본인이 저지른 죄는 그뿐이며, 그 이상도 이하도 아닙니다. 본인은 말솜씨가 없어 말이 거칠고 둘러대지도 못하며 부드러운 언변을 구사할 줄도 모릅니다. 이 팔에 힘이 들기 시작한 일곱 살 때부터 오늘날까지 아홉 달을 제외하고는 줄곧 전쟁터에서만 살아온 놈이라 세상일에 미숙합니다. 아는 것이라곤 전쟁에 관한 것이 전부여서 저 자신을 변호할 재주조차 없습니다. 그러나 허락해 주신다면 우리가 결혼하게 된 과정을 있는 그대로 숨김없이 말씀드리겠습니다. 어떤 약, 어떤 주문을 그리고 어떤 마술을 이용하여 ― 그런 수단을 썼다는 것으로 지금 책망을 받고 있으니 ― 따님의 마음을 얻게 되었는지 모두 밝혀드리겠습니다.

브라반쇼 : 그 아이는 수줍음이 많은 아이였습니다. 그렇게 차분하고 정숙하고, 행여 마음의 동요만 엿보여도 얼굴을 붉히던 내 딸이 품성, 국적, 나이, 모든 것을 내던져 버리고 보기만 해도 소름이 끼치는 이런 사내를 사랑할 리 없습니다! 바보천치가 아니고서야 어디에 내놓아도 손색이 없던 애가 인륜에 벗어난 이런 소행을 저지르다니 악마의 농간이 아니고서야 어떻게 그런 변고가 일어났겠습니까? 그러니 거듭 말씀드리지만 마음을 매혹시키는 극약이나 아니면 그러한 효험이 있는 약을 마시게 해서 내 딸을 유혹한 것이 틀림없습니다.

공작 : 그렇게 단언한다고 해서 증거가 될 수 있는 것은 아니라오. 보다 확실한 증거를 제시하지 않으면 안 되오. 그렇게 보인다든지 아마도 그랬을 것이라는 억측만 갖고 이 사람의 죄를 논한들 무슨 효력이 있겠소.

의원 1 : 오셀로 장군, 말씀해보시오. 불공정하고 강압적인 방법으로 그 여인의 사랑을 사로잡고 더럽혔소? 아니면 진정 서로 마음이 통해 사랑을 얻고 사랑을 받은 거요?

오셀로 : 청컨대 세지터리로 사람을 보내 그녀를 불러주십시오. 그리고 부친 면전에서 저에 관해 얘기하도록 해주십시오. 만일 그녀가 말하는 가운데 저를 비방하는 말이 한 마디라도 나온다면 제가 받아온 신임과 직위를 박탈할 뿐만 아니라 사형선고를 내리셔도 좋습니다.

공작 : 데스데모나를 데리고 오너라.

오셀로 : (이아고에게) 기수, 안내하게. 장소는 자네가 잘 알지? (이아고, 시종들 퇴장) 데스데모나가 이곳에 도착할 때까지 하느님 앞에서 속죄하는 마음으로 여러분에게 고백하겠습니다. 어떻게 해서 제가 그 아름다운 여인의 사랑을 얻게 되었는지, 그녀는 제 사랑을 어떻게 얻게 되었는지에 대해서 말씀드리겠습니다.

공작 : 오셀로, 이야기하시오.

오셀로 : 그녀의 아버님은 저를 아껴주셨습니다. 가끔 저를 집으로 초대해서 그동안 제가 겪어온 전투와 개인적 신상에 관한 이야기, 이런저런 행운에 관한 이야기들을 묻곤 하셨지요. 그래서 저는 어렸을 때의 이야기에서부터 의원님께서 듣고 싶어 하시는 일까지 빼놓지 않고 말씀드렸습니다. 바다나 육지에서 벌어졌던 무시무시한 모험과 사건들, 성벽의 틈새를 통해 구사일생으로 탈출한 이야기, 잔인한 적의 포로가 되어 노예로 팔려 갔다가 몸값을 치르고 겨우 풀려났던 이야기, 그 후 여러 나라를 방랑하며 겪었던 이야기, 거대한 동굴과 불타는 사막, 깎아지른 듯한 낭떠러지와 하늘까지 닿을 듯한 산과 봉우리 등에 관한 이야기를 모두 해드렸습니다.

그밖에도 서로를 잡아먹는 식인종들과 어깨 밑에 머리가 달린 괴물들에 관한 이야기도 해드렸지요. 이런 얘기에 데스데모나는 열심히 귀를 기울였습니다. 집안일 때문에 자주 자리를 뜨곤 했지만 그녀는 재빠르게 해치우고 돌아와서는 눈을 반짝이며 제 이야기에 귀를 기울이곤 했습니다. 저는 그것을 깨닫고 적당한 기회를 잡아 그녀가 몸이 달아서 이야기를 부탁하도록 유도했습니다. 마침내 그녀는 지난날 저의 여행 이야기를 단편적으로 하지 말고 정리하여 하나하나 모두 들려달라고 했습니다. 물론 저도 승낙했습니다. 젊었을 때 고생하던 비참한 얘기에 그녀는 눈물을 흘리곤 했습니다. 얘기가 끝나자 그녀는 저의 수난을 동정하고 깊은 한숨을 내쉬더군요. 너무나 신기하다느니, 상상도 못 할 이야기라느니, 가슴 아픈 일이라느니 하면서 관심을 보이더군요. 차라리 듣지 않았으면 좋았을 거라고 말하면서도 하늘이 그런 사람을 인연으로 주었으면 좋겠다고 말했습니다. 그녀는 제게 고마워하면서 만일 제 친구 가운데 자기를 좋아하는 사람이 있다면 그에게 이야기하는 법만 가르쳐주라고 하더군요. 자기 마음을 주겠다고 말입니다. 저는 이 암시에 용기를 얻어 사랑을 고백했던 것입니다. 그녀는 제가 겪은 그 위험을 이겨낸 저를 사랑하게 됐습니다. 저 역시 제게 깊은 동정심을 보여준 그녀가 좋아졌습니다. 이것이 바로 제가 사용한 유일한 마술입니다. 그녀가 왔습니다. 그녀에게 직접 물어보십시오.

데스데모나, 이아고, 시종들 등장.

공작 : 그런 얘기를 들으면 내 딸이라 해도 마음이 흔들렸을 것이오.

브라반쇼 의원, 이왕 일이 이렇게 되었으니 최선의 방법으로 일을 해결하는 것이 어떻소? 사람이란 맨주먹보다는 부러진 칼이라도 있는 게 낫다는 말도 있지 않소.

브라반쇼 : 우선 제 딸의 말을 들어주십시오. 만약 딸애가 좋아서 한 짓이라면 저 사람을 욕되게 한 본인을 처벌해주십시오. 얘야, 여기 계신 여러 어르신들 앞에서 묻겠는데 너는 누구에게 가장 순종해야 한다고 생각하느냐?

데스데모나 : 아버님, 저에게는 두 가지 의무가 있다고 생각합니다. 저를 낳아주시고 길러주신 은혜에 대한 의무를 저버리지 않는 것입니다. 아버님은 저에게 은혜를 베풀어주신 분이니 제 모든 의무의 주인이십니다. 그러므로 어느 누구보다도 아버님을 가장 존경합니다. 지금까지 저는 아버님의 딸이었으니 당연한 의무이기도 합니다. 하지만 지금은 여기에 남편이 있습니다. 어머님께서 아버님을 외할아버지보다 더 소중하게 여기셨듯이 저도 아내로서 남편인 오셀로 님을 지성껏 섬기겠습니다.

브라반쇼 : 네 멋대로 해라. 공작님, 이제 회의를 진행시켜주시기 바랍니다. 자식을 낳느니 차라리 얻어다 기르는 편이 나을 뻔했군. 이리 오게, 무어. 아직 자네의 것이 아니라면 단호히 거절하겠네만 이렇게 된 바에야 할 수 없는 일! 너 말고 다른 자식이 없는 것이 천만다행이구나. 만일 다른 자식이 있었다면 도망간 너로 하여 포악해진 나의 마음이 그 아이에게 족쇄를 채웠을지도 모르니 말이다. 제 용무는 다 끝났습니다.

공작 : 나도 충고 한마디 하겠소. 내 말이 씨가 되어 두 분이 화해할 수도 있는 일. 슬퍼하는 것도 희망이 있을 때 가능한 일이오. 일이란 끝나면 그것으로 모든 것도 함께 정리되어야 하오. 끝난 일에 미련

을 두고 한탄하는 건 새로운 슬픔을 불러일으킬 뿐이라오. 운명이 불행을 안겨주었을지라도 참으면 그 상처를 웃으며 극복할 수도 있는 것이오. 도둑을 맞아도 웃는 사람은 오히려 도둑으로부터 다시 빼앗아 올 수 있지만 마냥 슬픔에 잠겨 있으면 자기 자신마저 잃어버리게 되지요.

브라반쇼 : 키프로스 섬을 터키 놈들에게 빼앗기고도 우리 쪽이 웃고만 있으면 빼앗긴 것이 아니라는 말씀입니까? 충고도 충고 나름으로, 견딜 것이 없는 사람에겐 마음의 위로가 될지 모르지만 인내할 수 없을 만큼 큰 슬픔에 빠져 있는 사람에겐 거북한 말에 불과합니다. 어쨌든 교훈이란 달고 쓴 양면이 있어서 아무렇게나 편리하게 쓸 수 있습니다. 그러나 말은 어디까지나 말일 뿐입니다. 상처 입은 심장이 귀를 통해 치유됐다는 얘기는 들어본 적이 없습니다. 이제 국사에 관해 진행하시지요.

공작 : 터키 군은 강대한 군비를 갖추고 키프로스 섬으로 향하고 있소. 오셀로 장군, 그 섬의 요새는 누구보다도 장군이 잘 알고 있을 것이오. 임시로 가장 유능한 자를 총독으로 그곳에 파견했지만 여론은 꼭 장군이 가야만 안심이 된다는 거요. 그러니 미안한 일이긴 하지만 신혼의 달콤한 행복을 잠시 멀리하고 이 어렵고 살벌한 토벌 작전에 참가해줘야겠소.

오셀로 : 여러 의원님들, 습관의 힘은 무서운 것이라 험한 싸움터의 불편한 잠자리도 저에게는 최고의 잠자리처럼 포근합니다. 어려운 일이 있을 때 보고만 있지 못하는 것이 이 사람의 성미이니, 터키와의 이번 전쟁은 제가 맡기로 하겠습니다. 다만 한 가지 간청이 있으니 그것은 이 사람의 아내를 잘 보살펴달라는 것입니다. 그녀의 가문과 환경에 부끄럽지 않을 정도의 거처를 마련해주시고, 재

정적 지원과 함께 뒷바라지할 사람을 붙여주시기 바랍니다.

공작 : 그대가 괜찮다면 그녀의 아버지께 부탁하는 것이 어떻겠소?

브라반쇼 : 그건 사양하겠습니다.

오셀로 : 이 사람도 원치 않습니다.

데스데모나 : 저 역시 싫습니다. 아버님 댁에 살면서 심려를 끼쳐드리고 싶지 않습니다. 자비로우신 공작님, 제 말을 들어주십시오. 비록 말솜씨가 서툴러 부족한 점이 있더라도 너그럽게 접어두시고 제 소원을 들어주십시오.

공작 : 소원이 무엇인가? 말해보라.

데스데모나 : 제가 무어 장군과 함께 살고 싶어 하게 된 것은, 이미 세상이 다 알다시피 모든 것을 버리고 운명의 사나운 물결 속에 몸을 던진 것은 오직 사랑 때문이었습니다. 그건 제가 오셀로 장군의 인품과 직책을 잘 알기 때문에 가능했습니다. 그의 마음속에서 그의 훌륭한 모습을 보았고 그분의 명예와 용감한 무훈을 잘 알고 있었기에 서슴지 않고 제 마음과 운명을 바쳐 아내가 됐습니다. 그러니 여러 의원님들, 남편이 전쟁터에 나가 있는 동안 저만 뒷전에 남아 안일한 생활을 누린다면 아내로서의 사랑과 의무를 이행하는 것이 아니며, 또한 저는 무거운 기분으로 쓸쓸함을 이겨내야 합니다. 그러니 부디 같이 가도록 허락해주십시오.

오셀로 : 아내의 청을 들어주십시오. 하늘에 맹세컨대 이는 결코 저 자신의 욕망을 채우기 위해서가 아닙니다. 혈기왕성한 나이도 지나버린 저에게 욕정 따윈 이미 없습니다. 그렇다고 남편의 도리를 내세워 억지를 부리는 것도 아닙니다. 오직 아내의 소원을 들어주고 싶어서입니다. 설령 같이 있다고 해서 국사를 소홀히 하는 일은 결코 없을 것입니다. 만일 날갯짓을 하는 큐피드의 들뜬 장난에 휘말

려 임무를 그르친다면 저의 투구를 아낙네들에게 주어 냄비 대신 쓰게 하셔도 좋습니다. 온갖 수치스럽고 비천한 오명으로 제 명예를 더럽히셔도 상관없습니다.

공작 : 남겨 두든 데리고 가든 장군 뜻대로 하시오. 사태가 매우 긴박하니 급히 출발하기 바라오.

의원 1 : 오늘 밤이라도 당장 떠나시오

데스데모나 : 오늘 밤에 떠나란 말입니까?

공작 : 오늘 밤 당장.

오셀로 : 네, 그렇게 하겠습니다.

공작 : 그럼 내일 아침 9시에 다시 모입시다. 오셀로 장군, 장교를 한 명 남겨두고 가시오. 임명장을 그의 편에 보내겠소. 그 밖에 이 임무에 필요한 서류도 함께 전하리다.

오셀로 : 그럼 저의 기수를 남겨두겠습니다. 충직하고 믿음직한 사람입니다. 아내의 경호도 기수에게 맡기겠습니다. 필요한 것은 기수 편에 전해주십시오.

공작 : 그렇게 하시오. 이제 모두 편히 쉬시오. (브라반쇼에게) 브라반쇼 의원, 덕이 있으면 인물도 빼어난 법이오. 경의 사위는 피부는 검지만 인물은 잘났소이다.

의원 1 : 용감한 무어 장군, 잘 다녀오시오. 부인을 잘 보살펴주시고.

브라반쇼 : 눈이 제대로 박혔거든 내 딸을 잘 지켜보게. 아비를 속인 년이 남편인들 못 속이겠는가. (공작, 의원들, 시종들 퇴장)

오셀로 : 아내의 정절에 이 목숨을 걸겠소! 충직한 이아고, 내 아내를 부탁하네. 자네 부인이 시중들도록 해주고 형편이 나아지는 대로 그들과 함께 오게. 자, 데스데모나. 함께 사랑을 나눌 시간도, 여러 가지 일을 의논할 시간도 한 시간밖에 없구려. 어쨌든 시간만은 엄

수해야 하오. (오셀로, 데스데모나 퇴장)

로데리고 : 이아고!

이아고 : 왜 그러십니까?

로데리고 : 어떻게 했으면 좋겠나?

이아고 : 어떻게 하다니요? 가서 주무세요.

로데리고 : 당장 물에 빠져 죽고 싶네.

이아고 : 그런 짓을 하시겠다면 앞으로 인연을 끊읍시다. 어리석게 굴
　　지 마세요.

로데리고 : 사는 게 고통일 바에야 차라리 죽는 게 낫지. 죽는 것이 고통
　　을 잊는 약이 된다면 죽는 처방을 써달라고 하는 게 좋을 것 같아.

이아고 : 별소리를 다 하시네! 나는 28년간 세상 구경을 해봤지만 손해
　　와 이익을 구별하기 시작한 이래로 제 자신을 진정 아낄 줄 아는 놈
　　을 본 적이 없습니다. 그까짓 계집년 하나 때문에 물속에 뛰어들
　　바에야 차라리 인간 세상을 하직하고 원숭이가 되는 게 낫지요.

로데리고 : 어떻게 하면 좋겠나? 멍청하게 혼자서 좋아하다가 이렇게
　　당하다니. 수치스럽기 그지없군. 하지만 천성이 그런 걸 어떡하나.

이아고 : 천성이요? 나 원, 이렇게 되건 저렇게 되건 다 자기 탓입니다.
　　사람의 몸이 정원이라면 우리의 의지는 정원사인 셈이지요. 쐐기
　　풀을 심건, 상추를 심건, 우슬초를 심고 백리향은 뽑아버리건, 한
　　가지 풀만 기르건, 여러 가지 풀을 섞어서 심건, 내버려둬서 시들
　　게 하건, 부지런히 거름을 주건, 잘 되건 못 되건 다 우리의 의지가
　　시키는 대로 되는 것입니다. 인생을 저울에 비유해보세요. 한쪽에
　　정욕의 접시가 매달려 있는데 다른 쪽에 매달린 이성의 접시가 균
　　형을 맞춰주지 않는다면 추한 결과만 생길 겁니다. 그러나 다행히
　　우리에게는 이성이 있어서 충동적인 색정이나 터질 듯한 정욕을

억제할 수 있지요. 당신이 말하는 사랑도 결국 이런 욕망의 한 부분이라 이 말입니다.

로데리고 : 그런 건 아니야.

이아고 : 단지 욕정이 끓어오르고 의지력이 느슨해졌을 뿐. 정신 차리세요! 물에 빠져 죽겠다구요? 어리석은 짓일랑 고양이나 눈먼 강아지한테나 시키세요. 내가 당신 친구라면서요? 밧줄로 내 몸을 당신에게 단단히 묶어서 봉사할 생각입니다. 지금이야말로 당신에게 좋은 일을 할 수 있는 기회입니다. 주머니에 돈이나 듬뿍 넣어 싸움터로 같이 갑시다. 가짜 수염을 붙이고 변장하면 아무도 우리를 몰라볼 겁니다. 다시 말하지만 돈을 두둑하게 가져가야 합니다. 데스데모나라고 언제까지나 무어에게 사랑을 바치지는 않을 겁니다. 주머니에 돈이나 챙겨두세요. 무어 놈이 데스데모나를 대하는 것도 마찬가지일 겁니다. 시작이 뜨거웠으니 빨리 식겠지요. 주머니에 돈이나 두둑이 마련하세요. 무어 족속들이란 변덕이 심한 놈들이지요. 돈주머니에 돈을 가득 채우세요. 지금은 꿀맛같이 달콤하지만 머잖아 쓰다고 뱉어버릴 놈이지요. 그녀도 젊은 남자한테 꼬리를 칠 겁니다. 그 녀석의 몸뚱이에 싫증이 나면 후회하고 갈아치울 거란 말입니다. 틀림없어요. 그러니 주머니에 돈을 꾹꾹 눌러 담아가세요. 자기혐오 때문에 죽고 싶다고 물속에 몸을 던지다니요! 머리를 쓰세요. 돈을 있는 대로 모두 긁어모아 두세요. 집도 없는 떠돌이 야만인과 간사한 베니스 계집과의 혼례와 서약쯤이야 그럴듯해 보이지만 실제로는 위태롭기 그지없지요. 내 지혜와 지옥의 악마를 동원해 끊어놓겠습니다. 그 계집을 마음 놓고 즐길 수 있게 해드리지요. 그러니까 돈을 마련하세요. 물속에 뛰어들다니, 어림없는 소리! 여자도 없이 혼자 쓸쓸하게 물에 빠져 죽느

니 실컷 재미나 본 후 교수형 당하는 게 낫죠.

로데리고 : 자네 말대로 하면 내 소원은 이루어지겠지?

이아고 : 걱정하지 마세요. 가서 돈이나 만들어 오세요. 여러 번 되풀이해서 말하지만 난 무어 놈을 증오합니다. 내 원한은 뿌리가 깊어요. 당신도 마찬가지겠죠? 우리 둘이서 손잡고 그놈을 해치워버립시다. 당신이 무어 놈의 아내를 가로챌 수 있다면 당신에겐 즐거움이 되고 나에겐 위안이 됩니다. 이렇게 꾸민 일들은 달이 차면 시간이라는 자궁 속에서 세상으로 나오게 마련이죠. 자, 전진! 어서 가서 돈이나 마련하세요. 내일 아침 만나서 다시 얘기합시다. 그럼이만.

로데리고 : 내일 아침 어디서 만날까?

이아고 : 내 숙소에서.

로데리고 : 아침 일찍 가겠네.

이아고 : 좋습니다. 가보세요. 아, 잠깐만, 로데리고.

로데리고 : 왜?

이아고 : 물에 빠져 죽을 생각일랑 하지 마세요, 알았죠?

로데리고 : 생각을 돌렸네.

이아고 : 잘 생각하셨습니다. 안녕히 가세요. 돈주머니나 두둑하게 마련하세요.

로데리고 : 내 땅을 몽땅 팔 생각이네. (퇴장)

이아고 : 이렇게 해서 바보 녀석의 돈을 털어먹는 거지. 저런 멍청이를 상대로 시간을 낭비하느니 돈이나 실컷 챙겨야 한단 말이야. 그러지 못한다면 여태 간직해온 내 지혜의 위신에 먹칠을 하는 거란 말이야. 어쨌든 나는 무어 놈을 증오해. 그리고 소문에 의하면 그자가 내 이불 속으로 파고들어 내 아내와 무슨 짓을 했다는데……

사실인지 아닌지 알 수는 없지만 그런 소문을 들은 이상 혐의만 가지고도 복수하지 않으면 직성이 풀리지 않지. 그 녀석이 날 굳게 믿고 있으니 그것만으로도 그놈을 해치우기에는 유리한 조건이야. 하지만 카시오란 녀석은 쉽지 않아. 그 녀석 지위를 뺏고 나의 한을 씻어야 하는데……. 그렇게 되면 꿩 먹고 알 먹는 격인데 어떻게 한다? 그래! 시간이 좀더 지나면 오셀로에게 고자질하는 거야. 카시오란 자가 부인하고 그렇고 그런 사이라고 말이야. 카시오는 인물도 좋겠다, 유순하겠다, 의심받기엔 안성맞춤이지. 기생오라비처럼 생겨먹었으니까. 무어 놈은 시원시원하고 정직한 성질이라 겉으로만 충실한 척해도 속아 넘어갈 위인이니 당나귀 코 끌고 다니듯 조종할 수 있어. 좋아! 그렇게 하는 거야. 지옥과 어둠이 괴물 같은 재앙을 탄생시키는 것을 지켜보는 거야. (퇴장)

제2막

제2막 1장 　 **키프로스 섬의 항구. 부두 부근의 빈터**

몬타노, 시종 두 사람 등장.

몬타노 : 바다 위에 무엇이 보이는가?

시종 1 : 아무것도 안 보입니다. 파도뿐입니다. 하늘과 바다 사이에 돛
　　 대 하나 보이지 않습니다.

몬타노 : 이제 육지에서도 바람이 불기 시작하는구나. 성벽이 이처럼
　　 거세게 흔들린 적은 없었는데. 바다에서도 바람이 이렇게 심하다
　　 면 참나무로 된 배의 서까래도 산더미 같은 파도에 박살이 나지 않
　　 았을까? 무슨 일이 생기지는 않았는지 궁금하군.

시종 2 : 아마 터키 함대도 산산이 흩어졌을 겁니다. 해변에 나가봤더
　　 니 파도가 어찌나 사나운지 마치 구름을 칠 듯했습니다. 물결은 무

시무시하게 흔들리며 불덩이 같은 작은곰자리에 물을 끼얹을 듯했습니다. 한자리에서 꼼짝하지 않고 있는 북극성을 지키는 저 별들을 삼켜버릴 것 같은 기세로 말입니다. 이렇게 광란하는 바다를 보는 건 처음입니다.

몬타노 : 터키 함대도 항구로 피난하지 않았다면 아마도 침몰했을 것이다. 저 폭풍에 무사할 수는 없지.

시종 3 등장.

시종 3 : 새로운 소식입니다! 전쟁은 끝났습니다. 무시무시한 폭풍우가 터키 함대를 박살내버렸습니다. 결국 그놈들의 야욕은 무산되고 말았습니다. 베니스에서 온 우리 군함이, 조난당해 부서진 채 파도 위에 흩어져 있는 적의 함대를 목격했답니다.

몬타노 : 그게 사실이냐?

시종 3 : 우리 군함, 베로나호가 입항했습니다. 용감한 무어인 오셀로 장군은 아직 해상에 있지만 그의 부관 마이클 카시오는 벌써 상륙했답니다. 장군께서 이 키프로스 섬 수비의 전권을 위임받았다고 하더군요.

몬타노 : 그거 잘됐군. 총독으로는 아주 적임이지.

시종 3 : 그런데 카시오는 터키 함대의 전멸을 기뻐하면서도 무어 장군이 무사한지 몹시 걱정하고 있습니다. 사나운 폭풍우 속에서 서로 헤어지게 되었다는군요.

몬타노 : 무사해야 할 텐데……. 나도 전에 그분을 모신 적이 있지. 장군다운 위대한 풍모를 가진 분이셨다. 자, 함께 바다로 가보자! 입항하는 배를 맞이하고 동시에 파란 바다와 푸른 하늘을 구분조차

할 수 없을 때까지 눈을 부릅뜨고 용감한 오셀로 장군을 찾아보세.

시종 3 : 그럼 가시죠. 이렇게 머뭇거리는 동안에 벌써 함선이 들어와 있을지도 모릅니다.

카시오 등장.

카시오 : 이 요새를 잘 지켜주신 용감한 당신이 무어 장군을 그렇게 염려해주시니 고맙기 그지없습니다. 오, 하늘이여, 장군님을 이 풍파로부터 지켜주십시오! 사납게 날뛰는 바다에서 그만 장군님을 잃어버렸습니다.

몬타노 : 장군의 배는 튼튼합니까?

카시오 : 그야 물론 튼튼하죠. 조타수들도 경험이 많고 노련한 자들입니다. 마음에 걸리긴 합니다만 큰 걱정은 하지 않아도 될 겁니다. (안에서 "배다, 배다, 배가 들어온다!" 하는 고함 소리) 무슨 소립니까?

전령 등장.

전령 : 거리는 텅 비었습니다. 사람들이 바닷가로 몰려가서 "배가 보인다!"라며 야단법석입니다.

카시오 : 틀림없다. 총독님의 배일 것이다. (예포 소리)

시종 2 : 예포를 발사했습니다. 아군의 배인 게 분명합니다.

카시오 : 자네가 가서 알아보게. 누가 도착했는지 궁금하군.

시종 2 : 알겠습니다. (퇴장)

몬타노 : 부관, 장군께선 결혼하셨소?

카시오 : 행운을 타고난 분입니다. 말로는 표현할 수 없고 어떠한 찬사

의 글로도 다 표현할 수 없는 훌륭한 부인을 맞이하셨으니 말입니다. 어떤 문장으로도 표현할 수 없고, 어떤 붓으로도 그려내지 못할 만큼 아름다운 분입니다. (시종 2 재등장) 어찌 되었느냐? 누가 입항했다더냐?

시종 2 : 장군의 기수인 이아고입니다.

카시오 : 다행히도 빨리 도착했군. 폭풍우도, 거친 바다도, 울부짖던 바람도, 죄 없는 배를 좌초시키는 암초와 모래도 아름다움을 보는 눈은 있어서 죽음의 본성을 내버리고 데스데모나 부인을 무사히 통과시켜주었구나.

몬타노 : 그분이 누구요?

카시오 : 방금 말씀드린, 장군 중의 장군, 오셀로 장군의 부인입니다. 용감한 아이고에게 호위해줄 것을 부탁했는데, 예상보다 일주일이나 빨리 도착했군요. 신이여, 오셀로 장군을 지켜주소서! 돛에 가득 바람을 받게 하시어 위풍당당하게 이 항구에 들어오도록 해주소서. 데스데모나의 품 안으로 하루속히 오게 하시고, 침체된 우리에게 사기를 불어넣어 주시고, 키프로스 섬에 축복을 내려주소서! (데스데모나, 에밀리아, 이아고, 로데리고 등장) 오, 보십시오, 이 배의 보물이 상륙하고 계십니다! 키프로스 섬의 주민 여러분, 부인께 인사드리시오. 부인, 환영합니다! 하늘의 은총이 사방에 두루 퍼져 부인을 감싸주시기 축원합니다.

데스데모나 : 고마워요, 카시오 부관님. 장군의 소식은 들으셨나요?

카시오 : 아직 도착하지 않았습니다만, 너무 걱정하지 마십시오. 곧 도착하실 겁니다.

데스데모나 : 하지만 걱정스럽군요. 어떻게 해서 두 분은 서로 헤어지게 되셨나요?

카시오 : 바다와 하늘이 서로 지지 않으려고 싸우는 등쌀에 그만 떨어지게 됐습니다. (안에서 "배다, 배야!" 하는 고함 소리. 이어서 예포 소리) 아, 저 소리! 배가 왔군요.

시종 2 : 성을 향해 예포를 쏘고 있습니다. 이번에도 아군 함선입니다.

카시오 : 가서 알아봐라. (시종 2 퇴장) 기수, 잘 왔소. (에밀리아에게) 부인도 잘 오셨소. 이아고, 내가 지나치게 예절을 갖춘다고 화내지는 말게. 거창하게 인사 올리는 것이 내 방식의 예절일세. (에밀리아에게 키스한다)

이아고 : 늘 주절거리는 제 아내의 혓바닥에 전 질려 있습니다. 제 아내가 입술을 그런 식으로 자주 놀려댄다면 아마 부관께서도 진저리를 내실 겁니다.

데스데모나 : 저런, 별로 말이 없었는데.

이아고 : 그건 모르시는 말씀이십니다. 너무 말이 많답니다. 심지어 제가 잠들어도 입을 다물지 않지요. 지금이야 부인 앞이라 혓바닥을 가슴속에 말아 넣고 있지만 속으로는 종알대고 있을 겁니다.

에밀리아 : 사람 잡겠네.

이아고 : 당신이란 사람은 바깥에선 그림처럼 얌전하지만, 방 안에 들어서기만 하면 종소리처럼 시끄러워지고, 부엌에선 살쾡이처럼 사납지. 나쁜 짓을 하고도 성자인 양 시치미를 떼고, 화가 났다 하면 마귀가 따로 없으며, 집안일에는 한없이 게으르면서도 이불 속에선 부지런하고.

데스데모나 : 저런, 험담이 지나치군!

이아고 : 사실입니다. 그렇지 않다면 저는 터키 놈처럼 형편없는 작자지요. 당신이란 여자는 일어나면 빈둥거리고, 이불 속에 들어가야 부지런을 떠는 게 사실이잖아.

에밀리아 : 칭찬하는 법이 없지요.

이아고 : 당연하지!

데스데모나 : 나를 칭찬한다면 뭐라고 할 텐가?

이아고 : 부인, 그것만은 거두어주십시오. 저는 입만 열었다 하면 트집 잡는 것밖에 모르는 사람입니다.

데스데모나 : 그래도 말해보게. 그런데 항구엔 누가 갔나?

이아고 : 네, 나갔습니다.

데스데모나 : (방백) 재미는 없지만, 재미있는 척 들어봐야겠어. 어떤 말로 나를 칭찬할 텐가?

이아고 : 좋습니다. 그런데 멋진 표현이 옷에 붙은 끈끈이처럼 머릿속에 딱 달라붙어서 떨어지지 않는군요. 억지로 잡아떼면 뇌 속의 골이 쏟아질 것 같아 곤란하지요. 가만, 시적 영감이 태어나려고 진통을 시작했어요. 자아, 태어났습니다. "여자가 아름답고 현명하다면 미와 재기를 갖추었다는 것이니, 재주는 미모를 이용하고 미모는 재능에 이용될 것이다."

데스데모나 : 멋지구나! 그런데 아름답지는 않지만 총명한 여자는 어떻게 되겠나?

이아고 : 못생겨도 슬기만 있다면 머리를 짜내어 그 얼굴에 알맞은 사내를 찾을 겁니다.

데스데모나 : 점점 나빠지는구나.

에밀리아 : 얼굴은 예쁘지만 우둔하다면?

이아고 : 얼굴이 예쁜 여자는 바보라고 할 수 없습니다. 어쨌거나 자식을 얻을 수 있으니까요.

데스데모나 : 선술집에서 바보들이나 웃길 얘기구나. 얼굴도 못생긴 데다 우둔하다면 얼마나 지독한 칭찬을 할 텐가?

이아고 : 못생기고 바보인 여자의 장난은 예쁘고 슬기 있는 여자의 음탕한 장난에는 미치지 못하지요.

데스데모나 : 엉터리! 가장 형편없는 것을 제일 좋다고 칭찬하다니. 그러면 정말 훌륭한 여자는 뭐라고 칭찬할 텐가? 아무리 악의를 품은 사람이라도 칭찬하지 않을 수 없는 그런 여자 말일세.

이아고 : 아름다우면서도 교만하지 않고, 말솜씨도 훌륭하지만 떠벌리지 않고, 충분히 돈이 많아도 사치하지 않고, 하고 싶은 것이 많아도 절제하고, 원수를 갚을 수 있지만 인내하며, 대구 대가리를 연어 꽁지와 바꾸지 않는 분별이 있지만 아는 체하지 않고, 꽁무니를 따라 다니는 남자들은 거들떠보지도 않는 여자, 그런 여자가 있다면…….

데스데모나 : 그런 여자를 칭찬한다면 뭐라고 할 텐가?

이아고 : 바보 같은 자식새끼에게 젖이나 빨리고 가계부나 적고 있으면 제격일 겁니다.

데스데모나 : 빈약하고 무기력한 결론이군. 에밀리아, 아무리 남편이라지만 저 말을 곧이 듣지 마라. 카시오 부관님, 저자는 정말 저속하고 무례한 사람이군요.

카시오 : 말씀하신 대로입니다. 이아고를 학자라기보다는 싸움하는 군인이라고 생각하시면 그의 말이 재미있게 들리실 겁니다.

이아고 : (방백) 저 자식, 부인의 손을 잡는군. 그래, 귓속말로 속삭여라! 거미줄을 쳐서 네놈이라는 왕파리를 잡을 것이다. 옳지, 여자를 향해 눈웃음쳐라! 너의 예절을 미끼로 네놈을 낚겠다. 그렇지, 키스나 해라. 지금이야 신사인 척 그렇게 으스대고 있지만 내 계략으로 부관 자리에서 내쫓기고 나면 후회하게 될 거다. 그렇게 자주 키스하지 말았어야 했다고. 옳지, 잘한다! 멋진 키스군! 훌륭한 솜

씨야! 됐어. 그녀의 네 손가락에 또 입술을 댔겠다! 차라리 관장기를 갖다 댔으면 좋았을 걸. (안에서 나팔 소리) 무어 장군입니다! 나팔 소리만 들어도 알 수 있지요.

카시오 : 정말 그런 것 같습니다.

데스데모나 : 어서 그분을 마중하러 나갑시다.

카시오 : 보세요. 벌써 오십니다.

오셀로, 시종들 등장.

오셀로 : 오, 아름다운 나의 동지!

데스데모나 : 사랑하는 오셀로!

오셀로 : 당신이 나보다 먼저 와 있는 걸 보니 놀랍기도 하지만 정말 기쁘오. 오, 이 기쁨! 폭풍이 지나간 뒤 이렇게 고요함이 온다면 송장도 놀라 깨어날 만큼 바람이 몰아쳐도 좋고 산 같은 파도에 배가 올림포스 산만큼 높이 치솟았다가 천국에서 지옥으로 곤두박질치듯 떨어져도 좋소. 나는 지금 죽는다고 해도 여한이 없을 것 같소. 남은 생에 이러한 기쁨은 두 번 다시 찾아오지 않으리라는 느낌이 드는구려.

데스데모나 : 신이여, 저희의 사랑과 기쁨이 날이 거듭할수록 더욱 깊어지게 하소서.

오셀로 : 신이여, 부디 그렇게 해주소서! 이 벅찬 기쁨을 어찌 다 말로 하겠소? 가슴에 꽉 찬 이 기쁨을 어떻게 표현해야 할지 모르겠구려. 키스, 이 키스가 우리 두 사람의 가장 큰 불협화음이기를.

이아고 : (방백) 흥, 지금은 장단이 잘 맞는군. 하지만 내가 그 장단의 조화를 깨뜨려놓을 테다. 두고 보라지. 틀림없이 그렇게 될 테니.

오셀로 : 자, 성 안으로 들어갑시다. 여러분, 기쁜 소식이오. 전쟁은 끝 났소. 터키 군은 바닷속에 침몰했소. 이 섬에 있는 나의 옛 친구들 은 어떻게 지내고 있소? 여보, 키프로스 섬이 당신을 환영해줄 거요. 나 역시 애정 넘치는 환영을 받았소. 아, 너무 기쁜 나머지 혼 자서 쓸데없이 지껄었구려. 이아고, 수고스럽지만 부두로 가서 내 짐을 가져다주게. 그리고 선장을 성 안으로 안내하고. 훌륭한 사람 이야. 존경할 만한 인물이지. 자, 데스데모나, 키프로스 섬에서 다 시 만나다니 정말 기쁘오! (이아고와 로데리고를 제외하고 모두 퇴장)

이아고 : (퇴장하는 시종에게) 나도 곧 갈 테니 선창에서 만납시다. (로데 리고에게) 용기를 내요. 변변치 못한 사람도 연애를 하면 용기가 생 긴다고 하지 않습니까. 잘 들어요. 부관은 오늘 밤 초소에서 야경 을 하게 돼 있어요. 아, 그전에 한마디 일러두자면 데스데모나는 그자한테 홀딱 빠져 있어요.

로데리고 : 그자한테? 그럴 리가.

이아고 : 손가락을 입에 대고 곰곰이 생각해보세요. 그 여자가 무어인 을 사랑하게 된 건 그 녀석의 허풍과 거짓말에 넋을 잃었기 때문이 에요. 당신 정도의 분별 있는 사람이라면 알 수 있겠지만 그까짓 허풍에 언제까지 반하고 있겠어요? 그 여자도 눈요기는 해야 하는 데 그런 시커먼 악마의 낯짝에 언제까지나 만족할 수 있겠어요? 즐거움이 사라지고 열정이 식으면 다시 불을 댕겨 욕망을 만족시 켜줄 얼굴도 잘생기고, 나이나 거동, 풍채도 멋진 남자가 필요하지 요. 그런데 무어 녀석은 모든 게 걸맞지 않거든. 필요한 조건이 충 족되지 않으면 그녀의 섬세한 마음은 속았다고 느끼고 그가 보기 싫어질 겁니다. 그렇게 되면 본능이 이끄는 대로 다른 남자가 그리 워질 것이고. 그래서 말인데, 바로 그때 카시오가 아니면 누가 그

행운을 차지하겠어요? 그 녀석은 입심도 좋겠다, 머리도 보통이 아니지요. 게다가 바람둥이거든. 음탕한 놈. 겉으로는 예의 바른 척, 친절한 척하지만, 제 욕심을 채우기 위해서라면 양심은 얼마든지 내버릴 수 있는 녀석이지요. 그러니 그자 말고 누가 있겠어, 없지! 능글맞고 간사한 놈, 기회주의자. 좋은 기회가 오지 않으면 억지로라도 기회를 만들어 제 잇속을 채울 악당. 게다가 얼굴도 잘생겼겠다, 나이 젊겠다, 풋내기 계집들한테 사랑받을 수 있는 조건은 모두 갖추고 있거든. 빈틈없는 악당이지. 그런데 벌써 그 여자는 그 녀석한테 눈독을 들이고 있단 말입니다.

로데리고 : 믿어지지 않아. 그저 착하고 청순한 여자인 줄만 알았는데.

이아고 : 착하고 청순! 웃기시네. 그 여자가 마시는 술도 우리가 마시는 술처럼 포도로 만든 것이긴 하죠. 그렇게 청순하고 착한 여자가 왜 하필 무어 놈한테 반했을까요? 그 녀석의 손바닥을 어루만지는 걸 보지 못했어요?

로데리고 : 보기는 했지. 하지만 그야 예의상 그랬겠지.

이아고 : 아니, 음탕한 행동이었지요. 추잡하고 음탕한 이야기의 서막이 열리고 있어요. 입술과 입술이 맞닿을 정도로 얼굴을 가까이 대고 서로의 숨결로 포옹을 나누더군요. 음탕한 짓이에요. 처음에는 그렇게 다정하게 수작을 주고받다가, 그다음엔 본격적으로 가까워지거든. 그러고는 한판 하는 거지. 제기랄! 당신을 베니스에서 여기까지 데리고 온 건 납니다. 그러니 내 말을 따르세요. 오늘 밤 당신도 야경을 나가세요. 지시는 내가 하지요. 카시오는 당신을 모르니 근처에 있겠어요. 소리를 지르든지, 욕을 하든지 무슨 수를 써서라도 그때그때 상황에 맞춰서 카시오의 비위를 긁으세요.

로데리고 : 그러지.

이아고 : 그 녀석은 성미가 급하고 신경질적인 놈이라 혹시 당신에게 폭력을 행사할지도 모릅니다. 그러면 때리도록 내버려두세요. 그러면 그걸 트집 잡아 키프로스 섬 전체가 들썩거릴 만큼 큰 소동을 일으켜보겠어요. 카시오를 파직시키지 않고서는 일이 수습되지 않도록 만드는 거죠. 내 계획대로만 되면 당신은 곧바로 소원 성취하게 될 겁니다. 물론 장애물도 효과적으로 없애버릴 수 있지요. 장애물이 있는 한 우리에게 미래는 없어요.

로데리고 : 해보겠네. 기회를 잡을 수 있는 일이라면 기꺼이.

이아고 : 잘될 테니 걱정하지 마세요. 난 오셀로 장군의 짐을 가지러 선창으로 가야 하니 이따가 성에서 만나요. 그럼 이만.

로데리고 : 잘 가게. (퇴장)

이아고 : 카시오는 틀림없이 그 여자한테 반했어. 그 여자가 그놈에게 빠지는 것도 얼마든지 있을 법한 일이지. 무어 녀석 밉상이긴 하지만 성실하고 애정이 깊고 훌륭한 인물인 건 사실이거든. 데스데모나한테는 훌륭한 남편감이지. 하지만 사실 나도 그 여자에게 자꾸 끌린단 말이야. 그렇다고 정욕에 사로잡혀 그러는 것은 아니야. 하기야 그런 속셈이 아주 없는 것도 아니지만, 한편으로는 한을 풀기 위해서라구. 아무래도 음탕한 그 무어 놈이 내 여편네를 건드린 것 같거든. 그 일만 생각하면 독약이라도 마신 것처럼 속이 뒤집혀서 말이야. 피장파장으로 계집을 계집으로 바꾸어 앙갚음하지 않고서는 마음의 응어리가 풀리지 않을 것 같아. 만약 뜻대로 안 되면 무어 녀석의 질투심을 불러일으켜 분별력을 잃게 만들자. 그러려면 이 베니스의 졸장부 녀석의 마음을 잔뜩 달아오르게 해서 펄쩍 펄쩍 뛰게 해야 해. 그리고 귀가 따갑도록 무어한테 카시오의 험담을 퍼부어야지. 그자도 내 침실에서 몰래 재미를 본 것 같으니 죄

책감을 가질 필요는 없어. 어쨌든 무어 녀석이 고마운 마음에 내게 상을 내리겠지. 그러면 그 작자를 바보 취급해서 평화롭던 마음을 들쑤셔 놓고 미칠 지경으로 만들어주겠어. 계략은 세웠지만 아직은 막막하군. 악마의 정체는 일이 끝날 때까지 나타나지 않는 법이지. (퇴장)

제2막 2장 ♦ 광장

전령이 포고문을 들고 등장. 군중들이 뒤따른다.

전령 : 고결하고 용감하신 오셀로 장군의 뜻입니다. 장군께서는 터키 함대가 전멸했다는 통지를 받으시고 승전을 축하하는 파티를 여신답니다. 춤을 추든, 모닥불을 피우든 각자 원하는 대로 마음껏 즐기시기 바랍니다. 승전 축하연과 함께 장군의 결혼 축하연도 있을 예정입니다. 이상 장군의 말씀을 전해드렸습니다. 주방은 전부 개방했으니 다섯 시부터 열한 시 종이 칠 때까지 마음껏 드시고 마시고 즐기십시오. 키프로스 섬과 오셀로 장군에게 축복 있으소서! (모두 퇴장)

제2막 3장 ⚜ 성의 대연회장

오셀로, 데스데모나, 카시오, 수행원들 등장.

오셀로 : 카시오, 오늘 밤 야경을 부탁하네. 적당히 놀고 마시며 떠드
　　　는 건 좋지만, 소동은 일어나지 않도록 조심하게.

카시오 : 이아고가 알아서 잘할 겁니다. 물론 저도 두 눈으로 잘 감시하
　　　겠습니다.

오셀로 : 이아고는 믿을 만한 사람이다. 카시오, 가겠네. 내일 아침 일
　　　찍 만나세, 할 얘기가 있으니. (데스데모나에게) 여보, 이리 와요. 결
　　　혼식도 끝났으니 열매를 거둬야지. 우린 아직 그 즐거움을 가져보
　　　지 못하지 않았소. (카시오에게) 잘 가게. (오셀로, 데스데모나, 수행원
　　　들 퇴장)

이아고 등장.

카시오 : 이아고, 마침 잘 왔군. 둘이서 야경을 봐야겠네.

이아고 : 아직 시간이 남았는데요. 열 시도 안 됐습니다. 장군님께서는
　　　데스데모나 부인과 사랑을 나누시려 일찌감치 들어가버리셨군요.
　　　당연한 일이죠. 결혼 후 아직까지 하룻밤도 함께 지내본 일이 없으
　　　니까요. 주피터 신도 반할 만한 미인을 두고도 말입니다.

카시오 : 정말 빼어난 미인이시지.

이아고 : 귀여운 구석도 있지.

카시오 : 또 얼마나 청순하고 섬세하신가!

이아고 : 눈은 또 어떻습니까! 바라보기만 해도 마음을 빼앗길 것 같더

군요.

카시오 : 매혹적이지. 그러면서도 정숙하고.

이아고 : 목소리는 사랑을 재촉하는 종소리 같지 않습니까?

카시오 : 정말 완벽한 부인이야.

이아고 : 부디 두 사람의 결합에 축복 있으시기를! 부관님, 술을 좀 준비했습니다. 저기 바깥에 키프로스 섬의 젊은이 몇 사람이 흑인 장군 오셀로의 건강을 위해 축배를 올리겠다고 기다리고 있습니다.

카시오 : 오늘 밤은 안 돼, 이아고. 난 술에 약해서 마셨다 하면 금세 취해버린다네. 예절에 어긋나지 않는 다른 환대 방법이 있으면 좋을 텐데.

이아고 : 하지만 우리 친구들이니 한 잔만 드세요! 다음 잔부턴 내가 대신 마시지요.

카시오 : 오늘 밤엔 한 잔밖에 안 마셨는데도 벌써 취하는군. 그나마 물을 타서 마셨는데도 벌써 취기가 도는 것 같네. 이런 약점을 알면서 어찌 더 마실 수 있겠나?

이아고 : 원, 부관님도! 오늘은 잔칫날입니다. 친구들이 원하는데 이러실 겁니까?

카시오 : 그들은 어디에 있나?

이아고 : 문 앞에 있어요. 들어오라고 하세요.

카시오 : 내키지는 않지만 그렇게 하지. (퇴장)

이아고 : 이미 전작도 있으니 이제 한 잔만 더 먹이면 우리 아가씨 댁 강아지처럼 허연 이를 드러내고 으르렁대며 싸우려고 덤비겠지. 그건 그렇고 상사병에 걸려 속이 뒤집힌 얼간이 로데리고도 데스데모나를 위해 축배를 올린답시고 술통이 바닥나도록 마셔대고는 야경을 돈다고 나갔겠다? 키프로스 섬 출신의 젊은 왈패도 세 명

이나 있고, 모두들 한결같이 콧대 세고 명예를 목숨처럼 중히 여기
는 데다 싸움판이라면 빠지지 않는 왈패들이지. 그 작자들도 이미
취했고……. 이 주정뱅이들 사이에 카시오를 몰아넣는 거야. 그러
면 한바탕 싸움이 벌어지겠지. 마침 그들이 오는군. (카시오 등장.
몬타노, 술을 든 시종들 뒤따른다.) 내 계략대로만 일이 진행된다면 내
배는 그야말로 순풍에 돛을 달고 달리는 거다.

카시오 : 정말 못 마십니다. 이미 충분히 마셨는걸요.

몬타노 : 겨우 작은 잔으로 드시고 무슨 말씀이십니까? 군인답게 큰 잔
으로 마셔야죠.

이아고 : 술을 가져오라! (노래한다)

'술잔을 올려라, 쨍그랑 쨍그랑

술잔을 올려라, 쨍그랑 쨍

군인도 사람이다.

일생은 한순간에 불과하니,

마셔라, 마셔, 군인이여.'

여러분! 마셔요, 마셔.

카시오 : 멋진 노래군!

이아고 : 영국에서 배웠죠. 영국 사람들은 정말 술을 잘 마신답니다.
덴마크 사람, 독일 사람, 심지어 배뚱뚱이 네덜란드 사람들도 영국
사람에게는 못 당해요. 마셔요, 마셔!

카시오 : 영국 사람이 그렇게 술을 잘 마신단 말인가?

이아고 : 물론이죠. 덴마크 놈들쯤 이기기는 식은 죽 먹기죠. 독일 놈
들 해치우는 데도 땀 한 방울 안 흘려요. 또 네덜란드 사람이 술에
취해 토하고 있을 때 영국 사람은 이미 잔을 비우고 또 한 잔 걸치
고 있을 정도지요.

카시오 : 장군님을 위하여!

몬타노 : 나도 건배하지. 부관, 당신을 위해 건배!

이아고 : 아, 아름다운 영국이여! (노래한다)

'스티븐 왕은 귀하신 몸

입으신 바지는 1크라운,

6펜스도 비싸다고 생각하시며

양복장이를 호통쳤다네.

높으신 분들도 그렇거늘

비천한 그대는 어림도 없지

사치가 나라를 망치나니

헌 외투로 참고 견딜 수밖에.'

자, 술을 가져와라!

카시오 : 그 노래는 더 멋지구나.

이아고 : 한 번 더 부를까요?

카시오 : 아니네. 그 따위 짓을 하는 자는 왕이 될 자격이 없어. 어쨌든 하느님이 내려다보고 계시니 구원을 받을 자도 있고 못 받을 자도 있겠지.

이아고 : 맞는 말씀입니다, 부관님.

카시오 : 그런데 장군이나 다른 높으신 분들께는 미안한 얘기지만 나는 구원받을 몸이야.

이아고 : 저도 그렇습니다, 부관님.

카시오 : 미안한 말이지만 나보다 먼저는 안 될 걸. 기수보다는 부관이 먼저 구원을 받아야 될 게 아닌가. 이런 얘기는 집어치우세. 자, 우리 임무에 대해 말하겠네. 하느님, 저희의 죄를 용서해주소서! 여러분, 우리의 임무를 잊어서는 안 됩니다. 내가 취했다고 생각해

서는 안 됩니다. 이 사람은 내 기수, 이건 내 오른손, 이건 내 왼손, 난 취하지 않았어. 똑바로 설 수도 있고 혀도 제대로 돌아간단 말씀이야.

일동 : 그럼요. 당연하죠.

카시오 : 그럼 됐어요. 날 취했다고 생각하면 안 돼. (퇴장)

몬타노 : 여러분, 이제 초소로 갑시다. 야경을 돌아야 할 시간입니다.

이아고 : 방금 저쪽으로 나간 친구 보셨습니까? 시저 옆에서 지휘를 해도 조금도 손색이 없는 군인이지요. 그런데 보시다시피 딱 한 가지 나쁜 점이 있답니다. 물론 좋은 점도 있긴 하지만 좋은 점과 나쁜 점이 꼭 반반씩이죠. 오셀로 장군님은 저 사람을 신임하고 계시지만 저런 상태라면 소동을 일으키지 않을까 염려되는군요.

몬타노 : 종종 그런가?

이아고 : 저건 일종의 전주곡이죠. 곧 곯아떨어질 겁니다. 하지만 술에 취하지만 않는다면 시곗바늘이 두 번 돌아가도록 야경을 서도 끄떡없을 사람이죠.

몬타노 : 이 사실을 장군께 귀띔해드리는 게 좋겠군. 아마 모르고 계실 거야. 워낙 성품이 선량하신 분이라 카시오의 장점만 보시고 단점에는 무관심하시니 말이야. 안 그런가?

로데리고 등장.

이아고 : (로데리고에게 방백) 어떻게 된 거요, 로데리고? 빨리 부관 뒤를 쫓아가요. 어서! (로데리고 퇴장)

몬타노 : 유감스러운 일이군. 고귀하신 무어 장군께서 고질병이 있는 사람한테 부관이란 직책을 맡기시다니. 장군께 솔직히 말씀드리

는 게 좋을 것 같네.

이아고 : 이 아름다운 섬을 준대도 저는 그럴 수 없습니다! 전 카시오 님
　을 좋아합니다. 어떻게 해서든 빨리 그 버릇을 고쳐드리고 싶은 생
　각뿐입니다. (안에서 "사람 살려! 하는 고함 소리) 이게 무슨 소리지?

카시오, 로데리고를 쫓아 등장.

카시오 : 에잇, 망할 자식! 불한당 같은 놈!

몬타노 : 왜 그러시오, 부관?

카시오 : 이놈이 건방지게 내게 이래라 저래라 지시하지 않겠소? 이놈
　을 때려 눕혀 술통에 거꾸로 처넣을 테다.

로데리고 : 나를 때리겠다고!

카시오 : 이놈이, 주둥이 닥치지 못해? (로데리고를 때린다)

몬타노 : 이봐요! 부관, 제발 그만두게.

카시오 : 놔요, 나. 놓지 않으면 대갈통을 까부술 테다.

몬타노 : 이봐, 자네 취했군.

카시오 : 내가 취했다고? (두 사람 싸운다)

이아고 : (로데리고에게 방백) 어서 가서 큰일 났다고 외쳐요! (로데리고
　퇴장) 보세요, 부관님. 이봐요! 도와주세요! 부관님! 여보세요, 몬
　타노. 제발 그만두세요! 이런, 야경 참 잘도 보는군! (종소리 울린다)
　누구야, 종을 친 놈이? 망할 자식! 사람들이 다 깨잖아? 제발 부관
　님, 그만두세요. 영원히 후회하실 겁니다.

오셀로, 무기를 든 수행원들 등장.

오셀로 : 무슨 일인가?

몬타노 : 젠장, 피가 멎지를 않는군. 심각하게 다쳤어. 이놈, 죽이고 말테다.

오셀로 : 그만두게!

이아고 : 그만두세요! 부관님, 몬타노, 두 분 모두 직책과 의무를 잊어버리셨나요? 그만두세요! 장군님 말씀이 안 들리십니까? 그만두세요!

오셀로 : 이보게들, 대체 어떻게 된 일인가? 갑자기 터키 놈으로 둔갑하기라도 한 건가? 하늘이 터키 놈들에게 금지시킨 행동을 동족에게 저지르다니! 기독교도인의 수치다. 야만스러운 소동을 멈춰라. 지금부터 날뛰는 자는 목숨을 가볍게 여기는 자로 보고 움직이는 즉시 단칼에 베어버리겠다. 저 시끄러운 종소리를 멈추게 하라. 사람들이 놀라서 소동이라도 나면 어떡하느냐? 어떻게 된 건가? 정직한 이아고, 걱정으로 얼굴빛이 사색이 되었군. 말해보게. 누가 먼저 시작했는가? 날 생각하거든 바른 대로 말하게.

이아고 : 잘 모르겠습니다. 조금 전까지만 해도 서로 사이가 좋았습니다. 마치 신방에 들어가는 신랑 신부처럼 사이가 좋았지요. 그런데 갑자기 별의 힘으로 정신이 나간 사람들처럼 칼을 빼 들더니 서로 가슴을 겨누고 덤벼들었습니다. 이런 어리석은 싸움이 어떻게 시작되었는지 저도 모르겠습니다. 이 따위 싸움을 말리느라 허겁지겁 달려올 다리라면 차라리 전쟁터에서 잃었더라면 좋았을 것을!

오셀로 : 카시오, 어떻게 된 건가?

카시오 : 용서하십시오. 드릴 말씀이 없습니다.

오셀로 : 몬타노, 당신은 예의를 아는 분이었소. 젊은 사람답지 않게 신중하고 침착해서 세간의 인정을 받았고, 점잖은 사람들로부터

칭송을 받아오지 않았소? 그런 분이 그 좋은 평판을 내동댕이치고 이 밤중에 소동을 일으키다니? 어찌 된 일인지 대답해보시오.

몬타노 : 오셀로 장군님, 저는 중상을 입었습니다. 장군님의 부하 이아고가 다 말씀드릴 것입니다. 저는 차마 괴로워서 말할 수가 없습니다. 오늘 밤 저는 잘못된 말이나 행동을 한 적이 없습니다. 자신을 아끼는 일이 악덕이 되거나 폭력을 당해 정당방위를 하는 것도 죄가 되지 않는 한 말입니다.

오셀루 : 도저히 참을 수 없구나, 감정이 이성을 짓누르고, 격정이 판단력을 흐리게 하고 있으니……. 내가 이 팔을 올리기만 하면 어떤 놈이든 단칼에 요절이 날 것이다. 이 어리석은 싸움이 어떻게 일어났는지 말하라. 누가 시작했느냐? 사건을 일으킨 책임자가 밝혀지면 설령 나와 피를 나눈 쌍둥이 형제라 해도 나를 잃게 될 것이다. 아직도 전쟁의 공포가 가시지 않은 이곳에서, 민심은 어수선하고 전전긍긍하는 이 판국에 치안을 맡아보는 초소에서 사사로운 일로 싸움을 벌이다니. 그것도 한밤중에. 이 무슨 해괴망측한 일인가! 이아고, 누가 먼저 싸움을 걸었느냐?

몬타노 : 편견이나 동료애 때문에 사실대로 진술하지 않는다면 자넨 군인이라고 할 수 없네.

이아고 : 너무 윽박지르지 마세요. 카시오 부관님께 불리한 증언을 할 바엔 차라리 이 혓바닥을 잘라버리겠어요. 하지만 사실 그대로 말한다 해도 부관님께 그다지 불리하지는 않을 것 같습니다. 장군님, 사건은 이렇습니다. 몬타노와 제가 얘기를 하고 있으려니까 누군가 "사람 살려!"라고 소리 지르면서 뛰어왔습니다. 그런데 카시오 부관이 칼을 빼 들고 그 사람을 쫓아와서 죽이겠다고 소동을 부렸습니다. 그때 이분이 끼어들어 카시오 부관을 말렸습니다. 저는 고

함친 녀석을 쫓아갔습니다. 그자 때문에 시내가 소란스러워질까 걱정스러웠기 때문이죠. 결국은 이렇게 되고 말았습니다만. 그자는 어찌나 빠른지 쫓아갈 수가 없었거든요. 게다가 칼싸움하는 소리와 카시오 부관이 욕을 퍼붓는 소리가 들리기에 돌아와 보니 — 아주 잠깐이었습니다. — 두 분이 맞붙어 싸우고 있었습니다. 그 싸움이 시작될 무렵 장군님께서 오신 겁니다. 더 이상은 보고할 게 없습니다. 사람은 신이 아닌 이상 누구나 때로 실수할 때가 있지 않습니까? 카시오 부관께서 좀 잘못은 했지만 화가 나면 자기를 끔찍이 생각해주는 사람도 때리게 되는 경우도 있지 않겠습니까? 아마도 카시오 부관은 도망간 녀석한테서 심한 모욕을 당해 참을 수가 없었던 것 같습니다.

오셀로 : 알겠다, 이아고. 자넨 성실하고 인정이 많아 되도록이면 죄를 가볍게 하려고 카시오를 두둔하는 거야. 카시오, 자네를 아껴왔지만 이제부터 내 장교는 아니네. (데스데모나, 시종들을 거느리고 등장) 봐라, 내 아내까지 잠을 깨고 나오지 않았느냐? 자네는 처벌을 받아야겠네.

데스데모나 : 왜 그러세요?

오셀로 : 걱정할 것 없소. 자, 침실로 갑시다. (몬타노에게) 당신의 상처는 내가 돌봐 주리다. (몬타노, 부축을 받으며 퇴장) 이아고, 시내를 둘러보고 이 소동으로 놀란 시민들을 안심시켜주게. 갑시다, 데스데모나. 군인의 생활이란 이렇소. 사건이 일어나면 단잠을 깨는 법이오. (이아고와 카시오만 남고 모두 퇴장)

이아고 : 부관님도 다치셨어요?

카시오 : 치료해도 소용없네.

이아고 : 그럴 리가요.

카시오 : 명예, 명예, 명예! 오, 난 명예를 잃어버렸어! 내 안에 있는 가
　　　장 귀한 것을 잃어버렸으니 짐승이나 다름없는 몸이야. 이아고, 명
　　　예를 잃었단 말일세!

이아고 : 저는 고지식한 사람이라, 부관께서 몸을 크게 다치신 줄 알았
　　　습니다. 명예의 상처보다는 몸의 상처가 더 아프지 않나요? 명예
　　　라는 건 그저 헛된 것입니다. 공로가 없어도 손에 들어올 수 있고,
　　　아무 이유도 없이 빼앗길 수도 있습니다. 스스로 잃었다고 단정하
　　　기 때문에 그런 생각이 드는 것일 뿐, 부관님은 사실 명예를 잃은
　　　것은 아닙니다. 자, 부관님! 장군님의 마음을 돌이킬 방법은 얼마
　　　든지 있습니다. 일시적인 기분으로 파직시킨 것일 뿐, 부관님을 미
　　　워해서가 아닙니다. 정책상 벌을 주신 거죠. 죄 없는 개를 때려서
　　　사자를 위협하는 거나 마찬가지죠. 장군님께 한번 간청해보세요.
　　　들어주실 겁니다.

카시오 : 차라리 경멸해달라고 간청하고 싶네. 경망스럽기 짝이 없는
　　　주정뱅이에 채신머리없는 장교가 그렇게 훌륭하신 지휘관을 속일
　　　수는 없어. 술에 취해 허튼소리나 까발리고, 싸움질이나 하고, 욕
　　　설이나 퍼붓고, 제 그림자 보고 큰소리나 탕탕 치는 얼간이! 아, 보
　　　이지 않는 술의 신이여, 너의 이름을 알 수 없으니 너를 악마라고
　　　부르겠다!

이아고 : 부관님이 칼을 빼 들고 쫓아가던 자가 누굽니까? 그 녀석이
　　　어떻게 했나요?

카시오 : 모르겠어.

이아고 : 모르시다니요?

카시오 : 어렴풋이 떠오르긴 하지만 확실히 기억나는 건 없어. 싸운 기
　　　억은 있지만 무엇 때문에 싸웠는지는 모르겠네. 맙소사, 원수 같은

술을 퍼 넣고 혼을 뺏어가게 하다니! 인간이란 얼마나 우스운 존재인가, 혼자 좋아서 날뛰고 떠들고 소동을 부리다가 제풀에 짐승으로 변신하다니!

이아고 : 이젠 멀쩡하시네요. 어떻게 그렇게 감쪽같이 회복됐습니까?

카시오 : 기분이 좋아진 주정뱅이 악마가 분노의 악마에게 자리를 양보했다네. 한 가지 결점이 사라지자마자 또 다른 결점이 꼬리를 치게 만들어 나 자신에게조차 정나미가 떨어지게 만들려는 수작인 게지.

이아고 : 그러지 마세요. 너무 도덕군자인 것도 탈입니다. 물론 때를 보나, 장소를 보나, 시국으로 보나 이런 사건이 일어나지 않았다면 좋았겠죠. 하지만 이미 저질러진 일이니 해결책을 찾아야 하지 않겠습니까?

카시오 : 복직시켜달라고 사정을 해보긴 하겠지만 장군님은 주정뱅이라고 하실 테지. 그렇게 나오면 설령 내가 히드라같이 입이 여러 개 있더라도 무슨 말을 할 수 있겠나. 멀쩡하던 사람이 눈 깜짝할 사이에 바보가 되는가 싶더니 곧이어 짐승이 돼버리다니. 술은 악마야!

이아고 : 됐습니다. 술은 적당히 마시기만 한다면 보약이 되는 법입니다. 술에 대한 악담은 그쯤 해두세요. 그런데 부관님, 제가 부관님을 좋아한다는 건 아실 테죠?

카시오 : 잘 알고 있네. 아, 내가 취하다니…….

이아고 : 부관님뿐만 아니라 누구나 때로는 취할 때가 있답니다. 제 말씀대로 해보세요. 지금은 말입니다, 장군님 부인이 바로 장군이십니다. 부인께서 어찌나 아름답고 영특하신지 장군께서는 넋이 나간 사람처럼 바라보고 계시거든요. 그러니까 부인을 찾아가서 속

내를 털어놓은 후 복직시켜달라고 도움을 청하세요. 부인은 너무 너그럽고 친절하고 인정이 많은 사람이라 부탁을 받으면 그 이상의 것을 못 해줘서 미안해하는 분이십니다. 그러니 부관님과 장군님 사이에 단절된 관계를 부인께서 다시 이어달라고 간청하는 겁니다. 저의 전 재산을 걸어도 좋습니다. 지금은 비록 두 분 사이가 금이 갔지만 전보다도 두터워질 것이 확실합니다.

카시오 : 좋은 생각이군.

이아고 : 진심으로 부관님을 생각하는 마음에서 드리는 말씀입니다.

카시오 : 그야 나도 잘 알고 있네. 내일 아침 일찍 데스데모나 부인께 부탁드려보겠네. 일이 틀어지면 내 운명은 끝장이야.

이아고 : 지당한 말씀입니다. 안녕히 가십시오, 부관님. 전 야경이나 돌아야겠습니다.

카시오 : 잘 가게, 충직한 이아고. (퇴장)

이아고 : 이래도 나더러 악한이라고 모함하는 놈이 있을까? 진심으로, 솔직하게 충고해줬는데도? 이치에 맞는 그럴싸한 말로 무어 녀석의 환심을 다시 사는 것쯤이야 문제없겠지. 데스데모나를 움직이는 것 역시 식은 죽 먹기야. 그 여자의 성품은 대자연의 조화만큼이나 자유롭거든. 여자의 입을 빌려 무어 녀석을 설복시키는 거야. 그놈의 영혼은 여자에게 흠뻑 빠져 있으니 세례도 취소하고 속죄의 기회도 모두 포기하라고 해도 여자의 뜻대로 할 테지. 그자의 약한 마음에 비하면 그 여자는 신처럼 전능하거든. 그런데 내가 왜 악한이란 말인가? 카시오를 위해서 다리를 놔준 내가 아닌가? 이게 바로 악마의 신학이라는 거지! 악마가 인간에게 흉악한 죄를 씌우려고 할 때는 지금의 나처럼 우선 천사의 모습으로 나타나서 유혹을 하는 법. 정직한 저 멍청이 녀석이 팔자를 고치려고 데스데모

나한테 코가 땅에 닿도록 사정을 할 때, 그리고 여자가 무어 놈한 테 졸라댈 때, 바로 그때 나는 무어인의 귓속에 독을 퍼 넣는 거야. 부인께서 저토록 간절하게 카시오의 복직을 호소하는 건 정욕 때 문이라고 말이야. 이렇게 되면 여자가 카시오를 위해 힘을 쓰면 쓸 수록 더욱 무어의 의심을 받게 될 테지. 여자의 정절에 먹칠을 할 뿐만 아니라, 그녀 자신의 선의를 미끼로 해서 그들 모두를 옭아맨 다 이거야. (로데리고 등장) 로데리고, 웬일이죠?

로데리고 : 여기까지 따라오긴 했지만 내가 한 일은 먹이에 뛰어드는 사냥개 노릇이 아니라 기껏해야 다른 개들처럼 짖어대기만 하는 거였네. 이젠 지갑도 텅텅 비었어. 게다가 오늘 밤엔 흥건히 두들 겨 맞기까지 했어. 고생한 만큼 경험을 얻은 셈이지. 비록 빈털터 리는 됐지만 지혜는 좀 얻은 것 같으니 베니스로 돌아가야겠네.

이아고 : 이렇게 참을성이 없다니! 상처도 나을 때가 돼야 낫는 법입니 다. 우린 마술을 부리고 있는 게 아니라 머리로 일을 하고 있으니 시간이 걸리는 것은 당연하죠. 제대로 안 되고 있다고요? 비록 카 시오에게 얻어맞기는 했지만 그 조그만 상처 덕분에 카시오가 부 관직에서 쫓겨나지 않았습니까? 다른 계획에도 햇빛이 쨍하고 비 치고 있습니다. 먼저 핀 꽃부터 차근차근 열매를 맺게 될 겁니다. 그러니 조금만 더 참고 견뎌보세요. 이런 벌써 아침이군. 즐겁게 움직이니 시간도 빨리 가는군요. 어서 돌아가세요. 숙소로 가세 요. 어서요! 나중에 또 얘기해드리죠. 어서 가세요! (로데리고 퇴장) 이제 두 가지 일이 남았군. 우리 여편네를 구슬려서 카시오가 데스 데모나를 만나도록 해야지. 그동안 나는 무어 녀석을 밖으로 데리 고 나왔다가 카시오가 데스데모나한테 애원하는 바로 그때 데리고 들어가는 거야. 우물쭈물하다가 때를 놓쳐서는 안 되지. (퇴장)

제3막

제3막 1장 ▏키프로스. 성문 앞

카시오, 악사, 광대들 등장.

카시오 : 악사 여러분, 여기서 한 곡조 연주해주게. 수고비는 톡톡히
　　　주겠네. 짧은 곡이 좋겠는데……. 아, 그래! 〈안녕히 주무셨습니
　　　까, 장군님〉이 좋겠네. (음악)

광대 등장.

광대 : 악사 양반들, 그 악기는 나폴리에 갔다가 몽땅 병에 걸렸나 봅
　　　니다. 코맹맹이 소리가 나니 말이오?

악사 1 : 뭐가 어떻다는 거요?

광대 : 그 악기는 바람으로 소리 내는 거요?

악사 1 : 그렇소.

광대 : 꼬리가 달려 있는 모양이군.

악사 1 : 꼬리라니요?

광대 : 구멍이 있는 물건 옆에는 대개 뭔가가 매달려 있거든. 그건 그렇고 수고비를 드리지. 장군님께서 당신네들 음악이 마음에 드셨는지 더 이상 소리를 내지 말라는 분부시오.

악사 : 그러지요.

광대 : 들리지 않는 음악이라면 연주해도 좋소. 사실 장군께선 음악을 그다지 좋아하지 않는다오.

악사 1 : 그런 음악이 어디 있소?

광대 : 그럼 그 피리를 어서 주머니에 집어넣으시오. 난 가야겠어. 가라. 어서 꺼져! (악사들 퇴장)

카시오 : 정직한 친구. 내 말 좀 들어주게나.

광대 : 충직한 당신 친구의 말은 들어줄 수 없지만 당신의 말은 들어줄 수 있으니 말해보시오.

카시오 : 농담은 그만두게. 얼마 안 되지만 받아두게. 장군 부인의 하녀가 일어났거든 카시오란 사람이 잠깐 만나고 싶어 한다고 전해주게. 그렇게 해줄 수 있겠지?

광대 : 그 여자야 일어났죠. 이곳에 나오면 알리리다.

카시오 : 좋아, 부탁하네. (광대 퇴장) (이아고 등장) 마침 잘 왔네, 이아고.

이아고 : 어젯밤에 안 주무신 게로군요?

카시오 : 못 잤네. 자네와 헤어지기 전에 날이 밝았지 않나. 이아고, 실례인 줄 알면서도 지금 막 자네 부인을 만나려고 사람을 들여보냈네. 데스데모나 부인을 만나게 해달라고 부탁할 생각이네.

이아고 : 제가 곧 여편네를 이리로 나오게 하죠. 그리고 어떻게 하든 무어 장군을 다른 곳으로 불러내겠습니다. 그래야 자유롭게 대화도 나누시고 용무도 보실 수 있을 테니까.

카시오 : 정말 고맙네. (이아고 퇴장) 내 고장 플로렌스에 저렇게 인정 많고 올곧은 사람은 없을 거야.

에밀리아 등장.

에밀리아 : 안녕하세요, 부관님. 이번 일은 참 딱하게 됐어요. 하지만 꼭 잘될 거예요. 장군님과 부인께서 줄곧 부관님 얘기를 하고 계시니까요. 부인께서 부관님을 위해 무척 애쓰고 계십니다. 장군께서 하시는 말씀을 듣자니 부관님이 상처를 입힌 분은 키프로스 섬에서는 저명인사인 데다 고위층과도 가깝기 때문에 어쩔 수 없이 부관님을 파직시켰다고 하더군요. 그래도 부관님을 아끼고 좋아하시니 누가 부탁하지 않더라도 적당한 기회를 봐서 복직시키겠다고 말씀하시더군요.

카시오 : 그렇지만 부탁하오. 괜찮다면 잠깐이라도 좋으니 데스데모나 부인과 단둘이 얘기할 수 있는 기회를 만들어주시오.

에밀리아 : 안으로 들어오세요. 부담 없이 대화를 나누실 수 있는 곳으로 안내해드리지요.

카시오 : 정말 고맙소. (모두 퇴장)

제3막 2장 　성문 앞

오셀로, 이아고, 시종들 등장.

오셀로 : 이아고, 이 편지를 선장에게 전하고 원로원 의원들에게 전해
　　달라고 하게. 나는 성 안을 거닐고 있을 테니 일이 끝나거든 그리
　　로 오게.

이아고 : 네, 그렇게 하겠습니다.

오셀로 : 모두들 성 안을 한 바퀴 둘러볼까?

시종들 : 네, 그러시지요. (모두 퇴장)

제3막 3장 　성문 앞

데스데모나, 카시오, 에밀리아 등장.

데스데모나 : 걱정하지 마세요, 카시오 부관님. 당신을 위해 최선을 다
　　해보겠어요.

에밀리아 : 부탁합니다, 부인. 제 남편도 자기 일처럼 걱정이 태산 같답
　　니다.

데스데모나 : 정말 성실한 사람이구나. 카시오 부관님, 걱정 마세요. 남
　　편과 부관님 사이가 다시 옛날처럼 가까워지도록 도와드리겠어요.

카시오 : 감사합니다, 부인. 이 카시오, 무슨 일이 있더라도 부인께 충
　　성을 다하겠습니다.

데스데모나 : 고맙습니다. 부관님은 남편과 오랫동안 알고 지내온 터이

니 걱정하지 마세요. 비록 그분이 부관님과 거리를 두더라도 그건 남의 이목이 있어서 그러시는 거예요.

카시오 : 알겠습니다. 그렇지만 부인, 세상 이목이라는 것도 너무 오래 살피다 보면 그 사이에 하찮은 일에서 싹이 나고 뿌리가 내리게 마련입니다. 그렇듯이 제가 옆에 없는 동안 다른 사람이 보필하게 되면 장군님께서는 저의 경애하는 마음과 충절을 잊게 되실 것입니다.

데스데모나 : 그런 염려는 마세요. 에밀리아를 증인으로 당신의 복직은 내가 책임지겠어요. 내가 우정을 맹세한 이상, 약속은 틀림없이 지키겠어요. 남편이 내 청을 들어줄 때까지 주무시지도 못하게 밤새도록 보채겠어요. 잠자리가 학교로 보이고 식탁이 고해실로 보일 만큼 그분이 뭘 하시든 쫓아다니며 꼭 부관님의 청을 받아들이게 하겠어요. 그러니 부관님, 기운을 내세요. 당신의 변호를 맡은 이상 목숨을 걸고라도 해보겠어요.

오셀로, 이아고 등장.

에밀리아 : 부인, 장군께서 오십니다.

카시오 : 그럼 전 이만 실례하겠습니다.

데스데모나 : 왜요? 가시지 말고 내 얘기를 들어보세요.

카시오 : 아닙니다, 부인. 지금은 마음이 편치 않아서 때가 좋지 않습니다.

데스데모나 : 그럼 좋도록 하세요. (카시오 퇴장)

이아고 : 앗! 저건 무슨 짓이지?

오셀로 : 무슨 말인가?

이아고 : 아무것도 아닙니다. 혹시……. 아, 아닙니다.

오셀로 : 방금 내 아내와 헤어진 사람이 카시오 아닌가?

이아고 : 카시오라니요? 설마 그럴 리가요. 그분이라면 장군님이 오시는 걸 보고 죄지은 사람처럼 슬그머니 도망칠 사람은 아니지요.

오셀로 : 틀림없이 카시오다.

데스데모나 : (그들에게 다가가며) 여보, 기분은 좀 어떠세요? 지금 어떤 사람의 청을 듣고 있던 중이에요. 당신의 비위를 흔들어놓은 죄로 비관하고 있는 사람이지요.

오셀로 : 누구 말이오?

데스데모나 : 카시오 부관 말이에요. 내게 당신을 설득할 만한 능력이 있다는 걸 믿어주신다면 부디 카시오를 용서해주세요. 그분은 정말로 당신에게 충직한 사람이잖아요. 자기도 모르게 잘못을 저지른 것이지 결코 고의로 그런 건 아닐 거예요. 그의 진지한 표정만 봐도 알 수 있어요. 제발 부탁이니 그를 다시 불러들이세요.

오셀로 : 그가 지금 여기서 나갔소?

데스데모나 : 네, 너무 풀이 죽어 있어서 그의 슬픔이 저에게까지 느껴질 정도예요.

오셀로 : 지금은 안 되오. 더 두고 봅시다.

데스데모나 : 하지만 곧 되겠지요?

오셀로 : 당신 부탁이니 가능한 한 빨리 해봅시다.

데스데모나 : 오늘 저녁 식사 때는 어떠세요?

오셀로 : 오늘 저녁에는 안 되오.

데스데모나 : 그럼 내일 점심때는요?

오셀로 : 내일 점심은 밖에서 먹게 됐소. 성에서 장교들과 회식이 있으니.

데스데모나 : 그럼 내일 저녁, 아니면 화요일 아침, 아니면 화요일 낮이
　　나 저녁때는요? 아니, 수요일 아침이라도 좋으니 시간을 정해주세
　　요. 사흘을 넘기면 안 돼요. 카시오는 진심으로 후회하고 있어요.
　　그가 저지른 죄는 상식적으로 보자면 – 물론 전시에는 일부러 가
　　장 훌륭한 군인을 본보기로 처벌한다고 하지만 – 면직시켜야 할
　　정도로 엄청난 실수는 아니잖아요? 언제 카시오를 부를까요, 오셀
　　로? 어서 말씀하세요. 당신이 저에게 이토록 간절하게 부탁을 하
　　시면 저는 절대로 거절하지 않을 거예요. 그뿐인가요, 마이클 카
　　시오는 당신이 저에게 청혼하실 때 함께 온 분이에요. 제가 당신을
　　못마땅하게 말할 때마다 그분은 늘 당신 편을 들어주었어요. 그런
　　분을 복직시키는 데 이렇게 뜸을 들이시다니. 저라면…….
오셀로 : 그만둡시다. 알았소. 언제든 오라고 해요. 당신 말이라면 거
　　절할 수 없지.
데스데모나 : 이건 대단한 은혜를 청하는 게 아니에요. 가령 제가 당신
　　더러 장갑을 끼시라든가 영양가 있는 음식을 드시라든가 옷을 따
　　뜻하게 입으시라든가 하는 것처럼 당신을 위한 작은 부탁에 지나
　　지 않아요. 당신의 애정을 시험해보려고 한다면 더 중대하고 까다
　　롭고 좀처럼 받아들이기 힘든 청을 드릴 거예요.
오셀로 : 내가 어떻게 당신 부탁을 거절하겠소? 그러니 이번엔 당신이
　　내 부탁을 들어주구려. 잠깐 동안만 나 혼자 있게 해줘요.
데스데모나 : 제가 어찌 당신의 청을 거절하겠어요. 이따가 뵙겠어요.
오셀로 : 데스데모나, 곧 가리다.
데스데모나 : 가자, 에밀리아. (오셀로에게) 당신 뜻대로 하세요. 전 당신
　　이 무슨 말씀을 하셔도 따르겠어요. (데스데모나, 에밀리아 퇴장)
오셀로 : 귀여운 사람! 당신을 사랑하지 않는다면 이 영혼은 지옥으로

떨어지고 칠흑 같은 혼돈이 올 것이오.

이아고 : 장군님…….

오셀로 : 뭔가, 이아고?

이아고 : 장군께서 청혼을 하셨을 때 마이클 카시오가 두 분 사이를 알고 있었나요?

오셀로 : 그럼, 처음부터 끝까지 알고 있었지. 그건 왜 묻나?

이아고 : 생각나는 일이 있어서요. 별다른 일은 아닙니다.

오셀로 : 생각이라니? 뭔가, 이아고?

이아고 : 카시오 님이 부인과 아는 사이인 줄은 전혀 몰랐습니다.

오셀로 : 알고 있다뿐인가. 우리 두 사람 사이에서 애를 많이 썼지.

이아고 : 정말인가요?

오셀로 : 정말이라니? 정말 그랬지! 그게 어떻단 말인가? 그 사람이 정직하지 않단 말인가?

이아고 : 정직하냐구요, 장군님?

오셀로 : 그래, 정직하냐고.

이아고 : 제가 알기로는…….

오셀로 : 자넨 어떻게 생각하나?

이아고 : 어떻게 생각하다니요?

오셀로 : 어떻게 생각하다니요? 이 사람이 내 말 흉내만 내는군. 마치 머릿속에 어마어마한 생각이 들어 있는데 함부로 말을 꺼냈다간 뒤탈이 생길까봐 겁을 내는 것 같은 표정이군. 지금도 카시오가 내 처하고 얘기하다 헤어졌을 때 자넨 "저건 또 무슨 짓이지?"라고 말했네. 도대체 뭣이 어떻게 됐단 말인가? 그리고 또 내가 청혼을 할 때 처음부터 끝까지 알고 있었고 애를 많이 썼다고 말했더니 정말이냐고 소리치면서 인상을 찌푸리지 않았나? 머릿속에 뭔가 무서

운 생각을 숨겨두고 있는 것 같군. 정말로 나를 위한다면 솔직히 얘기하게.

이아고: 제가 장군님을 진심으로 존경한다는 건 알고 계시죠?

오셀로: 물론이지. 자네의 충성심과 정직성은 잘 알고 있어. 입이 무거운 사람이라는 것도 알지. 그런 자네가 말을 할 듯하면서 망설이고 있으니 불안한 생각이 드네. 거짓 충성을 바치는 무리들이 흔히 쓰는 속임수지만, 정직한 사람들은 마음의 분노를 다스리지 못할 때 그런 행동을 하지.

이아고: 마이클 카시오는 분명 정직한 분입니다.

오셀로: 나도 그렇게 생각하네.

이아고: 인간이란 겉과 속이 달라서는 안 된다고 생각합니다. 정직하지 않은 자가 정직한 척해서는 안 됩니다!

오셀로: 그렇지. 겉과 속이 같아야지.

이아고: 그렇다면, 카시오 님은 정직한 사람일 것입니다.

오셀로: 그게 아냐, 자넨 분명 무언가 숨기고 있어. 부탁이니 어서 솔직히 말해보게. 나쁜 일이라도 좋고 아무리 험한 말이라도 상관없네.

이아고: 장군님, 용서하십시오. 직무상의 일이라면 어찌 명령을 거역하겠습니까만, 노예라고 해도 마음속의 생각을 털어놔야 할 의무는 없는 법입니다. 제 마음을 털어놓으라고요? 흉측하고 잘못된 생각일 수도 있는데 말입니까? 아무리 화려한 궁전이라고 해도 더러운 것은 스며들기 마련입니다. 아무리 고결한 마음속이라도 때로 불결한 생각이 스며들어 올바른 생각과 마주 앉아서 사람들을 재판할 수 있다 그 말입니다.

오셀로: 친구가 모욕당할 것을 알면서도 그것을 친구에게 알려주지

않는다면, 이아고, 그것은 친구를 배신하는 것이라네.

이아고 : 장군님, 부탁입니다. 어쩌면 저의 엉뚱한 추측일 수도 있습니다. 저는 때로 있지도 않은 남의 약점을 캐내기 좋아하는 나쁜 버릇이 있습니다. 그러니 장군께서 잘 판단하셔서, 이러한 억측에도 신경 쓰지 마시고, 확실치 않은 관찰과 어림짐작으로 하는 말에도 괘념치 마십시오. 제 생각을 말씀드리는 건 장군님의 마음만 불안하게 해드릴 뿐 아무런 도움도 되지 않습니다. 게다가 저는 사내답지도 정직하지도 못한, 어리석은 사람만 되고 말지요.

오셀로 : 그게 대체 무슨 뜻인가?

이아고 : 장군님, 명예는 남녀를 불문하고 영혼의 값진 보배를 가진 것과 같습니다. 지갑이야 누군가 훔쳐갔다고 해도 큰일은 아닙니다. 내 것이었다가 다른 사람의 수중에 들어간 것뿐이니까요. 돈이란 돌고 도는 것 아니겠습니까. 그렇지만 명예를 도둑맞으면, 훔친 놈은 아무 이득이 없지만 빼앗긴 쪽은 큰 손실을 보게 됩니다.

오셀로 : 자네 속마음을 알아내고야 말겠다.

이아고 : 설령 제 심장이 장군님의 수중에 들어 있다고 해도 그것은 어려운 일입니다. 하물며 지금은 제가 보관하고 있으니 불가능하지요.

오셀로 : 뭐라고!

이아고 : 장군님. 질투를 경계하셔야 합니다! 질투란 놈은 사람의 마음을 먹이 삼아 즐기는 초록 눈빛의 괴물입니다. 아내의 부정을 알게 된 한 남자가 있다고 칩시다. 자기 운명인 양 체념하고, 아내에게 미련을 갖지 않는 남자는 행복한 사람입니다. 반면에 사랑하면서도 의심하고, 의심하면서도 열렬히 사랑할 수밖에 없는 남자에게는 1분 1초가 얼마나 저주스럽겠습니까!

오셀로 : 그래, 비참한 일이지!

이아고 : 가난해도 만족하면서 사는 사람은 부자입니다. 하지만 제아 무리 부자라도 가난해질까봐 늘 걱정만 한다면 추위에 떠는 가난 뱅이나 같을 겁니다. 하느님, 저희 인간들을 질투로부터 자유롭게 하소서!

오셀로 : 왜 그런 말을 하는 건가? 자네는 나의 인생이 질투의 노예가 되어 달이 기울 때마다 새로운 의심을 품게 될 거라고 보는 건가? 아니야. 난 의심이 생기면 단번에 결판 지을 걸세. 자네가 말하는 허황된 의혹에 사로잡혀 영혼이 괴로움에 시달리느니 차라리 염 소 새끼가 돼버리고 말겠네. 내 아내가 예쁘고, 잘 먹고, 사교성이 좋고, 말솜씨 또한 뛰어나며, 노래도 잘하고, 악기도 잘 켜고, 춤도 잘 춘다고 해서 내가 질투할 것 같은가? 그런 점들은 정숙함으로 더욱 미덕이네. 내가 변변치 못한 사람이긴 해도 아내가 배반하지 않을까 두려워하거나 의심하지는 않아. 왜냐하면 그녀 스스로 나 를 선택했기 때문이네. 알겠나, 이아고? 난 의심하기 전에 우선 잘 살피고, 일단 의심을 품게 되면 증거를 찾을 것이다. 증거가 잡히 면 방법은 하나, 사랑을 버리거나 질투를 버리거나 둘 중 하나지!

이아고 : 그렇게 말씀하시니 안심이 됩니다. 이제야 장군님에 대한 충 성심과 존경심으로 저의 심정을 솔직히 말씀드릴 수 있겠습니다. 장군님을 위한 진심으로 알고 들어주십시오. 별 증거가 있는 건 아 닙니다만 부인을 눈여겨보십시오. 특히 카시오와 함께 있을 때를 주시하세요. 질투도 아니고 안심하는 것도 아닌 눈빛으로 관찰하 셔야 합니다. 아량이 넓으시고 점잖으신 장군님께서 능멸당하시 는 것을 저는 참을 수 없습니다. 조심하셔야 합니다. 저는 우리나 라 사람들을 잘 압니다. 베니스에서 여자들은 음란한 짓을 신에게

는 태연히 보이지만 남편에게만은 감쪽같이 숨깁니다. 하되 아무도 모르게 하자는 것이 그들의 양심인 셈이죠.

오셀로 : 정말 그런가?

이아고 : 부인은 아버지를 속이고 장군님과 결혼한 분이십니다. 부인이 떨리는 마음과 두려운 눈빛으로 장군님을 바라보았을 때가 장군님을 가장 뜨겁게 사랑했을 때였습니다.

오셀로 : 음, 그랬지.

이아고 : 그래서 말씀이지만, 그렇게 젊으신 분이 감쪽같이 부친을 속였으니 그 어르신께서는 그저 마술인 줄만 아셨겠죠. 제 말이 지나쳤나 봅니다. 용서하십시오. 장군님을 경애하는 마음 때문입니다.

오셀로 : 자네의 호의는 평생 잊지 않겠네.

이아고 : 장군님을 상심하시게 해드렸나 봅니다.

오셀로 : 아니, 괜찮네.

이아고 : 아무래도 장군님의 기분을 상하게 한 것 같습니다. 지금까지 말씀드린 건 그저 장군님을 경애하는 마음 때문에 드린 얘기였습니다. 그러나 장군님의 마음을 몹시 상심케 한 것 같습니다. 다시 한 번 부탁드립니다. 부디 제가 한 말을 확대하여 의심의 틀을 넘어 결론 내리지 마십시오. 더 이상 문제를 확대시키지 않기를 바랍니다.

오셀로 : 그런 일은 없을 것이네.

이아고 : 만일 그렇게 하시면 제 말이 뜻밖의 불행한 결과를 초래할지 모릅니다. 카시오는 소중한 친구거든요. 아무래도 기분이 좋지 않으신 것 같습니다.

오셀로 : 아니, 그렇지 않네. 데스데모나는 정숙한 여자야.

이아고 : 언제까지나 그러하시기를! 장군님의 마음도 영원히 변치 않

으시기 바랍니다!

오셀로 : 순리를 어기고 왜 나 같은 사람에게······.

이아고 : 그렇습니다. 문제는 바로 그겁니다. 솔직히 말씀드리자면 부인은 같은 지역 출신의 얼굴색도 같고 문벌도 같은 남자들의 청혼을 모두 거절했단 말씀입니다. 그 청혼을 받아들이는 것이야말로 당연한 일인데도 말입니다. 불순한 마음과 욕망으로 일그러진 비정상적인 생각이 느껴집니다. 하지만 용서하십시오. 이건 특별히 부인을 두고 하는 말은 아닙니다. 다만 그녀가 차차 분별을 갖게 되면 장군님을 자기 나라 사람과 비교해보고 후회하시게 되는 것은 아닌지 걱정이 됩니다.

오셀로 : 이만 헤어지세. 그만 가게. 이제부터라도 눈에 띄는 일이 있거든 더 알려주게. 자네 부인에게도 감시를 부탁하네. 그만 가보게, 이아고.

이아고 : (퇴장하면서) 그럼 물러가겠습니다.

오셀로 : 내가 왜 결혼을 했을까? 저 충직한 녀석의 입 안에는 아직 밖으로 내뱉지 않은 것들이 많이 있을 거야.

이아고 : (되돌아와) 장군님, 부탁드립니다. 이 일은 더 이상 캐묻지 마시고 시간에 맡겨두십시오. 카시오는 맡은 임무를 해낼 만한 능력 있는 사람이니 그를 복직시키는 건 바람직한 일이겠죠. 그러나 당분간 그대로 두시면 그 사람의 본색을 아시게 될 겁니다. 또 부인께서 카시오의 복직을 지나치게 재촉하지는 않는지 눈여겨보십시오. 그러면 또 여러 가지를 알아낼 수 있게 될 겁니다. 그때까지는 제 말은 그저 노파심이라고 생각하십시오. 저 역시 그런 것은 아닌지 걱정이 되기 때문입니다. 부인은 결백하다고 믿어주십시오.

오셀로 : 염려 말게.

이아고 : 저는 그럼 다시 물러갑니다. (퇴장)

오셀로 : 저 친구는 아주 성실한 데다 세상 물정에도 밝아서 많은 것을
꿰뚫어 보고 있구나. 만일 데스데모나가 길들일 수 없는 매라면,
설령 그 발에 맨 끈이 내 심장을 옭아매고 있다 해도 해방시켜주겠
다. 자신이 원하는 대로 바람을 가르며 먹이를 찾겠지. 내 얼굴색
이 검고 한량들의 우아한 태도를 갖추지 않았다고 해서, 또는 내
나이가 한고비 넘었다고 해서 ― 그리 늙은 건 아니지만 ― 그 여자
는 떠난 것이다. 결국 난 배신당한 것이다. 나를 구하는 길은 그 여
자를 증오하는 것뿐이다. 아, 결혼은 저주로구나! 남편들은 여인
들을 제 것이라고 입으로는 큰소리치지만 정작 마음은 그의 것은
아니란 말인가! 사랑하는 여자를 남의 손에 넣어 놓고 자기는 겨우
한 귀퉁이만 차지할 거라면, 차라리 두꺼비가 되어서 흙구덩이 속
에서 습기나 빨고 사는 것이 낫겠다. 이것은 높은 지위의 사람들만
이 겪는 수난일 것이니 차라리 하류계급의 사람으로 사는 게 낫겠
구나. 이 재앙은 우리가 세상에 나올 때부터 정해진 죽음처럼 피할
수 없는 운명이란 말인가. 그녀가 오는군. 아내가 부정을 범했다면
하늘이 자신을 속인 것이니 나는 결코 믿지 않을 것이다.

데스데모나, 에밀리아 등장.

데스데모나 : 여보, 무슨 일이에요? 만찬회 시간이에요. 당신이 초대한
이 섬의 귀족들이 당신을 기다리고 있어요.

오셀로 : 미안하게 되었소.

데스데모나 : 왜 그렇게 목소리에 힘이 없으시죠? 어디 편찮으세요?

오셀로 : 이마가 몹시 쑤시는군.

데스데모나 : 밤잠을 못 주무셔서 그러실 거예요. 곧 괜찮아질 거예요. 머리를 동여매면 한 시간도 안 되어 나으실 거예요.

오셀로 : 당신의 손수건은 너무 작아서 안 돼. (오셀로, 동여맨 손수건을 풀어버린다) (손수건이 떨어진다) 내버려두고 들어갑시다.

데스데모나 : 기분이 무척 안 좋으신 모양이군요. (오셀로, 데스데모나 퇴장)

에밀리아 : 이 손수건이 내 손에 들어오다니. 무어 장군께서 부인에게 준 첫 선물이었지. 우리 집 변덕쟁이 양반이 이걸 훔쳐오라고 수도 없이 졸라댔는데 마침 하늘이 도우셨구나. 장군님이 부인에게 잘 간직해야 된다고 말씀하셔서 부인은 이 손수건을 애지중지하시는 통에 – 손수건에다 입을 맞추시질 않나, 말을 하시지 않나, 한시도 놓질 않으시니 – 훔칠 수가 있어야지. 이것과 똑같은 모양을 떠 그이에게 줘야지. 이걸로 뭘 하려는 건지 모르지만 하도 성화를 부리니 비위를 맞춰주는 수밖에.

이아고 등장.

이아고 : 아니 여기서 혼자 뭘 하는 거지?

에밀리아 : 윽박지르지 말아요. 당신에게 줄 게 있으니.

이아고 : 그래? 보나마나 너절한 것이겠지.

에밀리아 : 흥!

이아고 : 당신 주제에 무슨 신통한 걸 주겠소?

에밀리아 : 말 다 했어요? 부탁한 손수건이라면 당신은 내게 무엇을 주시려우?

이아고 : 무슨 손수건?

에밀리아 : 무슨 손수건이라니? 무어 장군이 부인한테 준 첫 선물 말예요. 당신이 수도 없이 훔쳐오라고 했던 그것 말이에요.

이아고 : 그걸 훔쳤어?

에밀리아 : 아니요, 부인께서 무심코 떨어뜨리셨는데 마침 내가 옆에 있다 주웠을 뿐이에요. 이거예요.

이아고 : 잘했군. 이리 줘.

에밀리아 : 도대체 이 손수건으로 뭘 하려고 그렇게 훔쳐내라고 야단을 떠셨죠?

이아고 : (손수건을 뺏으며) 당신은 알 필요 없어.

에밀리아 : 그리 중요한 목적이 아니라면 돌려줘요. 없어진 걸 부인이 아시면 미치실 거야.

이아고 : 모르는 체해, 쓸 데가 있으니. 저리 가 있어. (에밀리아 퇴장) 이 손수건을 카시오 숙소에 떨어뜨리는 거야. 그러면 그 무어 놈이 줍겠지. 공기처럼 가볍고 하찮은 물건이라도 질투에 눈먼 자에게는 성경만큼이나 효력이 있는 증거가 될 수 있다는 것을 이 물건으로 알 수 있을 것이다. 내가 뿜은 독약에 무어는 이미 마음이 변하고 있어. 위험한 발상은 그 자체가 독약이지. 처음에는 쓴맛이 나지 않지만 조금이라도 혈액 속에 용해되면 온몸이 유황 광산처럼 불타오르게 돼 있거든. (오셀로 등장) 저기 오는군. 아편이건 흰독말풀이건 세상의 온갖 수면제를 다 먹는다 해도 어제까지 누렸던 달콤한 잠을 다시는 즐기지 못할 것이다.

오셀로 : 날 배신하다니!

이아고 : 장군님, 왜 이러십니까? 그 얘기는 이제 그만 하세요.

오셀로 : 물러가라! 너는 나를 고문대에 올려놓았다. 조금 알고 괴로워하는 것보다는 차라리 크게 속는 편이 낫지.

이아고 : 왜 그러세요, 장군님?

오셀로 : 아내가 나 몰래 음탕한 짓을 했는지 내가 어떻게 알 수 있다는 말이냐? 난 보지도 못했고, 생각하지도 않았기 때문에 괴롭지도 않았다. 그다음 날 밤도 잘 잤고, 마음도 편했고, 유쾌했다. 아내 입술에서 카시오의 키스 자국도 볼 수 없었다. 도둑맞은 당사자가 도둑맞은 걸 모르고 있다면 알릴 필요는 없어. 모르고 있으면 도둑 맞은 것이 아니란 말이다.

이아고 : 그런 말씀을 들으니 죄송합니다.

오셀로 : 온 부대 안의 장병들이, 심지어 졸병들까지 내 아내의 몸을 품었다 해도, 모르고 있었으면 난 행복했을 것이다. 이제 마음의 평화는 깨졌다! 가슴 뿌듯했던 만족감도 사라졌다! 깃털을 장식한 군대도, 야망이 미덕이 되는 전쟁도 다 끝장이다! 울부짖는 군마여, 드높은 나팔 소리여, 가슴을 뛰게 하는 북소리여, 귀를 뚫을 듯한 나팔 소리여, 장엄한 군기여, 명예로운 전투의 모든 것, 모든 보람과 찬란함, 장관이여, 잘 가라! 파멸을 부르는 대포여, 너의 무서운 포성은 불멸의 신 주피터의 무시무시한 부르짖음을 닮았지만, 이제 너와도 작별이다! 오셀로의 임무는 이제 끝이다.

이아고 : 도대체 어찌 되신 겁니까?

오셀로 : 이놈, 내 아내가 정말 창녀라면 증거를 내놓아라! 내 눈으로 똑똑히 볼 수 있는 증거를 보이란 말이다. 그렇지 않다면 불멸의 영혼에 맹세하나니 네놈은 되살아난 내 격분에 응하기보다는 차라리 개로 태어나는 편을 선택하게 해주겠다!

이아고 : 어떻게 이런 일이…….

오셀로 : 증거를 대라. 한 치의 의심도 품을 수 없는 증거를 보이란 말이다. 그렇지 않으면 네놈은 죽음을 면치 못할 것이다!

이아고 : 장군님 제발⋯⋯.

오셀로 : 만일 근거도 없이 네놈이 내 아내를 모함하고 나를 괴롭혔다면 기도를 올려도 소용없다. 동정심도 기대하지 마라. 하늘이 울부짖고 땅이 기절할 만한 갖은 포악한 행위를 계속 저질러도 이보다 큰 죄는 없을 것이니.

이아고 : 오, 하늘이여, 제발 이 사람을 용서해주십시오! 장군님도 사내대장부십니까? 인간의 마음을 가지셨습니까? 분별이 있으십니까? 저는 그만두겠습니다. 파직시켜주십시오. 아, 나란 놈은 얼마나 어리석은 바보인가. 충직의 대가가 불한당이 되는 것이라니! 오, 잔인한 세상! 다들 정신 차리시오, 조심하시오! 솔직하고 정직하다간 위태로워집니다. 덕분에 배운 것은 많습니다. 앞으로는 절대로 남에게 친절을 베풀지 않겠습니다. 그래 봐야 원망만 사니까요.

오셀로 : 기다려. 자네는 정직해야 해.

이아고 : 이제는 약삭빠른 놈이 될 겁니다. 정직해봤자 정직한 만큼 손해만 보니까요.

오셀로 : 사실, 나는 아내가 정숙하다고 생각한다. 아니, 그렇지 않을지도 모른다. 네 말이 옳아. 아니, 틀릴지도 몰라. 당장 증거를 내놓아라. 달의 여신 다이애나의 얼굴같이 맑고 깨끗하던 그녀의 이름이 이제는 내 얼굴같이 검게 되었다. 밧줄이건 단검이건 독이건 불이건 숨 막히는 격류건 내 옆에 있다면 가만있지 않을 것이다. 확실한 증거를 대라!

이아고 : 장군님, 너무 흥분하지 마십시오. 장군께 말씀드린 것이 몹시 후회됩니다. 정말 증거를 보실 겁니까?

오셀로 : 그렇다. 아니, 꼭 보고야 말겠다.

이아고 : 보시게 될 겁니다. 그렇지만 어떻게요? 구경꾼처럼 입을 벌린

채 그 녀석이 부인을 올라타고 할딱거리는 걸 보시겠단 말씀입니까?

오셀로: 그런 더러운……. 오!

이아고: 두 사람의 그런 모습을 보여드리는 건 쉬운 일이 아닙니다. 두 사람이 나란히 한 베개 위에 누워 있다가 사람들에게 발각되면 그때 덮쳐야겠죠. 그렇다면 어떻게 하죠? 무슨 방법이 있겠습니까? 어떻게 보여드릴까요? 현장을 보시겠다는 건 불가능한 일입니다. 설사 두 사람이 염소처럼 색에 강하고, 원숭이처럼 음탕하고, 암내 풍기는 늑대처럼 음란하고 술에 취해 소동을 피우는 바보들이라도 말입니다. 그렇지만 만일 제 말을 뒷받침할 만한 증거를 잡아 사실을 밝히는 문으로 인도해드리는 것으로도 만족하시겠다면 말씀드리죠.

오셀로: 내 아내가 부정하다는 구체적인 이유를 대라.

이아고: 저로서는 참으로 어려운 일입니다. 하지만 어리석은 정직성과 충성심 때문에 이 사건에 이렇게 휘말려 들어간 이상, 솔직히 털어놓겠습니다. 최근에 제가 카시오와 함께 잠을 잔 적이 있는데, 이가 쑤셔서 도무지 잠을 잘 수가 없었습니다. 그런데 이 세상에는 잠에 떨어지면 비밀을 주절거리는 주책없는 자들이 있는데 카시오가 바로 그런 자입니다. 그가 이렇게 잠꼬대를 하더군요. "귀여운 데스데모나, 우리의 사랑을 남이 눈치 채지 않게 조심합시다!" 그리고 제 손을 꼭 쥐고는 "아, 귀여운 사람!" 하더니 제 입술에 힘껏 키스를 했습니다. 마치 제 입술의 뿌리를 송두리째 뽑아낼 것처럼 말입니다. 그러고는 제 넓적다리에 다리를 얹고, 한숨을 짓고, 다시 입을 맞추고 부르짖더군요. "아, 야속한 운명, 당신을 무어한테 보내다니!"

오셀로 : 끔찍하구나, 끔찍해!

이아고 : 그건 다만 꿈결에 한 짓에 불과합니다.

오셀로 : 하지만 그건 그들이 그런 짓을 했다는 증거가 아닌가?

이아고 : 물론 의심을 입증할 만한 다른 증거를 잡는 데는 도움이 되겠
지요.

오셀로 : 그년을 갈기갈기 찢어놓고 말 테다!

이아고 : 신중하셔야 합니다. 아직 현장을 잡은 건 아니니까요. 부인은
정말 결백하신지도 모릅니다. 한 가지 여쭤볼 것이 있는데 근래에
부인이 딸기 무늬가 수놓아진 손수건을 사용하시는 걸 보신 일이
있으십니까?

오셀로 : 물론이네. 내가 준 첫 선물이었어.

이아고 : 그랬군요. 실은 그 손수건으로 ― 부인 것이 틀림없는 듯합니
다만 ― 오늘 카시오가 수염을 닦고 있는 것을 보았습니다.

오셀로 : 만일 그게 그…….

이아고 : 그것이 그 손수건이라면, 아니 어떤 손수건이건 그것이 부인
것이라면 부인에게 불리해지는 것이지요.

오셀로 : 에잇, 더러운 놈! 목숨을 수천 개는 가지고 있어야 할 것이다.
복수하기에 하나로는 너무 적다. 이제 사실이 밝혀졌으니 내 어리
석은 연정은 모두 하늘로 날려보내겠네. 이제 사랑은 사라졌어. 일
어나라, 검은 복수여! 지옥의 구덩이에서 뛰어나와라. 오, 사랑이
여, 너의 왕관과 내 마음속의 옥좌를 저 잔인무도한 증오심에게 넘
겨라. 가슴이여, 독사의 혀끝에서 토해낸 독으로 부풀어라.

이아고 : 진정하세요.

오셀로 : 피, 피를 봐야지!

이아고 : 참으세요. 마음이 변하실 수도 있습니다.

오셀로 : 그럴 리 없다. 저 폰틱 해의 격류가 결코 뒤로 물러서는 일 없이 맹렬하게 프로폰틱 해에서 헬레스폰트 해협으로 곧장 흘러가듯, 피에 굶주린 내 복수심도 뒤돌아보지 않고 앞으로만 나아갈 것이다. 가슴이 후련하게 복수할 때까지는 물러서는 일이 없을 것이다. 변함없이 빛나는 저 하늘에 걸고 맹세하건대 (무릎을 꿇으며) 이 언약을 지킬 것이다.

이아고 : 일어나지 마십시오. (무릎을 꿇으며) 영원히 빛나는 하늘의 별들이여, 우리를 에워싸고 있는 대지여, 나 이아고는 모든 지혜와 손 그리고 마음을 다해, 배신당한 오셀로 장군님을 모실 것을 맹세합니다. 장군님의 명령이라면 어떠한 참혹한 일이라도 엄숙한 의무로 생각하고 복종하겠습니다. (두 사람 일어난다)

오셀로 : 자네의 충성에 진심으로 감사하네. 빈말이 아니라 마음속에서 우러난 진심이네. 당장 해야 할 일이 있네. 사흘 안에 카시오가 살아 있지 않다는 소식을 갖고 오게.

이아고 : 그 친구는 죽은 것이나 같습니다. 장군님의 명령이 떨어졌으니 말입니다. 그렇지만 부인은 살리셔야 합니다.

오셀로 : 더러운 것! 음탕한 계집, 지옥에나 떨어져라! 자, 여기서 헤어지세. 난 집으로 들어가서 저 아름다운 악마를 해치울 방책을 궁리하겠네. 지금부터는 자네가 나의 부관이네.

이아고 : 저는 영원히 장군님의 사람입니다. (모두 퇴장)

제3막 4장 · 성문 앞

데스데모나, 에밀리아, 광대 등장.

데스데모나 : 이보게, 카시오 부관은 어디 사는지 아는가?

광대 : 말씀드릴 수 없습니다.

데스데모나 : 그건 왜지?

광대 : 그분은 군인이신데, 군인을 산다고 했다가는 칼 맞습니다.

데스데모나 : 내 말은 그가 사는 곳이 어디냐고!

광대 : 그분이 사는 곳은 제가 만들어내는 곳입니다.

데스데모나 : 무슨 소리지?

광대 : 그분이 사는 곳을 알지 못하면서 제멋대로 지어내어 여기 사신 다, 저기 사신다고 말씀드리는 것은 거짓말이 되니 말입니다.

데스데모나 : 사람들한테 물어서 찾아봐줄 수 있을까?

광대 : 온 세상을 상대로 문답을 해야겠군요. 그럼 물어본 뒤에 알게 되면 알려드리겠습니다.

데스데모나 : 그분을 찾아내면 이리로 오시라고 하되 내가 장군님께 간 청했으니 모든 일이 잘될 거라고 말씀드려줘.

광대 : 그런 일이라면 사람의 지혜로 될 수 있는 일이니 당장 알아보겠 습니다. (퇴장)

데스데모나 : 에밀리아, 내가 그 손수건을 어디서 잃어버렸을까?

에밀리아 : 마님, 전 모르겠는데요.

데스데모나 : 차라리 금화가 잔뜩 든 지갑을 잃어버리는 편이 나았을 텐 데. 장군님은 마음이 진실한 분이시라 질투심 같은 저급한 마음이 없길 망정이지 안 그러면 의심받기에 충분한 사건이야.

에밀리아 : 그렇게 질투심이 없으세요?

데스데모나 : 누가? 그이? 그런 해로운 기질은 그분이 태어난 곳의 태
　　양이 모두 빨아들였지.

에밀리아 : 저기 장군님이 오십니다.

오셀로 등장.

데스데모나 : 오늘은 카시오 부관을 불러들인다는 말이 떨어질 때까지
　　곁을 떠나지 말아야지. 여보, 좀 어떠세요?

오셀로 : 으응, 좋아요. (방백) 시치미를 떼는 것도 어렵군! 당신은 어떻
　　소?

데스데모나 : 좋아요, 여보.

오셀로 : 손을 이리 줘봐요. 손이 촉촉하구려.

데스데모나 : 아직 나이도 먹지 않았고, 슬픔도 모르는 손이지요.

오셀로 : 이건 사랑이 넘치고 마음이 너그럽다는 증거요. 더우면서도
　　촉촉한 이 손은 방종을 버리고, 단식과 기도와 자신에 대한 고행과
　　예배가 필요하구려. 이런 손에 자칫하면 젊고 다정한 악마가 깃들
　　어서 배반을 유도하지. 어쨌든 친절하고 관대한 손이오.

데스데모나 : 옳은 말씀일 거예요. 제 마음을 바친 손이잖아요.

오셀로 : 너그러운 손이지. 예전엔 마음을 주고 손을 주었는데 요즘은
　　마음도 없이 손만 준다고 하더군.

데스데모나 : 무슨 말씀인지 모르겠군요. 그건 그렇고 약속은 어떻게
　　됐죠?

오셀로 : 무슨 약속 말이오?

데스데모나 : 직접 뵙고 말씀을 드리라고 카시오를 불렀어요.

오셀로 : 콧물이 자꾸 나와 못 견디겠소. 당신 손수건 좀 주구려.

데스데모나 : 여기 있어요.

오셀로 : 내가 당신에게 준 것 있지 않소?

데스데모나 : 지금은 없는데요.

오셀로 : 없다고?

데스데모나 : 네, 그래요.

오셀로 : 그게 될 소리요? 그 손수건은 이집트의 여자 마술사가 내 어머니께 드린 거요. 그녀는 남의 마음을 꿰뚫어 보는 능력이 있었소. 그녀가 말하기를 그 손수건을 가지고 있는 동안에는 남편의 사랑을 독차지할 수 있을 것이지만, 만일 그걸 잃어버리거나 다른 사람에게 주면 남편의 두 눈은 아내를 혐오하고 다른 여자에게 눈을 돌리게 된다고 했소. 어머니는 돌아가실 때 그걸 내게 주시면서 결혼할 때 아내에게 주라고 말씀하셨소. 그래서 당신에게 준 거요. 그런 손수건이니 조심하오. 당신의 보석 같은 눈처럼 애지중지 아껴주시오. 잃어버리거나 남에게 준다면 돌이킬 수 없는 재앙이 올 거요.

데스데모나 : 그럴 수가!

오셀로 : 사실이오. 그 수건은 마법으로 만들어진 것이오. 이 세상에서 200번이나 태양의 운행을 셈하여 왔다는 마녀가 예언의 신통력을 얻은 순간 만든 것이오. 그 명주실을 뽑아낸 누에들은 신성했고, 사계의 도사가 처녀의 심장을 달여 만든 진액으로 염색한 것이오.

데스데모나 : 그게 사실이에요?

오셀로 : 틀림없는 사실이니 잘 간수하시오.

데스데모나 : 듣지 않았으면 좋았을 것을!

오셀로 : 왜, 그건 왜지?

데스데모나 : 왜 그렇게 무섭게 말씀하세요?

오셀로 : 잃어버렸소? 없어졌소? 어디다 버렸소?

데스데모나 : 이를 어쩌지!

오셀로 : 그런 거요?

데스데모나 : 잃어버리진 않았어요. 하지만 만일 그랬다면 어떡하죠?

오셀로 : 뭐요?

데스데모나 : 잃어버리진 않았어요.

오셀로 : 가져와요, 봐야겠소!

데스데모나 : 보여드리죠. 하지만 지금은 안 돼요. 제 청을 따돌리려는
생각이신가요? 부탁이에요, 카시오를 복직시켜주세요.

오셀로 : 손수건을 가져와요! 어쩐지 불안하군.

데스데모나 : 어서요, 그만큼 유능한 사람은 두 번 다시 만나지 못하실
거예요.

오셀로 : 손수건!

데스데모나 : 부탁이니 카시오 얘길 해봐요.

오셀로 : 손수건!

데스데모나 : 그는 지금까지 자신의 운명을 당신에게 의탁하면서 당신
과 위험을 나누었던…….

오셀로 : 손수건!

데스데모나 : 너무하시는군요.

오셀로 : 제기랄! (퇴장)

에밀리아 : 질투심이 없는 분이라구요?

데스데모나 : 이런 일은 처음이야. 아무래도 그 손수건엔 정말 이상한
힘이 있나 봐. 잃어버렸으니 어쩌면 좋지.

에밀리아 : 남자의 마음은 한두 해 가지고는 모른답니다. 남자들이란

뱃속 같고 우리 여자는 음식 같은 존재들이죠. 정신없이 여자들을 먹어 치우고는 배가 부르면 뱉어버리거든요. (카시오, 이아고 등장) 카시오와 제 남편이 오는군요.

이아고 : 별수 없습니다, 부인께 부탁하는 수밖에. 저기 봐요, 운이 좋군. 가서 부탁드려보세요.

데스데모나 : 안녕하세요. 카시오 부관님? 별일 없으세요?

카시오 : 부인, 전에 부탁드린 일 때문에 왔습니다. 부인께서 제게 은혜를 베푸시어 제가 다시 진심으로 존경하는 장군님의 총애를 받는 한 사람이 되게 해주십시오. 이제 더는 기다릴 수 없습니다. 저의 죄가 너무 엄청난 것이어서, 과거의 공로로나 현재의 참회로나 앞으로 충성을 다하겠다는 맹세로도 장군님의 사랑을 돌이킬 수 없다면 그 사실을 아는 것만으로도 도움이 될 것입니다. 만일 그렇다면 억지로라도 만족한 듯 단념하고 다른 길을 찾아 나서야겠지요. 운명의 자비나 바라면서 말입니다.

데스데모나 : 아, 착하신 카시오 부관님, 제가 간청해봤지만 지금은 제 변호가 통하질 않는군요. 예전과 달라지셨어요. 그전의 주인이 아니세요. 그이의 모습이 지금 그 사람 기분처럼 변해 있었다면 전 그이를 알아보지 못했을 거예요. 부관님을 위해 최선을 다한 것뿐인데 내 간청이 지나쳤는지 그분의 기분을 상하게 했군요. 조금만 더 참고 기다려주세요. 할 수 있는 한 최선을 다해볼 테니까요. 제 자신을 위한 일보다도 부관님을 위해 더욱 힘써볼 테니 그걸로 만족해주세요.

이아고 : 장군님께서 화가 나셨단 말인가요?

에밀리아 : 방금 들어가셨어요. 아주 다른 사람이 돼버리셨어요.

이아고 : 장군님이 화를 내셨다고? 병사들이 포탄에 맞아 공중으로 산

산이 흩어지고, 동생이 죽었을 때도 태연하셨던 분이 화를 내시다니? 뭔가 심상치 않은 큰일이 있었나 봅니다. 제가 만나뵙고 오겠습니다.

데스데모나 : 제발 그렇게 해주게. (이아고 퇴장) 정치적 문제에 관한 통보가 베니스에서 왔거나, 이 키프로스 섬에서 어떤 음모가 발각되어 그분의 맑은 마음이 어지러워진 것인지도 몰라. 그런 경우 인간의 본성이란 목표가 위대할지라도 저급한 것들로 머리를 썩이기 마련이거든. 정말 그래. 손가락 하나가 아프면 다른 건강한 것까지 아파지듯이 말이야. 남자들이라고 해서 신처럼 완전무결한 건 아니야. 신혼 때처럼 자상한 마음씨를 기대한다면 지나친 욕심이겠지. 에밀리아, 내 잘못이야. 그이가 불친절하다고 원망하다니. 아무 죄도 없는 그를 교사한 사람은 나라는 걸 이제 알았어.

에밀리아 : 마님 말씀대로 나라에 관한 일이라면 좋겠어요. 마님과 관계된 의심이나 질투가 아니기를 빌어요.

데스데모나 : 정말 난 아무 잘못도 저지르지 않았어.

에밀리아 : 그렇지만 질투에 사로잡힌 마음은 만족이라는 것을 모르지요. 이유가 있어서 질투하는 게 아니거든요. 질투하기 때문에 질투하는 거예요. 질투란 스스로 잉태되고 스스로 태어나는 괴물이거든요.

데스데모나 : 제발 그런 괴물이 오셀로의 마음속에 들어가지 않게 하소서!

에밀리아 : 그래야지요, 마님.

데스데모나 : 그이가 어디 계실까? 찾아봐야겠어. 카시오 부관님, 근처에서 기다리세요. 적당한 기회를 봐서 다시 말씀드리죠. 될 수 있으면 잘해보겠어요.

카시오 : 충심으로 감사드립니다. (데스데모나, 에밀리아 퇴장)

비앙카 등장.

비앙카 : 안녕, 카시오!

카시오 : 무슨 일로 왔어? 아름다운 비앙카, 어떻게 지냈어? 지금 찾아 가려던 참인데.

비앙카 : 나도 당신 숙소로 가려고 했어요. 일주일이나 오시지 않다니요? 칠일 밤 칠일 낮을, 일백예순여덟 시간이나 찾아오지 않았단 말이에요. 사랑하는 사람을 기다리는 마음은 보통의 기다림보다 백육십 배나 지루하다고요.

카시오 : 비앙카, 미안해. 요새 납덩이처럼 무거운 생각에 눌려 있었거든. 적절한 때가 오면 그동안 못한 일을 벌충하지. 그런데 비앙카, (데스데모나의 손수건을 주면서) 이 무늬를 베껴줘.

비앙카 : 오, 카시오, 이건 어디서 생긴 거죠? 새로운 연인의 선물이군요. 그동안 나를 만나러 오지 않은 이유를 이제야 알겠어요. 그렇죠?

카시오 : 터무니없는 소리 그만해. 그런 엉터리 추측은 그렇게 알려준 악마 입에 다시 던져버려. 여자한테서 받은 선물인 줄 알고 질투하다니, 당치도 않아. 날 믿어, 비앙카.

비앙카 : 그럼 누구 거예요?

카시오 : 모르겠어. 내 방에 떨어져 있었어. 무늬가 무척 마음에 들어서 말이야. 주인이 돌려달라고 할 텐데 그 전에 이 무늬를 본떠두고 싶어서 그래. 가지고 가서 해주고 지금은 날 혼자 있게 해줘.

비앙카 : 나더러 가라니, 왜요?

카시오 : 여기서 장군님을 기다리고 있어. 여자와 함께 있는 걸 보면 명예롭지 못해.

비앙카 : 그건 왜죠?

카시오 : 당신이 싫어서 그러는 게 아냐.

비앙카 : 날 사랑하지 않기 때문이에요. 부탁이니 날 저기까지 데려다주고 오늘 밤 찾아와 주겠다고 말해주세요.

카시오 : 조금밖에는 바래다줄 수 없어. 난 여기서 기다리고 있어야해. 하지만 곧 갈게.

비앙카 : 좋아요. 그런 사정이라면. (모두 퇴장)

제4막

제4막 1장 | 키프로스. 성문 앞

오셀로, 이아고 등장.

이아고 : 어떻게 생각하십니까?

오셀로 : 어떻게 생각하느냐고, 이아고?

이아고 : 남몰래 키스를 했다면요?

오셀로 : 금지된 키스일세.

이아고 : 그럼 남자와 벌거벗고 한 시간이나 또는 그 이상 잠자리를 함
　　　께 했다면요? 나쁜 마음은 없이 말입니다.

오셀로 : 이아고, 벌거벗고 동침했는데 어떻게 나쁜 마음이 없을 수 있
　　　단 말인가? 그건 악마까지도 속이는 위선이야. 그런 짓을 하는 자
　　　는 아무리 고결한 마음을 가지고 있다 해도 악마가 그들을 유혹할

것이네. 그들은 하늘의 시험을 당하는 것이나 같아.

이아고 : 아무 일도 없었다면 가벼운 실수일 뿐입니다. 가령 제가 아내
한테 손수건을 줬다면…….

오셀로 : 그랬다면?

이아고 : 그러면 아내 것이 되는 거죠. 아내의 물건인 이상, 어떤 남자
에게 주든 상관없는 일이죠.

오셀로 : 아내는 정조를 지켜야 하는데. 그것도 남에게 줘도 괜찮단 말
인가?

이아고 : 여자의 정조는 눈에 보이지 않습니다. 정조가 없으면서 있는
척하는 여자들이 얼마나 많습니까. 하지만 손수건은…….

오셀로 : 아아, 잊어버리고 싶었는데 떠오르고 말았어! 마치 까마귀가
열병을 앓고 있는 집의 지붕 위에서 불길한 소리로 울어대는 것처
럼. 자네 말이, 그놈이 내 손수건을 가졌다고 했겠다?

이아고 : 그랬죠. 그게 어때서요?

오셀로 : 그게 말이 되나?

이아고 : 그 사람이 장군님을 욕되게 하는 것을 제 눈으로 봤다거나 그
놈이 이러쿵저러쿵 떠들고 다니는 소릴 들었다고 해도 별겁니까?
세상에는 자기가 끈질기게 달라붙어 자기 손아귀에 넣었다든가 또
는 여자 스스로 사랑에 눈이 멀어 정복되었다든가 하면서 지껄여
대는 놈들이 수없이 많습니다.

오셀로 : 그놈이 뭐라고 지껄였나?

이아고 : 네. 그렇지만 그런 일이 없다고 잡아뗄 수도 있습니다.

오셀로 : 뭐라고 말했지?

이아고 : 저어, 했다고……. 잘 모르겠지만.

오셀로 : 뭐야? 무슨 짓을 했다고?

이아고 : 잤다고······.

오셀로 : 내 아내와?

이아고 : 부인과, 부인 위에서. 좋으실 대로 생각하세요.

오셀로 : 같이 잤어? 그녀 위로 올라갔다고? 남자들은 여자를 헐뜯고 싶을 때 같이 자지도 않고 잤다고 하지. 위에서 잤다고! 에잇, 역겹구나! 손수건, 자백, 손수건! 먼저 자백시키고 그 죗값으로 교수형 시켜버리자. 아니면 교수형에 처한 후 자백시켜? 치가 떨리는군. 이렇게 암담한 상념에 사로잡히는 건 무슨 예감이 있어서야. 내가 그까짓 말 한마디에 이처럼 마음이 산란할 수는 없지. 흥! 코와 귀와 입술을 서로 비벼댔다고? 그럴 수가? 자백해? 손수건을! 아, 악마! (쓰러진다)

이아고 : 드디어 독약이 효력을 발휘하는군. 이런 모자란 바보 하나쯤 얽어 넣는 건 식은 죽 먹기지. 훌륭하고 정숙한 여자들도 이런 식으로 죄가 없으면서도 억울한 수모를 받게 되는 거다. 웬일이십니까, 장군님? 어떻게 되신 겁니까, 오셀로 장군님? (카시오 등장) 카시오 부관님이시군요?

카시오 : 웬일인가?

이아고 : 장군님께서 간질병으로 쓰러지셨어요. 이번이 두 번째입니다. 어제도 한 번 발작이 있었습니다.

카시오 : 관자놀이를 문질러드리게.

이아고 : 아니, 조용히 놔두는 게 좋습니다. 건드리면 입으로 거품을 뿜고 미친 사람처럼 난폭해지거든요. 아, 움직이신다. 잠시 물러가 계십시오. 장군님께서 회복하시어 가신 다음에 중요한 일로 말씀 드릴 게 있습니다. (카시오 퇴장) 장군님, 어떠세요? 머리를 다치신 건 아닌가요?

오셀로 : 나를 놀리는 건가?

이아고 : 놀리다니요? 천만에요. 저는 장군님께서 대장부답게 운명을 참아 나가시기를 빌 뿐입니다.

오셀로 : 뿔 돋친 남자는 괴물이요, 짐승이다.

이아고 : 그렇게 말씀하신다면 이 도시는 신사인 척하는 짐승과 괴물들이 많습니다.

오셀로 : 그자가 자백했나?

이아고 : 남자답게 행동하셔야 합니다. 결혼의 멍에를 짊어지고 있는 남자들은 모두 장군님과 같다고 생각하십시오. 매일 밤 수백만의 남자들이 남의 침대를 자기 침대로 생각하고 잠자리를 하고 있답니다. 장군님은 그래도 나은 편이죠. 잠자리에서 마음 놓고 음탕한 여자의 입술을 빨면서도 그 여자가 정숙한 여자라고 믿는 건 그야말로 지옥의 저주요, 악마의 조롱감이니 말입니다. 저라면 반드시 알아둘 겁니다. 자신의 입장을 알게 되면 여자를 다루는 방법에 눈을 뜨게 되니까요.

오셀로 : 역시 자넨 현명해.

이아고 : 잠시 이곳에서 떨어져 있어 주세요. 참고 기다려보세요. 조금 전 너무 상심하시어 쓰러지셨을 때 – 장군님답지 못한 격정이었습니다만 – 그사이 카시오가 왔었습니다. 제가 그를 쫓아버렸습니다. 기절하신 이유는 적당히 둘러대 놓고 나중에 할 말이 있으니 다시 오라고 했더니, 온다고 약속했습니다. 이 부근에 잠시 숨어 있다가 그자의 얼굴에 나타나는 냉소와 조롱과 경멸을 자세히 살펴보십시오. 이 사건을 처음부터 말하도록 물을 테니까요. 부인을 어디서, 어떻게, 얼마나 자주, 언제부터 만났는지, 언제 또 만나기로 했는지 묻겠습니다. 놈의 표정을 잘 살펴보세요. 괜찮으세요?

참으셔야 합니다. 만약 그렇게 못 하신다면 대장부답지 못한, 성미
나 부리는 졸부로 알겠습니다.

오셀로 : 이아고, 난 아주 교묘하게 참겠지만……. 잘 들어, 누구보다
잔인해질 수도 있네.

이아고 : 좋습니다. 그러나 자제심을 잃으시면 안 됩니다. 잠시 물러가
계십시오. (오셀로 숨는다) 됐어, 이제 카시오에게 비앙카 얘길 물어
야지. 몸을 팔아 빵과 옷을 사는 그 계집이 카시오에게 완전히 빠
져 있거든. 많은 남자들을 속이고 살면서도 결국은 한 남자에게 속
아 넘어가는 게 창녀들의 팔자지. 그가 그 계집 얘기를 들으면
웃음을 참지 못할 것이다. 저기 녀석이 오는군. (카시오 등장) 저 녀
석이 웃어대면 오셀로는 미칠 지경이 될 거야. 지금껏 겪어보지 못
한 질투에 눈이 뒤집혔으니 불쌍한 카시오의 웃음과 몸짓과 경박
한 태도를 엉뚱하게 해석하겠지. 부관님, 좀 어떠십니까?

카시오 : 그런 직위로 날 부르면 더욱 서글퍼지네. 그 이름이 없어져서
죽을 지경이니까.

이아고 : 데스데모나 부인한테 부탁하면 잘될 겁니다. 만약 비앙카의
힘으로 될 수만 있는 것이라면 훨씬 빨리 해결될 텐데 아쉽군요.

카시오 : 흥, 불쌍한 계집!

오셀로 : (방백) 저것 봐, 벌써 웃고 있군!

이아고 : 남자를 그렇게 사랑하는 여자는 처음 봤어요.

카시오 : 불쌍한 계집! 나를 사랑하는 것만은 틀림없는 것 같더군.

오셀로 : (방백) 이번에는 아닌 척 부정하면서 슬쩍 웃어넘기는군.

이아고 : 그런데 말이죠, 카시오 님?

오셀로 : (방백) 이제 이아고가 그 얘기를 꺼낼 모양이로군. 잘한다, 잘
해!

이아고 : 그 여자는 부관님과 결혼한다고 떠들고 다닌다는데. 부관님
　　　　도 그럴 생각이십니까?

카시오 : 하 하 하!

오셀로 : (방백) 신명이 나는 모양이군. 로마인처럼 승리했다 이거지?

카시오 : 그 여자와 결혼을 한다고? 창녀하고? 내 판단력을 뭘로 보는
　　　　건가? 날 얕잡아보지 말게. 하 하 하!

오셀로 : (방백) 그래, 그래. 승리한 자는 웃는 법이지.

이아고 : 하지만 부관님이 그 여자와 결혼한다는 소문이 자자하던데
　　　　요?

카시오 : 농담하지 말게.

이아고 : 거짓말을 한 거라면 제가 나쁜 놈입니다.

오셀로 : (방백) 날 모욕했겠다! 좋아!

카시오 : 그건 그 원숭이 같은 계집이 제멋대로 퍼뜨린 소릴세. 저 혼자
　　　　반해서 내가 결혼해줄 거라고 생각한 거지. 난 그런 약속을 한 적
　　　　이 없네.

오셀로 : (방백) 이아고가 신호를 보내는군. 이제 이야기를 시작한 거야.

카시오 : 방금도 여기 있었지. 어디를 가든지 내 꽁무니를 따라다니거
　　　　든. 요전에도 베니스 사람들과 바닷가에서 얘기를 나누고 있으려
　　　　니까, 그것이 쫓아와서 끌어안고는…….

오셀로 : (방백) "사랑하는 카시오!"라고 했겠지. 몸짓을 보니 그런 뜻
　　　　이군.

카시오 : 매달려서 축 늘어진 채 우는 거야. 그러더니 날 힘껏 끌어당기
　　　　더군! 하 하 하!

오셀로 : (방백) 그렇게 해서 내 아내가 저놈을 내 침실로 끌고 갔다는
　　　　얘기로군. 저놈의 코를 도려내서 개한테 던져주고 싶다.

카시오 : 하지만 이제 그만 만나야겠어.

비앙카 등장.

이아고 : 이크! 저기 누가 오는군.

카시오 : 족제비 같은 것! 향수 냄새가 나는군. 어쩌자고 이렇게 날 쫓아다니는 거야?

비앙카 : 당신 같은 사람은 악마한테 쫓겨야 해. 방금 내게 준 손수건은 무슨 의미로 준 거지? 그런 걸 받다니 내가 바보지. 게다가 무늬를 본뜨라고? 방에 떨어져 있었는데 누가 떨어뜨렸는지 모른다고? 얘기인즉 그럴싸하지만 어떤 음탕한 년이 준 정표겠지. 그런 것을 내가 본떠야 한다고? 가져가서 그년한테나 돌려줘요. 그런 무늬 따위 본뜨지 못하겠으니.

카시오 : 사랑스러운 비앙카, 무슨 일이지?

오셀로 : (방백) 저건 내 손수건이 틀림없어!

비앙카 : 오늘 밤에 식사하러 오실 테면 오세요. 안 그러면 다음에 올 생각은 하지도 말아요. (퇴장)

이아고 : 따라가세요, 어서요!

카시오 : 그래야겠네. 그냥 내버려두면 길바닥에서 소란을 피울 테니 말이야.

이아고 : 거기서 저녁을 드실 건가요?

카시오 : 그럴 생각이네.

이아고 : 그럼 다시 만납시다. 긴히 드리고 싶은 얘기가 있으니까요.

카시오 : 꼭 와주게.

이아고 : 어서 가보세요. 아무 말 마시고. (카시오 퇴장)

오셀로 : (앞으로 나오면서) 이아고, 저놈을 어떻게 죽였으면 좋겠나?

이아고 : 보셨죠? 몹쓸 짓을 저지르고도 저렇게 즐겁게 웃고 있는 것을 말이에요.

오셀로 : 아, 이아고!

이아고 : 손수건도 보셨죠?

오셀로 : 분명히 내 손수건이던가?

이아고 : 틀림없습니다. 부인을 바보 취급하는 꼴이라니! 부인은 그걸 카시오에게 주고 그는 그것을 그 창녀한테 준 겁니다.

오셀로 : 9년을 두고두고 괴롭히면서 죽이고 싶다! 훌륭하고 아름답고 상냥한 여자였는데!

이아고 : 이젠 잊어버리셔야 합니다.

오셀로 : 그년은 오늘 밤 안으로 썩어 없어질 것이다. 지옥으로 떨어지게 하겠네. 살려둘 수 없어! 내 가슴은 돌처럼 굳어버려서 손으로 치면 그 손이 부러질 것이다. 아, 이 세상에 그렇게 귀여운 여자가 또 있을까! 제왕 옆에 누워서 그에게 명령할 수 있는 여자지.

이아고 : 아닙니다, 그렇게 생각하지 마세요.

오셀로 : 죽일 년! 난 사실을 말하고 있을 뿐이야. 바느질 솜씨도 좋고 음악에도 소질이 뛰어나다네. 아, 그녀가 노래 부르면 사나운 곰도 온순해지지! 지혜롭고 창의력도 풍부한 여인이야.

이아고 : 그러니까 더욱 나쁘죠.

오셀로 : 천배 만배 나쁘지. 성품은 또 얼마나 부드러운가!

이아고 : 지나치게 얌전합죠.

오셀로 : 그래, 그대로야. 그러니 이런 분한 일이 어디 있는가. 오, 이아고. 원통하구나, 이아고!

이아고 : 그녀의 부정한 행실이 마음에 드신다면 차라리 간통을 허락

하십시오. 장군님만 아무렇지 않으시다면 다른 사람들도 상관없는 일이니까요.

오셀로 : 그년을 갈기갈기 찢어버리겠다! 간통이라니!

이아고 : 아, 정말 더러운 일이지요.

오셀로 : 내 부하와!

이아고 : 그건 더욱 더러운 일입니다.

오셀로 : 이아고, 독약을 구해 오게, 오늘 밤에. 변명은 듣지 않을 것이다. 그녀의 아름다운 모습에 내 결심이 무너질지 모른다. 오늘 밤이다, 이아고!

이아고 : 독약은 안 됩니다. 침대에서 목을 조르십시오. 그녀가 더럽힌 그 침대에서 말입니다.

오셀로 : 좋아, 좋아. 그게 더욱 정당한 것 같군. 아주 좋아.

이아고 : 카시오는 제가 처치하겠습니다. 자정까지 결과를 보고드리겠습니다.

오셀로 : 좋아! (나팔 소리) 저건 무슨 나팔 소리지?

로도비코, 데스데모나, 시종들 등장.

이아고 : 베니스에서 무슨 일이 생긴 모양입니다. 공작님이 보내신 로도비코 님이 오셨습니다. 부인께서도 함께 오셨습니다.

로도비코 : 장군, 안녕하십니까?

오셀로 : 잘 오셨습니다.

로도비코 : 베니스의 공작님과 의원들께서 장군께 안부를 전하십니다. (편지를 건넨다)

오셀로 : 감사히 받겠습니다. (편지를 뜯어 읽는다)

데스데모나 : 로도비코 오라버님, 무슨 소식이라도 있으세요?

이아고 : 뵙게 되어 기쁩니다. 키프로스 섬에 오신 것을 환영합니다.

로도비코 : 고맙네. 카시오 부관은 어떻게 지내시나?

이아고 : 잘 계십니다.

데스데모나 : 오라버니, 슬프게도 장군과 부관 사이가 나빠졌어요. 오
    라버님이라면 두 분 관계를 화해시킬 수 있을 거예요.

오셀로 : 정말 그렇게 생각하나?

데스데모나 : 네?

오셀로 : (편지를 읽는다) "이 일은 어김없이 실행해주시오. 그럼 이만".

로도비코 : 편지를 열심히 읽고 계실 뿐 부르신 게 아니란다. 그런데 장
    군과 카시오 사이가 좋지 않다고?

데스데모나 : 정말 불행한 일이에요. 두 분 사이를 화해시키는 일이면
    뭐든 하겠어요. 카시오 부관은 좋은 분이세요.

오셀로 : 제기랄!

데스데모나 : 네?

오셀로 : 제정신이오?

데스데모나 : 화나셨어요?

로도비코 : 편지 때문이겠지. 카시오를 후임으로 두고 귀국하라는 내용
    인 것 같다.

데스데모나 : 정말 기쁜 일이군요.

오셀로 : 정말이오?

데스데모나 : 네?

오셀로 : 당신이 미쳐버린 걸 보니 나도 기쁘군.

데스데모나 : 왜 그래요, 여보.

오셀로 : 이 악마! (데스데모나를 때린다)

데스데모나 : 제가 뭘 잘못한 거죠?

로도비코 : 장군, 내 눈으로 직접 보았다고 맹세해도 베니스의 그 누구도 믿지 않을 거요. 너무하셨소. 위로해드리시오. 울고 있습니다.

오셀로 : 악마, 악마! 대지가 여자의 눈물로 잉태될 수 있다면, 저것이 흘리는 눈물은 방울마다 악어가 될 것이오. 꺼져버려!

데스데모나 : 저 때문에 화가 나신다면 나가겠어요.

로도비코 : 진실로 순종하는 부인이로군요. 부디 그녀를 돌아오게 하시오.

오셀로 : 부인!

데스데모나 : 네?

오셀로 : 저 여자에게 할 말이 있소?

로도비코 : 제가요, 장군님?

오셀로 : 그렇소. 당신이 불러달라고 하지 않았소? 이 여자는 부르면 몇 번이고 돌아오지요. 돌아오고 또 돌아오고, 가다가 또다시 돌아옵니다. 그리고 울 줄도 알지요. 말씀하신 대로 순종하고 또 순종하지요. 무척 순종한단 말입니다. 실컷 울어라. 우는 시늉도 잘하는군. 이 편지는 귀국하라는 명령이군요. 물러가라. 곧 부를 테니. 명령에 따라 베니스로 돌아가겠소. 물러가라니까! (데스데모나 퇴장) 카시오를 후임으로 앉히겠소. 오늘 밤엔 저녁 식사를 같이하십시다. 키프로스에 잘 오셨소. 염소, 원숭이 같은 것들! (퇴장)

로도비코 : 저 사람이 바로 우리 상원 전체가 입을 모아 격찬했던 고결한 무어인인가? 어떤 격한 감정에도 동하지 않는다는 성품을 가졌던 자란 말인가? 어떠한 총알도, 불행의 화살도 그 덕성에 상처 내지 못하고, 뚫지 못할 것이라고 했던 바로 그 사람인가?

이아고 : 많이 변하셨습니다.

로도비코 : 정신은 온전한가? 머리가 돈 건 아닌가?

이아고 : 보신 그대로입니다. 앞으로 어떻게 될지 전혀 예측할 수 없습니다. 지금보다 나빠질 수도 있겠지요. 하지만 부디 지금 그대로였으면!

로도비코 : 아내를 때리다니!

이아고 : 분명 나쁜 일이지요. 하지만 이번 구타가 최악이군요!

로도비코 : 늘 그렇단 말인가? 아니면 그 편지를 보고 화가 나서 처음으로 저지른 일인가?

이아고 : 아, 정말 슬픈 일입니다! 제가 보고 들은 것을 그대로 말씀드리는 건 도리가 아닙니다. 그분의 행동을 잘 관찰해보시면 제가 말씀드리지 않아도 알게 되실 겁니다. 뒤따라가서 여전히 그러시는지 잘 보십시오.

로도비코 : 내가 사람을 잘못 봤나 보군. (모두 퇴장)

제4막 2장 · 성 안의 방

오셀로, 에밀리아 등장.

오셀로 : 아무것도 못 봤단 말이지?

에밀리아 : 들은 적도 없고, 수상하게 여긴 적도 없습니다.

오셀로 : 카시오가 내 아내와 함께 있는 걸 봤을 거다.

에밀리아 : 하지만 아무 일도 없었습니다. 두 분께서 주고받은 얘기는
모두 들었습니다.

오셀로 : 뭐야, 둘이서 속삭이지도 않았어?

에밀리아 : 절대로 없습니다, 주인님.

오셀로 : 너를 밖으로 내보낸 적도 없었고?

에밀리아 : 전혀 없었습니다.

오셀로 : 부채라든가, 장갑이나, 가면을 가져오라고 밖으로 내보내지
않았어?

에밀리아 : 한 번도 없습니다.

오셀로 : 이상한 일이군.

에밀리아 : 장군님, 부인은 결백하십니다. 제 영혼을 걸고 보증하겠습
니다. 달리 생각하신다면 그런 의심은 버리세요. 그렇게 생각하시
는 것은 자기 모독이에요. 어떤 놈이 장군님 머릿속에 그런 의심을
넣어드렸다면 하늘이시여, 그놈에게 뱀의 저주를 내리소서! 부인
같은 분을 결백하지도 정숙하지도 진실하지도 않다 하시면 이 세
상 모든 남자는 불행할 겁니다. 아무리 순수한 여자라도 모함으로
더러워질 테니까요.

오셀로 : 그녀에게 가서 이리 오라고 해라. 어서. (에밀리아 퇴장) 말은

제법 한다만 단순한 뚜쟁이라 중요한 얘기는 말하지 못하겠지. 교활한 창녀. 자물쇠와 열쇠를 갖춘 사악한 비밀의 금고야. 그러면서도 무릎을 꿇고 기도는 하겠지. 이 눈으로 똑똑히 보았단 말이다.

데스데모나, 에밀리아 등장.

데스데모나 : 여보, 부르셨어요?

오셀로 : 이리 좀 와요.

데스데모나 : 무슨 일이세요?

오셀로 : 어디 눈 좀 봅시다. 내 얼굴을 똑바로 봐요.

데스데모나 : 무슨 무서운 생각을 하고 계신 거예요?

오셀로 : (에밀리아에게) 자넨 맡겨진 일이나 해라. 우린 재미를 좀 볼 테니 문이나 닫아. 누가 오거든 헛기침을 하든지 "흠흠!" 하고 소리를 내고. 너의 일을 시작하는 거야, 일을! 빨리 가봐! (에밀리아 퇴장)

데스데모나 : 무슨 뜻이지요? 당신의 말에 노여움이 있는 건 알겠지만 무슨 뜻인지 알아들을 수가 없군요.

오셀로 : 도대체 넌 뭐냐?

데스데모나 : 당신의 아내, 진실하고 충실한 당신의 아내죠.

오셀로 : 그렇게 맹세해도 지옥에 떨어지게 돼 있어. 얼굴이 천사 같으니 지옥의 악마들도 무서워서 널 잡지는 못할 거다. 그러니 정절을 맹세하고 한 번 더 지옥에 가라.

데스데모나 : 하늘은 진실을 알고 계십니다.

오셀로 : 물론 하늘은 진실을 잘 알지. 악마처럼 부정한 당신의 행실을.

데스데모나 : 누구에게, 여보? 누구와? 어떻게 부정하다는 거죠?

오셀로 : 아, 데스데모나! 저리 가! 저리 가! 저리 가라구!

데스데모나 : 아, 이렇게 슬픈 일이! 왜 우시죠? 저 때문에 우시는 건가요, 여보? 혹시 이번에 당신을 소환하려는 사람이 저의 아버님이라고 의심하셔도 절 책망하진 마세요. 당신이 그분을 잃었다면 저도 잃었잖아요.

오셀로 : 하늘이 온갖 고난으로 날 시험한다 해도, 온갖 고통과 치욕을 머리 위에 쏟는다 해도, 뼛속까지 가난 속에 처박힌다 해도, 내 몸과 내 희망을 포로로 넘겨준다고 해도, 내 영혼 한 구석에는 한 방울의 인내심이 남아 있을 텐데. 아, 시계판 숫자처럼 경멸이 담긴 시간의 느린 손가락질을 받으며 살아야 하다니! 하지만 난 잘, 아주 잘 참을 수 있다. 그러나 거기, 내 심장을 간직해둔 곳, 내가 살고 또한 죽는 곳. 내 생명수가 흘러나오고 내 생명을 말라붙게 하는 곳. 그 샘에서 버려진다면! 그 샘을 더러운 두꺼비가 알을 까는 웅덩이로 만들어버린다면! 아, 인내여, 장밋빛 입술을 한 천사의 얼굴을 이제 치워라! 지옥 같은 흉악한 얼굴을 보여라!

데스데모나 : 고귀한 당신, 제가 정숙하다는 것은 아시겠지요?

오셀로 : 오, 그렇지. 없어졌는가 하면 어느새 알을 까는 여름날 도살장의 쇠파리처럼 정숙하지. 잡초 같은 것, 어쩌면 그렇게 곱고 아름다운가! 향긋한 냄새가 코를 마비시키는구나. 너는 차라리 태어나지 않았어야 옳았어!

데스데모나 : 아아, 저도 모르는 사이에 제가 어떤 죄를 범했나요?

오셀로 : 순백의 종이로 만든 이 아름다운 책은 '창녀'라고 쓰기 위해 만들어진 것인가? 무슨 죄를 범했느냐고? 범했어! 창녀! 네 행실을 내 입에 올리는 것만으로도 내 뺨은 용광로의 불덩어리처럼 달아올라 모든 도덕심을 태워버리고 말 것이다. 무슨 죄를 범했느냐

고? 뻔뻔스러운 매춘부야! 하늘도 코를 막고, 달님도 눈을 감고, 만나는 모든 것에 입을 맞추는 음탕한 바람도 깊은 동굴 속에 몸을 숨기고 네가 한 짓을 들으려 하지 않을 것이다. 무슨 죄를 범했느냐고? 뻔뻔한 창녀!

데스데모나 : 맹세코 잘못 알고 계십니다.

오셀로 : 네가 창녀가 아니라고?

데스데모나 : 전 기독교인입니다. 남편을 위해 더럽고 불미스러운 손이 닿지 않도록 이 몸을 깨끗하게 지키는 것이 창녀가 아니라면 저는 창녀가 아닙니다.

오셀로 : 뭐, 창녀가 아니야?

데스데모나 : 네, 저는 구원받을 겁니다.

에밀리아 등장.

오셀로 : 그럴 리가?

데스데모나 : 오, 하느님, 용서하소서!

오셀로 : 당신에게 용서를 구해야겠군. 난 당신이 이 오셀로와 결혼한 베니스의 창녀인 줄 알았소. (언성을 높여) 여봐라, 성 베드로와는 정반대의 임무를 가진 지옥의 문지기여. 그래 너, 너! 우리 볼일은 끝났다. 수고비를 줄 테니 문을 열어주고 비밀을 지켜라. (퇴장)

에밀리아 : 아아, 저분이 대체 무슨 생각을 하고 저러실까요? 어떠세요, 마님? 착한 마님, 왜 그러세요?

데스데모나 : 꿈을 꾸는 것 같아.

에밀리아 : 주인님께서 왜 그러실까요?

데스데모나 : 누구?

에밀리아 : 주인님 말입니다.

데스데모나 : 누가 너의 주인인데?

에밀리아 : 마님의 주인님 말씀이에요.

데스데모나 : 내겐 그런 사람은 없어. 아무 말도 시키지 말아줘, 에밀리 아. 눈물 짓는 것 외에는 소리 내어 울 수도 없고 대답할 수도 없구 나. 에밀리아, 부탁이 있는데 오늘 밤엔 첫날밤 그 시트를 깔아줘, 잊지 말고. 그리고 자네 남편을 좀 오라고 하고.

에밀리아 : 그렇게 변하시다니! (퇴장)

데스데모나 : 이런 꼴을 당하는 것도 당연해. 아주 당연한 일이지. 내가 저지른 죄가 무엇이건 간에 그이는 눈곱만큼만 책망하시는 걸 거 야.

이아고, 에밀리아 등장.

이아고 : 부르셨습니까, 부인? 기분은 어떠세요?

데스데모나 : 아무 말도 할 수가 없네. 어린애를 가르치려면 우선 쉬운 것부터 가르치는 법, 그이도 날 그런 식으로 꾸중하실 수 있었을 텐데. 사실 난 꾸중을 듣는 데는 아직 어린애나 같거든.

이아고 : 도대체 무슨 일이십니까?

에밀리아 : 글쎄, 주인님이 마님더러 매춘부라고 능멸하시며 진실한 사 람이라면 차마 견디기 어려운 악담을 퍼부으셨어요.

데스데모나 : 이아고, 그것이 내 이름인가?

이아고 : 뭐라고 하셨는데요?

데스데모나 : 그이가 나를 부른 그 이름 말일세.

에밀리아 : 매춘부라고 하셨다니까요. 술 취한 거라도 자기 아내를

그렇게 부르진 않을 거예요.

이아고 : 왜 그런 말씀을 하셨을까요?

데스데모나 : 나는 모르겠네. 난 그런 여자가 아니니까.

이아고 : 울지 마세요. 진정하세요. 이 일을 어쩐다지!

에밀리아 : 그렇게 많은 명문의 혼처도 마다하고, 아버지도, 고향도, 친
　　　　구들도 다 버리셨는데 매춘부란 말을 듣다니? 어떻게 울지 않을
　　　　수 있겠어요?

데스데모나 : 비참한 운명이야.

이아고 : 가여운 양반, 어떻게 그런 변덕이 나셨을까요?

데스데모나 : 알 수 없는 일이야.

에밀리아 : 이건 틀림없이 남의 일에 나서기 좋아하고 비위나 맞추는
　　　　흉악한 사기꾼이 한 자리를 얻으려고 꾸며낸 모함이 분명해요. 내
　　　　말이 틀렸으면 목을 매달아도 좋아요.

이아고 : 그런 놈이 어디 있어! 당치도 않은 소리.

데스데모나 : 그런 사람이 있다면 하늘이여, 용서해주소서!

에밀리아 : 목을 매다는 것이 용서하는 거예요! 그런 놈은 지옥에서 썩
　　　　어야 해요. 무슨 근거로 마님을 창녀라고 부르는 거죠? 누굴 상대
　　　　했다는 거죠? 어디서? 언제? 어떻게? 증거가 뭐죠? 장군님께선
　　　　어떤 불한당한테 속으신 거예요. 비열하고 간악한 악당 놈에게 속
　　　　으신 거예요. 아아 하느님, 그놈의 정체를 밝혀주세요. 그리고 정
　　　　직한 사람들에게 회초리를 주어 그 악독한 놈을 발가벗긴 뒤 이 세
　　　　상 이 끝에서 저 끝까지 질질 끌고 다니며 매질하게 해주세요!

이아고 : 목소리 좀 낮춰.

에밀리아 : 망할 놈들! 당신의 분별을 흐리게 하고, 장군님과 나를 당신
　　　　이 의심하게 만든 것도 틀림없이 그놈일 거야.

이아고 : 바보 같은 소리 그만해.

데스데모나 : 오, 이아고. 어떻게 하면 그이의 마음을 되돌릴 수 있겠나? 제발 그분한테 가서 얘기 좀 해주게. 무엇 때문에 그이를 잃게 되었는지도 모르겠네. 무릎 꿇고 맹세할 수도 있어. 마음으로나 행동으로나 나의 의지로 그이의 사랑을 배반한 적이 있었다면, 나의 눈이, 나의 귀가, 나의 다른 어떤 감각이 다른 사람에게 팔린 적이 한 번이라도 있다면, 그리고 설사 그이가 나를 버리는 일이 있더라도 과거에도, 앞으로도 내가 그이를 사랑하지 않는다면 나에게는 아무런 즐거움도 없을 거라네. 그이의 무정함이 내 생명을 앗아가더라도 내 사랑만은 절대로 변하지 않을 거야. 창녀라니, 입에 담을 수조차 없어. 입에 담는 것만으로도 소름이 끼쳐. 세상의 귀한 것을 모두 준다 해도 난 그런 이름으로 불릴 행동은 할 수 없다네.

이아고 : 진정하세요. 잠시 기분이 나쁘신 겁니다. 아마 나랏일로 기분이 상해서 그러신 거겠죠.

데스데모나 : 그렇다면 얼마나 좋겠나.

이아고 : 틀림없습니다. (안에서 나팔 소리) 저녁 식사를 알리는 나팔 소리군요. 베니스에서 오신 사절들도 참석하실 겁니다. 눈물을 닦으시고 어서 들어가십시오. 다 잘될 겁니다. (데스데모나, 에밀리아 퇴장) (로데리고 등장) 로데리고, 웬일이세요?

로데리고 : 자네가 날 바보로 만들고 있군.

이아고 : 뭐가 잘못됐습니까?

로데리고 : 이아고, 자넨 요리조리 피하고만 있잖나. 지금 와서 생각해보니 자넨 나를 위해주는 척하면서 희망을 주기는커녕 내 이득을 가로채가고 있어. 이젠 더 이상 참을 수 없네. 여태까지 내가 바보 취급을 당한 것만으로도 너무 화가 나는군. 가만히 있지 않겠네.

이아고 : 로데리고, 내 말 좀 들어보세요.

로데리고 : 이미 너무 많이 들었네. 자넨 말과 하는 짓이 다르단 말야.

이아고 : 부당한 비난입니다.

로데리고 : 사실이 그런 걸 어떡하나. 난 이젠 빈털터리야. 데스데모나
에게 전해주겠다고 자네가 가지고 간 보석이면 수녀라도 타락시킬
수 있었을 걸세. 자네는 데스데모나가 그 보석을 받았으면 나에게
관심과 보답을 보여줄 거라고 했지만 아무것도 없었어.

이아고 : 좋아요. 잘되고 있습니다.

로데리고 : 잘돼? 좋다고? 도대체 뭐가 됐다는 건가? 난 그 무엇도 해
보지 못했고 잘되어가는 것도 없어. 이제야 비로소 속았다는 걸 알
았단 말일세.

이아고 : 좋습니다.

로데리고 : 뭐가 좋다는 거야? 내가 직접 데스데모나를 만나보겠어. 만
일 그녀가 보석을 돌려준다면 나도 단념하고 올바르지 못한 이 구
애를 뉘우치겠지만, 만일 돌려주지 않는다면 너에게 손해배상을
청구할 테니 명심해두게.

이아고 : 이제야 솔직히 말씀하시는군요.

로데리고 : 난 행동에 옮길 의지가 있다는 걸 보여준 것 외에는 아무 말
도 하지 않았네.

이아고 : 음, 당신 성격도 만만치 않다는 걸 알겠어요. 지금부터 당신
을 다시 봐야겠군요. 자, 악수합시다, 로데리고. 당신은 정당한 반
론을 제기하셨습니다. 하지만 분명히 말해둘 것은 내가 당신 일을
똑바로 처리했다는 사실입니다.

로데리고 : 그렇게 보이지 않았어.

이아고 : 인정합니다. 당신이 의심하는 건 당연하지요. 하지만 로데리

고, 당신이 지금 진정으로 결의와 용기를 갖고 있다면, 오늘 밤 그 걸 보여주십시오. 만일 내일 밤 데스데모나와 재미를 보지 못한다 면 나를 이 세상에서 없애버리고 이 목숨을 요절내도 상관없습니다.

로데리고 : 대체 그것이 어떻게 가능하단 말인가?

이아고 : 들어보세요. 베니스에서 카시오를 오셀로의 후임으로 앉히라 는 특명이 왔습니다.

로데리고 : 정말인가? 그럼 오셀로하고 데스데모나는 베니스로 돌아갈 게 아닌가?

이아고 : 그렇지 않습니다. 그는 데스데모나를 데리고 고향인 모리타 니아로 갈 겁니다. 여기에 더 머물러야 할 특별한 사건이 터지지 않는다면 말입니다. 그러기 위해서는 카시오를 없애버리는 수밖 에 없습니다.

로데리고 : 없애버리다니, 무슨 뜻인가?

이아고 : 그놈이 오셀로의 후임 자리에 못 앉게 하는 겁니다. 골통을 빠 개서.

로데리고 : 그래, 그걸 나보고 하란 말인가?

이아고 : 그렇지요. 당신에게 이익을 가져다주는 일이니까요. 당신은 그저 정당한 이 일을 해보겠다는 용기만 내시면 됩니다. 마침 그놈 은 오늘 밤 창녀의 집에서 저녁을 먹을 건데 저도 함께 있을 예정입 니다. 놈은 아직도 자기의 운이 다했다는 것 모를 겁니다. 그가 자 리를 뜨는 걸 지켜보고 있다가 당신 마음대로 해치우면 됩니다. 내 가 자정에서 한 시 사이에 떠나도록 꾸미겠습니다. 또 근처에 있다 가 거들어드리지요. 둘이서 놈을 때려잡는 겁니다. 자, 그렇게 멍 하게 서 있지 말고 날 따라오세요. 그놈을 죽이지 않으면 안 될 이

유를 알려드리죠. 내 애길 들으면 납득이 갈 겁니다. 벌써 저녁을 먹을 시간이군요. 망설이다간 밤이 헛되이 지나가고 말 겁니다. 그러니 서둘러야 합니다.

로데리고 : 좀더, 이유를 자세히 들려주게.

이아고 : 충분히 설명해드리지요. (모두 퇴장)

제4막 3장 ❖ 성의 다른 방

오셀로, 로도비코, 데스데모나, 에밀리아, 시종들 등장.

로도비코 : 장군, 이제 그만 들어가시지요.

오셀로 : 아닙니다. 좀 걷고 싶소이다.

로도비코 : 부인, 안녕히 계십시오. 융숭한 대접 고맙습니다.

데스데모나 : 천만의 말씀을.

오셀로 : 그럼 갑시다. 오, 데스데모나⋯⋯.

데스데모나 : 네?

오셀로 : 먼저 자요. 금방 돌아올 거요. 시녀도 물러가게 하고. 알겠소?

데스데모나 : 알겠어요. (오셀로, 로도비코, 시종들 퇴장)

에밀리아 : 무슨 일일까요? 아까보다는 좀 풀리신 것 같군요.

데스데모나 : 금방 돌아오신다고 하셨어. 나보고 먼저 자라고 하시더군. 에밀리아도 일찍 내보내라고 하셨고.

에밀리아 : 저를 내보내요?

데스데모나 : 그러셨어. 그러니까 에밀리아, 내 잠옷 갖다주고 가서 자도록 해. 지금 그이를 거스르면 안 돼.

에밀리아 : 마님께서 왜 그런 분을 만나셨을까!

데스데모나 : 난 그렇게 생각하지 않아. 그이를 진심으로 사랑하니까. 거친 성품도, 불같은 질책도, 화난 얼굴도 모두 매력적으로 보이거든. 이 핀 좀 빼줘.

에밀리아 : 말씀하신 대로 그 이불을 깔아놓았어요.

데스데모나 : 아무래도 좋아. 마음이란 어리석기 짝이 없어! 내가 만일 에밀리아보다 먼저 죽거든 저 시트로 날 감싸줘!

에밀리아 : 아니 그게 무슨 말씀이세요?

데스데모나 : 어머니의 하녀 중에 바바리란 아이가 있었어. 사랑하던 남자가 미쳐서 바바리를 버렸지. 바바리는 늘 〈버드나무〉라는 노래를 불렀는데 오래된 노래지만 바바리의 운명을 암시한 것 같았어. 결국 그 노래를 부르면서 죽었지. 오늘 밤엔 웬일인지 그 노래가 생각나. 나도 불쌍한 바바리처럼 고개를 떨구고 그 노래를 부르고 싶어져. 그럼, 어서 가서 자.

에밀리아 : 잠옷을 가져올까요?

데스데모나 : 아니, 이 핀 좀 뽑아줘. 로도비코 오라버님은 참 훌륭한 분이셔!

에밀리아 : 멋진 분이세요.

데스데모나 : 말씀도 잘하시고.

에밀리아 : 제가 아는 베니스의 어떤 여자는 그분의 입술에 입 맞출 수만 있다면 팔레스타인까지라도 맨발로 걸어가겠다고 했어요.

데스데모나 : (노래한다)

'가련한 처녀는 무화과나무 그늘 아래서 한숨 쉬며

푸른 버들잎을 부르네.

가슴에 손을 얹고 무릎에 머리 묻고

버들아, 버들아, 노래 부르네.

시냇물도 처녀의 슬픔을 읊조리며 흐르네.

버들아, 버들아, 노래 부르네.

흐르는 눈물에 바위도 녹고

버들아, 버들아, 노래 부르네.'

이것 좀 치워줘, 에밀리아.

'버들아 버들아, 노래 부르네.'

어서 가봐, 그이가 곧 오실 테니.

'아 푸른 버들잎은 나의 화환

그이를 비난하지 말아요.

멸시를 한다 해도 좋기만 하답니다.'

어, 가사가 틀렸네. 들어봐! 누가 문을 두드리잖아?

에밀리아 : 바람이에요.

데스데모나 : '내가 애인에게 배신자라고 했더니

그이는 차가운 대답을 하네.

버들아, 버들아, 노래 부르네.

그대가 다른 여자를 사랑하는 만큼

내가 같이 자는 남자도 늘어날 거라네.'

이제 가봐. 잘 자. 눈이 가려워. 눈물이 나오려는 걸까?

에밀리아 : 그런 건 아닐 거예요.

데스데모나 : 아니, 그럴 거야. 아, 남자들이란⋯⋯. 에밀리아, 말해봐.

그렇게 추잡한 방식으로 남편을 속이는 여자들이 있다고 생각해?

에밀리아 : 그야 있을 테죠, 물론.

데스데모나 : 온 세상을 다 준다면 자네는 그런 짓을 하겠나?

에밀리아 : 마님께서는 안 하실 건가요?

데스데모나 : 저 달님에게 맹세해. 절대로 하지 않아.

에밀리아 : 저도 달님이 보는 데서는 안 해요. 하지만 어두운 데서야 어때요?

데스데모나 : 이 세상을 다 준다면 그런 짓도 할 수 있다고?

에밀리아 : 세상은 엄청나게 크죠. 작은 죄를 저지르고, 그렇게 큰 대가를 받을 수만 있다면야.

데스데모나 : 그럴 리가 없어. 자네는 그런 짓을 안 할 거야.

에밀리아 : 왜요? 하고 나서 시치미를 딱 떼면 돼요. 물론 그렇다고는 해도 쌍가락지 한 개라든지, 비단 몇 필 때문에, 근사한 옷이나 모자 또는 그 비슷한 것들 때문에 하지는 않겠어요. 하지만 온 세상을 다 준다면야, 그렇게 해서 내 남편을 왕으로 만들 수 있다면야, 저 같으면 지옥에 떨어지는 한이 있더라도 하겠어요.

데스데모나 : 이 세상을 다 준대도 난 그런 짓은 할 수 없어.

에밀리아 : 그런 비행도 이 세상 안에서의 죄가 아닌가요? 수고의 보수로 이 세상이 자기 것이 된다면 그건 결국 자기 세상의 일이니까 곧바로 바로잡으면 그만이죠.

데스데모나 : 그런 여자가 있을 리 없어.

에밀리아 : 얼마든지 있어요. 이 세상을 꽉 채울 만큼 있을 거예요. 그렇지만 아내가 타락하게 되는 건 그건 모두 남편 잘못이에요. 남편 구실에는 태만한 채 아내에게 주어야 할 보물을 다른 계집의 허벅지에 퍼부으면서도 유치한 질투심으로 우리를 가두거나, 때린다거나, 심지어 심술 사납게 용돈을 줄인다면, 우리라고 화내지 말란 법 없지 않겠어요. 아무리 정숙한 여자라 해도 복수하고 싶어질 거예요. 아내들도 남편들처럼 꼭 같은 감각으로 보고 냄새도 맡고, 단맛도 신맛도 맛볼 줄 알거든요. 남편들이 우리를 다른 여자와 바

꿀 때 하는 짓이 무엇이죠? 장난삼아서? 그럴지도 모르죠. 타고난 천성 때문에 그럴까요? 그럴지도 모르죠. 의지가 약하기 때문일까요? 그럴지도 모르죠. 그렇다면 여자들에게는 왜 바람기가 없어야 하나요? 욕망도, 약한 의지도 없단 말입니까? 그러니까 남자도 여자들에게 잘해야 하는 거예요. 남자들이 이것을 모른다면 자세히 알려주어야 하고요. 아내들이 저지르는 잘못의 원인은 남자들에게 있다는 것을요.

데스데모나 : 가서 자. (에밀리아 퇴장) 주여, 저를 인도하소서. 악을 본뜨지 말고 선행하는 사람이 되도록. (퇴장)

제5막

제5막 1장 | 키프로스. 거리

이아고, 로데리고 등장.

이아고 : 이 가게 뒤에 숨어 있어요. 그자가 곧 올 겁니다. 칼을 빼 들고
있다가 단숨에 찌르는 겁니다. 겁낼 것 없어요. 내가 옆에 있을 테
니. 우리가 죽느냐 사느냐가 달린 일이라고 생각하고 마음을 단단
히 먹어야 합니다.

로데리고 : 꼭 내 옆에 있어주게. 실수할지도 모르니까.

이아고 : 여기 있을 테니 용기를 내요. 칼을 잡아요. (한쪽으로 물러선다)

로데리고 : 별로 내키지는 않지만 저 친구 말을 듣고 보니 그도 그럴듯
해. 사람 하나 없어지는 것뿐이지. 자, 칼을 뽑자. 놈을 죽이는 거
다.

이아고 : (방백) 저 어린 뾰루지 같은 놈을 마구 비벼놨더니 이제야 성
　　을 내는군. 저자가 카시오를 죽이든지, 카시오가 저 녀석을 요절내
　　든지, 아니면 싸우다 두 놈 다 죽든지, 모두 나의 승리다. 로데리고
　　가 살면 데스데모나에게 준다며 빼앗은 황금과 보석을 내놓으라고
　　할 테지. 그건 안 돼. 카시오가 살아남으면 그자의 하는 일이 훌륭
　　하니 내 꼴이 볼품없게 될 거고. 게다가 무어인이 내가 한 말을 카
　　시오한테 고해버린다면? 내가 위험해진다. 안 돼, 살려둬선 안 돼.
　　해치워야지. 오는 모양이군.

카시오 등장.

로데리고 : 걸음걸이가 틀림없이 그놈이다. 넌 죽었다! (카시오를 찌른다)
카시오 : 옷 안쪽이 단단했기 망정이지 하마터면 단칼에 목숨이 날아
　　갈 뻔했군. 어디 네놈의 옷은 어떤가 보자. (칼을 빼서 로데리고를 찌
　　른다)
로데리고 : 오, 난 이제 죽는구나! (이아고가 뒤에서 카시오의 다리를 찌르
　　고 퇴장한다)
카시오 : 아, 난 이제 불구다. 횃불! 사람 살려! 살인이다! 살인! (쓰러
　　진다)

오셀로 등장.

오셀로 : 카시오의 목소리다. 이아고가 약속을 지켰구나.
로데리고 : 아, 내가 죽일 놈이었어!
오셀로 : 쉿, 그렇고말고.

카시오 : 사람 살려요! 불 밝혀! 의사를 불러!

오셀로 : 놈이다. 용감하고 충직한 이아고. 친구가 받은 치욕을 훌륭
하게 갚아주었구나! 너에게 배운 점이 크다. 못된 것, 너의 애인은
이렇게 죽었다. 네년의 저주받은 운명도 머지않아 끝장이다. 매춘
부, 내가 간다. 너의 마술적인 눈빛도 이제 내 마음에서 사라졌다.
정욕으로 더럽힌 너의 침대가 욕망의 피로 물들게 해주마. (퇴장)

로도비코, 그라시아노 등장.

카시오 : 여봐라! 보초도 없나? 지나가는 사람도 없어? 살인이야!

그라시아노 : 사고가 났나 본데. 심상치 않은 소리야.

카시오 : 오, 사람 살려!

로도비코 : 쉿!

로데리고 : 아, 불운한 악당이여!

로도비코 : 신음 소리로 봐서는 두세 사람 있는 것 같군. 어두운 밤인
데다 무슨 계략이 있을지도 모르니 섣불리 가까이 갔다가는 위험
하오. 몇 사람 더 올 때까지 기다립시다.

로데리고 : 아무도 없어? 내가 죽어가고 있단 말이다.

로도비코 : 쉿!

햇불을 든 이아고 등장.

그라시아노 : 누가 잠옷 바람에 햇불과 칼을 들고 오는군.

이아고 : 누구요? 살인이라고 외친 사람이?

로도비코 : 우린 모르오.

이아고 : 고함 소릴 못 들으셨나요?

카시오 : 여기요, 여기! 제발 살려줘요!

이아고 : 어떻게 된 일입니까?

그라시아노 : 저자는 오셀로 장군의 기수가 아닌가?

로도비코 : 그렇군요, 매우 용감한 친구죠.

이아고 : 그렇게 고함을 지르는 사람이 누구요?

카시오 : 이아고? 아, 괴한들한테 당했네. 나 좀 도와주게.

이아고 : 아니, 부관님! 어떤 놈들이 이런 짓을 했어요?

카시오 : 한 놈은 근처에 있는 것 같아. 미처 도망치지 못했을 거야.

이아고 : 아아, 괘씸한 놈들! (로도비코와 그라시아노에게) 댁들은 뉘시
　　　오? 이리 와서 도와주시오.

로데리고 : 아, 사람 살려!

카시오 : 한 놈이 저기 있어.

이아고 : 살인마! 죽일 놈! (로데리고를 찌른다)

로데리고 : 아, 괘씸한 놈, 이아고. 냉혹한 개새끼! 오, 오…….

이아고 : 어둠 속에서 사람을 죽여? 그 악당들은 어디로 도망쳤지? 거
　　　리는 왜 이렇게 고요한 거야! 살인이다! 살인! 당신들은 누구요?
　　　대체 어느 편이오? 선한 편이오, 악한 편이오?

로도비코 : 사람을 보고 평가하게.

이아고 : 로도비코 나리?

로도비코 : 그렇네.

이아고 : 죄송합니다. 카시오가 괴한들에게 당했습니다.

그라시아노 : 카시오가?

이아고 : 어때요, 상처는?

카시오 : 다리가 부러졌어.

이아고 : 맙소사! 어르신들, 횃불을 좀 들어주십시오. 제 옷으로 동여
　　매겠습니다.

비앙카 등장.

비앙카 : 무슨 일이에요? 누구예요, 소릴 지른 사람이?

이아고 : 누가 소릴 질렀느냐고?

비앙카 : 오, 카시오! 나의 카시오! 카시오, 카시오!

이아고 : 오, 소문난 창녀로군! 카시오, 누가 당신을 이렇게 만들었는
　　지 짐작하시겠어요?

카시오 : 모르겠네.

그라시아노 : 이런 데서 뵙게 되다니 유감이오. 당신을 찾아다녔소.

이아고 : 대님이 있으면 좀 빌려주십시오. 들것이 있으면 편안히 옮길
　　수 있을 텐데.

비앙카 : 아, 기절하셨네! 오, 카시오, 카시오, 카시오!

이아고 : 여러분, 아무래도 이 비천한 여자가 이 사건에 한패인 것 같습
　　니다. 카시오, 조금만 더 참으세요. 횃불을 가까이 대주십시오. 혹
　　시 내가 아는 사람인가? 아니, 이게 누구야, 내 친구잖아? 로데리
　　고 같은데? 아닌가? 이런, 분명 로데리고다!

그라시아노 : 뭐, 베니스 사람이라고?

이아고 : 그렇습니다. 그를 아십니까?

그라시아노 : 물론 알고 있지.

이아고 : 그라시아노 나리, 죄송합니다. 유혈 사태에 정신이 혼미해서
　　미처 알아뵙지 못했습니다.

그라시아노 : 만나서 반갑군.

이아고 : 카시오, 어떠세요? 들것을 가져와요!

그라시아노 : 로데리고라고?

이아고 : 네, 맞습니다. (들것을 가져온다) 됐어, 잘됐어. 들것이 왔군. 조
심해서 메고 가주세요. 난 장군님의 주치의를 불러올 테니까요.
(비앙카에게) 아가씨는 수고하지 않아도 되겠어. 카시오, 여기 죽은
사람은 제 친구인데 두 사람 사이에 무슨 원한이라도 있었습니까?

카시오 : 전혀 없어. 난 모르는 사람이야.

이아고 : (비앙카에게) 얼굴이 창백하군. 어서 집 안으로 메고 가요. (카
시오와 로데리고 들것에 실려 나간다) 여러분, 잠깐만 기다려주십시
오. (비앙카에게) 아가씨, 안색이 창백해 보이는군? 저 여자의 겁먹
은 눈동자를 보실까요? 움직이지 말고 있어요. 저 여자를 잘 보세
요. 아시겠습니까, 여러분? 악행은 아무리 입을 꼭 다물고 있어도
저절로 밝혀지는 법입니다.

에밀리아 등장.

에밀리아 : 여보, 웬일이에요? 어찌 된 거예요?

이아고 : 카시오 부관님이 어둠 속에서 칼을 맞으셨어, 로데리고와 도
망친 놈들 패거리한테. 카시오 님은 중상이구, 로데리고는 죽었
지.

에밀리아 : 저런, 카시오 님이 다치시다니!

이아고 : 매춘부와 놀아난 결과지. 여보, 카시오 부관님이 오늘 밤 어
디서 식사를 했는지 알아봐. 뭐야! 내 말에 왜 그렇게 떨지?

비앙카 : 우리 집에서 식사하셨어요. 그렇지만 그것 때문에 떠는 건 아
니에요.

이아고 : 네 집에서? 나와 함께 가야겠어.

에밀리아 : 더러운 매춘부!

비앙카 : 난 매춘부가 아니에요. 욕을 퍼붓는 당신만큼은 나도 정숙하게 살고 있다구요.

에밀리아 : 뭐, 나만큼? 흥! 개수작!

이아고 : 여러분, 불쌍한 카시오 부관님이 치료받는 곳으로 가십시다. 이봐, 아가씨! 네가 실토할 일이 또 있다. 여보, 당신은 성채 안으로 들어가서 장군님 내외분께 이 일을 알려드려. 자, 그럼 가실까요. (방백) 일이 성공인지 실패인지 오늘 밤 결판이 나겠구나. (모두 퇴장)

제5막 2장 ◆ 성의 다른 방

침대에서 자고 있는 데스데모나. 촛불을 든 오셀로 등장.

오셀로 : 이유가 있단다. 그것 때문이야. 내 영혼아, 순결한 별들에게 차마 밝히지는 못해도 다 이유가 있단다. 그러나 아내는 피를 흘리지 않을 것이다. 눈보다 희고, 대리석보다 매끄러운 아내 살결에 상처를 내지는 않으리라. 하지만 살려둘 수는 없다. 살려두면 또 다른 남자들을 배신할 것인즉, 우선 이 촛불을 끈 다음에 생명의 불을 끄자. 타오르는 불은 꺼졌다 해도 후회스러우면 다시 켤 수 있다. 그러나 생명의 빛, 위대한 대자연이 창조한 아름다운 빛, 너는 한 번 꺼지면 다시 불 붙여줄 프로메테우스의 불씨를 어디에서 찾겠는가. 장미도 한 번 꺾이면 생명을 잇지 못하고 시들지. 살아

있을 때 향기나 맡아보자. (키스한다) 아, 향기로운 숨결. 정의의 신도 이 냄새를 맡는다면 칼을 꺾을 만하겠구나. 한 번만 더 입을 맞추자! 죽은 뒤에도 향기롭다면 너를 죽인 뒤에 사랑하리. 마지막으로 한 번 더. 이처럼 치명적인 향기가 또 있을까. 아, 이 눈물은 잔인한 눈물. 사랑하기 때문에 벌을 주는 신의 채찍. 그녀가 눈을 뜨는구나.

데스데모나 : 누구예요? 당신?

오셀로 : 그렇소, 데스데모나.

데스데모나 : 이제 주무셔야죠. .

오셀로 : 저녁기도는 올렸소, 데스데모나?

데스데모나 : 네.

오셀로 : 아직도 신의 용서를 받지 않은 죄가 있거든 지금 이 자리에서 용서의 기도를 올리시오.

데스데모나 : 그게 무슨 뜻이죠?

오셀로 : 자, 빨리 끝내요. 여기 가까이 있을 테니. 준비되지 않은 영혼을 죽이고 싶지는 않소. 절대로 그럴 순 없지. 당신의 영혼마저 죽이고 싶지는 않소.

데스데모나 : 죽인다고 하셨나요?

오셀로 : 그렇소.

데스데모나 : 아, 하나님, 자비를 베푸소서!

오셀로 : 아멘.

데스데모나 : 설마 그런 말씀을 하시면서 절 죽이지는 않겠지요?

오셀로 : 흠!

데스데모나 : 그렇지만 전 겁이 나요. 당신이 두 눈을 그렇게 굴리실 때는 살기가 느껴져요. 왜 두려운 걸까요? 저도 그 이유를 모르겠어

요. 죄의식은 없지만 어쩐지 두려워요.

오셀로 : 당신이 저지른 죄를 생각해봐.

데스데모나 : 제게 죄가 있다면 당신을 사랑하고 있다는 것뿐이에요.

오셀로 : 그 때문에 넌 죽어야 해.

데스데모나 : 사랑하기 때문에 죽어야 한다구요? 아, 왜 그렇게 아랫입
술을 깨무세요? 온몸을 떨고 계신 걸 보니, 무서운 생각을 하시는
거로군요. 그것이 저의 미래를 암시하는 건 아니겠죠?

오셀로 : 조용히, 움직이지 마라!

데스데모나 : 그러지요. 뭐가 잘못된 거죠?

오셀로 : 내가 소중히 여기던 손수건을 당신에게 주었는데 당신은 카
시오에게 주었어.

데스데모나 : 절대로 주지 않았어요. 맹세해요! 그 사람을 불러 물어보
세요.

오셀로 : 조심해. 위증은 안 돼. 넌 죽을 거니까.

데스데모나 : 네, 그러나 아직 죽을 수 없어요.

오셀로 : 곧 죽게 될 거야. 그러니 네 죄를 솔직히 고백해. 하나하나 맹
세하고 부인해도 나의 강력한 확신을 바꿀 수는 없어. 넌 이제 죽
는 거야.

데스데모나 : 아, 신이여, 제게 자비를 베푸소서!

오셀로 : 아멘.

데스데모나 : 당신도 자비를 베푸세요. 전 한 번도 당신을 배신한 적이
없어요. 카시오를 사랑하다니요? 하늘이 모든 이에게 허락하는 정
도의 사랑을 주었을 뿐, 그에게 정표를 준 일은 없어요.

오셀로 : 그자가 내 손수건을 가진 걸 내 눈으로 똑똑히 봤어! 넌 돌 같
은 심장으로 나를 살인자로 만드는구나. 난 그 손수건을 봤어.

데스데모나 : 그럼 그 사람이 어디서 주웠겠죠. 전 절대로 준 일이 없어요. 그 사람을 불러서 진실을 고백하게 하세요.

오셀로 : 벌써 자백했어.

데스데모나 : 뭐라고요?

오셀로 : 널 가졌다고.

데스데모나 : 어떻게요? 부정한 짓을 했다고요?

오셀로 : 그래.

데스데모나 : 그렇게 말할 리가 없어요.

오셀로 : 당연하지. 입을 막았으니. 충실한 이아고가 처치해버렸거든.

데스데모나 : 그 말은……, 죽었단 말인가요?

오셀로 : 그놈의 목숨이 머리칼 숫자만큼 많더라도 나의 원한을 풀기에는 부족해.

데스데모나 : 아아, 그는 배신을, 나는 파멸을 당하는군요.

오셀로 : 닥쳐, 매춘부! 내 앞에서 그놈 때문에 눈물을 흘려?

데스데모나 : 오, 여보, 절 쫓아내시되 죽이지는 마세요!

오셀로 : 무릎이나 꿇어, 이 매춘부야!

데스데모나 : 내일 죽이세요. 오늘 밤은 살려주세요!

오셀로 : 안 돼. 만약 몸부림치면…….

데스데모나 : 반 시간만……. 기도할 시간만큼이라도!

오셀로 : 너무 늦었어. (데스데모나의 목을 조른다)

데스데모나 : 오 주여, 주여, 주여!

에밀리아 : (문밖에서) 주인님, 주인님!

오셀로 : 무슨 소리지? 아직 죽지 않았나? 완전히 죽은 게 아닌가? 비록 잔인한 짓은 했지만 자비심마저 없지는 않다. 오래 괴롭히고 싶지 않다. 자, 자.

에밀리아 : (문밖에서) 보세요! 주인님, 주인님!

오셀로 : 누구냐?

에밀리아 : (문밖에서) 오, 장군님, 드릴 말씀이 있습니다.

오셀로 : 음, 에밀리아. 곧 가지. 이젠 죽었다. 카시오가 죽은 모양이
군. 방금 전까지도 소리를 내더니 이제 움직이지 않는군. 무덤처럼
조용하다. 들어오라고 할까? 괜찮을까? 다시 움직이는 것 같은데
어쩌면 좋지? 저 여자가 들어오면 내 아내에게 말을 걸겠지. 내 아
내! 내 아내라니! 나한테 아내는 없어. 아, 견딜 수 없는 슬픔이여!
지금이야말로 월식과 일식이 일어나 놀란 이 지구가 입을 벌리며
쪼개질 때로다.

에밀리아 : (문밖에서) 드릴 말씀이 있습니다. 주인님, 제발!

오셀로 : 너를 잊었구나. 들어와라, 에밀리아. 아, 잠깐 기다려. 커튼을
쳐놔야지. (문을 연다) 어디 있나? (에밀리아 등장) 무슨 일이지?

에밀리아 : 주인님, 끔찍한 살인 사건이 일어났어요!

오셀로 : 지금?

에밀리아 : 네, 지금요.

오셀로 : 달이 궤도를 헛디뎠을 거다. 달이 보통 때보다 지구에 가까워
지면 사람을 미치게 만든다더군.

에밀리아 : 카시오 님이 로데리고라는 베니스 청년을 죽였대요.

오셀로 : 로데리고가 죽었어? 카시오도 죽었고?

에밀리아 : 아니요, 카시오 님은 죽지 않았어요.

오셀로 : 카시오가 죽지 않았다고? 살인이 불협화음이 되었구나. 달콤
한 복수가 깨졌어.

데스데모나 : 아, 억울해. 억울하게 살해됐어!

에밀리아 : 무슨 소리죠?

오셀로 : 소리라니?

에밀리아 : 아니, 마님 목소리가 아닙니까! 사람 살려, 사람 살려! 마님, 한 번만 더 말씀하세요! 착한 데스데모나! 오, 착한 마님, 말씀하세요!

데스데모나 : 난 죄 없이 죽는구나.

에밀리아 : 오, 누가 이런 짓을 했어요?

데스데모나 : 아무도 아니야. 내가 한 짓이야. 잘 있어요. 친절한 그이에게 잘 말씀드려줘. 아, 안녕! (죽는다)

오셀로 : 어떻게 살해됐다는 거지?

에밀리아 : 아아, 그걸 누가 알겠어요?

오셀로 : 스스로 자결했다고 그러지 않느냐, 난 아냐.

에밀리아 : 네, 그렇게 말씀하셨어요. 사실대로 보고하겠어요.

오셀로 : 거짓말쟁이! 지옥으로 떨어졌을 거다! 그 여자를 죽인 건 나다.

에밀리아 : 오, 마님은 더욱 천사시고 나리는 더 사악한 악마예요!

오셀로 : 그녀는 음탕한 여자였어, 창녀였다고.

에밀리아 : 거짓말! 나리는 악마예요.

오셀로 : 물처럼 지조 없는 계집이었어.

에밀리아 : 그렇게 말씀하시는 나리는 불처럼 분별이 없군요. 마님은 거룩한 분이셨어요.

오셀로 : 카시오와 정을 통했어. 네 남편에게 물어봐. 아무런 근거도 없이 내가 극단적인 행동을 저지른 거라면 지옥으로 떨어져도 좋다. 네 남편이 잘 알고 있다.

에밀리아 : 제 남편이요?

오셀로 : 네 남편 말이다.

에밀리아 : 마님이 지조 없는 여자라고요?

오셀로 : 그래, 카시오와. 만일 그 여자가 정숙한 아내였다면 하늘이 나를 위해 세상을 순수하고 완벽한 보석으로 만들어준다 해도 난 아내와 바꾸지 않았을 거다.

에밀리아 : 제 남편이요?

오셀로 : 그래, 그가 말해주었어. 충직한 사람이야. 부정한 행위에 따라붙은 죄악을 참지 못하지.

에밀리아 : 제 남편이요?

오셀로 : 되풀이해서 묻지 마라. 네 남편이라고 했다.

에밀리아 : 오, 마님, 흉악한 계략이 사랑을 희롱한 거예요! 제 남편이 마님을 바람둥이라고 했단 말이세요?

오셀로 : 그래, 네 남편이 그랬어. 무슨 뜻인지 이제 알겠느냐? 내 친구요, 네 남편. 충직하고 충직한 이아고 말이다.

에밀리아 : 그이가 그런 말을 했다면 그 간악한 영혼은 조금씩 조금씩 썩어 문드러져라! 그 따위 새빨간 거짓말을 하다니! 마님은 이 추악한 혼인을 그토록 기뻐하셨건만!

오셀로 : 허!

에밀리아 : 뜻대로 하시지요. 분에 넘치는 부인을 이렇게 만든 나리는 천당에 가기는 다 틀렸어요.

오셀로 : 입 닥치지 못해!

에밀리아 : 당신이 나를 해칠 수 있는 능력이 아무리 강해도 내 인내력만큼은 안 됩니다. 얼간이, 멍청이, 무식한 놈! 당신이 한 짓은……. 칼을 뽑아보시지. 당신이 한 짓을 온 천하에 떠들어댈 거다. 사람 살려! 사람 살려! 사람 살려요! 무어가 마님을 죽였어요! 살인이야, 살인!

몬타노, 그라시아노, 이아고, 그 밖의 다른 사람들 등장.

몬타노 : 무슨 일이냐? 장군, 무슨 일입니까?

에밀리아 : 오, 이아고? 참 장하시구려. 당신도 살인죄를 뒤집어쓰게
　　　됐으니.

그라시아노 : 무슨 일이냐?

에밀리아 : 당신이 만약 사내대장부라면 이 악한의 거짓을 밝혀봐요.
　　　글쎄, 마님이 간통했다는 걸 당신한테 들었다는군요. 당신이 그럴
　　　리 없죠? 당신은 그런 악당은 아닐 거야. 어서 말해봐요, 답답해 죽
　　　겠어요.

이아고 : 근거가 있고 확인된 것만 말했을 뿐이야. 그것뿐이야.

에밀리아 : 마님께서 행실이 부정하다고 말한 건 아니겠죠?

이아고 : 했지.

에밀리아 : 거짓말! 어째서 그런 엄청난 거짓말을 했어요? 맹세컨대 그
　　　건 거짓말이에요! 터무니없는 거짓말이에요! 마님이 카시오와 간
　　　통을 저질렀다고 말했단 말이에요?

이아고 : 그래, 카시오하고. 입 다물지 못해.

에밀리아 : 그럴 수 없어. 말해야만 되겠어. 마님은 여기 자신의 침대에
　　　서 살해당하셨다구요.

일동 : 뭐라고?

에밀리아 : 이 살인은 당신이 한 말 때문에 일어났어.

오셀로 : 다들 놀라지 마시오. 전적으로 사실이니까.

그라시아노 : 믿어지지 않는군.

몬타노 : 아, 끔찍한 일이다!

에밀리아 : 악독한 계략이야. 그래, 악독한 계략! 이제 생각해보니 짐작

이 가는군. 오, 악행이야! 이상하다고 생각은 했지. 죽고 싶을 만큼 슬프구나. 오, 악행, 악행!

이아고 : 뭐야, 당신 미쳤어? 집으로 가지 못해! 명령이야!

에밀리아 : 여러분, 제 말씀 좀 들어주세요. 남편 말을 좇는 것이 아내로서 당연하겠지만 지금은 아니에요. 난 이제 영영 집으로 돌아가지 않을지도 몰라요.

오셀로 : 아아! 아아! 아아! (침대 위에 쓰러진다)

에밀리아 : 그래요, 실컷 울부짖으세요. 이 세상에서 가장 아름답고 순결한 분을 당신이 죽였어.

오셀로 : 아니, 그녀는 간통을 했어! (일어선다) (그라시아노에게) 몰라뵈었습니다, 숙부님! 저기 당신의 질녀가 쓰러져 있습니다. 지금 막 제 손으로 숨을 끊었습니다. 물론 끔찍하고 잔인한 짓이라고 생각하실 겁니다.

그라시아노 : 가엾은 데스데모나! 네 아버지가 먼저 돌아가신 게 천만다행이구나. 네 결혼 때문에 큰 충격을 받았지. 결국 슬픔을 이겨내지 못하고 돌아가셨다. 살아서 이런 꼴을 보셨다면 절망감에 무슨 일을 하셨을까? 필시 곁에 있는 천사들마저 저주하며 지옥으로 떨어지셨을 것이다.

오셀로 : 어쨌든 불쌍한 일입니다만 이 여자가 카시오와 추잡한 짓을 수없이 해온 것을 이아고가 잘 알고 있습니다. 카시오가 자백을 했으니까요. 게다가 그녀는 내가 사랑의 정표로 준 첫 선물을 애욕의 대가로 그자에게 주었습니다. 그놈이 손에 쥐고 있는 것을 보았습니다. 비록 한 장의 손수건이나, 나의 아버님이 어머님께 주신 것입니다.

에밀리아 : 아, 하느님, 이를 어쩌면 좋아!

이아고 : 닥치지 못해!

에밀리아 : 말하고 말 테다. 하늘이건 사람이건 악마건 모두 나를 말려도 말하고 말겠어.

이아고 : 정신 차리고 순순히 집으로 가.

에밀리아 : 난 안 가. (이아고가 칼로 에밀리아를 찌르려고 한다)

그라시아노 : 이게 무슨 짓이냐! 여자한테 칼을 쓰다니?

에밀리아 : 어리석은 무어야, 네가 말한 손수건은 내가 우연히 주워서 남편에게 준 것이었다. 그런 하찮은 물건에 어울리지 않게 너무 진지하게 훔쳐달라고 졸라댔단 말이다.

이아고 : 악랄한 화냥년!

에밀리아 : 마님이 그 손수건을 카시오에게 줬다고요? 내가 주워서 남편에게 준 거야.

이아고 : 거짓말!

에밀리아 : 여러분, 절대로 거짓말이 아닙니다. 이런 천치, 살인마! 당신 같은 못난 인간에게 그토록 훌륭한 부인이라니.

오셀로 : 하늘에 벼락 말고 돌은 없는가! 이 간악한 놈! (이아고에게 달려들지만 몬타노에게 칼을 뺏긴다) (이아고가 뒤에서 에밀리아를 찌른다)

그라시아노 : 여자가 쓰러졌다. 그놈이 제 아내를 찔렀어.

에밀리아 : 아아, 저를 마님 옆에 눕혀주세요. (이아고 도망친다)

그라시아노 : 그놈이 제 아내를 죽이고 도망쳤어.

몬타노 : 극악무도한 악당이다. 이 칼을 받아주시오. 무어 장군에게서 뺏은 겁니다. 문밖에서 잘 지켜주시오. 그를 밖으로 내보내서는 안 됩니다. 덤벼들면 차라리 죽여버리시오. 난 저 악당을 쫓아갈 테니까. (몬타노, 그라시아노 퇴장)

오셀로 : 난 용기마저 잃어버렸구나. 풋내기 애송이가 내 손에서 칼을

빼앗아가다니. 이름뿐인 명예는 지켜서 무엇 하리. 미련 없이 버리자.

에밀리아 : 마님이 부르신 그 노래는 무슨 예언이었죠? 들어보세요, 제 목소리가 들리세요? 저는 백조처럼 노래를 부르다 죽겠어요. (노래한다) '버들아, 버들아.'

무어인아, 마님은 순결했고 당신을 사랑했어. 잔인한 무어인아! 진실만을 말했으니 내 영혼은 천당으로 갈 거예요. 아, 난 죽어요, 죽어요. (죽는다)

오셀로 : 이 방에 칼이 또 하나 있는데……. 얼음물로 담금질한 스페인 보검 말이다. 오, 여기 있군. 어르신, 저는 나가야 합니다.

그라시아노 : (밖에서) 그 따위 짓을 하면 대가를 치르게 될 것이다. 넌 무기도 없어.

오셀로 : 그럼 들어오셔서 제 말씀을 들어주세요. 그렇지 않으면 맨주먹으로라도 대들 겁니다.

그라시아노 등장.

그라시아노 : 왜 그러나?

오셀로 : 보십시오. 저는 칼을 가지고 있습니다. 지금까지 어떤 군인도 가져보지 못한 보검입니다. 이 보잘것없는 팔뚝과 이 멋진 칼로 당신보다 몇십 배나 강한 장애도 한칼에 무찌를 수 있었습니다. 아, 그러나 이제는 쓸데없는 자랑이지! 누가 운명의 힘을 다스릴 수 있단 말입니까? 모든 게 끝장입니다. 제 손에 칼이 있다고 두려워하진 마십시오. 제 인생의 여정은 끝났습니다. 여기가 저의 목적지, 저의 항해의 최후 목적지입니다. 왜 뒷걸음질을 치는 겁니까?

그럴 필요 없습니다. 오셀로는 가슴을 밀기만 해도 물러납니다. 이제 오셀로는 어디로 가야 합니까? 너는 어떤 모습이냐? 아, 불운한 여인! 당신의 속옷만큼이나 창백한 얼굴! 최후의 심판 날, 당신을 만나게 되면 내 영혼은 하늘에서 내팽개쳐져 지옥의 악귀들에게 던져질 것이다. 싸늘한 당신! 당신의 정조와도 같구려. 아, 저주받을 노예! 악마들이여, 이 천사의 모습이 보이지 않는 곳으로 날 쫓아다오! 저 바람 속에 날 휘몰아내다오! 유황불에 나를 태워다오! 지옥의 불바다에 나를 던져라! 아, 데스데모나! 데스데모나가 죽었다. 오, 오, 오.

로도비코, 몬타노, 들것에 앉은 카시오 등장. 그 뒤에 관리들이 이아고를 체포하여 등장.

로도비코 : 경솔하고도 불행한 그 사람은 어디 있소?

오셀로 : 오셀로라고 불리었던 자, 여기 있습니다.

로도비코 : 그 독사 같은 놈은 어디 있소? 이리 끌어내시오.

오셀로 : 악마는 발끝이 두 쪽으로 갈라졌다는데 너의 발을 보니 꾸며낸 얘기로구나. 네놈이 악마라면 이 칼이 들어가지 않을 거다. (이아고를 찌른다)

로도비코 : 저 칼을 빼앗아라.

이아고 : 피는 나지만 죽지는 않았소.

오셀로 : 애석하지는 않구나. 너를 살려두고 싶으니 말이다. 너 따위에게는 죽음의 안락도 사치다.

로도비코 : 그렇게 훌륭하셨던 당신이 어떻게 이런 간악한 자의 간계에 발목이 잡히셨소? 뭐라고 할 말이 없소이다.

오셀로 : 뭐라고 해도 상관없소. 명예로운 살인자라고 해주시오. 증오 때문이 아니라 명예를 위해서였소.

로도비코 : 이놈이 죄상의 일부를 실토했소. 당신은 이놈과 공모하여 카시오를 죽이려 했소?

오셀로 : 그렇소.

카시오 : 장군님, 저는 아무 잘못도 없습니다.

오셀로 : 그 말을 믿지. 용서하게. 이 악마 같은 놈이 무엇 때문에 내 영혼과 육체를 구렁 속에 틀어박았는지 물어봐주겠소?

이아고 : 물어볼 것 없습니다. 알 만한 건 다 아실 테니. 지금부터는 입을 열지 않겠습니다.

로도비코 : 뭐야, 기도도 하지 않겠다는 것이냐?

그라시아노 : 고문을 해서라도 입을 열게 할 테다.

오셀로 : 그래야겠지.

로도비코 : 장군께서 모르는 것 같으니 사건의 정황을 알려드리지요. 여기 살해당한 로데리고의 주머니에서 발견한 편지가 있소. 여기 또 한 통이 있는데 이 편지 속에는 로데리고의 필적으로 카시오를 암살할 계획이 적혀 있소이다.

오셀로 : 죽일 놈!

카시오 : 악독한 놈!

로도비코 : 불평을 늘어놓은 또 하나의 편지가 있는데 이것도 로데리고의 주머니 속에 있었소이다. 로데리고는 이것을 저 악당에게 보내려고 쓴 것 같소. 그런데 놈이 마침 눈치를 채고 설득한 모양이오.

오셀로 : 악독한 놈! 카시오, 자넨 어떻게 내 아내의 손수건을 가지게 되었나?

카시오 : 제 방에서 주웠습니다. 지금 막 이아고의 자백에 의하면 일부

러 제 방에 떨어뜨려 놓았다더군요. 그리고 모든 것이 계획대로 된 것입니다.

오셀로 : 아, 바보, 바보!

카시오 : 그뿐이 아닙니다. 로데리고의 편지 속에는 야경을 돌던 제게 싸움을 걸게 한 사건으로 이아고를 원망하는 내용이 있습니다. 그것 때문에 저는 파면당했지요. 또 로데리고가 죽기 직전에 말하기를 자기를 찌른 것도 이아고이며 사주한 것도 그자라고 했습니다.

로도비코 : 장군은 이 방에서 나가 우리와 동행하셔야겠소. 당신의 권한과 지휘권은 모두 박탈됐소. 카시오 부관이 당신 대신 키프로스의 통치를 맡을 것이오. 이 악당은 오래오래 살면서 고통을 맛보게 될 것이오. 교묘하고 잔인한 형벌에 처할 것이오. 당신은 베니스 정부가 당신 과오의 진상을 파악할 때까지는 감금되어 엄중한 감시를 받게 될 것이오. 자, 데리고 가라.

오셀로 : 잠깐만, 떠나기 전에 몇 가지 말씀드리겠소. 내가 국가를 위해 어느 정도 공적을 올렸다는 것은 정부도 인정해주리라 믿소. 그이상은 말하지 않겠소. 부디 이 불행한 사건을 보고하실 때, 사실 그대로 말씀해주시오. 정상을 참작하되 악의적으로 쓰지도 말아주시오. 그러면 당신은 우직스럽기는 했지만 아내를 너무 많이 사랑한 사람을, 쉽게 질투에 빠지지는 않으나 한 번 질투심이 일면 한치 앞을 내다볼 줄 모르는 사람을, 자기 손으로 자기네 부족보다 더 귀한 진주를 제 손으로 팽개쳐버린 비천한 인디언과도 같은 사람을, 눈물 한 방울 흘려보지 못한 사람이 슬픔에 겨워 아라비아의 고무나무가 수액을 흘리듯 한없이 눈물을 흘린 사람을 말해야만 할 것이오. 그리고 덧붙여 언젠가 알레포에서 두건을 쓴 못된 터키 놈이 베니스인을 때리고 이 나라를 비방했을 때, 내가 그놈의 멱살

을 틀어잡고 찔렀다고 하시오. 이렇게. (자신을 찌른다)

로도비코 : 오, 처참한 최후로다!

그라시아노 : 모든 것이 허사가 되었군.

오셀로 : 당신을 죽이기 전에도 키스를 했소. 이 길밖에 없구려. 키스
와 함께 자결할밖에. (데스데모나 위로 쓰러진다)

카시오 : 염려는 했습니다만 칼을 가지고 계신 줄은 몰랐습니다.

로도비코 : (이아고에게) 스파르타의 개 같은 놈. 고통과 굶주림과 바다
보다도 잔인한 놈. 침상 위의 저 처참한 광경을 봐라. 모두가 네놈
의 짓이다. 차마 눈을 뜨고는 볼 수 없는 광경이다. 보이지 않게 하
라. 그라시아노 나리, 이 집을 관리해주시고 무어의 재산을 몰수해
주십시오. 당신에게 상속될 테니까요. 그리고 총독에게는 이 악랄
한 놈의 처형을 맡깁니다. 시간, 장소, 고문의 방법은 당신께 일임
하리다! 나는 곧 배에 올라 이 슬픈 사건을 애통한 마음으로 정부
에 보고해야겠소이다. (모두 퇴장)

King LeaR

[리어 왕] 등장인물

리어 왕	영국 왕
고네릴, 리간, 코델리아	리어 왕의 세 딸
알바니 공작	고네릴의 남편
콘월 공작	리간의 남편
프랑스 왕	코델리아의 남편
버건디 공작	코델리아의 구혼자
켄트 백작	리어 왕의 신하
글로스터 백작	리어 왕의 신하
에드가	글로스터의 장자
에드먼드	글로스터의 서자
오스왈드	고네릴의 집사
리어 왕의 호위 기사	
리어 왕의 광대	
큐런	궁내관
시종 3인	
노인	글로스터 백작의 소작인
전령 3인	
신사	
코델리아의 전의	

| 장소 | 브리튼

제1막

제1막 1장 | 리어 왕의 궁전

켄트, 글로스터, 에드먼드 등장.

켄트 : 국왕께서 콘월 공작보다 알바니 공작을 더 총애하시는 것처럼 생각이 되는군요.

글로스터 : 많은 사람들이 그렇게 생각하고, 저 또한 그랬습니다만 막상 왕국을 분배하시는 것을 보니 누구를 더 총애하시는 건지 잘 분간이 되지 않더군요. 마치 양팔저울을 단 듯 영토가 똑같이 분배되어 있으니 따져보아도 두 분 중에 어느 쪽이 더 좋다고 할 수 없을 정도입니다.

켄트 : 이분이 공의 아드님입니까?

글로스터 : 그렇습니다. 제가 길러왔으니까요. 그러나 내 아들이라고

말할 때마다 낯이 뜨거워집니다. 이제는 어느 정도 익숙해졌지만 말입니다.

켄트 : 무슨 말씀이신지 이해가 되질 않습니다.

글로스터 : 말하자면 이 애 어미가 내 씨를 받아 결혼도 하기 전에 아들 하나를 요람에 떨어뜨렸습니다. 참으로 부끄러운 실수죠.

켄트 : 실수로 이렇게 훌륭한 아들을 얻으셨으니 오히려 잘된 일이지 않습니까.

글로스터 : 그렇지만 나에게는 아들이 하나 더 있습니다. 이 녀석보다 한 살 위인데 본처에게서 낳은 자식이지만 그렇다고 더 사랑스러운 건 아닙니다. 다만 이 녀석은 원하지도 않았는데 세상에 나와버렸지만요. 이 애 어미는 아주 예뻤답니다. 이 녀석을 만드느라 꽤 뜨거웠었답니다. 그 일을 생각하면 서자라고 해도 내 자식이라는 걸 인정하지 않을 수 없지요. 에드먼드, 이 어른을 아느냐?

에드먼드 : 잘 모릅니다, 아버님.

글로스터 : 이분은 켄트 백작이시다. 아비가 존경하는 분이니 기억해두었다가 잘 모시도록 해라.

에드먼드 : 인사 올립니다, 백작님.

켄트 : 마음에 쏙 드는군. 앞으로 잘 부탁하네.

에드먼드 : 앞으로 많은 것을 가르쳐주십시오.

글로스터 : 이 아이는 9년 동안 외국에 있었습니다. 또 나가게 될 겁니다. 국왕 폐하께서 납시는 모양이군요.

나팔 소리. 왕관을 든 시종, 리어 왕, 콘월, 알바니, 고네릴, 리간, 코델리아, 시종들 등장.

리어 왕 : 글로스터, 프랑스 왕과 버건디 공작을 이리로 모셔오게.

글로스터 : 분부대로 하겠습니다. (글로스터, 에드먼드 퇴장)

리어 왕 : 이제부터 내가 은밀하게 숨겨놓았던 계획을 말하겠다. 저기 있는 지도를 가져오너라. 너희도 잘 알고 있겠지만 나는 왕국을 삼 등분해두었다. 이제는 젊고 활기 찬 젊은이들에게 나랏일을 넘기고 남은 인생은 근심걱정 없이 가벼운 마음으로 지내고 싶다. 사랑하는 사위 콘월과 알바니, 난 이제 훗날의 분쟁을 막기 위해 세 딸의 지참금에 대해 발표하려고 한다. 프랑스 왕과 버건디 공작은 나의 사랑하는 셋째 딸 코델리아에게 구혼하기 위해 이미 오래전부터 궁에 머무르고 있고 오늘 구혼에 대한 답변을 듣기로 되어 있다. 자, 나의 딸들아, 오늘 나는 왕국의 통치권과 영토 소유권, 국사의 근심걱정을 모두 너희에게 물려줄 생각이다. 너희가 나를 얼마나 사랑하는지에 따라 재산을 나누어줄 것이다. 자, 고네릴, 네가 장녀이니 먼저 말해보아라.

고네릴 : 아버님에 대한 제 사랑을 어찌 말로 표현할 수 있겠습니까. 우주의 자유로움보다 더 아버님을 사랑합니다. 고귀하신 성품과 훌륭하신 인격의 아버님은 세상 그 무엇보다 소중하신 분입니다. 값지고 희귀한 보석보다 더, 은총과 건강, 아름다움과 명예를 갖춘 생명보다 더 소중하신 분입니다. 자식으로서 할 수 있는 최고의 사랑만큼, 지금껏 아버님께서 받으신 그 어떤 사랑보다 더 높은 사랑으로 아버지를 모실 것입니다. 말로 다 할 수 없는 사랑, 그 모든 것을 다 바치는 것 이상으로 저는 아버님께 정성을 다할 것입니다.

코델리아 : (방백) 난 어떻게 말하면 좋지? 사랑한다면서 침묵이라니.

리어 왕 : (지도를 펴 보이며) 좋아, 이 경계선에서부터 이 경계선까지의 영토를 주마. 울창한 숲과 비옥한 들판과 고기 떼가 가득한 강들,

넓은 목장을 너에게 주겠다. 앞으로 이 땅은 영원히 너와 알바니의 후손에게 상속될 것이다. 콘월의 아내이며 내 사랑하는 둘째 딸, 리간도 대답해보아라.

리간 : 제 마음 역시 언니의 마음과 다르지 않습니다. 저도 아버지를 향한 사랑은 언니의 대답과 같습니다. 다만 조금 덧붙이자면 아무리 즐거운 일이라도 그 기쁨이 효도하는 마음 이외의 즐거움이라면 저는 그것을 적으로 삼을 것입니다. 저에게 있어서 가장 큰 행복은 아버님께 제 지고한 사랑을 바치는 것입니다.

코델리아 : (방백) 가엾은 코델리아. 어떻게 말을 하지? 아버님께 대한 내 사랑은 말로 표현할 수 없을 만큼 크고 풍부한데…….

리어 왕 : 너와 네 자손에게 이 기름진 영토의 삼분의 일을 주겠다. 너에게 주는 이 땅 또한 네가 고네릴 못지않게 나에게 기쁨을 주었듯이 그 광대함이나 가치를 따져보아도 조금도 손색이 없구나. 이제 나의 막내딸 코델리아, 네 차례로구나. 막내이기는 하나 두 언니 못지않게 나에게 기쁨을 주었기에 애정으로 치자면 막내라고 할 수 없지. 드넓은 포도밭을 가진 프랑스 왕과 광활한 목장을 가지고 있는 버건디 공작이 너의 사랑을 얻기 위해 기다리고 있다. 언니들 못지않게 나를 기쁘게 하는 코델리아, 너의 사랑이 궁금하구나. 말해보아라.

코델리아 : 저는 드릴 말씀이 없습니다.

리어 왕 : 할 말이 없다고?

코델리아 : 네, 그렇습니다.

리어 왕 : 말을 하지 않으면 어떤 것도 얻을 수 없다. 다시 말해보아라.

코델리아 : 불행하게도 저는 마음속의 진심을 입 밖으로 낼 줄 모릅니다. 제가 폐하께 효심을 다하는 것은 자식으로서 당연한 도리일

뿐, 그 이상도 이하도 아닙니다.

리어 왕 : 뭐라고? 네 행운을 망치지 않으려거든 다시 말해봐라.

코델리아 : 아버님께서는 저를 낳으시고 기르시고 사랑해주셨습니다. 그러니 아버님께 은혜를 보답하기 위해 효심을 다하는 것은 당연합니다. 그러나 언니들은 아버지를 가장 사랑한다고 말하면서 어떻게 남편을 맞을 수 있는 걸까요? 제가 결혼을 한다면 제 사랑과 관심, 제 의무를 반으로 나눠 남편에게 바쳐야 할 것입니다. 저는 분명 언니들처럼 아버님만 사랑하는 결혼은 하지 않을 겁니다.

리어 왕 : 정녕 그게 네 진심이더냐?

코델리아 : 네.

리어 왕 : 나이도 어린 것이 어찌 그리 매정하게 말할 수 있단 말이냐?

코델리아 : 나이는 어리지만 마음은 진실하옵니다.

리어 왕 : 그렇다면 네 멋대로 해라. 너의 그 진실을 지참금으로 삼아라. 거룩한 태양빛에 맹세하건대 어둠의 여신 헤카테의 비법과 밤의 어둠, 인간의 생사와 우주의 모든 섭리를 걸고 맹세하노니 이제 나는 너와 맺어진 부녀의 관계를 끊고, 이제부터 너를 영원히 타인으로 여길 것이다. 스키타이 야만족이나 뱃속을 채우기 위해 제 자식을 잡아먹는 놈이라 해도 내 딸이었던 너보다 더 측은하고 가깝게 여길 것이다.

켄트 : 폐하.

리어 왕 : 조용히 하라. 분노한 용의 일에 끼어들지 말라. 나는 저애를 내 딸 중에서 가장 사랑했다. 한때는 저애의 보살핌을 받으면서 여생을 보내고 싶은 마음도 있었지. (코델리아를 보고) 썩 물러가라, 보기 싫다. 저애에게 아비의 정을 버린 이상 이제 내게는 무덤만이 안식처가 될 것이다. 프랑스 왕과 버건디 공을 불러라. (시종 퇴장)

콘월 공작, 알바니 공작, 두 딸에게 막내딸을 위해 남겨둔 영토까지 모두 주겠다. 코델리아는 자신의 자만심이 진정이라고 생각하는 모양인데 그 자만심과 결혼하라고 해라! 이제 나의 권력과 지위와 왕권에 해당하는 모든 혜택을 두 공작에게 넘겨주겠다. 나는 사위들이 마련해줄 100명의 기사를 거느리고 매달 번갈아가며 두 사위의 집에 머물 것이다. 짐은 다만 국왕의 칭호와 자격만 가질 것이며 그 밖에 국가의 통솔과 수입, 집행과 관련한 모든 일은 두 사위에게 일임하겠다. 내 말을 증명하기 위해 이 왕관을 줄 테니 두 공작은 번갈아가며 사용하도록 하라.

켄트 : 폐하, 뜻을 거두어주십시오. 신, 항상 폐하의 충신으로 마음을 다하여 부친을 섬기듯이 폐하를 모셨습니다. 그런데…….

리어 왕 : 화살은 이미 떠났다. 과녁이 되지 않도록 피해라.

켄트 : 폐하, 차라리 신에게 활을 당기십시오. 화살촉이 신의 심장을 꿰뚫어도 좋사옵니다. 폐하, 폐하께서 아부하는 자에게 눈이 멀었다고 해서 충성을 다하는 신이 진언하기를 주저하겠습니까? 신중히 판단하시어 지금과 같은 경솔한 처사를 거두어주십시오. 감히 판단하건대 막내라고 해서 사랑이 부족한 것도 아니고 말하지 않는다고 인정이 없는 것도 아닙니다.

리어 왕 : 켄트, 주제넘은 소리 하지 마라. 목숨이 아깝지 않으냐?

켄트 : 신의 목숨은 폐하의 것이며 적에게 내준 담보일 뿐입니다.

리어 왕 : 꼴도 보기 싫다. 물러가라!

켄트 : 폐하, 부디 상황을 냉정하게 판단하십시오.

리어 왕 : 아폴로 신께 맹세하여…….

켄트 : 아폴로 신께 맹세코 말씀드리건대 지금 폐하의 맹세는 헛된 것입니다.

리어 왕 : 이 못된 놈! 분수도 모르고! (칼에 손을 댄다)

알바니, 콘월 : 폐하, 참으십시오!

켄트 : 칼을 빼들고 신을 죽여 저주받은 병에 던져주십시오. 폐하께서 내리신 결정을 다시 거두지 않으시면 제가 소리를 낼 수 있는 한 폐하의 그릇된 처사를 계속 외쳐댈 것입니다.

리어 왕 : 들어라, 이 불충한 놈아! 네놈이 내게 충성을 하려면 먼저 내 말에 복종을 해야 한다. 나는 지금껏 내가 내린 결정을 한 번도 번복한 적이 없다. 그런데 너는 오만불손하게 내 결정과 권한에 훼방을 놓으려고 하는 것이냐? 네게 벌을 내려 국왕의 권한을 보여주겠다. 닷새 동안의 시간을 주겠노라. 세상이 주는 고통을 피하고 싶거든 준비를 해라. 그리고 엿새째에는 가증스러운 너의 등을 돌려 이 땅에서 떠나라. 만일 열흘 후에 내 영토에서 너를 발견하게 되면 즉시 참수할 것이다. 자, 가라! 주피터 신께 맹세컨대 이 결정은 절대로 번복되지 않을 것이다.

켄트 : 폐하의 뜻이 그러하시다면, 안녕히 계십시오. 이 나라에는 이제 자유가 떠나버리고 추방만이 남았군요. (코델리아에게) 공주님의 바른 생각과 말씀은 참으로 훌륭합니다. 공주님께 신의 가호를. (고네릴과 리간에게) 두 분의 말씀처럼 행동도 그리하시길 바랍니다. 그리하여 좋은 효행의 결과가 있기를 바랍니다. (사람들에게) 이제 켄트는 여러분께 하직 인사를 올립니다. 새로운 나라에 가서도 저는 뜻을 굽히지 않고 살아갈 것입니다. (퇴장)

나팔 소리. 글로스터, 프랑스 왕, 버건디 공작 등장. 시종들이 뒤따른다.

글로스터 : 프랑스 왕과 버건디 공작이 오셨습니다.

리어 왕 : 버건디 공, 먼저 그대에게 묻겠소. 그대는 우리 딸을 얻기 위해 프랑스 왕과 경쟁하였소. 그럼, 구혼의 조건으로 지참금을 얼마나 요구하시겠소?

버건디 : 폐하, 신은 폐하께서 하사하시는 것 이상은 바라지 않습니다. 또한 폐하께서 부족하게 주시리라고 생각지도 않습니다.

리어 왕 : 버건디 공, 내 딸이 내게 소중한 존재였을 때에는 그리할 생각이었소. 하지만 이제 저 애는 내게 아무것도 아니오. 내가 지참금으로 줄 수 있는 것은 그 애의 몸과 마음, 그리고 과인의 분노뿐이오. 그래도 저 애가 공의 마음에 든다면 저 애는 이제 그대의 것이요.

버건디 : 무슨 말씀을 드려야 할지 모르겠습니다.

리어 왕 : 저 애는 결점투성이에다 친구도 없을뿐더러 이제 나의 노여움까지 사고 있으니 내 저주를 지참금으로 가져가야 할 것이오. 이제 저 애와 나는 남이요. 저 애를 아내로 삼겠소? 아니면 단념하겠소?

버건디 : 그런 조건이라면 드릴 말씀이 없습니다.

리어 왕 : 그럼 그만두시오. 하느님께 맹세하건대 저 애가 가질 수 있는 재산은 방금 말한 것이 전부요. (프랑스 왕에게) 왕이여, 나에게 베푼 그대의 호의를 생각할 때 나에게 미움을 산 딸과 결혼하라고 감히 권할 수가 없구려. 그러니 부탁건대 조물주가 창피해서 자신의 작품으로 인정하지 않으려는 내 딸과 결혼하는 것보다는 더 훌륭한 여자를 찾는 것이 좋겠소.

프랑스 왕 : 참으로 이해할 수 없는 일이군요. 폐하에게 있어 가장 귀한 존재로 칭찬이 끊이지 않고 노년의 위안으로 삼고자 할 정도로 사랑을 받았던 공주님이 무슨 대죄를 지었기에 이렇듯 순식간에 모

든 것을 잃게 되었습니까? 공주가 폐하께 죄를 범했다면 필시 악
마의 흉계이거나 폐하의 말씀이 거짓이 아니고서야 있을 수 없는
일입니다. 이런 일을 어떻게 이성적으로 판단할 수 있겠습니까?

코델리아 : 폐하, 저는 마음에 없는 소리를 거짓으로 아뢰지 못합니다.
하지만 마음먹은 일은 반드시 실천합니다. 부디 제가 아버지의 사
랑을 잃게 된 것은 불미한 결점이나, 살인, 부정한 행실이나 불명
예스러운 행동 때문이 아니라 아첨하는 말을 가지지 못하였기 때
문이라는 것을 설명해주십시오.

리어 왕 : 너 같은 건 세상에 태어나지 않았어야 했다. 마음에 들고 안
드는 건 그 후의 문제다.

프랑스 왕 : 그뿐입니까? 아첨하는 말을 내뱉지 못하는 것이 죄란 말씀
이십니까? 버건디 공, 어떻게 생각하시오? 본질을 벗어나 계산을
따지는 사랑은 사랑이 아닙니다. 공주와 결혼하시겠소? 지참금이
라고는 오직 그녀 자신뿐이오.

버건디 : 폐하, 폐하께서 지참금으로 약소하신 영토만이라도 주십시
오. 그러면 지금 당장 코델리아 공주님을 버건디 공작부인으로 공
포할 것입니다.

리어 왕 : 이미 말하였듯이 아무것도 줄 수 없소. 나의 맹세는 변함이
없소.

버건디 : 공주께는 유감이나 부왕을 잃으셨기에 남편까지 잃게 되었군
요.

코델리아 : 버건디 공의 평안을 기원하겠어요. 재물에 눈이 먼 사람의
아내는 되지 않겠어요.

프랑스 왕 : 아름다운 코델리아 공주, 당신은 가난하지만 가장 풍성하
고, 버림받았기에 더욱 소중하며, 경멸당했기에 더욱 사랑스러운

사람이 되었습니다. 나는 당신의 미덕과 당신을 놓치지 않겠습니다. 버려진 것을 주웠으니 누구도 탓할 사람은 없겠지요. 아, 참으로 이상한 일입니다. 사람들로부터 냉대를 받는데 내 사랑은 더욱 불타고 있으니 말입니다. 왕이여, 지참금도 없이 버려진 당신의 딸 코델리아 공주는 지금부터 프랑스 국민의 왕후가 될 것입니다. 나약한 버건디 공작과 같은 사람들이 떼로 몰려와 값을 치르고 공주를 사간다고 해도 절대로 공주를 빼앗기지 않을 것입니다. 공주, 이제 매정한 사람들과 작별을 하시오. 이 땅을 잃은 대신에 더 나은 것을 얻게 될 것이오.

리어 왕 : 이 순간부터 저 애는 그대의 것이오. 내게는 이제 그런 딸이 없소. 그 애의 얼굴을 두 번 다시 보고 싶지 않으니 당장 데리고 떠나시오. 사랑도 주지 않고, 신의 은총도, 축복도 빌어주지 않을 것이요. 갑시다, 버건디 공.

트럼펫 소리. 리어 왕, 버건디, 콘월, 알바니, 글로스터, 시종들 퇴장.

프랑스 왕 : 언니들에게 작별 인사를 하시오.

코델리아 : 아버님의 보물인 언니들, 이제 저는 눈물을 머금고 작별하려 합니다. 언니들의 단점을 나열하는 것은 도리가 아닙니다. 부디 아버님께 성심을 다해주세요. 언니들의 말을 믿고 아버님을 맡기니 잘 보살펴주세요. 오, 내가 아버님의 총애를 잃지 않았다면 아버님을 더 좋은 곳으로 모실 수 있었을 텐데. 언니들, 부디 안녕히 계세요.

리간 : 우리가 할 일은 알고 있으니 지시하지 마라.

고네릴 : 네 남편을 기쁘게 해드릴 일이나 고민하렴. 운명의 여신이 자

비로운 마음을 가지고 계시기에 네가 구제를 받은 거다. 복종을 게을리했으니 네가 원하는 대로 대접받은 것에 할 말은 없을 것이다.

코델리아 : 위선은 언젠가는 반드시 폭로되고 허물은 끝내 드러나 창피를 당하게 되는 법이죠. 그럼 안녕히 계세요.

프랑스 왕 : 갑시다, 나의 고운 코델리아. (프랑스 왕, 코델리아 퇴장)

고네릴 : 리간, 할 얘기가 있다. 너와 나, 직접 관계있는 일이지. 짐작건대 아버님께선 오늘 밤 이곳을 떠나실 거 같구나.

리간 : 분명 그럴 거예요. 아마도 언니한테 가시려는 거겠죠. 그리고 다음 달에는 내게 오실 테고.

고네릴 : 너도 봐서 알겠지만 아버님께서는 이제 많이 늙으셨는지 노망기가 심하시구나. 막내를 그렇게도 사랑하시더니 서투른 판단력으로 저렇게 내쫓아 버리다니 너무하단 생각이 든단 말이야.

리간 : 늙어서 망령이 든 거야. 아직 잘 모르시는 모양이에요.

고네릴 : 정신이 온전했을 때도 불같이 화를 내시곤 했는데 이제 점점 연로해지시면서 예전의 괴팍한 버릇뿐 아니라 노망까지 드셨으니 정말 감당할 수가 없어. 언제 어떻게 당할지 알 수 없는 노릇이야.

리간 : 켄트 백작을 어처구니없이 추방한 것처럼 언제 우리에게 벼락이 떨어질지 모를 일이에요.

고네릴 : 아버님과 프랑스 왕의 작별 인사가 아직 끝나지 않은 것 같아. 이제부터 너와 나는 무슨 일이 생기더라도 한마음으로 뭉쳐야 한다. 지금처럼 아버님께서 망령기에 사로잡힌 채 우리에게 위세를 부리면 물려받은 영토와 권한 때문에 골머리를 썩게 될 거야.

리간 : 신중히 생각하기로 해요.

고네릴 : 당장 무슨 수를 써야겠어. 최대한 빨리 말이야. (두 사람 퇴장)

제1막 2장 ✦ 글로스터의 저택

편지를 든 에드먼드 등장.

에드먼드 : 대자연이여, 나의 여신이여! 나는 그대의 법칙에 복종한다. 어찌하여 나는 관습의 재물이 되고 법률에 굴복하여 내게 주어진 권리를 빼앗겨야만 하는가? 열두 달, 열네 달쯤 더 늦게 태어났다는 이유로? 사생아라서 천하다는 것인가? 나의 몸은 누구보다 완벽하며 마음 또한 관대하고, 생김새도 정실부인의 아들 못지않게 아버지를 쏙 빼어 닮았다. 그런데도 천하다고? 야비해? 감각 없이 지루하고 일상적인 잠자리 속에서 생겨난 세상의 바보들과 달리 자연스러운 본능에 이끌려 유희를 즐기며 생겨난 내가 더욱 강한 생명력과 기운을 이어받았을 것이다. 좋다, 정실부인의 아들 에드가, 너의 재산은 이제 내 것이다. 사생아인 나나, 정실의 자식인 에드가나 아버님의 애정은 차이가 없다. '적자'라는 말은 참으로 훌륭하지. 그러나 이 편지가 성공하고 내 계획이 적중하기만 하면 정실 형님인 에드가는 나에게 눌리고 말 것이다. 그리고 나는 출세하게 될 것이다. 신들이여, 사생아에게 행운을 주소서.

글로스터 등장.

글로스터 : 켄트가 그렇게 추방되다니! 프랑스 왕은 화가 나서 떠나버리고? 국왕께서 이 밤에 길을 떠나셨어? 왕권을 모두 물려주고 생활비만 받으시겠다니! 이 모든 일이 순식간에 일어났단 말인가! 에드먼드, 그게 뭐냐? 새로운 소식이라도 있는 게냐?

에드먼드 : 별것 아닙니다. (편지를 품에 넣는다)

글로스터 : 왜 그렇게 놀라서 편지를 감추는 게냐?

에드먼드 : 아무 일도 아닙니다, 아버지.

글로스터 : 아니라고? 그렇다면 그리 놀라 편지를 주머니에 감출 필요
　　　　가 없었을 텐데. 아무것도 아닌데 왜 감추는 게냐? 어디 이리 보여
　　　　주렴. 아무것도 아니라면 굳이 안경을 쓸 필요도 없겠지.

에드먼드 : 용서하십시오, 아버님. 이 편지는 형님에게서 온 것입니다
　　　　만 제가 읽어보니 아버님께서 읽지 않으시는 편이 더 좋을 것 같습
　　　　니다.

글로스터 : 편지를 이리 다오.

에드먼드 : 보여드리든 보여드리지 않든 화내실 겁니다. 제가 대충 보
　　　　았지만 분명 역정을 내실 겁니다.

글로스터 : 이리 다오, 어서.

에드먼드 : 형님을 두둔하자면 이 편지는 아마도 형님께서 제 효심을
　　　　시험하거나 확인하기 위해 쓴 것 같습니다.

글로스터 : (읽는다) '노인을 존경하라는 세상의 관습은 인생의 꽃과 같
　　　　은 우리 청춘을 매우 괴롭히며 우리가 물려받을 재산은 늙어 더 이
　　　　상 즐길 수 없을 때까지 묶어놓는구나. 내가 늙은이들의 쓸데없고
　　　　어리석은 구속에 복종하는 것은 힘이 없어서가 아니다. 그저 참고
　　　　있을 뿐. 그러니 이곳으로 와라. 이 문제에 대해서 너와 더 많은 논
　　　　의를 했으면 한다. 만약에 내가 아버님을 깨울 때까지 아버님이 잠
　　　　들어 계시면 너는 재산의 반을 차지하게 될 것이다. 또한 이 형에
　　　　게 사랑받으며 살 수 있을 것이다. ─ 에드가로부터.' 음, 음모로구
　　　　나. '내가 아버님을 깨울 때까지 아버님이 잠들어 계시면 너는 재산
　　　　의 반을 차지하게 될 것이다.' 정녕 내 아들 에드가가 제 손으로 쓴

편지란 말이냐? 그놈에게 이런 생각을 품을 만한 머리가 있었단 말이냐? 에드먼드, 이 편지를 언제 받았느냐? 누가 가져왔느냐?

에드먼드 : 그게, 참 희한하게도 누가 가져온 것이 아니라 제 방 창문 안으로 던져져 있었습니다.

글로스터 : 네 형의 필적이라고 생각하느냐?

에드먼드 : 내용만 아니라면 형님의 필적이 맞을 테지만 내용을 보면 형님이 쓰셨다고 볼 수 없습니다.

글로스터 : 분명 그 애의 글씨다.

에드먼드 : 형님의 필적입니다. 그러나 아버님, 그 내용이 형님의 진심 은 아닐 것입니다.

글로스터 : 이런 일로 전에도 네 생각을 시험해본 일이 있었느냐?

에드먼드 : 없었습니다. 다만 자식이 장성하여 성인이 되고 부모는 자 식의 보호를 받고, 자식이 부모의 재산을 관리하는 것은 마땅한 이 치라고 얘기하곤 했습니다.

글로스터 : 이런 괘씸한 놈! 악당 같으니! 편지에 있는 생각 그대로구 나. 혐오스러운 악당! 인정머리 없고 고약하며 짐승 같은 악당! 너 는 가서 당장 그놈을 찾아오너라. 그놈을 잡아야 해! 놈이 어디 있 는지 아느냐?

에드먼드 : 잘 모릅니다. 그러나 아버님, 형님에 대한 진노를 잠시 거두 시고 음모에 대한 증거를 찾으신 후에 판단을 내리시는 게 좋을 것 같습니다. 제 목숨을 걸고 말씀드리건대 만약 아버님께서 형님의 진심을 잘못 이해하여 형님께 난폭하게 대하신다면 아버님의 명예 가 더러워짐과 동시에 형님의 효심까지 잃게 되실 것입니다. 만약 이 편지가 형님께서 직접 쓴 것이라면 아버님에 대한 저의 효심을 시험하기 위함이지 다른 의도는 없었을 것입니다.

글로스터 : 정말 그렇게 생각하느냐?

에드먼드 : 아버님께서 허락해주시면 저희 형제가 하는 얘기를 직접 들으신 후에 판단하십시오. 더 기다리실 것 없이 오늘 밤 함께 가시면 아시게 될 일입니다.

글로스터 : 그놈이 그리 흉악한 놈은 아닐 게다.

에드먼드 : 단언컨대 형님이 그리하지 않았을 겁니다.

글로스터 : 이토록 저를 사랑하는 아비에게 그럴 리 없겠지. 에드먼드, 그놈을 당장 찾아내라. 그 녀석이 무슨 생각을 하는지 알아내도록 해라. 그리고 내게도 알려다오. 이 일의 진상을 알아내야겠다.

에드먼드 : 지금 당장 찾아보겠습니다. 어찌 된 일인지 알아내어 아버님께 알려드리겠습니다.

글로스터 : 근자에 나타났던 일식과 월식이 모두 불길한 징조였구나. 민심이란 이런 천지 이변에 들뜨기 마련이지. 사랑은 식어지고, 우정에는 금이 가고, 형제들은 서로 반목하고, 도시에서는 폭동이 일어나며, 시골에서는 봉기가 일어나고, 궁중에서는 모반이 일어나고, 부자는 인연을 끊게 되지. 아마도 이 예언은 부자의 정도 모르는 내 아들 놈에게 해당되는 말 같구나. 아들이 아비에게 등을 보이고 있으니. 왕은 정도를 벗어나고, 아비가 자식에게 등을 보인 예로구나. 말세가 되니 파멸의 근원인 음모, 경박함, 반역 같은 것들이 우리의 뒤를 쫓아와서 무덤까지 몰아세우는구나. 에드먼드, 이 흉악한 놈을 반드시 찾아내라. 아마도 너는 해치지 않을 테지만 그래도 조심해라. 진실하고 고결한 켄트가 추방되다니! 정직이 죄라니! 심상치 않은 징조로구나. (퇴장)

에드먼드 : 참으로 어리석기 짝이 없군. 불행이란 늘 자업자득으로 닥쳐오는 것인데, 재난을 태양이나 달, 별들의 탓으로 돌리다니. 악

당이 된 것이 어쩔 수 없다는 것인가? 우주의 법칙에 따라서 바보가 되고 주정뱅이가 되고 사기꾼, 음탕한 인간이 된단 말인가? 자신이 음흉한 인간이 된 것을 별 하나의 탓으로 돌리다니 참으로 어이없는 책임 회피로군. 아버지와 어머니가 큰곰자리 밑에서 사랑을 나누었기 때문에 내가 이렇게 음탕하고 거친 성격을 가지게 되었다는 것이군. 사생아가 태어날 때 하늘에서 가장 순결한 빛을 내고 있었다고 해도, 나는 지금의 나였을 것이다. 아, 나의 형님 에드가로군. 이렇듯 적당한 때에 와주다니. 마치 희극의 결말 같다는 생각이 드는군. 지금부터 나는 심한 우울증에 걸린 배역을 맡은 배우다. 미쳐버린 거지처럼 한숨을 계속 내쉬는 거야. 아, 일식과 월식이 일어나는 탓에 이처럼 좋지 않은 일들이 생기는구나. 파. 솔. 라. 미.

에드가 : 에드먼드, 심각하게 인상을 쓰고 뭘 생각하고 있는 것이냐?

에드먼드 : 얼마 전에 점성술에 대한 예언서를 읽은 적이 있는데 근자들어 일식, 월식이 일어났으니 그 후에 어떤 일이 일어날 것인가에 대해 생각하고 있었어요.

에드가 : 설마 그런 것들을 좋아하는 건 아니겠지?

에드먼드 : 그 예언서에 의하면 심상치 않은 일이 계속 일어나고 있거든요. 부모와 자식 사이에 불화가 생기고 변사, 기근에 오랜 우정에 금이 가고 국론의 분열, 왕과 귀족에 대한 모함, 모략, 의심, 친구의 추방과 군대의 반란, 파혼 등 여러 가지 일들이 바로 그 예가 되는 조짐이긴 하지만 도무지 잘 모르겠단 말입니다.

에드가 : 언제부터 그렇게 점성술에 빠진 거지?

에드먼드 : 형님께선 아버님을 언제 뵈었어요?

에드가 : 어젯밤에 뵈었지.

에드먼드 : 아버님과 이야기 나누셨나요?

에드가 : 그래, 두 시간 정도.

에드먼드 : 혹시 아무 일도 없었나요? 아버님의 말투나 얼굴 표정으로 보아서 역정이 나신 것 같지는 않으셨나요?

에드가 : 전혀.

에드먼드 : 잘 생각해보세요. 혹시 아버님의 기분을 언짢게 하신 일은 없었어요? 제 생각에는 아무래도 당분간 아버님을 뵙지 않는 게 좋을 것 같아요. 아버님께서는 지금 형님께 잔뜩 화가 나 계시거든요.

에드가 : 어떤 못된 놈이 나를 헐뜯은 모양이구나.

에드먼드 : 저도 그렇게 생각해요. 그러니 형님께서는 아버님의 노여움이 가실 때까지 좀 피해 계세요. 일단 제 방으로 가시죠. 제가 적당한 때를 봐서 아버님께 데려가서 말씀을 들을 수 있도록 형님을 안내하겠어요. 가십시다, 형님. 이게 제 방 열쇠입니다. 밖으로 나가실 때는 반드시 무기를 가지고 가세요.

에드가 : 무기를 가지고 다니란 말이냐?

에드먼드 : 형님을 위해서 드리는 말씀입니다. 무장을 하고 외출하셔야합니다. 정직하게 말하자면 지금 형님께 좋은 감정을 가진 사람은 아무도 없답니다. 실상을 그대로 말씀드릴 수 없을 정도로 무서울 지경입니다. 자, 어서 가세요.

에드가 : 어찌 된 영문인지 바로 알려주겠지?

에드먼드 : 일단 이 문제를 해결하기 위해서 백방으로 알아보겠어요. (에드가 퇴장) 남의 말에 잘 속는 아버지와 고상한 형님은 타고나길 남에게 피해를 주지 못하는 성격이니 의심도 할 줄 모른단 말이야. 그런 성격 덕에 내 계획은 아주 순조롭게 진행되겠지. 결말이 훤히 보이는군. 출신 때문에 얻을 수 없다면 머리를 써서 얻어내야 한단

말이야. 이제 내 계획대로 되기만 하면 만사형통이라고. (퇴장)

제1막 3장 ｜ 알바니 공작의 저택

고네릴, 그의 집사 오스왈드 등장.

고네릴 : 바보 같은 광대 녀석 하나 꾸짖었다고 아버님께서 우리 기사
   들에게 매를 드셨단 말이냐?

오스왈드 : 그렇습니다.

고네릴 : 밤낮으로 들볶는 통에 살 수가 없군. 시도 때도 없이 이런저런
   일로 집안이 온통 싸움판이니 이대로는 더 이상 참지 못하겠다. 아
   버님께서 사냥에서 돌아오셔도 인사를 드리지 않을 테니 나를 찾
   으시면 아파서 누워 있다고 해라. 그리고 시중드는 것도 전처럼 할
   것 없다. 누구든 시중드는 게 시원찮다고 하면 내가 책임질 테니
   부지런 떨 것 없다.

나팔 소리.

오스왈드 : 폐하께서 돌아오시는 소립니다.

고네릴 : 가능한 한 게으름을 피워라. 진력이 난 것처럼 말이야. 아버
   님과 그 일행의 비위를 건드려서 왜 그러는지 묻게 만들어라. 냉대
   가 싫으면 동생한테나 가버리시라지. 물론 동생에게 간다고 해도
   다를 게 없겠지만. 권력을 내주고도 여전히 자신의 권한을 행사하
   려고 하다니……. 망령이 나도 단단히 나신 모양이다. 나이 들면

다시 애가 된다더니 딱 그 꼴이구나. 어쨌든 늙은이의 망령은 강하게 눌러줘야 한다. 내 말을 명심해라.

오스왈드 : 네, 잘 알겠습니다.

고네릴 : 아버지가 거느리는 기사들에게도 친절하게 굴 것 없어. 나중에 결과가 어찌 되든 내 알 바 아니야. 무슨 일이든 벌어져야 하고 싶은 말을 다 할 수 있어. 동생에게도 편지를 써야겠군. 내 방식대로 하라고 말이야. 가서 저녁을 준비해라. (두 사람 퇴장)

제1막 4장 ｜ 알바니 공작의 저택

변장을 한 켄트 등장.

켄트 : 이렇게 변장을 한 데다가 목소리와 말투까지 바꾸면 내가 생각한 목적을 이룰 수 있겠지. 아, 켄트여, 추방당하였어도 그분께 제대로 봉사할 수만 있다면 언젠가는 왕께서도 너의 공로를 알아주실 것이다. 진정한 충신이었음을 알아주실 것이다.

뿔피리 소리. 리어 왕, 기사들, 시종들 등장.

리어 왕 : 허기가 지는구나. 잠시도 못 기다리겠다. 어서 저녁 식사를 준비해라. (시종 한 명 퇴장) 여봐라, 너는 누구냐?

켄트 : 그저 한 사나이입니다.

리어 왕 : 뭐 하는 놈이냐? 무슨 용무지?

켄트 : 보시다시피 제 행색은 누추합니다만, 저를 믿어주시는 분께는

최선을 다하여 봉사하는 사람입니다. 올바른 분을 공경하며, 현명하고 과묵한 사람과 어울려 지내며, 하늘의 심판을 무서워하고 어쩔 수 없는 경우에만 싸움을 하는 종복입니다.

리어 왕 : 대체 누구란 소리냐?

켄트 : 정직하나 폐하처럼 가난한 사람입니다.

리어 왕 : 국왕만큼 가난하다면 일개 백성인 너는 지독히도 가난하겠구나. 여기에는 무슨 일로 왔느냐?

켄트 : 모시고 싶습니다.

리어 왕 : 누구를 모시겠다는 것이냐?

켄트 : 당신!

리어 왕 : 네놈이 나를 아느냐?

켄트 : 모릅니다. 하지만 당신의 얼굴에는 제가 주인으로 섬기고 싶은 무엇인가가 있습니다.

리어 왕 : 그것이 뭐냐?

켄트 : 위엄입니다.

리어 왕 : 그래, 네가 할 수 있는 일이 뭐가 있지?

켄트 : 충성을 다해 비밀을 지킬 수 있습니다. 말을 타고, 심부름도 잘합니다. 복잡한 말을 한참 하다가 놓쳐버리기도 하지만 간단한 말은 정직하게 전할 수 있습니다. 평범한 사람이 할 수 있는 일이라면 뭐든 합니다. 그중에서도 가장 훌륭한 장점은 부지런함입니다.

리어 왕 : 나이가 몇 살이냐?

켄트 : 노래를 잘하는 여자에게 쉽게 반할 만큼 철이 없지도 않고 여자라면 그저 좋을 만큼 늙지도 않았습니다. 마흔여덟이 되었습니다.

리어 왕 : 따라오너라. 너를 하인으로 써주마. 저녁 식사 후에도 내 마음에 든다면 내 곁에 있게 해주마. 식사를 가져오너라. 저녁 식사!

시종은 어디 간 게냐? 광대는 어디 갔지? 당장 가서 광대를 불러와라. (시종 한 명 퇴장) (오스왈드 등장) 여봐라, 내 딸은 어디 있느냐?

오스왈드 : 잠시만⋯⋯. (퇴장)

리어 왕 : 저놈이 지금 뭐라고 하는 게야? 저 멍청한 녀석을 이리 데려와라. (기사 퇴장) 광대는 어디로 간 거냐? 세상이 모두 잠든 것처럼 조용하구나. (기사 재등장) 그 잡종 같은 녀석은 어디 갔느냐?

기사 : 그자 말이 따님께서 몸이 불편하시다고 합니다, 폐하.

리어 왕 : 그 종놈은 왜 끌고 오지 않았느냐?

기사 : 폐하, 노골적인 말투로 오기 싫다고 대답했습니다.

리어 왕 : 오기 싫다?

기사 : 폐하, 어찌 된 영문인지 자세히는 알 수 없지만 폐하를 대하는 태도가 전과 같지 않습니다. 이 댁의 하인들뿐 아니라 공작과 공작부인 모두 폐하를 냉대하고 있습니다.

리어 왕 : 아니! 무엇이 어째?

기사 : 폐하, 소신의 생각이 짧았다면 용서해주십시오. 다만 폐하께서 이렇게 불손한 대우를 받으시는 것을 보고도 가만히 입을 붙이고 있는 것은 신하의 도리가 아니라고 생각합니다.

리어 왕 : 네 말을 들으니 생각나는 것이 있다. 그렇지 않아도 저것들이 하는 모양을 보고 고의는 아닐 거라고 생각했었다. 내가 너무 까탈을 부린 탓이라고 생각했는데 그게 아닌 것 같구나. 저들이 왜 그러는 것인지 자세히 알아봐야겠다. 그나저나 광대는 어디 간 게냐? 이틀 동안이나 볼 수가 없구나.

기사 : 그는 막내공주님께서 프랑스 왕과 떠나버린 후에 풀이 죽어버렸습니다.

리어 왕 : 그런 얘기라면 그만둬라. 나도 이미 알고 있는 사실이니까.

가서 내 딸에게 내가 일러둘 말이 있다고 전해라. (시종 퇴장) 너는 가서 광대를 불러오너라. (다른 시종 퇴장) (오스왈드 등장) 너는 내가 누구라고 생각하느냐?

오스왈드 : 주인마님의 아버님이십니다.

리어 왕 : '주인마님의 아버지'라고? 이 막돼먹은 놈을 봤나! 개자식! 이 노예 놈, 들개 같은 놈!

오스왈드 : 황공하옵니다만, 저는 그런 놈이 아닙니다.

리어 왕 : 이런 방자하기 그지없는 날강도 같은 놈. 감히 네가 나를 노려보는 것이냐? (오스왈드를 때린다)

오스왈드 : 때리지 마세요.

켄트 : 이런 개자식! (오스왈드의 다리를 걸어 넘어뜨린다)

리어 왕 : 잘했다. 고맙구나.

켄트 : 이 나쁜 놈! 일어나, 썩 꺼져! 상하 구별도 모르는 모양이니 내가 가르쳐주마. 가, 어서. 네놈의 몸뚱이를 다시금 땅에 패대기치기를 바란다면 거기 누워 있든지 아니면 꺼져. 나가라. (오스왈드를 밀어낸다)

리어 왕 : 잘했다. 너의 보수를 미리 주마. (켄트에게 돈을 준다)

광대 등장.

광대 : 나도 저 사람을 부려야겠군요. 자, 난 내 수탉 모자를 주지. (켄트에게 모자를 준다)

리어 왕 : 귀여운 것, 기분은 어떠냐?

광대 : 이것 봐, 모자를 받으라니까.

켄트 : 왜 그래야 하지?

광대 : 왜냐고? 사랑을 잃은 사람 편을 드니까 그렇지. 바람이 부는 대
　　　로 흘러가지 못하면 너도 머지않아 냉대를 받게 될 거야. 자, 어서
　　　이 모자를 받으라고. 저 양반은 두 딸을 쫓아내고 셋째 딸에게는
　　　마음에도 없는 축복을 퍼부었지. 그렇기 때문에 이 사람을 모시려
　　　면 수탉 모자를 써야만 한단 말이야. 여, 아저씨! 그동안 잘 있었어
　　　요? 내게 수탉 모자와 딸이 둘씩 있었으면 정말 좋겠어.

리어 왕 : 왜지?

광대 : 살아 있는 동안 가진 것을 모두 딸들에게 준다 해도 수탉 모자만
　　　큼은 절대로 주지 않을 거야. 자, 이건 내 것이지만 받으세요. 그리
　　　고 딸들에게 하나 더 달라고 구걸해보세요.

리어 왕 : 말을 함부로 하다가 매를 맞게 될 게다, 알지?

광대 : 충직한 개는 매를 맞고 개집으로 쫓겨나고 아첨을 잘하는 암캐
　　　가 난롯가에서 냄새를 풍기는 꼴이군. 결국 진실은 채찍을 맞고 쫓
　　　겨나는군.

리어 왕 : 내게 쓴소리만 하는구나.

광대 : (켄트에게) 이봐, 내가 뭐 하나 가르쳐줄까?

리어 왕 : 그래, 말해봐라.

광대 : 잘 들어봐요, 아저씨. (노래한다)
　　　'있다고 다 보여주지 말고
　　　안다고 다 말하지 말고
　　　가졌다고 다 꿔주지 말고
　　　걷는 대신 말을 타라.
　　　들었다고 다 믿지 말고
　　　한 번에 많은 것을 걸지 말고
　　　술과 여인을 멀리한 채

집 안에만 틀어박혀 있게 되면

　스물에 스물보다 더 많은 이득이 있으리.'

켄트 : 쓸데없는 소리 그만해라! 바보야.

광대 : 내게 아무 대가도 주지 않았으니 무료로 변론한 변호사 같군.
(리어 왕에게) 아저씨, 쓸데없으면 아무것도 얻지 못하나요?

리어 왕 : 그렇고말고, 아무 데도 쓸데가 없는데 뭐가 생기겠느냐?

광대 : (켄트에게) 제발 저 양반에게 말 좀 해줘요. 자기 땅 소작료가 바
로 쓸데없는 꼴이 되었다고요. 도대체 광대가 하는 말은 믿질 않
으니.

리어 왕 : 저런, 고약한 입버릇을 봤나!

광대 : 고약한 입버릇을 가진 광대와 입버릇 좋은 광대의 차이를 아세
요?

리어 왕 : 모른다. 네가 가르쳐줄 테냐?

광대 : '영토를 주어버리라고 부추긴 사람이 있다면 내게 데리고 오라.

그런 자가 없다면 그대가 그 역할을 해야지.

입버릇 좋은 광대와 나쁜 광대가 바로 나타나리라.

얼룩 옷을 입은 바보는 바로 여기에 있고

다른 하나는 저쪽에 있구나.'

리어 왕 : 이런 놈을 봤나, 그래 내가 광대라는 거냐?

광대 : 다른 호칭을 다 줘버렸으니 남은 건 그것밖에 없죠.

켄트 : 폐하, 이놈이 아주 바보는 아닌 것 같습니다.

광대 : 지당한 말씀! 영주들이나 귀족들이나 모두들 나 혼자 바보 노릇
하는 것을 그냥 두질 않거든요. 제가 혼자서 광대 독점권을 따내려
고 하는데 글쎄, 저 귀족양반들도 모두 바보 광대 이름에 한몫하려
고 난리라니까요. 아저씨, 달걀 하나만 주세요. 그럼 제가 왕관을

두 개 드릴게요.

리어 왕 : 왕관 두 개라니?

광대 : 그 왕관은 말이죠, 달걀 한가운데를 두 개로 토막 낸 후에 노른
자를 먹어치우면 되죠. 그럼 달걀 왕관이 두 개가 생긴다고요. 아
저씨가 왕관의 한가운데를 쪼개 두 토막으로 나눠서 남에게 다 줘
버렸을 때 당나귀를 메고 진흙길을 걸어간 거야. 아저씨가 그 황
금 관을 다 양도했을 때 아저씨 머릿속에는 지혜가 남아 있지 않았
답니다. 내가 주제넘은 말을 한다고 하는 사람이 있다고 해도 그런
말을 하는 놈은 매를 맞아야 하는 거지요. (노래한다)

'올해는 바보가 손해를 보니

똑똑하던 자가 바보가 되어

머릿속에 있던 지혜는 사라지고

등신 흉내만 내리라!'

리어 왕 : 언제부터 그렇게 노래를 많이 부르게 된 게냐?

광대 : 아저씨가 딸들에게 어미 역할을 맡겼을 때부터 노래를 불렀죠.
아저씨는 그때 딸들에게 회초리를 쥐어주고는 때려달라고 바지를
걷었잖아요. (노래한다)

'그들은 갑자기 기뻐 울었지

나는 갑자기 슬퍼져 노래했다네.

임금님은 술래잡기 놀이를 하면서

바보들 틈에 끼여 지낸다네.'

아저씨, 부탁인데 광대에게 거짓말을 가르쳐줄 선생님을 구해주
세요. 거짓말을 배우고 싶어요.

리어 왕 : 거짓말을 하면 매를 맞을 줄 알아라.

광대 : 아저씨와 딸들은 참 이상도 하지요. 아저씨 딸들은 내가 참말을

한다고 매질을 하는데 아저씨는 거짓말을 하면 매질을 하겠다고 하다니. 그런데 나는 입을 꼭 다물고 있어도 매질을 당할 때가 있단 말이에요. 진짜 광대가 되고 싶지는 않은데. 뭐, 아저씨처럼 되는 것보다는 좋지만. 아저씨는 지혜의 양쪽 끝을 잘라버리고 가운데에는 아무것도 남겨두지 않았어요. 봐요. 저런, 저기 잘라낸 조각 하나가 오고 있네.

고네릴 등장.

리어 왕 : 어찌 된 일이냐? 요즘 너는 얼굴을 펴지 못하고 계속 찡그리고 있는 것 같구나.

광대 : 딸들이 인상을 쓰고 있다고 해도 신경 쓰지 않았을 때가 더 편했지요. 지금 아저씨는 아무 쓸모도 없는 숫자 영과 같은 신세군요. (고네릴에게) 알겠습니다. 입 다물죠. 얼굴만 봐도 금세 알아차릴 수 있답니다. 쉿, 쉿. (노래한다)

'지금은 빵 껍질도 싫고 빵 부스러기도 싫어
다 버리지만 조금은 필요하리니.'

(리어 왕을 가리키며) 저건 알맹이가 하나도 들어 있지 않은 콩깍지랍니다.

고네릴 : 아버님, 아무 말이나 함부로 지껄여대는 이 광대를 더 이상 참지 못하겠습니다. 아버님께서 부리는 기사들도 뭐든 꼬투리를 잡아 싸움질을 해대니 더는 못 견디겠습니다. 이 일에 대해 아버님께 말씀을 드리고 계속되는 이 폐습에 대해 결말을 지으려고 했습니다. 그런데 근래 아버님의 모습을 보니 아버님께서 그런 난폭한 행동을 부추기는 것 같은 생각이 듭니다. 만일 그렇다면 가만히 있지

는 않을 겁니다. 아버지 기분을 상하게 할 수 있겠지만, 그리고 제 평판에도 흠이 되겠지만 그냥 지나칠 수가 없습니다. 아마 사람들도 저의 이러한 처사를 당연하게 여길 것입니다.

광대 : 아저씨도 이 노래 아시죠? (노래한다)

　'바위종다리를 오래 키워준 뻐꾸기

　결국에는 그 새끼에게 머리를 쪼아 먹혀버렸다네.'

　그래서 촛불은 사라지고 우리는 어둠 속에 남게 되었죠.

리어 왕 : 네가 나의 딸이냐?

고네릴 : 아버지, 지혜를 이용하세요. 최근에 아버님께서는 바른 길을 벗어나서 다른 길로 빠지고 계십니다. 제발 당신의 참모습을 갉아 먹는 그 노망기를 버리세요.

광대 : 수레가 말을 끌고 가는데 당나귀가 어찌 이상하게 여기지 않겠습니까? 아, 나는 아주머니께 반해버렸어요.

리어 왕 : 너희 중에서 나를 아는 자가 없느냐? 지금 여기 있는 자는 리어가 아니다. 리어의 걸음걸이가 이렇더냐? 말투가 이렇더냐? 리어의 눈은 어디로 갔지? 생각이 마비되거나 판단력이 잠을 자고 있거나 둘 중 하나일 게다. 아! 이게 꿈이냐 생시냐? 아마도 꿈이겠지. 내가 누구인지 말할 수 있는 자 누구인가?

광대 : 리어 왕의 그림자지.

리어 왕 : 알고 싶구나. 왕의 권력과 지식으로든 이성으로든 판단하건대 내게는 딸들이 있었다. 그런데 그게 잘못된 생각이었단 말인가!

광대 : 그 딸들이 아저씨를 순종하게 만들 거예요.

리어 왕 : 아름다운 부인, 이름이 뭐요?

고네릴 : 그렇게 놀라신 것처럼 딴청을 피우시는 것도 아버님께서 요즘 자주 보이시는 망령기와 같은 겁니다. 제발 제가 하는 말을 오

해하지 말아주세요. 아버님은 언제나 존경을 받으셔야 하는 분이세요. 제발 현명해지세요. 아버님은 100명의 기사와 시종들을 거느리고 계십니다. 그런데 이 기사들은 방탕하기 그지없고 난폭하고 무례한 사람들이죠. 난잡한 이자들 때문에 이 궁정이 술집이나 창녀의 집처럼 되었답니다. 이런 창피스러운 행동을 즉시 시정해주세요. 아버님을 수행하는 자들의 수를 줄여주세요. 아버님께서 그리하지 않으시겠다면 저희 마음대로 줄여버리겠어요. 시종들도 아버님의 노령에 맞는 사람들이어야 하며 아버님과 자신의 처지를 잘 이해하고 있는 사람이어야 합니다.

리어 왕 : 악마 같은 년! 당장 말에 안장을 얹어라. 시종들을 불러라. 썩어 문드러진 사생아 같은 년! 더 이상 네년 신세는 지지 않을 것이다. 너 말고도 딸은 또 있다.

고네릴 : 아버님께서 저희 집 사람들에게 손찌검을 하고 저 난폭한 자들은 상전들을 하인 부리듯 하고 있어요.

알바니 등장.

리어 왕 : 이제 와 후회한들 무슨 소용이 있겠는가! (알바니에게) 자네로군. 이게 자네의 뜻인가? 대답하게. (시종을 향해) 당장 말을 준비하라. 은혜도 모르는 것들! 대리석 같은 심장을 가진 악마! 자식의 탈을 뒤집어쓰니 바닷속 괴물보다 더 흉측하구나.

알바니 : 제발 참으십시오.

리어 왕 : (고네릴에게) 흉악한 것! 거짓말쟁이! 내 시종들은 자신이 지켜야 할 의무에 관해서는 세밀한 것까지 모두 알고 있는 엄선된 인재들이며 자신의 명예가 더럽혀지지 않기 위해 노력하는 자들이

다. 오, 지극히 작은 허물이여, 그 자그마한 결점이 코델리아에게
는 왜 그렇게도 추악하게 보였는가! 그 작은 결점이 타고난 천성을
고문하여 내 마음속에 있는 인간의 정을 빼앗고 가혹함만을 더하
였구나. 오, 리어, 리어야! 어리석음을 불러오고, 소중한 판단력을
몰아내버린 이 머리를 부숴버려라. (자신의 머리를 때린다) 자, 가자!
(기사들, 시종들, 켄트 퇴장)

알바니 : 폐하, 저에게는 죄가 없습니다. 무엇 때문에 그렇게 화를 내
시는 겁니까?

리어 왕 : 그럴지도 모르지. 자연의 신들이여! 저 여자의 몸에서 자식을
낳게 할 뜻이 있다면 멈추어주소서. 저년의 자궁을 불모지로 만들
어 자손이 번성하는 것을 끊고 저 타락한 육체 속에서 어미의 명예
가 될 아이가 태어나지 못하게 하소서. 아이를 낳을 운명이거든 그
아이가 자라 어미에게 가혹한 불효를 저지르고 그로 인해 고통을
겪게 하소서. 그 패륜아로 어미의 이마에는 주름이 생기고 흐르는
눈물이 두 뺨에 골을 새기게 하소서. 그리하여 은혜에 감사할 줄
모르는 자식을 갖는 것이 독사의 이빨에 물리는 것보다 더한 고통
을 준다는 것을 깨닫게 하소서. 가자! (퇴장)

알바니 : 오, 신이시여, 이게 어찌 된 일이오?

고네릴 : 이유 같은 것은 알 필요 없어요. 마음껏 성미를 부리라고 하
세요.

리어 왕 다시 등장.

리어 왕 : 이게 무슨 짓이냐? 보름도 안 되었는데 내 시종을 50명이나
줄여?

알바니 : 무슨 일이십니까?

리어 왕 : 말해주지. (고네릴에게) 이처럼 흉악하고 창피한 일은 더는 없을 것이다. 대장부가 너 때문에 몸을 떨고, 이처럼 뜨거운 눈물을 흘려야 하다니! 너 같은 년은 폭풍과 안개 속으로 사라져야 한다. 아비의 저주가 네 모든 감각에 깊은 상처를 남길 것이다. 어리석고 늙은 눈이여! 이제 이 일로 다시 눈물을 흘릴 시에는 네 눈을 도려내어 쓸데없이 흘린 눈물과 함께 땅에 던져주마. 아, 결국은 이렇게 되었구나! 그러나 내게는 딸이 또 하나 있으니 걱정할 것이 없다. 그 애는 반드시 나를 위로할 것이다. 아마 네년이 나에게 한 짓을 그 애가 듣게 되면 반드시 네 얼굴에 손톱자국을 만들어줄 것이다. 그리고 나는 원래대로 되돌아가게 되겠지. 너는 내가 본시 나의 모습을 버렸다고 생각했겠지만 어림없는 소리지. 어디 두고 보자. (퇴장)

고네릴 : 아버님의 태도를 잘 보세요.

알바니 : 당신을 깊이 사랑하기는 하지만 그렇다고 해도 당신 편을 들 수만은 없겠소.

고네릴 : 가만 계셔보세요. 여봐라, 오스왈드! (광대에게) 악당에 가까운 바보 같은 것아. 네 주인을 따라가지 않고 뭘 하는 거지?

광대 : 아저씨, 리어 아저씨! 같이 가요. 광대를 데리고 가야죠. (노래한다)

'사로잡은 여우와 저런 딸은

당장 목을 매달아 죽여요.

내 모자 팔아 밧줄을 살 수 있다면…….

이제 이 광대는 뒤따라갑니다.'

고네릴 : 고놈 충고 한번 잘하는구나. 무장 기사가 100명이라니…….

물론 100명의 기사는 아주 안전한 보호막이었을 테지. 그 어떤 악몽과 변덕, 불평과 미움이 있다고 해도 그들의 힘으로 자기 노망기를 보호하고 심지어는 우리를 억누를 작정이었겠지. 오스왈드, 어디 있느냐? 이리로 좀 와라.

알바니 : 당신의 걱정이 너무 지나친 것 같구려.

고네릴 : 지나치게 믿는 것보다는 안전해요. 위험하지 않을까 걱정하고 지켜보는 것보다는 없애버리는 것이 더 편하죠. 아버님의 속내는 내가 잘 알아요. 아버지가 말씀하신 것들을 동생에게 전했어요. 내 편지를 읽고도 동생이 아버님과 기사 100명을 모두 부양한다고 한다면……. (오스왈드 등장) 오스왈드, 어떻게 되었지? 동생에게 보낼 편지는 다 썼느냐?

오스왈드 : 네, 다 썼습니다.

고네릴 : 수행원들 몇 명과 함께 말을 타고 지금 바로 출발해라. 특히 내가 걱정하는 점이 어떤 것인지를 전하고. 그래야 요점이 강조되는 법이거든. 거기에 자네의 의견을 덧붙여도 좋아! 자, 어서 출발해라. 일이 끝나면 바로 돌아오도록 해. (오스왈드 퇴장) 안 돼요, 안 돼! 어린아이처럼 유순한 당신의 태도를 비난하는 것은 아니에요. 당신이 나를 비난할지 모르지만 당신의 친절은 칭찬하는 사람보다는 비웃는 사람들이 더 많단 말이에요.

알바니 : 당신이 어디까지 이 사태를 잘 꿰뚫어 보는지 모르겠지만 잘되던 일을 당신이 망친 적이 한두 번이 아니잖소.

고네릴 : 이번에는 아니에요. 안 그렇다고요.

알바니 : 좋소, 결과를 봅시다. (두 사람 퇴장)

제1막 5장 ⚜ 알바니 공작의 저택 앞

리어 왕, 켄트, 광대 등장.

리어 왕 : (켄트에게) 너는 먼저 콘월 공작에게 가서 내 딸에게 이 편지를
　　　전하거라. 그리고 딸애가 묻는 것 이외에는 아무것도 네가 아는 걸
　　　말하지 말고 모른 척해라. 서둘러 가지 않으면 자네보다 내가 먼저
　　　도착할지 모른다.

켄트 : 편지를 전할 때까지는 한숨도 자지 않고 달리겠습니다. (퇴장)

광대 : 사람의 두뇌가 발뒤꿈치에 달렸다면 동상에 걸리겠지요?

리어 왕 : 그렇겠지.

광대 : 그럼 걱정할 것 없어요. 아저씨의 지혜는 발뒤꿈치에 달린 게
　　　아니니까 넉넉한 슬리퍼로 보호하지 않아도 된단 말예요.

리어 왕 : 하하하!

광대 : 두고 보세요. 아저씨의 다른 딸도 천성대로 아저씨를 대할 테니
　　　까요. 두 따님은 능금과 사과처럼 꼭 닮았거든요. 제가 알 만한 건
　　　다 알 수 있다고요.

리어 왕 : 그래 뭘 안다는 거야, 이 녀석아?

광대 : 두 따님은 사과가 다 같은 맛을 내듯 같을 거예요. 왜 사람의 코
　　　가 얼굴 가운데 있는지 아시나요?

리어 왕 : 모른다.

광대 : 코 양쪽으로 눈을 붙여두기 위해서죠. 코로 냄새를 맡을 수 없
　　　는 것은 눈으로 볼 수 있게 하려는 거고 말이에요.

리어 왕 : 내가 코델리아에게 몹쓸 짓을 저질렀어.

광대 : 굴은 껍데기를 만들기 위해 어떻게 하는지 아세요?

리어 왕 : 모르겠는데.

광대 : 그건 저도 몰라요. 하지만 달팽이가 왜 집을 지고 다니는지는 알죠.

리어 왕 : 왜 그렇지?

광대 : 그건 머리를 감추기 위해서예요. 그래야 딸들에게 주지 않고 자기 뿔을 감출 수 있거든요. 그래서 껍데기를 지고 있는 거예요.

리어 왕 : 한때는 나도 자상한 아버지였지만 이제는 아비로서의 정을 모두 끊을 테다. 말 준비는 다 되었느냐?

광대 : 당나귀 같은 시종들이 준비하러 갔어요. 북두칠성은 별이 왜 일곱 개인지 아세요?

리어 왕 : 그야 여덟 개가 아니니 그렇지.

광대 : 맞아요. 아저씨도 훌륭한 광대가 될 수 있겠군요.

리어 왕 : 배은망덕한 것! 강제로 빼앗아가다니!

광대 : 만약에 아저씨가 내 광대였다면 때도 되기 전에 미리 늙어버렸다고 실컷 때려주었을 텐데.

리어 왕 : 왜 그렇지?

광대 : 현명해지기 전에는 늙어버리면 안 되잖아요.

리어 왕 : 오, 자비하신 하느님! 제발 제가 미치게 두지 마십시오. 제 마음에 평화를 주십시오. 절대로 미치광이가 되고 싶지 않습니다. (시종 한 명 등장) 말 준비는 다 됐느냐?

신사 : 네, 준비되었습니다.

리어 왕 : 자, 가자.

광대 : 떠나는 우리를 보고 웃고 있는 처녀들이여, 물건이 잘리지 않는다면 그대들 모두 더 이상 처녀일 수 없을 것이다. (모두 퇴장)

제2막

제2막 1장 ┆ 글로스터의 저택

에드먼드, 큐런, 각각 등장.

에드먼드 : 안녕하십니까, 큐런?

큐런 : 안녕하셨소? 지금 당신의 부친을 뵙고 콘월 공작과 리간 부인
　　　께서 오늘 밤 이곳에 오신다는 소식을 전해드리고 오는 길이오.

에드먼드 : 공작 부부께서 무슨 일로 이곳에 오신답니까?

큐런 : 글쎄요, 잘은 모르겠으나 세간에 떠도는 풍문에는, 뭐 그래 봤
　　　자 별말은 아니지만.

에드먼드 : 무슨 풍문 말씀이십니까? 저는 듣지 못했습니다.

큐런 : 네, 콘월 공작과 알바니 공작 사이에 전쟁이 터질 거라는 소문
　　　입니다.

에드먼드: 전혀 듣지 못했습니다.

큐런: 그렇다면 이제 차차 듣게 될 것이오. 그럼 이만. (퇴장)

에드먼드: 공작이 오늘 밤 이곳에 온다고? 잘됐군! 내 계획이 착착 들어맞는군그래. 이제 다음 차례를 궁리해야겠어. 아버님께서는 형을 잡기 위해 사냥꾼을 보낸다고 했겠다. 이제 해결해야 할 일이 하나 남았어. 아주 골치 아픈 일이지. 행운이여, 나에게 오라! 형님, 이리 내려오세요. 할 말이 있어요. (에드가 등장) 아버님께서 형님을 감시하고 계세요. 형님께서 여기에 숨어 계신다는 것이 들통났어요. 그러니 어서 달아나세요. 지금은 밤이니 어둠을 이용해서 몸을 숨길 수 있을 거예요. 그나저나 형님께서 혹시 콘월 공작을 험담하신 적이 있나요? 지금 공작이 이곳으로 오고 있답니다. 리간 부인도 함께 오신다고 해요. 알바니 공작의 험담을 한 적은 없으세요? 혹시라도 의심되는 게 없으신가요?

에드가: 맹세코 그런 험담한 적 없다.

에드먼드: 아버님께서 오시나 봐요. 발소리가 들립니다. 죄송하지만 제가 형님을 치는 척해야만 합니다. 형님도 칼을 빼서 방어 자세를 하세요. 자, 이젠 붙어요. (큰 소리로) 항복해라! 아버님께 함께 가자. 불을 밝혀라! 여기다, 여기야! (작은 소리로) 어서 달아나요, 형님. (큰 소리로) 횃불! 횃불! (에드가에게) 잘 가요. (에드가 퇴장) 피를 흘리고 있다면 내가 장렬하게 싸웠다고 생각하겠지. (자신의 한쪽 팔에 상처를 낸다) 술주정뱅이들은 장난으로 더 심한 짓도 하더군! (큰 소리로) 아버지, 아버지! 서라, 서! 여기예요.

글로스터, 횃불을 든 하인들 등장.

글로스터 : 이런, 에드먼드! 그 악당 놈은 어디 있느냐?

에드먼드 : 시퍼렇게 날이 선 칼을 뽑아 들고서 여기 이 어둠 속에서 흉악한 주문을 외면서 달에게 행운을 달라고 빌고 있었습니다.

글로스터 : 그래 그놈은 어디 있느냐?

에드먼드 : 이 피를 보십시오.

글로스터 : 그 악당 놈은 어디 있느냐니까?

에드먼드 : 이쪽으로 도망쳤습니다. 어떻게 할 수가 없었습니다.

글로스터 : 이쪽이다. 어서! 뒤쫓아 가라, 놓치지 마라. (몇 명의 하인들 퇴장) 할 수 없다니, 뭐가?

에드먼드 : 저를 설득했습니다. 아버님을 살해하자고 말입니다. 저는 아버지를 죽이는 자식 놈에게는 복수의 신들이 벼락을 내릴 거라고 했습니다. 또 아버지로부터 받은 무한한 은혜에 대해서도 형님께 말해주었습니다. 그런데 형님은 더 이상 제가 설득당하지 않을 거라고 생각했는지 아무런 대비도 하지 않은 저에게 미리 준비해 둔 칼로 이렇게 상처를 입힌 겁니다. 형님의 불의에 참을 수 없던 제가 용기를 내서 저항하자 제 기세를 알아차린 것인지, 아니면 제가 소리를 지르자 놀란 것인지 형님은 갑자기 돌아서서 달아나버렸습니다.

글로스터 : 제아무리 멀리 달아났다고 해도 이 땅 안에 있을 테니 꼭 잡고야 말 것이다. 잡히기만 하면 그날로 바로 처형이다! 이제 나의 주인이시며 은인이신 공작께서 오늘 밤 이곳에 행차하기로 하였으니 그분께 부탁하여 배은망덕한 놈을 잡아들이는 포고령을 내려야겠다. 이 비겁하기 그지없는 살인자를 찾아서 데리고 오는 자에게는 사례하겠지만 그놈을 숨겨주는 놈은 모조리 처형을 하겠다고 포고문을 쓸 것이다!

에드먼드 : 형님께서 계획한 그 흉측한 일을 그만두게 하려고 제가 충고를 하였지만 형님의 결심은 요지부동이었습니다. 제가 형님을 비난하면서 이 계획을 세상에 폭로하겠다고 위협하기도 하였습니다. 그러자 형님께서는 제게 이렇게 말씀하셨지요. '재산도 상속받지 못할 이 서자 놈아, 만일 내가 너에게 동조하지 않는다면 이 세상에 누가 네 말을 믿어주겠어? 너를 유능하고 기품 있는 인재라고 봐줄 사람이 있을 것 같으냐? 네놈이 내 필적을 위조하여 증거라고 떠든다 하여도 내가 너를 부정하기만 하면 모두 네놈의 모략이요, 사주, 음모라고 할 것이다. 내가 죽으면 가장 이득을 보는 사람이 너인데 네가 날 죽이려 한다는 것을 세상이 모를 거라고 생각해? 사람들을 멍청이 취급하지 마!'

글로스터 : 오, 악당 놈 같으니! 천하에 그놈보다 더 비정한 악당은 없을 거다. 그래 그놈이 편지까지 부정하더란 말이냐? 이제 그놈은 내 자식이 아니다. (안에서 나팔 소리) 들리느냐? 공작님의 나팔 소리다. 도대체 무슨 영문으로 이곳에 행차하시는지 알 수 없구나. 항구를 모두 폐쇄시켜야지. 그 악당 녀석은 모든 출입구가 다 막혀버렸으니 어디로 도망칠 수 없을 거다. 포고문에 대해서 공작님의 허락을 받아야겠다. 놈을 알아볼 수 있는 초상화도 방방곡곡 붙여야겠다. 그리고 에드먼드, 너는 아비에게 효도와 충성을 다하니 내 영토를 네가 상속받도록 해놓으마.

콘월 공작, 리간, 시종들 등장.

콘월 : 어찌 된 영문이오, 글로스터 백작? 지금 막 도착하자마자 이상한 소문이 들리더군.

리간 : 만약 그 소문이 사실이라면 어떤 벌을 내린다고 해도 죄인에게
　　　는 충분하지 않을 거예요. 안녕하셨어요, 백작님?

글로스터 : 아, 부인. 이 늙은이의 가슴이 터질 지경입니다.

리간 : 어찌 된 영문이에요? 에드가는 우리 아버님의 이름을 지어 받
　　　은 아이인데.

글로스터 : 그저 부끄럽습니다.

리간 : 에드가가 아버님을 수행하고 있는 난폭한 기사들과 한패가 아
　　　닌지 모르겠군요.

글로스터 : 모르겠습니다. 그러나 어떻게 이토록 악독할 수 있는
　　　지……. 참으로 악독합니다.

에드먼드 : 네, 부인. 형님은 그 기사들과 한패였습니다.

리간 : 그러니 악독할 수밖에 없는 겁니다. 아마도 그 기사 놈들이 백
　　　작의 재산을 노리고 에드가를 부추긴 게 틀림없어요. 백작을 죽인
　　　후에 재산을 가로채서 흥청거릴 속셈이었을 거예요. 실은 언니로
　　　부터 그들에 대한 소식이 도착했답니다. 그놈들이 저희 집에서 머
　　　물겠다고 하면 집을 비우고 딴 데 피해 있으라는 소식이었지요.

콘월 : 음, 나도 큰 변을 당할 뻔했군. 에드먼드, 네 효심이 대단하구
　　　나.

에드먼드 : 자식 된 도리를 할 뿐입니다, 공작님.

글로스터 : 이 아이가 그놈의 음흉한 계획을 알아챘습니다. 놈을 잡으
　　　려 했는데 이렇게 상처를 입고 말았지요.

콘월 : 놈을 쫓고 있는 거요?

글로스터 : 네, 그렇습니다.

콘월 : 그놈이 잡히기만 하면 다시는 이렇게 패악한 짓을 저지르지 못
　　　하도록 처치해야겠소. 놈을 잡기 위해서라면 내 권한을 어떻게 써

도 좋소이다. 그리고 에드먼드, 너의 효심과 선행이 참으로 놀랍구나. 너를 내 부하로 삼겠다. 내게는 너처럼 믿음직한 인물이 필요하지. 내가 찾던 인물이 바로 너 같은 사람인데 그중에서도 네가 첫 번째다.

에드먼드 : 충심으로 최선을 다해 공작님을 섬길 것이옵니다.

글로스터 : 아들을 대신해 깊이 감사드립니다.

콘월 : 백작께선 우리가 왜 찾아왔는지 그 연유를 모르지요?

리간 : 백작, 우리가 이렇게 어두운 밤에, 그것도 뜻하지 않은 시각에 바늘귀를 꿰듯 발길을 더듬어 온 이유는 다 그대에게 용건이 있어서입니다. 백작의 조언이 필요한 일이지요. 아버님과 언니 모두에게 편지를 받았는데 아마도 두 분 사이에 불화가 생긴 것 같아요. 저는 집을 떠나 이곳에서 답장을 보내는 것이 좋겠다고 생각했어요. 양쪽으로 보낼 답신을 가져갈 사자들을 여기서 파견할 생각이랍니다. 백작께서는 우리의 오랜 친구이기에 누구보다 심려가 크다는 걸 알아요. 그러니 이 일과 관련한 백작의 의견을 듣고 싶군요. 백작의 충고를 듣고 실행할 생각이랍니다.

글로스터 : 분부에 따르겠습니다. 두 분께서 와주신 것을 진심으로 환영합니다. (모두 퇴장)

제2막 2장 🔹 글로스터의 저택 앞

켄트와 오스왈드 각각 등장.

오스왈드 : 안녕하시오? 이 집에 사시오?

켄트 : 그렇소.

오스왈드 : 그럼 어디다 말을 매오?

켄트 : 진흙 속에다 매시오.

오스왈드 : 자, 그러지 말고 나를 좋아한다면 가르쳐주시오.

켄트 : 싫소. 나는 당신을 좋아하지 않아.

오스왈드 : 그렇다면 나도 당신에게 볼일이 없소.

켄트 : 내가 네놈을 깨물고 있기만 해도 내게 관심을 가질 텐데 안 됐군.

오스왈드 : 당신과 나는 모르는 사이인데 왜 그런 악담을 하는 거지?

켄트 : 이봐, 나는 자넬 알고 있어.

오스왈드 : 날 어찌 안다는 거요?

켄트 : 악당, 불한당이지. 음식 찌꺼기나 처먹는 놈. 천박하고 야비하며 거만한 놈. 거지 주제에 옷은 세 벌이나 되고, 1년 수입이 100파운드, 냄새 나는 털양말을 신고 다니는 놈. 용기라고는 전혀 없어서 어디서 얻어터지기라도 하면 결투할 생각은 전혀 하지 않고 소송이나 거는 놈. 하루 종일 거울이나 쳐다보는 천한 놈. 주인을 위한다면서 포주 짓이나 하는 놈. 악한, 거지, 겁쟁이, 뚜쟁이, 창녀와 잡종 암컷의 아들놈. 이것들 중에서 네놈이 하나라도 틀렸으면 부인해봐라. 흠씬 두들겨줄 테니.

오스왈드 : 이런 고약한 놈이 있나. 서로 알지도 못하고 만난 적도 없는

사람에게 이런 못된 욕지거리를 하다니!

켄트 : 이런 철면피 같은 놈. 그래 나를 모른다고? 폐하 앞에서 네놈의 발을 걸어 넘어뜨려 두들겨준 것이 바로 이틀 전인데 기억을 못해? 네 이놈, 칼을 뽑아라. 비록 밤이라곤 하지만 달이 밝으니 네놈으로 스프를 만들고 말겠다. 자, 칼을 빼라. 이 건달 놈의 자식아! 덤벼!

오스왈드 : 저리 비켜! 나는 너와 아무 상관도 없어.

켄트 : 이놈, 어서 칼을 빼라. 너는 폐하께 불리한 편지를 가져왔을 뿐 아니라 왕권을 침해하고 있다. 이 건달 놈아! 어서 칼을 빼라. 네놈의 정강이 살을 베어주마. 자, 칼을 들고 어서 덤벼라.

오스왈드 : 사람 살려, 살인이다! 사람 살려!

켄트 : 어서 덤벼봐라! 이 노예 놈아! 못된 놈, 거기 서라. 겉만 번지르르만 노예 놈아! 덤비란 말이다. (오스왈드를 때린다)

오스왈드 : 사람 살려! 살인이다!

긴 칼을 든 에드먼드 등장. 콘월, 리간, 글로스터, 하인들 등장.

에드먼드 : 아니, 이게 무슨 일이냐? 떨어져라!

켄트 : 애송이 양반, 자네의 소원이라면 상대해주마. 자 덤벼라.

글로스터 : 이게 무슨 소동이냐? 무기를 들고, 칼을 빼들고 뭐하는 짓이냐?

콘월 : 목숨이 아깝거든 모두 가만히 있어라. 칼을 휘두르는 놈은 사형에 처할 것이다. 대체 무슨 일로 싸우는 것이냐?

리간 : 언니와 아버지가 보낸 사자예요.

콘월 : 왜 싸웠느냐? 말해보거라.

오스왈드 : 숨을 쉴 수가 없습니다, 공작님.

켄트 : 당연한 일이다. 네놈에게 있는 모든 용기를 다 휘둘렀으니 말이다. 비겁한 악당 놈아! 대자연도 너 같은 놈을 만들지 않았다고 주장할 것이다. 재단사가 만들었을 놈아!

콘월 : 이상한 말을 하는 자로구나. 재단사가 사람을 만들어?

켄트 : 그렇습니다. 분명 재단사가 만든 것입니다. 조각가든 화가든 두 시간 정도만 일을 하면 이처럼 모자란 작품을 만들어낼 수 있을 것입니다.

콘월 : 왜 싸웠는지 말해라.

오스왈드 : 저 희끗한 수염을 불쌍하게 생각해서 목숨만은 살려주었더니 저 흉악한 놈이…….

켄트 : 뭐라고? 이 쓸모없고 비천한 놈아! 어르신, 허락만 해주신다면 이 악독한 놈을 짓이겨 횟가루로 만든 후에 이놈의 몸뚱이로 화장실의 벽을 바르겠습니다. 꼬리나 흔드는 이 아첨꾼아, 뭐? 희끗한 수염 때문에 나를 살려주었다고?

콘월 : 닥쳐라! 이 짐승 같은 것들아. 너희는 예의범절도 모르느냐?

켄트 : 물론 알고 있습니다만 화가 치밀 때는 별 도리가 없습니다.

콘월 : 왜 화가 났느냐?

켄트 : 정직함이라고는 눈곱만큼도 없는 자가 칼을 차고 다니지 뭡니까! 저렇게 실실거리는 자들은 절대로 끊어질 수 없는 부자간의 인연을 쥐새끼가 밧줄을 끊어내듯 두 갈래로 갈라놓으며, 불에는 기름을 붓고, 싸늘한 가슴에는 눈을 뿌려 주인들의 이성을 거스르는 감정을 부추기지요. 또 바람같이 변하는 주인의 기분에 따라 물총새가 주둥이를 놀리듯, 개가 꼬리치듯 아첨을 떨며 따라다닙니다. (오스왈드를 향해) 생겨먹은 상판대기하고는, 역병이나 걸려라. 웃

어? 내 말이 광대의 우스개쯤으로 들리느냐? 솔즈베리 벌판에서 네놈을 만났다면 카멜롯의 거위 우리로 날려버렸을 것이다.

콘월 : 이 늙은 놈이 실성을 한 모양이군!

글로스터 : 싸운 연유에 대해서 냉큼 말하여라.

켄트 : 아무리 원수지간이라 하더라도 저와 이 악한 놈과 같은 원수지간은 없을 겁니다.

콘월 : 어째서 저 사람을 악한이라고 부르는 게냐? 그가 무슨 잘못을 했더냐?

켄트 : 저놈의 얼굴이 마음에 들지 않기 때문입니다.

콘월 : 그렇다면 자네는 내 얼굴도, 백작의 얼굴도, 내 아내의 얼굴도 맘에 들지 않겠구나.

켄트 : 정직한 말을 아뢰는 것이 제 직책이옵니다. 그래서 말씀드리자면 지금 제 눈앞에 보이는 분들의 어깨 위에 얹혀진 얼굴보다 더 훌륭한 얼굴을 본 적이 있습니다.

콘월 : 성미가 이상한 놈이로구나. 솔직하다고 칭찬해주면 오만해져서 제 천성과 어긋나는 행동을 하니 말이다. 정직하여 아첨할 줄 모르고 사실을 말해야만 견딜 수 있다고? 이런 정직함을 세상 사람들이 받아주면 참으로 좋은 일이지만 참아주지 못한다고 하더라도 할 말은 해야 직성이 풀린단 말이로군. 이런 부류의 악당을 나는 익히 알고 있다. 마치 어수룩한 것처럼 꾸벅꾸벅 절을 해대지만 속으로는 꿍꿍이를 숨기고 있는 놈이다. 주어진 일을 잘 처리하지만 아첨에 능한 시종 스무 명보다 더 많은 술수와 악의를 가득 품고 있는 놈이다.

켄트 : 공작님께 성심을 다해 진실만을 말씀드립니다. 하늘에 빛나는 태양신 이마 위에 찬란하게 빛나는 면류관 같은 권력을 가지신 공

작님께서 허락해주신다면…….

콘월 : 이건 또 무슨 수작이지?

켄트 : 제 말투가 공작님의 기분을 상하게 하는 것 같아 말하는 방법을 바꿔보았습니다. 저는 아첨할 줄 모르옵니다. 솔직함을 가장하여 공작님을 속인 자가 있다면 그놈이야말로 정말 악한입니다. 그러나 저는 그런 악한이 아닙니다. 공작님께서 노하시어 제게 악한이 되라고 명하신다고 하더라도 저는 그런 악한이 될 수 없습니다.

콘월 : (오스왈드에게) 너는 저자에게 무슨 잘못을 저지른 것이냐?

오스왈드 : 잘못한 일은 없습니다. 며칠 전 저놈이 섬기고 있는 국왕께서 무슨 오해가 있으셨는지 저에게 매질을 하였는데, 그때 저자가 폐하의 편을 들고 폐하의 비위를 맞추기 위해 제 뒤에서 발을 걸어 저를 넘어뜨렸습니다. 제가 넘어지니까 저자는 마치 자기가 무슨 영웅이라도 된 것처럼 우쭐대더니 욕을 퍼붓고 제법 용맹한 척 야단을 떨었습니다. 제가 일부러 져주었는데 아마도 국왕께서 그 일로 칭찬하신 모양입니다. 그런 공적에 재미가 났는지 다시 칼을 빼들고는 저를 공격한 것입니다.

켄트 : 너 따위 비열한 겁쟁이들이라면 영웅 아이아스도 바보로 만들겠구나.

콘월 : 족쇄를 가져와라. 이 악당 같은 노망난 늙은이에게 버릇을 가르쳐줘야겠다.

켄트 : 이젠 너무 나이가 많아서 배울 수가 없습니다. 그러니 족쇄는 그만두시지요. 저는 폐하의 심부름으로 온 사자입니다. 폐하의 사자를 족쇄에 묶어두는 것은 폐하의 인덕과 명예를 떨어뜨리는 불손한 처사입니다.

콘월 : 족쇄를 가져와라. 나에게 목숨과 명예가 남아 있는 한, 저 늙은

이를 정오까지 앉혀두어야겠다.

리간 : 정오까지라니요! 밤까지 두세요. 밤새도록 앉혀두세요.

켄트 : 부인, 설령 제가 국왕의 개라고 하더라도 이렇게 학대하실 수는 없습니다.

리간 : 아버님이 거느리고 있는 악당이니 더욱 그렇게 해야 한다.

콘월 : 이놈은 아마도 당신 언니의 편지에 쓰여 있는 놈들과 한패일 거요. 어서 족쇄를 가져오너라!

족쇄를 들고 시종들 등장.

글로스터 : 공작님, 제발 고정하십시오. 이놈이 큰 죄를 지은 것은 사실이오나 그에 대한 벌은 그의 주인이신 폐하께서 내리실 겁니다. 지금 공작님께서 내리시는 벌은 좀도둑놈이나, 아주 흔하게 일어나는 천한 범죄를 저지른 놈들에게나 주는 것입니다. 자신이 보낸 사자가 이처럼 창피를 당하고 족쇄에 묶이는 학대를 당한 것을 아시면 폐하께서는 분명 역정을 내실 겁니다.

콘월 : 책임은 내가 질 것이오.

리간 : 그보다 자기 일로 온 시종이 공격을 당하고 모욕을 당했다는 걸 알게 되면 언니는 아버지보다 더 화를 낼 게 분명해요. 어서 저놈의 다리에 족쇄를 채워라. (시종들, 켄트에게 족쇄를 채운다)

콘월 : 자, 이제 그만 가시지요. (글로스터와 켄트만 남고 모두 퇴장)

글로스터 : 미안하게 됐군. 하지만 공작님의 명령이니 거역할 수는 없네. 세상 사람들이 다 알고 있다시피 그분이 한번 성질을 부리면 누구도 막을 수 없단 말일세. 그래도 당신을 위해서 다시 간청을 해보겠네.

켄트 : 염려하실 것 없습니다. 밤잠도 못 자고 먼 길을 걸어왔더니 이제 좀 자야겠습니다. 잠에서 깨면 휘파람이나 불고 있으면 됩니다. 정직한 사람도 운명이 기울 때가 있는 법이지요. 그럼, 편히 주무십시오.

글로스터 : 이 일은 분명 공작님께서 잘못하신 거다. 예감이 안 좋구나.

(퇴장)

켄트 : 왕이시여, 하늘의 축복을 거부하고 뙤약볕에 나간다는 말이 당신에게 딱 맞는군요. 세상을 밝히는 등대여, 솟아라. 부드러운 너의 빛으로 이 편지를 읽을 수 있도록. 절망을 아는 자만이 기적을 볼 수 있지. 코델리아 공주님께서 내가 신분을 숨기고 있는 것을 알고 이 편지를 보내셨구나. 정말 다행이다. '기회를 봐서 사태를 수습하고 모든 것을 되돌려' 놓으실 게 분명하다. 아, 피곤하구나. 잠을 청하지 못한 눈이여, 기회다. 부끄러운 잠자리는 쳐다보지 마라. 운명의 여신이여, 너도 잘 자라. 다시 한 번 미소 지으며 운명의 바퀴를 굴려라. (잠이 든다)

제2막 3장 숲속

에드가 등장.

에드가 : 나에 대한 체포령이 내려졌다고 들었지. 마침 나무 굴속에 몸을 숨겨 체포당하지 않았으니 다행이다. 그렇지만 이젠 더 이상 도망칠 곳이 없다. 항구마다 보초가 서 있고 밤에도 어디에나 초병을 세워 빈틈없이 지키고 있으니 이를 어쩌지. 나를 잡기 위해 모두 혈안이 되었구나. 어떻게든 살아남아야 한다. 가난이란 것이 사람을 멸시하여 짐승처럼 만든다는데 나도 그런 꼴을 하고 숨어 있어야겠다. 얼굴을 검게 칠하자. 낡아빠진 담요자락을 허리에 두르고, 머리는 덥수룩하게 헝클어놓고, 비가 오든 바람이 불든 알몸으로 견뎌내야 한다. 이 나라 안의 미친 거지들처럼 바늘, 나무 꼬챙이나 못, 장미가시 같은 것을 감각이 무뎌진 맨살 팔뚝에 꽂아 신음 소리를 외쳐대야겠다. 그자들은 그 사나운 몰골로 누추한 농가나 가난한 촌락, 외양간, 방앗간 같은 곳을 다니며 미친 듯이 저주를 내뱉기도 하고, 기도를 올리기도 하면서 구걸을 한다더군. 이제 나는 그 거지들과 같이 있는 불쌍한 톰일 뿐, 에드가는 없는 거다. 그래야만 목숨을 부지할 수 있어. (퇴장)

제2막 4장 ✦ 글로스터의 저택 앞

족쇄를 찬 채 잠들어 있는 켄트. 리어 왕, 광대, 시종 등장.

리어 왕 : 갑자기 집을 비우고 떠나다니 이상한 일이군. 내가 보낸 사자가 아직 돌아오지 않은 것도 이상하고.

시종 : 어젯밤까지만 해도 집을 떠날 생각이 전혀 없어 보였다고 합니다.

켄트 : (잠에서 깨어나며) 안녕하십니까, 폐하!

리어 왕 : 이런! 너는 이런 모욕을 당하고도 웃음이 나느냐?

켄트 : 아닙니다, 폐하.

광대 : 참 지독한 각반을 매고 있군그래. 그러고 보니 말은 머리를 매고, 개와 곰은 목을, 원숭이는 허리를, 그리고 사람은 다리를 잡아매는군! 다리를 함부로 움직여 남을 걷어차길 좋아하는 놈에게는 나무양말을 신겨두는 모양이야.

리어 왕 : 네 지위를 무시하고 족쇄를 채운 놈이 누구냐?

켄트 : 폐하의 따님과 사위입죠.

리어 왕 : 그럴 리가 없다.

켄트 : 사실입니다.

리어 왕 : 아니, 그럴 리 없어.

켄트 : 사실입니다.

리어 왕 : 아니, 그럴 사람들이 아니다.

켄트 : 아닙니다. 그들이 그랬습니다.

리어 왕 : 주피터 신께 맹세코, 그럴 애들이 아니다.

켄트 : 주피터 신께 맹세코, 그들이 그랬습니다.

리어 왕 : 감히 그럴 리가 없다. 그럴 수도 없고 그러지도 않았을 것이다. 국왕의 사자에게 감히 살인보다 더 흉악한 짓을 한단 말이냐? 그들이 너에게 왜 이런 벌을 내렸는지 말해보아라. 내가 보낸 자네를 어떻게 대했으며 너는 또 그들에게 어떻게 했는지……. 어서 말해라.

켄트 : 제가 공작의 저택에 도착하여 폐하의 친서를 올리기 위해 두 분 앞에 무릎을 꿇었는데 제가 무릎을 펴기도 전에, 숨을 헐떡이며 어떤 사신이 급히 들어와 저를 가로막으며 자기 주인 고네릴의 전갈이라면서 서신을 내놓았습니다. 두 분은 곧장 고네릴 공주의 서신을 읽었습니다. 그러고는 하인들을 소집하더니 두 분은 말을 타고 저택을 떠나며 저에게 따라오라고 했습니다. 틈이 나면 회답을 주겠다고 하시면서요, 어찌나 냉정하게 보시던지. 저는 두 분을 따라 이 저택으로 왔습니다만 여기서, 그 사자를 다시 만났습니다. 공작 부부께서 그놈을 환영하느라 저를 소홀히 대접했다고 생각하니 화가 치밀었습니다. 그놈은 얼마 전에 폐하의 안전에서 거만을 떨던 종놈이었기 때문입니다. 저는 일의 전후를 재지 않고 덤벼대는 배짱을 지닌 사내인지라 그놈에게 칼을 뽑았습니다. 놈이 겁을 먹고 소리를 꽥꽥 질러대자 저택 안에 있던 사람들이 깨어 저희에게 왔고, 공작 부부께서는 저의 죄가 이렇게 벌을 받는 것이 당연하다고 생각하신 모양입니다.

광대 : 아직 겨울이 끝나지 않았나 봐요. 기러기가 저쪽으로 날아가고 있어요.

'넝마 걸친 아버지는

자식들의 외면을 받고

돈주머니를 가진 아버지는

자식들의 효도를 받네.

최고의 창녀, 운명의 여신도

가난한 자에게는 문을 닫아 건다네.'

어쩌면 좋아요. 아저씨는 딸들 때문에 1년 내내 걱정거리를 가지게 되었네요.

리어 왕 : 아, 화가 치밀어 오르는구나. 울화여, 치밀어 오르는 슬픔이여, 저 아래 너의 자리로 돌아가라! 내 딸은 어디 있느냐?

켄트 : 저택 안에 계십니다. 글로스터 백작과 함께.

리어 왕 : 아무도 따라오지 말고 여기서 기다려라. (퇴장)

시종 : 지금 말씀하신 것 외에는 다른 잘못은 없었습니까?

켄트 : 없었습니다. 그런데 폐하를 모시고 온 시종들 수가 어찌 저렇게 초라한가요?

광대 : 그런 것을 묻다니 족쇄를 차도 싸지.

켄트 : 뭐야, 이 바보 녀석아?

광대 : 개미에게 가서 겨울에는 일하지 않는다는 것을 배워야겠군. 장님들은 코가 향하는 방향으로 가겠지만 사람들은 모두 눈으로 방향을 보고 가지. 그리고 눈이 보이지 않아도 썩어서 나는 더러운 냄새를 맡지 못하는 장님은 스무 명 중 한 사람도 없지. 큰 바퀴가 언덕 아래로 구를 때는 손을 떼야지. 따라가다가 모가지가 부러지고 싶지 않으면. 하지만 큰 사람이 올라갈 때는 뒤에서 따라가는 게 좋아. 이보다 현명한 충고를 하는 사람이 있거든 내 충고는 다시 돌려줘. 내 말은 바보 광대의 충고니까 악한 놈들이나 지켜주면 될 일이지.

'이익을 얻기 위해 따르는 사람은

비가 오면 짐을 꾸리고

폭풍이 몰아치면 그대를 두고 떠난다네.

그렇지만 나는 남아야지.

바보 광대로 산다고 해도

현명한 사람은 도망가도 좋다네.

바보 광대는 악당이 될 수 없지.'

켄트 : 어디서 그런 노래를 배운 게냐?

광대 : 족쇄를 차고서 배운 건 아니란다. 이 얼간아.

리어 왕, 글로스터와 함께 등장.

리어 왕 : 뭐라고? 나를 만나지 않겠단 말이냐? 몸이 아프다고? 피곤
　　해? 그래 밤을 새워 여행을 했기 때문에? 핑곗거리에 지나지 않아.
　　아비를 거역하고, 아비를 내치려는 수작이지. 좀더 그럴싸한 대답
　　을 가져와.

글로스터 : 말씀드리기 황송하지만 폐하, 공작의 성질이 매우 불같아서
　　마음에 결심이 서면 결코 양보하는 법이 없다는 것을 잘 아시지 않
　　습니까?

리어 왕 : 이 모욕은 반드시 갚아주겠다. 염병에 걸려 뒈질 것들! 제기
　　랄! 뭐, 성질이 불같아? 옹고집이라고? 글로스터, 콘월 공작 부부
　　를 꼭 만나야 한단 말이다.

글로스터 : 공작 부부에게 그대로 전하였습니다만…….

리어 왕 : 두 사람에게 내 말을 그대로 전했다고? 자네는 내 말뜻이 뭔
　　지 알고 있는 건가?

글로스터 : 잘 알고 있습니다, 폐하.

리어 왕 : 이 나라의 왕인 내가 콘월과 이야기를 나누겠다는 것이다. 아

비가 사랑하는 딸에게 자식으로서의 도리를 하라고 말하는 것이다. 이런 내 뜻을 두 사람에게 전했단 말이냐? 숨을 쉴 수가 없구나. 피가 끓는구나. 성미가 불같다고? 그 불같은 공작에게 가서 전하여라. 아니다, 반드시 지금 전할 필요는 없다. 어쩌면 말대로 몸이 정말 불편할 수도 있지. 몸이 불편하면 건강할 때에 잘 해내던 일도 잘 못하게 되는 법이니까. 사람은 가끔씩은 몸과 마음이 지치고 괴로울 때가 있지. 그럴 때는 제대로 된 생각을 못하는 법이니까 내가 좀 참아야지. 나도 급한 성질 때문에 화가 난 것이니. 몸이 불편한 사람의 짜증을 건강한 사람의 못된 의도라고 생각하게 된단 말이지. (켄트를 본다) 이제 내 권력도 땅에 떨어져버렸구나! 왜 그에게 족쇄를 채운 거지? 공작 부부가 나를 접대하지 않기 위해 무슨 계략을 꾸미는 게 분명하다. 당장 내 하인을 풀어라. 공작 내외에게 가서 내가 보자고 한다고 전해라. 지금 당장 말이다. 나와서 내 말을 듣지 않겠다고 한다면 침실 앞에서 북을 쳐대 잠을 못자게 할 것이라고 해.

글로스터 : 문제가 잘 해결되기를 바랍니다. (퇴장)

리어 왕 : 아, 끓어오르는 가슴아! 제발 가라앉아라.

광대 : 아저씨, 가슴을 향해서 호통을 치세요. 지금 아저씨는 시원찮은 여편네가 만두 속에 산 뱀장어를 넣고는 그 뱀장어가 머리를 내밀자 작대기로 뱀장어 대가리를 후려치면서 '이 버릇없는 것아, 들어가!' 하고 중얼중얼하는 것 같단 말예요. 그런데 그 여편네 오라비는 어찌나 뛰어난 물건이던지 말이 귀엽다고 건초더미에 버터를 발라줬다지 뭐예요.

글로스터, 콘월, 리간 및 하인들 등장.

리어 왕 : 잘들 있었느냐?

콘월 : 폐하, 인사드립니다. (켄트가 풀려난다)

리간 : 아버님을 뵈오니 기쁩니다.

리어 왕 : 그래야지, 리간. 만약 네가 기쁘지 않다고 한다면 그런 딸을 낳은 어미는 화냥년일 것이다. 그렇다면 나는 무덤을 헤쳐서라도 네 어미와 이혼을 할 게다. (켄트에게) 오, 이제 풀려났구나. 이 일에 대해서는 나중에 따지기로 하자. 사랑하는 리간, 네 언니가 나를 가혹하게 대했단다. 사납게도 독수리의 발톱을 (가슴을 가리키며) 이 가슴에 박아놓았구나. 창피해서 말도 할 수가 없다. 얼마나 모질었는지 너는 들어도 믿지 못할 것이다. 오, 리간!

리간 : 제발 진정하세요, 아버님. 언니가 불효를 저지른 것이 아니라 아버님께서 언니의 진심을 오해하신 것 같군요.

리어 왕 : 뭐? 어째서?

리간 : 전 언니가 자식으로서의 의무를 저버릴 사람이라고는 생각할 수 없어요. 아버님의 종복들을 꾸짖고 함부로 대했을 때는 그만한 이유와 목적이 있었겠지요.

리어 왕 : 그년은 저주받아야 해!

리간 : 아버지는 이제 늙으셨어요. 세월과 함께 기력도 쇠진하시고 이제 인생의 막바지에 이르셨습니다. 이제는 나랏일에 밝은 젊은이의 분별력에 아버님의 몸을 의지하시고 보호와 지도를 받으셔야 한답니다. 그러니 제발 언니에게 돌아가셔요. 그리고 미안하다고 말씀하세요.

리어 왕 : 나더러 그년에게 용서를 구하란 말이냐? 그래 집안의 가장이 딸에게 애걸하는 것이 왕가에서 있을 법이나 한 일이냐? (무릎을 꿇으며) '사랑하는 내 딸아, 이 몸은 늙고 쓸모없구나. 부디 이 늙은 아

비에게 입을 옷과 먹을 음식과 덮을 이불을 주려무나.'라고 빌란 말이냐?

리간 : 아버님, 실없는 장난은 그만두시고 언니에게 돌아가세요.

리어 왕 : (일어서며) 절대로 돌아가지 않을 것이다. 그년은 내 시종을 반으로 줄였다. 나를 노려보며 내게 독설을 퍼부었다. 독사 같은 혓바닥으로 내 가슴을 물어뜯었다. 하늘에 쌓인 복수여, 배은망덕한 그년의 철면피 같은 얼굴 위로 쏟아져라. 하늘의 질병이여, 그년의 태를 통해 나오는 자식들을 모두 절름발이가 되게 하라.

콘월 : 세상에! 폐하, 너무 끔찍합니다!

리어 왕 : 번개여, 눈을 멀게 하는 너의 불꽃으로 그년의 눈을 멀게 하여라. 강렬한 햇살을 받아 아지랑이처럼 피어오르는 늪의 독기여, 그년의 아름다움을 썩게 만들어라!

리간 : 오, 하느님! 저 때문에 화가 나신다면 제게도 똑같은 저주를 퍼부으시겠군요?

리어 왕 : 아니다, 리간. 그런 일은 없을 것이다. 너는 천성이 온화한 사람이니 너를 저주하는 일은 생각조차 할 수 없다. 고네릴의 눈빛은 사납지. 하지만 네 눈은 고네릴처럼 이글거리지 않으니 좋구나. 리간, 내가 즐거워하는 일에 대해서 너는 불평하지 않겠지? 내 부하의 수를 줄이지도 않을 거고, 내게 오만하게 말대꾸하지도 않을 게 아니냐. 내가 너에게 방문하려는데 들어오지 못하도록 빗장을 걸어 잠그지는 않을 테지? 자식으로서 어떻게 도리를 다해야 하는지, 공손한 예의범절과 은혜에 보답하는 방법을 너는 잘 알고 있겠지? 왕국의 절반을 내가 너에게 주었다는 것을 잊지 않았을 테지?

리간 : 아버지, 용건만 간단히 말씀해주세요.

리어 왕 : 내 시종에게 족쇄를 채운 자가 누구냐? (나팔 소리)

콘월: 이게 무슨 소리지?

리간: 언니가 오나 봅니다. 편지에 이곳으로 오겠다고 적혀 있었지요.

오스왈드 등장.

리간: (오스왈드에게) 자네의 주인마님께서 오시는 모양일세.

리어 왕: 이놈은 변덕쟁이 안주인의 총애를 받으며 오만불손하게 구는 종놈이지. 썩 꺼져라. 이 종놈아.

콘월: 폐하, 왜 이러십니까?

고네릴 등장.

리어 왕: 내 시종에게 족쇄를 채운 것이 누구냐? 리간, 설마 너는 아니겠지? 저기 오는 게 누구지? 오, 하늘이시여, 이 늙은이를 불쌍히 여기소서. 세상을 다스리는 당신의 뜻이 효심을 선함으로 여기신다면, 제게 천사를 보내주시어 제 편이 되게 해주십시오. (고네릴에게) 이 아비의 수염을 보고도 너는 부끄럽지도 않은 게냐? 오, 리간, 네가 지금 저년의 손을 잡은 것이냐?

고네릴: 왜요? 저와 손을 잡으면 무슨 큰일이라도 나요? 제가 무슨 죄를 지었다고 그러시죠? 아버님 같은 노인들처럼 생각하고 말하지 않는다고 모두 예의범절에 어긋나는 건 아닙니다.

리어 왕: 오, 질기고 질긴 가슴이여, 아직도 버티고 있구나! 내 시종에게 족쇄를 채운 자가 누구냐?

콘월: 제가 채웠습니다. 저놈이 한 짓을 생각하면 이 정도는 아무것도 아닙니다.

리어 왕 : 자네가? 자네가 그랬다고?

리간 : 아버지, 진정하시고 언니 집으로 가서서 한 달을 보내시는 동안 언니 뜻대로 시종을 줄이신 후에 제게 오세요. 보시다시피 제가 지금은 집을 떠나 있어서 아버님을 모시기 위해 필요한 것들을 조달할 수 없는 형편이에요.

리어 왕 : 저년의 집으로 돌아가란 말이냐? 내 시종을 50명으로 줄이라고? 차라리 대지의 모든 것을 적으로 삼고 비바람을 맞으며 지내는 편이 좋을 거다. 늑대와 올빼미의 친구가 되고 가난의 고통을 경험하는 것이 낫겠다. 저년에게 가라고? 고네릴에게 가느니 지참금도 없이 막내를 아내로 맞은 프랑스 왕 앞에 무릎 꿇고 초라한 목숨을 이어가는 편이 낫겠다. (오스왈드를 가리키며) 차라리 나를 설득하여 이 흉악한 놈의 노예가 되라고 해라.

고네릴 : 편하실 대로 하세요.

리어 왕 : 애야, 제발 내가 미치지 않게 해다오. 이제 더 이상 너를 괴롭히지 않을 거다. 잘 가거라. 다시는 서로 얼굴을 마주하지 말자꾸나. 너희는 나의 핏줄이며 나의 살, 나의 딸이다. 어쩌면 내 살 속에 숨은 병균일지도 모르지. 그렇더라도 내 것일 수밖에 없는 것. 너는 내 종기요, 부스럼이요, 염증 같은 존재다. 그래도 너를 책망하지는 않으마. 네게 치욕을 주지도 않을 것이다. 언젠가는 반드시 천둥의 힘을 가진 신께서 네게 벌을 내리실 테니 심판관이신 주피터에게 그날을 앞당겨달라고 조르지도 않을 것이다. 나는 얼마든지 참을 수 있으니 마음을 고쳐먹도록 해라. 나와 기사 100명은 리간 집에서 머무르마.

리간 : 그럴 수는 없습니다. 아버님께서 오실 것이라고 전혀 예상하지 못한지라 아무것도 준비된 것이 없습니다. 그러니 제발 언니의 뜻

에 따라주세요. 아마도 이성적으로 판단하는 사람이라면 누구나 아버님의 역정을 너무 연로하신 탓이라고 생각할 겁니다. 그렇다고 해도 언니는 처신을 잘하니 걱정 없지요.

리어 왕 : 그게 진심이냐?

리간 : 그렇습니다. 시종이 50명이면 충분하지 않으세요? 더 있다고 무슨 소용이 있습니까? 더는 필요치 않아요. 아니, 50명도 많지요. 그에 따른 비용도 엄청나고 그만큼 위험도 크지요. 한 집안에서 두 명의 주인이 명령을 내리는데 어떻게 소동이 일어나지 않겠어요. 어려운 일이에요. 불가능한 일입니다.

고네릴 : 동생의 하인이나 제 집의 시종들이 아버님을 돌봐드리면 안 될까요?

리간 : 그래요. 만에 하나 그들이 아버님 모시기를 소홀히 하면 저희가 단속하겠어요. 그러니 제 집에 오시려면 시종의 수를 줄여서 스물다섯 명만 데리고 오세요. 그보다 많으면 돌봐줄 수도 없고 머물 수 있는 방도 없답니다.

리어 왕 : 너희에게 모든 것을 주었는데…….

리간 : 적당한 시기에 잘 주신 거지요.

리어 왕 : 내가 너희에게 내 재산을 관리하도록 하는 대신 나는 시종 100명을 거느리겠다고 분명히 말했다. 그런데 이제 너희 집에 머물려면 시종을 스물다섯 명만 데려오라고? 리간, 그 말이 진심이냐?

리간 : 분명히 말씀드리지만 더 이상은 안 됩니다.

리어 왕 : 악한 것 옆에 더 악한 것이 있으면 그 악한 자가 조금은 선하게 보일 수 있는 법이지. 최악은 아니니 위안이 되는구나. (고네릴에게) 너에게 가마. 너는 시종을 오십 명으로 줄이라 했다. 그건 리

간이 말한 스물다섯 명의 두 배의 수이니 네 효심이 네 동생보다는 두 배 더 큰 셈이다.

고네릴 : 제 말을 들어보세요. 아버님의 시종이 스물다섯 명이든 열 명이든 다섯 명이든 무슨 상관이 있나요? 제 집에서는 그보다 많은 시종들이 아버님을 돌봐드리고 있는데 말입니다.

리간 : 한 사람이면 어때요?

리어 왕 : 필요를 따지지 마라. 아무리 가난한 거지들이라도 여유 있게 지니고 있는 것이 있다. 사람이 반드시 필요한 것 외에 아무것도 가지지 못한다면 짐승과 다를 것이 뭐가 있겠느냐? 너는 귀부인이지. 옷이라는 것이 추위를 막는 데만 필요한 물건이라면 지금 네가 입고 있는 따뜻하지도 않은 옷이 왜 필요하겠느냐? 그러나 인간에게는 정말 필요한 것이 있지. 하느님, 제게 인내를 주십시오. 인내가 필요합니다. 제신들이여, 가엾은 늙은이를 굽어 살피소서. 나이만큼이나 슬픔이 가득하고 늙은 불쌍한 인간입니다. 신께서 이 딸들을 선동해 아비를 배반하도록 만드셨다고 해도 저더러 바보처럼 참게 하지는 마소서. 분노가 치솟게 하십시오. 여인의 무기인 눈물로 대장부의 얼굴을 더럽히지 마소서. 이 짐승 같은 것들! 너희에게 무서운 복수를 해주마, 온 세상이 깜짝 놀랄 복수를. 어떻게 해야 하는지는 아직 모르지만 네년들이 저지른 죄를 온 세상이 알게 해주마. 내가 눈물을 흘릴 줄 알겠지만 나는 절대로 울지 않는다. 울 만한 이유는 충분하지만 결코 눈물을 흘리지 않을 것이다. (폭풍우 소리) 눈물이 흐르기 전에 심장이 갈래갈래 찢어질 것이다. 오, 광대야, 이대로 미쳐버릴 것 같구나! (리어 왕, 글로스터, 켄트, 광대 퇴장)

콘월 : 자, 안으로 들어갑시다. 폭풍우가 몰려올 것 같소.

리간 : 이 집은 너무 비좁아서 노인과 시종들을 머물게 할 수 없어요.

고네릴 : 다 늙은이의 고집 때문이야. 편안한 자리를 스스로 차버렸으니 어쩔 수 없지. 어리석은 행동 뒤에는 어떤 일이 뒤따르는지 경험해봐야 알 거 아니겠어.

리간 : 아버님 한 분만 오신다면 기쁘게 환영해드리겠지만 시종은 한 사람도 안돼요.

고네릴 : 나도 마찬가지야. 글로스터 백작은 어디 계시지?

콘월 : 늙은이를 쫓아갔는데……. 저기 돌아오는군.

글로스터 등장.

글로스터 : 폐하께서 크게 진노하셨습니다.

콘월 : 어디로 가신다고 하던가?

글로스터 : 말을 타고 계신데 어디로 가실지는 잘 모르겠습니다.

콘월 : 하고 싶은 대로 하시도록 그냥 내버려두는 게 좋겠소.

고네릴 : 백작, 절대로 만류하지 마세요.

글로스터 : 아, 이런, 어둠이 오고 있습니다. 게다가 근처 수마일 내에는 몸을 피할 만한 숲도 없는데 바람이 너무 심하군요.

리간 : 어쩔 수 없는 일이에요. 고집불통인 양반에게 교훈을 주려면 그에 맞는 고통이 있어야 한답니다. 빗장을 채우세요. 아버님의 시종들은 모두 난폭한 사람들이랍니다. 노인네를 충동질해서 무슨 일을 저지를지 모르니 조심해야 해요.

콘월 : 리간의 말대로 문을 단단히 잠그시오, 글로스터. 사나운 밤이로군. 어서 폭풍우를 피합시다. (모두 퇴장)

제3막

제3막 1장 † 황야

폭풍우. 켄트와 기사, 각각 등장.

켄트 : 거기 누구시오? 이렇게 사나운 날씨에.

기사 : 날씨만큼 마음이 어수선하고 불안한 사람이라오.

켄트 : 누군지 알겠군그래. 폐하께서는 어디 계십니까?

기사 : 거친 비바람과 맞서 싸우고 계십니다. 광풍에 미친 듯 흩날리는
백발을 움켜쥐고 '바람아, 대지를 바닷속으로 가라앉혀라. 파도야,
대지를 뒤덮어라'라고 울부짖으시면서 비바람과 밀고 밀리는 싸움
을 하고 계십니다. 이런 날에는 젖 먹이는 곰도 굴속으로 숨어버
리고 사자도, 허기진 이리도 털에 비라도 맞을까 두려워 밖으로 돌
아다니지 않는데 모자도 쓰지 않으신 채 뛰어다니시면서 '모두 끝

장이다'라고 외치고 계십니다.

켄트 : 누가 폐하를 모시고 있습니까?

기사 : 광대뿐입니다. 익살을 부려가며 폐하를 위로하려고 애쓰고 있답니다.

켄트 : 당신의 인품에 대해 나는 익히 알고 있습니다. 당신을 믿고 중대한 일 한 가지를 부탁할까 합니다. 겉보기에는 서로의 교활함을 숨긴 채 아닌 척하고 있지만 실은 알바니 공과 콘월 공은 사이가 좋지 않습니다. 그런데 이들의 충실한 하인이라는 작자들의 진짜 정체는 프랑스의 첩자랍니다. 둘 사이의 분열이나 착하고 늙으신 폐하께 박대한 일은 물론이고 그것과는 비교도 되지 않을 만큼 중요한 기밀들도 프랑스로 빼돌리고 있지요. 부탁건대 부디 나를 믿고 도버를 건너십시오. 어째서 폐하께서 이렇듯 잔인하고도 깊은 슬픔에 빠지게 되셨는지 설명을 하면 당신에게 감사의 뜻을 전하실 분을 만나게 될 겁니다. 이런 말을 전하는 나도 실은 좋은 혈통의 신사로 이 일에 대해서는 정보도 얻었고 확인도 해봤으니 의심하지 않아도 됩니다.

기사 : 좀 더 의논해보면 좋겠소.

켄트 : 아니요, 그럴 필요 없습니다. 내가 보기와는 다르다는 증거로 이 주머니를 드리겠소. 그 안에 든 것을 잘 보관하시오. 코델리아 공주님을 뵙게 되면 이 반지를 보여주십시오. 공주님께 이 반지를 보여드리면 당신이 아직도 모르는 이 사람이 누군지 말해주실 겁니다. 그분을 만나게 될 테니 걱정 마시오. 사나운 폭풍우로군. 자, 나는 폐하를 찾으러 가야겠습니다.

기사 : 악수나 합시다. 더 하실 말씀은 없습니까?

켄트 : 한 마디만 더 하겠습니다. 지금 중요한 건 바로 폐하를 찾는 일

입니다. 그러니 당신은 저쪽으로, 나는 이쪽으로 가서 찾되 누구든 먼저 찾는 사람이 소리를 질러 알려줍시다. (양쪽으로 퇴장)

제3막 2장 황야의 다른 쪽
여전히 계속되는 폭풍우. 리어 왕, 광대 등장.

리어 왕 : 불어라, 바람이여! 뺨이 갈라지도록! 세차게 불어라! 쏟아져라, 폭풍우야! 네 물길을 내뿜어 첨탑을 잠기게 하라! 탑 위의 바람개비도 잠기게 하라! 번뜩이는 생각보다 빠른 유황불이여, 참나무를 가르는 벼락을 알리는 번개여, 나의 백발을 태워다오! 천둥이여, 천지를 진동하는 소리로 둥근 이 세상을 납작하게 만들어라! 조물주의 틀을 부수고 은혜도 모르는 인간이 태어나지 못하도록 모든 종자들을 한꺼번에 없애버려라!

광대 : 아저씨, 들판에서 비를 맞는 것보다는 집 안에서 아첨하는 것이 더 나아요. 돌아가서 딸들 신세를 집시다. 이런 밤에는 바보인지, 똑똑한 사람인지 알아볼 수도 없다고요.

리어 왕 : 실컷 울부짖어라! 번개야, 불꽃을 내뿜고, 비야, 쏟아져라! 비도, 바람도, 천둥도, 번개도 내 딸은 아니다. 너희가 나에게 친절하게 굴지 않아도 고발하지는 않을 것이다. 나는 너희에게 내 왕국을 주지도 않았고 딸이라 부르지도 않았으니 너희가 나에게 순종할 이유는 없다. 그러니 맘껏 하고 싶은 대로 하려무나. 나는 너희의 노예다. 연약하고 멸시받은 늙은 몸뚱이다. 그리고 흉악한 두 딸년과 한편이 되어 늙어빠진 백발의 노인과 싸우는 너희는 비굴

한 앞잡이로다. 더러운 것들!

광대 : 머리를 숨길 수 있는 집이 한 칸이라도 있는 사람은 현명한 사람

이지! (노래한다)

'머리를 숨길 수 있는 집도 없는데,

불알을 숨길 바지만 찾는 놈은

이로 득시글거리는 머리와 몸에

계집만 많은 거지라네.

마음속에 단단히 새길 것을

발가락에 달고 다니는 놈은

티눈으로 고통을 받고

잠 못 들고 날을 밝히리.'

아무리 천하제일의 미인이라고 해도 거울에 비친 자신을 보고는

입을 실룩거린다니까.

켄트 등장.

리어 왕 : 참자. 모든 인내의 표본이 되어야 한다. 아무 말도 하지 말자.

켄트 : 거기 누구요?

광대 : 오, 이런! 여기 왕관과 바지가 있어요. 똑똑한 사람과 바보가 있

다 그 말입니다.

켄트 : 아, 여기 계셨습니까? 아무리 밤을 좋아하는 동물이라고 할지

라도 이런 밤은 싫어할 겁니다. 캄캄한 어둠 속을 어슬렁대는 짐승

들도 이렇게 무서운 날씨에는 모두들 동굴 속으로 숨어버릴 겁니

다. 이토록 굉장한 번개와 무섭게 천지를 흔드는 천둥, 이토록 끔

찍한 비바람 소리는 이제껏 한 번도 경험해본 적이 없습니다. 아무

리 건강한 인간도 이런 고통과 공포를 이겨낼 재간이 없습니다.

리어 왕: 이렇게 두려운 혼돈을 우리의 머리 위에 펼쳐놓을 수 있는 신들에게 원수를 찾아내게 해라. 나와 함께 이 벌판에 버려진 기사들아, 적들은 어디 있느냐? 마음 깊은 곳에 죄악을 감춰두고도 정의의 단죄를 받지 않은 자, 거짓 증언을 한 자, 간음하고도 군자인 척하는 자, 모두 어디에 있는 것이냐? 죄를 감추고 몸을 감춘 자, 떨리지 않느냐? 그렇다면 무시무시한 심판자에게 용서를 구해라. 나는 지은 죄보다 덮어쓴 죄가 더 많은 불쌍한 사람이다.

켄트: 아, 왕관도 쓰지 않으시고! 폐하, 이 근처에 헛간이 하나 있습니다. 그곳에서 폭풍우를 피할 수 있사오니 잠시 쉬고 계십시오. 폐하께서 쉬시는 동안 저는 그 몰인정한 집에 다녀오겠습니다. 돌로 만든 집이지만 돌보다도 더 차갑고 매정한 집입니다. 조금 전에 제가 폐하를 찾으려고 그 집에 다녀왔습니다만 그들은 문도 열어주지 않았습니다. 어쨌든 그 집으로 돌아가서 무슨 수를 쓰더라도 폐하께 예절을 다하도록 해보겠습니다.

리어 왕: 내가 점점 미쳐가나 보다. (광대에게) 여봐라, 얘야. 넌 어떠냐? 춥냐? 나도 춥구나. (켄트에게) 이보게, 헛간은 어디에 있나? 가난은 별것도 아닌 것을 귀하게도 만드는 신비한 재주가 있구나. 자, 어서 그 헛간으로 가세. (광대에게) 이 불쌍한 녀석아, 아직은 네 녀석을 가엾게 여길 만큼의 마음은 남아 있다.

광대: (노래한다) '지혜가 없는 자는
헤이, 비가 오고 바람이 불어도
운명이라 체념하고 그냥 살밖에
날이면 날마다 비가 쏟아진다고 해도.'

리어 왕: 맞는 말이야. 자, 헛간으로 가자. (리어 왕, 켄트 퇴장)

광대 : 창부의 욕정도 모두 식어버릴 수 있는 밤이구나. 자, 가기 전에
　예언이나 해둘까?
　'신부의 말이 행동보다 먼저일 때
　술장사가 맥주에 물을 섞을 때
　귀족들이 재봉사를 가르칠 때
　이교도를 살리면서 기둥서방을 죽일 때
　재판하는 소송마다 모두 옳다고 판정할 때
　빚쟁이 기사도 없고 가난뱅이 기사도 없을 때
　욕이 사람의 혀끝에 오르지 않을 때
　소매치기가 군중들 속에 숨지 않을 때
　고리대금업자가 사람들 앞에서 돈을 셀 때
　포주와 창녀들이 교회를 세울 때
　그때에는 이 왕국에
　큰 혼란이 일어날 것이다.
　살아서 그때를 보는 자들은
　발로 걷는 시기를 맞이하리라.'
　이런 예언은 나보다 한 시대 더 먼저 산 멀린 같은 사람이 했어야
　했는데. (퇴장)

글로스터의 저택

글로스터, 에드먼드 횃불을 들고 등장.

글로스터 : 아, 세상에, 에드먼드. 이렇게 비인간적인 행동은 참기가 어렵구나. 가엾으신 폐하를 도와드리려고 공작 부부에게 허락을 구했을 뿐인데 내 집을 빼앗는 것도 모자라 폐하에 대한 그 어떤 탄원도 금지시키다니……. 만약 명을 어기고 폐하를 도우려 하거나 말을 건네는 것만으로도 영원히 자신들의 미움을 받게 될 것이라고 하면서 말이다.

에드먼드 : 인정이라고는 터럭만큼도 없군요.

글로스터 : 너는 아무 말도 하지 마라. 두 공작은 서로 사이가 좋지 않은 데다 머지않아 그보다 더 불행한 일이 벌어질 것이다. 오늘 밤에 밀서를 받았는데 장롱 속에 넣은 뒤 잠가두었단다. 절대 발설해서는 안 된다. 지금 폐하께서 당하시는 모진 고난에 대해서 복수할 날이 올 것이다. 이미 군대가 이 나라에 들어와 있다. 너와 나는 폐하 편에 서야 한다. 나는 지금 폐하를 찾아내어 비밀리에 구해드릴 테니 너는 공작에게 가서 그의 말 상대가 되어다오. 만약 공작께서 나를 찾으시면 몸이 불편하여 자리에 누웠다고 말해라. 이번 일이 잘못되면 목숨이 온전치 못할 테지만 그렇다고 해도 오랜 세월 군주로 섬기던 폐하를 구하는 것이 신하 된 도리다. 에드먼드, 불행한 일이 생길지 모르니 몸조심해라. (퇴장)

에드먼드 : 금지된 일을 하시다니……. 밀서도 그렇고 나에게는 포상감이군. 모두 공작에게 알려야겠다. 아마도 큰 공이 되겠지. 아버지가 잃게 될 재산은 이제 모두 내 것이 되는 거다. 늙은이가 쓰러질

때 젊은이가 일어나게 되는 법이지. (퇴장)

제3막 4장 ◆ 황야. 헛간 앞

리어 왕, 켄트, 광대 등장.

켄트 : 이곳입니다, 폐하. 들어가시지요. 이런 밤에 들판 한가운데에
    서 폭풍우를 만나게 되면 어떤 사람이라도 견디기 어려울 겁니다.

리어 왕 : 날 내버려두어라.

켄트 : 폐하, 제발 안으로 들어가십시오.

리어 왕 : 내 가슴을 찢어놓을 셈이냐?

켄트 : 할 수만 있다면 제 가슴을 찢고 싶습니다. 폐하, 제발 들어가십
    시오.

리어 왕 : 이런 폭풍우에 온몸이 젖는 것을 너는 대단하게 생각하는구
    나. 하긴 너는 그럴 수 있겠지. 그러나 큰 번민에 사로잡혀 있을 때
    는 작은 골칫거리들은 느껴지지도 않는 법이다. 곰을 피해 달아나
    려고 해도 피할 곳이 험한 바다밖에 없다면 그땐 곰과 정면승부를
    할 수밖에 없듯이 육체의 고통이란 마음의 고통이 없을 때라야 느
    낄 수 있지. 내 마음속에는 거대한 폭풍이 몰아치고 있다. 심장이
    뛰는 것 외에는 다른 모든 감각은 마비되었다. 불효막심한 것들!
    음식을 넣어준 손을 입이 물어뜯어 버리는 것과 같은 일이다. 엄벌
    에 처하겠다. 이제 더 이상 울지 않을 것이다. 나를 들판으로 내쫓
    다니! 오늘 같은 밤에? 억수같이 쏟아지는 빗속에서도 나는 참을
    것이다. 오, 리간, 고네릴, 너희에게 모든 것을 아끼지 않고 주었던

늙고 자비심 많은 아비를 내몰다니……. 아, 생각하면 미쳐버리겠구나. 그런 생각은 그만두어야지!

켄트: 폐하, 안으로 들어가십시오.

리어 왕: 너나 들어가 편하게 쉬도록 해라. 이렇게 폭풍우가 몰아치지 않았던들 내 가슴은 그간 당한 여러 가지 일을 생각하느라 찢어지고 말았을 것이다. 이제 더는 생각하지 말자. 자, 안으로 들어가야겠다. (광대에게) 먼저 들어가거라. 쉴 집도 없는 가난뱅이, 안으로 들어가자. 나는 기도를 올리고 나서 자야겠다. (광대 퇴장) 가난하고 헐벗은 불쌍한 사람들아, 너희가 지금 어디에 있든 머리 하나기댈 곳 없이 배고픔을 견디며 낡아빠진 누더기를 걸친 채 밤낮없이 고통을 겪고 있구나. 나는 지금껏 너희에 대해서는 생각하지 못했다. 부귀영화를 누리는 사람들아, 이번 일을 약으로 삼도록 해라. 비바람에 몸을 드러내놓고 가난한 자의 고통을 경험해보아라. 너희가 가진 것 중에 남은 것이 있다면 그들에게 나눠주어 하느님이 공평하다는 것을 보여주어라.

에드가: (안에서) 6피트 반, 6피트 반. 오, 불쌍한 톰!

광대: (헛간에서 뛰쳐나오며) 들어가지 마세요, 아저씨. 도깨비가 있어요. 사람 살려! 사람 살려!

켄트: 내가 도와주지. 거기 누구냐?

광대: 도깨비예요, 도깨비! 이름이 불쌍한 톰이래요.

켄트: 짚 속에 숨어서 중얼거리는 자가 누구냐? 썩 나와라.

광인으로 변장한 에드가 등장.

에드가: 저리 꺼져! 악마 놈이 날 뒤쫓고 있어! 가시 돋친 산사나무 덤

불 사이로 찬바람이 불어온다. 너는 침대에서 언 몸뚱이나 녹여라.

리어 왕 : 자네도 모든 것을 딸들에게 줘버렸나? 그래서 이 꼴이 된 모 양이군.

에드가 : 불쌍한 톰에게 누가 뭘 주겠어요. 그 더러운 악마들이 나를 끌 고 다녀요. 불꽃 속으로, 냇물 속으로, 늪 속으로, 여울 속으로, 수 렁 속으로 마구 끌고 다녀요. 그놈은 베개 밑에 단도를 찔러두고, 의자에는 목매달아 죽일 수 있는 밧줄을 걸어두고, 죽 그릇 옆에는 쥐약을 두고, 교만을 떨면서 비틀대는 말을 타고, 4인치밖에 안 되 는 다리를 건너가게 하고, 자기 그림자더러 반역자라고 하면서 뒤 쫓아가게 했답니다. 제발 정신 차리세요. 톰은 추워요. 오, 덜 덜 덜. 신이시여, 제게 축복을 내리시어 회오리바람이나 별의 저주, 귀신의 유혹에서 벗어나게 해주소서! 악마에게 잡혀 있는 불쌍한 톰에게 자비를 베푸세요. 이번에는 그놈을 붙잡을 수 있을 줄 알았 는데. 저기, 또 저기, 그리고 저기. (폭풍우 여전하다)

리어 왕 : 저자도 딸년들 때문에 저 모양이 된 게로군! 이봐, 너는 아무 것도 남겨둔 게 없나? 모두 줘버렸나?

광대 : 천만에요, 담요 한 장은 남겼죠. 그것마저 줬더라면 우리는 벌 거숭이가 됐을 거예요.

리어 왕 : 인간의 죄악 위에 운명처럼 날아다니는 모든 재앙이여, 네 딸 년들 머리 위에 떨어져라!

켄트 : 저 사람에겐 딸이 없습니다.

리어 왕 : (켄트에게) 닥쳐라, 이 배신자! 불효막심한 딸 때문이 아니라 면 어떻게 저토록 비참한 몰골이 될 수 있단 말이냐? 버림받은 아 비들이 스스로를 학대하는 것이 유행인가? 그래, 적당한 벌을 받 고 있는 것이다. 부모의 피를 빨아먹는 펠리컨 같은 딸들을 낳은

몸뚱이니 말이다.

에드가: 필리콕이 필리콕 언덕에 앉아 있지. 허이, 허이!

광대: 이렇게 추운 밤에는 바보가 되지 않는다면 미쳐버리는 수밖에.

에드가: 악마를 조심하세요. 부모님께 복종하세요. 약속한 것은 반드시 지켜야 한답니다. 함부로 맹세해서는 안 돼요. 남자와 혼인을 서약한 여자와는 간통하지 말아요. 사치하는 일에 정신 팔리면 안 돼요. 톰은 추워요.

리어 왕: 너는 전에 무엇을 했느냐?

에드가: 교만을 품고 있는 부인을 주인으로 모셨답니다. 머리카락을 지지고 모자에 장갑을 붙이고 다니는 마님의 욕망을 채워드렸지요. 물론 그녀와 엉큼한 짓도 서슴지 않았답니다. 수도 없이 많은 맹세를 하고는 하느님 앞에서 그 맹세를 깨버리기도 했지요. 잠자리에서는 욕정을 채울 궁리를 하고, 잠에서 깨고 나면 세워둔 계획을 실행했지요. 술을 아주 좋아했습죠. 물론 노름도요. 여자는 터키 왕자보다 많았지요. 거짓된 마음과 가벼운 귀에 피로 범벅된 손을 가지고 있었을 뿐만 아니라 돼지처럼 게으르고, 여우처럼 야비하고, 늑대처럼 탐욕스럽고, 개처럼 발광하고, 사자처럼 사납게 했었지요. 아, 부디 구두 소리나 비단옷이 하늘거리는 소리에 홀려 여자에게 넋을 잃지 마세요. 발은 사창가에서, 손은 여인의 치마끈에서, 펜은 빚쟁이의 장부에서 멀리 두세요. 그리고 더러운 악마 놈일랑은 무시해버리세요. 아, 산사나무 사이로 차가운 바람이 쌩쌩 불어오고 있네요. 돌고래 같은 놈아, 그 사람을 막지 마라. (폭풍우 계속된다)

리어 왕: 알몸으로 이 험한 비바람을 맞고 있느니 차라리 무덤 속에 들어가는 것이 더 낫겠구나. 그래도 인간인데 이렇게밖에 될 수 없단

말이냐? 저자를 봐라. 저자는 태어날 때의 몰골 그대로구나. 누에에게서 비단도 얻지 못했고, 짐승에게서 가죽도, 양에게서 털도, 고양이에게서 사향도 빚진 게 없구나. 우리 세 사람은 모두 겉치레를 위한 옷을 입고 있는데, 저자는 두 발 달린 벌거벗은 짐승과 다를 것이 없지 않느냐. 우리도 저자처럼 이런 겉치레 옷들은 벗어버리자. 여봐라, 이 단추를 풀게 도와다오. (옷을 찢는다)

광대 : 제발, 아저씨 진정하세요. 오늘 밤은 수영을 할 수 있는 날씨가 아니라고요. 이렇게 황량한 들판에 보이는 작은 불빛은 마치 음흉한 노인의 정열처럼 확 타오른다고 해도 그때뿐이죠. 불꽃이 꺼지고 나면 온몸은 차갑게 변해요. 저기 보세요. 불덩이 하나가 다가오고 있어요.

글로스터가 횃불을 들고 등장.

에드가 : 저건 분명 악마 플리버티지베트야. 저놈은 새벽 세 시경에 나타나서 첫닭이 울 때까지 돌아다니죠. 우리 눈을 사팔뜨기로 만들고 입은 언청이가 되게 만들지요. 밀가루에는 곰팡이가 생기게 하고, 땅속의 벌레들을 못 살게 괴롭히는 놈이지.

'마귀를 쫓는 성자 위솔드가 들판을 세 번 돌았는데
아홉 마리의 부하를 가진 가위귀신 만났다네.
성자는 귀신에게 소리를 질렀다네.
이놈 마귀야, 꺼져라, 사라져라!
나쁜 짓 하지 않겠다고 맹세하라!'

켄트 : 폐하, 어떠십니까?

리어 왕 : 저놈은 누구냐?

켄트 : (글로스터에게) 거기 누구냐? 누굴 찾는 게냐?

글로스터 : 그러는 너는 누구냐? 이름을 말하라!

에드가 : 저는 불쌍한 톰이랍니다. 연못을 헤엄치는 개구리, 두꺼비, 올챙이, 도마뱀, 도롱뇽을 먹고 산답니다. 악마가 난리를 치면 풀 대신 쇠똥을 먹고, 늙은 쥐와 개천에 버려진 죽은 개도 마구 먹어 치우지요. 궂은 물, 고인 연못의 파란 이끼도 모두 마셔버린답니다. 이 마을 저 마을로 끌려다니면서 발에 쇠고랑을 차기도 하고 매를 맞기도 하고 감옥에 갇히기도 하죠. 윗옷은 세 벌, 셔츠는 여섯 장 있지요. (노래한다)

'말을 타고 칼을 차고 다녔다네.

지난 일곱 해 동안 톰의 밥은

생쥐나 쥐 같은 작은 짐승이었다네.

내 뒤를 쫓아오는 놈들은 조심해야 돼!

그놈은 악마 스멀킨이거든.'

닥쳐, 악마 놈아!

글로스터 : 폐하, 이런 놈들과 함께 계신 겁니까?

에드가 : 지옥의 왕은 신사랍니다. 이름은 모도죠. 마후라고도 불린답니다.

글로스터 : 폐하, 피와 살을 이어받은 자식들이 너무나 야비해져 자기를 낳아준 부모들을 미워하는 세상이 되었습니다.

에드가 : 불쌍한 톰은 추워요.

글로스터 : 자, 신이 안내하겠습니다. 폐하의 충직한 신하로서 어찌 따님들의 냉정한 명령을 따를 수 있겠습니까. 폐하께서 이 폭풍우 속에서 시련을 겪으시도록 내버려두라고 성문을 굳게 닫아버린 따님의 명령이 있었지만, 저는 그 명령에 따를 수 없었습니다. 따뜻

한 불이 있고, 식사가 준비되어 있는 곳으로 폐하를 모시려고 왔습니다.

리어 왕 : 그보다 먼저 이 철학자와 얘기를 나눠야겠다. 그래 천둥이 생기는 이유가 무엇이냐?

켄트 : 폐하, 저분 말씀대로 안으로 들어가십시오.

리어 왕 : 나는 이 테베의 학자와 이야기를 나누고 싶다. 그래 자네가 연구하는 건 무엇인가?

에드가 : 악마가 곁에 얼씬도 못하게 하는 연구죠. 또 빈대를 죽이는 것도 연구하구요.

리어 왕 : 한 가지만 더 은밀하게 물어볼 게 있다.

켄트 : (글로스터에게) 한 번만 더 폐하께 권해보십시오. 아무래도 폐하께서 정신이 좀 이상해지시는 것 같습니다.

글로스터 : 설사 폐하께서 정신이 나가신다고 해도 비난할 사람은 아무도 없을 게요. 딸들은 늙은 왕을 죽이려고 하고 있으니. 아, 선량한 켄트! 그대는 가엾게도 추방을 당했지. 그는 이미 이런 일들에 대해서 경고를 했다오. 당신은 지금 폐하께서 실성하실지 모른다고 했지만 실은 나도 미칠 것만 같소. 내겐 아들이 하나 있는데 지금은 남남이 되었지만 글쎄 그 녀석이 내 목숨을 노렸다오. 오래된 일도 아니라오. 그런데 나는 그 녀석을 무척 사랑했소. 세상 어떤 아버지도 나만큼 아들을 사랑하지는 못했을 거요. 고백하지만 그 때문에 미칠 것 같소. 아, 끔찍한 밤이로군. 폐하, 제발……

리어 왕 : 아, 용서하십시오. (에드가에게) 철학자 선생, 같이 갑시다.

에드가 : 톰은 추워요.

글로스터 : 다들 오두막으로 들어갑시다. 오두막 안에서 몸을 좀 녹입시다.

리어 왕: 자, 다 같이 들어가자.

켄트: 이쪽입니다, 폐하,

리어 왕: 저 철학자 선생과 함께 가겠다.

켄트: (글로스터에게) 백작, 폐하의 뜻대로 하시지요. 저 사람을 데려갑
　　시다.

글로스터: 당신이 데려가시오.

켄트: (에드가에게) 이봐, 자네. 따라오게.

리어 왕: 자, 아테네의 철학자 선생, 같이 갑시다.

글로스터: 쉿! 조용히 하십시오!

에드가: (노래한다) '로랜드 기사가 어둔 성에 가까워지면
　　그의 외침은 언제나 피, 포, 펌.
　　영국인의 피 냄새가 진동을 한다네.' (모두 퇴장)

제3막 5장 ❖ 글로스터의 저택

콘월, 에드먼드 등장.

콘월: 내가 이 집을 떠나기 전에 반드시 원수를 갚고야 말 테다.

에드먼드: 부자간의 천륜을 어기면서 공작님께 충심을 다했다고 비난
　　이 자자해질 텐데, 생각만으로도 두려워집니다.

콘월: 이제야 상황을 알겠다. 네 형이 아비를 죽이려 한 것도 다 이유
　　가 있었던 거다. 네 형의 마음이 흉악해서가 아니라, 네 아비에게
　　비난을 받을 만한 이유가 있었기 때문이었어.

에드먼드: 올바른 일을 하면서도 죄책감을 느껴야 하는 제 운명이야말

로 고약합니다. 이것이 아버지께서 말씀하신 그 밀서입니다. 제 아비가 프랑스를 위해 일한 첩자였다는 증거입니다. 아, 신이시여! 세상에 이런 반역이 없었거나, 그런 음모를 밀고하는 사람이 제가 아니라면 얼마나 좋겠습니까!

콘월: 나와 함께 아내에게 가세.

에드먼드: 이 밀서의 내용대로라면 공작님의 신변에 위험이 닥쳐올 겁니다. 부디 조심하십시오.

콘월: 밀서의 내용이 사실이든 아니든 너는 이제 글로스터 백작이다. 네 아버지의 행방을 찾도록 해라. 곧 체포할 수 있도록.

에드먼드: (방백) 아버지께서 국왕을 보살피고 있는 현장이 들통 나면 아버지에 대한 혐의는 더욱 확실해질 것이다. (콘월에게) 충성심과 효심 사이에서 고통을 당하더라도 저는 공작님께 충성을 다할 것입니다.

콘월: 너를 믿는다. 네 아비보다 더 큰 사랑을 네게 보여주마. (함께 퇴장)

제3막 6장 │ 글로스터 저택 부근의 농가

글로스터, 켄트 등장.

글로스터 : 아무리 그래도 황량한 들판보다는 여기가 좀더 나으니 다행
　　으로 여겨주시오. 폐하를 더욱 편하게 모시기 위한 일이라면 이 몸
　　을 아끼지 않을 것이오. 곧 돌아오겠소.

켄트 : 분노와 함께 폐하의 분별력은 사라지고 있습니다. 백작께서 친
　　절을 베풀어주시니 그저 감사할 따름입니다. (글로스터 퇴장)

리어 왕, 에드가, 광대 등장.

에드가 : 악마 프라테레토가 지옥에서 나를 부르고 있어. 그놈의 말을
　　듣자 하니 네로 황제가 지옥 호수에서 물고기를 잡고 있는 모양이
　　야. (광대에게) 이봐, 자네는 착한 사람이지? 악마가 붙지 못하게 조
　　심하게.

광대 : 아저씨, 저 미친 사람이 신사인가요, 농부인가요?

리어 왕 : 왕이다, 왕!

광대 : 아니야, 시골 농부의 아들이 신사가 된 거야. 아들놈을 저보다
　　먼저 신사가 되게 하다니 그 농부는 미치광이였겠군!

리어 왕 : 벌겋게 달아오른 쇠꼬챙이를 들고서 수천의 악마들이 그년
　　들에게 달려들기를!

에드가 : 악마 놈이 내 등을 깨물었다!

광대 : 늑대가 온순하다고 믿고, 말이 건강하다고 믿고, 소년의 사랑을
　　믿고, 창녀의 맹세를 믿는 자는 미치광이야!

리어 왕 : 그렇게 하고야 말 테다. 이제 곧 그년들을 법정에 불러 세워 심문을 할 거다. (에드가에게) 재판장님, 여기 앉으시오. (광대에게) 현명하신 당신은 이리로 앉으시게. 이런 암여우들아! 너희는 여기에 앉아!

에드가 : 봐요, 저기 악마가 서서 노려보고 있어요. 이보시오, 부인. 재판을 하려는데 구경꾼이 필요하시오? (노래한다)

'개울 건너 내게로 와요. 베씨.'

광대 : (노래한다) '그녀의 배는 물이 새는구나.

그녀는 말하지 못한다네.

그대에게 갈 수 없는 이유를.'

에드가 : 저 흉악한 악마 놈이 꾀꼬리 소리를 내면서 불쌍한 톰만 쫓아다니지요. 악마 홉댄스는 불쌍한 톰에게 싱싱한 연어 두 마리를 달라고 뱃속에서 난리를 친답니다. 이 악마 놈아! 그만 좀 징징거려! 너에게 줄 음식은 없어!

켄트 : 어떠십니까, 폐하? 그렇게 놀라 서 계시지 마시고 자리에 누워 쉬십시오.

리어 왕 : 먼저 저년들을 재판해야 돼! 증인을 불러라. (에드가에게) 법복을 입으신 재판관님, 자리에 착석하시지요. (광대에게) 너는 배석 재판관이니 그 옆에 앉아라! (켄트에게) 자넨 재판위원회의 한 사람이니 거기 앉게!

에드가 : 재판을 공정하게 합시다. (노래한다)

'즐거운 양치기야, 자고 있느냐, 일어났느냐,

네 양 떼들이 풀밭에 있는데

입을 오므려서 피리를 불어라.

양 떼에게는 해로울 게 없다네.'

야옹! 고양이는 회색이지.

리어 왕 : 먼저 저년부터 심문하라. 고네릴 말이다. 존경하는 여러분 앞에서 맹세컨대 저년은 불쌍한 국왕을 발로 걷어찬 몹쓸 년입니다.

광대 : 이리 나오너라, 당신 이름이 고네릴이요?

리어 왕 : 부정하지는 못할 게다.

광대 : 이런, 이거 실례를 범했군요. 나는 당신이 걸상인 줄 알았지 뭐예요.

리어 왕 : 여기 또 한 사람이 있소이다. 찌그러진 낯짝을 보면 그년의 마음씨가 얼마나 비뚤어졌는지 알 수 있습니다. 그년을 거기 붙잡아두시오. 무기를, 칼을 들어라! 불을 밝혀라! 법정이 썩었다. 부패한 재판관이다. 어째서 그년을 풀어준 거지?

에드가 : 정신 차리세요.

켄트 : 아, 슬프도다. 그토록 자랑하시던 자제력은 지금 어디로 가버린 것인가!

에드가 : (방백) 이렇게 동정의 눈물을 흘리다가는 속임수가 들통나겠구나!

리어 왕 : 트레이, 블란치, 스위트허트, 강아지들까지 나를 보고 짖어대는구나.

에드가 : 자, 톰의 벙거지를 던져 강아지들을 쫓아버리겠소. 저리 가, 이 개새끼들! (노래한다)

'네 입이 희든 검든 물면 독이 나오는 이빨도.

집개, 사냥개, 똥개, 그레이하운드, 스패니얼, 암캐, 수캐,

꼬리 긴 개도, 꼬리 잘린 개도 톰 때문에 짖어대고 야단이구나.

벙거지를 던져버리면 개들은 깜짝 놀라 달아난다오.'

어이구 추워라! 잔치에 가자. 불쌍한 톰아, 네 잔은 빈 깡통이구나.

리어 왕 : 자, 이제 리간을 해부해보시오. 그년의 심장에 자라나고 있
는 것이 무엇인지 살펴봅시다. 창조주께서 이처럼 냉정하게 만드
셨을 때에는 필시 무슨 이유가 있었을 텐데. (에드가에게) 애야, 너
를 내 백 명의 시종들 중에 끼워주마. 그렇지만 네 옷차림이 마음
에 들지 않아. 너는 페르시아식 옷이라고 말하겠지만 갈아입는 것
이 좋겠구나.

켄트 : 폐하, 여기 누우십시오. 이제 잠시 쉬십시오.

리어 왕 : 떠들 것 없다. 시끄러워. 커튼을 내려다오. 그래, 좋아. 저녁
식사는 아침에 들겠다.

광대 : 난 정오에 자러 가야겠군.

글로스터 등장.

글로스터 : 이보시오. 국왕께서는 어디 계시오?

켄트 : 이곳에 계십니다. 그렇지만 건드리지 마시지요. 실성을 하신 것
같소.

글로스터 : 어서 폐하를 안아 일으키십시오. 폐하를 암살하려는 음모를
엿들었소. 들것을 마련해두었으니 폐하를 모시고 급히 도버까지
가시오. 그곳에 도착하면 폐하께서는 환영과 보호를 받을 수 있소.
어서 폐하를 안으시오. 반 시간만 지체해도 폐하는 물론 당신과 폐
하를 모시는 모든 사람의 생명도 장담할 수 없소. 어서, 빨리 안으
시오. 나를 따라오시오. 여장을 준비해두었으니 그곳으로 안내하
리다.

켄트 : 지쳐서 곤히 잠드셨습니다. 이렇게라도 푹 쉬고 나시면 폐하의

광증도 어느 정도 사라질지도 모릅니다. 그렇지 않다면 이 광증을 치유하기가 매우 어려울 것 같습니다. (광대에게) 자, 나를 도와다오. 폐하를 일으키도록 하자. 그리고 너도 따라오너라.

글로스터 : 자, 어서 갑시다! (켄트, 글로스터, 광대 리어 왕을 안고 퇴장)

에드가 : 지체가 높은 사람도 저렇게 고통당하는 것을 보니 우리의 불행을 원망하고 있을 수만은 없군. 안락하고 즐거운 생활을 떠나서 홀로 고통을 당하는 것은 그 어떤 것보다 더 고통스러운 일이다. 슬픔의 벗이 있고, 고통의 동료가 있다면 아픔쯤은 어렵지 않게 견뎌낼 수 있지 않겠는가. 폐하를 쓰러뜨린 고통을 보니 내 고통이 한결 가볍고 수월한 것 같구나. 폐하는 딸들로, 나는 아버지로 이처럼 고통을 받아야 하다니……. 톰, 어서 가자! 시끄러운 소문이나 소동에 주의해라. 네 명예를 더럽힌 원인과 오해를 씻어내고, 추방이 철회되고 화해가 이루어지는 시간이 올 것이다. 그때가 오면 너의 정체를 밝혀라. 오늘 밤 무슨 일이 일어날지 모르지만 폐하께서 무사히 탈출할 수 있도록 해주소서! 자, 숨어야지. (퇴장)

제3막 7장 ❖ 글로스터의 저택

콘월, 리간, 고네릴, 에드먼드, 시종들 등장.

콘월 : (고네릴에게) 서둘러 달려가서 알바니 공작에게 이 서찰을 보여 주십시오. 벌써 프랑스군이 상륙했답니다. (시종에게) 반역자 글로스터를 잡아와라. (시종들 몇 명 퇴장)

리간 : 체포하는 즉시 교수형에 처하세요!

고네릴 : 눈을 뽑아버리세요!

콘월 : 처분은 제게 맡기십시오. 에드먼드, 처형을 모시고 가게. 모반을 꾸민 그대 부친에게 가하는 복수를 그대가 눈 뜨고 볼 수는 없는 일일 테니. 알바니 공을 뵙거든 급히 전쟁 준비를 하시라고 전하게. 우리도 곧바로 준비할 것이네. 서로 정보를 주고받는 일에 있어서는 신속을 기해야만 할 것이다. 안녕히 가십시오, 처형. 새로운 글로스터 백작도 잘 가시게. (오스왈드 등장) 어찌 되었느냐? 왕은 어디 있지?

오스왈드 : 글로스터 백작이 폐하를 피신시켰습니다. 서른 대여섯 명의 기사들과 글로스터 백작의 시종들이 함께 도버해협 쪽으로 피신시켰습니다. 그곳에는 자기편 군대가 대기하고 있다는 소식입니다.

콘월 : 공작부인이 타고 가실 말을 준비하라.

고네릴 : 안녕히 계세요, 공작님. 리간, 잘 있어.

콘월 : 에드먼드, 잘 가게. (고네릴, 에드먼드, 오스왈드 퇴장) 반역자 글로스터를 당장 잡아들여라. 도둑처럼 놈을 밧줄로 묶어 끌고 오너라. (시종들 퇴장) 정당하게 재판을 하지 않고 교수형에 처하는 것이 마음에 걸리긴 하지만 분노에 대한 권력을 행사하는 것이니 비난할

수는 있어도 막을 수는 없다. 누구냐? 반역자를 끌고 왔느냐? (시
종들, 글로스터를 끌고 등장)

리간 : 은혜도 모르는 여우! 이놈이에요.

콘월 : 그놈의 말라비틀어진 두 팔을 묶어라.

글로스터 : 대체 무슨 일이십니까? 공작 부부께서는 제 집의 손님이십
니다. 주인에게 이런 행패가 웬일입니까?

콘월 : 그놈을 묶어라! (시종들, 글로스터를 묶는다)

리간 : 단단히 묶어라, 꼼짝 못하게. 더러운 반역자!

글로스터 : 잔혹한 부인이시군요. 저는 반역자가 아닙니다.

콘월 : 의자에 묶어라. 이 몹쓸 악당 놈 같으니라고. (리간, 글로스터의
수염을 뽑는다)

글로스터 : 아, 하느님! 수염을 뽑다니, 이런 무례한 일이 있을 수 있습
니까?

리간 : 이렇게 흰 수염을 달고 감히 배반을 해?

글로스터 : 부인, 잔인하군요. 당신이 뽑은 수염이 한 가닥 한 가닥 다
시 살아나 부인을 저주할 것이오. 당신들을 환영해준 이 집주인의
호의를 도둑놈으로 몰아 욕을 보이다니. 어쩌자는 거요?

콘월 : 최근에 프랑스로부터 무슨 편지를 받았지?

리간 : 진실을 말해라. 이미 모든 사실을 알고 있으니까.

콘월 : 요즘 이 땅에 상륙한 반역자들과 무슨 음모를 꾸몄지?

리간 : 미친 왕을 누구에게 넘겼지? 자백해!

글로스터 : 추측이 난무한 편지를 받기는 했지만, 어느 쪽 편에 있는 사
람은 아니었고 중립에 선 제삼자에게서 온 것이었습니다.

콘월 : 교활한 자로군.

리간 : 거짓말이에요.

콘월: 왕을 어디로 보냈지?

글로스터: 도버로 보냈습니다.

리간: 왜 도버로 보냈지? 왕을 보내지 말라는 엄명을 받았을 텐데.

글로스터: 말뚝에 매인 처지니 습격을 받을 수밖에 없군.

리간: 왜 도버로 보낸 거지?

글로스터: 가엾은 폐하의 두 눈이 당신의 잔인한 손톱에 뽑히는 것을 차마 볼 수 없었소. 악독한 당신의 언니가 산돼지 같은 어금니로 폐하의 귀한 옥체를 물어뜯는 것을 보고 싶지 않았소. 지옥 같은 캄캄한 밤에 폐하께서는 머리에 아무것도 쓰지 못한 채 폭풍우를 온몸으로 맞으시는 고통을 겪으셨소. 솟아올라 밤하늘의 별의 광채를 사라지게 만들 수 있는 폭풍우였지. 불쌍한 폐하께서는 당신의 눈물로 하늘에서 비가 억수같이 퍼붓게 하셨소. 그토록 무섭고 두려운 밤에는 설령 늑대가 당신 집 앞에서 으르렁거리더라도 "문지기, 문을 열어줘라."라고 말했을 것이오. 날개를 단 복수의 신께서 그런 자들에게 천벌을 내리시는 것을 보고야 말 것이오.

콘월: 그렇다면 오냐, 못 보게 해주지. (시종들에게) 의자를 꽉 잡아라. 네놈의 눈을 뽑아 내 발로 짓이겨주마.

글로스터: 오래 살고 싶은 사람이 있으면 나를 도와다오. 아, 잔인하구나! 오, 신이시여!

리간: 한쪽 눈만 빼면 다른 쪽 눈이 비웃을 테니 다른 눈도 뽑아버리세요.

콘월: 당신이 복수의 여신을 보고 싶다면…….

시종 1: 공작님, 참으세요! 저는 어렸을 때부터 공작님을 모셔왔습니다. 지금 이것을 말리는 것이 최고의 충성이라고 생각합니다.

리간: 뭐라고, 이 개자식!

시종 1 : 만약 마님에게 수염이 있다면 그 수염을 뽑아 싸움을 청했을 것이오.

콘월 : 종놈 주제에! (칼을 뽑는다)

시종 1 : 할 수 없군. 분노의 칼을 받아라. (콘월, 부상을 입는다)

리간 : (다른 하인에게) 어서 칼을 다오. 발칙한 종놈 같으니, 감히 누구에게 대들어! (등 뒤에서 시종을 찌른다)

시종 1 : 아이쿠, 나는 죽는다! 백작님, 남아 있는 눈 하나로 제가 저 원수 놈에게 입힌 상처를 보십시오! (죽는다)

콘월 : 나머지 한쪽 눈도 마저 뽑아 더 이상 볼 수 없게 해주마. (글로스터의 나머지 눈을 뽑아 발로 짓이긴다) 더러운 젤리! 아직도 빛이 보이느냐?

글로스터 : 아, 온통 암흑뿐이구나. 내 아들 에드먼드는 어디 있느냐? 에드먼드, 남아 있는 효성에 불길을 일으켜 이 원수를 갚아다오.

리간 : 닥쳐라, 반역자! 너를 증오하는 사람은 찾아 무엇 하겠나. 너의 반역 행위를 우리에게 알려준 장본인이 바로 네 아들이다. 그는 공정한 사람이니 너를 동정하지 않는다.

글로스터 : 오, 이렇게 어리석을 수가! 에드가는 모함을 당한 거로군! 자비로운 신들이여, 제 잘못을 용서하시고 에드가에게 은총을 내리소서!

리간 : 저놈을 성문 밖으로 내쫓아라. 도버까지는 냄새를 맡으며 가야 할 것이다. 여보? 얼굴빛이 좋지 않아요. 괜찮아요?

콘월 : 상처를 입었소. 나를 따라오시오. (시종에게) 이 종놈은 쓰레기 더미에 갖다 버려라. 리간, 아무래도 출혈이 심한 것 같소. 이렇게 중요한 때에 상처를 입다니. 나를 좀 부축해주오. (리간에게 기대어 퇴장)

시종 2 : 저런 인간이 잘될 것 같으면 나도 흉악한 짓을 해도 되겠군그래.

시종 3 : 저런 여자가 오래 살아서 남들 죽을 때 같이 죽는다면 세상 여자들은 다 괴물이 될 게다.

시종 2 : 글로스터 백작님을 쫓아가서 그 실성한 거지에게 백작님을 모시고 어디든 가고 싶은 대로 가라고 하세. 미친 떠돌이 거지니까 어디든지 모셔다 드리겠지.

시종 3 : 그렇게 하게. 나는 삼베와 달걀흰자를 얻어서 백작님의 피투성이 얼굴에 발라드려야겠네. 하느님, 제발 백작님을 도와주소서!

(모두 퇴장)

제4막

제4막 1장 글로스터 저택 부근의 황야

에드가 등장.

에드가 : 겉으로 아첨하는 것에 속고 속으로 비웃는 꼴을 보는 것보다는 멸시를 당하느니 차라리 이렇게 드러내놓고 바보 취급을 당하는 것이 더 낫군. 최악의 경우 지독한 역경에 빠지게 되더라도 희망을 잃지 않는 한 두려울 게 없지. 진정으로 슬픈 일은 행운의 자리에서 떨어지는 경우지. 차라리 역경의 밑바닥으로 가라앉으면 다시 솟아 웃음을 찾을 수 있지. 보이지 않는 바람아, 너를 내 품에 안으마. 최악의 불행의 구렁텅이로 떨어진 이 몸은 너에게 아무것도 신세진 것이 없다. 저 사람은 누구지? (노인, 글로스터를 데리고 등장) 아버님이, 초라한 행색으로 부축을 받고? 세상이여, 오, 세상

이여! 기구한 운명의 장난 때문에 오래 살고 싶은 마음이 없구나!

노인 : 백작님, 소인은 팔십 평생을 백작님 선친 때부터 소작 노릇을
해왔습니다.

글로스터 : 날 내버려두고 가게. 이제 가도 좋아! 자네의 친절은 내게
아무런 도움이 안 돼. 그러다가 자네마저 봉변을 당할지 모르네.

노인 : 그렇지만 나리께서는 아무것도 못 보시잖아요.

글로스터 : 딱히 가야 할 곳도 없으니 눈도 필요 없네. 눈이 보일 적에
는 오히려 돌부리에 채이곤 했다네. 사람이란 의지할 것이 있으면
방심하게 되지만 아무것도 의지할 게 없으면 오히려 조심하게 되
는 법이지. 아, 사랑하는 아들 에드가, 어리석게 속아 넘어간 아비
의 노여움 때문에 제물이 되었구나! 죽기 전에 너를 한 번이라도
만져볼 수 있다면 나는 눈을 다시 찾은 것이나 다름없을 텐데.

노인 : 거기 누구요?

에드가 : (방백) 오, 신이여! "나는 지금이 가장 비참하다."라고 누가 말
할 수 있겠는가? 가장 비참했던 때보다 지금이 더 비참하구나.

노인 : (에드가에게) 어디를 가는 거냐, 이놈아?

글로스터 : 거지인가?

노인 : 네, 미친 거지입니다.

글로스터 : 완전히 미치지는 않은 모양이구나. 그렇지 않으면 구걸을
할 수도 없을 것이니. 어젯밤 폭풍우 속에서 그런 놈을 만났다. 그
놈의 행색을 보니 사람이 벌레와 다를 것이 없다는 생각이 들더군.
그때 내 아들의 얼굴이 떠올랐지. 그때만 하더라도 아들놈을 용서
할 생각은 추호도 없었어. 그런데 그 후 진상을 알게 되었네. 아이
들이 파리를 다루듯이 신은 우리 인간을 다룬단 말이다. 장난삼아
인간을 죽이고 있어.

에드가 : (방백) 어쩌다 저렇게 되셨지? 슬픔을 억누르며 바보 노릇을
하는 것은 괴로운 일이구나. 자신에게도 상대에게도 화나게 하는
일이야. (글로스터에게 큰 소리로) 안녕하십니까, 나리!

글로스터 : 벌거숭이 거지인가?

노인 : 네, 그렇습니다.

글로스터 : 그럼 자넨 돌아가주게. 만약 날 생각해서 도버로 가는 길을
한두 마일쯤 따라올 작심이라면, 옛정을 생각해서 여기서 그냥 돌
아가주게. 그 대신 이 벌거숭이에게 입힐 옷이나 가져다주게. 그
녀석에게 길 안내를 부탁하겠으니.

노인 : 당치도 않습니다. 저 녀석은 미친놈인 걸요!

글로스터 : 광인이 소경의 길잡이를 하는 것도 이 시대의 저주야. 내가
시키는 대로 하든지, 싫으면 자네 마음대로 하게. 다만 어서 돌아
가주게.

노인 : 제가 가지고 있는 것 중에서 제일 좋은 옷을 가져오겠습니다.
그 옷은 어찌 되든 상관없습니다. (퇴장)

글로스터 : 이봐, 벌거숭이!

에드가 : 불쌍한 톰은 추워요. (방백) 더 이상은 속일 수가 없구나.

글로스터 : 이리로 오너라.

에드가 : (방백) 그러나 계속 속일 수밖에 없다. 아아, 저 눈에서 피가 흐
르는구나!

글로스터 : 너 도버로 가는 길을 아느냐?

에드가 : 층계로 해서 가는 길, 대문으로 해서 가는 길, 말 타고 가는
길, 걸어가는 길, 모두 알고 있습니다. 톰은 악마에게 혼찌검을 당
해 정신을 잃어버렸지만 아저씨는 귀한 집 자제 분이니, 악마에게
사로잡히지 않도록 조심하세요! 이 불쌍한 톰에게는 한꺼번에 악

마가 다섯 마리나 달라붙었어요. 음란한 오비디커트, 벙어리 마왕 홉비디댄스, 도둑귀신 마후, 살인마 모도, 얼굴과 입을 움찔거리는 플리버티지베트, 이 악마들이 나인들과 시녀들에게도 달라붙어버렸어요. 그러니까 조심하셔야 해요!

글로스터 : 자, 이 돈주머니를 받아라. 너는 하늘이 내린 저주를 달갑게 받고 어떠한 불행도 잘 참아내는구나. 내 처지가 이토록 비참하고 보니 오히려 네가 행복하게 보인다. 신이시여, 언제나 이렇게 처리해주십시오! 지나치게 남아돌아 호의호식하는 자들, 하늘의 뜻을 하찮게 여기는 자들, 자기 스스로 겪지 않았다 해서 남의 가난의 괴로움을 돌보지 않는 자에게 한시라도 속히 당신의 위력을 느끼도록 하여주소서. 그래서 많이 가진 자의 것을 거두어 너 나 할 것 없이 풍족하게 갖도록 하소서. 너, 도버를 아느냐?

에드가 : 네, 알아요.

글로스터 : 그곳에 절벽이 하나 있는데, 깎아지른 듯 솟아 있는 절벽의 꼭대기는 둘러싼 바다를 무섭게 굽어보고 있다. 그 절벽까지만 날 데려다 다오. 내가 지닌 값진 보화를 네게 줄 테다. 그러면 네 궁색한 형편이 풀릴 거다. 그 이상의 안내는 필요 없다.

에드가 : 제 손을 잡으세요. 불쌍한 톰이 안내해드리죠. (두 사람 퇴장)

제4막 2장 ┃ 알바니 공작의 저택 앞

고네릴, 에드먼드 등장.

고네릴 : 다 왔습니다, 백작님. 그런데 웬일일까, 친절한 우리 집 양반이 나를 마중도 안 나오고? (오스왈드 등장) 공작님은 어디 계시지?

오스왈드 : 부인, 안에 계십니다만 딴 사람처럼 변해버리셨습니다. 적군이 상륙했다고 말씀드렸더니 싱글벙글 웃기만 하시고, 부인께서 돌아오셨다고 해도 "소용없어."라고만 하시지 뭡니까. 글로스터 노인의 역모와 그 아들의 충성을 말씀드렸더니 글쎄, 저를 바보 머저리라고 호통치시더니 "모든 걸 거꾸로 알고 있다"고 말씀하셨습니다. 가장 싫어하던 것을 오히려 좋아하시고 제일 좋아하던 것을 싫어하시지 뭡니까.

고네릴 : (에드먼드에게) 그럼 당신은 이제 그만 돌아가시는 게 좋겠어요. 그분은 모진 구석이 없어요. 딱 부러지게 일을 못하는 것도 그런 이유 때문이에요. 모욕을 당해도 복수할 줄 모르고 그저 모르는 체하는 사람이죠. 여기 오면서 얘기한 일은 우리가 소망하는 대로 이루어질 거예요. 에드먼드, 콘월 공작에게 돌아가셔서 군대를 소집하여 지휘하세요. 나는 남편과 역할을 맞바꾸어 난 칼을 차고, 남편에게는 바느질감을 쥐어주겠어요. (오스왈드를 가리키며) 이 사람이 우리 두 사람 사이에서 전령 역할을 할 것입니다. 만약 당신이 출세를 위해서 모험을 해볼 용기가 있다면 사랑하는 사람의 명령을 들으세요. 그리고 이걸 몸에 지니세요. (목걸이를 준다) 아무 말 마시고 고개를 숙이세요. 이 키스가 말을 한다면 당신의 용기를 북돋아줄 거예요. 이 키스의 뜻을 잘 새기세요. 그럼 잘 가세요.

에드먼드 : 당신을 위해서라면 목숨도 아끼지 않겠습니다! (에드먼드 퇴
　　장)

고네릴 : 사랑하는 글로스터! 아, 같은 남자라도 어쩌면 이렇게 다를
　　까! 당신이야말로 여자의 사랑을 받을 만한 가치가 있는 사람인데,
　　우리 집 바보가 내 몸을 차지하고 있으니.

오스왈드 : 마님, 공작님께서 오십니다. (퇴장)

알바니 등장.

고네릴 : 이젠 거들떠보지도 않는군요.

알바니 : 오, 고네릴! 당신은 거친 바람에 얼굴에 휘갈기는 먼지만도
　　못한 사람이오. 당신의 품성이 걱정이오. 자기를 낳아준 어버이도
　　업신여기는 사람이 자기 분수에 만족할 리 있겠소? 자기를 길러준
　　줄기로부터 그 가지인 제 몸을 도려내는 여자는 반드시 마르고 시
　　들어서 결국 불쏘시개로 쓰게 될 거요.

고네릴 : 그 따위 어리석은 얘기는 집어치워요.

알바니 : 악한 사람에게는 지혜롭고 선한 가르침도 악하게만 들리겠
　　지. 더러운 것들은 더러운 맛밖에는 모르는 법. 무슨 짓을 한 거요?
　　딸이 아니라 잔인한 호랑이가 되어 도대체 무슨 짓을 한 거요? 당
　　신은 인자하신 노인을, 아버지를 미치게 했소. 목을 매어 끌려다니
　　는 곰까지도 만나면 반가워 손을 핥으려고 할 정도로 인자하신 노
　　인을 말이오. 이보다 더 잔인하고 야만스러운 짓이 또 어디 있소?
　　콘월 공작이 그런 짓을 하도록 가만히 보고만 있었단 말이요? 국
　　왕의 큰 은혜를 입고 왕족이 된 사람이? 하느님께서 눈에 보이는
　　신령을 빨리 내려보내시어 이 극악무도한 행패를 짓눌러 버리지

않는다면 인간들은 바다의 괴물들처럼 서로 잡아먹게 되고야 말 것이오.

고네릴 : 그 뺨은 맞기 위해 있고, 머리는 모욕을 당하기 위해 달고 다니는군요. 이마에 눈이 있어도 명예와 치욕을 분간 못 하는 사람이 바로 당신이에요. 악한이 벌 받는 것을 보고 아직 악행을 저지르지 않았는데 안 됐다고 측은히 여기는 자는 바보들뿐이지. 당신의 북은 어디 있죠? 프랑스 왕은 군기를 휘날리고 깃털을 꽂은 투구를 쓰고 평화로운 이 나라를 쳐들어오는데, 당신은 마치 성인군자인 척 가만히 죽치고 앉아서 "저 사람이 왜 저러는 거지?"라고 하는군요.

알바니 : 이 악마야, 네 꼴을 좀 보라구! 흉악한 모습이 마귀에겐 어울리겠지만 계집의 모습으로 나타나는 마귀보다 더 무서운 것은 없구나.

고네릴 : 겁쟁이, 바보!

알바니 : 여자로 둔갑해서 악마의 본성을 숨기고 있는 악마야, 부끄러움을 알거든 더 이상 네 모습을 드러내지 마라! 분노를 못 이겨 내 손이 움직이는 날엔 너의 살과 뼈는 박살이 날 것이니. 비록 악마라 해도 계집의 탈을 쓰고 있으니까 살려두는 거다.

고네릴 : 흥, 용기가 대단하시군!

전령 등장.

알바니 : 무슨 일이냐?

전령 : 오, 공작님, 콘월 공작님께서 돌아가셨습니다. 글로스터 백작의 한쪽 눈을 마저 도려내시다가 부하의 칼에 찔리고 말았습니다.

알바니 : 뭐, 글로스터 백작의 눈알을!

전령 : 백작께서 어릴 적부터 데리고 있던 시종이 글로스터 백작의 눈을 빼려는 것을 막으려고 하다가, 급기야는 칼을 빼서 공작님께 대들었습니다. 공작님께서는 노발대발하시어 그자에게 달려들었는데, 공작부인까지 합세하시어 내외분이 그의 목숨을 날려버렸습니다. 그때 공작님께서도 상처를 입으셨는데 그 때문에 결국 세상을 뜨셨습니다.

알바니 : 이는 분명 하느님이 존재하신다는 증거이자 그분이 과연 정의의 심판관이라는 증거다. 그러나 아, 가엾은 글로스터! 한쪽 눈까지 마저 잃었는가?

전령 : 두 눈 다 잃으셨습니다, 공작님. (고네릴에게) 이 서찰은 마님의 동생께서 보내신 것입니다. 즉시 회답을 달라고 말씀하셨습니다.

고네릴 : (방백) 한편으로 생각하면 오히려 잘된 일인지도 몰라. 하지만 나의 에드먼드가 과부가 된 내 동생과 같이 있다가는 나의 공든 탑은 무너지고 남는 것은 오로지 증오스러운 생활뿐일 텐데. 그러나 다른 한편으로는 그리 나쁜 소식도 아니야. (사신에게 큰 소리로) 다 읽은 후에 답장을 주겠소. (퇴장)

알바니 : 글로스터가 두 눈을 빼앗겼을 때 그의 아들은 어디 있었는가?

전령 : 이 댁 공작부인을 모시고 이리로 오고 있었습니다.

알바니 : 그는 여기 없네.

전령 : 네, 그럴 것입니다. 돌아가시는 것을 제가 만났습니다.

알바니 : 그 사람은 이 잔인한 소행을 아는가?

전령 : 예, 알다마다요. 그뿐만 아니라 자기 부친을 고발한 사람이 바로 그분인 걸요. 자기 부친을 마음대로 처치하라고 일부러 집을 비웠답니다.

알바니 : 글로스터 백작, 그대가 국왕께 바친 충성에 대해 깊이 감사하

고 있소. 그대의 잃어버린 눈에 대해 반드시 복수하리다. 이리로 와
서 자네가 아는 것이 있거든 좀더 자세하게 말해주게. (두 사람 퇴장)

제4막 3장 ❖ 도버 부근의 프랑스군 막사
켄트, 신사 한 사람 등장.

켄트 : 프랑스 국왕이 왜 그렇게 갑작스럽게 귀국했는지 이유를 아시
오?

신사 : 본국에 미진한 상태로 두고 온 문제가 있었는데, 이곳으로 출전
하신 후 갑자기 그 생각이 나서 귀국하셨답니다. 그 일을 내버려두
면 프랑스의 안전에 크게 위해가 될 우려가 있어 부득이 귀국하셨
지요.

켄트 : 총사령관 후임으로 누구를 지명했소?

신사 : 프랑스의 육군 원수이신 라파 각하이십니다.

켄트 : 왕비께서는 그 편지를 보시고 슬퍼하시던가요?

신사 : 네. 왕비께서는 편지를 받으시고 제 앞에서 읽으셨습니다. 때로
하염없는 눈물이 아름다운 뺨 위에 흘러내렸습니다. 왕비께선 여
왕다운 위엄을 지키려 애쓰셨지만 그 슬픔은 마치 반역자처럼 왕
비를 억누르는 것 같았습니다.

켄트 : 마음의 동요가 크셨다는 의미로군요.

신사 : 그렇게 격한 상태는 아니었습니다. 인내와 슬픔이 누가 더 빛
나는지 서로 다투는 듯했습니다. 햇볕이 내리쬐면서 비가 오는 것
처럼 미소와 눈물이 교차하는 왕비의 모습은 아름다웠습니다. 입

술에 감도는 아름다운 미소는, 왕비의 눈에 어떤 손님이 와 있는지 모르는 것 같았습니다. 그 손님이 눈에서 떠나는 모습은 다이아몬드에서 진주가 떨어지는 듯했습니다. 모든 사람이 그렇게 아름답게 보일 수 있다면, 슬픔이야말로 사랑스럽고 귀중한 것이겠죠.

켄트 : 무슨 말씀은 없으셨나요?

신사 : 한두 번 있었습니다. 비통하게 "아버님!" 하고 가슴속 깊은 곳에서 터져 나오는 소리로 부르셨습니다. 그리고 흐느끼면서 "언니들, 언니들! 여자로서 수치예요! 켄트, 아버님, 언니들! 아, 폭풍우 속을, 한밤중에? 이 세상엔 자비심도 없단 말인가!" 하시며 울부짖으셨습니다. 아름다운 그 눈에서 성자의 샘물 같은 눈물을 떨어뜨리면서, 눈물로 울음을 삼키시면서, 혼자 슬픔을 달래시려고 뛰어나가셨습니다.

켄트 : 인간의 품성을 결정짓는 것은 저 하늘의 별들이오. 그렇지 않고서야 한 부부 사이에서 그렇게 다른 자식이 생겨날 수 있단 말이오. 그 후로는 왕비와 만나지 못했습니까?

신사 : 만나지 못했습니다.

켄트 : 이 일은 프랑스 왕이 귀국하시기 전의 일인가요?

신사 : 그 후의 일이었습니다.

켄트 : 그런데 괴로움에 빠져 있는 불쌍한 리어 왕께선 지금 이 마을에 계십니다. 이따금 기분이 좋으실 때에는 우리가 왜 여기에 와 있는지 아시지만, 따님은 만나려고 하지는 않을 겁니다.

신사 : 왜죠?

켄트 : 폐하께서는 엄청난 부끄러움으로 가슴을 찢고 계십니다. 당신의 불민함으로 막내딸에게 줄 은혜를 박탈했을 뿐 아니라 낯선 이국땅으로 추방했으며 막내딸이 차지해야 할 당연한 권리를 짐승

같은 다른 딸들에게 준 가책 때문에 마음 아파하시는 거죠. 이런 견딜 수 없는 부끄러운 마음에 코델리아 공주를 차마 못 만나시는 겁니다.

신사 : 아, 불쌍한 분!

켄트 : 알바니 공작과 콘월 공작의 군사 소식은 들었습니까?

신사 : 그들의 군대가 출전했답니다.

켄트 : 리어 왕께 안내하겠습니다. 그분을 잘 모셔주세요. 나는 사연이 있어서 잠시 동안 신분을 감춰야 합니다. 내 신분을 밝히면 나를 알게 된 것을 후회하지는 않을 것입니다. 자, 나와 함께 갑시다. (두 사람 퇴장)

제4막 4장 프랑스군 막사

북소리. 기수들을 거느린 코델리아 등장. 전의와 병사들 뒤따른다.

코델리아 : 아아, 그분이 바로 아버님이세요. 방금 만났다는 사람의 얘기로는, 성난 바다처럼 미친 듯 큰 소리로 노래 부르며, 머리에는 애기현호색꽃, 밭이랑의 잡초, 우엉, 독미나리, 쐐기풀, 황새냉이꽃, 독보리, 그리고 우리가 먹는 곡식 사이에 자라는 온갖 잡초로 만든 관을 쓰고 계신답니다. 100명의 병사들을 보내 잡초가 무성한 들판을 샅샅이 뒤져서 내 앞으로 모셔오라. (장교 한 명 퇴장) 어떤 지식으로든 폐하의 잃어버린 정신을 치유해줄까? 폐하의 병을 고쳐주는 사람에게는 내가 가지고 있는 것을 모두 주겠소.

전의 : 방법은 있습니다. 사람의 생명을 길러주는 것은 오직 안정뿐입

니다. 폐하에게는 그것이 필요합니다. 편안히 잠을 이루게 할 수 있는 약초가 많이 있습니다. 고민하는 마음에도 단잠이 올 것입니다.

코델리아 : 이 땅 위의 모든 고귀한 비약들, 아직 세상에 알려지지 않은 신령한 모든 약초들이여, 내 눈물을 먹고 자라나거라! 그리하여 착한 분의 고뇌를 치유해다오! 찾아보라, 어서 아버님을 찾아라, 걷잡을 수 없는 광기로 이성을 잃고 목숨까지 버리실지도 모르니까.

전령 등장.

전령 : 아룁니다! 영국 군대가 진격해오고 있습니다.

코델리아 : 알고 있다. 우리 군대도 모든 준비가 되어 있다. 오, 가엾은 아버님, 이 전쟁은 오로지 아버님을 위해서입니다! 프랑스 왕은 저의 눈물과 슬픔을 가엾이 여겨주셨습니다. 공명심에 불타서 일으킨 전쟁이 아닙니다. 오직 사랑, 소중한 사랑 때문에, 늙으신 아버님의 권리 때문에 일으킨 전쟁입니다. 어서 빨리 아버님을 뵙고 싶습니다. (모두 퇴장)

제4막 5장 ⚜ 글로스터의 저택

리간, 오스왈드 등장.

리간 : 형부의 군대는 출전했소?

오스왈드 : 네, 출전했습니다.

리간 : 공작께서 직접 출전하셨소?

오스왈드 : 강권에 못 이겨 억지로 출전하셨습니다만 공작부인께서 더 용감하시더군요.

리간 : 에드먼드 백작과 알바니 공작이 집에서 무슨 의논을 하지 않았소?

오스왈드 : 그런 일은 없었습니다.

리간 : 언니가 무슨 일로 에드먼드에게 편지를 쓴 거지?

오스왈드 : 모르겠습니다.

리간 : 실은 에드먼드는 중대한 용무로 급하게 떠났어요. 눈 빠진 그 늙은이의 목숨을 살려둔 건 큰 실수였어. 그 노인네는 가는 곳마다 동정을 불러일으켜, 사람들이 우리에게 창칼을 겨누게 되었거든. 아마도 에드먼드가 떠난 것은 자기 아버지의 비참한 꼴을 차마 더 이상 볼 수 없어서 그의 눈먼 생명을 자신의 손으로 끊어버리기 위해서일 거예요. 그리고 적군의 세력도 염탐할 목적도 있었을 것이고.

오스왈드 : 그럼 이 편지를 가지고 에드먼드의 뒤를 쫓아가야겠습니다.

리간 : 우리 군대도 내일은 출전할 거요. 가는 길이 위험할 테니 하룻밤 이곳에서 지내시구려.

오스왈드 : 그럴 수는 없습니다. 이 일에 대해서 공작부인의 엄명을 받았으니까요.

리간 : 왜 언니가 에드먼드한테 편지를 보냈을까? 당신을 통해서 말로 전해도 될 텐데? 내가 모르는 무슨 일이 있는 게로군. 내 후사할 테니 그 편지를 좀 뜯어봅시다.

오스왈드 : 마님, 그것만은…….

리간 : 언니는 형부를 사랑하지 않아. 그건 확실해. 지난번 언니가 여기 왔을 때도 언니는 에드먼드에게 야릇한 눈길을 주면서 의미심장한 표정을 지어 보였거든. 당신이 언니의 심복이라는 것은 알고 있지만…….

오스왈드 : 제가요?

리간 : 잘 알고 있기 때문에 하는 말이야. 당신은 신임이 두터운 사람이라는 것도 알고 있어. 그래서 하는 말이니 내 말을 귀담아 듣게. 내 남편은 세상을 떠났어. 그리고 에드먼드와 나는 서로 언약이 되어 있는 사이야. 그이에겐 언니보다는 나와 함께 있는 것이 훨씬 더 마음이 편할 거야. 더 이상 말하지 않아도 짐작할 수 있겠지. 그러니 에드먼드를 만나거든 이것을 전해주게. 언니가 이런 사정을 전해 듣고 부디 현명한 판단을 내렸으면 좋겠군. 잘 가게. 눈먼 반역자가 있는 곳을 찾아내어 그 늙은이의 목을 베기만 하면 누구든 출세를 하게 될 거다.

오스왈드 : 그 사람을 만나고 싶군요. 그러면 제가 누구 편인가를 보여드릴 수 있을 테니까요.

리간 : 잘 가시오. (두 사람 퇴장)

제4막 6장 | 도버 부근의 들판

글로스터, 농부 차림을 한 에드가 등장.

글로스터 : 언제쯤 그 언덕 꼭대기에 도착하는 거지?

에드가 : 지금 그 언덕으로 올라가는 중입니다. 보세요. 이렇게 힘이
　들잖아요.

글로스터 : 평지 같은데.

에드가 : 지독하게 가파른 비탈길인 걸요. 들어보세요. 파도 소리가 들
　리시죠?

글로스터 : 아니, 전혀 들리지 않아.

에드가 : 눈이 아프시다보니 다른 감각이 둔해졌나 봅니다.

글로스터 : 그럴지도 모르지. 그런데 네 목소리가 달라진 것 같아. 예전
　보다 퍽 점잖고 조리 있게 말을 하는구나.

에드가 : 잘못 아셨습니다. 달라진 것은 입고 있는 옷밖에는 없습니다.

글로스터 : 하지만 내 생각엔 네 말투가 훨씬 나아진 것 같아.

에드가 : 자, 여깁니다. 가만히 서 계십쇼. 저 아래를 내려다보니 아주
　무섭고 눈이 핑핑 돌게 어지럽군요. 저 아래 절벽 중간쯤에 날고
　있는 까마귀와 다리가 붉은 큰 까마귀가 마치 딱정벌레만 하게 보
　입니다. 그리고 절벽 중턱에는 바다미나리를 따고 있는 사람이 매
　달려 있네요. 정말 위험한 직업이죠! 여기서 보니 그 사람이 제 머
　리통 정도로밖에는 안 돼 보여요. 바닷가에서 걷고 있는 어부들도
　생쥐만큼이나 작아 보입니다. 저기 닻을 내리고 있는 큰 배는 쪽배
　처럼 작게 보이고, 쪽배는 부표처럼 너무 작아서 거의 보이지도 않
　네요. 바닷가에 깔려 있는 조약돌에 부딪치는 파도 소리도 여기서

는 너무 높아서 들리지 않는군요. 이제 그만 내려다봐야지, 머리가 핑 돌고 눈이 어찔한 게 거꾸로 곤두박질할 것만 같네요.

글로스터 : 네가 서 있는 곳에 나를 세워다오.

에드가 : 손을 주세요. 한 발자국만 더 내디디면 벼랑 끝입니다. 달빛 아래의 모든 것을 다 준다고 해도 더 이상 한 발짝도 못 나가겠어요.

글로스터 : 내 손을 놔라. 자, 여기 돈주머니가 하나 또 있다. 그 속에는 가난뱅이로서는 감당할 수 없을 정도의 보석이 들어 있다. 요정과 신들이 너에게 더 큰 행운을 주기 바란다! 자, 떠나거라. 잘 가거라. 네가 떠나는 발자국 소리를 듣게 해다오.

에드가 : 그럼 안녕히 계십쇼.

글로스터 : 그래, 잘 가라.

에드가 : (방백) 아버님의 절망을 이렇게 우롱하는 것은 그 절망으로부터 아버님을 구해드리고 싶은 소망 때문이다.

글로스터 : (무릎을 꿇고) 전능하신 신들이여! 저는 이 세상과 작별하고 거룩하신 당신 앞에서 번뇌로 가득한 이 삶을 떨쳐버리려고 합니다. 제가 이 고통을 더 참아낼 수 있고, 또 거역할 수 없는 당신의 위대한 힘에 맞서 싸우지 않더라도, 제 육체의 보기 싫은 잔해는 타다 남은 초같이 저절로 타 없어지고 말 것입니다. 만일 에드가가 살아 있다면, 그를 축복해주소서! 자, 그럼 잘 가거라. (앞으로 쓰러진다)

에드가 : 저는 가고 있습니다. 그럼 안녕히 가십시오. (방백) 사람이 스스로 제 목숨을 버리고 싶다는 생각이 간절하다면 그 생각만으로도 귀중한 생명을 잃을 수도 있지 않은가. 아버님께서 정말 당신이 생각하시던 곳에 있다고 믿고 있다면, 지금쯤은 의식을 잃으셨을

것이다. 살아 계신 건가? 돌아가신 건가? 이봐요, 노인장! 내 말 들려요? 말 좀 해봐요! (방백) 정말 이대로 돌아가실지도 모르겠구나. 아, 살아 계시다. 당신은 누구시오?

글로스터 : 저리 가라, 날 죽게 내버려둬.

에드가 : 도대체 당신은 거미줄이오, 새털이요, 공기요? 수십 길 벼랑에서 떨어졌으면 계란처럼 박살이 났을 텐데 아직도 숨을 쉬고 있다니. 상처 하나 없고, 피도 한 방울 흘리지 않고, 말도 하고, 온몸이 멀쩡하군요. 돛대 열 개를 이어도 당신이 수직으로 떨어진 저 높이에는 모자랄 겁니다. 당신이 살아 있다는 것은 기적이에요. 자, 말 좀 해보세요.

글로스터 : 난 분명 떨어졌는데, 아닌가?

에드가 : 물론 떨어졌죠. 저 무시무시한 절벽 꼭대기에서 떨어졌어요. 위를 쳐다보세요. 아주 먼 데서 종달새가 날카로운 소리로 울고 있는데, 저 모습이 보이지 않고 노랫소리도 들리지 않나요? 한번 올려다보세요.

글로스터 : 아, 슬프게도 나는 눈이 없어. 이 불행한 놈은 스스로 고통스러운 목숨을 끝장낼 혜택조차 받을 수 없단 말인가? 자살로써 폭군의 분노를 피하고 그의 오만한 뜻을 꺾을 수 있어서 위안이 되었건만.

에드가 : 팔을 이리 주세요. 일어나세요. 어떠세요? 다리는 괜찮나요? 설 수 있지요?

글로스터 : 물론이지. 너무 멀쩡하군.

에드가 : 이건 기적이에요. 절벽 꼭대기에서 함께 있다가 간 사람은 누구죠?

글로스터 : 불쌍한 거지였어.

에드가 : 이 밑에서 쳐다보니까 그놈의 눈알은 두 개의 보름달 같고, 콧구멍은 수천 개나 되고, 성난 바다같이 뒤틀리고 일그러진 뿔이 여러 개 달려 있는 것 같았소. 아마도 악마일 거예요. 노인께서는 운이 좋았어요. 공정하신 하느님은 인간이 할 수 없는 일을 해내서 존경을 받습니다만, 이번에도 그 하느님이 당신을 구해주신 겁니다.

글로스터 : 이제 정신이 드는 것 같군. 지금부터는 고난이 "그만, 그만!" 하고 소리치며 스스로 지쳐 떨어질 때까지 참고 견디겠소. 당신이 말한 악마를 난 사람으로 알았구려. 그러고 보니 여러 번 "악마가, 악마가." 하고 말하곤 했지. 그놈이 날 저곳까지 데려다주었다오.

에드가 : 걱정하지 마세요. 마음을 차분히 가라앉히세요. 그런데 저기 오는 사람이 누구지? (들꽃으로 화환을 쓴 리어 왕 등장) 제정신이라면 저런 꼴을 하고 있진 않을 텐데.

리어 왕 : 그렇다. 내가 가짜 돈을 만들었다 하더라도 그놈들이 내게 손대지는 못할 거다. 난 왕이란 말이다.

에드가 : 아, 저 모습을 뵈니 가슴이 찢어지는 것 같구나!

리어 왕 : 그 점에서는 인공보다는 자연이 낫지. 자, 네 몫이니 받아라. 저놈은 마치 새 쫓는 사람처럼 활을 쏘는구나. 화살을 힘껏 당겨. 저런, 생쥐다! 쉬잇, 조용. 불에 구운 이 치즈 조각이면 잡을 수 있다. 장갑을 던졌으니 결투를 하자. 이 일을 위해서라면 거인하고라도 싸울 테다. 갈색의 창을 갖고 오너라. 아, 잘도 날아간다. 새야! 적중했다, 적중했어! 앗! 암호를 대라!

에드가 : 향기로운 박하꽃.

리어 왕 : 통과.

글로스터 : 귀에 익은 목소린데.

리어 왕 : (글로스터를 보고) 앗! 고네릴, 흰 수염이 났구나! 그것들은 개

처럼 내게 알랑거리면서 검은 털도 나기 전에 내 수염에 흰 털이 생겼다고 했겠다. 내가 무슨 말을 하든지 "네, 그렇습니다.", "아닙니다." 하고 맞장구를 쳤지! "네."든 "아니오."든 하늘을 우러러 진심은 아니었단 말이야. 비를 흠뻑 맞고 휘몰아치는 바람에 온몸이 덜덜 떨렸을 때, 천둥이 내 명령을 듣지 않고 요란하게 울려댈 때, 그때 그것들의 정체를 알아차렸지. 그들은 약속을 지키지 않는 것들이라고. 그것들은 내가 만능이라고 너스레를 떨었지만 그건 거짓말이야. 나 역시 학질(말라리아 - 편집자 주)엔 꼼짝 못한다니까.

글로스터 : 저 말투를 기억하고 있어. 국왕 폐하 아니십니까?

리어 왕 : 그렇다. 틀림없는 국왕이다. 내가 노려보면 신하들은 벌벌 떨었다. 너의 목숨을 살려주겠다. 네 죄목은 뭐냐? 간통죄냐? 죽이지는 않겠다. 간통 좀 했다고 죽이다니! 안 될 말이지. 굴뚝새도 작은 금피리도 눈앞에서 뻔뻔스럽게 음란한 짓을 하잖는가. 그래 실컷 즐겨라. 글로스터의 사생아 에드먼드는 정당한 부부 사이에서 태어난 내 딸들보다도 효성이 지극했다. 모두들 실컷 즐겨라! 난 병사가 필요해. 저기 억지로 웃고 있는 부인을 보아라. 가랑이 사이까지 눈같이 깨끗하다는 표정으로 정숙한 가면을 쓴 채, 음탕한 이야기만 들어도 설레설레 머리를 흔들어대고 있지. 하지만 음탕한 짓거리를 할 때는 암내 풍기는 고양이나 배가 터지도록 꼴을 처먹는 말도 그녀만큼 요란하게 음란한 짓을 하지는 못할 것이다. 저것들은 허리 위는 여자지만, 허리 아래는 반인반마의 괴물이다. 허리까지는 신의 것이지만, 그 아래는 악마의 것이다. 그곳은 지옥이다, 암흑이다, 유황이 지글지글 끓고 있는 구렁텅이다. 불길이 이글이글 타오르고 악취가 코를 찌를 정도로 썩고 있지. 더러워, 더러워, 더러워! 퉤, 퉤! 약제사, 사향 한 온스만 다오. 불쾌하구나.

자, 돈 받아라.

글로스터 : 오, 그 손에 입 맞추게 해주십시오!

리어 왕 : 우선 손을 씻어야겠다. 송장 냄새가 나니까.

글로스터 : 오, 대자연의 한 작품이 이처럼 부서지다니! 이 거대한 세계
　　도 그렇게 무너질 것이다. (리어에게) 저를 알아보시겠습니까?

리어 왕 : 네 눈을 기억하고 있지. 곁눈질로 나를 흘겨보는가? 눈먼 큐
　　피드, 네가 어떤 짓을 하더라도 나는 상사병엔 걸리지 않아. 이 결
　　투장을 읽어봐. 글씨체를 눈여겨보아야 해.

글로스터 : 글자 한 자 한 자가 태양같이 빛나더라도 신은 보지 못합니
　　다.

에드가 : (방백) 이 일을 다른 사람을 통해 들었더라면 믿지 않을 것이
　　다. 그러나 틀림없는 사실 아닌가. 가슴이 터질 것 같구나.

리어 왕 : 읽어라.

글로스터 : 눈꺼풀밖에 없는 눈으로요?

리어 왕 : 어헛! 정말 그렇단 말이지? 얼굴에는 눈이 없고, 지갑 속에는
　　돈이 없단 말이지? 네 눈은 무거우나, 주머니는 가볍다는 말이렸
　　다. 그래도 세상 돌아가는 낌새는 알 수 있을 거다.

글로스터 : 육감으로 압니다.

리어 왕 : 그렇다면 넌 미치광이냐? 눈이 없더라도 세상 돌아가는 것쯤
　　은 알 수 있다. 귀를 통해 세상을 보란 말이다. 저기 있는 재판관이
　　미천한 도둑놈에게 호통치는 것을 보아라. 잘 듣거라. 두 사람이
　　자리를 바꾸더라도 어느 쪽이 재판관이고 어느 쪽이 도둑놈인지
　　알아맞히겠지? 농부의 개가 거지를 보고 짖어대는 것을 본 적 있
　　지?

글로스터 : 네, 보았습니다.

리어 왕 : 그 거지가 개에게 쫓겨 달아나는 것도 보았겠지? 거기에서
　　권력을 가진 자의 위대함을 볼 수 있는 거다. 개라도 권력만 있으
　　면 사람을 쫓을 수 있어. 이 썩어빠진 경찰 놈, 그 잔인한 손을 멈춰
　　라! 왜 그 창녀에게 매질을 하느냐? 매음 행위를 했다고 너는 저 계
　　집을 때리고 있지만, 실은 네놈이 저 여자가 탐이 나서 열을 올리
　　고 있잖느냐? 고리대금업자가 재판관이 되어 사기꾼을 교수형에
　　처한다고? 누더기를 걸치고 있으면 티끌만 한 죄라도 옷 틈새로
　　들여다보이지만 법복이나 털가죽 외투를 입고 있으면 모든 것이
　　다 감춰지지. 죄악에 황금을 입히면 날카로운 정의의 창도 상처를
　　못 내고 부러져버리지. 죄악을 누더기로 싸놓으면, 난쟁이의 지푸
　　라기도 그것을 꿰뚫을 수 있다. 죄지은 사람은 없어. 한 사람도 없
　　어, 없는 거야. 내가 보증하지. 내 말을 믿게. 고소인의 입을 막을
　　힘이 내겐 있어. 유리 눈이라도 해 박지. 그래서 치사한 모사꾼처
　　럼 보이지 않는 것도 보는 척해봐. 자, 자, 자, 장화를 좀 벗겨다오.
　　좀더 세게, 좀더 그렇지.

에드가 : (방백) 이치에 맞는 말과 맞지 않는 말이 뒤엉켜 있군! 광기 속
　　에도 이치가 살아 있어!

리어 왕 : 나의 불행에 그대가 울어준다면 내 눈을 주겠다. 난 그대를
　　잘 알고 있다. 이름이 글로스터지. 참아야 돼. 우린 모두 울면서 이
　　세상에 태어났어. 그대도 알다시피 우리가 이 세상 공기를 처음 들
　　이마실 때 응애응애 하고 울음을 터뜨리지 않았던가. 그대에게 일
　　러두니, 잘 들어보게.

글로스터 : 아아, 슬픈 일이로다!

리어 왕 : 우리는 세상에 태어날 때, 바보들만 있는 거대한 무대에 나
　　온 것이 슬퍼서 우는 거야. 이 모자는 좋아 보이는군! 이 헝겊으로

기마대 말들의 발을 싸매면 훌륭한 전술이 될 거야. 시험해봐야지. 사위 놈들이 있는 곳에 몰래 숨어들어 그놈들을 모조리 죽여, 죽여, 죽여, 죽여, 죽여, 죽여라!

시종들, 호위병들 등장.

시종 : 오, 여기 계시는구나. 이분을 꼭 붙잡아라. 폐하, 사랑하는 따님께서…….

리어 왕 : 도망갈 길이 없는가? 뭐, 포로가 됐어? 난 운명의 장난감이로구나. 나를 함부로 다루지 마라. 보상금을 줄 것이니. 의사를 불러다오. 머리에 상처를 입은 것 같다.

시종 : 무엇이든 분부대로 하겠습니다.

리어 왕 : 보좌관들은 없는가? 나 혼자뿐인가? 이렇게 되면 아무리 사내대장부라도 눈물을 흘리게 되니 두 눈은 정원의 물단지가 되고 말지. 가을 꽃밭에 먼지가 일어나지 않도록 말이야. 나는 떳떳하게 죽고 싶다. 새신랑처럼 단정하게. 그렇다! 유쾌하게 말이다. 자, 자, 나는 왕이다. 다들 알고 있느냐?

시종 : 폐하께서는 한 나라의 왕이십니다. 저희는 명령에 복종할 따름입니다.

리어 왕 : 그렇다면 아직 희망이 있구나. 날 붙잡고 싶거든 잡아봐라. 자, 자, 자, 자! (리어 왕, 달려간다) (시종들이 쫓아간다)

시종 : 하잘것없는 종놈도 저렇게 되면 가엾기 짝이 없는데, 국왕의 신분으로 저렇게 되시니 말문이 막히는구나! 따님들 때문에 모든 사람의 저주를 받았지만, 저주의 파국에서 당신의 불명예를 씻어줄 딸 하나가 있습니다.

에드가 : 여보세요, 안녕하십니까?

시종 : 안녕하시오? 무슨 일이죠?

에드가 : 혹시 전쟁이 일어났다는 소문 못 들으셨습니까?

시종 : 그건 누구나 다 아는 사실 아니오? 귀가 있는 사람이라면 누구
든 그 소문을 들었을 거요.

에드가 : 그건 그렇고, 미안하오만 저편의 군대는 어디까지 와 있습니
까?

시종 : 가까이 와 있소. 빠른 속도로 진격해오고 있으니 머잖아 주력부
대가 나타날 것이오.

에드가 : 고맙습니다. 이제 됐습니다.

시종 : 왕비께서는 특별한 이유가 있어 여기 계시지만 군대는 진군 중
이오.

에드가 : 고맙습니다. (시종 퇴장)

글로스터 : 자비로우신 신들이여, 이 목숨을 당신이 원하실 때 거두소
서. 당신이 허락하시기 전에 죽고자 하는 마음을 먹지 않도록 해주
소서!

에드가 : 아버님, 훌륭한 기도이십니다.

글로스터 : 이봐, 당신은 누구요?

에드가 : 보잘것없는 사람입니다. 계속되는 불행에 길들여지고, 모진
풍파를 겪어온 탓으로 남의 슬픔을 보면 동정이 갑니다. 손을 잡아
드리지요. 쉴 수 있는 곳으로 모시고 가겠습니다.

글로스터 : 진정으로 감사하오. 하느님의 은총이 그대에게 내리기를 바
라오!

오스왈드 등장.

오스왈드 : 현상금 붙은 반역자다! 내가 운이 터졌구나! 눈알이 없는 너의 머리통은 나를 출세시키기 위해 만들어진 것이다. 불행한 늙은 반역자야, 각오해라. 이제 칼을 뽑았으니 네 목숨을 날리고 말 것이다.

글로스터 : 고마운 분이시군. 힘껏 찌르시오. (에드가, 끼어들어 가로막는다)

오스왈드 : 무례한 촌뜨기야, 무엇 때문에 반역자로 공포된 놈을 감싸는 거지? 비키지 않으면 너도 이놈과 함께 두 동강 낼 테다. 그 팔을 놔라.

에드가 : 그런 이유 때문이라면 못 놓겠다.

오스왈드 : 놔라, 노예 놈아. 그렇지 않으면 죽이겠다!

에드가 : 여보쇼, 가던 길이나 그냥 가지, 이 사람은 보내고. 내가 그따위 협박 공갈에 죽을 놈이라면 보름 전에 벌써 저승길에 올랐을 거다. 안 돼, 이 노인 곁에는 얼씬도 못한다. 비켜라. 그렇지 않으면 네놈의 대갈통이 단단한가, 이 몽둥이가 단단한가 어디 한번 겨루어 보자. 난 한다면 하고야 만다.

오스왈드 : 뭐라고, 이 똥 같은 놈아!

에드가 : 네 앞니를 몽땅 뽑아놓겠다. 자, 덤벼라. 찌르겠으면 찔러봐. (두 사람 싸운다. 오스왈드 쓰러진다)

오스왈드 : 이놈, 네놈 손에 죽다니. 돈주머니를 받아라. 편안히 살려거든 내 시신을 묻어다오. 그리고 내 몸에 지니고 있는 편지를 글로스터 백작, 에드먼드 님에게 전해다오. 영국군 진영에 가서 찾으면 안다. 아, 때 아닌 죽음이라니! 이렇게 죽을 줄이야! (오스왈드 죽는다)

에드가 : 난 네놈을 잘 알고 있지. 악한 일에 충성을 바친 놈. 못된 여주인의 악행에 충성을 바쳐 한몫을 한 놈이렸다.

글로스터 : 아니, 그자가 죽었나?

에드가 : 앉으세요. 아버님, 좀 쉬세요. (글로스터 앉는다) 자, 저놈의 주머니를 뒤져보죠. 저자가 말하는 그 편지가 우리에게 도움이 될지도 모르니까요. 확실히 죽었군. 너를 사형집행인의 손에 죽게 하지 못한 것이 억울하다. 봉함이여, 용서해다오. 적의 속셈을 알기 위해 심장이라도 쪼개는 판에, 편지쯤 뜯어보기로서니 어떻단 말이냐? (편지를 읽는다)

'우리가 서로 굳게 맹세한 언약을 잊지 말아요. 당신이 그 사람을 해치우실 기회는 얼마든지 있습니다. 당신의 결심만 확고하다면 시간과 장소는 충분히 마련될 거예요. 만약 그가 개선하여 돌아온다면 만사 끝장입니다. 저는 죄인이 되고, 그의 침대는 저의 감옥이 될 것입니다. 부디 진절머리 나는 그 잠자리의 온기에서 저를 구해주세요. 수고의 보답으로 그 잠자리를 당신께 드리겠어요. ─ 당신의 아내라 불리고 싶은 당신의 연인 고네릴.'

오, 여자의 욕정은 끝이 없구나! 덕망 있는 남편의 목숨을 빼앗고, 그 대신 내 동생을 그 자리에 앉히려는 흉계구나! 네놈을 이 모래 속에 묻어주마. 흉악한 간부들의 더러운 심부름꾼. 적당한 때가 오면 이 추악한 편지를 모살당할 뻔했던 공작에게 보여 깜짝 놀라게 하겠다. 너의 최후와 더러운 임무에 대해 내가 공작에게 얘기할 수 있게 되어 다행한 일이다.

글로스터 : 폐하께서는 실성하셨는데, 내 하찮은 목숨은 얼마나 모질기에 이렇게 엄청나게 큰 슬픔을 뼈저리게 느끼면서도 버티고 있단 말인가! 차라리 미치는 게 낫겠다. 그렇게 되면 슬픔에 빠지지도 않을 것이고, 헝클어진 마음에 온갖 불행도 모를 것이 아닌가. (멀리서 북소리)

에드가 : 손을 주세요. 멀리서 북소리가 나는 것 같습니다. 자, 가시지
요. 친구들에게 안내해드릴 테니. (모두 퇴장)

제4막 7장 ❖ 프랑스군 막사

코델리아, 켄트, 전의, 시종 등장.

코델리아 : 오, 켄트 백작, 당신의 충정에 보답하려면 얼마나 오랫동안
살면서 어떻게 노력해야 할까요? 이 신세를 갚기엔 제 생이 너무
짧고, 아무리 노력해도 모자랄 것 같습니다.

켄트 : 그렇게 인정해주시는 것만으로도 과분한 보상입니다. 지금 말
씀드린 보고는 사실 그대로입니다. 살을 붙이지도 깎지도 않았습
니다.

코델리아 : 옷을 갈아입으세요. 그 옷은 지난날 고생을 떠오르게 합니
다. 어서 벗어버리세요.

켄트 : 용서하십시오, 왕비님. 저의 신분이 밝혀지면 계획이 수포로 돌
아갑니다. 적당한 시기가 올 때까지 저를 모르는 척해주시면 감사
하겠습니다.

코델리아 : 그러시다면 좋습니다. (전의에게) 폐하의 용태는 어떠하시
오?

전의 : 아직도 주무시고 계십니다.

코델리아 : 오, 자비로운 신들이시여, 마음의 상처를 고쳐주소서! 불효
한 자식들 때문에 망가지고 헝클어진 마음의 줄을 다시 바로잡아
주소서!

전의 : 폐하를 깨워드릴까요? 충분히 주무신 것 같습니다.

코델리아 : 전의의 판단에 맡기지요. 그런데 폐하께서 옷은 갈아입으셨
소?

전의 : 네, 왕비님. 깊이 잠드신 사이에 새 옷으로 갈아입혀 드렸습니
다. 왕비님, 폐하를 깨울 때 옆에 계셔주십시오. 틀림없이 정신이
되돌아오실 겁니다.

코델리아 : 좋아요. (음악 소리)

리어 왕, 침상에서 잠든 채 시종들에 의해 운반되어 온다.

전의 : 더 가까이 오십시오. 음악 소리를 높여라!

코델리아 : (리어 왕에게 키스하며) 아, 사랑하는 아버님! 아버님을 회복
시켜드릴 비약이 있다면 이 키스에 담아 언니들이 아버님께 입힌
엄청난 상처를 고쳐드리고 싶습니다.

켄트 : 착하고 효성 지극하신 왕비님!

코델리아 : 설사 자기 친아버지가 아니더라도 저 흰머리를 보면 불쌍한
생각이 들었을 텐데. 이 얼굴이 그 사나운 비바람을 맞으셔야 했나
요? 천지를 진동하는 그 무서운 천둥소리를 들으셔야 했나요? 하
늘을 가르는 번개가 번쩍이는 한밤중에, 잠도 못 주무시고 목숨을
걸고 선 파수병처럼? 이렇게 희고 엷은 맨머리를 투구처럼 쓰고?
자기를 물어뜯은 원수의 집 개라도 그런 밤에는 난롯가에서 불을
쬐도록 내버려두었을 거예요. 불쌍한 아버님이 돼지나 부랑자들
과 함께 오두막집 곰팡내 나는 지푸라기 속에서 주무셨다니! 아,
끔찍해라! 그래도 목숨과 정신을 한꺼번에 잃지 않으신 것이 기적
입니다. 잠이 깨셨으니 말씀을 건네보세요.

전의 : 왕비께서 말씀하시는 것이 좋겠습니다.

코델리아 : 폐하, 어떠십니까? 기분은 좀 어떠십니까?

리어 왕 : 무덤에서 나를 끌어내지 마라. 너는 축복받은 영혼이지만 나
는 지옥의 바퀴에 결박되어 있다. 눈물을 흘리면 납처럼 녹아 흘러
화상을 입어.

코델리아 : 폐하, 저를 알아보시겠습니까?

리어 왕 : 너는 망령이군. 언제 죽었지?

코델리아 : 정신을 회복하시려면 아직도 멀었구나!

전의 : 아직 잠이 덜 깨셨습니다. 잠시 혼자 계시도록 두십시오.

리어 왕 : 내가 지금까지 어디 있었지? 여기는 어디지? 아름다운 햇살
이구나. 난 어이없이 속았다. 다른 사람이 이런 꼴을 당하는 것을
본다면 난 불쌍해서 죽고 싶을 거다. 뭐라고 말해야 좋지? 이것이
내 손인지 아닌지 분간할 수가 없구나. 어디 보자, 찌르면 아픈 것
은 느껴지는구나. 내가 어떻게 된 건지 알고 싶구나!

코델리아 : 오, 저를 보세요, 아버님. 손을 제 위에 얹으시고 저를 축복
해주세요. 아니에요, 무릎 꿇지 마세요.

리어 왕 : 제발 부탁이니 나를 조롱하지 마시오. 나는 못나고 어리석은
늙은이요. 여든 살이 넘었소. 그보다 더 많으면 많았지 적지는 않
소. 솔직히 말해서 난 제정신이 아닌가 보오. 당신이나 여기 있는
이 사람들도 알 것 같은데 확실치가 않구려. 여기가 어딘지 모르겠
군. 생각이 나질 않아. 어젯밤 내가 어디서 잤는지도 알 수가 없소.
나를 비웃지 마오. 확실히 이 부인은 내 딸 코델리아인 것 같구려.

코델리아 : 맞아요, 코델리아예요!

리어 왕 : 눈물을 흘리고 있나? 그렇군. 눈물이로군. 제발 울지 마라.
나에게 독약을 준대도 마시겠다. 네가 나를 사랑하지 않는다는 것

을 안다. 네 언니들은 날 학대했으니 할 말이 없겠지만 네가 나를 미워할 만한 이유가 충분하다는 것은 알고 있다.

코델리아 : 아니에요, 그렇지 않아요.

리어 왕 : 내가 지금 프랑스에 있느냐?

켄트 : 폐하의 영토 안에 계십니다.

리어 왕 : 날 속일 셈인가?

전의 : 걱정하지 마십시오, 왕비 전하. 보시다시피 심각한 광기는 이제 걷혔습니다. 그러나 지금이 가장 위험합니다. 지금까지 겪은 일들을 기억하게 해서는 안 됩니다. 좀더 안정되실 때까지 조용히 계시게 하는 것이 좋을 것 같습니다.

코델리아 : 폐하, 안으로 들어가시죠.

리어 왕 : 참아다오. 모든 것을 잊어버리고 나를 용서해다오. 난 어리석은 늙은이야. (켄트와 시종만 남고 모두 퇴장)

시종 : 콘월 공작이 살해되었다는 것이 사실인가요?

켄트 : 그건 확실하오.

시종 : 공작의 부하들을 통솔하고 있는 지휘자는 누구죠?

켄트 : 글로스터 백작의 사생아랍니다.

시종 : 소문에는 추방당한 에드가가 켄트 백작과 같이 독일에 있다고 합니다.

켄트 : 소문은 믿을 수 없어요. 조심해야 할 때입니다. 적군이 가까이까지 쳐들어오고 있습니다.

시종 : 피비린내 나는 전쟁이 될 것 같소. 안녕히 계십시오. (퇴장)

켄트 : 오늘의 결전에 이기느냐 지느냐에 따라 내 필생의 계획도 달성되느냐 실패하느냐 그 성패가 판가름 날 것이다. (퇴장)

제5막

제5막 1장 ⚜ 도버 부근의 영국군 막사

북과 군기를 든 병사들과 에드먼드, 리간, 부대장, 장교들, 병사들 등장.

에드먼드 : (부대장에게) 공작한테 가서 계획대로 실시하실 것인지 아니면 다른 사정 때문에 방침을 바꾸시진 않으셨는지 알아봐라. 공작께서는 변덕이 심하시고 자기가 한 일을 스스로 비난하시는 일이 곧잘 있으니. (부대장 퇴장)

리간 : 언니의 시종에게 뭔가 문제가 생긴 게 틀림없어요.

에드먼드 : 아무래도 그런 것 같군요.

리간 : 그런데 에드먼드, 내가 당신께 호의를 가지고 있다는 건 아시지요? 말해보세요. 사실대로, 솔직히 말씀해주세요, 언니를 사랑하죠?

에드먼드 : 경애하는 마음입니다.

리간 : 하지만 형부만이 드나들 수 있는 금단의 침소에 들어가신 적이
있죠?

에드먼드 : 지나친 억측입니다.

리간 : 그래도 당신과 언니가 너무 스스럼없이 가까운 사이가 아닌지
염려스러워요.

에드먼드 : 제 명예를 걸고 절대로 그렇지 않습니다.

리간 : 만일 그렇다면 언니를 용서하지 않겠어요. 부탁이니, 언니와 가
까이 하지 마세요.

에드먼드 : 걱정 마십쇼. 저기 언니와 공작께서 오십니다!

북과 군기를 앞세우고 알바니, 고네릴, 병사들 등장.

고네릴 : (방백) 동생 때문에 그이와 내가 방해받느니 차라리 이번 전쟁
에 지는 게 낫지.

알바니 : (리간에게) 사랑하는 처제, 잘 있었소? (에드먼드에게) 소문에
듣자 하니 국왕께서 막내딸에게 갔다고 하오. 이 나라의 학정에 불
만이 많은 도당들도 따라갔다는 소식이오. 나는 공명정대한 일이
아니면 싸우지 않는 사람이오. 이번 일은 프랑스 왕이 전쟁을 선포
했기 때문에 응전하는 것이지 국왕을 도우려는 것이 아니오. 리어
왕과 그 일당을 상대로 싸운다는 건 또 다른 문제요, 그들은 그럴
만한 명분을 갖고 있으니까.

에드먼드 : 지당하신 말씀입니다.

리간 : 왜 그런 말씀을 들먹이십니까?

고네릴 : 모두 힘을 합쳐 적군을 무찌릅시다. 사사로운 불만으로 티격

태격한들 무슨 소용이 있겠어요.

알바니 : 전쟁에 경험 많은 장교들과 작전이나 짭시다.

에드먼드 : 공작님의 막사로 곧 가겠습니다.

리간 : 언니도 함께 가는 거죠?.

고네릴 : 아니.

리간 : 같이 가야 돼요. 어서요.

고네릴 : (방백) 흥, 그 속을 내가 모를까봐! 그래, 가겠다.

그들이 나가려 할 때, 변장한 에드가 등장.

에드가 : 공작님, 미천한 사람이지만 들어주신다면 한 말씀 드리겠습니다.

알바니 : (일행에게) 곧 따라가겠소. (에드가에게) 말해보라.

에드가 : 전쟁을 시작하기 전에 이 편지를 보십시오. 만약 공작님께서 승리하시면, 나팔을 불어 이 편지를 들고 온 저를 불러주십시오. 비록 제 몰골이 비천하게 보일 것입니다만, 이 편지 속의 사연이 거짓이 아니라는 것을 이 칼에 걸고 맹세하겠습니다. 만약 전쟁에 지시면 공작님의 운도 끝장이 나고, 따라서 음모도 끝날 것입니다. 행운을 빕니다!

알바니 : 편지를 다 읽을 때까지 기다려라.

에드가 : 그건 안 됩니다. 적당한 때가 오면 전령을 통해 불러주십시오. 다시 나타나겠습니다.

알바니 : 그러면 잘 가거라. 편지는 읽어보겠다. (에드가 퇴장)

에드먼드 등장.

에드먼드 : 적군이 눈앞에 나타났습니다. 준비하십시오. 여기 적의 병력과 군비에 관한 보고서가 있습니다. 서두르셔야 합니다.

알바니 : 곧 출전하도록 하지. (퇴장)

에드먼드 : 나는 두 자매 모두에게 사랑을 맹세했다. 둘이서 서로 시샘하는 꼴은 마치 독사에게 물린 사람이 독사를 보는 눈과 같구나. 둘 중에 어느 쪽을 골라잡을까? 둘 다? 하나만? 둘 다 포기해? 둘 다 살아 있게 되면 어느 쪽도 내 것이 될 수 없어. 과부를 택하면 언니인 고네릴이 미친 듯 화를 내겠지. 그렇지만 그녀의 남편이 살아 있는 한 내 목적을 달성하기는 어렵지. 지금은 전쟁을 위해서 그 남편의 힘을 이용해야만 하고, 전쟁이 끝나면 남편을 없애고 싶어 하는 그 여자더러 곧바로 해치울 방법을 찾으라고 해야지. 공작은 리어 왕과 코델리아에게 자비를 베풀려고 하지만, 전쟁이 끝나고 그들이 내 손에 들어온다면 용서란 없다! 지금 내 입장으로선 시비를 따지는 것보다 내 자신을 방어하는 것이 중요하다. (퇴장)

제5막 2장 ❧ 전장

안에서 경종 소리. 북과 군기를 앞세우고 리어 왕, 코델리아, 병사들이 등장해 무대를 가로질러 퇴장. 에드가, 글로스터 등장.

에드가 : 아버님, 여기 이 나무 그늘에서 좀 쉬세요. 정의가 승리하도록 기도하세요. 제가 다시 돌아오게 되면 기쁜 소식을 가지고 오겠습니다.

글로스터 : 신의 가호가 있기를! (에드가 퇴장)

안에서 경종 소리. 프랑스 군이 퇴각하는 소리. 에드가 등장.

에드가 : 영감님, 달아나야 돼요. 자, 손을 주세요, 도망쳐야 해요! 리
　어 왕이 패하시고 따님과 함께 포로가 됐어요. 저를 잡으세요. 자,
　갑시다.

글로스터 : 더 이상 갈 수 없소. 여기서 죽어도 상관없소이다.

에드가 : 왜 그러세요? 또 나쁜 생각 하시는 건가요? 사람이란 이 세상
　에 태어나는 것도 이 세상을 떠나는 것도 다 마음대로 안 되는 법입
　니다. 때가 올 때까지 기다려야 해요. 자, 갑시다.

글로스터 : 그 말이 옳다. (두 사람 퇴장)

제5막 3장 도버 부근의 영국군 막사

북과 군기를 앞세우고 에드먼드, 포로가 된 리어 왕과 코델리아, 장
교들, 병사들 등장.

에드먼드 : 장교들은 이 포로들을 데리고 가라. 포로들을 재판할 상부
　의 지시가 있을 때까지 엄중히 감시해야 한다.

코델리아 : 최선을 다하고도 최악의 운명을 맞이한 것은 우리가 처음이
　아닙니다. 학대당하신 아버님을 생각하면 가슴이 메입니다. 저 혼
　자라면 운명의 여신의 찌푸린 얼굴을 무섭게 노려보며 맞설 수도
　있었을 텐데. 언니들을 만나보시겠어요?

리어 왕 : 아니, 아니, 아니, 아니다! 우리는 감옥으로 가자. 거기서 우
　리 두 사람 새장 속의 새처럼 노래 부르며 지내자. 네가 축복을 해

달라면 난 무릎을 꿇고 너의 용서를 구하겠다. 그렇게 살자꾸나. 기도하고, 노래하고, 옛이야기를 나누고, 금빛 나비를 보고 웃고, 가엾은 자들이 와서 궁중 소식을 전하는 것을 들으며, 그들과 상대하며 누구는 총애를 얻고 누구는 잃고, 누구는 득세하고, 누구는 몰락했다는 얘기나 나누어보자. 우리가 마치 신의 밀사라도 되는 것처럼 인생의 신비를 아는 척하며 지내자. 비록 사면이 벽으로 둘러싸인 감옥에 있더라도 이렇게 세월을 보내다 보면, 달의 조화인 밀물과 썰물이 교차되듯이 무상한 인간의 흥망성쇠를 조용히 지켜보면서 살게 될 테지.

에드먼드 : 포로들을 끌고 가라.

리어 왕 : 코델리아, 너 같은 희생의 제물에게는 신들께서도 향을 피워주실 거다. 내가 너를 꼭 붙잡고 있지 않느냐? 우리 두 사람을 떼놓으려면 하늘에서 횃불을 가져와 여우처럼 몰아내야 할 거다. 눈물을 닦아라. 그들이 우리를 울리기 전에 그들이 먼저 병에 걸려 살과 피부가 썩어 문드러질 것이다. 그들이 굶어 죽는 꼴을 보게 될 거다. 가자. (병사가 리어 왕과 코델리아를 데리고 퇴장)

에드먼드 : 부대장, 내 말을 듣거라. 이 쪽지를 가지고 저 두 사람을 따라 감옥으로 가라. 나는 이미 너를 한 계급 승진시켰다. 이 쪽지에 적힌 대로만 한다면 넌 행운을 잡게 될 것이다. 사람은 시류에 맞춰 살아야 한다는 것을 명심해라. 칼을 찬 군인에게 인정 같은 건 어울리지 않아. 네가 해내야 하는 중대한 임무에 대해 꼬치꼬치 캐물을 필요는 없다. 명령대로 하느냐, 그렇지 않으면 다른 방법으로 출세할 것이냐, 그것만 대답해라.

부대장 : 명령대로 하겠습니다.

에드먼드 : 그럼 당장 실행하라. 일이 끝나면 행복이 널 기다릴 것이다.

알겠느냐? 즉시 실행해라. 적힌 대로만 해라.

부대장 : 저는 수레나 끌고 말린 귀리나 먹는 말이 아닙니다. 사람이 하는 일이라면 무엇이든 하겠습니다. (퇴장)

나팔 소리. 알바니, 고네릴, 리간, 장교들, 병사들 등장.

알바니 : 백작은 오늘 용감한 가문의 혈통을 유감없이 보여주었소. 오늘 전투에서 우리의 적수인 두 사람을 포로로 잡았으니 말이오. 두 사람에 대해서 백작에게 부탁하고 싶은 것이 있소. 그들의 처지와 우리의 안전을 다 같이 생각해서 공평한 판결을 받도록 잘 처리해 달라는 것이오.

에드먼드 : 비참하게 된 저 늙은 왕을 적당한 곳에 유폐하여 감시병을 붙여두는 것이 적합하다고 생각합니다. 나이가 많아서 민심을 끌기에 알맞고 왕이라는 신분까지 있으니 민중의 동정이 그편으로 쏠릴 뿐 아니라 우리가 징집하여 명령하고 있는 병사들의 창끝이 우리 눈을 찌를 염려조차 있기 때문입니다. 왕과 함께 프랑스 왕비도 감금했습니다. 이유는 같습니다. 내일이든 또는 그 이후에 공작님께서 재판을 하신다면 언제든 출두하도록 조치를 취하겠습니다. 지금은 우리 피와 땀으로 범벅이 되어 있고 친구를 잃지 않은 사람이 없습니다. 아무리 정당한 전쟁일지라도 전투가 치열해지면 전쟁을 저주하기 마련이죠. 코델리아와 그 부친의 문제는 다른 장소에서 논함이 옳을 줄 압니다.

알바니 : 미안하지만 나는 이번 전쟁에서 백작을 나의 부하로 생각하지, 형제로는 생각지 않소.

리간 : 그 자격은 제가 백작에게 드리겠어요. 당신은 그런 결정을 내리

시기 전에 제 의향을 물어보셔야 옳아요. 이분은 나의 군대의 통수
권을 가지고 있을 뿐만 아니라, 나를 대신하는 지위와 신분을 위임
받으셨습니다. 이토록 가까운 사이니 형제라 불러도 상관없을 겁
니다.

고네릴 : 너무 흥분하지 마라. 네가 자격을 주지 않아도 이분은 이미 그
자체로 그만 한 자격을 가지신 분이야.

리간 : 내가 준 권리로 최고의 권력자가 될 수 있는 거죠.

알바니 : 그가 남편이라도 된다면 그럴 수도 있지.

리간 : 광대들도 예언을 하기도 합니다.

고네릴 : 흥! 그런 말을 한 사람은 사팔뜨기인가 보다.

리간 : 언니, 난 지금 몸이 썩 좋지 않아요. 그렇지 않으면 가만있지는
않았을 텐데. (에드먼드에게) 장군, 나의 군대와 포로, 그리고 재산
을 모두 당신에게 바치겠어요. 마음대로 처분하세요. 그뿐만 아니
라 나 자신까지 당신에게 바치겠어요. 당신은 나의 성주예요. 이
세상을 증인으로 당신을 나의 군주로 삼겠어요.

고네릴 : 이 사람을 네 것으로 만든다는 말이냐?

알바니 : 고네릴, 당신 마음대로 막을 수는 없는 일이오.

에드먼드 : 공작님도 막을 수 없습니다.

알바니 : 사생아 자식, 난 그럴 수 있어.

리간 : (에드먼드에게) 북을 울리세요. 내 권리가 당신의 것이 됐다는 것
을 알리세요.

알바니 : 잠깐 기다려. 이유를 들어라. 에드먼드, 널 대역죄로 체포한
다. 동시에 (고네릴을 가리키며) 금으로 도금한 이 뱀도. 처제, 그대
의 요구에 대해서는 내 아내를 위하여 반대하겠소. 내 아내는 이자
와 재혼할 언약이 돼 있으니, 그녀의 남편으로서 그대의 구혼을 어

찌 찬성하겠소? 결혼을 하려거든 나한테 청혼하시오. 내 아내는 벌써 약속이 된 몸이니.

고네릴 : 얼빠진 소리!

알바니 : 에드먼드, 넌 무장을 하고 있지. 나팔을 불게 하라. 네가 범한 흉악하고 명백한 갖은 반역죄를 증명하는 사람이 나타나지 않는다면 내가 결투에 상대해주마. (장갑을 땅에 던진다) 이 칼로 네놈의 심장을 찔러 방금 내가 말한 것 이상으로 네가 흉악한 놈이라는 것을 증명하기 전에는 아무것도 입에 대지 않을 것이다.

리간 : 아, 가슴이, 가슴이 아파!

고네릴 : (방백) 아프지 않다면 독약도 믿을 수 없게?

에드먼드 : 자, 내 대답은 이거다! (장갑을 땅에 던진다) 날 역모자라고 입정을 놀린 자가 누구인지 모르지만 그놈이야말로 거짓말쟁이다. 나팔을 불어서 그놈을 불러내라. 나한테 덤벼드는 놈은 당신이든 어떤 놈이든 싸워서 내 진실과 명예를 지켜 보이겠다.

알바니 : 여봐라, 전령!

에드먼드 : 전령, 전령!

전령 등장.

알바니 : 네 자신의 용기만을 믿어라. 네 군사들은 전부 내 이름으로 소집했고 또한 내 이름으로 다 해산시켰으니.

리간 : 아아, 가슴이 점점 아파서 견딜 수가 없어!

알바니 : 몹시 아픈가 보다. 내 막사로 데려가라. (리간, 부축을 받으며 퇴장) (전령 등장) 전령, 이리 오라. 나팔을 불게 하라. 그리고 나서 이것을 큰 소리로 읽어라.

장교 : 나팔을 불어라. (나팔 소리)

전령 : (읽는다) '지위 고하를 막론하고 우리 군에서 복무하고 있는 자로서, 글로스터 백작이라 칭하는 에드먼드가 대역죄를 범한 죄인임을 주장하는 자는 세 번째 나팔 소리가 날 때까지 나서라. 에드먼드는 자신의 명예를 지키기 위해 도전에 응하기로 하였노라.'

에드먼드 : 불어라! (첫 번째 나팔 소리)

전령 : 한 번 더! (두 번째 나팔 소리) 다시 한 번! (세 번째 나팔 소리)

안에서 응답하는 나팔 소리. 세 번째 나팔 소리에 무장한 에드가 등장.

알바니 : (전령에게) 왜 이 나팔 소리에 출두했는지 물어보아라.

전령 : 당신은 누구요? 이름은? 신분은? 왜 나팔 소리를 듣고 나왔소?

에드가 : 나는 이름을 잃었습니다. 반역의 이빨에 물어뜯기고 벌레가 내 이름을 파먹었습니다. 그러나 내가 싸우려는 저자 못지않게 고귀한 가문의 출신이오.

알바니 : 상대하고 싶은 자가 누군가?

에드가 : 글로스터 백작, 에드먼드라고 자칭하는 자입니다.

에드먼드 : 내가 바로 그 사람이다. 할 말이 무엇이냐?

에드가 : 칼을 뽑아라. 내 말이 비위를 건드렸다면 너의 칼로 너의 정의를 증명하라. 자, 칼을 빼겠다. 나의 명예와 맹세를 지키기 위해, 기사의 특권으로 너에게 도전한다. 네가 아무리 힘이 세고, 지위가 높고, 젊고, 중요한 관직을 누리고 있다고 할지라도, 또 네가 승승장구 세도를 누리고 무공을 세울 정도로 용기와 담력이 있다 할지라도 너는 반역자다. 너는 너의 신과 형제와 부친을 배반했고, 여기 계신 공작님의 목숨을 노렸다. 머리끝에서 발바닥에 이르기까

지 너는 점박이 두꺼비같이 더러운 반역자다. 만약 네가 아니라고 부정한다면 이 칼과 이 무예로 죽을힘을 다하여 네놈의 심장을 가르고 거기다 대고 거짓말쟁이라고 소리치겠다.

에드먼드 : 네놈의 이름을 묻는 것이 현명한 처사겠지만 네놈의 외모가 준수하고 용감해 보일 뿐만 아니라 말투 또한 천한 집에서 자란 것 같지는 않으니, 기사도에 따라 이 결투를 거절해도 마땅하겠으나 그러지 않겠다. 반역자의 오명을 네 머리 위에 쏟아붓고, 지옥같이 가증한 거짓말을 네놈의 가슴에 올려놓고 짓뭉개버리고 싶지만 그 거짓말은 네놈의 가슴에 닿지 못하고 상처 하나 주지 않고 있으니, 이 칼로 네 심장을 찔러 그곳에 영원히 오명을 새겨두겠다. 나팔을 불어라! (경종 소리. 두 사람 싸운다) (에드먼드 쓰러진다)

알바니 : 죽이지 마라, 죽이지 마라!

고네릴 : 글로스터 백작님, 이건 음모예요. 기사도 규칙에 따르면 이름을 밝히지 않은 상대와 결투할 의무는 없어요. 그러니 당신은 진 것이 아니라 속은 거예요.

알바니 : 닥쳐라. 그렇지 않으면 이 편지로 그 입을 틀어막겠다. (에드먼드에게) 이 편지를 받으라. 이 악한 죄인, 이것을 읽고 네 자신의 죄를 알라. (고네릴에게) 안 돼, 찢지 마. 그 편지 내용을 아는 모양이군. (에드먼드에게 편지를 건넨다)

고네릴 : 설사 알고 있다 하더라도 내가 이 나라의 국법이지, 당신이 아니잖아요? 누가 감히 나를 규탄하겠어요?

알바니 : 요망한 계집! 이 편지 내용을 알고 있겠지?

고네릴 : 내가 뭘 알든 왜 궁금하지? (퇴장)

알바니 : 저 여자를 뒤따라가 진정시켜라. (장교 퇴장)

에드먼드 : 나는 당신이 비난하고 있는 것보다 훨씬 많은 죄를 범했소.

언젠가는 모두 밝혀질 날이 오겠지. 세월과 함께 나도 사라져버릴 몸. 그러나 나를 물리친 운 좋은 당신은 대체 누구요? 당신이 귀족이라면 용서하리다.

에드가 : 좋다. 이제 서로 화해하자. 에드먼드, 내 혈통은 너보다 못하지 않다. 만약 내 혈통이 너보다 낫다면 너는 내게 더 큰 죄악을 저지른 셈이다. 내 이름은 에드가, 네 아버지의 아들이다. 신은 공평하시어 의롭지 못한 쾌락을 맛본 자는 그 쾌락으로 우릴 벌하시지. 어둡고 음란한 침실에서 너를 만든 아버지는 그 벌로 두 눈을 잃으셨다.

에드먼드 : 옳은 말씀이요. 사실입니다. 인과응보의 바퀴는 돌고 돌아 다시 제자리가 되어 내가 다시 밑바닥이 되었군요.

알바니 : 그대의 거동에서 당당하고 귀족적인 품위가 엿보였네. 자네를 이 가슴에 껴안고 싶네. 내가 자네나 자네 부친을 조금이라도 미워했다면 내 가슴이 슬픔으로 찢어져도 할 말이 없다네.

에드가 : 공작님, 잘 알고 있습니다.

알바니 : 지금까지 어디에 숨어 있었나? 어떻게 자네 부친의 불행을 알고 있었지?

에드가 : 제가 줄곧 돌봐드렸습니다. 간단히 말씀드리겠습니다. 얘기가 다 끝날 때, 아, 이 심장이 차라리 터졌으면 좋겠습니다! 오, 목숨에 대한 끈질긴 애착이여! 저를 체포하라는 잔인한 포고문이 늘 제 뒤를 쫓아다녔습니다. 그래서 저는 지나가는 개조차 거들떠보지 않는 누더기를 입고 미친 거지 노릇을 했습니다. 그런 꼴로 아버님을 만났을 때 그분은 이미 두 눈을 잃고 보석 빠진 반지처럼 피로 범벅이 되어 있더군요. 그 후부터 저는 그분의 길벗이 되어 손을 이끌고 그분을 위해 거지 노릇을 하면서 절망에서 구했지요. 그

러다가 제가 반 시간 전 투구를 쓰면서 비로소 제 정체를 아버님에
게 밝혔습니다. 그런데 오, 어리석은 생각이었지요! 이 결투에 자
신이 서지 않아 아버님의 축복을 빌고자 지금까지의 자초지종을
말씀드렸습니다. 그러자 아버님의 허약해진 심장은 슬픔과 기쁨
의 극적인 충격 사이에서 웃으시다가 마지막 숨을 거두셨습니다.

에드먼드 : 형님의 이야기에 깊은 감동을 받아 저도 이제부터는 참다운
인간이 될 것 같습니다. 그러나 계속 말씀하세요. 형님의 얼굴을
보니 얘기가 더 있을 것 같군요.

알바니 : 얘기가 더 있다면 더 슬픈 얘기겠지. 그러니 지금은 그만하
게. 들은 얘기만으로도 견딜 수가 없네.

에드가 : 슬픔을 못 참는 사람들에게는 이것으로 이야기가 끝이라고
생각될 겁니다. 그러나 또 다른 얘기를 들으시면 지금까지의 슬픔
은 아무것도 아닐 것입니다. 제가 아버님의 별세를 슬퍼하고 울고
있을 때에 어떤 사람이 나타났습니다. 그 사람은 저의 비참한 몰골
을 보고 처음엔 저를 피하려고 했지만, 제 정체를 알아보고 그 억
센 두 팔로 제 목을 감고선 하늘을 찢을 듯한 큰 소리로 울기 시작
했습니다. 그러더니 아버님의 유해를 얼싸안고, 리어 왕과 자기 자
신에 관해서, 여태껏 들어본 적이 없는 슬픈 얘기를 해주셨습니다.
얘기를 하는 동안 그분은 너무나 슬픔에 겨워 숨이 넘어가는 듯하
였습니다. 바로 그때 두 번째 나팔 소리가 들렸기 때문에 저는 까
무러친 그분을 그대로 둔 채 이리로 뛰어왔습니다.

알바니 : 그 사람은 누구였나?

에드가 : 켄트 백작, 추방된 켄트 백작이었습니다. 변장을 하고, 원수
같이 생각해야 할 왕을 쫓아다니면서 노예도 하지 못할 힘든 시중
을 하고 있었던 것입니다.

시종 한 명, 피 묻은 칼을 들고 등장.

시종 : 큰일 났습니다! 큰일 났습니다! 도와주세요!

에드가 : 무슨 일이냐?

알바니 : 어서 말하라!

에드가 : 피 묻은 칼은 무엇이냐?

시종 : 아직도 뜨겁고 김이 납니다. 지금 막 가슴에서 뽑아냈습니다.
　　오, 그분이 돌아가셨습니다.

알바니 : 누가? 어서 말해!

시종 : 공작님의 부인께서요. 공작부인께서는 동생을 독살했다고 자
　　백하셨습니다.

에드먼드 : 두 자매 모두에게 부부가 되겠다고 약속을 했는데, 이렇게
　　되었으니 세 사람이 동시에 결혼을 해야 되겠구나.

에드가 : 켄트 백작이 오십니다.

켄트 등장.

알바니 : 죽었든 살았든 두 사람을 이곳으로 운반해 오너라. (시종 퇴장)
　　이 천벌에 두려워 떨리기는 하지만 불쌍한 생각은 추호도 없다. (켄
　　트에게) 오, 이분이 바로 그분이신가? 정중하게 대접해야 마땅하겠
　　지만, 지금은 그럴 만한 겨를이 없군요.

켄트 : 국왕이시며 주인 되시는 분에게 작별 인사를 하러 왔습니다. 이
　　곳에 안 계신가요?

알바니 : 중대한 일을 잊고 있었구나! 에드먼드, 국왕께서 어디 계시느
　　냐? 코델리아는? (시종들이 고네릴과 리간의 시체를 가져온다) 켄트 백

작, 저것이 보이오?

켄트 : 아니, 이게 웬일입니까?

에드먼드 : 이 에드먼드는 여자의 사랑을 받았소. 나를 위해 언니가 동생을 독살하고 자살했으니.

알바니 : 사실이오. 시체의 얼굴을 덮어라.

에드먼드 : 숨 쉬기가 답답해지는군. 비록 나의 천성은 악하지만 한 가지 선행을 하고 싶소. 재빨리 성으로 사람을 보내시오. 리어 왕과 코델리아를 죽이라는 명령을 벌써 보냈으니 제발 늦지 않게 속히 사람을 보내시오.

알바니 : 뛰어가라, 뛰어! 어서 뛰어!

에드가 : 누구에게 가야 합니까? (에드먼드에게) 그 임무를 맡은 자는? 사형집행 중지 명령의 증거를 보여야 한다.

에드먼드 : 옳습니다. 내 칼을 가지고 가서 대장에게 주시오.

알바니 : 서두르시오. 죽을힘을 다해 가시오. (에드가 퇴장)

에드먼드 : 코델리아를 감옥에서 목 졸라 죽이도록 당신 부인과 내가 명령했소. 그러고 나서 절망 끝에 자살한 것처럼 꾸미도록 명령했소.

알바니 : 신이여, 코델리아를 보호해주소서! 저자를 잠시 데리고 나가라. (에드먼드, 시종들에게 운반되어 퇴장)

코델리아의 시체를 안고 리어 왕 등장. 에드가, 장교 등장.

리어 왕 : 울어라, 울어라, 울어라! 아, 너희는 돌이냐! 내가 너희의 혀와 눈을 가졌다면, 그것으로 하늘을 무너뜨렸을 것이다. 내 딸은 영원히 갔다. 죽었는지 살았는지 나는 구별할 수 있다. 내 딸은 죽

어서 흙이 돼버렸어. 거울을 다오. 입김으로 그 거울이 흐려지거나 얼룩진다면 그건 살아 있다는 증거다.

켄트 : 이것이 예언된 이 세상의 종말인가?

에드가 : 그렇지 않으면 무서운 종말의 환상인가?

알바니 : 하늘이여, 무너져라. 땅이여, 꺼져라!

리어 왕 : 깃털이 움직인다. 살아 있다! 그렇다면 내가 여태껏 겪은 모든 불행은 보상받을 수 있을 거다.

켄트 : (무릎을 꿇으며) 오, 폐하!

리어 왕 : 저리 가라!

에드가 : 저분은 폐하의 충신인 켄트 백작입니다.

리어 왕 : 너희는 모두 살인자다, 역적들이다! 천벌을 받아라! 이 애를 살릴 수 있었는데, 이제는 영원히 눈을 감았구나! 코델리아, 코델리아, 조금만 기다려라! 뭐, 지금 뭐라고 했느냐! 네 목소리는 부드럽고 상냥하고 조용했어. 그것이야말로 여자다움의 특징이지. 널 목 졸라 죽인 그놈은 내가 죽여버렸다.

장교 : 사실입니다. 왕께서 그놈을 죽이셨습니다.

리어 왕 : 그렇다. 나도 한때는 큰 칼을 휘두르며 놈들을 닥치는 대로 쓰러뜨린 적도 있었다. 하지만 이제는 나이도 들고 온갖 시련에 아무짝에도 못쓰게 되었다. (켄트에게) 너는 누구냐? 눈이 나빠서 잘 보이지 않는구나. 곧 알아볼 수 있을 것이다.

켄트 : 운명의 여신이 사랑하고 미워한 두 사람이 있었다고 한다면, 지금 눈앞에 보이는 사람이 그중의 한 사람, 미움 받은 자입니다.

리어 왕 : 눈이 침침하군. 자네는 켄트 아닌가?

켄트 : 그렇습니다. 폐하의 신하, 켄트입니다. 폐하의 하인, 카이어스는 어디 있습니까?

리어 왕 : 그놈은 좋은 놈이었지. 정말이야, 칼 솜씨도 빠르고 날렵했지. 하지만 그는 이미 죽어 썩어버렸어.

켄트 : 아닙니다, 폐하. 신이 바로 그 카이어스입니다.

리어 왕 : 곧 알아볼 수 있을 거다.

켄트 : 폐하의 운명이 바뀌어 불행하게 되신 이후로, 폐하의 슬픈 발자국을 따라다녔습니다.

리어 왕 : 고맙네.

켄트 : 제가 바로 그 사람입니다. 이제 이 세상에 즐거움은 없어지고 암흑과 죽음만이 있습니다. 폐하의 두 따님은 돌아가셨습니다. 절망한 나머지 목숨을 끊었습니다.

리어 왕 : 그랬을 테지.

알바니 : 폐하께서는 자신이 무슨 말씀을 하는지도 잘 모르고 계시오. 그러니 지금 우리의 신분을 말씀드려도 소용없을 것이오.

에드가 : 그렇습니다. 소용없겠습니다.

장교 등장.

장교 : 에드먼드가 죽었습니다, 공작님.

알바니 : 그런 건 이런 경우 사소한 일에 불과하다. 여러분, 나의 의도를 알아주시오. 엄청난 불행으로 큰 상처를 입으신 폐하를 어떻게 도와드려야 할지 생각해봅시다. 나는 당장 나의 전권을 노왕께 넘겨드려 생존하시는 동안 나라를 통치하실 수 있도록 하겠소. (에드가와 켄트에게) 두 분께서는 모든 권리를 되찾게 될 것이며 또 이번 공로에 마땅한 특전을 베풀겠소. 모든 아군들에게는 그 공로에 대해서 상을 줄 것이며, 모든 적군들에게는 그 죄에 합당한 벌을 맛

보게 할 것이오. 자, 저길 보시오, 저기를!

리어 왕 : 아, 내 불쌍한 아가는 목 졸려 죽었다! 이제는 생명이 없구나, 없어, 없어! 개도, 말도, 쥐도 생명이 있는데, 왜 너는 입김조차 없느냐? 다시는 이 세상에 돌아오지 않겠지, 결코, 결코, 결코, 결코! 부탁이니 제발 이 단추 좀 끌러다오. 고맙다. 이것이 보이느냐? 저 애 얼굴을 봐라. 보라. 입술을. 저기를 봐, 저길 보라구! (죽는다)

에드가 : 기절하셨다. 폐하, 폐하!

켄트 : 가슴아 터져라. 차라리 터져버려라.

에드가 : 폐하, 기운을 내십시오.

켄트 : 그분의 영혼을 괴롭히지 마시오. 평안히 가시도록 내버려둡시다. 괴로운 이 세상의 형틀 위에 잠시라도 머무르게 하는 사람을 폐하께서는 오히려 미워하실 겁니다.

에드가 : 정말 운명하셨습니다.

켄트 : 그렇게 오래 견디신 것이 오히려 신기한 일이오. 껍데기만 살아 계셨지요.

알바니 : 유해를 운구하시오. 우리가 지금 할 일은 온 국민이 그분을 애도하게 해드리는 일이오. (켄트와 에드가에게) 내 영혼의 친구인 두 분은 이 나라를 통치하고 이 난국을 바로잡아 주시오.

켄트 : 저는 곧 여행길에 올라야 합니다. 저의 군주께서 부르시니 거절할 수가 없습니다.

에드가 : 이 불행한 시대의 슬픔을 우리는 받아들여야 합니다. 해야만할 말은 삼가고, 느끼는 것만 말하기로 합시다. 가장 연로하신 분께서 가장 큰 고통을 받으셨습니다. 우리 같은 젊은이들은 그렇게 많은 고난을 견뎌낼 수도 없거니와 또 그렇게 오래 살아가지도 못할 것입니다. (장송곡에 맞춰서 모두 퇴장)

Macbeth

[맥베스] 등장인물

덩컨	스코틀랜드 왕
맬컴, 도날베인	덩컨 왕의 아들
맥베스	글래미스의 영주, 코더의 영주, 후에 스코틀랜드의 왕
밴쿠오	스코틀랜드의 귀족
플리언스	밴쿠오의 아들
맥더프	파이프의 영주
소년	맥더프와 부인 사이의 아들
레녹스, 로스, 멘티드, 앵거스, 케이드네스	스코틀랜드의 귀족
시워드	노섬벌랜드 백작, 영국군의 장군
젊은 시워드	시워드의 아들
시튼	맥베스의 휘하 장교
영국 왕실의 전의	
스코틀랜드 왕실의 전의	
맥베스 부인의 시녀	
문지기	
노인	
자객 3인	
전령들	
마녀 3인	
헤카테	마술을 주관하는 지옥의 여신
환영들, 귀족들, 장교, 병사들, 자객들, 시종들	

| 장소 | 스코틀랜드, 잉글랜드

제1막

제1막 1장 황무지

천둥과 번개. 세 마녀 등장.

마녀 1 : 우리 셋이 언제 만날까? 천둥이 울릴 때, 번개가 칠 때, 아니면
비가 억수같이 퍼부을 때?

마녀 2 : 그야 이 시끄러운 북새통이 끝날 때지. 승패가 결판날 때 말
이야.

마녀 3 : 해 지기 전에는 결판이 날 거야.

마녀 1 : 그럼 어디서 만나지?

마녀 2 : 저기 황야에서 만나자.

마녀 3 : 그래, 거기서 맥베스를 기다리자.

마녀 1 : 곧 갈게, 늙은 고양이!

마녀 2 : 두꺼비가 부르는군.

마녀 3 : 곧 간다니까!

세 마녀 : 아름다운 것은 더러운 것, 더러운 것은 아름다운 것.

안개 속으로, 더러운 공기 속으로 날아가자. (모두 퇴장)

제1막 2장 ¦ 포레스 부근의 주둔지

안에서 나팔 소리. 덩컨 왕, 맬컴, 도날베인, 레녹스, 시종들 등장. 피
흘리는 장교를 만난다.

덩컨 : 피가 낭자한 저 사람은 누구지? 모습을 보니 반란군에 대한 상
황을 말해줄 수 있을 것 같구나.

맬컴 : 그 사람입니다. 제가 포로가 될 뻔했을 때 목숨을 구해준 장교
말입니다. 잘 왔네, 용감한 친구! 싸움터를 떠났을 때의 상황을 폐
하께 말씀드리게.

장교 : 전투는 승패를 가늠하기 어려웠습니다. 마치 물에 빠진 두 사람
이 허우적거리다가 기운이 빠지자 서로를 붙잡고 늘어져 함께 익
사하려는 듯한 형국이었습니다. 인간의 온갖 악덕을 한 몸에 지닌
지옥의 야차 같은 역적 맥도널드는 서쪽의 여러 섬에서 보병과 기
병들을 모아 대군을 이끌고 왔습니다. 한때는 그의 흉악한 계책에
미소를 던진 운명의 여신이 마치 반역도의 정부가 된 것 같은 생각
마저 들었습니다. 그러나 반역자의 행운은 오래가지 못했습니다.
맥베스 장군은 과연 명장다웠지요. 운명의 여신을 조롱이나 하듯
칼을 휘두르며 진군하시더니 적진 깊숙이 뚫고 들어가 마침내 그

역적과 맞붙었습니다. 그러고는 단칼에 적장의 배꼽에서 턱까지 두 쪽으로 가르고는 그자의 목을 베어 성벽에 걸어놓았습니다.

덩컨: 오, 용감한 사촌! 과연 훌륭한 대장부야!

장교: 그러나 마치 해가 솟아오르는 동쪽에서 배를 뒤엎는 사나운 비바람과 무서운 천둥이 치듯이 행운이 솟구치던 샘에서 갑자기 불행이 솟아올랐습니다. 폐하, 용기로 무장한 우리의 정의로운 병사들이 패주하는 졸개들을 쫓고 있을 때 기회를 엿보고 있던 노르웨이 왕이 새로운 무기와 새로운 병력을 가지고 아군을 공격해 왔습니다.

덩컨: 우리 맥베스 장군과 뱅쿠오 장군이 그것을 보고 당황하지는 않았는가?

장교: 참새가 독수리를 만난 듯, 토끼가 사자를 만난 듯, 두 장군께서도 약간 당황하셨습니다. 하지만 폭약을 두 개씩 장전한 대포처럼 두 배의 강한 기세로 적군에게 뛰어들었습니다. 피로 목욕을 하려는 작심인지 아니면 또 하나의 골고다를 만들려고 하는 건지 알 수 없더군요. 아, 상처가 아파서 더 이상 견딜 수가 없습니다.

덩컨: 그대의 보고는 상처와 함께 용감한 명예의 향기를 내뿜고 있도다. (시종에게) 어서 가서 상처를 돌봐줘라. (장교, 부축을 받아 퇴장) (돌아다보며) 저 사람은 누구냐?

맬컴: 로스 영주이옵니다.

레녹스: 몹시 급해 보이는군요! 심상치 않은 일이 생긴 모양입니다.

로스, 앵거스 등장.

로스: 폐하께 신의 가호가 있기를!

덩컨 : 로스 영주, 어디서 오는 길인가?

로스 : 폐하, 파이프에서 오는 길입니다. 지금 그곳의 하늘은 온통 노
　　　르웨이 군의 깃발로 뒤덮여 있습니다. 바로 그 깃발들이 아군의 간
　　　담을 서늘하게 하고 있습니다. 노르웨이 왕은 대군을 거느리고 맹
　　　렬한 공세를 가해 왔습니다. 역적 코도 영주도 그자들과 합세했습
　　　니다. 그러나 전쟁의 여신 벨로나를 아내로 둔 군신처럼 맥베스 장
　　　군은 갑옷을 두르고 맹장다운 용기를 발휘하셨지요. 칼에는 칼, 격
　　　투에는 격투로 적장을 작살내어 마침내 승리를 쟁취했습니다.

덩컨 : 오, 기쁜 일이로다!

로스 : 그렇게 되자 노르웨이 왕 스웨노는 화친을 청해 왔습니다. 그러
　　　나 아군은 당장 세인트 콤 섬에서 1만 달러의 배상금을 헌납하지
　　　않는 한, 적군의 시체를 매장하는 것조차 엄히 금했습니다.

덩컨 : 코더 영주가 다시는 나를 배반하지 못하게 할 것이다. 그를 당
　　　장 참형에 처하라. 그자의 작위를 맥베스에게 수여하고, 어서 장군
　　　을 영접하라.

로스 : 분부대로 거행하겠습니다.

덩컨 : 코더가 잃은 것을 맥베스가 차지했구나. (모두 퇴장)

제1막 3장 ✦ 포레스 부근의 황야

천둥. 세 마녀 등장.

마녀 1 : 언니, 어디 갔었어?

마녀 2 : 돼지 잡으러 갔었지.

마녀 3 : 언니는?

마녀 1 : 뱃사공의 계집이 앞치마에 밤톨을 가득 싸가지고 아작아작 먹고 있기에 나도 좀 달라고 했더니 엉덩이에 살이 잔뜩 붙은 빌어먹을 년이 "꺼져버려, 이 마녀야!" 하고 고래고래 소리 지르지 뭐니. 그년의 서방이 타이거호의 선장인데 지금 알레포에 가 있지. 두고 보라지, 쳇바퀴를 타고 바다를 건너가 꼬리 없는 쥐로 둔갑해서 혼내주고 말 거야. 어디 골탕 좀 먹어봐라.

마녀 2 : 타고 갈 바람은 내가 선물하지.

마녀 1 : 고마워.

마녀 3 : 나도 바람을 줄게.

마녀 1 : 나머지 바람은 다 내 수중에 있으니 바람이 부는 항구는 물론이고, 해도에 그려진 어느 항구든, 바람이 알고 있는 어느 곳이든 내 마음대로 몰고 갈 수 있어. 그년의 서방 놈을 마른 풀같이 바싹바싹 소리가 나도록 말라비틀어지게 할 테야. 밤이건 낮이건 그놈의 눈꺼풀 위에 잠이 깃들지 못하게 하겠어. 일곱 낮 일곱 밤을, 아홉 배의 아홉 배로 저주받아 시달려보라지. 아마 육신이 오그라들고, 마르고, 시들어버릴 게다. 배를 침몰시키지는 못하겠지만 폭풍우로 뒤흔들어 몸살이라도 나게 하겠어. 이것 보라고.

마녀 2 : 어디 보자.

마녀 1 : 이건 귀국하는 길에 난파를 당한 키잡이의 엄지손가락이야.

(안에서 북소리)

마녀 3 : 북소리다, 북소리! 맥베스가 온다.

세 마녀 : (원을 그리며 춤을 춘다) '손에 손을 잡은 우리 세 자매

바다와 육지 위를 돌고 돈다.

빙빙 돌아라, 돌아라, 돌아라.

너도 세 번, 나도 세 번

한 번 더 세 번 돌면 아홉 번.'

쉿! 이제 마술이 걸렸다.

맥베스, 밴쿠오 등장.

맥베스 : 이렇게 흐렸다 좋았다 하는 날씨는 처음 보는군.

밴쿠오 : 포레스까지는 얼마나 남았겠소? 아니, 저것들이 뭐지? 시들
어빠진 것들이 해괴한 옷차림에 아무리 봐도 이 지상에 살고 있을
화상들이 아닌데 땅 위에 서 있다니? 너희는 살아 있는 것들이냐?
인간의 말이 통하는 것들이냐? 내 말은 알아듣는 것이냐? 갈라지
고 터진 손을 시들어버린 입술에 갖다 대는 것을 보니 여자들 같은
데 수염이 있으니 이거 참 알다고도 모를 일이구나.

맥베스 : 말할 수 있거든 말해봐라. 너희는 누구냐?

마녀 1 : 맥베스 만세! 글래미스 영주 만세!

마녀 2 : 맥베스 만세! 코더 영주 만세!

마녀 3 : 맥베스 만세! 왕이 되실 맥베스 만세!

밴쿠오 : 장군, 왜 그렇게 놀라시오? 귀에 거슬리는 말도 아닌데 두려
워하는 기색이지 않소? 대체 너희는 허깨비냐, 아니면 눈에 보이

는 그대로이냐? 너희는 나의 귀한 친구에게 현재의 신분과 미래의 왕이라는 칭호로 불렀다. 그 때문에 이 친구는 영문을 몰라 어리둥절하고 있다. 그런데 어찌하여 나에 대해서는 아무 말도 않는단 말이냐? 만일 너희가 시간의 씨앗을 판별할 수 있어서 자랄 수 있는 씨앗과 자라지 못할 씨앗을 가려낼 수 있다면 나에게도 말을 하라. 나는 너희의 은혜를 바라지도 않지만 너희의 증오도 두려워하지 않는다.

마녀 1 : 만세!

마녀 2 : 만세!

마녀 3 : 만세!

마녀 1 : 맥베스만은 못하나 위대하도다.

마녀 2 : 맥베스보다는 못하나 더 큰 행운을 누릴 분.

마녀 3 : 왕이 되지는 못하나 대대로 자손이 왕이 되실 분. 영광 있으라, 맥베스 그리고 밴쿠오!

마녀 1 : 밴쿠오, 맥베스 만세!

맥베스 : 거기 서라, 너희는 아리송한 말만을 지껄이는구나. 확실히 말하라. 나의 부친께서 돌아가셨으니 내가 글래미스 영주가 되는 것은 당연하지만 코더 영주라니, 무슨 당치 않은 말이냐? 코더 영주는 아직 시퍼렇게 살아계신단 말이다. 게다가 권세가가 아니냐? 또 내가 왕위에 오르게 된다니 코더 영주가 된다는 말보다 더욱 믿을 수 없는 일이다. 너희는 어디서 그런 해괴한 풍문을 들었는지 말하라. 무슨 속셈이 있기에 이 적막한 황야에서 우리 길을 가로막고 그런 예언을 하는지 어서 말해라. 명령이다. (세 마녀 사라진다)

밴쿠오 : 땅에도 물거품이 있단 말인가? 저것들이 바로 그런 요물이군. 어디로 사라졌지?

맥베스 : 공중으로 사라졌소. 연기처럼 바람 속으로 감쪽같이 사라지고 말았군. 좀더 붙잡아두고 싶었는데!

밴쿠오 : 그것들이 정말로 이곳에 있었을까요? 우리가 이성을 마비시키는 나무뿌리라도 먹은 게 아닐까요?

맥베스 : 장군의 자손은 왕이 된다?

밴쿠오 : 장군은 스스로 왕이 되신다?

맥베스 : 코더 영주가 된다고도 했지. 그렇지 않소?

밴쿠오 : 확실히 그렇게 말했지요. 저건 또 누구지?

로스, 앵거스 등장.

로스 : 맥베스 장군, 폐하께서는 장군의 승전 소식을 들으시고 몹시 기뻐하셨습니다. 장군이 위험을 무릅쓰고 반란군을 제압했다는 소식을 들으시고는 감동하시어 칭찬의 말문조차 막히셨습니다. 그날의 전황을 묵묵히 읽어 내려가던 중 장군께서 막강한 노르웨이 군사들 틈에 뛰어들어 두려움의 기색도 없이 시체로 산더미를 만드셨다는 대목에 이르러서는 감동의 눈물을 흘리셨지요. 잇달아 들어오는 전령들 역시 한결같이 입을 모아 나라를 위해 공을 세운 장군에 대한 찬사를 폐하께 아뢸 뿐이었습니다.

앵거스 : 저희는 폐하의 치하의 말씀을 장군께 전하고, 장군을 어전까지 모시러 왔습니다. 전공에 대한 포상은 폐하께서 친히 하사하실 것입니다.

로스 : 위대한 명예를 더욱 축하하기 위해 폐하께서는 장군을 코더 영주로 부르시는 하명이 있으셨습니다. 그 이름으로 축하드립니다. 코더 영주! 영광스러운 그 칭호는 이제 장군의 것입니다.

밴쿠오 : 오, 마녀들의 예언이 적중했구나!

맥베스 : 코더 영주는 생존해 있지 않소. 왜 나에게 남의 옷을 입히려 하십니까?

앵거스 : 장군 말씀대로 코더 영주였던 사람이 아직 살아 있긴 하지만 중한 형을 받게 되어 그 목숨이 경각에 놓여 있습니다. 그가 과연 노르웨이 군과 통정했는지 혹은 은밀히 반란군을 도와주었는지, 아니면 두 가지를 다 범하여 왕국의 멸망을 꾀하였는지 저는 알 수 없습니다. 하오나 대역의 죄를 이미 자백하였고, 증거도 확실하니 그의 파멸은 피할 수 없을 것입니다.

맥베스 : (방백) 글래미스, 그리고 코더의 영주라. 이제 가장 큰 것만 남아 있는 셈이군. (로스와 앵거스에게) 수고했네. (밴쿠오에게) 장군의 후손들이 왕이 되기를 바라지 않으시오? 내게 코더 영주를 예언한 그들이 그렇게 말하지 않소?

밴쿠오 : 그 말을 그대로 믿었다가는 코더 영주뿐 아니라 왕관까지 넘보게 됩니다. 어쨌든 이상한 일이로군요. 간혹 지옥의 앞잡이들이 우리를 파멸시키기 위해 하찮은 진실로 유혹한 후에 가장 중요한 최후의 순간에 함정에 빠트리곤 하지요. 두 분, 저하고 이야기 좀 합시다.

맥베스 : (방백) 두 가지는 이루어졌구나. 왕위에 오르는 찬란한 극의 서막에 행운이 깃들었어. (두 사람에게) 여러분, 고맙소. (방백) 이런 유혹이 좋을 것도 없지만 그렇다고 나쁠 것도 없구나. 만일 그것이 나쁜 일이라면 왜 먼저 진실을 예언해주어 나에게 성공의 확신을 안겨주었겠는가. 이미 나는 코더 영주가 되었다. 그런데 이것이 좋은 일이라면 왜 이런 예언의 말에 가슴 섬뜩한 환영이 눈앞에 어리고 나의 머리칼은 이처럼 빳빳이 서는 것일까? 평온했던 나의

심장은 왜 숨 가쁘게 나의 갈빗대를 방망이질한단 말인가? 그러나 마음속의 이 두려움은 다가올 미래에 대한 공포에 비하면 아무것도 아니다. 살인에 대한 생각은 그저 상상일 뿐이건만, 그 생각만으로도 마음은 평형을 잃고 온갖 억측으로 오로지 앞날의 환영만이 눈앞에 어른거리는구나.

밴쿠오 : 저것 좀 보시오. 내 친구가 마치 넋 나간 사람처럼 생각에 잠겨 있구려.

맥베스 : (방백) 만일 내가 정말 왕이 될 운명이라면 굳이 애쓰지 않아도 운명이 내 머리 위에 왕관을 씌워줄 게 아닌가?

밴쿠오 : 갑작스럽게 얻은 영예는 처음 입어보는 옷처럼 몸에 잘 맞지 않는 법. 그러나 결국 시간이 지나면 익숙해지기 마련이지요.

맥베스 : (방백) 될 대로 되라. 아무리 비바람이 몰아치는 궂은 날씨라도 끝은 있으니.

밴쿠오 : 맥베스 장군, 가십시다.

맥베스 : 미안하오. 잊었던 일을 생각하느라 잠시 넋이 나가 있었구려. 두 분의 수고는 마음 깊이 새겨 매일같이 되새길 것이오. 자, 이제 폐하를 만나러 가십시다. (밴쿠오에게) 오늘 일은 잊지 마시고 충분히 생각한 다음 나중에 서로 가슴을 터놓고 이야기했으면 좋겠소.

밴쿠오 : 그럽시다.

맥베스 : 오늘은 이만하고……. 자, 다들 갑시다. (모두 퇴장)

포레스. 왕궁

나팔 소리. 덩컨 왕, 맬컴, 도날베인, 레녹스, 시종들 등장.

덩컨 : 코더의 사형은 집행되었느냐? 집행관들은 아직도 돌아오지 않
았는가?

맬컴 : 폐하, 아직 돌아오지 않았습니다. 하오나 코더의 처형을 목격한
사람의 말에 의하면 그는 자신의 죄를 솔직히 고백하고 깊이 참회
하였으며, 또한 폐하께 용서를 빌었다고 합니다. 그는 일생을 통하
여 가장 훌륭한 태도로 죽음을 받아들였다더군요. 마치 오랫동안
죽는 법을 연구한 사람처럼 가장 귀한 목숨을 의연히 버리고 숨을
거두었다 합니다.

덩컨 : 그를 신임했건만 사람의 표정만으로는 가슴속은 알 수 없는 법.
(맥베스, 뱅쿠오, 로스, 앵거스 등장) 오, 위대한 맥베스! 장군의 공로
를 보답하지 못하고 있으니 마음이 무겁구나. 그대가 너무 앞질러
가기 때문에 포상에 아무리 빠른 날개를 달더라도 따라갈 방법이
없으니. 차라리 장군의 공적이 조금만 작았더라도 포상하기가 쉬
웠을 텐데! 내가 할 수 있는 어떠한 포상을 하더라도 장군의 공로
에 비하면 보잘것없는 것이니 이를 어쩌면 좋은가?

맥베스 : 오로지 폐하께 충성을 다할 수 있는 기회를 주신 것만으로도
이미 포상을 받은 것이나 다름없습니다. 폐하께서는 신들의 충성
을 받아들이기만 하시면 됩니다. 신들은 왕실의 자손이자 국가의
충복으로서 오직 충절의 마음을 다하여 폐하를 받들어 모시는 것
이 신하 된 자의 도리라 생각하고 있습니다.

덩컨 : 환영한다. 내가 이 손으로 나무를 키우듯 장군의 나무가 잘 커

나가도록 힘쓰겠다. (밴쿠오에게) 밴쿠오 장군, 장군의 공적도 맥베스 장군 못지않구나. 누구든 그것을 인정하지 않을 수 없을 것이다. 그대를 포옹하게 해다오. 이 가슴으로 그대를 힘껏 껴안고 싶구나!

밴쿠오 : 폐하의 품안에서 신이 결실을 맺는다면 그 수확물은 폐하의 것입니다.

덩컨 : 내 기쁨이 너무나 벅차 슬픔의 눈물 속으로 숨으려 하는구나. 아들들이여, 친척들이여, 영주들이여, 그리고 나와 가까운 모든 이들에게 말하노라. 과인은 장차 장남인 맬컴에게 왕위를 계승하고 앞으로는 그의 이름을 컴벌랜드 공이라 부르도록 할 것이다. 그러나 이 영예는 그에게만 국한된 것이 아니니 모든 별처럼 공신들의 머리 위에도 영광의 표시가 빛날 것이다. (맥베스에게) 이제 장군의 성 인버네스로 갈 것인즉 장군과 나의 결속을 다지자꾸나.

맥베스 : 폐하를 위해 쓰지 않는 휴식은 도리어 고통이 됩니다. 신이 선발대가 되어서 폐하의 행차를 알려 제 아내를 기쁘게 하겠습니다. 그럼 먼저 물러가겠습니다.

덩컨 : 훌륭하도다, 코더 영주!

맥베스 : (방백) 컴벌랜드 공이라! 나를 가로막고 있는 이 장애물을 주저앉히느냐, 아니면 잘 뛰어넘느냐의 갈림길이구나. 별들아, 빛을 감추어라! 빛이여, 나의 검고 깊은 야망을 비추지 말아라! 눈이여, 손이 하는 일을 보고도 못 본 척해라. 무슨 수를 써서라도 해치워야 한다. 하지만 일단 내가 일을 저지르고 나면 눈은 두려움으로 차마 보려고도 하지 않을 것이다. (퇴장)

덩컨 : 밴쿠오 장군, 맥베스 장군이야말로 진실로 용기 있는 자다. 그에 대한 칭송을 들으면 들을수록 나는 마치 진수성찬을 받은 것처

럼 기쁘구나. 그를 따라가자. 나를 환영하기 위해 먼저 달려갔으니
저 같은 이는 다시없을 것이다. (나팔 소리) (모두 퇴장)

제1막 5장 ⦙ 인버네스. 맥베스의 성
맥베스 부인, 편지를 읽으며 등장.

맥베스 부인 : '내가 그 마녀들을 만난 것은 개선하는 날이었소. 나중에
확인하게 되었지만 그들은 인간 이상의 지혜를 가지고 있다는 것
을 알았소. 좀더 자세히 알아보고 싶었으나 그들은 홀연히 사라져
버리고 말았구려. 놀랍기도 하고 어리둥절해서 그저 멍청히 서 있
는데 폐하의 사신들이 와서 나를 "코더 영주!"라고 부르는 것이 아
니겠소? 그 마녀들이 나에게 인사를 하면서 예언했던 그대로 말
이오. 또한 마녀들은 나의 장래를 축하하며 "장차 왕이 되실 분 만
세!"라고도 했다오. 그래서 약속받은 영광을 나와 함께 나누어야
할 생의 반려자인 당신에게 이 사실을 알리는 것이 좋다고 생각했
소. 어떤 영광의 시간이 우리를 기다리고 있는지 당신도 알아야 하
지 않겠소? 그런즉 이 일은 당신 가슴 깊이 간직해두시오. 이만 줄
이오.'
(방백) 당신은 벌써 글래미스 영주시고 또한 코더 영주가 되었으니
예언대로 될 겁니다. 그러나 나는 당신이 염려스러워요. 지름길을
취하기에는 당신은 너무 인정이 많은 사람입니다. 야심이 없는 것
도 아니면서 그것을 성취하는 데 꼭 있어야 하는 잔인성이 당신에
게는 없어요. 엄청난 욕망이 있으면서도 그 일을 고상한 방법으로

성취하려 하지요. 무엇이든 손에 넣으려고 하면서도 부정한 짓은 하지 않으려고 해요. 글래미스 영주님, 당신이 수중에 넣고 싶어하는 그것은 '갖고 싶거든 행동하라'고 외치고 있어요. 당신도 결국은 그 일을 하게 될 거예요. 어서 돌아오세요. 저의 강인한 정신을 당신 귓속에 퍼부어 드리겠어요. 그리하여 운명과 초자연의 힘이 당신에게 씌워주려는 황금의 관을 방해하는 것은 무엇이든 이 혀끝의 힘으로 쫓아버리겠어요. (전령 한 사람 등장) 무슨 소식인가?

전령 : 오늘 밤 폐하께서 이곳에 오십니다.

맥베스 부인 : 무슨 소리냐? 폐하는 장군과 함께 계시지 않느냐? 그런 일이 있다면 미리 연락을 주셨을 것이다.

전령 : 황송하옵니다만, 사실이옵니다. 영주님께서도 이곳으로 오고 계십니다. 동료 중 한 사람이 숨이 턱에 닿도록 달려와 이 전갈을 알려줬습니다.

맥베스 부인 : 저 사람을 잘 돌봐주어라. 굉장한 소식을 가져왔구나. (전령 퇴장) 까마귀들까지도 쉰 목소리로 덩컨의 운명을 알리고 있다. 악령들이여, 너희도 이 살인에 끼지 않겠느냐? 나약한 여자의 허울에서 나를 벗어나게 해다오! 머리끝부터 발끝까지 잔인한 마음으로 가득 채워다오! 나의 피를 굳게 하여 연민으로 가는 길목을 끊어다오. 그리하여 동정심이 나의 흉악한 계획을 동요하지 않게 해다오. 살인과 결심이 서로 타협하여 이 계획을 방해하지 않게 해다오! 자, 살인의 앞잡이들아, 내 가슴으로 파고들어 내 젖을 쓰디쓴 담즙으로 바꾸어다오. 너희는 보이지 않는 형체로 인간의 흉사를 거들어주지. 어두운 밤이여, 지옥의 시커먼 연기로 뒤덮어라, 나의 날카로운 단도가 찌르는 상처를 보지 못하도록. 하늘이 암흑의 장막을 헤치고 얼굴을 내밀면서 '안 된다! 멈춰!' 하고 외치지 않

도록. (맥베스 등장) 위대하신 글래미스 영주님! 코더 영주님! 이보다 훨씬 존귀한 몸이 되실 분! 당신의 편지를 읽고 나서 저는 아무것도 모르던 현실을 떠나, 이 순간에도 미래를 살고 있습니다.

맥베스 : 부인, 오늘 밤 덩컨이 이 성으로 올 것이오.

맥베스 부인 : 그러면 언제 이곳을 떠난다고 합니까?

맥베스 : 내일이오, 예정대로라면.

맥베스 부인 : 오, 태양은 결코 내일을 보지 못할 것입니다! 영주님, 당신의 표정은 의심스러운 내용이 적힌 한 권의 책 같군요. 세상을 속이려면 세상 사람들과 같은 표정을 지으셔야 됩니다. 눈길에도 손에도 혀끝에도 반가운 내색을 하세요. 겉으로는 순진한 꽃처럼 보이되 그 속에는 뱀을 숨기세요. 손님을 맞이할 준비를 해야죠. 오늘 밤의 큰일은 제게 맡겨주세요. 이 일은 우리의 앞날에 왕의 권력과 위엄을 가져다줄 것입니다.

맥베스 : 그건 나중에 의논합시다.

맥베스 부인 : 당신은 그저 밝은 표정을 지으세요. 곤혹한 안색을 보이는 것은 불안하다는 증거입니다. 모든 일은 제게 맡겨주세요. (두 사람 퇴장)

맥베스의 성 앞

오보에 소리와 횃불. 덩컨, 맬컴, 도날베인, 뱅쿠오 레녹스, 맥더프, 로스, 앵거스 및 시종들 등장.

덩컨 : 이 성은 아주 좋은 곳에 자리하고 있군. 공기도 맑고 상쾌해서 기분까지 부드럽게 해주는구나.

뱅쿠오 : 여름의 길손인 제비가 사원을 들락거리며 부지런히 집을 짓는 것만 보아도 이곳의 공기가 향기롭다는 것을 알 수 있습니다. 추녀 끝에도 서까래 옆 벽에도 사방 구석구석에 제비가 요람을 만들고 있군요. 새들이 새끼를 잘 치고 많이 드나드는 곳이야말로 공기가 좋은 곳이지요.

맥베스 부인 등장.

덩컨 : 봐라! 이 댁 안주인이 오시는구나! (맥베스 부인에게) 호의도 지나치면 때로 오히려 성가신 법. 그래도 호의란 항상 기쁘기 마련이오. 이렇게 들이닥쳐 부인께 수고를 끼치게 되었지만 부인께서도 나를 위해 축복을 빌어주시고, 수고도 기쁘게 받아주기 바라오.

맥베스 부인 : 저희의 봉사는 그 하나하나를 두 배를 하고, 그것을 다시 두 배로 한다 해도 폐하께서 저희에게 내려주신 깊고 넓은 은혜에 비하면 극히 보잘것없습니다. 이전의 작위에다 이번에 또 새로운 작위를 주시니 폐하의 은혜에 감사드릴 뿐입니다.

덩컨 : 코더 영주는 어디 있소? 우리가 이렇게 온 것은 장군보다 앞질러 와서 그를 맞이할 심산이었는데 워낙 장군이 승마에 능한 데다

가 충성심이 박차를 가하는 통에 우리보다 앞서 오게 되었구려. 부인, 오늘 밤 이 댁에서 손님으로 폐를 끼쳐야겠소.

맥베스 부인 : 폐하의 충복인 저희와 저희의 재산 모든 것이 다 폐하로부터 빌려 쓰고 있는 것이오니 폐하가 원하시면 언제라도 바칠 것입니다.

덩컨 : 자, 손을 이리 주오. 나를 주인께 안내해주시오. 나는 장군을 극진히 총애하고 있고 앞으로도 변치 않을 것이오. 부탁하오. (모두 퇴장)

제1막 7장 ┆ 맥베스의 성

오보에 소리와 횃불. 급사장이 여러 하인들을 데리고 등장하여 무대를 가로질러 지나간 다음 맥베스 등장.

맥베스 : (방백) 단번에 끝장을 볼 수 있는 일이라면 당장 해치우는 것이 좋다. 왕을 암살함으로써 모든 일을 그물로 거두어들이고, 이 일격으로 모든 일을 아퀴 지을 수 있다면 여기, 이승에서의 시간에서 저승을 생각해서 무엇 하랴. 그러나 이런 일은 항상 현세에서 심판을 받게 되는 법. 누구에게든 악행을 가르치면 그 인과는 반드시 가르친 자에게 거꾸로 되돌아오게 된다. 정의의 신이 독주의 잔을 따른 자의 입술에 똑같은 독주를 퍼붓는 것처럼……. 왕은 날 믿고 이곳에 왔다. 첫째로 나는 왕의 친척이며 신하이니 어느 모로 보나 내가 모살을 꾀하는 것은 옳지 않다. 둘째, 내가 이 집 주인이므로 자객의 침입이 있다면 마땅히 지켜주어야 하는 책임이 있다. 그런

데 내가 칼을 든다? 아, 이것이 가당키나 한 일인가? 더욱이 덩컨은 온화한 성격으로 자신의 직책을 훌륭히 수행하고 있다. 그러니 그를 암살한다면 그의 인덕은 천사가 부는 나팔처럼 암살의 악행을 온 천하에 호소할 것이다. 세상의 동정은 갓난아기의 모습으로 광풍을 타고 혹은 보이지 않는 하늘의 준마를 탄 동자처럼 무서운 악행을 사람들의 눈에 띄게 하여 그 눈물로 폭풍도 잔잔하게 할 것이다. 내가 하고 있는 이 계획을 자극할 박차는 오직 하나, 날뛰는 야심인데, 지나치게 뛰어오르다가 엉뚱한 곳에 떨어지는 것은 아닌지 걱정이구나. (맥베스 부인 등장) 웬일이오, 무슨 일이라도 생겼소?

맥베스 부인 : 폐하께서 식사가 다 끝나갑니다. 왜 자리를 뜨셨어요?

맥베스 : 날 부릅디까?

맥베스 부인 : 당연하지 않나요?

맥베스 : 이 일은 더 이상 진행하지 맙시다. 폐하께서는 얼마 전에 나에게 포상을 베풀어주셨소. 어디 그뿐이오? 모든 사람이 나를 존경하고 있지 않소. 새로 얻은 이 눈부신 옷을 걸쳐보지도 못한 채 벗어던질 수는 없소.

맥베스 부인 : 이제껏 당신 몸에 지니고 있던 야망은 그저 술에 취한 희망이었나요? 그 마음은 영원히 깊은 잠에 빠져버린 건가요? 그전에는 대담하게 직시할 수 있었던 것이 잠에서 깨어나니 등골이 오싹해지는 눈으로 보게 되었다 이 말씀인가요? 앞으로 당신의 애정도 그렇게 되는 건가요? 마음으로는 열렬히 희망하면서도 그 일을 용감히 실행하기에는 겁이 난다고요? 일생일대의 귀중한 장식품이 될 왕관을 소망하면서도 스스로 겁쟁이가 되어 '못 하겠다'고 포기하는 것은 결국 '발을 적시지 않고 물고기는 먹고 싶다'는 고양이

의 심보와 다를 게 무엇인가요?

맥베스 : 제발 그만하시오. 나는 사내대장부가 할 일이라면 무엇이든 할 것이오. 그렇지만 도가 지나치면 사내대장부가 아니오.

맥베스 부인 : 그렇다면 이 계획을 제게 털어놓았을 때 당신은 당신이 아니고 무슨 짐승이었단 말인가요? 이 계획을 결심했을 때의 당신은 훌륭한 남자였어요. 또 그 이상의 것을 행함으로써 당신은 더욱 남자다워지려고 했어요. 그런데 그때는 때와 장소가 갖추어지지 않았어도 당신은 그 두 가지를 모두 취하려 했지만 지금은 저편에서 그 두 가지를 모두 갖추고 나타났는데도 물러나려 하시는군요. 저는 아기에게 젖을 먹여본 적이 있죠. 그래서 젖을 빠는 아기가 얼마나 사랑스러운가를 잘 알고 있습니다만, 제가 그때의 당신처럼 어떤 맹세를 했었다면 어린 것이 나를 보고 웃을지라도 전 그 보드라운 입에서 강제로 젖꼭지를 잡아 빼고 머리통을 부셔버릴 거예요.

맥베스 : 만일 실패한다면?

맥베스 부인 : 실패라니요? 당신이 용기를 내기만 한다면 실패란 있을 수 없어요. 덩컨이 곤히 잠들면 ─ 오늘의 피곤한 여행길이 그를 깊이 잠들게 할 거예요. ─ 저는 호위병에게 포도주를 먹이겠어요. 그러면 기억력은 연기처럼 몽롱하게 되고, 이성의 그릇도 증류기처럼 되어버리겠지만 내버려두세요. 그것들이 술에 곯아떨어져 돼지같이 잠이 들면 호위병도 없는 덩컨에게 우리 두 사람이 무슨 일인들 못하겠어요? 그리고 우리가 저지른 이 대역의 죄는 술에 곯아떨어진 호위병들에게 덮어씌우는 게 어때요?

맥베스 : 당신은 사내아이만 낳을 거요! 두려움 없는 그 담대한 기질은 사내아이를 만들어내는 데 적격이겠소. 이러면 어떻겠소? 같은 방

에서 자고 있는 호위병에게 피를 묻히고 그들의 단도를 사용하면 그자들의 소행으로 보일 게 아니오?

맥베스 부인 : 우리가 왕의 죽음을 슬퍼하며 통곡한다면 누가 감히 의심 하겠어요?

맥베스 : 결심했소. 혼신의 힘을 짜내어 이 무서운 계획을 실행해내고 야 말겠소. 자, 갑시다. 부드러운 표정으로 사람들을 속이는 거요. 마음속 흉악한 음모는 가면으로 감춘 채……. (모두 퇴장)

제2막

제2막 1장 | 맥베스 성의 안뜰

밴쿠오와 횃불을 든 플리언스 등장.

밴쿠오 : 애야, 밤이 깊었는데 몇 시나 되었느냐?

플리언스 : 달은 졌습니다만 시계 치는 소리는 듣지 못했습니다.

밴쿠오 : 달은 자정에 지지.

플리언스 : 자정은 지난 것 같습니다.

밴쿠오 : 이 칼을 좀 갖고 있어라. 하늘도 절약을 하는 모양인지 별빛
하나 볼 수 없구나. 이것도 좀 갖고 있어라. 졸음이 납덩이같이 내
눈을 짓누르지만 자고 싶지는 않구나. 자비로운 천사들이여, 잠이
들면 찾아오는 사악한 망상을 움직이지 못하게 해다오! 내 칼을
다오. (횃불을 든 시종 한 사람을 데리고 맥베스 등장) 누구냐?

맥베스 : 친구요.

밴쿠오 : 그렇군요. 아직도 안 주무셨군요? 폐하께서는 잠드셨습니다. 오늘은 매우 흡족해하시더군요. 장군 댁 종복들에게도 많은 선물을 하사하셨습니다. 그리고 극진한 대우를 받은 감사의 표시로 이 다이아몬드를 부인께 선물하셨습니다. 폐하께서는 오늘 하루를 매우 즐겁게 보내신 듯합니다.

맥베스 : 갑작스러워서 뜻대로 되지도 않았고, 모든 것이 부족한 것투성이입니다. 준비할 시간이 넉넉했다면 마음껏 대접해드렸을 것입니다.

밴쿠오 : 다 잘되었습니다. 간밤에 난 세 마녀의 꿈을 꾸었지요. 그것들이 장군께 한 말은 거짓이 아니군요.

맥베스 : 아, 잊고 있었소. 한 시간쯤 틈을 낼 수 있다면 그 일에 대해 조용히 의논하고 싶은데 어떻소?

밴쿠오 : 언제든지 좋소.

맥베스 : 기회가 왔을 때 나를 지원해주시면 장군께도 영예가 돌아가리다.

밴쿠오 : 영예를 탐내다가 반역의 신세가 된다면 곤란하지만 마음에 거리낌 없이 충성심을 지켜나갈 수 있다면 언제라도 상의에 응하겠소.

맥베스 : 그럼 편히 쉬시오!

밴쿠오 : 고맙소. 장군께서도! (밴쿠오, 플리언스 퇴장)

맥베스 : 마님께 가서 술이 준비되면 종을 울리라고 여쭈어라. 그리고 너도 가서 자라. (시종 퇴장) 지금 내 눈앞에 보이는 저것이 정녕 단검인가? 칼자루가 내 쪽을 향해 있지 않은가? 잡아보자! 잡히지 않는구나. 불길한 환영이로다. 눈에는 보여도 손에는 잡히지 않는다

니……. 너는 단지 마음이 보여주는 단검일 뿐이냐, 열이 오른 내 머리가 빚어낸 환각에 지나지 않느냐? 보이는구나. 내가 뽑은 이 단검과 똑같구나. 너는 내가 가려던 방향으로 나를 인도하려는 것이냐? 바로 너다, 내가 쓰려는 무기! 내 눈이 잘못되기라도 했단 말인가? 아니면 눈만 멀쩡한 것인가? 또 보이는구나. 어찌 된 일인가, 칼날과 칼자루에 전에는 없었던 피가 엉겨 붙어 있으니. 그럴 리가 없다. 내 가슴속에 도사리고 있는 피비린내 나는 흉계 때문에 그렇게 보일 뿐이야. 지금 이 세상의 반은 죽은 듯이 ㄱ ㅇ 하고 커튼 속에 든 잠은 악몽에 신음하고 있다. 마녀들은 창백한 헤카테(지옥을 다스리는 여신 – 역자 주)에게 제물을 바치고, 자객은 파수꾼인 늑대의 울음소리에 잠을 깨어, 타르킨이 여자를 겁탈하러 가던 때의 발소리로 눈독 들인 먹이를 향해 유령처럼 다가간다. 요지부동한 대지여, 내 발걸음이 어디로 향하든 그 소리를 듣지 마라. 발밑에 밟히는 돌들이 내가 가는 곳을 지껄일까 두렵구나. 이 시간의 몸서리치는 적막을 깨뜨리지 마라. 혀끝으로 위협한다고 덩컨이 죽을 리 없다. 말은 실행의 열기를 식히는 차가운 바람일 뿐이다. (종이 울린다) 가자, 내가 가면 끝장이 난다. 종소리가 날 부른다. 듣지 마라, 덩컨이여. 저것은 그대를 천국 아니면 지옥으로 부르는 임종의 종소리다. (퇴장)

제2막 2장 ❦ 맥베스 성의 안뜰

맥베스 부인 등장.

맥베스 부인 : 저자들을 취하게 만든 이 술이 내 마음을 대담하게 만들어주었구나. 그자들은 차갑게 식고 나는 뜨겁게 불이 붙었다. 무슨 소리지? 쉿! 올빼미로구나. 마지막 작별을 알리는 불길한 야경꾼. 그이는 일을 단행하고 계시겠지. 문은 열려 있고 만취한 호위병들은 코를 골며 자고 있구나. 술에 약을 탔으니 삶과 죽음이 놈들의 목덜미를 잡아채고 살릴 것이냐, 죽일 것이냐로 서로 다투고 있을 것이다.

맥베스 : (안에서) 누구냐? 무슨 일이냐?

맥베스 부인 : 저것들이 깨어난 게 아닐까? 결판을 내기 전인데⋯⋯. 일을 시작해놓고 끝내지 못하면 우린 끝장이다. 저 소린! 내가 호위병들의 단검을 미리 준비해두었는데 그이가 못 보았을 리는 없겠지. 잠든 얼굴이 내 아버님의 얼굴만 닮지 않았던들 내가 해치웠을 텐데. (맥베스 등장) 여보!

맥베스 : 해치웠소. 그런데 무슨 소리 듣지 못했소?

맥베스 부인 : 올빼미와 귀뚜라미 우는 소리밖에는 아무것도 못 들었어요. 당신이 소리 낸 게 아닌가요?

맥베스 : 언제?

맥베스 부인 : 방금 전에요.

맥베스 : 내려올 때 말이오?

맥베스 부인 : 그래요.

맥베스 : 쉿! 옆방에서 자는 자가 누구요?

맥베스 부인 : 도날베인이죠.

맥베스 : 이 무슨 비참한 꼴인가. (손을 들여다본다)

맥베스 부인 : 무슨 소리예요, 비참하다니?

맥베스 : 한 놈은 자면서 웃고 있었고, 또 한 놈은 "살인이야!"라고 부르짖더군. 그러더니 두 놈이 눈을 뜨는 거요. 그 자리에 서서 귀를 기울였는데, 두 놈은 기도를 올리더니 다시 잠들고 말았소.

맥베스 부인 : 두 사람이 같이 자고 있었을 텐데.

맥베스 : 한 놈이 "신이여, 자비를 베푸소서!" 하고 기도하자 또 한 놈은 "아멘." 하더군. 마치 이 자객의 손을 보고 있는 듯했소. 공포에 질린 그들의 목소리를 듣고 있으려니 "신이여, 자비를 베푸소서." 라는 말에도 "아멘." 소리가 나오지 않더군.

맥베스 부인 : 너무 깊이 생각하지 마세요.

맥베스 : 왜 "아멘."이라고 하지 못했을까? 나야말로 하느님의 구원이 필요했는데. "아멘." 소리가 목에 걸려 나오질 않았소.

맥베스 부인 : 이 일은 그런 식으로 생각해서는 안 됩니다. 그러다간 미치게 됩니다.

맥베스 : 어디선가 외쳐대는 소리가 들려오는 것 같았소. "더 이상 잠을 잘 수 없다! 맥베스는 잠을 죽여 버렸다."라고……. 맑고 깨끗한 잠이여! 근심걱정의 엉클어진 실타래를 풀어주는 잠이여! 그날그 날의 죽음인 잠이여! 노고를 풀어주는 목욕이요, 마음의 상처를 치유해 주는 영약이며 대자연이 베풀어주는 은혜이자 생명의 향연에 최고의 자양물인 잠이여!

맥베스 부인 : 무슨 말씀을 하시는 거예요?

맥베스 : 온 집 안을 향해 외치고 있었소. "이젠 잠을 잘 수 없다! 글래미스는 잠을 죽였다. 코더는 영원히 잠을 잘 수 없다. 맥베스는 더

이상 잠을 잘 수 없다!"라고.

맥베스 부인 : 도대체 어디서 누가 그런 고함을 질렀다는 거예요? 왜 부질없는 생각으로 소중한 용기를 낭비하고 있는 거죠? 어서 더러운 손의 핏자국을 씻어 증거를 지워버리세요. 왜 이 단검들을 가지고 오셨어요? 살해 현장에 두고 올 계획이었잖아요. 어서 가지고 가세요. 그리고 잠자는 호위병들에게 피를 묻혀 놓고 오세요.

맥베스 : 나는 가지 않겠소. 내가 저지른 일을 생각하니 소름이 끼치오. 두 번 다시 보고 싶지 않소.

맥베스 부인 : 나약한 사람! 단검을 이리 주세요. 잠자는 사람이나 죽은 사람은 그림에 지나지 않아요. 그림 속의 악마를 보고 무서워하는 것은 어린애나 할 짓이에요. 아직도 피가 흐르고 있다면 호위병들 얼굴에 발라놓겠어요. 그래야 그자들이 저지른 일처럼 보일 테니까요. (퇴장) (안에서 노크 소리)

맥베스 : 저 소리는 어디서 나는 거지? 웬일일까? 무슨 소리만 들어도 깜짝깜짝 놀라게 되니. 이 손은 무엇이냐? 아! 눈알이 튀어나올 것 같구나! 바다의 신 넵튠의 바닷물인들 이 손의 피를 씻어낼 수 있을까? 아니다. 오히려 이 손이 한없는 바닷물을 붉게 물들여 푸른 물을 선홍빛으로 만들 것이다.

맥베스 부인 등장.

맥베스 부인 : 제 손도 당신 손과 똑같은 빛깔이 되었어요. 그러나 저의 심장은 당신처럼 창백하게 질려 있진 않아요. (안에서 노크 소리) 남문을 두드리는 소리군요. 어서 우리 방으로 돌아가십시다. 물만 조금 있으면 핏자국은 깨끗이 씻어버릴 수 있어요. 아주 쉬운 일이에

요! 용기를 잃으셨군요. (노크 소리) 저 소리! 또 두들겨요. 잠옷으로 갈아입으세요. 혹시 우리가 불려 나가더라도 깨어 있었다는 의심을 받아서는 안 돼요. 그렇게 넋 나간 사람처럼 멍하니 서 계시지 마세요.

맥베스 : 내가 저지른 일을 생각하니 차라리 나 자신을 잊어버리고 싶구려. (안에서 노크 소리) 저 소리가 덩컨을 깨워줬으면 좋겠소. 그렇게 할 수만 있다면! (모두 퇴장)

제2막 3장 ✦ 맥베스 성의 안뜰

안에서 노크 소리. 문지기 등장.

문지기 : 젠장, 요란하게도 두드리는군! 지옥의 문지기라도 벌써 열어줬겠다. (노크 소리) 두드려라! 두드려라! 두드려! 염라대왕의 이름으로 묻겠다. 도대체 누구냐? 풍년이 들어 곡식 값이 떨어진다고 목을 맨 농부로구나. 그래 잘 왔다. 수건이나 넉넉히 준비해둬라, 진땀깨나 빼야 할 테니. (노크 소리) 두드려라! 두드려! 악마의 이름으로 묻겠는데 도대체 누구냐? 양다리를 걸치는 사기꾼이로구나. 이중 계약을 하고 이득을 챙긴 사기꾼. 하느님 이름을 팔아서 장사를 한 놈! 천국 가긴 틀린 놈이구나. 자, 들어오시오, 사기꾼 양반. (노크 소리) 두드려라! 두드려라! 누구요? 영국 재단사가 왔구나. 프랑스 바지가 유행할 때 옷감 자투리를 잘도 처먹었겠다. 들어오시오, 재단사 나리. 자네 다리미를 달구기에는 지옥의 불이 안성맞춤이지. (노크 소리) 두드려라! 두드려! 도대체 쉴 틈이 없구나. 누

구요? 어쨌든 지옥치고는 너무 추워서 지옥의 문지기 노릇도 더는 못 해먹겠다. 이승에서 향락의 수렁에 빠졌다가 영겁의 불더미 속으로 뛰어든 자는 직업에 상관없이 몇 놈쯤은 통과시켜줄 생각이었는데. (안에서 노크 소리) 네, 갑니다, 갑니다요! 제발 이 문지기를 잊지 말아줍쇼. (문을 연다)

맥더프, 레녹스 등장.

맥더프 : 간밤엔 늦게 잠든 모양이군. 이렇게 늦게 깨어나는 걸 보니.

문지기 : 네, 그렇습니다요. 닭이 두 번째 울 때까지 술을 퍼마셨죠. 그런데 술이란 놈은 세 가지 자극을 주거든요.

맥더프 : 세 가지 자극?

문지기 : 코가 빨개지고, 잠이 잘 오고, 오줌이 마렵다는 말씀입죠. 색정을 자극하기도 하고 안 하기도 하지요. 하지만 색정이 일어난다고 일을 제대로 치르게나 하나요? 과음은 색에 관한 한 혓바닥이 둘 달린 사기꾼이거든요. 성욕을 일으켰다가는 죽여놓고 말지 뭡니까요. 자극을 시켰다가도 슬그머니 물러서고, 용기를 주었다가 실망시키고, 시작하게 해놓고는 줄행랑을 치고, 결국은 속여서 잠들게 하고 어디론가 사라져버린다 이 말씀입니다요.

맥더프 : 간밤에 술에 당한 모양이군.

문지기 : 네, 목덜미를 붙잡힌 채 넘어갔습죠. 그러나 복수를 했습지요. 저도 그놈에겐 어지간히 강하거든요. 결국 놈을 말끔히 토해버린 겁니다. 한땐 그놈이 내 다리를 잡고선 휘청거리게도 했지만.

맥더프 : 주인 나리는 일어나셨나? (맥베스 등장) 시끄러워서 잠을 깨신 모양일세. 저기 오시는군.

레녹스 : 안녕히 주무셨습니까, 영주님?

맥베스 : 두 분께서도 안녕히 주무셨소?

맥더프 : 폐하께서는 일어나셨는지요?

맥베스 : 아직 주무시고 계시오.

맥더프 : 아침 일찍 깨우라는 분부가 계셨습니다. 하마터면 늦을 뻔했습니다.

맥베스 : 침소로 갑시다.

맥더프 : 장군께 이번 일은 즐겁고 영예로운 일일 겁니다. 그래도 수고는 수고, 고생 많으셨습니다.

맥베스 : 즐거워서 하는 수고는 고통스럽지 않습니다. 여기가 침소입니다.

맥더프 : 명령을 받았으니 깨워드려야겠습니다. (퇴장)

레녹스 : 폐하께서는 오늘 떠나십니까?

맥베스 : 네, 그렇게 말씀하셨지요.

레녹스 : 간밤은 어수선한 밤이었습니다. 우리 숙소의 굴뚝이 바람에 쓰러졌답니다. 사람들의 말에 의하면 곡성이 들리고 죽어가는 자의 신음 소리가 밤하늘에 울려 퍼졌다고 합니다. 게다가 이 험난한 세상에 혼란과 무서운 변고가 들이닥칠 징조를 예언하는 소리가 무섭게 들려왔다고 합니다. 그뿐이 아닙니다. 올빼미 울음소리가 밤새도록 들리기도 했지요. 대지가 열병에 걸린 것처럼 진동을 했다고 합니다.

맥베스 : 사나운 밤이었소.

레녹스 : 젊은 제가 기억하는 한 그처럼 괴이하고 음산한 밤은 처음입니다.

맥더프 다시 등장.

맥더프 : 아, 끔찍한 일이다! 참변이야, 참변! 소름이 끼쳐 말이 안 나온
   다! 생각하기조차 끔찍해!
맥베스, 레녹스 : 무슨 일이오?
맥더프 : 무서운 일이 벌어졌소! 극악무도한 살상이 신전을 때려부수
   고 목숨을 앗아가 버렸소.
맥베스 : 뭐요? 목숨을?
레녹스 : 폐하의 목숨 말입니까?
맥더프 : 방에 들어가 보시오. 괴녀 고르곤(그리스 신화에 나오는 세 자매.
   뱀의 머리, 거대한 이빨, 놋쇠 발톱을 가진 추악한 얼굴로 사람을 돌로 변
   하게 하는 힘을 가졌다 - 역자 주)을 다시 보듯 차마 눈 뜨고 볼 수 없
   소. 나에게 묻지 마오. 가서 직접 확인하시오. (맥베스, 레녹스 퇴장)
   일어나시오! 일어나시오! 경종을 울려라! 살인이다! 반란이다! 뱅
   쿠오, 도날베인, 맬컴, 일어나시오! 죽음 같은 포근한 잠을 털어버
   리고 깨어나시오! 진짜 죽음을 보시오! 일어나시오! 이 무서운 광
   경을 보시오! 맬컴, 뱅쿠오, 유령이 무덤에서 일어나 걸어나오듯
   어서 나오시오. 경종을 울려라. (종이 울린다)

맥베스 부인 등장.

맥베스 부인 : 무슨 일입니까? 무슨 일이기에 요란스러운 종소리로 성
   안의 사람들을 깨우는 거죠? 말씀해보세요. 어서요!
맥더프 : 오 이럴 수가! 부인, 제가 어떻게 그 참혹한 얘기를 들려드릴
   수 있겠습니까? 부인께서 들으시면 당장 기절을 하고 생명을 잃으

실 겁니다. (밴쿠오 등장) 오, 밴쿠오! 밴쿠오 장군! 폐하께서 살해당하셨습니다!

맥베스 부인 : 뭐라고요? 이게 무슨 날벼락이랍니까! 게다가 우리 집에서?

밴쿠오 : 어느 곳에서 일어나든 너무나 잔혹한 일이오. 맥더프, 잘못 말한 것이라고 말씀해주시오.

맥베스, 레녹스 재등장.

맥베스 : 이 참변이 일어나기 한 시간 전에만 내가 죽었던들 내 일생은 행복했을 터인데. 이젠 내 인생에 중요한 것은 하나도 없다. 모든 것이 부질없다. 명예도 덕망도 모두 사라졌다. 생명의 술은 바닥이 나버렸다. 남은 것이라곤 오직 찌꺼기뿐.

맬컴, 도날베인 등장.

도날베인 : 무슨 일이오?

맥베스 : 폐하의 신상에 변이 생긴 것을 모르고 계셨군요. 왕자님 혈통의 샘이, 그 원천이, 그 샘줄기가 말라버렸습니다. 그 근원이 막혀버렸단 말입니다.

맥더프 : 부왕께서 살해당하셨습니다.

맬컴 : 뭐요? 누구에게?

레녹스 : 호위병들의 소행 같습니다. 그자들의 손과 얼굴에 피가 낭자하고, 그자들의 단검도 피가 묻은 채 머리맡에 있었습니다. 그들은 실성한 사람처럼 서로 멍하니 쳐다보고만 있었습니다. 사람의 생

명을 안심하고 맡길 만한 자들로는 보이지 않았습니다.

맥베스 : 분노가 치밀어 그자들을 죽이고 말았는데 후회스럽소.

맥더프 : 왜 그런 짓을 하였소?

맥베스 : 어느 누가 어리숙하면서도 현명하고, 격분해서도 침착할 수 있고, 사랑하면서 냉담할 수 있겠소? 아무도 그럴 수는 없소. 폐하에 대한 나의 충성심이 이성의 힘을 뛰어넘어버렸소. 이쪽에 폐하가 쓰러져 계셨소. 은빛 같은 살결은 금빛 핏발로 얼룩져 있고, 깊은 상처는 파괴의 손길이 출입하는 균열처럼 입을 벌리고 있었소. 그리고 저쪽에는 자객들이 살인의 증거로 핏빛으로 물들어 있었고, 단검 역시 피로 응어리져 있었소. 그러니 어찌 참을 수 있겠소. 충성심이 있고, 그것을 실행할 용기가 없다면 몰라도……

맥베스 부인 : 오, 누가 부축해주세요!

맥더프 : 아, 부인을 돌봐주시오.

맬컴 : (도날베인에게 방백) 왜 우린 입을 다물고 있는 거지? 누구보다도 할 말이 많을 텐데?

도날베인 : (맬컴에게 방백) 지금 무슨 말을 하겠어요. 어떤 액운이 구멍 같은 작은 틈에 숨어 있다가 튀어나와 우리를 습격할지 모르는데. 자, 떠납시다. 눈물은 아직 이릅니다.

맬컴 : (도날베인에게 방백) 미처 슬픔을 느낄 겨를도 없군.

밴쿠오 : 부인을 돌봐주시오. (정신을 잃은 맥베스 부인 퇴장) 우리도 이렇게 벗은 몸으로 추위에 떨지 말고 옷을 입은 후에 다시 모여서 이 잔인무도한 범죄를 철저히 규명합시다. 지금은 비록 공포와 의혹으로 떨고 있지만 내 약속하리다. 모든 것을 위대한 신의 손에 맡겨 어떠한 음모가 있다 해도 당당히 싸울 것이오.

맥더프 : 저도 그렇게 하겠습니다.

일동 : 다들 그럽시다.

맥베스 : 어서 옷을 갈아입고 광장으로 모입시다.

일동 : 그렇게 합시다. (맬컴과 도날베인만 남고 모두 퇴장)

맬컴 : 어떻게 하겠느냐? 저들과 함께 행동해서는 안 된다. 마음에도 없는 슬픔을 겉으로 드러내는 일은 위선자들의 상투적인 수법이지. 난 영국으로 가겠다.

도날베인 : 난 아일랜드로 가겠습니다. 서로 헤어져 있는 것이 안전할 겁니다. 우리가 이곳에 머물러 있는 한 사람들은 비수를 감춘 미소를 지을 겁니다. 근친일수록 피 냄새를 맡으려 접근하겠지요.

맬컴 : 살인의 화살은 이제 시위를 떠나 공중을 날고 있다. 안전을 위해 과녁에서 피해야 한다. 어서 말을 타자. 작별 인사를 할 때가 아니다. 어서 빨리 빠져나가자. 위험한 상황에 처했을 때 자기의 목숨을 훔쳐 온전하게 챙기는 것은 죄가 아니다. (모두 퇴장)

제2막 4장 ✦ 맥베스의 성 앞

로스, 노인 등장.

노인 : 이 늙은이는 칠십 평생 일어난 일들을 잘 기억하고 있습니다. 그동안 무서운 시절도 있었고, 별의별 이상한 일도 다 보아왔지요. 하지만 간밤의 끔찍한 일에 비하면 그것들은 아무것도 아닙니다.

로스 : 하늘을 보시오. 하늘도 인간의 소행에 마음이 아팠는지 피투성이가 된 이 지상을 노려보고 있습니다. 대낮인데도 컴컴한 어둠이 태양의 목덜미를 조이고 있으니 말입니다. 밤의 기세가 등등해서

인지 아니면 낮이 수줍어서인지, 밝은 햇빛이 대지를 비춰야 할 시각에 어둠이 깔려 있으니 도대체 이게 무슨 일이랍니까?

노인 : 참으로 괴이한 일입니다. 간밤의 사건도 그렇지만, 지난 화요일에는 글쎄 하늘 높이 날던 매가 쥐나 잡아먹는 부엉이한테 습격을 받아 죽는 일도 있었답니다.

로스 : 그러고 보니 덩컨 왕의 말들에게 있었던 이상한 일이 생각나는군요. ― 틀림없는 사실입니다 ― 무척 빨리 달려서 명마로 소문난 그 말들이 별안간 마구간을 부수고 뛰쳐나와 마치 싸울 듯이 사람들에게 난동을 부린 것이지요.

노인 : 말끼리 서로 물어뜯었다고도 하더군요.

로스 : 그랬습니다. 정말 어이가 없었지요. (맥더프 등장) 저기 맥더프 경이 오시는군. 어떻게 되었습니까?

맥더프 : 아직 모르시오?

로스 : 끔찍한 살인을 저지른 자가 누구인지 판명되었습니까?

맥더프 : 맥베스가 죽여버린 그 두 놈이겠지요.

로스 : 저런, 맙소사! 무엇 때문에 그런 짓을 했을까요?

맥더프 : 매수되었던 거지요. 맬컴과 도날베인 왕자가 비밀리에 도망쳤어요. 그래서 두 왕자가 혐의를 받고 있지요.

로스 : 그야말로 천륜을 저버린 행동이군요. 아무것도 아닌 야심 때문에 자기 목숨의 탯줄을 끊다니! 그렇다면 왕위는 필시 맥베스 장군께 돌아가겠군요.

맥더프 : 이미 지명되어 대관식을 거행하러 스쿤으로 떠나셨습니다.

로스 : 덩컨 왕의 유해는 어디로 모셨습니까?

맥더프 : 콤길로 모셨습니다. 역대 제왕들의 유골을 모신 성스러운 묘역이지요.

로스 : 장군께서도 스쿤으로 가시겠군요?

맥더프 : 아닙니다. 저는 파이프로 돌아갈 작정입니다.

로스 : 저는 스쿤으로 가보겠습니다.

맥더프 : 그곳에서 모든 일이 잘되기를 바랍니다. 안녕히 가시오! 새 옷보다 낡은 옷이 입기 편하다는 평이 나지 않도록 합시다.

로스 : 안녕히 계십시오, 노인장.

노인 : 하느님의 축복이 두 분께 있기를. 악을 선으로 고치고, 원수를 친구로 바꾸는 사람에게도 신의 축복이 있기를! (모두 퇴장)

제3막

제3막 1장 포레스. 왕궁

밴쿠오 등장.

밴쿠오 : 마녀들의 예언대로 되었구나. 글래미스 영주, 코더 영주, 그
리고 왕위까지 모두 거머쥐었어. 가장 사악한 수단으로 이 모든 것
을 차지했겠지. 그러나 왕위는 너의 후손에까지 계승될 수 없다고
마녀들은 말하지 않았던가. 바로 내가 미래의 제왕의 근원이 되며
조상이 될 것이라고 했다. 만일 그것들의 예언이 사실이라면 맥베
스, 네 머리 위에 또 다른 예언이 찬란히 빛나고 있다는 걸 명심해
라. 그것들의 예언이 너에게 실현되었듯이 내가 받은 예언도 그 실
현을 기대할 수 있지 않겠는가! 쉿, 이 정도만 해두자.

나팔 소리. 왕이 된 맥베스, 왕비가 된 맥베스 부인, 레녹스, 로스, 귀족들, 귀부인 및 시종들 등장.

맥베스 : 주빈이 여기 계셨군.

맥베스 부인 : 저분이 나타나지 않으셨다면 이 잔치는 구멍이 난 것처럼 크게 허전할 뻔했습니다.

맥베스 : 오늘 밤 과인이 정식 만찬회를 베풀 테니 꼭 참석해주시오.

밴쿠오 : 하명만 하십시오. 신들의 의무는 그저 폐하의 분부를 따르는 것입니다.

맥베스 : 오후에 말을 타고 어디 간다던데 사실이오?

밴쿠오 : 그렇습니다, 폐하.

맥베스 : 오늘 회의에서 장군의 사려 깊고 유익한 의견을 듣고 싶었는데……, 하는 수 없지. 그럼 내일 듣기로 합시다. 멀리 갈 작정이오?

밴쿠오 : 지금 떠나면 만찬까지는 돌아올 수 있습니다. 만일 말이 잘 달려주지 않으면 한두 시간 더 어둠 속을 달려야 할지도 모르지요.

맥베스 : 연회에 늦지 않도록 하시오.

밴쿠오 : 물론입니다.

맥베스 : 들자하니 과인의 잔인한 사촌인 두 왕자가 영국과 아일랜드로 피신해 있으면서, 부왕 살해죄를 자백하기는커녕 오히려 해괴망측한 소문만 퍼뜨리고 다닌다고 합디다. 이 일도 내일 의논하기로 합시다. 그 외에도 함께 상의해야 할 일이 많다오. 어서 말을 타시오. 잘 다녀오고 밤에 다시 만납시다. 플리언스도 함께 갈 예정이오?

밴쿠오 : 그렇습니다. 폐하, 시간이 되었으니 이만 물러가겠습니다.

맥베스 : 말이 든든한 다리로 빨리 달려주길 바라오. 잘 다녀오시오. (밴쿠오 퇴장) 모두들 저녁 일곱 시까지는 각자 자유로운 시간을 보내도록 하시오. 오늘 만찬회를 즐겁게 맞기 위해 나도 그때까지는 혼자 있고 싶구려. 편히들 쉬시오! (맥베스와 시종 한 사람만 남고 모두 퇴장) 여봐라, 그자들은 대기하고 있느냐?

시종 : 네, 폐하. 궁전 문 밖에서 대기하고 있습니다.

맥베스 : 불러들여라. (시종 퇴장) 안전이 확실하게 보장되지 않는다면 왕이 되는 것도 부질없는 일이다. 내 가슴 깊이 밴쿠오에 대한 공포심이 도사리고 있지 않은가. 그의 왕자다운 기품에는 두려움을 느끼게 하는 뭔가가 있다. 대담한 데다 용기를 슬기롭게 발휘하고 무슨 일이든 해내는 저력까지 가지고 있지 않은가. 내가 진실로 두려워하는 자는 밴쿠오뿐이다. 그와 같이 있으면 나의 수호신도 압도당하지. 그 옛날 안토니우스의 수호신이 시저를 두려워했던 것처럼. 마녀들이 날 왕이라고 불렀을 때 그자는 그것을 야멸차게 꾸짖고 자기에게도 한마디 하라고 호통 쳤고, 그것들은 예언자인양 그자에게 제왕의 조상이 될 것이라고 축하인사를 해주었다. 그것들은 내 머리에 열매 맺지 못할 왕관을 씌워주고 남의 자손에게 대권을 계승하게 될 허망한 왕홀(유럽 군주의 권력과 위엄을 나타내는, 손에 드는 상징물 - 편집자 주)을 나의 손에 쥐어주었다. 그렇다면 나는 밴쿠오의 자손을 위해 이 손을 더럽히고 인자한 덩컨 왕을 살해한 것이 아닌가. 내 평화로운 마음의 잔에 증오의 독주를 채운 것도 그자 때문이란 말인가. 내 불멸의 보배를 인류의 적인 악마에게 내준 것도 결국은 밴쿠오의 자손들을 왕위에 앉히기 위해서였단 말인가! 차라리 운명이여, 오너라. 최후의 결판을 내리라. 누구냐? (시종, 두 자객을 데리고 등장) 넌 부를 때까지 문밖에서 기다려라. (시

종 퇴장) (자객들에게) 우리가 만나서 이야기한 것이 어제였던가?

자객 1 : 네, 폐하.

맥베스 : 그래, 내가 한 말을 잘 생각해보았느냐? 지금까지 너희를 불행하게 만든 사람이 나인 줄로 오해하고 있었던 모양인데, 실은 밴쿠오 그자였다. 이 문제는 내가 이미 얘기한 그대로이다. 너희가 어떻게 꼬임에 빠졌고, 배신을 당했으며, 앞잡이는 누구이며, 누가 그를 조종했는지, 그 밖의 모든 것에 대해서 말했으니 아무리 미친 사람일지라도 '그것은 밴쿠오가 한 짓'이라고 납득할 수 있을 것이다.

자객 1 : 잘 알고 있습니다.

맥베스 : 그래야지. 실은 오늘 너희에게 할 이야기가 있어 부른 것이다. 그래 너희는 너희에게 누명을 씌운 자들의 죄를 눈감아줄 수 있을 정도로 참을성이 강한 자들이냐? 그자들의 자손을 위해 기도를 드릴 정도로 신앙심이 두터우냐? 그 무자비한 놈 때문에 무덤에 끌려가다시피 고초를 당하고 가족들은 알거지가 되었는데도?

자객 1 : 저희도 사내대장부입니다, 폐하.

맥베스 : 그렇겠지. 그야 명부상에는 남자이고말고. 사냥개도, 그레이하운드도, 잡종개도, 스패니얼, 들개, 똥개, 물개, 반늑대의 개도 다 개라고 부르지. 그러나 가격표에는 빠른 놈, 느린 놈, 영리한 놈, 집 지키는 놈, 사냥하는 놈 등등 풍요한 대자연에게서 받은 능력에 따라 구별되어 적혀 있다. 그래서 일반적인 명부와는 구분되는 특별한 이름으로 불리게 되는 것이다. 인간도 마찬가지다. 자, 너희도 인간 가격표에 올라 있고 최하 계급이 아니라고 생각한다면 그렇다고 말하라. 그렇다면 내가 은밀히 부탁할 일이 있다. 그 일만 잘 해내면 너희는 원수를 처치할 수 있고 나의 신임과 총애를

받게 될 것이다. 그자가 살아 있는 한 나는 병자나 다름없다. 그자가 죽어야만 내가 편안해질 것 같구나.

자객 2 : 폐하, 저는 세상 사람들로부터 가혹하게 밟히고 채이기를 수도 없이 겪어 분통이 터질 지경입니다. 세상에 대한 분풀이라면 무슨 일이라도 할 수 있습니다.

자객 1 : 저 역시 이제껏 재난에 시달리고 온갖 액운에 부대꼈습니다. 그 때문에 인생을 뜯어고치든지 세상과 작별하든지 제 운명을 시험해볼 각오가 되어 있습니다.

맥베스 : 너희의 원수는 밴쿠오라는 것을 명심해라.

자객들 : 알고 있습니다.

맥베스 : 그는 또한 나의 원수이기도 하다. 그자가 살아 있는 한 언제 나의 급소를 찌를지 알 수 없어. 물론 나의 왕권으로 그자를 내 눈앞에서 없애버릴 수도 있다만 그렇게 하지 않는 까닭은 그자에게도 친구요, 나에게도 친구인 자들과의 우정에 금이 갈까 염려되기 때문이다. 그를 끝장내더라도 슬퍼해야 하는 것이 나의 입장이다. 그렇기 때문에 너희의 힘을 빌리고자 하는 것이다. 그 밖에도 여러 가지 중대한 이유가 있지. 그러니 아무도 모르게 처리해주기 바란다.

자객 2 : 어명대로 시행하겠습니다.

자객 1 : 비록 저희 목숨을…….

맥베스 : 너희의 눈빛을 보니 굳은 각오를 알 수 있을 것 같구나. 좋다! 늦어도 한 시간 안으로 너희가 잠복할 장소를 일러주겠다. 그리고 정확한 결행 시간도 알려주겠다. 오늘 밤 이 궁전에서 약간 떨어진 장소에서 해치워야 한다. 나는 이 일과 전혀 무관하다는 것 또한 명심해라. 그리고 뒤탈이 없도록 그의 아들 플리언스를 함께 없애라. 그의 목숨 역시 부친의 것 못지않게 중요하니 그놈에게도 검은

운명의 시간을 안겨줘라. 그럼 물러가 있어라.

자객들 : 폐하, 저희는 이미 각오가 되어 있습니다.

맥베스 : 곧 부를 테니 안에서 기다려라. (자객들 퇴장) 이제 일은 끝났다. 밴쿠오, 오늘 밤 너의 영혼은 천당을 찾아 헤매게 되리라. (퇴장)

제3막 2장 | 왕궁

맥베스 부인, 시종 한 사람 등장.

맥베스 부인 : 밴쿠오 장군은 궁전을 떠났느냐?

시종 : 네, 하지만 오늘 밤에는 돌아오신답니다.

맥베스 부인 : 폐하께 잠시 드릴 말씀이 있다고 전해라.

시종 : 알겠습니다. (퇴장)

맥베스 부인 : 왜 이리도 허망한 것이냐. 뜻은 이루어졌건만 만족을 얻지 못하니. 살인을 하고 이렇게 불안한 기쁨에 시달리느니 차라리 살해당하는 신세가 더 마음 편하리라. (맥베스 등장) 웬일이세요, 폐하? 왜 늘 한없는 망상에 매달려 홀로 계시는 겁니까? 그런 생각은 깨끗이 떨쳐버리셔야 합니다. 이미 죽은 사람 아닙니까!

맥베스 : 우린 독사를 난도질했을 뿐, 죽이지는 못했소. 그놈은 그 상처가 아무는 즉시 우리의 어설픈 살상에 대해 복수의 이빨을 드러낼 것이오. 불안감에 떨며 하루 세 끼의 식사를 하고, 밤마다 무서운 악몽에 시달리며 고통스러운 잠을 이루느니 차라리 이 세상이 산산조각이 나고 하늘이 무너지고 땅이 꺼져버리면 좋겠소. 차라리 죽은 덩컨과 함께 있는 편이 나을 것이오. 우리가 평안을 얻기

위해 그자를 안식의 세계로 보낸 것이건만, 오히려 내 마음은 끝없는 고문에 시달리고 있구려. 덩컨은 열병 같은 인생을 끝마치고 무덤 속에 편안히 잠들어 있지. 끔찍한 반역이 그에게 행해졌지만 이제는 칼도, 독약도, 내란도, 외적의 침입도 그를 괴롭힐 수 없지 않소.

맥베스 부인 : 그만두세요. 폐하, 그런 험악한 표정은 이제 그만 지으시고 오늘 밤에는 명랑하고 즐거운 기분으로 손님들을 만나셔야 합니다.

맥베스 : 그럽시다. 당신도 명랑해지시오. 밴쿠오에게 특별히 마음을 쓰시오. 눈길 하나 말투 하나에도 경의를 표하시오. 아직은 안심할 수 없소. 국왕의 명예를 유지하기 위해서는 마음을 아부와 추종의 냇물에 담그고 얼굴을 가면으로 가리고 본심을 숨기시오.

맥베스 부인 : 이제 그런 생각은 버리세요.

맥베스 : 아, 내 마음속에는 독충들이 우글거리고 있다오! 당신도 알다시피 밴쿠오와 플리언스가 살아 있잖소.

맥베스 부인 : 하지만 그들의 목숨 역시 자연의 일부인 이상 언제까지나 살아 있을 수는 없지요.

맥베스 : 그 말을 들으니 위안이 되는구려. 그들의 목숨도 칼끝에 살아남을 수는 없지. 그러니 당신도 기뻐하시오. 박쥐가 수도원 안을 날아다니기 전에, 딱정벌레가 암흑의 마녀 헤카테의 부름을 받고 딱딱한 날갯짓을 하며 잠을 재촉하는 밤의 종을 치기 전에 무시무시한 일이 터질 것이오.

맥베스 부인 : 어떤 일이 일어나는데요?

맥베스 : 당신은 모른 척하고 있는 게 좋소. 일이 성사되거든 칭찬이나 해주구려. 어서 와라, 눈을 가리는 밤의 어둠이여. 자비로운 한낮

의 부드러운 눈을 가려다오. 눈에 보이지 않는 피투성이 손으로 나를 위협하는 저자의 목숨을 갈기갈기 찢어버려라! 어둠이 내리는구나. 까마귀는 서둘러 숲속으로 날아가고 있다. 낮의 세계의 선량한 사람들은 고개를 수그리고 잠이 들고, 밤의 사악한 앞잡이들은 먹이를 찾아 꿈틀거리기 시작한다. 내 말을 듣고 이상한 느낌에 사로잡힌 모양이구려. 염려 마시오. 악으로 시작한 것은 악으로 다져야 하오. 자, 들어갑시다. (모두 퇴장)

제3막 3장 ✦ 왕궁 부근의 사냥터

세 명의 자객 등장.

자객 1 : 누가 자네더러 우리와 합세하라고 했나?

자객 3 : 맥베스.

자객 2 : 의심할 것 없네. 우리가 해야 할 일을 말하는 걸 하나하나 정확히 알고 있는 걸 보니.

자객 1 : 그럼 우리와 함께하세. 서쪽 하늘에는 아직도 석양빛이 남아 있군. 나그네가 제시간에 숙소를 찾아 말을 재촉할 시간이야. 우리가 기다리는 자도 이제 곧 나타날 걸세.

자객 3 : 쉿! 말발굽 소리다.

뱅쿠오 : (안에서) 얘야, 횃불을 이리 다오!

자객 2 : 그래, 저자다. 초대받은 손님들은 다 궁전에 모여 있을 테니 말이야.

자객 2 : 그의 말이 먼 길로 돌아오는군.

자객 3 : 1마일은 되는 것 같군. 다른 사람들과 마찬가지로 그자도 여기서부터 궁전 입구까지 걸어서 갈 걸세.

밴쿠오, 횃불을 든 플리언스 등장.

자객 2 : 횃불이 보인다, 횃불!

자객 3 : 그놈이다.

자객 1 : 준비하자.

밴쿠오 : 오늘 밤은 비가 내릴 것 같구나.

자객 1 : 내리쳐라. (밴쿠오를 덮친다)

밴쿠오 : 살인이다! 도망쳐라, 플리언스. 도망쳐라, 빨리 도망쳐! 너만은 살아남아서 반드시 이 원수를 갚아다오. 이 고얀 놈! (죽는다) (플리언스 도망친다)

자객 3 : 횃불을 끈 자가 누구요?

자객 1 : 뭐가 잘못됐나?

자객 3 : 한 놈밖에는 못 해치웠어. 아들은 도망치고 말았어.

자객 2 : 중요한 반토막을 놓쳤군.

자객 1 : 아무튼 가서 상황을 알려드리세. (모두 퇴장)

제3막 4장 ┃ 포레스. 왕궁의 연회장

연회가 준비되어 있다. 맥베스, 맥베스 부인, 로스, 레녹스, 귀족들, 시종들 등장.

맥베스 : 여러분, 자신의 자리는 알고 있을 테니 각자의 자리에 앉으시오. 여기 오신 것을 진심으로 환영하오.

귀족들 : 폐하, 황공합니다.

맥베스 : 나도 여러분 틈에 끼어 미력하나마 주인 노릇을 해야겠소. 옥좌에 앉은 여주인이 곧 환영 인사를 할 것이오.

맥베스 부인 : 저를 대신하여 폐하께서 손님들에게 진심으로 환영한다고 전해주세요.

문 앞에 자객 1 등장.

맥베스 : 보시오, 사람들이 당신에게 진심으로 감사를 표하고 있소. 양쪽의 좌석 수가 같으니 과인은 여기 한가운데 앉겠소. 자, 마음껏 즐기시오. 내가 술잔을 들고 한 바퀴 돌겠소. (문으로 가까이 가서) 얼굴에 피가 묻어 있군.

자객 1 : 밴쿠오의 피입니다.

맥베스 : 그자의 몸속보다는 네 얼굴에 묻어 있는 그자의 피가 더 반갑구나. 해치웠느냐?

자객 1 : 폐하, 그자의 목을 찔렀습니다!

맥베스 : 목이라, 솜씨가 좋구나! 플리언스도 훌륭하게 해치웠겠지? 그자도 네가 죽였다면 너는 최고의 자객이 틀림없다.

자객 : 폐하, 황공하오나 플리언스는 달아나버렸습니다.

맥베스 : 불안이 다시 나를 덮치게 됐구나. 그놈만 해치웠다면 완전했을 것을. 대리석처럼 티 없고, 바위처럼 단단하고, 만물을 둘러싸고 있는 공기처럼 자유로웠을 것을. 그러나 이제 나는 다시 감옥에 갇혀 결박당한 몸으로 의혹과 공포에 얽매이게 되었구나. 밴쿠오만은 틀림없겠지?

자객 1 : 네, 폐하. 머리에 스무 군데나 깊은 상처를 입고 시궁창에 처박혀 있습니다. 그중에 가장 작은 상처 하나만으로도 숨이 멎었을 겁니다.

맥베스 : 수고했다. 어쨌든 아비 뱀은 죽었구나. 달아난 새끼 뱀은 언젠가는 위험한 독사가 되겠지만 당장은 독을 뿜을 이빨이 없겠지. 그만 물러가라. 내일 다시 듣기로 하자. (자객 1 퇴장)

맥베스 부인 : 폐하, 대접이 너무 소홀한 것 같습니다. 연회석에서는 자주 환대의 말씀이 없으시면 음식점에서 먹는 음식이나 다를 바 없습니다. 먹기만 하는 일이라면 자기 집이 제일 편하지요. 초대받은 향연에서는 필히 환대라는 양념이 있어야 하지 않겠어요? 환대가 없는 연회석은 맥이 빠져버린답니다.

맥베스 : 옳은 소리요! 자 자, 마음껏 드시고, 잘 소화시키고, 더욱 건강하시오!

레녹스 : 폐하께서도 옥좌에 앉으시지요.

밴쿠오의 망령이 등장하여 맥베스의 자리에 앉는다.

맥베스 : 밴쿠오 장군만 참석했다면 이 나라의 명문 귀족들이 모두 한자리에 모이게 되었을 것을. 그러나 무슨 불행한 일이 일어난 것은

아닌지 걱정하는 것보다는 뱅쿠오 장군의 무성의를 책하는 것이 차라리 나을 것 같소.

로스 : 그분의 불참은 약속을 지키지 못한 것일 뿐입니다. 폐하, 어서 자리에 앉으셔서 저희가 신하로서의 경의를 보일 수 있도록 해주십시오.

맥베스 : 자리가 다 찬 것 같군.

레녹스 : 여기 폐하의 자리가 있습니다.

맥베스 : 어디?

레녹스 : 여기 자리가 있습니다. 폐하, 왜 그렇게 놀라십니까?

맥베스 : 누가 이런 짓을 했소?

귀족들 : 무슨 말씀입니까, 폐하?

맥베스 : 내가 그랬다고 말할 수 없다. 피투성이가 된 머리털을 내게 흔들지 마라.

로스 : 여러분, 일어납시다. 폐하께서 불편하신 모양입니다. (모두들 자리에서 일어난다)

맥베스 부인 : 여러분, 앉으십시오. 폐하께서는 이런 증세가 가끔 계십니다. 젊은 시절부터 있는 일이지요. 어서 자리에 앉아주십시오. 발작은 일시적입니다. 곧 회복하실 겁니다. 폐하를 그렇게 쳐다보시면 기분이 상하셔서 증세가 더 오래갑니다. 그러니 못 본 척하시고 어서 음식이나 드세요. (맥베스에게 방백) 당신이 남자예요?

맥베스 : 그렇소, 나는 용감한 대장부요. 악마도 질겁을 할 저 끔찍한 모습을 마주한 채 똑바로 노려보고 있는 사내대장부요.

맥베스 부인 : 아, 체통이 말이 아니군요! 그건 당신의 공포심 때문에 생긴 환영에 불과합니다. 당신을 덩컨에게 인도해주었다는 그 단검 말이에요. 아무것도 아닌 것으로 이렇게 흥분하고 놀라시다니, 그

런 건 진짜 공포가 아니에요. 겨울날 화롯가에서 늙은 할머니의 도깨비 이야기를 믿는 아녀자들 같군요. 부끄러운 줄 아세요! 왜 그런 얼굴을 하시죠? 텅 빈 의자는 왜 노려보시는 거예요?

맥베스 : 제발 저기를 봐요! 저걸! 저것 보시오! 어떻소? 아무것도 안 보인단 말이오? 머리를 끄덕일 수 있거든 말도 해보아라. 납골당이나 무덤이 우리가 묻어버린 것을 토해낸다면 앞으로는 솔개의 위장을 무덤으로 써먹어야겠구나. (망령 퇴장)

맥베스 부인 : 아, 이게 무슨 망발이세요?

맥베스 : 내가 여기 서 있는 게 확실한 것처럼 그자를 본 것도 확실하오.

맥베스 부인 : 그만두세요, 창피해요!

맥베스 : 유혈의 참극은 이전에도 있었고, 옛날 인간의 계율이 생겨 세상을 평정하기 이전에도, 아니 그 이전에도 있었지. 그러나 예전에는 골이 터져 나오면 인간은 죽고 그것으로 모든 일이 끝장났던 것인데, 지금은 머리에 스무 군데나 치명상을 입고도 다시 살아나서 산 사람을 의자에서 밀어내다니. 살인보다도 그것이 더욱 괴이한 일이로다.

맥베스 부인 : 폐하, 손님들이 기다리고 있어요.

맥베스 : 아, 그렇지. 여러분, 이상하게 생각하지 마시오. 나에겐 이상한 지병이 있소, 알고 있는 사람들에겐 별거 아니지만. 자, 여러분의 우정과 건강을 위해 건배합시다. 나도 자리에 앉겠소. 자, 술을 따르시오, 철철 넘치도록. 만찬회에 참석하신 여러분들을 위해, 또 이 자리에 없는 친구 뱅쿠오 장군을 위해 건배합시다. 장군이 참석했더라면 좋았을 것을! 여러분 모두를 위해, 뱅쿠오를 위해, 우리 모두를 위해!

귀족들 : 폐하를 위하여!

밴쿠오의 망령 다시 등장.

맥베스 : 물러가라! 내 눈앞에서 꺼져! 땅속으로 꺼져! 너는 골수는 이
　　미 없고 너의 피는 얼음처럼 차다. 보이지도 않는 눈동자를 번들거
　　리면서 나를 노려보아서 어쩌겠다는 것이냐?
맥베스 부인 : 여러분, 이건 늘 있는 일입니다. 별것 아닙니다. 모처럼
　　의 흥을 깨서 미안하군요.
맥베스 : 인간이 할 수 있는 일이라면 나는 무엇이든 할 수 있다. 털투
　　성이의 러시아 곰이든지, 뿔 달린 들소든지, 하케니아의 호랑이든
　　지 그 어떤 모습으로 나타나도 좋다. 지금의 모습만 아니라면 나는
　　끄떡도 하지 않을 것이다. 네놈이 다시 살아나서 인적 없는 황야에
　　서 칼을 들고 덤벼봐라. 내가 조금이라도 두려워한다면 날 애송이
　　라고 불러도 좋다. 물러가라, 소름 끼치는 그림자야! 꺼져라, 거짓
　　된 환영아! (망령 퇴장) 그래, 그렇게 사라지면 나는 다시 제정신으
　　로 돌아갈 것이다. 여러분, 제자리에 앉아주시오.
맥베스 부인 : 폐하께서 그렇게 소란을 피우시니 흥이 깨졌습니다. 즐
　　거운 회합이 엉망이 되고 말았어요.
맥베스 : 한여름 구름처럼 갑작스럽게 나타나 나를 덮치는데 어찌 놀
　　라지 않겠소? 나 자신도 뭐가 뭔지 모르겠소. 여러분도 나와 똑같
　　은 광경을 보았을 텐데 어떻게 안색 하나 변하지 않을 수 있단 말이
　　오. 나 혼자만 공포에 떨고 있으니 이상하구려.
로스 : 무엇을 보셨습니까, 폐하?
맥베스 부인 : 더 이상 아무 말도 마십시오. 상태가 악화되실 겁니다. 질

문을 받으면 흥분하시거든요. 이만 물러들 가십시오. 퇴장하는 순서는 신경 쓰지 마시고 어서 떠나주십시오.

레녹스 : 안녕히 주무십시오. 하루빨리 건강해지시기를 바랍니다.

맥베스 부인 : 여러분, 모두 안녕히 가십시오! (맥베스 부부만 남고 모두 퇴장)

맥베스 : 아무래도 피를 보고야 말 것 같구나! 피는 피를 부른다고 하지 않는가. 묘석이 움직이고 나무가 입을 열어 말을 했다지. 이것은 분명 눈에 보이지 않는 인과의 줄기를 보여주려는 징후일 것이다. 까치, 까마귀의 울음소리를 이용하여 살인의 비밀을 알아내기도 했다지 않은가. 밤은 얼마나 깊었소?

맥베스 부인 : 밤인지 새벽인지 분간하기 어려운 시각입니다.

맥베스 : 맥더프가 만찬회에 오라는 명을 무시한 것을 당신은 어찌 생각하오?

맥베스 부인 : 사자를 분명히 보내셨나요?

맥베스 : 아니, 간접적으로 들었소. 내가 매수한 하인이 없는 집은 없거든. 그러나 사람을 보낼 것이오. 내일 아침 일찍 그 마녀들이 있는 곳으로 찾아가서 얘기를 더 들어봐야겠소. 어떤 수단을 써서라도. 최악의 수단을 써서 최악의 점괘가 나온다 하더라도 꼭 알아내고야 말겠소. 나 자신의 이익을 위해서인데 무슨 짓인들 못하겠소. 피비린내 나는 일에 발을 들여놓은 이상 앞으로 나아갈 수밖에 없소. 이제 물러서는 것은 앞으로 나가기보다도 어려운 일이오. 내 머릿속을 맴도는 놀라운 생각들은 벌써 이 손으로 옮아가려 하고 있소. 생각은 나중이고, 당장 해치워야 하오.

맥베스 부인 : 모든 것은 때가 있습니다. 지금은 주무셔야 합니다.

맥베스 : 자, 가서 쉬도록 합시다. 이렇듯 환영을 보고 당황하는 것은

풋내기의 불안 탓이오. 그래서 단련이 필요하지. 우린 아직 이런 일엔 익숙하지 못하니까. (모두 퇴장)

제3막 5장 ❦ 황야

천둥소리. 세 마녀 등장하여 헤카테를 만난다.

마녀 1 : 웬일이에요, 헤카테 님? 화가 나셨군요.

헤카테 : 당연하지. 방자하고 사나운 할망구들아! 너희 멋대로 생사의 수수께끼를 걸고 맥베스와 거래를 하다니. 너희 마술의 지배자이자 온갖 재앙을 관장하고 있는 나를 무시했을 뿐만 아니라, 내가 현란한 마술의 위력을 과시하지 못하게 패악을 저질렀다. 더욱 고약한 것은 너희가 한 짓이 심술궂고 성 잘 내기로 소문난 고집쟁이 놈을 위한 짓거리라는 것이다. 다른 놈과 마찬가지로 자기 이익만 생각하느라 너희 따위는 돌볼 생각도 안 하는 놈을 위한 짓거리였단 말이다. 자, 이제 마음을 돌리고 당장 이곳을 떠나자. 지옥의 아케론의 동굴에서 새벽에 만나자. 그놈이 자기 운명을 점치러 올 것이다. 도구와 마술과 주문, 필요한 것은 모두 가져가라, 난 하늘로 날아갈 것이니. 오늘 밤에는 처절하고 무서운 일이 생길 것이다. 정오가 되기 전에 큰 일을 마쳐야 한다. 저 달 한구석에 고여 있는 증기 같은 무거운 물방울이 땅에 떨어지기 전에 받아서 마법으로 증류시키면 이상한 정령들을 나타나게 할 수 있다. 그 정령들의 힘으로 그놈을 현혹해서 스스로 파멸의 구렁텅이로 빠지게 할 것이다. 그자는 운명을 조롱하고 죽음을 비웃으며 지혜도 은총도 공포

도 무시하고 야욕에만 불타고 있다. 그러므로 허망하게 가게 될 것이다. 너희도 알겠지만 과신이야말로 인간에게 가장 무서운 적이다. (안에서 음악과 노래. '오라, 오라, 헤카테여…….' 노래) 나를 부르는 소리다. 봐, 나의 어린 정령들이 안개구름 위에 앉아서 날 기다리고 있구나. (퇴장)

마녀 1 : 자, 서두르자. 헤카테가 곧 돌아올 테니. (모두 퇴장)

제3막 6장 ⁑ **포레스. 왕궁**

레녹스, 귀족 한 사람 등장.

레녹스 : 내가 한 말은 당신의 생각과도 일치합니다만 좀더 깊이 생각할 여지도 있습니다. 어찌 된 일인지 모든 일이 이상하게 돌아가고 있거든요. 인자하신 덩컨 왕의 죽음을 맥베스가 애도하는 거야 좋습니다. 불쌍하게도 돌아가셨으니까요. 그리고 용감한 뱅쿠오 장군은 너무 늦은 시간에 밤길을 거닐다가 변을 당하셨지요. 어쩌면 도망친 플리언스가 죽었을지도 모르고요. 어쨌든 밤늦게 돌아다니는 것은 좋지 않은 일이기는 합니다. 맬컴과 도날베인 두 왕자께서 인자하신 부왕을 살해했다니 이런 해괴망측한 일이 어디 있겠습니까? 천벌을 받아 마땅하지! 맥베스가 얼마나 개탄했겠습니까! 분을 참지 못해 두 살인자를 단칼로 베어버린 것도 당연하지요. 그 놈들은 술의 노예가 되고, 잠의 종이 되어 널브러져 있었다죠? 그 놈들을 없애버린 건 정말 현명한 일이었지요. 그놈들이 자기네 소행이 아니라고 부인하는 걸 보고 분노하지 않을 사람이 어디 있겠

습니까? 그리고 보면 맥베스가 일을 교묘하게 처리하고 있군요. 그럴 리는 없겠지만 만약 두 왕자가 그의 손에 잡히게 되는 날이면 아버지를 살해한 벌이 어떤 것인가를 맛보게 되겠죠. 플리언스도 마찬가지입니다. 그만둡시다! 그건 그렇고 맥더프 장군은 입바른 말을 잘하고 폭군의 연회석에 참석하지 않았다는 이유로 미움을 받고 있더군요. 혹시 그분이 어디 숨어 있는지 아시나요?

귀족 : 이 폭군에게 왕위를 빼앗긴 덩컨 왕의 장남 맬컴 왕자는 영국으로 갔는데 저 성인 같은 에드워드 왕의 환대를 받고 있다더군요. 역경 속에서도 많은 사람들의 존경을 받고 있다는 겁니다. 맥더프 역시 그곳으로 갔는데 그 나라의 왕에게 노섬벌랜드와 용감한 시워드의 궐기를 간청했다더군요. 하늘이 도와주신다면 우린 다시 마음 놓고 밥을 먹을 수 있을 것이고 편히 밤잠을 잘 수 있게 될 것입니다. 축제와 향연의 자리에서 피비린내 나는 칼부림을 멈추고 마음에서 진심으로 우러나는 충성을 바치는 대신 공정한 영예를 받게 될 것입니다. 그런데 이 보고를 들은 맥베스 왕은 분노해 전쟁 준비를 시작했다는군요.

레녹스 : 맥베스는 맥더프에게 사신을 보냈나요?

귀족 : 물론이죠. 그런데 맥더프는 돌아가지 않겠다고 단호히 거절했답니다. 그 말에 사신은 불쾌한 얼굴로 돌아서서 "이런 대답을 한 걸 나중에 후회하게 될 거요." 하고 중얼거렸다는군요.

레녹스 : 그런 일이 있었다면 맥더프는 모든 지혜를 동원해서 맥베스로부터 몸을 피해야 하겠군요. 하늘의 거룩한 천사여, 맥더프보다 앞질러 영국 궁전으로 달려가서 그의 사명을 알려주소서. 저주받은 손아귀에서 신음하는 이 나라에 하늘의 축복이 돌아오도록!

귀족 : 나도 기도하겠소. (모두 퇴장)

제4막

제4막 1장 | 동굴 안

천둥소리. 세 마녀 등장.

마녀 1 : 얼룩 고양이가 세 번 울었다.

마녀 2 : 고슴도치가 세 번하고도 한 번 더 울었어.

마녀 3 : 하피어(여자의 얼굴에 새의 몸을 가진 괴물 – 역자 주)도 울고 또 운다. "때가 왔다, 때가 왔어." 하고.

마녀 1 : 빙글빙글 돌자. 썩은 내장을 집어넣어라. 차디찬 돌 밑에 깔려 서른하고도 하루 동안 잠을 자면서 독을 빚어낸 두꺼비부터 마법 의 가마솥에 먼저 넣어라!

세 마녀 : (가마솥 주위를 돌면서) 고통이여, 아픔이여, 커져라, 커져. 불 꽃이여, 타올라라. 가마솥아, 끓어라.

마녀 2 : 늪에서 잡은 독사의 살점아, 끓어라. 도롱뇽의 눈알과 개구리
　　　 발가락, 박쥐의 깃털과 개의 혓바닥, 독사의 갈라진 혀와 독충의
　　　 침, 도마뱀의 다리, 올빼미의 날개, 모두 다 무서운 재앙을 일으키
　　　 는 재앙의 부적이 되도록 지옥의 국물처럼 펄펄 끓어라.

세 마녀 : 고통이여, 아픔이여, 커져라, 커져. 불꽃이여, 타올라라. 가
　　　 마솥아 끓어라.

마녀 3 : 용의 비늘, 늑대의 이빨, 마녀의 미라, 포식한 상어의 위와 창
　　　 자, 밤에 캐낸 독초의 뿌리, 신을 모독하는 유대인의 간, 염소의 쓸
　　　 개와 월식 때 꺾은 주목의 가지, 터키인의 코, 타타르인의 입술, 창
　　　 녀가 낳아서 목 졸라 죽인 후 시궁창에 내다 버린 갓난애의 손가
　　　 락, 다 집어넣어 진국으로 끓여라. 호랑이 내장도 넣어 걸쭉하게
　　　 끓여라.

세 마녀 : 고통이여, 아픔이여, 커져라, 커져. 불꽃이여, 타올라라. 가
　　　 마솥아, 끓어라.

마녀 2 : 원숭이 피를 부어 식혀라. 그러면 마술의 힘은 더욱 커지고 주
　　　 문이 잘 들지.

헤카테, 다른 세 마녀와 함께 등장.

헤카테 : 오, 잘 끓었구나! 수고들 했다. 이익은 모두에게 나누어주마.
　　　 자, 가마솥 주위를 돌면서 노래를 불러라. 요정들처럼 원을 그리며
　　　 가마솥 국물에 주문을 걸자. (음악 소리, 노래 소리. 노래 〈검은 정령들
　　　 아〉가 시작된다) (헤카테 퇴장)

마녀 2 : 엄지손가락이 쑤시는 걸 보니 사악한 놈이 오나 보다. (노크 소
　　　 리) 열려라, 자물쇠야, 누구든 문을 두드리면! (맥베스 등장)

맥베스 : 한밤중에 어둠 속에 숨어 흉악한 짓을 하는 마녀들! 무슨 짓을 하고 있는 것이냐?

세 마녀 : 비밀입니다.

맥베스 : 너희가 어떻게 해서 예언의 신통력을 가졌는지 모르지만, 그 신통력으로 대답해라. 모든 바람을 휘몰아치는 바람으로 교회를 넘어뜨리든, 거품 일렁이는 파도로 배를 삼켜버리든, 보리이삭을 쓰러뜨리고 나뭇가지를 부러뜨리든, 파수병 머리 위로 성벽을 무너뜨리든, 궁전과 탑이 땅에 기울어져 넘어지든, 대자연의 귀중한 종자가 엉망으로 뭉개져 파괴에 넌덜머리가 나든 상관없다. 어서 내가 묻는 말에 대답해라.

마녀 1 : 말해보시오.

마녀 2 : 물어보시오.

마녀 3 : 대답해주겠소.

마녀 1 : 우리한테서 듣겠소? 아니면 우리 스승님한테서 듣겠소?

맥베스 : 당장 불러다오, 너희 스승을. 만나봐야겠다!

마녀 1 : 자기 새끼 아홉 마리를 잡아먹은 암퇘지의 피와 교수대에서 흘러내린 그 살인자의 기름도 불길 속으로 넣어라.

세 마녀 : 신분이 높든 낮든 지옥의 마녀들아, 어서 모습을 나타내어 임무를 수행하라.

천둥소리. 머리를 무장한 환영 1 등장.

맥베스 : 어떤 신통력을 가지고 있는지 모르지만 말해다오.

마녀 1 : 그대의 마음을 잘 알고 있소. 듣기만 하시오. 아무 말 하지 말고.

환영 1 : 맥베스! 맥베스! 맥더프를 경계하라. 파이프의 영주를 조심하라. 할 말은 다 했다. 이만 가야겠으니. (가마솥 속으로 사라진다)

맥베스 : 네가 누군지는 모르나 좋은 충고를 해주어 고맙다. 넌 내가 두려워하고 있는 것을 아는구나. 하지만 한 마디만 더……

마녀 1 : 부탁해도 소용없소. 첫 번째보다 더 무서운 힘을 가진 또 하나가 나타났소.

천둥소리. 피투성이가 된 어린아이의 모습을 한 환영 2 등장.

환영 2 : 맥베스! 맥베스! 맥베스!

맥베스 : 내 귀가 세 개 있다 해도 귀 기울여 듣겠다.

환영 2 : 피를 무서워하지 말고 잔인하게, 대담하게, 용감하게 행하라. 인간의 능력 따윈 웃어넘겨라. 여자가 낳은 자로 맥베스를 쓰러뜨릴 자는 없다. (가마솥 속으로 사라진다)

맥베스 : 그렇다면 맥더프, 살아 있어라. 내가 왜 너를 무서워하겠는가? 하지만 뒤탈이 없도록 운명에게 증서를 받아두리라. 맥더프, 너를 살려두지 않을 것이다. 창백한 모습으로 떨고 있는 심장에게도 말해두겠다. 너는 반드시 죽을 것이라고. 그렇게 해야만 내가 으르렁거리는 천둥 속에서도 느긋이 잠들 수 있을 것이다. (천둥소리. 왕관을 쓴 어린아이의 모습을 한 환영 3이 손에 나뭇가지를 들고 등장) 이건 또 무엇이냐? 작은 이마에 왕위의 표시인 왕관을 쓰고 나타나다니!

세 마녀 : 들으시오, 떠들지 말고.

환영 3 : 사자처럼 용감하게 행동하라. 누가 화를 내든, 누가 괴로워하든, 어디서 반역자가 나타나든 신경을 곤두세우지 말아라. 맥베스는 결코 멸망하지 않으리라. 버남의 무성한 숲이 던시네인의 높은 언덕까지 공격해오지 않는 한. (가마솥 속으로 사라진다)

맥베스 : 그런 일이 과연 가능하기는 한 것인가? 누가 숲을 움직일 수 있겠는가. 나무에게 땅속에 박은 뿌리를 뽑고 나오라고 명령할 수 있겠는가? 기분 좋은 예언이구나! 좋다! 버남의 숲이 일어나기 전에 반역자의 시신은 되살아나지 못하리라. 나 맥베스 왕은 천수를 누릴 것이며 죽음의 순간이 이를 때까지 안락하게 살 것이다. 그러나 한 가지 궁금증 때문에 내 마음은 편치 못하구나. 너희의 신통력으로 알 수 있다면 말하라. 밴쿠오의 자손이 앞으로 왕권을 잡을 것이냐?

세 마녀 : 더 이상 알려고 하지 마시오.

맥베스 : 편안한 마음이고 싶다. 부탁을 거절한다면 너희는 영원한 저주를 받을 것이다. 알려다오. 왜 저 가마솥이 가라앉느냐? 그리고 이 소리는 무엇이냐? (오보에 소리)

마녀 1 : 보여줘라!

마녀 2 : 보여줘라!

마녀 3 : 보여줘라!

세 마녀 : 그의 눈에 보여주어 괴롭혀라. 그림자처럼 나타나서 그림자처럼 사라져라.

여덟 명의 왕 등장. 여덟 번째 왕은 손에 거울을 들고 있다. 밴쿠오의 망령이 그 뒤를 따른다.

맥베스 : 너는 밴쿠오의 유령과 똑같구나. 물러가라! 너의 왕관을 보니 나의 눈이 타는 것 같구나. 금관을 쓴 네놈의 머리카락이 처음 놈

과 같구나. 세 번째 놈도 똑같고. 이 못된 마녀들! 왜 이런 걸 내게 보여주는 것이냐? 넷째 놈도! 눈알이 튀어나올 것만 같구나! 최후의 심판일의 나팔 소리가 울릴 때까지 이 행렬을 계속할 셈이냐? 또 한 놈이? 일곱 번째? 더 이상 볼 수 없다. 여덟 번째도 나타나는군. 거울을 들고 숱하게 많은 자들을 내게 보여주고 있군! 구슬 두 개와 왕홀 세 개를 들고 있는 놈이 보인다. 무서운 광경이구나! 이제 보니 사실이로구나. 머리가 피투성이가 된 뱅쿠오가 그놈들을 가리키며 자기 자손이라고 웃으며 말하고 있지 않은가. (환영들 사라진다) 말하라. 이것이 사실이냐?

마녀 1 : 모두 사실이오. ─ 그런데 얘들아, 맥베스는 왜 그렇게 놀라 멍하니 서 있기만 할까? 자, 우리 그에게 용기를 돋우어주자. 우리의 즐거운 놀이를 보여주자. 나는 주문을 걸어 좋은 음악을 들려줄 테니 너희는 춤을 추어라. 그렇게 하면 이 위대하신 폐하께서 대접을 잘해주어서 고맙다며 인사를 하실 게다. (음악) (마녀들 춤을 추다가 헤카테와 함께 사라진다)

맥베스 : 어디로 갔지? 사라졌느냐? 이 사악한 시간을 달력에서 영원히 저주받는 날로 남기리라! 밖에 누가 있느냐?

레녹스 등장.

레녹스 : 폐하, 무슨 일이십니까?

맥베스 : 마녀들을 보았소?

레녹스 : 아무것도 못 보았습니다.

맥베스 : 그것들이 타고 다니는 바람아, 썩어 문드러져라. 그것들을 믿는 자들은 모두 지옥에 떨어져라! 말발굽 소리가 들렸는데 누가 왔

소?

레녹스 : 전령들이 소식을 가지고 왔습니다. 맥더프가 영국으로 도망
쳤다고 합니다.

맥베스 : 영국으로 도망쳤다고?

레녹스 : 그렇습니다, 폐하.

맥베스 : (방백) 시간이 나의 무서운 계략을 먼저 알아차렸구나. 아무리
좋은 계략이라도 실행이 뒤따르지 않으면 모든 게 헛일이지. 이 순
간부터는 마음속에 움트는 생각을 즉시 이 손으로 하여금 행하게
하자. 지금부터라도 생각하기가 무섭게 실천에 옮겨야겠다. 우선
맥더프의 성을 기습하자. 파이프를 삼켜버리고 그의 처자와 불행
한 혈연들을 모조리 없애버리자. 이건 절대로 바보들이 내뱉는 호
언장담이 아니다. 계획이 식기 전에 실행하는 거다. 환영은 보기도
싫다! 그 사람들은 어디 있느냐? 가자, 그들이 있는 곳으로 안내해
라. (모두 퇴장)

제4막 2장 ✦ 파이프. 맥더프의 성

맥더프 부인, 그녀의 아들, 로스 등장.

맥더프 부인 : 그이가 도망을 치다니요? 무슨 일을 하였기에?

로스 : 부인, 진정하십시오.

맥더프 부인 : 그 사람이야말로 참을성이 없었군요. 도망치다니요? 정
신이 돌았어요. 아무 짓도 하지 않았으면서 지레 겁을 먹기 때문에
배반자로 몰리는 겁니다.

로스 : 그분이 지혜로운 판단으로 그랬는지 공포심 때문에 그랬는지는
누구도 모를 일입니다.

맥더프 부인 : 지혜로운 판단이요? 처자식을 버리고 집도 버리고 모든
지위도 다 내팽개치는 것이 말인가요? 두려워서 혼자 달아난 것이
지혜로운 판단이란 말입니까? 남편은 우리를 사랑하지 않아요. 인
정머리라고는 없는 사람이에요. 가장 작고 하찮은 굴뚝새도 둥지
에 있는 제 새끼를 위해선 올빼미와 싸우는데 그이는 애정이라곤
조금도 없이 두려움만 아는 사람이에요. 지혜라니요? 그 무슨 당
치 않은 말입니까? 이유도 없이 도망부터 쳤단 말입니다.

로스 : 부인, 진정하십시오. 주인께서는 고귀하고 현명하며 사려 깊으
신 분입니다. 시국의 변동에도 밝으신 분이지요. 지금은 자세히 말
씀드릴 순 없습니다만 요즈음 세상이 아주 고약해서 자신도 모르
는 사이에 반역자의 누명을 쓰기도 합니다. 소문에 귀를 기울이는
이유는 우리가 순전히 공포에 질려 있기 때문입니다. 정작 뭐가 무
서운지도 모르면서 말입니다. 그저 사나운 파도 위를 이리저리 떠
다니고 있을 뿐입니다. 이제 저는 그만 물러가겠습니다. 머지않아

또 찾아뵐 것입니다. 최악의 상황에 이르면 제자리에 멈추거나 예전처럼 좋아질 것입니다. 귀여운 아이야, 잘 있어라!

맥더프 부인 : 이 애는 아버지가 있으면서도 아비 없는 자식이 됐군요.

로스 : 제가 이곳에 오래 머물러 있는 것은 어리석은 일입니다. 제 눈물로 부인을 난처하게 만들까 염려되니 말입니다. 이제 떠나겠습니다. (퇴장)

맥더프 부인 : 애야, 너의 아버지는 돌아가셨구나. 이제 어떻게 하면 좋으냐? 어떻게 살아간단 말이냐?

아들 : 새처럼 살죠, 엄마.

맥더프 부인 : 그럼 벌레나 파리를 잡아먹고 산단 말이냐?

아들 : 뭐든지 잡히는 대로 먹어야죠, 새처럼.

맥더프 부인 : 가엾어라! 너는 그물도, 끈끈이도, 함정도, 새덫도 무섭지 않은 모양이지?

아들 : 무섭긴 뭐가 무서워요, 엄마? 불쌍한 새를 누가 해치겠어요. 엄마가 뭐라고 해도 아버지는 돌아가시지 않았어요.

맥더프 부인 : 아냐, 아버지는 돌아가셨단다. 아버지 없이 이제 어떻게 살아갈 테냐?

아들 : 엄마는 남편 없이 어떻게 사실 생각인데요?

맥더프 부인 : 시장에 가면 남편쯤은 스무 명도 더 살 수 있단다.

아들 : 그럼 어머니는 팔기 위해서 사는 건가요?

맥더프 부인 : 넌 정말이지 영특하구나.

아들 : 아버지는 반역자인가요?

맥더프 부인 : 응, 그렇다는구나.

아들 : 반역자란 무슨 뜻이죠?

맥더프 부인 : 굳은 맹세를 하고 나서 거짓말을 하는 사람이란다.

아들 : 그런 사람은 다 반역자인가요?

맥더프 부인 : 그런 짓을 하는 사람은 모두 반역자란다. 그래서 목을 매달아 죽인단다.

아들 : 그렇다면 약속을 하고 깨뜨린 사람은 모두 목을 매 죽이나요?

맥더프 부인 : 그렇단다, 누구든지.

아들 : 누가 목을 매달아 죽이는데요?

맥더프 부인 : 그야 정직한 사람들이지.

아들 : 그렇다면 맹세를 하고 거짓말을 하는 사람들은 다 바보들이군요. 이 세상에는 거짓말쟁이들이 많잖아요. 그들이 힘을 합쳐 정직한 사람들을 때려눕히고 목을 매달 수도 있을 텐데요.

맥더프 부인 : 이런, 가엾은 녀석! 그런데 아버지도 없는 너는 이제 어쩔 셈이냐?

아들 : 아버지가 정말 돌아가신 거라면 엄마는 우실 거 아니에요? 그런데 우시지 않네요. 그렇다면 곧 새아버지가 생기는 건가요?

맥더프 부인 : 가엾은 수다쟁이, 못하는 말이 없구나!

사신 등장.

사신 : 안녕하십니까, 부인! 처음 뵙지만, 저는 부인의 신분을 잘 알고 있습니다. 이곳에 위험이 닥치고 있습니다. 미천한 사람의 간언이라 외면하지 마시고 어서 몸을 피하십시오. 아드님을 데리고 어서 이곳을 피하셔야 합니다. 이렇게 놀라게 해드려 죄송한 일인 줄 압니다만 끔찍한 일이 닥쳐오고 있으니 부디 조심하십시오. 하늘의 축복을! 저는 더 이상 지체할 수 없습니다. (급히 퇴장)

맥더프 부인 : 어디로 피하라는 말이냐? 나는 잘못을 저지른 적도 없는

데. 그렇지만 내가 살고 있는 이 속세는 악한 일은 칭찬받고, 착한 일은 위험하고 어리석은 짓으로 간주되는 곳. 아, 그렇다면 악한 일을 한 적 없다고 아무리 변명해도 아무 소용없겠구나. (자객들 등장) 아니, 저 사람들은 누구지?

자객 1 : 남편은 어디 있느냐?

맥더프 부인 : 너희 같은 것들이 찾아낼 수 있는 곳에는 계시지 않는다.

자객 1 : 그는 반역자다.

아들 : 거짓말이야, 이 악당아!

자객 : 뭐야, 요 새끼 봐라! 네가 바로 반역자의 씨로구나! (칼로 찌른다)

아들 : 엄마, 저놈이 나를 찔렀어요. 어서 달아나세요! (죽는다)

맥더프 부인 "살인이다."라고 외치면서 퇴장. 자객들이 쫓아간다.

제4막 3장 ✦ 영국. 왕궁 앞

맬컴, 맥더프 등장.

맬컴 : 어디 아무도 없는 곳에서 슬픔 맺힌 가슴이 풀리도록 실컷 울어 나 봅시다.

맥더프 : 그보다는 응징의 칼을 잡고 사나이답게 쓰러진 조국을 구해야 합니다. 아침마다 새 과부들의 통곡과 새 고아들의 아우성이 새로운 슬픔과 함께 하늘을 찌르니, 하늘도 스코틀랜드의 비운을 동정하듯 비통한 소리를 질러대고 있습니다.

맬컴 : 믿을 수만 있다면 어찌 통곡인들 하지 않겠소. 사태를 알 수만

있다면 어찌 믿지 않겠소. 구할 수 있는 일이라면 때를 기다려 구원의 손길을 내밀 것이오. 사실 경이 한 말이 맞는지도 모르오. 이름만 입에 올려도 혀가 부르틀 것 같은 그 폭군도 한때는 정직한 인간이라 여겼던 사람이었지요. 경도 그를 무척 좋아했지요. 그자는 아직 경에게 손을 뻗지는 않고 있소. 내 비록 나이는 어리지만, 당신이 나를 잘 이용한다면 그자의 환심을 살 수 있을 것이오. 신의 진노를 풀게 하려면 나약하고 순한 양을 제물로 바치는 것이 가장 현명한 방법이라오.

맥더프 : 저는 배신자가 아닙니다.

맬컴 : 하지만 맥베스는 얼마든지 배신하는 사람이오. 선량하고 덕 있는 사람도 권력에 눈이 어두워지면 무너지게 마련이지. 용서하시오. 경의 마음이 확고하다는 것은 나도 잘 아오. 가장 빛나는 천사가 타락하여 지옥으로 떨어졌다 할지라도 천사는 여전히 빛나는 것이오. 추악한 것들이 미덕의 가면을 썼다 할지라도 덕이 아닌 것이 참된 덕으로 보일 수 없는 것처럼 말이오.

맥더프 : 저는 희망을 잃었습니다.

맬컴 : 나는 그 말을 믿을 수가 없구려. 어째서 경은 그런 사지에 처자식을 내팽개치고 혼자만 왔단 말이오. 어떻게 사랑의 근원이며 탯줄인 처자식을 버려둔 채 혼자 도망쳤단 말이오? 그러나 내가 경을 의심한다고 해서 경을 모욕한다고는 생각하지 마시오. 나는 다만 내 자신을 지키고 싶어서 하는 말이니. 내가 어떻게 생각하든 경은 분명 정의로운 사람인 것은 틀림없소.

맥더프 : 피를, 피를 흘려라, 가엾은 조국이여! 무서운 폭정이여, 뿌리를 뻗고 싶거든 뻗어라. 어떤 선의도 너를 막을 수는 없으니 마음껏 악을 행하라. 너의 권리는 이미 확실하다! 전하, 저는 이만 물러

가겠나이다. 저는 전하가 생각하는 그러한 악당이 되지는 않을 것입니다. 그 폭군이 장악하고 있는 전 국토를 받는다 해도, 그 위에 풍요한 동방의 나라를 덧붙여 준다 해도 그럴 수는 없습니다.

맬컴 : 너무 노하지 마시오. 경을 믿지 못해 하는 말이 아니오. 내 조국이 폭군의 압제하에서 신음하고 눈물 흘리며 피 흘리고 있기 때문이라오. 날이 갈수록 짓무른 상처 위에 새로운 상처가 더해지는 것 같구려. 나를 위해 주먹을 쥐는 사람들도 있을 것이오. 게다가 인자하신 영국 왕께서는 수천 명의 용감무쌍한 원군을 내주신다지 않소. 그러나 내가 폭군의 머리를 발로 짓뭉개고 칼끝에 목을 매단다 하더라도, 나의 불쌍한 조국은 그 뒤를 잇는 후계자로 인하여 전보다 더한 고난을 겪게 될 것이오.

맥더프 : 그 후계자란 누구를 말씀하시는 겁니까?

맬컴 : 바로 나 자신이오. 내 안에는 온갖 종류의 악덕이 들끓고 있소. 그것들이 싹을 틔우는 날에는 시커먼 맥베스도 눈처럼 희게 보일 것이오. 가련한 국민들은 나의 악행을 보며 그자를 양으로 생각하게 되겠지.

맥더프 : 무서운 지옥의 악마들 중에서도 맥베스만큼 잔인무도한 악마는 없을 것입니다.

맬컴 : 사실 그자는 잔인하고 음탕하고 욕심쟁이에 거짓말을 밥 먹듯 하고, 위선자에다 성미가 불같고 온갖 죄악이 썩은 냄새를 풍기는 놈이지요. 그러나 욕정에 관해서라면 나를 따를 수 없을 것이오. 나의 음탕은 밑바닥이 없으니 말이오. 유부녀건 처녀건 가리지 않을 뿐만 아니라 그 어떤 여자도 내 욕정의 독을 채울 수 없지. 넘쳐나는 내 정욕은 어떤 장애물도 부셔버릴 것이오. 그러니 나라를 다스리는 데는 나보다는 맥베스가 차라리 나을 것이오.

맥더프 : 방탕한 심성도 인간 본성 안에 있는 폭정임에 틀림없습니다. 그것 때문에 영광된 왕위를 다른 사람에게 빼앗기기도 했고, 수많은 군주들이 몰락했지요. 그러나 자신의 정당한 권한을 찾겠다는 것인데 두려워할 이유가 있습니까? 사람들 눈에 띄지 않게 즐기시되, 시치미를 떼고 세상의 눈을 속일 수도 있습니다. 기꺼이 몸을 바칠 여자는 얼마든지 있습니다. 그리고 마음속에 독수리가 들어 있지 않는 한 국왕의 뜻을 헤아려 자기를 바치려는 수많은 여자들을 모두 탐식할 수는 없을 겁니다.

맬컴 : 그뿐만이 아니오. 내 나쁜 근성 속에는 한없는 탐욕이 도사리고 있소. 내가 왕이 되면 영토를 빼앗기 위해 귀족들의 목을 벨 것이오. 저 사람의 보석과 이 사람의 저택을 탐하겠지. 가질수록 탐욕은 더욱 커지는 법. 마침내는 선량하고 충성스러운 사람들에게 엉뚱한 싸움을 걸어 그들을 파멸시키고 재산을 빼앗을 것이오.

맥더프 : 탐욕은 짧은 여름날의 욕정에 비하면 더 뿌리가 깊고 독이 많습니다. 많은 국왕들이 탐욕으로 목숨을 잃었지요. 그러나 걱정하지 마십시오. 스코틀랜드에는 전하의 욕망을 채우고도 남을 만큼 풍부한 자원이 있습니다. 다른 미덕을 가지셨으면 그런 것쯤은 문제가 되지 않습니다.

맬컴 : 내겐 미덕이라고는 하나도 없소. 제왕이 갖추어야 할 공정, 진실, 절제, 지조, 관용, 인내, 자비, 겸손, 신심, 인내, 용기, 불굴의 의지 따위 같은 건 조금도 갖고 있지 않단 말이오. 그 대신 온갖 죄악이란 죄악은 모조리 갖고 있소. 이러한 내가 만일 왕권을 잡게 된다면 달콤한 평화는 지옥의 불길 속에 쏟아버리고 세상의 평화를 교란시킬 것이며, 지상의 모든 조화를 파괴할 것이오.

맥더프 : 오, 스코틀랜드, 스코틀랜드여!

맬컴 : 나 같은 사람도 나라를 통치할 자격이 있다면 말해보시오. 이
　　　사람이 바로 그런 위인이란 말이오.

맥더프 : 나라를 다스릴 만한 자격이 있냐고 물으셨습니까? 세상에, 생
　　　존할 자격조차도 없습니다. 오, 가련한 백성들! 피 묻은 왕홀을 든
　　　찬탈자의 지배를 벗어나 언제 다시 평화로운 날을 맞이할 수 있을
　　　것인가? 왕위에 오르실 진정한 후계자란 분은 자기 스스로에게 죄
　　　명을 붙이고 자신의 혈통을 모욕하고 있으니! 부왕께서는 성인이
　　　나 다름없는 분이셨습니다. 왕자님을 낳으신 왕비 전하께서는 서
　　　있는 시간보다 무릎 꿇고 앉아 기도하고 계실 때가 더 많으셨으며
　　　매일 죽음의 고행을 하시는 분이셨습니다. 안녕히 계십시오! 왕자
　　　님께서 되풀이해서 말씀하신 악덕 때문에 소신은 이제 스코틀랜드
　　　에서 영원히 추방되고 말았습니다. 오, 나의 가슴이여, 희망은 사
　　　라졌구나!

맬컴 : 맥더프 경, 경의 성실한 마음에서 우러나온 고결하고 열의에 찬
　　　말 한마디가 내 마음속의 검은 의혹을 사라지게 했소. 경의 진심과
　　　충절을 굳게 믿겠소. 저 악마 같은 맥베스가 온갖 흉계를 써서 나
　　　를 자기 손아귀에 넣으려 하기 때문에 나로서는 신중을 기하여 경
　　　계를 할 수밖에 없었소. 그러나 다행히도 하느님께서 우리 두 사람
　　　의 마음을 통하게 해주셨소! 앞으로는 경의 지시에 따르리다. 조금
　　　전 내가 내뱉었던 비난은 모두 취소하겠소. 맹세컨대 내가 스스로
　　　에게 퍼부었던 모욕과 비난은 나의 본성과는 전혀 무관하오. 나는
　　　아직 여자도 알지 못할 뿐만 아니라 거짓 맹세를 한 적도 없소. 내
　　　것이 아닌 것에 대해 욕심을 가져본 일도 없소. 맹세를 저버린 적
　　　도 없소. 비록 상대가 악마라 할지라도 배반하고 싶지 않을 정도로
　　　진실을 목숨처럼 소중히 여겨왔소. 오늘 나 자신에게 한 악담이 내

가 처음으로 해본 거짓말이오. 이제 나의 모든 것을 당신에게 맡겨 불행한 조국에 바치리다. 실은 경이 이곳에 오기 전에 시워드 장군이 1만 명의 용맹한 병사를 이끌고 이미 출정하였소. 우리도 함께 갑시다. 우리에겐 대의명분이 있으니 기필코 승리를 거둘 것이오! 왜 아무 말이 없소?

맥더프 : 이렇게 반가운 일과 반갑지 않은 일이 한꺼번에 닥치니 어리둥절할 뿐입니다.

전의 등장.

맬컴 : 그럼, 나중에 또. 폐하께서 오시오?

전의 : 그렇습니다, 폐하의 치료를 받기 위해 불쌍한 한 무리의 백성들이 기다리고 있습니다. 그들의 병은 어떤 의술로도 효험이 없지만 일단 폐하께서 나서시면 치유 안 되는 것이 없지요. 하늘로부터 신통력을 받으셨거든요.

맬컴 : 알겠소. (전의 퇴장)

맥더프 : 무슨 병 말씀입니까?

맬컴 : 소위 '연주창'이라는 병이오. 이 나라의 인자하신 폐하께서 보여주시는 참으로 놀랄 만한 기적이지. 영국에 온 후로 나는 여러 번 그 현장을 보았다오. 어떻게 해서 그런 신통력을 가지게 되셨는지는 모르지만 이상한 병에 걸려 차마 눈 뜨고 볼 수 없을 만큼 끔찍한 상처 즉, 부어오르고 곪아서 진물이 흘러 의사라도 손을 댈 수 없는 상처를 폐하께서는 금화 한 닢과 기도만으로 치유하더이다. 환자의 목에 금화 한 닢을 걸고 경건히 기도를 올리시면 놀랍게도 치유가 되오. 듣자 하니 폐하께서는 이 신비한 비법을 왕위 계승자

에게 물리신다 하오. 그런데 폐하께서는 이런 신통력뿐만 아니라 하늘로부터 예언의 재능도 받으셨다 합니다. 어쨌든 여러 가지 은혜가 옥좌를 둘러싸고 있다는 것은 폐하께서 신의 축복을 받고 있다는 증거 아니겠소?

로스 등장.

맥더프 : 누가 오고 있습니다.

맬컴 : 동포인 듯한데 누굴까?

맥더프 : 오, 로스 경 아니시오? 잘 오셨소.

맬컴 : 아, 이제야 알겠소. 하느님, 우리 동포들 사이를 가로막고 있는 장벽을 하루 빨리 허물어주소서!

로스 : 아멘.

맥더프 : 스코틀랜드의 형편은 어떻소?

로스 : 아, 비참한 조국! 말하기조차 두렵습니다. 조국이라기보다는 차라리 무덤이라고 하는 게 나을 겁니다. 천치 아니고서는 웃는 얼굴을 볼 수 없는 나라가 되고 말았지요. 탄식과 신음과 아우성소리가 하늘을 찢어도 누구 하나 관심을 갖는 사람이 없습니다. 가슴을 치는 비통도 그저 예사로운 일로 여기고, 장례식 종소리가 울려도 누가 죽었는지 묻는 사람조차 없습니다. 선량한 사람들의 목숨은 모자에 얹은 꽃보다도 더 빨리 시들고 사람들은 병도 들기 전에 죽어가고 있습니다.

맥더프 : 오, 너무도 신랄한 말씀이구려!

맬컴 : 최근의 비통한 사건은 무엇이오?

로스 : 한 시간 전에 일어난 이야기도 너무도 오래된 얘기가 되어 웃음

거리가 되지요. 매 순간 비통한 일이 생기거든요.

맥더프 : 내 아내는 어떻게 지내고 있소?

로스 : 무사합니다.

맥더프 : 아이들은?

로스 : 역시 무사합니다.

맥더프 : 폭군도 그들의 평화는 깨트리지 못했군.

로스 : 그렇습니다. 내가 떠날 때까지는 별일 없었습니다.

맥더프 : 숨김없이 말씀해주시오. 어떻게 돼가고 있는 거요?

로스 : 내가 슬픈 소식을 가지고 이곳으로 오려고 했을 때, 마침 수많은 사람들이 들고일어났다는 소문을 들었습니다. 폭군의 군대가 이동하는 것을 제가 목격했으니 헛소문은 아닐 테지요. 어쨌든 드디어 기회가 왔습니다. 어서 원군을 보내야 합니다. 왕자님께서 스코틀랜드에 나타나시기만 하면 군사들이 구름처럼 모여들 것입니다. 여자들도 무서운 고통을 면하기 위해 창칼을 들고 나서서 싸울 것입니다.

맬컴 : 동포들은 이제 안심해도 될 것이오. 우린 이미 조국을 향해 출정하고 있소. 인자하신 영국 왕께서는 내게 시워드 장군이 이끄는 1만 명의 원군을 지원해주셨다오. 시워드 장군으로 말할 것 같으면 기독교 국가를 통틀어도 대적할 자가 없는 용맹스러운 장군이오.

로스 : 이 기쁜 소식에 화답할 수 있는 기쁜 소식이 있다면 얼마나 좋겠습니까! 그러나 제가 가지고 온 소식은 아무도 듣지 않는 황야에서 허공을 향해 떠들어야 마땅한 것들뿐이니…….

맥더프 : 무슨 소식이오? 여러 사람들에 관한 거요? 아니면 한 사람의 가슴 아픈 소식이오?

로스 : 인정이 조금이라도 있는 사람이라면 마땅히 슬퍼할 소식이지

요. 맥더프 경, 당신에 관한 일입니다.

맥더프 : 나에 관한 얘기라면 숨기지 말고 빨리 말해주시오.

로스 : 내 말을 듣는 경의 귀가 저의 혀를 원망하지 않게 해주십시오. 그 귀로서는 생전 처음 듣게 되는 비통한 소식일 테니 말입니다.

맥더프 : 음, 짐작이 가오.

로스 : 경의 성이 기습을 당했는데 부인과 아이들 모두 무참히 살해되었습니다. 더는 자세히 말씀드리지 않겠습니다. 죄 없이 살해된 시체 위에 경의 시체를 하나 더 쌓는 격이 될 테니 말입니다.

맬컴 : 오, 하느님! 맥더프 경! 모자로 얼굴을 가리지 말고 슬플 때는 실컷 울어야 하는 법이라오. 슬픔을 억누르면 가슴이 메어 결국 가슴이 찢어지고 말 것이오.

맥더프 : 어린것들도?

로스 : 부인, 아이들, 하인, 발견된 사람들은 모두 살해되었습니다.

맥더프 : 그런데 나만 이처럼 멀리 떠나와 있었구나! 아내도 살해당했다고?

로스 : 네, 그렇습니다.

맬컴 : 너무 슬퍼 마시오. 복수의 약을 만들어 이 비통함을 치유합시다.

맥더프 : 그자에게는 자식이 없기 때문이다. 내 귀여운 아이들을 모두, 전부 죽였다고? 오, 지옥의 독수리 같은 놈! 모조리 죽였다고? 내 귀여운 병아리들과 어미를 한꺼번에 채 갔단 말이오?

맬컴 : 대장부답게 참으시오.

맥더프 : 그렇게 하겠습니다. 그러나 아무리 사나이라 해도 솟구치는 슬픔을 억누를 수는 없습니다. 내게 가장 귀중한 가족을 어찌 잊을 수 있겠습니까? 오, 하느님은 보고만 계신 겁니까? 죄 많은 맥더프여! 너 때문에 그들이 살해당했다. 사악한 자는 너다. 너의 잘못으

로 그들은 아무 죄 없이 참변을 당했다. 하느님, 그들을 고이 잠들게 하소서!

맬컴 : 뼈아픈 슬픔을 칼을 가는 숫돌로 삼고 슬픔을 분노로 바꿔 분노가 무뎌지지 않게 하시오.

맥더프 : 아, 여자들처럼 눈이 퉁퉁 붓도록 울고, 허풍쟁이처럼 떠벌릴수 있다면 얼마나 좋을까! 아, 자비로운 하느님! 저에게서 휴식과 중단이라는 단어를 없애주시고 하루속히 스코틀랜드의 악마와 대면시켜주십시오. 이 칼이 닿는 곳에 ㄱ자를 있게 해주십시오. 만약 그자가 이 칼끝을 피할 수 있다면, 하느님, 그를 용서해주소서!

맬컴 : 대장부다운 말씀이오. 자, 영국 왕에게 갑시다. 군대는 출전 준비를 마쳤으니 남은 것은 작별 인사뿐. 맥베스는 흔들기만 하면 떨어질 무르익은 과일이오. 하늘도 우리를 돕고 있으니 밝은 마음으로 기운을 냅시다. 아무리 긴 밤이라도 새벽은 오기 마련이라오.

(모두 퇴장)

제5막

제5막 1장 던시네인. 성의 곁방

전의, 시녀 등장.

전의 : 이틀 밤을 내내 지켜보았지만 당신이 말한 사실을 확인할 수 없
었소. 도대체 왕비께서 그렇게 걸어 다니신 것이 언제부터였소?

시녀 : 폐하께서 출전하신 이후부터입니다. 밤이 되면 침상에서 일어
나 잠옷을 걸치시고는 자물쇠가 잠긴 벽장문을 열고 종이쪽지를
꺼내 그것을 접은 후 몇 자 적으십니다. 다 쓴 다음에는 한 번 읽으
신 후 봉인하고 곧장 침대로 돌아가시지요. 그런데 이상한 건 이렇
게 하시는 동안에도 깊은 잠에 빠져 있는 상태였다는 겁니다.

전의 : 정신착란증이 틀림없군요. 깊은 잠에 빠지고도 깨어 계신 때처
럼 행동하다니! 그렇게 몽유 상태로 걸어 다니면서 여러 가지 일을

하실 때 말씀은 안 하셨소?

시녀 : 그것만은 들은 대로 말씀드릴 수 없습니다.

전의 : 내게는 말해도 괜찮으니 어서 말해보시오.

시녀 : 누구한테도 말씀드릴 순 없습니다. 제 말을 뒷받침할 증인도 없
　　는 걸요. (촛불을 든 맥베스 부인 등장) 저기를 보세요. 나오십니다!
　　늘 저 모습이에요. 깊은 잠에 빠져 계시다니까요. 여기 숨어서 잘
　　보세요.

전의 : 저 촛불은 어떻게 얻으셨을까?

시녀 : 머리맡에 있는 촛불이에요. 늘 머리맡에 켜두도록 분부하시거
　　든요.

전의 : 정말 눈을 뜨고 계시는군.

시녀 : 네, 그렇지만 아무것도 볼 수는 없으세요.

전의 : 아니, 무얼 하고 계시는 건가? 왜 저렇게 손을 비비시지?

시녀 : 늘 저러신답니다. 저렇게 손을 씻으시는 시늉을 하세요. 어떤
　　때는 15분 동안이나 계속하세요.

맥베스 부인 : 아직도 흔적이 있구나.

전의 : 들어봐요, 말씀을 하시는군! 적어두어야겠소, 잊어버리지 않으
　　려면.

맥베스 부인 : 사라져라, 저주받은 얼룩! 사라지란 말이다! 한 시. 두 시.
　　아, 이제 해치울 시간이다. 지옥은 컴컴하기만 하구나! 여보, 이게
　　무슨 짓이에요! 장군답지 않게 겁을 내다니? 누가 안다고 두려워
　　해요? 우리의 권력을 비난할 자는 없어요. 하지만 그 늙은이의 몸
　　속에 그렇게 피가 많을 줄은 미처 몰랐군요.

전의 : 저 말 들었소?

맥베스 부인 : 파이프 영주에게는 부인이 있는데, 그녀는 지금 어디 있

을까? 아, 이 손은 영영 깨끗해질 수 없단 말인가? 그만해요, 당신. 제발 그만두세요! 그렇게 겁먹고 부들부들 떨고 있다가는 모든 일이 허사가 되고 말아요.

전의 : 저런! 들어서는 안 될 말을 듣고 말았군.

시녀 : 왕비께서 해서는 안 될 말씀을 하셨어요. 그 외에 무엇을 더 알고 계신지 아무도 모르죠.

맥베스 부인 : 아직도 피비린내가 난다. 아라비아의 향수로도 이 작은 손의 악취를 없앨 수가 없단 말인가. 아! 아! 아!

전의 : 저렇게 한숨을 지으시다니! 마음이 몹시 괴로우신 모양이군.

시녀 : 아무리 고귀하게 되더라도 가슴속에 저런 고통을 갖고 싶지는 않아요.

전의 : 그럼, 그렇지.

시녀 : 빨리 쾌유하실 수 있도록 보살펴주세요.

전의 : 저 병은 내 능력으로는 고칠 수 없소. 몽유병에 걸린 사람들 중에 잠자리에서 편안히 운명한 분들도 없지는 않소만.

맥베스 부인 : 어서 손을 씻고 잠옷으로 갈아입으세요. 그렇게 창백한 얼굴로 나를 쳐다보지 마세요. 다시 말씀드리지만 뱅쿠오는 이미 땅속에 묻힌 사람이에요. 무덤에서 다시는 나오지 못할 거예요.

전의 : 그분까지?

맥베스 부인 : 어서 침대로 가세요, 침대로. 누가 문을 두드리고 있어요. 자, 갑시다. 갑시다, 가요. 손을 이리 주세요. 이미 저지른 일은 돌이킬 수 없어요. 어서 잠자리에 드세요. (퇴장)

전의 : 이제 침실로 가시는 건가요?

시녀 : 네, 곧 주무시지요.

전의 : 추악한 소문이 나돌고 있어요. 대자연을 거스르면 반드시 심상

치 않은 고민을 낳는 법. 독에 전염된 마음은 그 비밀의 고통을 귀가 없는 베개에 대고라도 털어놓게 되지요. 왕비 전하께 필요한 건 의사가 아니라 신부요. 신이여, 우리의 죄를 용서해주소서! 위험한 물건들을 치우고 왕비 전하를 항상 눈여겨보아야 합니다. 그럼 이만. 왕비님을 보고 있자니 마음이 혼란스럽고 눈앞이 어지럽군. 생각은 있어도 입 밖으로 발설해서는 안 되는 일이구려.

시녀 : 안녕히 주무세요. (모두 퇴장)

제5막 2장 ✦ 던시네인 부근의 촌락

고수들, 기수들, 멘티드, 케이드네스, 앵거스, 레녹스, 병사들 등장.

멘티드 : 영국군이 눈앞까지 다가왔소. 지휘는 맬컴 왕자와 숙부 시워드, 그리고 맥더프가 하는 것 같소. 그들의 마음속에서 불타오르고 있는 뼈저린 원한을 안다면 시체라도 분에 못 이겨 이 싸움에 뛰어들 것이오.

앵거스 : 아마 버남 숲 근방에서 합세하게 될 것 같습니다. 저 길로 진격해올 테니까요.

케이드네스 : 도날베인 왕자님도 같이 오실까요?

레녹스 : 함께 계시지 않은 게 틀림없소. 제가 참전한 귀족들의 명단을 가지고 있는데 그 명단에는 시워드의 아들과 아직 수염도 나지 않은 젊은이들은 있었지만 왕자님은 없었소.

멘티드 : 맥베스는 어떻게 하고 있소?

케이드네스 : 던시네인 성을 강화하고 있습니다. 그를 실성했다고 말하

는 사람들도 있고, 그에 대한 증오심이 없는 사람들은 용감한 분노라고도 평합디다. 어쨌든 불만으로 가득 찬 이 나라를 질서라는 혁대로 죄어둘 수 없다는 것만은 분명하오.

앵거스 : 비밀리에 저지른 살인의 핏자국이 두 손에 엉겨 붙어 있다는 것을 그도 이제 느낀 모양입니다. 시시각각으로 번지고 있는 반란의 불길이 그자의 반역을 비방하고 있습니다. 그의 사람들도 충성심 때문이 아니라, 다만 명령이기에 따를 뿐이죠. 난쟁이 도둑놈이 거인의 옷을 훔쳐 입은 것처럼 왕의 칭호가 자기 몸에 맞지 않음을 그자도 이제는 느꼈을 겁니다.

멘티드 : 하기야 겁을 먹고 발작을 일으키는 것도 무리는 아니지. 자신의 정신과 오장육부가 자기 자신을 저주하고 있는 판이니.

케이드네스 : 자, 진군합시다. 우리가 충성해야 하는 진정한 군주에게 복종을 서약합시다. 병든 조국을 고쳐줄 명의를 만나러 갑시다. 그와 함께 조국을 바로잡기 위해 최후의 피 한 방울까지 바칩시다.

레녹스 : 우리의 피로 군주의 꽃에 이슬을 맺게 하고 잡초는 익사시켜 버립시다. 자, 버남으로 진군! (일동 행진하면서 퇴장)

제5막 3장 ✦ 던시네인. 성의 방

맥베스, 전의, 시종들 등장.

맥베스 : 보고 따위는 더 이상 듣기 싫다. 다 도망치라고 내버려둬라. 버남 숲이 던시네인으로 움직여오지 않는 한 난 두려울 것이 없다. 애송이 맬컴. 그놈도 여자 뱃속에서 태어나지 않았던가. 인간의 모든 운명을 알고 있는 마녀들이 내게 말했다. "두려워 말라, 맥베스여. 여자로부터 태어난 자의 힘으로는 당신을 이기지 못하리라." 라고. 도망가고 싶으면 가라. 배신자 귀족들아, 어서 가서 영국 놈들과 한통속이 되어라. 나를 지배하는 이 정신과 이 용기는 불안이나 공포 따위에 흔들리지 않는다. (시종 한 사람 등장) 차라리 악마한테 끌려가 시꺼멓게 타버려라. 희멀건 얼굴의 건달들! 어디서 얼빠진 거위 같은 낯짝을 하고 왔느냐?

시종 : 저쪽에서 1만이 넘는…….

맥베스 : 거위 떼라도 쳐들어왔더냐?

시종 : 병사들이 쳐들어오고 있습니다.

맥베스 : 네놈의 낯짝을 벗겨서라도 겁먹은 얼굴에 붉은 피가 돌게 해야겠다. 겁쟁이 얼간이 같으니. 너 같은 놈이 병사라고! 미련한 놈, 뒈져버려라! 네놈의 하얗게 질린 낯짝을 보면 멀쩡한 사람까지도 겁쟁이가 되겠다. 어느 나라 병사들이냐, 겁보야?

시종 : 영국의 병사들이옵니다.

맥베스 : 꼴도 보기 싫다. 당장 물러가라. 네놈의 낯짝을 보면 구역질이 난다. (시종 퇴장) 시튼! 시튼, 없느냐! 이번 싸움에서 나는 영원히 영화를 누리느냐, 아니면 몰락하느냐의 결판이 날 것이다. 나도

이만하면 살 만큼 살았다. 내 생애도 이미 누렇게 메마르는 황혼기를 맞았지. 더구나 노년에 따라야 하는 명예와 애정, 순종과 친구들과는 인연이 멀다. 아니, 소리는 낮으나 뿌리 깊은 저주와 아첨, 공치사만이 나를 둘러싸고 있다. 물리치고 싶으나 내 마음이 연약해 뿌리치지 못하는구나. 시튼!

시튼 등장.

시튼 : 부르셨습니까?

맥베스 : 새로운 소식이 없느냐?

시튼 : 지금까지의 보고가 모두 사실임이 증명되었습니다.

맥베스 : 내 뼈에서 살점이 떨어져 나갈 때까지 싸울 것이다. 갑옷을 가져오너라.

시튼 : 아직 그러실 필요는 없습니다.

맥베스 : 아니, 입어야겠어. 기병을 더 보내 전국을 순찰시켜라. 공포심을 퍼뜨리는 자는 모조리 사형에 처하라. 갑옷을 다오. 환자는 어떠냐?

전의 : 병 때문이 아니라 망상 때문에 고통이 심해져 잠을 이루지 못하십니다.

맥베스 : 그 병을 고쳐라. 병든 마음은 고칠 수 없단 말인가? 뿌리 깊은 근심을 기억에서 뽑아내고 뇌리 속에 새겨진 고통을 지워버려라. 망각의 달콤한 약제를 써서 마음을 짓누르는 위험한 생각을 제거시켜 가슴을 시원하게 해다오.

전의 : 그러기 위해서는 환자 스스로 방법을 찾는 수밖에 없습니다.

맥베스 : 그놈의 의술 따위는 나에게는 필요 없으니 개에게나 줘라. 어

서 갑옷을 입혀라. 지휘봉을 다오, 시튼. 정찰병을 더 보내라. 전
의, 영주들이 모두 도망치고 있다. (시종에게) 자, 어서 빨리 하라.
이 나라의 병증을 진찰하여 병명을 끄집어내고 독을 없애 예전처
럼 건강한 나라로 회생시킬 수만 있다면 그대를 칭송하리라. 그 찬
양의 메아리가 다시 그대에게 울려 퍼지도록 하리라. (시종에게) 갑
옷을 벗겨라. (전의에게) 대황(마디풀과의 여러해살이풀로, 뿌리는 약용
한다 – 편집자 주)이나 완하제나 설사약으로 이 땅을 넘보는 영국 놈
들을 모조리 쓸어낼 수 없을까? 그자들의 소문을 들었겠지?

전의 : 폐하께서 전쟁을 준비하시는 것을 보고 소문을 들었사옵니다.

맥베스 : 갑옷을 들고 나를 따르라. 버남 숲이 던시네인까지 진군해오
지 않는 한 죽음이든 파멸이든 난 무섭지 않다. (맥베스 퇴장)

전의 : 던시네인을 빠져나갈 수만 있다면, 어떤 이득이 있다 해도 이곳
에 오지 않을 것이다. (모두 퇴장)

제5막 4장 ┆ **버남 숲 부근의 촌락**

> 북과 군기. 맬컴, 시워드, 그의 아들, 맥더프, 멘티드, 케이드네스, 앵
> 거스, 레녹스, 로스, 병사들 등장.

맬컴 : 여러분, 이제 집에서 편히 쉴 날도 멀지 않았소.

멘티드 : 그렇습니다.

시워드 : 저기 보이는 숲은 무엇이오?

맬컴 : 병사들에게 나무를 한 가지씩 잘라 머리에 꽂고 진군하도록 일
러라. 우리 군사의 수를 은폐할 수 있고 적의 눈을 속일 수도 있다.

병사 : 분부대로 하겠습니다.

시워드 : 자신만만한 저 폭군은 던시네인 성안에 앉아 우리의 공격을 기다리고 있는 모양입니다.

맬컴 : 그럴 수밖에 없지요. 지위 고하를 막론하고 부하들은 기회만 있으면 도망치려고 하고 있으니까요. 남아 있는 자들도 마지못해 복종하고 있지만 마음은 이미 떠난 상태일 겁니다.

맥더프 : 그 추측이 맞는지 여부는 결과를 봐야 알 수 있겠지요. 그때까지는 우리 모두 군인의 본분을 다해 분투해야 합니다.

시워드 : 이제 우리의 것과 적의 것을 결정할 때가 왔습니다. 예측은 부질없는 희망을 주지만 확실한 결과는 공격을 통해서만 없을 수 있는 법. 자, 진군합시다. (모두 행진하면서 퇴장)

제5막 5장 ❦ 던시네인. 성안

맥베스, 시튼, 그리고 북과 군기를 든 병사들 등장.

맥베스 : 바깥 성벽에 군기를 달아라. "적이 온다."라고 아우성치고 있구나. 우리의 성은 철벽처럼 견고하니 적병들을 비웃을 만하다. 네놈들이 원하는 만큼 그곳에 죽치고 있어라. 너희가 굶주려 죽을 때까지, 병들어 죽을 때까지, 성문은 열리지 않을 것이다. 아군의 배반자들이 놈들과 합세하지만 않았어도 얼굴이 맞닿을 때까지 접전하여 놈들을 제 나라로 쫓아버릴 수 있었을 것을. (안에서 여자들의 비명) 저 요란한 소리는 무엇이냐?

시튼 : 여자들이 우는 소립니다. (퇴장)

맥베스 : 나는 이제 공포의 맛을 잊었다. 한밤중에 비명 소리만 들어도 온몸이 오싹하던 때도 있었다. 끔찍한 얘기를 들으면 머리칼이 꼿꼿이 일어서 살아 있듯이 움직인 적도 있었다. 하지만 공포를 실컷 맛보고 살인에 길들여진 내 마음은 공포 따위엔 끄떡도 하지 않는다. (시튼 재등장) 왜들 우느냐?

시튼 : 폐하, 왕비 전하께서 운명하셨습니다.

맥베스 : 왕비도 언젠가는 죽어야 하는 몸이지. 언제든 한번은 들어야 할 소식이었다. 내일과 내일, 또 내일은 하루하루, 최후의 시간까지 시원찮은 속도로 기어가고, 어제의 날들은 등불이 되어 우매한 인간에게 죽음의 길을 밝혀주고 있구나. 꺼져라, 꺼져라, 짧은 시간의 촛불이여! 인생은 다만 걸어가는 그림자. 제시간이 오면 흥이 나서 덩실거리지만 얼마 안 가서 잊혀지는 가련한 배우일 뿐이다. 바보들의 소란스럽고 무의미한 이야기에 불과하단 말이다. (전령 등장) 너는 혓바닥을 놀리러 왔겠지. 어서 말해라!

전령 : 폐하, 제 눈으로 직접 본 것을 말씀드리겠습니다. 하오나 어떻게 말을 꺼내야 할지 모르겠습니다.

맥베스 : 어서 말해라!

전령 : 제가 언덕 위에서 망을 보던 중 우연히 버남 숲을 바라보았는데 갑자기 숲이 움직이는 것 같았습니다.

맥베스 : 거짓말!

전령 : 만일 사실이 아니라면 어떠한 노여움도 달게 받겠습니다. 여기서 3마일 거리 안에서 숲이 움직이고 있었습니다. 숲이 이쪽으로 오고 있습니다.

맥베스 : 만약에 거짓말이라면 네놈을 근처에 있는 나무에 산 채로 매달아 굶겨 죽이겠다. 그러나 네 말이 사실이라면 나를 매달아도 좋

다. 내 결심이 흔들리는구나. 마녀들이 그럴듯하게 얘기를 꾸며 진짜처럼 들리게 했는지도 모른다. "버남 숲이 던시네인으로 오지 않는 한 두려울 건 없다."라고 했지 않은가. 그런데 지금 그 숲이 던시네인으로 오고 있다. 무기를 들어라, 공격이다! 네놈이 말한 대로라면 도망갈 수도 없고, 그대로 있을 수도 없는 일. 태양을 보는 것도 이젠 지겹구나. 온 세상이 부서져버리면 좋겠다. 종을 울려라! 바람아, 불어라! 파멸이여, 오너라! 갑옷은 걸치고 죽겠다. (모두 퇴장)

제5막 6장 ✦ 던시네인. 성문 앞

북과 군기. 맬컴, 시워드, 맥더프, 나뭇가지를 든 군사들 등장.

맬컴 : 이제 다 왔다. 위장했던 나뭇가지들을 내던지고 모습을 드러내라. 숙부님은 사촌과 함께 선봉을 맡아주십시오. 맥더프와 저는 나머지 일을 맡아서 작전대로 하겠습니다.

시워드 : 알겠소. 오늘 밤 폭군의 군대와 맞닥뜨리면 목숨을 다해 끝까지 싸웁시다.

맥더프 : 진군의 나팔을 불어라. 숨이 끊어지는 순간까지 유혈과 죽음을 알리는 나팔을 불어라. (모두 퇴장)

제5막 7장 ❖ 격전장

맥베스 등장.

맥베스 : 놈들이 나를 말뚝에 묶어놓았다. 달아날 수도 없구나. 곰처럼
미친 듯이 싸울 수밖에. 여자 몸에서 태어나지 않은 자가 누구냐?
그자 말고 무서운 놈은 없다.

젊은 시워드 등장.

젊은 시워드 : 누구냐? 이름을 대라.

맥베스 : 내 이름을 들으면 넌 겁에 질려 떨 것이다.

젊은 시워드 : 누구냐? 지옥의 불꽃 속에 사는 악마보다 무서운 이름을
대도 겁날 것이 없다.

맥베스 : 내 이름은 맥베스다.

젊은 시워드 : 그 어떤 악마보다도 더 가증스러운 이름이구나.

맥베스 : 그렇다. 내 이름보다 더 무서운 이름은 없을 것이다.

젊은 시워드 : 거짓말 마라, 추악한 폭군! 이 칼로 네놈의 거짓말을 증명
해주겠다. (두 사람 싸운다) (젊은 시워드 죽는다)

맥베스 : 네놈도 별수 없이 여자 뱃속에서 태어난 놈이군. 어떤 무기를
휘두른다 해다 여자의 뱃속에서 나온 놈이라면 나는 두려워하지
않는다. (퇴장)

나팔 소리. 맥더프 등장.

맥더프 : 저쪽에서 소리가 들렸는데. 폭군아, 얼굴을 내밀어라! 네놈이 죽더라도 내 칼에 죽지 않으면 나는 영원히 처자의 망령들에게 시달릴 것이다. 돈에 팔려 마지못해 창을 잡은 불쌍한 민병들은 죽이고 싶지 않다. 맥베스, 너와 싸우지 않을 바에는 차라리 칼날을 칼집에 넣어둘 것이다. 저쪽이군. 저 요란한 소리는 우두머리가 있다는 증거다. 운명이여, 그놈을 만나게 해다오! 그 이상은 부탁하지 않겠다. (퇴장) (나팔 소리)

맬컴, 시워드 등장.

시워드 : 이쪽입니다, 전하. 성은 쉽게 함락되었습니다. 폭군의 부하들은 두 파로 갈라져 싸우고 있는 데다 우리 쪽 영주들도 용감히 싸우고 있으니 승리는 이제 왕자님의 것입니다. 더는 할 일도 없는 것 같습니다.
맬컴 : 나도 적군이 아군이 되어 싸우는 것을 보았소.
시워드 : 자, 성안으로 들어갑시다. (모두 퇴장) (나팔 소리)

제5막 8장 ┃ 또 다른 격전장

맥베스 등장.

맥베스 : 내가 왜 로마의 바보들 흉내를 내어 스스로 목숨을 끊겠는가? 살아 있는 동안은 눈앞에 있는 놈들을 닥치는 대로 베어버리겠다.

맥더프 등장.

맥더프 : 기다려라, 지옥의 늑대! 돌아서라!

맥베스 : 네놈만은 일부러 피했건만. 하지만 돌아가라! 내 영혼은 벌써 너의 피로 가득 넘치고 있다.

맥더프 : 말대꾸할 필요도 없다. 하고 싶은 말은 이 칼이 대신할 것이다. 이루 말할 수 없이 잔인무도한 놈! (두 사람 싸운다)

맥베스 : 헛수고 마라. 네놈의 칼이 아무리 날카로워도 공기에 상처를 입히지 못하듯이 내 몸에서 피를 내지는 못할 것이다. 그 칼로 벨 수 있는 상대나 베어라. 내 몸속에는 마력이 숨어 있어 여자로부터 태어난 자에게는 절대로 당하지 않는다.

맥더프 : 그런 마력은 단념해라. 네놈이 극진히 믿는 마녀한테 물어봐라. 맥더프는 달이 차기 전에 어머니 배를 가르고 나왔다.

맥베스 : 그런 말을 나풀대는 네놈의 혓바닥에 저주가 있어라. 그 말이 장부의 용기를 꺾는구나! 속임수나 부리는 마녀들은 이젠 믿을 수 없다. 아리송한 말로 약속을 지킬 듯이 속삭이더니 결국은 깨뜨리는구나. 너와 싸우지 않겠다.

맥더프 : 항복해라, 비겁한 놈. 살려줄 테니 세상의 웃음거리나 되어

라. 네놈의 화상을 막대기 끝에다 걸어놓고 진기한 괴물을 보여주
듯 그 아래에 '폭군을 보라'라고 써 붙이겠다.

맥베스 : 항복이라고? 애송이 맬컴의 발밑에 엎드려 땅바닥이나 핥고,
　어중이떠중이의 저주를 받을 수는 없다. 비록 버남 숲이 던시네인
　까지 왔을지라도, 여자로부터 태어나지 않은 네놈과 맞선다 해도,
　나는 마지막 순간까지 싸우겠다. 이 방패를 버리겠다. 덤벼라, 맥
　더프. "졌다!" 하고 먼저 외치는 놈이 지옥의 불더미 속에 떨어질
　것이다. (싸우면서 퇴장)

퇴각. 나팔 소리. 북과 군기와 더불어 맬컴, 시워드, 로스, 영주들, 병사들
등장.

맬컴 : 여기 보이지 않는 전우들이 무사히 돌아와주었으면 좋겠소.

시워드 : 희생은 부득이한 일입니다. 그러나 대충 보아도 적은 희생으
　로 대승리를 얻은 것 같습니다.

맬컴 : 맥더프 장군이 보이지 않는구려. 경의 아들도 보이지 않고.

로스 : 아드님은 군인답게 최후를 마쳤습니다. 어린 나이에도 어른 못
　지않은 당당함으로 격전을 하다가 그만…….

시워드 : 그 애가 죽었단 말인가?

로스 : 그렇습니다. 유해는 싸움터에서 옮겨 왔습니다. 훌륭한 아드님
　을 잃으셨기에 애통함도 말할 수 없이 크실 줄 압니다.

시워드 : 상처는 정면에 입었소?

로스 : 네, 이마를 다쳤습니다.

시워드 : 그렇다면 하느님의 병사가 되겠군. 비록 머리털같이 많은 아
　들이 있을지라도 이보다 훌륭한 최후를 기대할 수는 없을 거요. 이

것으로 내 아들의 애도를 마치리다.

맬컴 : 그것으로 슬픔을 끝낼 순 없소. 나도 그를 애도하리다.

시워드 : 이것으로 충분합니다. 그 애의 죽음은 군인으로서의 의무를 다한 것뿐입니다. 신의 가호가 있기를! 기쁜 소식이 왔습니다.

맥더프, 맥베스의 머리를 들고 등장.

맥더프 : 국왕 만세! 이젠 왕이 되셨습니다. 여기 찬탈자의 저주받은 머리가 있습니다. 이제 자유로운 시대가 돌아왔습니다. 폐하를 둘러싼 쟁쟁한 인재들이 마음속으로 저와 똑같은 축하의 인사를 외치고 있습니다. 그들과 함께 외치고 싶습니다. 스코틀랜드 왕, 만세!

일동 : 스코틀랜드 왕, 만세! (나팔 소리)

맬컴 : 시간이 흐르기 전에 여러분의 충성에 대해서는 충분한 보답을 하겠소. 영주들 그리고 근친들에게는 이후 백작의 작위를 내릴 터, 이는 스코틀랜드에서 왕이 주는 최초의 명예스러운 작위일 것이오. 새로운 시대가 열리는 이때에 우선 해야 할 일은 폭군을 피해 외국으로 피신한 동포들을 다시 본국으로 불러들이는 일과 이미 죽은 이 살인마와 스스로 목숨을 끊었다는 소문이 떠도는 마녀 같은 왕비의 앞잡이로 활약한 무리들을 색출해내는 일이오. 그 밖의 필요한 모든 일은 자비로우신 신의 가호 아래 방법과 시간과 장소를 가려 시행하겠소. 여러분 모두에게 다시 한 번 감사의 뜻을 전하오. 스쿤에서 거행할 대관식에 모두 초대할 테니 빠짐없이 참석해주시오. (나팔 소리, 모두 퇴장)

셰익스피어(William Shakespeare)의 생애
(1564년 4월 23일?~1616년 4월 23일)

1564년	잉글랜드 중부에 위치한 Stratford-upon-Avon의 유복한 가정에서 출생
	John Shakespeare와 Mary Arden의 4남 중 장남
1577년	초등교육기관에서 수학 중 가운(家運)이 기울어 학업 중단
1582년	8살 연상의 Anne Hathaway와 결혼
1583년 5월	첫 아이 Susanna 탄생
1585년 2월	이란성 쌍둥이 Hamnet과 Judith 탄생
1585~1592년	시골학교 교사를 했을 것이라는 추측
1580년대 후반	런던으로 상경하여 극작가로 활동했을 것이라 추정
1596년	아들 Hamnet 사망
1599년	글로브 극장(The Globe)을 신축. "왕의 극단"(King's Men) 운영
1601년	부친 John Shakespeare 사망
1603년	엘리자베스 여왕 사망
1609년	블랙프라이어즈 극장 매입
1611년	은퇴
1613년	글로브 극장(The Globe) 화재
1616년	4월 23일 향년 52세를 일기로 생을 마감
	Holy Trinity 교회에 안장

셰익스피어의 작품
희곡 37편, 장시 2편, 소네트 154편

장시(長詩)
《비너스와 아도니스 Venus and Adonis》(1593)
《루크리스 Lucrece》(1594)

연대별 희곡

제1기(1590~1594) : 역사극(Historical Plays)과 희극(Comedy)의 시기

1590~1591년　《헨리 6세 King Henry Ⅵ》 2부·3부
1591~1592년　《헨리 6세 King Henry Ⅵ》 1부
1592~1593년　《리처드 3세 King Richard Ⅲ》
　　　　　　　《실수 연발 Comedy of Errors》
1593~1594년　《타이터스 앤드러니커스 Titus Andronicus》
　　　　　　　《말괄량이 길들이기 The Taming of the Shrew》

제2기(1595~1600) : 낭만 희극(Romantic Comedy)의 시기

1594~1595년　《베로나의 두 신사 The Two Gentlemen of Verona》
　　　　　　　《사랑의 헛수고 Love's Labour's Lost》
　　　　　　　《로미오와 줄리엣 Romeo And Juliet》
1595~1596년　《리처드 2세 King Richard Ⅱ》
　　　　　　　《한여름 밤의 꿈 A Midsummer Night's Dream》
1596~1597년　《존 왕 King John》
　　　　　　　《베니스의 상인 The Merchant Of Venice》
1597~1598년　《헨리 4세 King Henry Ⅳ》 1부·2부
1598~1599년　《헛소동 Much Ado About Nothing》
　　　　　　　《헨리 5세 King Henry Ⅴ》
1599~1600년　《줄리어스 시저 Julius Caesar》

《뜻대로 하세요 As You Like It》

《십이야 Twelfth Night》

제3기(1601~1608) : 엘리자베스 여왕 사후 비극(Tragedy)의 시기

1600~1601년 　《햄릿 Hamlet》

　　　　　　《윈저의 즐거운 아낙네들 The Merry Wives of Windsor》

1601~1602년 　《트로일러스와 크레시다 Troilus and Cressida》

1602~1603년 　《끝이 좋으면 다 좋아 All's Well That Ends Well》

1604~1605년 　《자에는 자로 Measure For Measure》,《오셀로 Othello》

1605~1606년 　《리어 왕 King Lear》,《맥베스 Macbeth》

1606~1607년 　《안토니와 클레오파트라 Antony and Cleopatra》

1607~1608년 　《코리올레이너스 Coriolanus》

　　　　　　《아테네의 타이먼 Timon of Athens》

1608~1609년 　《페리클레스 Pericles》

제4기(1609~1613) : 희극과 비극이 결합된 로맨스극(Romances)

1609~1610년 　《심벨린 Cymbeline》

1610~1611년 　《겨울 이야기 The Winter's Tale》

1611~1612년 　《폭풍우 The Tempest》

1612~1613년 　《헨리 8세 King Henry Ⅷ》